btb
Aus Freude am Lesen

Vernissage

Frida goes Glamour

25.10.

18.30

Kornstr. 116

Galerie Kunststück

Vor zwanzig Jahren folgte Oren seinem jüngeren Bruder Josh in die dunklen Wälder, die das kleine Städtchen Coventry im Norden Kaliforniens umgeben. Doch zurück kam nur Oren. Von Josh fehlt seitdem jede Spur. Längst hat der örtliche Sheriff den Fall zu den Akten gelegt. Und Oren, den viele für verdächtig hielten, wurde von seinem Vater auf ein entferntes Internat geschickt. Die verschrobenen Einwohner Coventrys, von denen alle ihre eigenen dunklen Geheimnisse hüten, scheinen zur Ruhe zu kommen. Doch dann kehrt Oren überraschend in seine Heimatstadt zurück. Schon nach seiner ersten Nacht zu Hause macht er eine schreckliche Entdeckung – jemand hat einen Knochen direkt vor die Tür seines Elternhauses gelegt. Nicht der erste, wie sein Vater ihm erzählt. Schnell stellt sich heraus, dass es sich um Teile eines menschlichen Skeletts handelt …

Carol O'Connell, geboren 1947, lebt in New York. Sie ist die Autorin mehrerer Bestseller und schuf mit Kathleen Mallory eine der originellsten und bestechendsten Detektivfiguren. Nach ihrem Kunststudium stellte Carol O'Connell jahrelang surrealistische Gemälde in Cafés aus und finanzierte ihren Unterhalt mit Gelegenheitsjobs, bevor sie sich mit ihren Kriminalromanen in die Herzen ihrer Leserinnen und Leser schrieb.

Carol O'Connell bei btb
Ein Ort zum Sterben. Thriller (74333) · Der Mann, der die Frauen belog. Thriller (74071) · Such mich! Thriller (74244)

Carol O'Connell

Tödliche Geschenke

Thriller

Aus dem Amerikanischen
von Renate Orth-Guttmann

btb

Die amerikanische Originalausgabe erschien 2008 unter dem Titel »Bone by Bone« bei Putnam, Penguin, New York.

FSC
www.fsc.org
MIX
Papier aus verantwortungsvollen Quellen
FSC® C083411

Verlagsgruppe Random House FSC® N001967
Das für dieses Buch verwendete FSC®-zertifizierte Papier *Lux Cream* liefert Stora Enso, Finnland.

1. Auflage
Genehmigte Taschenbuchausgabe Februar 2014

Umschlaggestaltung: semper smile, München
Umschlagmotive: © Amanda Rohde / iStockphoto, © Ivan Ivanov / iStockphoto und © FlamingPumpkin / iStockphoto
Druck und Einband: CPI – Clausen & Bosse, Leck
UB · Herstellung: sc
Printed in Germany
ISBN 978-3-442-74694-1

www.btb-verlag.de
www.facebook.com/btbverlag
Besuchen Sie auch unseren LiteraturBlog www.transatlantik.de

Dieses Buch ist Männern und Frauen gewidmet,
die sich Gefahren aussetzen –
Menschen, die mit sichtbaren Verletzungen heimkehren
oder auch mit solchen, die niemand sieht und
von denen niemand etwas wissen kann.

1

Ein verrückter Geistlicher hatte den jungen Hobbs mal als einen Witz Gottes bezeichnet – als einen Erzengel der Kriegerkaste und Fanal für Frauen mit fleischlichen Gelüsten.

Als einen Engel.

Ja, wenn man Flügel hätte…

Oren Hobbs, inzwischen ein erwachsener Mann, schlug in der Dunkelheit die Augen auf und atmete tief, um die Angst zu bezwingen. Jeder Traum war für ihn ein kleiner Tod. Noch nicht ganz zu sich gekommen, blieb er ein, zwei Sekunden gefangen zwischen dem Albtraum einer erneuten Heimkehr und der wirklichen Welt, in der er nun angekommen war und in der im Garten ein Hund bellte.

Er lag ausgestreckt auf dem alten Rosshaarsofa. Die Polster rochen nach Tabak und verschüttetem Whiskey – den beliebtesten Lastern seines Vaters und der Haushälterin. Diese schalen Gerüche mischten sich mit einem Schwall kühler, frischer Luft, die durch ein offenes Verandafenster drang. Er hatte vergessen, das Schiebefenster wieder zu schließen, nachdem er ins Haus eingestiegen war, und jetzt fiel ihm ein, dass er, soweit er zurückdenken konnte, diesmal zum allerersten Mal die Haustür verschlossen vorgefunden hatte. Noch schlaftrunken erfasste er die dunklen Schatten vertrauter Möbel, aber keine Einzelheiten.

Was zum Teufel…?

Einer der Schatten war lebendig geworden, huschte aufgeregt über den Teppich, mit den Flügeln schlagend wie ein grauer Falter – aber ein Falter, der sich das Schienbein am Beistelltisch stoßen und leise fluchen konnte.

Die Erinnerung führte Orens Hand zur Lampe. Er schaltete sie an, und im Licht erkannte er eine Frau in einem lila Morgenmantel mit weiten Flatterärmeln. »Hannah!«

Die inzwischen fast sechzigjährige Haushälterin wirkte schmal und zerbrechlich in diesem übergroßen Kleidungsstück, das Oren noch von früher kannte. Sie hatte etwa die Größe einer Zehnjährigen – aber nur, wenn sie sich auf die Zehen stellte. Der lange, einst schwarze Zopf war stahlgrau, und sie hatte noch mehr Lachfältchen bekommen, ansonsten hatten die letzten zwanzig Jahre sie nicht wahrnehmbar verändert. Das herzförmige Gesicht war so straff wie immer.

Kobolde haben keine Probleme mit dem Altern.

»Verdammt!«, kam es wütend, aber leise. Hannahs weit auseinanderstehende braune Augen blinzelten ins Lampenlicht, während sie ihr malträtiertes Schienbein inspizierte.

Oren flüsterte ebenfalls, um den alten Mann, der im Sterben lag, nicht zu wecken. »Ich bin's, Hannah – Oren. Tut mir leid, wenn ich dich erschreckt habe.« Er erhob sich von der Couch und stand nun barfüßig in Sweatshirt und Jeans vor ihr. Ihn hatten die Jahre stärker verändert. Hannah musterte ihn von oben bis unten und schüttelte den Kopf, als könnte sie ihn nicht mit dem langhaarigen Teenager in Einklang bringen, der mit siebzehn dieses Haus verlassen hatte. Das dunkelbraune Haar war jetzt kürzer, und eine Strähne verdeckte eins seiner blauen Augen.

Er nickte zu dem offenen Fenster hin, dem sichtbaren Beweis seines Einbruchs. »Ich bin spät gekommen, da wollte ich nicht …«

»Pst.« Hannah hob eine geäderte Hand. Sie schien zu lauschen. Tatsächlich hörte man jetzt nah am Haus einen Hund bellen und plötzlich das Geräusch eines Gegenstandes, der auf den Dielenboden der Veranda fiel.

Die Haushälterin fuhr zusammen, als wäre ein Kanonenschuss gefallen.

Oren bewegte sich, eine Hand nach dem Türknauf ausstreckend, in Richtung Diele.

»Geh nicht da raus.« Hannah löschte die Lampe.

Er hatte das Gefühl, dass sich diese kleine Szene nicht zum ersten Mal abspielte. »Was geht hier vor?«

Vom Hof her kam wieder Gebell.

Die Haustür wollte nicht aufgehen. In der dunklen Diele ertastete Oren einen Riegel, der sich aber nicht zurückschieben ließ. Er kehrte in das morgendliche Dämmerlicht des Wohnzimmers zurück und holte eine Schusswaffe aus seiner Sporttasche. Das war ein reiner Reflex, und er besann sich sofort eines Besseren. Es war keine gute Idee, anderer Leute Haustiere über den Haufen zu schießen, wenn man gerade mal ein paar Stunden wieder im Lande war. Er steckte die Waffe zurück in die Tasche und zog den Reißverschluss zu. »Alles okay, Hannah, geh wieder schlafen. Es ist nur ein Hund.«

»Aber nicht *unser* Hund«, flüsterte sie und schlich näher an ihn heran. »Horatio ist schon lange tot.«

Als Oren an das offene Verandafenster trat, versuchte Hannah, ihn mit beiden Händen zurückzuhalten.

Zu spät.

Oren kletterte aus dem Fenster. Der Himmel war noch grau, die hohen Bäume hatten noch keine Farbe. Er spürte die abgetretenen Dielen unter den nackten Füßen, als er sich bückte, um zu sehen, was dort, am Rand der Veranda, abgelegt worden war – ein Unterkieferknochen ohne Fleisch, aber mit allen Zähnen.

Auch ohne die silberne Füllung in einem der Backenzähne hätte er gewusst, dass dieser Knochen zu dem Skelett eines Menschen gehörte. Menschliche Überreste in jeder Phase des Verfalls waren ihm bestens vertraut.

2

Als der Himmel im Osten heller wurde, erkannte Oren, dass es sich nicht bloß um ein harmloses Fundstück handelte, das der bellende Hund hier abgelegt hatte. Ein Tier hätte Speichelspuren hinterlassen, aber der Knochen war trocken. Ein Zweibeiner musste ihn auf die Veranda gebracht haben.

Er spähte in den Wald, suchte nach Anzeichen eines Eindringlings, nach niedergetretenen Farnen oder abgeknickten Zweigen. Ein Verrückter, der ein solches Geschenk überbracht hatte, würde anschließend womöglich noch eine Weile am Ort des Geschehens herumlungern, um die Reaktion der Beschenkten zu beobachten – und vielleicht würde der Hund seinen Herrn durch neuerliches Gekläff verraten. Oren setzte sich auf die Verandastufen. Wartend und lauschend.

Der Geruch nach nasser Erde stieg aus dem Garten auf, der sich über die gesamte Breite der Veranda erstreckte. Noch blühte nichts, aber der Alte hatte bestimmt Lilien-, Dahlien- und Gladiolenzwiebeln gesteckt, und an einem schönen warmen Hochsommertag würde sich hier ein leuchtend gelbes Blütenmeer erstrecken. Jetzt, Anfang Juni, warteten die Blumen noch auf ihren Auftritt. Orens Mutter hatte gelbe Blumen besonders gern gehabt, so hatte man es ihm zumindest erzählt. An sie selbst hatte er keine Erinnerungen – nur an dieses stets wiederkehrende Gartenritual, das einzige Anzeichen dafür, dass sein Vater von der Liebe zu seiner Frau nicht lassen konnte.

Wie viel Zeit vergangen war, hätte Oren nicht sagen können. Er hörte, wie hinter ihm ein Riegel zurückgeschoben wurde, hörte eine Holzdiele knarren, dann stieg ihm Kaffeeduft in die

Nase. Er sah auf. Vor ihm stand sein Vater, hager und hoch gewachsen, mit zwei dampfenden Henkelbechern in der Hand.

Noch nicht tot, Alter?

Weit gefehlt! Der Richter im Ruhestand schien sich bester Gesundheit zu erfreuen, auch wenn ihn die morgendliche Kühle offenbar ein wenig frösteln ließ. Henry Hobbs trug ein Flanellhemd über seinen ausgewaschenen Jeans und Sandalen mit Kreppsohlen an den Füßen, ein Nachfolgemodell jener Schuhe, mit denen er sich früher unbemerkt an kleine, Unfug treibende Jungen herangeschlichen hatte. Schon deshalb hatten sich Oren und sein kleiner Bruder Josh oft gewünscht, der Richter möge normale Schuhe und Socken tragen wie andere Väter. Ein weiteres Markenzeichen des Alten war sein langer Pferdeschwanz gewesen. Jetzt war der Schädel kahl. Zum Ausgleich hatte Richter Hobbs sich einen langen Bart wachsen lassen. Die schütteren weißen Enden bewegten sich in einem leichten Luftzug.

Mit einer fast ritterlichen Verbeugung reichte der Richter seinem Sohn einen der Becher und setzte sich dann neben ihn auf die Stufen. Dort saßen sie in geselligem Schweigen, als seien sie nicht zwanzig Jahre, sondern gerade einmal eine Stunde getrennt gewesen, als habe nicht irgendjemand jenen menschlichen Kieferknochen hergebracht, der dort auf der Veranda zwischen ihnen lag.

Die Sonne war aufgegangen, und die Landschaft erstrahlte in sattem Grün. Die Wiese war über und über mit gelben Wildblumen gesprenkelt.

Und der Kieferknochen hatte einen rötlichen Schimmer.

Eine Krähenschar flog mit lautem Krächzen aus einem Baum in der Nähe auf. Orens Vater sah den Vögeln nach. »Verdammte Biester. Ihretwegen kann ich mir einen Wecker schenken.« Und ebenso beiläufig: »Du bist also wieder da.«

Oren trank einen Schluck Kaffee. »Ja. Ich dachte, du liegst im Sterben.«

»Was?« Der Richter sah seinen Sohn an. »Hat Hannah dir das geschrieben?«

»Nicht direkt.« Allerdings hatte sie bei ihm den Eindruck erweckt, dass eine Beerdigung nicht weit sei – allein dadurch, dass sie beiläufig erwähnt hatte, sie sähe sich nach Särgen um.

Der Richter winkte ab. »Die überlebe ich noch. Sie trinkt mehr als ich.« Er schnippte einen Marienkäfer vom Rand seines Kaffeebechers, zum Beweis dafür, dass er nicht blind war – oder jedenfalls nur gegenüber den knöchernen Überresten eines menschlichen Wesens, das bloß ein paar Zoll von ihm entfernt lag.

Die Tür ging auf, und Hannah kam mit klappernden Holzpantinen über die Veranda gelaufen. Sie beugte sich zu ihrem Arbeitgeber hinunter und legte ihm eine Wolldecke um die Schultern.

»Lass das Getue«, sagte der Richter, schmiegte sich aber wohlig in den warmen Stoff. Als die Haushälterin wieder nach drinnen verschwand und die Tür hinter sich zuzog, wandte er sich an seinen Sohn. »Die ist ganz schön neben der Spur heute früh.«

Oren tippte leicht an den nackten Knochen vor ihnen auf dem Boden – immerhin schien er ein plausibler Grund für Hannahs Zustand zu sein.

»Es ist ja nicht so«, sagte der Alte fast beiläufig, »als sähe sie so etwas zum ersten Mal.«

Das hatte Oren schon vermutet, aber er sträubte sich anzubeißen und die Frage zu stellen, die auf der Hand lag. In seiner Jugend hatte er gelernt, sich zu gedulden. Er trank betont langsam seinen restlichen Kaffee und sah zum Himmel auf. »Ich hab gehört, der Hund ist tot?«

Der Richter nickte. »Horatio war lahm und halb blind, als er sein letztes Eichhörnchen gejagt hat.« Auch er leerte seinen Becher und stellte ihn neben den Kieferknochen. »Hab gar keinen Wagen gehört. Wie bist du hergekommen, Junge?«

»Flugzeug und Taxi.« Selbst nach weiteren zwanzig Jahren der Trennung würde er immer noch der *Junge* sein. »Ich habe mich am Highway absetzen lassen und bin das letzte Stück zu Fuß gegangen.« In der vergangenen Nacht hatte er es für das Beste gehalten, sich diesem Ort tiefster Schmerzen, nächtlicher Ängste, aber auch äußerst glücklicher Zeiten unauffällig zu nähern. Er lächelte ein wenig gezwungen. »Es war spät, und ich dachte, Autolärm könnte einen alten Mann auf dem Sterbebett stören.«

Richter Hobbs lachte. Er war fast fünfundsiebzig, aber man hätte ihn leicht für zehn Jahre jünger halten können. Die Haut war gesund und rosig, das Alter hatte sein Denkvermögen nicht beeinträchtigt. Er kündigte jeden Gedanken mit einem Blinzeln der blanken blauen Augen an, erfasste alles, ließ sich nichts entgehen, nicht einmal das, was hinter seinem Rücken geschah, denn jetzt drehte er sich um und ertappte Hannah dabei, dass sie ihn vom Fenster aus beobachtete.

Oren streckte die Hand aus und zupfte ein gelbes Haarbüschel aus dem splittrigen Holz, ehe der nächste Windstoß es fortwehen konnte. Auch ohne Mikroskop war klar, dass es eine Hinterlassenschaft des bellenden Hundes sein musste.

»Wieso bist du nicht in Uniform, Junge?«

Oren steckte das Fellbüschel in die Uhrtasche seiner Jeans. »Ich bin nicht mehr bei der Army.«

Menschliche Gebeine auf der Veranda nahm der Richter offenbar als etwas Alltägliches hin, diese Mitteilung aber brachte ihn sichtlich aus der Fassung. »Du hast hingeschmissen? Doch nicht meinetwegen?«

»Nein, es war einfach Zeit, mal was anderes zu machen.« Schon vor Jahren hatte er aufgehört, sich mit seiner Rolle als Soldat zu identifizieren. Er war auf der Suche nach einem Neuanfang, und Hannahs letzte Briefe hatten ihn aus der Routine des militärischen Lebens herausgerissen. Die Post von seinem Vater – Briefe aus zwanzig Jahren – hatte er immer ungeöffnet zurückgeschickt, und trotzdem hatte der Alte nie aufgehört, an ihn zu schreiben. Der stumme Kampf zwischen Vater und Sohn war eine einseitige Angelegenheit.

Oren, ehemals Warrant Officer Hobbs – und als solcher in der CID, der kriminalpolizeilichen Ermittlungsbehörde der U.S. Army tätig –, griff nach dem Kieferknochen und betrachtete nachdenklich den rostfarbenen Fleck. »Passiert das oft?«

Die Tür ging auf, und Hannah erschien, die Hände in die Hüften gestützt, in einem unförmigen Jeanskleid. Ihr hochgestecktes Haar wurde notdürftig von zwei Holzstäbchen zusammengehalten. Der neue Tag hatte offiziell begonnen, das Gleichgewicht der Kräfte hatte sich auf ihre Seite der Veranda verlagert. »Deine Tasche musst du selbst hochtragen, Oren, die ist zu schwer für mich.«

Er kannte diesen Befehlston von früher. Damals hatte Hannah ihn jedoch nur bei besonderen Missetaten angeschlagen, zum Beispiel, wenn die Jungen Schmutzränder in der Badewanne hinterlassen hatten. Lächelnd stand er auf und folgte ihr ins Haus. Als er die Tür hinter sich zuzog, hielt er inne und betrachtete die Schließvorrichtung. Wo sich früher nur ein harmloses Schlüsselloch ohne Schlüssel befunden hatte, waren nun drei schwere Riegel angebracht, und für jeden hätte man einen Schlüssel gebraucht, um von innen aufzuschließen.

Das Wohnzimmer des alten viktorianischen Hauses war jetzt sonnendurchflutet, und Oren sah, welche Spuren die Zeit darin hinterlassen hatte. Er war bestürzt. Alles hier wirkte schäbig, aber nicht etwa aus Nachlässigkeit, sondern – weitaus schlimmer – als habe man bewusst nichts gegen diesen Eindruck unternehmen wollen. Eine zerbrochene Vase, die weder sentimentalen noch sonst irgendeinen anderen Wert hatte, war geklebt worden, um sie weiter auf den Kaminsims stellen zu können. Der Teppich war verblichen und an manchen Stellen ganz abgewetzt, als hätte man dort immer wieder Flecken oder vielleicht die Hinterlassenschaften eines alten Hundes beseitigt.

Und obgleich Henry Hobbs ein wohlhabender Mann war, hatte er die alten Möbel behalten. Schadhafte Stellen an den Bezügen des wuchtigen alten Sofas, der alten Klubsessel und des Fernsehsessels aus braunem Leder waren sorgfältig ausgebessert worden. Hier hatte jemand nicht gewissenhaft Altes bewahren, sondern standhaft leugnen wollen, dass seit dem Verlust von Josh zwei Jahrzehnte vergangen waren.

Vor dem Kamin lag ein Irish Setter. Er sah aus, als ob er schlief, aber nichts ist so reglos wie der Tod. »Horatio?«

»Dein Vater hat ihn vor zwölf Jahren ausstopfen lassen«, sagte die Haushälterin.

Horatio war kein sehr schlauer Hund gewesen, er hatte nie gelernt, Kunststücke zu machen oder Befehle auszuführen; er hatte seiner Familie nur mit sabbernden Küssen seine Zuneigung bewiesen. So schön fand er es, zu lieben und geliebt zu werden, dass er noch im Schlaf mit dem Schwanz gewedelt hatte.

Dieses ausgestopfte Ding hatte nichts, aber auch gar nichts mit Horatio gemein.

Hannah kniff die Augen zusammen, als könnte sie so den leblosen Körper deutlicher erkennen. »Ein schlechter Scherz, den er sich mit einem toten Hund erlaubt hat.« Sie winkte Oren, ihr nach oben zu folgen, wo sie außer Hörweite waren.

Er griff nach seiner Sporttasche, den Socken und den Cowboystiefeln, und während er hinter ihr die Stufen hochstieg, bemerkte er die abgetretenen Stellen in der Mitte des Läufers, den er schon aus seiner Jugend kannte. »In deinem letzten Brief hast du einen Sarg erwähnt …«, sagte er.

Überrascht blieb sie stehen. »Hat dir der Richter noch nichts davon erzählt?« Sie setzte sich wieder in Bewegung. »Dein Bruder kommt nach Hause«, sagte sie über die Schulter. »Knochen für Knochen. Stück für Stück.«

3

Oren ließ Tasche und Stiefel fallen, packte die kleine Haushälterin bei den Schultern und drehte sie zu sich herum. »Glaubt der Richter etwa, dass es *Joshs* Kieferknochen ist?«

»Ja, aber das ist nicht das Verrückte daran.« Sie verdrehte seufzend die Augen. »Es hört nie auf.« So, wie sie es sagte, klang es, als spräche sie von einer langen Ameisenstraße durch die Küche und nicht von der seltsamen Heimkehr seines jüngeren Bruders. Als sie Orens Gesicht sah, wurde sie ernst. Offenbar hatte sie gemerkt, dass er nicht recht weiterwusste. Drahtig und klein wie sie war, hob sie seine Sachen auf, als hätten die schwere Tasche und die Stiefel kein Gewicht, und brachte sie in das Schlafzimmer am Ende des Flurs.

Er folgte ihr langsam durch die Tür. Anders als unten im Wohnzimmer schien hier, in seinem alten Zimmer, die Zeit stehen geblieben zu sein. Er betrachtete die vertraute blaue Tagesdecke mit den Flecken, die Wasser und Seife widerstanden hatten. Sie lag ganz glatt, während er als Teenager immer seine Mühe mit zerwühlten Laken und Decken gehabt hatte. An den Wänden hingen immer noch dieselben Fotos. Sein alter Füller lag auf dem Schreibtisch neben einem Buch, das er nicht zu Ende gelesen hatte. Nur der Rucksack fehlte – den hatte er an dem Tag mitgenommen, als der Alte ihn weggeschickt hatte.

Hannah stellte die Tasche aufs Bett und zog eine Schreibtischschublade auf. »Du reist mit leichtem Gepäck.«

»Den Koffer hab ich aufgegeben, er kommt in ein, zwei Tagen.«

»Schön. Das klingt nach einem längeren Aufenthalt.« Die

Haushälterin zog den Reißverschluss seiner Tasche auf, holte mit spitzen Fingern einen alten Colt .45 heraus und betrachtete ihn verblüfft. »Wo hast du den bloß aufgestöbert?«

»Das ist nicht Großvaters Colt, ich habe ihn einem Sammler abgekauft.« Die Waffe war für Oren eine Erinnerung an die Kindheit, an jenen Tag, als die Haushälterin ihn und Josh auf dem Dachboden mit einem alten Revolver hantieren sah. Sie hatten gerade herausbekommen, wie man ihn lädt, als Hannah kam und ihnen die Waffe aus den Händen riss. Danach hatte sie den Revolver versteckt. Sie behauptete, er sei vergraben, und die Brüder hatten bei Mondlicht und im Schein ihrer Taschenlampen große Teile des Gartens umgegraben. Die vergebliche Suche hatte sich über Jahre erstreckt.

Als Nächstes holte sie einen dicken Packen T-Shirts aus der Tasche, zwischen denen sich eine Flasche Jack Daniel's Tennessee Whiskey verbarg.

»Ein Geschenk«, sagte Oren.

Sie ging mit der Flasche ans Fenster und besah sich zufrieden lächelnd das Etikett. »Du erinnerst dich noch an meine Lieblingsmarke? Toll!«

»Wir müssen über den Richter sprechen – und über die Knochen.«

»Ich weiß.« Hannah stellte die Flasche auf den Schreibtisch, verließ das Zimmer und kam wenig später mit zwei Pappbechern aus dem Spender im Badezimmer zurück. Drei Fingerbreit Alkohol waren eingeschenkt und ausgetrunken, ehe sie fragte: »Du weißt, dass Menschen verrückt sein und trotzdem gleichzeitig völlig normal funktionieren können? Nehmen wir den Richter.«

»Nur mal so als Beispiel«, sagte Oren trocken.

Hannah zerdrückte ihren Pappbecher – das einzige Anzeichen dafür, dass seine Bemerkung sie verärgert hatte – und stellte ihn auf den Schreibtisch. Dann drehte sie Oren den Rücken zu, legte die T-Shirts zusammen und verstaute sie in einer

Schublade. »Dass er den Hund hat ausstopfen lassen – und aus dem Haus ein verdammtes Museum gemacht hat …« Sie zog weitere Kleidungsstücke aus der Sporttasche. »Das ist wie ein blinder Fleck in einem ansonsten völlig klaren Kopf. Fixierung nennt man so was.«

»Fixierung?« Der Schmerz der Erinnerung hatte sich dank der Medizin aus der Whiskeyflasche gelegt, und Oren musste lächeln, als er der Haushälterin nun mit ihrer eigenen alten Leier kam: »Du hast mal wieder zu viel gelesen. Weißt du nicht, dass das nicht gut für dich ist?« Wie oft hatte sie das zu ihm gesagt, wenn er als Kind tagsüber zu viele Stunden in der Bibliothek des Richters verbracht hatte. Damals hatte sie es sich zur Aufgabe gemacht, ihn vor der Buchgelehrsamkeit zu retten und ihn nach draußen zu schicken. Ins wirkliche Leben.

Er schenkte sich noch einen Whiskey ein und kippte ihn hinunter, wobei er sich an die einzige Stelle an der Wand lehnte, die nicht mit Fotos in weißen Passepartouts und schwarzen Holzrahmen bedeckt war.

»Ich habe auch ein Geschenk für dich.« Hannah holte ein Foto mit Silberrahmen aus dem Schreibtisch . »Bildschöne Kinder wart ihr!«

Es war die Porträtaufnahme zweier Jungen. Der siebzehnjährige Oren war einen halben Kopf größer als sein jüngerer Bruder. Oren hatte das Foto nie gesehen, wusste aber, wann es entstanden war. Jede Einzelheit jenes Tages war unvergessen. Josh hatte seine Kamera auf einem nagelneuen Stativ befestigt und mit Selbstauslöser gearbeitet. Dort standen sie nebeneinander, die beiden Brüder – zum allerletzten Mal. Es war eine Schwarzweißaufnahme. Oren schien bedrückt zu sein, die blauen Augen wirkten sehr dunkel. Er sah aus, als habe er sich mit Josh auf einen Pakt eingelassen, an dem sich nichts mehr verändern ließ.

Oren warf sich neben Hannah aufs Bett.

Sie legte die Arme um ihn. »Schön, dass du wieder da bist.«

Er hatte sie sehr vermisst, und sie ließ ihn viel zu schnell wieder los. Er senkte den Kopf und betrachtete erneut das Bild in seiner Hand. »Wie ist das mit dem Kieferknochen?«

»Ach so, die Knochen… Jemand legt sie nachts auf die Veranda. Du bist der Einzige, der davon weiß – außer mir und deinem Vater.«

Nein, es gab noch jemanden, der Bescheid wusste – jener Eindringling, der mit einem gelben Hund die Nacht unsicher machte. »Das geht offenbar schon seit Monaten so, oder?« Er dachte an die Briefe der Haushälterin mit den rätselhaften Anspielungen auf seltsame Dinge, die sich im Haus taten. »Wenn Dad sich nicht an den Sheriff wendet, muss ich es tun.«

Hannah legte ihm eine Hand aufs Knie und drückte es behutsam – eine sanfte Warnung. »Das wird ihm nicht gefallen, Oren.«

»Er war Richter, er kennt das Gesetz.«

»Aber du weißt ja noch längst nicht alles.« Hannah erhob sich ein wenig schwankend, vermutlich aufgrund des Whiskeys. Es sah fast so aus, als würde sie mit zunehmendem Alter Alkohol nicht mehr so gut vertragen.

Er folgte ihr in Joshs altes Zimmer. Der geflochtene Teppich und die Streifentapete hatten sich gut gehalten, aber die früher grasgrüne Tagesdecke war verblichen. Der Kleiderschrank stand offen, und das Jeanshemd, das Josh so geliebt hatte, hing an einem Haken an der Tür zusammen mit seiner blauen Sonntagshose. Als sein Bruder zum letzten Mal lebend gesichtet worden war, hatte er eine alte abgewetzte Jeans getragen.

Hannah schien zerstreut und vom Whiskey benebelt, offenbar hatte sie vergessen, warum sie Oren hergebracht hatte. Um ihrer Erinnerung auf die Sprünge zu helfen, versetzte Oren dem Deckel des Sarges, der in Joshs Zimmer einen Ehrenplatz einnahm, einen leichten Schlag. »Nagelneu«, sagte er. Klang das sarkastisch? Er hoffte es.

Das lackierte Rosenholz hatte blanke Messingbeschläge, was

auf einen noch nicht allzu lang zurückliegenden Kauf schließen ließ. Es war das exklusivste Modell, das Bestattungsunternehmer – deren Empfindsamkeit der von Gebrauchtwagenhändlern glich – im Angebot hatten. Und das konnte nur bedeuten, dass einer dieser Bestatter tiefes Leid im Blick des Richters gesehen hatte. Und Tränen? Ja, auch die! Der Preis für den Sarg war die Bestätigung. Dieser schäbige Trick funktionierte nur bei jenen, die in Trauer und tiefem Schmerz gefangen waren.

Hannah klappte den Deckel auf und legte ihn nach hinten um. »Der Richter wollte nicht, dass jemand etwas davon erfährt. Er wollte warten, bis er alle Knochen zusammenhat. Bis Josh endgültig heimgekehrt sein würde. Er hat mich schwören lassen, nichts herumzuerzählen.«

Der Sarg war mit Satin ausgekleidet, grünem Satin – Joshs Lieblingsfarbe –, und das Gerippe, das sich hineinschmiegte, hatte den gleichen rötlichen Ton wie der Kieferknochen draußen auf der Veranda. Hände und Füße fehlten. Vielleicht war der nächtliche Besucher des Richters ein Amateur im Exhumieren und hatte das eine oder andere übersehen, Knöchelchen für kleine Äste und Steine gehalten. Was Oren besonders traf, war der leichte Überbiss der Schneidezähne des Schädels, der einzige körperliche Makel eines Fünfzehnjährigen.

Hallo, Josh – hab ich dir gefehlt?

Hannah trat zurück. »Man sollte nicht meinen, dass Knochen riechen.«

Von Berufs wegen war Oren an Zerfall gewöhnt. Dass die Knochen wie aus einem Beinhaus rochen, lag an dem beengten Raum, in dem sie lagen, aber seine Nase witterte auch etwas Erdiges. Er beugte sich vor, als wollte er das lippenlose Gesicht seines Bruders küssen. »Hat der Richter den Schädel gesäubert, Hannah? Hat er irgendwas mit ihm gemacht, ehe er ihn in den Sarg legte?«

»Nein, überhaupt nichts. So, wie Josh da liegt, ist er heimgekommen.«

Am Rumpf waren Erdreste, aber auf dem Schädel fanden sich kreisförmige Spuren. Hier hatte offenbar jemand versucht, mit einem Tuch den Schmutz abzuwischen. So, wie es aussah, war kein Teil des Skeletts Wind und Wetter ausgesetzt gewesen, auch keine Anzeichen von Raubtierzähnen waren zu erkennen – lediglich die Reste des schützenden Erdreichs.

Nur Mörder brachten ihre Opfer so unter die Erde.

Rumpf und Gliedmaßen waren heller als der Schädel, ein Zeichen dafür, dass beide eine Zeit lang durch Kleidung geschützt gewesen waren. Dass man seinen kleinen Bruder nicht nackt in eine Grube geworfen hatte, war für Oren nur ein geringer Trost.

Hannah zupfte ihn am Ärmel. »Ich glaube nicht, dass der Richter Josh dem Sheriff übergeben würde, aber er könnte unter Umständen bereit sein, sich von ein, zwei Knochen zu trennen.«

Oren nickte, als habe sie etwas durchaus Vernünftiges gesagt. Sich von seinem Erstgeborenen zu trennen, war dem Richter schwer genug gefallen, aber sein zweites, sein totes Kind herzugeben war wohl zu viel verlangt.

Hannah hob einen Finger, um einen neuen Gedanken zu verkünden. »Wir könnten vielleicht warten, bis Joshs Skelett komplett ist, ehe wir die Sache melden.« Sie legte eine Hand an den Mund, als könnte sie dadurch verhindern, dass weitere verrückte Ideen herauskamen, dann packte sie Oren am Arm. »Ehe du den Sheriff anrufst, musst du den Richter vorbereiten.«

Und wie sollte er einen verdrehten alten Mann dazu bringen, seinen toten Sohn herzugeben? Auf jeden Fall würde er sinnlose Worte wie *Beendigung der Trauerarbeit* oder dergleichen vermeiden. Oren brachte es ja nicht einmal fertig, den Sarg zu schließen. Am liebsten hätte er sich neben die Gebeine gelegt, um ebenfalls zu sterben.

Hannah stand auf, um ihm einen kleinen Dienst zu erweisen,

und war schon dabei, den Deckel herunterzulassen, als er sie zurückhielt. »Warte! Sie passen nicht zueinander.«

»Was sagst du da?«

»Schau dir die Hüftknochen an.«

Hannah beugte sich über den Sarg, betrachtete erst den einen, dann den anderen, hob schließlich den Kopf und sah Oren zweifelnd und besorgt an. »Die sind doch genau gleich.«

»Schau noch einmal hin. Der linke ist zweieinhalb Zentimeter kürzer. Jetzt sieh dir die Arme an.« Weil er die Ellen und Speichen nicht berühren mochte, deutete er nur hin. »Diese Knochen sind Teile von zwei – *mindestens zwei* – verschiedenen Skeletten.«

4

Oren legte den Telefonhörer wieder auf die Gabel des altmodischen Apparats und wusste, dass er mit einer halben, vielleicht sogar einer vollen Stunde rechnen musste, bis ein Hilfssheriff aus der Kreisstadt eintreffen würde – ohne Eile, ohne heulende Sirenen, vielleicht sogar erst nach einer wohlverdienten Frühstückspause. In Saulburg war es keine Seltenheit, dass Wanderer, die im Wald unterwegs waren, solche Entdeckungen meldeten, Funde, die sich regelmäßig als Tierknochen entpuppten. Oren hatte nichts von dem Skelett im Sarg gesagt, hatte nur von dem Kieferknochen gesprochen, ohne die Zahnfüllung zu erwähnen.

Er ging die Treppe hinauf in sein altes Zimmer, von dem Wunsch getrieben, erneut das Foto in dem Silberrahmen zu betrachten, das an dem Tag von Joshs Verschwinden entstanden war. Nur bei dieser Aufnahme hatte sein kleiner Bruder ein Stativ benutzt, nur hier war Josh auf einem seiner eigenen Fotos zu sehen. Hunderte seiner Arbeiten bedeckten die Wände in diesem Haus, aber diese gestellte Pose war einzigartig. Josh bevorzugte für seine improvisierten, fast überfallartigen Schnappschüsse eine Handkamera. Auf diesem Foto lag zwischen Oren und seinem Bruder eine Distanz von über dreißig Zentimetern – es schien, als sei Josh in diesem Augenblick schon im Begriff, ihn zu verlassen.

In dem Zimmer hingen noch über ein Dutzend weiterer Fotos, eine fünfjährige Chronik von Joshs Liebe zur Fotografie. Oren betrachtete seine Lieblingsaufnahme, die ihn mit einem Mädchen zeigte, das nur in den Sommern seiner Kindheit und

Jugend aufgetaucht war. Er kolorierte das Schwarzweißfoto nach dem Gedächtnis – das lange rote Haar, die Augen wie dunkler Honig. Als Junge hatte er mit verstohlenen Blicken die Sommersprossen auf ihrer Nase gezählt. Den Zwölfjährigen hatte diese Beschäftigung ganz ausgefüllt, der Teenager hatte sich weiter vorgewagt und war hingerissen gewesen von dem roten Nagellack auf ihren Zehen.

Auf diesem Foto mochte er dreizehn gewesen sein. Junge und Mädchen entfernten sich voneinander, liefen auf entgegengesetzte Enden des Bildrandes zu. Zwischen ihnen war nichts als Himmel. Sein kleiner Bruder hatte nie ein Foto gemacht, ohne damit eine Geschichte oder irgendetwas Lustiges zu erzählen – und mit diesem Bild war ihm beides gelungen. Zwischen Oren und dem Sommermädchen war nie etwas gewesen. Sie hatten kein einziges Wort gewechselt, er hatte nie ihre Stimme gehört.

»Isabelle Winston.«

»Mensch, Hannah, lass das gefälligst!«

Sich von hinten an Leute anzuschleichen, war immer eine Spezialität des Richters gewesen. Als Oren sich umdrehte, sah er, dass die Haushälterin das gleiche Foto betrachtete. Wie lange stand sie dort schon?

»Josh war gut, nicht?« Sie trat einen Schritt näher an die Wand heran. »Ein richtiger Künstler.«

Oren griff nach ihrem Willkommensgeschenk, das auf dem Schreibtisch stand. »Diese Aufnahme war auf Joshs letzter Filmrolle, die er am letzten Tag zurückgelassen hat. Wann ist sie entwickelt worden? Ehe der Richter mich fortgeschickt hat – oder *danach*?«, fragte er so scharf wie früher bei seinen Vernehmungen.

»Das klingt ja, als ob er dich mit einem Tritt vor die Tür gesetzt hätte.« Ihr Lächeln sagte ihm, dass sie es nicht krummgenommen hatte. »Nach Joshs Verschwinden habe ich eine Filmrolle im Schrank zwischen seinen Socken gefunden. Erst mal hab ich sie da liegen lassen. Der Richter wollte keine Veränderungen im Zimmer deines Bruders, das war ein richtiger Tick von ihm. Irgendwann hab ich den Film dann zum Entwickeln in unseren Drugstore gebracht, aber wann das war, weiß ich nicht mehr.« Sie warf einen raschen Blick zur Tür und senkte die Stimme. »Der Richter braucht davon nichts zu erfahren, der rastet sonst aus. Also verrate mich nicht, okay?« Hannah warf ihm ein verschwörerisches Lächeln zu und legte das Foto wieder auf den Schreibtisch. »Es ist eine gute Aufnahme, aber in seiner Dunkelkammer hätte Josh sie bestimmt noch besser hinbekommen.«

»Und die Dunkelkammer ist nach wie vor auf dem Dachboden?«

»Genau so, wie er sie verlassen hat.«

»Hast du da die übrigen Bilder von der letzten Filmrolle hingeschafft?«

Hannah sah zum Fenster. »Da kommt ein Wagen.«

Er glaubte nicht an ein Ablenkungsmanöver, aber es dauerte ein paar Sekunden, bis auch er Reifen auf dem Kies der Auffahrt knirschen hörte. Bei Schichtwechsel würde keiner der Hilfssheriffs aus der Gegend bereit sein, einen Auftrag zu übernehmen, und für einen Wagen aus Saulburg war es zu früh.

Das Haar des Pick-up-Besitzers war von blonden Strähnen durchzogen, so hell wie Kinderhaar. Wäre Hannah milder gestimmt gewesen, hätte sie dafür die Sonne und nicht männliche Eitelkeit verantwortlich gemacht. »Der Richter sagt, dass du warten sollst, bis der Durchsuchungsbefehl da ist.«

Dave Hardy kramte in dem Durcheinander von Säcken und Gartengeräten auf der Ladefläche nach einer Schaufel. »Hier befehle ich, Hannah.«

»Aber klar doch!« Dass jemand in T-Shirt und Jeans meinte, ihr etwas befehlen zu können, fand sie lächerlich, obwohl er die Rolle des Gesetzeshüters auch ohne Uniform durchaus überzeugend spielte.

Seine Überzeugung, der Größte zu sein, rührte aus der Zeit her, als er mit acht Jahren seine erste Sonnenbrille bekommen hatte. Seither trug Dave sie auch bei Regen, und manch einer, der ihn hatte aufwachsen sehen, konnte sich nicht mehr an die Farbe seiner Augen erinnern. Wenn Hannah sich diesen Mann als Kind vorstellte, gehörte für sie immer eine kleine geladene Pistole mit ins Bild. Heute war er nicht bewaffnet, und ohne Sonnenbrille wirkte er fast nackt. Offenbar aus dem Bedürfnis heraus, Hannah gegenüber seine Glaubwürdigkeit zu betonen, steckte er nun seinen Hilfssheriff-Stern an eine Gürtelschlaufe und wühlte dann wieder auf der Ladefläche herum.

Der Richter im Ruhestand saß neben Joshs Kieferknochen auf der Verandatreppe. Hannah beugte sich zu ihm herunter und legte ihm sanft eine Hand auf den Arm wie immer, wenn sie ihn nachdrücklich um etwas bitten wollte. »Wenn du Dave einfach erzählst, was in dem Sarg ist, wird er sich vielleicht nicht mehr für das da hinten interessieren.« Sie deutete mit dem Daumen auf das frisch umgegrabene Stück Erde am Ende des Gartens, wo der Richter seine letzten Zwiebeln gesteckt hatte.

Henry Hobbs schüttelte eigensinnig den Kopf. Nichts zu machen. »Ich sag's zum letzten Mal«, rief er dem Hilfssheriff zu. »Der Knochen kommt nicht aus meinem Garten.«

»Das werden wir ja sehen.« Dave schwenkte triumphierend eine Schaufel. »Na also, da ist sie ja.« Er sprang von der Ladefläche, wandte sich dem Haus zu – und erstarrte.

Hannah sah neugierig über die Schulter. In der offenen Haustür stand Oren, eher unbeteiligt und ganz entspannt.

Der Hilfssheriff starrte ihn an, aber das war Oren Hobbs schließlich gewohnt – und nicht nur, weil er so gut aussah. Es war fast so etwas wie Schwerkraft, die alle Aufmerksamkeit auf sich zog. Aus Hannahs Sicht war ihr Goldjunge vor zwanzig Jahren gerade im Begriff gewesen, sich zu entfalten. An die Army hatte sie dabei nie gedacht, sondern ihn immer als zentrale Figur auf einer Bühne gesehen. Und tatsächlich schien an diesem Vormittag alles fast wie ein Theaterstück, bei dem er, die Hände in den Taschen, dastand wie ein Rockstar in einem müßigen Augenblick. Sein Publikum, Dave Hardy, war wie gebannt.

Dann war der Bann gebrochen. Dave straffte die Schultern und packte die Schaufel mit beiden Händen. »Schon komisch, Oren, dass dieser Kieferknochen gleichzeitig mit dir aufgetaucht ist.«

Der Richter erhob sich von den Verandastufen und ging auf den Hilfssheriff zu, den Blick auf die Schaufel gerichtet. »Meinen Garten wirst du nicht umgraben. Aus diesen Zwiebeln werden nie Blumen werden, wenn …«

»Schluss, Alter.« Dave nahm eine Hand von der Schaufel und deutete zur Veranda hin. »Setz dich wieder hin. Das ist ein *Befehl.*«

Hannah riss die Augen auf. Richter Henry Hobbs gegenüber leistete man sich keine Respektlosigkeiten – nicht in *dieser* Stadt. Der alte Mann zögerte. Er wirkte verwirrt und schien sich zu fragen, wie ihm so etwas widerfahren konnte. Hannah stemmte die Hände in die Hüften. *Ist dir klar, was du da angerichtet hast?,* gab sie Dave Hardy damit zu verstehen.

Dave war auf dem Weg zum hinteren Ende des Gartens und konnte deshalb nicht sehen, welches Schicksal ihm der Blick von Oren Hobbs verhieß, der langsam und in kalter Wut die Verandastufen herunterkam.

Armer Dave.

Hannah Rice war von jeher eine Autorität gewesen, mit der man rechnen musste, und sie blieb es auch, als Oren und Josh ihr längst über den Kopf gewachsen waren. Ein leichter Druck auf das, was sie von den Jungen gerade zu fassen bekam, hatte immer genügt, die beiden zurückzuhalten. Auf den Gedanken, sich einfach loszureißen, wenn die Haushälterin sie einmal erwischt hatte, wären sie nie gekommen.

Jetzt spürte Oren, wie sich Hannahs kleine Hand über seiner

Rechten schloss, mit der er Dave Hardy am liebsten in seine Einzelteile zerlegt hätte. Wie angewurzelt blieb er stehen und sah ihr flüchtiges Lächeln, mit dem sie sich symbolisch die Ärmel aufkrempelte, bevor sie zur Tat schritt.

Hannah nahm den Hilfssheriff ins Visier und schleuderte blitzartig einen Satz über das Blumenbeet. »Du legst sofort die Schaufel hin!«

Dave sah auf. Die Schaufel schwankte unentschlossen in seiner Hand.

Die Haushälterin senkte die Stimme und holte zum nächsten Schlag aus. »Zwing mich nicht, deine Mutter zu holen.«

Lauf, Dave, lauf.

Offenbar galt Daves Mutter immer noch als das Stadtmonster – eine Frau, die den Ruf hatte, ihren eigenen Sohn mit höchstens zehn Worten erledigen zu können. Oren erinnerte sich, dass Mrs. Hardy das manchmal in gereimter Form getan hatte, und ihre obszönen Verse hatten überall Bewunderung erregt.

»Ich brauche nur so zu machen«, sagte Hannah und schnippte mit den Fingern, »und Mavis ist da.«

Früher hatte man in der Stadt gemunkelt, Daves Mutter sei vom Teufel besessen. Die Besonneneren hatten dagegengehalten, dass bei einem derartigen Pakt wohl eher Satan den Kürzeren gezogen hätte.

Dave ließ die Schaufel fallen.

Ein Jeep fuhr um eine Baumgruppe an der Auffahrt herum und parkte vor dem Haus. An der Tür des Jeeps prangte der Sheriffstern, und am Steuer saß Cable Babitt. Der Sheriff stellte den Motor ab und stieg aus. Er war grauer geworden, sah aber immer noch aus wie eine Birne mit Schnurrbart. Er lächelte liebenswürdig, während er die Wagentür zuknallte – die einzige Warnung vor der Reaktion, die Dave Hardy zu erwarten hatte. In seiner ruhigen, fast vornehmen Art ging er auf den Hilfssheriff los, ohne laut zu werden. »Du kommst zu spät zum Dienst.«

»Nein, Sir.« Der Deputy nahm Haltung an. »Der Anruf kam, ehe ich heute früh das Haus verlassen habe. Ich bin im Dienst.«

»Ohne Uniform? Erzähl keine Märchen.«

Der junge Polizist griff nach der Schaufel, dem Beweis seiner Unschuld. »Ich zieh mich um, sobald ich hier …«

»Nein, nein, nein!«, rief der Richter von der Verandatreppe her. Offenbar hatte er sich inzwischen wieder gefangen. Er drohte dem Hilfssheriff mit der Faust. »In meinem Garten sind keine Knochen vergraben!«

Cable Babitt schlenderte zur Veranda hinüber und tippte an seinen Hut – ein Gruß unter Freunden, die im gleichen Ort aufgewachsen waren. Allerdings war Henry Hobbs zwölf Jahre älter. »Morgen, Henry. Was haben wir denn hier?« Der Sheriff griff nach dem Kieferknochen, drehte und wendete ihn und hielt ihn hoch, um seinen Hilfssheriff heranzulocken. »So ganz unrecht hattest du nicht, Dave. Keine Anzeichen von Witterungseinwirkungen, viele Flecken. Der Knochen war tatsächlich vergraben, aber nicht hier. Siehst du diesen rötlichen Farbton? Deutet auf eisenhaltigen Boden hin. Demnach war er nördlich von hier vergraben, dort hinten.« Er deutete auf den Hang, der erst dicht bewaldet war und dann in kahlen Fels überging. »Da ist nämlich ein Eisenerzlager.«

Eisenerz?

Oren fragte sich, woher der Sheriff eigentlich dieses geheime Wissen hatte. In der Kleinstadt Coventry hatte es ursprünglich nichts weiter als ein Sägewerk gegeben, und im Umkreis von hundert Meilen hatte man weder Bergbau betrieben noch irgendwelche Eisenerzvorkommen gefunden.

Babitt zeigte mit dem Daumen vielsagend auf den Pick-up des Hilfssheriffs, und der machte sich schleunigst aus dem Staub.

Als der Wagen hinter der Baumgruppe verschwunden war, baute sich Oren vor dem Sheriff auf. »Ich höre immer Eisenerz … Von dem Kieferknochen haben Sie also offenbar schon vor meinem Anruf gewusst.« Das war mehr als ein Vorwurf, es war ein Angriff. Oren musterte sein Gegenüber, suchte in seinem Gesicht nach den ersten Anzeichen einer Lüge. »Vielleicht hatten Sie schon einen von Joshs Knochen. Für eine Bodenanalyse braucht man ein Muster …«

»Das reicht, Oren. Ich habe ein paar Fragen an dich.«

Showdown – oder vielleicht doch nicht?

Hannah, erfahren im Umgang mit halbwüchsigen und erwachsenen Streithähnen, schob sich zwischen sie. »Du musst mir etwas in der Stadt besorgen, Oren.« Sie drückte ihm eine leere Medizinflasche in die Hand, dann drehte sie sich zur Veranda um. »Ich schicke Oren in die Stadt, er soll deine Tabletten, dein Herzmittel, besorgen!«, rief sie so laut, als hätte sie es mit einem Schwerhörigen zu tun.

Henry Hobbs, der ausgesprochen gute Ohren hatte, nickte verwundert. »Ich weiß aber nicht, wo die Wagenschlüssel sind.«

»Ich schon«, sagte Hannah.

Oren folgte ihr ins Haus, über den Flur in einen Raum mit zartblauen Wänden und weißen Schränken. Auch die Küche war unverändert bis auf einen neuen Kühlschrank aus Edelstahl und einen dazu passenden Geschirrspüler. Offenbar war der Richter mit der Reparatur von Elektrogeräten überfordert und hatte hier vor dem irrwitzigen Unterfangen, die Zeit anzuhalten, kapituliert.

»In der Garage steht immer noch der alte Wagen, aber das hast du dir ja sicher schon gedacht.« Hannah holte eine Trittleiter aus dem Besenschrank. »Der Richter behandelt ihn sehr pfleglich, das muss man ihm lassen. Wenn du mich fragst, läuft die Kutsche besser als jeder Neuwagen.« Sie schlüpfte aus den Holzpantinen und stieg mit Hilfe der Leiter auf die Arbeitsfläche. »Selbst die ärmsten Schlucker der Stadt fahren diese Autos. Sie geben nie den Geist auf und werden von einem zum anderen weitergegeben.« Sie stand barfuß auf der Arbeitsfläche und öffnete eine Schranktür. »Wenn Coventry ein Wappen hätte, müsste ein Mercedesstern darauf sein.«

Sie stellte sich auf die Zehenspitzen, um an das oberste Regalbrett zu gelangen, schob ein paar Blechbüchsen beiseite, holte eine Teedose hervor, angelte die Wagenschlüssel heraus und reichte sie Oren nach unten. »Wir haben hier nach wie vor nur einen Drugstore. Du kennst den Weg.«

Oren überlegte, ob Hannah dieses Manöver immer vollführte, wenn sie den Wagen brauchte, aber dann steckte er die Schlüssel ein, ohne zu fragen.

Es war ohnehin ein verrückter Tag.

Aus der Sicht von Coventry thronte die Stadt gleichsam am Ende der Welt, auf einer Klippe, wo das Land sich in mörderischem Gefälle zu einer felsigen Küste hinunterstürzte. Ein älterer Mann posierte nah am Abgrund, während ein Begleiter ihn vor dem blauen kalifornischen Himmel und dem Pazifischen Ozean fotografierte; er hatte eine zittrige Hand auf das eiserne Geländer gelegt, das einfältige Touristen daran hindern sollte, in den Tod zu stürzen. Auf der anderen Straßenseite erwachten die dicht an dicht in einer pastellfarbenen Häuserzeile gelegenen kleinen Kunstgalerien und Boutiquen zum Leben, Rollläden und Jalousien wurden hochgezogen, um sich für die ersten Geschäfte des Vormittags bereitzumachen. Im Vergleich zu dem riesigen Gebäude des Hotel Straub mit seinen vier Fensterreihen und den ausgebauten Giebeln wirkten diese Häuschen wie Zwerge.

Auf den Straßen drängte sich der Wochenendverkehr, und Oren konnte von Glück sagen, dass er einen Parkplatz fand.

Auf der Hotelveranda hatte es sich eine füllige grauhaarige Frau in einem Korbsessel bequem gemacht. Die tiefen Falten in ihrem Gesicht zeugten von generellem Missmut, Wangen und Doppelkinn waren ausladend und schwammig. Streng beobachtete sie das Kommen und Gehen der Hotelgäste, nickte jedem Einzelnen kurz zu, als wollte sie sagen *Okay, ich habe dich zur Kenntnis genommen, jetzt geh weiter.* Und das taten dann auch alle.

Irgendwie kam Oren diese alte Dame bekannt vor – und ganz offensichtlich kannte sie ihn.

Obgleich sie eine Sonnenbrille trug, spürte er, dass ihr Blick ihm folgte, während er aus dem Wagen stieg. Als er näher kam, bedachte sie ihn mit einem Lächeln und schob die Sonnenbrille auf die Stirn. Doch dann erlosch ihr Lächeln, und Oren begriff, dass er eine Prüfung nicht bestanden hatte. Die Frau ballte eine Hand zur Faust und streckte langsam den Mittelfinger aus. Allein an dieser Geste erkannte er sie. Bei ihrer letzten Begegnung war er ein Teenager gewesen und sie eine schlanke Frau in den Vierzigern mit einer langen, blonden Löwenmähne.

Die Frau von *damals* und die von *jetzt* waren zwei grundverschiedene Menschen.

Er näherte sich der Hoteltreppe. »Hallo, Mrs. Straub«, rief er zu ihr hinauf.

Sie beugte sich vor, und der Korbsessel knarzte unter ihrem Gewicht. Ihre Stimme war rau vom Alkohol und von Zigaretten. »Oren Hobbs, wir beide haben in der Hälfte aller Hotelzimmer miteinander geschlafen. Ich finde, du kannst mich ruhig Evelyn nennen.« Ohne das verblüffte Ehepaar aus der Provinz zu beachten, das gerade vorbeiging, setzte Evelyn Straub die Sonnenbrille wieder auf und lehnte sich zurück.

Die Audienz war offenbar beendet.

Oren verabschiedete sich mit einem beinah militärischen Gruß und setzte seinen Weg in Richtung Drugstore fort. Wie gewohnt bewegte sich der Verkehr langsam, ohne auch nur annähernd die ausgeschilderten fünfundzwanzig Meilen pro Stunde zu erreichen. Einer geheimnisvollen Übereinkunft zwischen Touristen und Ortsansässigen gemäß, gingen alle Fahrer kurz vor dem Ortseingangsschild vom Gas. Dennoch fiel Oren ein ganz besonders langsamer Wagen auf, der im Schritttempo neben ihm fuhr. Mit einem Seitenblick registrierte er, dass er schwarz und ziemlich niedrig war. Dann konzentrierte er sich auf die Medizinflasche, die er in der Hand hielt.

Das war nicht die Arznei des Richters.

Auf dem Etikett stand ein anderer Name. Er kannte das Mittel und wusste, wofür es verschrieben wurde. Seit wann hatte Hannah so viel Stress? Große Sorgen und drei robuste Schlösser an der Haustür – was hatte sich noch geändert in den langen Jahren seines Exils?

Der schwarze Wagen rollte immer noch neben ihm her. Jetzt beschleunigte er kurz, um eine Parklücke zu erobern, die gerade frei geworden war. Oren sah auf, als die Wagentür zuschlug – und stolperte.

Es war die übliche Wirkung, die das Sommermädchen auf ihn hatte.

Isabelle Winston stieg aus ihrem schwarzen Sportwagen und trat ihm ein paar Häuser weiter zielbewusst auf dem Gehweg entgegen. Trotz des kühlen Vormittags trug sie ein nur knielanges weißes Baumwollkleid, und aus den Sandalen lugten rot lackierte Zehen hervor. Das Haar war kürzer, hatte aber noch immer die Farbe von rohen Karotten. Die Sommersprossen konnte er auf die Entfernung nicht sehen, er verließ sich einfach darauf, dass sie noch da waren.

Er atmete langsam und vollständig aus.

Bei ihrer ersten Begegnung hatte sie nach Pferden gerochen und dann, im Lauf des Sommers, nach verschiedenen Parfüms, bei jeder Begegnung nach einem anderen. Jetzt war sie beinah so nah herangekommen, dass er sie riechen konnte. Als die Entfernung zwischen ihnen geringer wurde, wandte er den Blick ab und drängte sich dichter an die Hauswände, da er nicht riskieren wollte, sie im Vorbeigehen zu berühren.

Es war der alte Tanz ihrer Jugend – ein Twostep aus Annäherung und Flucht.

Als sie auf gleicher Höhe mit ihm war, sah er in der Schaufensterscheibe, wie sie kurz innehielt und mit dem linken Fuß in seine Richtung ausholte.

Volltreffer ans Schienbein!

Seine Beine verhedderten sich, er schwankte und fiel. Sein Knie machte schmerzhafte Bekanntschaft mit dem Straßenpflaster, und der Aufprall ließ ihn Sterne sehen.

Ihre erste Berührung.

Oren drehte sich auf den Rücken und blickte, auf einen Ellbogen gestützt, dem Sommermädchen nach, aus dem eine Frau in den Dreißigern geworden war. Sie sah kein einziges Mal zurück, um sich an dem zu weiden, was sie angerichtet hatte, und das, fand er, sprach für ihren Charakter.

5

Die Ladeklappe des Vans stand offen, bereit, die sterblichen Überreste seines Kindes aufzunehmen – sie ihm zu rauben.

Richter Henry Hobbs saß auf dem breiten Stumpf eines alten Baumes. Er hatte die ganze Wiese für sich. Seine Haushälterin war nach den Ereignissen des Vormittags so durcheinander, dass sie ihn ohne die schützende Baseballmütze auf dem kahlen Kopf in der Sonne sitzen ließ – und jetzt war sie weggegangen, weil der Sheriff mit ihr sprechen wollte. Der Richter hatte seine eigene Haustür nur aus der Ferne im Blick, ins Haus selbst durfte er nicht.

Der alte Mercedes rollte am Haus vorbei und hielt dort, wo die geschotterte Auffahrt sich zu einem Wendekreis erweiterte. Oren stieg aus und kam gemächlich auf ihn zu. Offenbar hatte er Hannahs merkwürdigen Auftrag ausgeführt, denn er hielt eine weiße Tüte mit dem Aufdruck des Drugstores in der Hand. Das Rezept für sein Herzmittel interessierte Henry Hobbs nur deshalb, weil er weder etwas am Herzen hatte noch sonst irgendwelche Medikamente brauchte. Das hatte der Drogist vermutlich auch Oren mitgeteilt, und der wollte jetzt bestimmt wissen, was für ein Spiel Hannah da eigentlich spielte.

Sein Sohn ließ die Tüte lässig von einer Hand in die andere wandern, während er sich neben den Richter auf den Baumstumpf setzte und so tat, als interessiere er sich für die Wolken oben am Himmel. »Ich habe in der Stadt Mrs. Straub gesehen, wir haben uns kurz gegrüßt.«

Wie nett… Aber was ist in der verdammten Tüte?

Eine Pause entstand, und der Richter musste lächeln, denn

jetzt begann ein altes Spiel. Sein Sohn genoss die Spannung einer Frage, die nicht ausgesprochen werden durfte. Offenkundige Fragen waren gegen die Regel.

Herzmittel? Von wegen…

Andererseits wäre es unhöflich, seine Haushälterin einer glatten Lüge zu bezichtigen, und auch schlechte Manieren waren gegen die Regel.

Oren legte die Tüte auf den Baumstumpf, und das Geheimnis ihres Inhalts hing fast greifbar zwischen ihnen in der Luft.

»Evelyn Straub? So, so…« Der Richter spielte brav mit. »Ich habe mich immer gefragt, ob sie es war, die dir das Rauchen beigebracht hat.« Er hatte den Verdacht, dass sein minderjähriger Sohn bei dieser Frau noch Schlimmeres gelernt hatte.

Oren nahm die Tüte und sah hinein. »Ich habe auch Isabelle Winston gesehen. Kommt sie immer noch jeden Sommer her?« Er verschloss die Tüte wieder und legte sie zurück auf den Baumstumpf.

»Diesmal ist sie im April gekommen.« Der Richter kniff die Augen zusammen, weil er sehen wollte, was auf der Quittung stand, die an der Tüte hing, konnte aber nur den Preis erkennen. »Soviel ich weiß, ist die kleine Winston hergekommen, um ihre Mutter zu pflegen.«

Die leichte Tüte, die *nicht* das Herzmittel des Richters enthielt, wurde mit jeder Sekunde gewichtiger. Es musste ein Medikament für Hannah sein. Was mochte sie haben? Etwas Ernstes?

»Demnach geht es Mrs. Winston nicht gut?«

»Nun ja, Sarah hat ein kleines Alkoholproblem«, sagte der Richter. »Als ich noch im Amt war, musste ich ihr den Führerschein entziehen.«

War in der Tüte vielleicht ein Herzmittel für Hannah?

Endspiel.

Der Richter griff nach der Tüte, riss sie auf und machte große Augen, als er das Etikett auf der Flasche mit den seiner

Haushälterin verschriebenen kleinen weißen Pillen sah. »Lorazepam?«

Oren lächelte – nein, er grinste triumphierend. Dazu klimperte er mit den Wagenschlüsseln. »Möchte wissen, warum Hannah die in einer Teedose ganz oben im Schrank aufbewahrt.«

Da steckten sie also…

»Sie spürt wohl auch die Last der Jahre«, sagte der Richter, der fünfzehn Jahre älter war als seine Haushälterin. »Hat der Drogist gesagt, wogegen die Tabletten helfen?«

»Nicht nötig, ich kenne das Mittel.«

Erneut matt gesetzt, besah sich der Richter das rätselhafte Etikett.

»Sie sind gegen ihre Ängste«, sagte Oren. Er war ein barmherziger und großzügiger Sieger.

Hannah und Ängste? Unmöglich!

Henry Hobbs beäugte die Flasche, als würde er Sprengstoff darin vermuten. »Das kann nicht sein. Sie ist so ruhig, ja regelrecht träge, geht früh zu Bett und legt sich auch mittags oft hin. Es muss eine andere Erklärung geben. In den letzten sechs Wochen kommt sie mir fast ein bisschen paranoid vor. Wenn ich daran denke, dass sie die Wagenschlüssel versteckt hat. Und hast du die Schlösser an der Haustür gesehen? An der Küchentür ist auch eins. Das hat Hannah veranlasst.«

»Bei dir werden in schöner Regelmäßigkeit menschliche Gebeine auf der Veranda abgelegt. Ob das eine Erklärung für die Schlösser sein könnte?«

In Joshs Zimmer ging das Schiebefenster hoch. Der Sheriff lehnte sich übers Fensterbrett und rief in vertraulichem Ton: »Kann ich mal kurz mit dir sprechen, Oren?«

Hannah war auf dem Weg nach unten, als Oren hinaufkam.

»Ich mach uns eine Kleinigkeit zu essen. Hast du was gegen Sandwich mit Huhn?«

»Bestens.«

Sie blieb neben ihm stehen. »Ich habe Cable alles erzählt«, sagte sie leise. »Wahrscheinlich ist es nicht nötig, dass er heute den Richter verhört.«

»Das hast du gut gemacht.«

Im Obergeschoss angekommen, sah Oren einen Unbekannten untätig im Korridor herumstehen. Der Aufdruck auf dem Rücken seiner Jacke wies ihn als einen von der Gerichtsmedizin, als Mitarbeiter des amtlichen Leichenbeschauers aus, der darauf wartete, die Gebeine abzuholen. Merkwürdig… Das, was Hannah zu sagen hatte, war in höchstens zehn Minuten gesagt. Was hatte Cable Babitt die ganze Zeit getrieben?

Zögernd blieb Oren auf der Schwelle zum Zimmer seines Bruders stehen. Er besah sich den offenen Kleiderschrank, die Angelrute, die zwischen zerdrückter Kleidung steckte, ein Regalbrett voller Trödel – und überlegte, ob der Sheriff das einzig Absonderliche in diesem Chaos bemerkt hatte.

Henry Hobbs war überrascht – und auf der Hut.

Kein jaulender Porschemotor hatte die Ankunft von Addison Winston angekündigt, obwohl er lärmende Auftritte doch so liebte. Der Anwalt kam geräuschlos über die Wiese geschlendert, und schon das war verdächtig. Theoretisch galt er als Nachbar, aber das Grundstück der Winstons war sehr ausgedehnt, und der Weg von seiner Villa – zu Fuß und in Straßenschuhen – zog sich hin. In seinem perfekt geschnittenen Anzug aus grauer Seide sah Addison nicht gerade aus wie ein Mann im Vorruhestand.

»Hallo, Henry. Ich habe den Jeep des Sheriffs in der Auffahrt stehen sehen und dachte, du könntest vielleicht einen guten Anwalt gebrauchen.« Ad Winstons Lächeln hätte einen Selbstmordattentäter erweichen können – aber auf den Richter wirkte es nicht.

Die Kieferpartie des Anwalts war verdächtig straff, das

braune Haar hatte jugendliche Schulterlänge, und der im gleichen Braunton gefärbte Spitzbart war akkurat gestutzt. Wenn man die Ohren des Mannes sehen könnte, überlegte der Richter, würde man wohl entdecken, dass auch sie spitz zuliefen. Addison schien wie Dorian Gray nie älter zu werden.

»Ich brauche keinen Promi-Anwalt«, sagte der Richter.

»Wenn du bei deiner letzten Million angekommen bist, wäre ich bereit, dich als Sozialfall zu übernehmen.« Der Anwalt setzte sich auf den Baumstumpf und hielt sein Gesicht in die Sonne, als wäre es noch nicht braun genug.

Auch der Richter sah auf, aber er blickte nach Norden, wo auf einer Anhöhe die Villa der Winstons lag. Über der Baumlinie war nur das kegelförmige Dach des Turmes zu erkennen. »Habt ihr da oben ein Fernrohr?«

»Drei«, sagte Addison. »Unverzichtbares Zubehör für einen Anwalt, der auf lukrative Unfallmandate aus ist. Im Übrigen habe ich unterwegs den Van des Leichenbeschauers überholt und daraus geschlossen, du hättest das Zeitliche gesegnet.« Sein Lächeln erlosch, als er zum Haus hinübersah. »Ich hoffe nur, dass der Leichenbeschauer nicht Hannahs wegen gekommen ist.«

»Hannah geht es bestens.« Stimmte das eigentlich? Das Geheimnis der Tabletten ging Henry immer noch nach.

»Freut mich. Meine Tochter hat erzählt, dass sie Oren in der Stadt gesehen hat. Der Junge ist also wieder zu Hause.«

»Genau wie Josh.«

Ad Winston machte ein verblüfftes Gesicht, und daran hätte der Richter seine Freude gehabt, wenn er hätte glauben können, dass das Erstaunen des Anwalts echt war.

Oren stand in Joshs Zimmer und betrachtete den Sarg, in dem sich die Knochen seines Bruders mit denen eines Unbekannten vermengt hatten.

»Jetzt ist es amtlich«, sagte Sheriff Babitt. »Mit zwanzig Jahren Verspätung können wir jetzt die Mordermittlungen einleiten.« Er rollte ein Maßband zusammen, das aussah wie aus Hannahs Nähkorb.

Damit hatte der Sheriff also seine Zeit verbracht: Er hatte die Arm- und Beinknochen vermessen. Als CID-Agent hatte Oren manchmal auf dieselbe Methode zurückgegriffen, wenn er zur Identifizierung von Kriegsopfern aus Massengräbern keine DNA-Spuren und auch kein Zahnschema zur Verfügung hatte. Einmal hatte ihm von einem Baby, das zwischen den sterblichen Überresten der Mutter lag, nur die Wirbelsäule vorgelegen. Aber Cable Babitt ging es wohl mehr um die Zahl der Toten im Sarg, er war sicher nicht bereit, auf den Bericht des Pathologen zu warten, um zu erfahren, wie viele Menschen für dieses eine Teilgerippe hatten herhalten müssen.

»Doppelmord«, sagte Oren. »Es sei denn, Sie rechnen mit drei Opfern.«

Der Sheriff lächelte. »So kannst du mich nicht fangen, Junge. Hannah hat mir erzählt, dass du von mindestens zwei Toten ausgehst. Wenn ich zu einer anderen Zahl komme, werde ich dir das nicht verraten, das weißt du genau.«

»Ja, Sir.«

Cable Babitt sah auf seine Armbanduhr. »Wo zum Teufel steckt Dave?« Er wandte sich an den Mitarbeiter des Leichenbeschauers, der auf dem Gang stand. »Brauchst nicht auf meinen Hilfssheriff zu warten, Harry. Am besten stecken wir die Knochen in einen Leichensack.«

»Nein, kein Leichensack«, widersprach Oren. Ehrfürchtig schloss er den schweren hölzernen Deckel. »Schafft den Sarg, so wie er ist, in den Wagen.«

Der Sheriff nickte dem Mann auf dem Gang zu. »Hol dir Verstärkung, Harry«, forderte er ihn auf, und als dessen Schritte verhallt waren, wandte er sich wieder an Oren: »Gute Idee, Junge. Für deinen Vater ist es am besten, wenn er den Sarg nicht im Haus behält, sonst denkt er am Ende noch, dass so was normal ist. Jetzt noch mal zu den Knochen, die auf der Veranda aufgetaucht sind. Von Hannah weiß ich, dass das schon eine Weile so geht … aber du bist gestern Abend erst nach Hause gekommen.«

Oren nickte. Durchs offene Fenster sah er einen Jeep vor dem Haus vorfahren. Die Wagentür ging auf, und der Fahrer sprang mit einem Satz heraus. Wenige Sekunden später kam der Mitarbeiter des Leichenbeschauers herein, gefolgt von Dave Hardy, der jetzt seine Uniform trug. Jeder fasste einen Messinggriff, dann hoben sie den Sarg an und bugsierten ihn in Richtung Tür, wobei Dave es sichtlich eilig hatte.

»Ich hab bei der Army angerufen«, sagte der Sheriff. »Reine Routine. Ich musste wissen, was du getrieben hast, während der Richter mit diesen Knochen beschäftigt war.«

Die beiden Sargträger hatten es plötzlich nicht mehr so eilig, sie drückten sich, obgleich der Sarg bestimmt schwer war, vor der Tür herum.

Der Sheriff ließ sich nicht anmerken, ob ihm das missfiel, und sprach einfach weiter: »Dein früherer Boss hat sich vorbehaltlos für dich verbürgt. Dass du der beste CID-Mann bist, der ihm je begegnet ist, hat er gesagt, und dass ich schön dumm wäre, dein Talent nicht zu nutzen. Aber du weißt, warum ich das nicht tun kann.«

»Ja, Sir.« Oren wusste, warum: Eines Tages waren zwei Brüder in den Wald gegangen, und nur einer war lebend zurückgekommen.

6

Die Straße war schmal, und über den Jeep des Sheriffs streiften Zweige mit jungem Laub. Als sich Cable Babitt der Küstenstraße näherte, lichtete sich der Wald und gab den Blick auf Stadt, Meer und Himmel frei. Der Sheriff wandte sich an den schweigsamen Mann an seiner Seite und unternahm erneut den Versuch, ein Gespräch anzuknüpfen.

»Nach allem, was ich höre, hast du bei der Army eine vorzügliche Ausbildung bekommen – einen Master-Abschluss in Forensik. Die halten dort offenbar viel von dir. Ich staune, dass sie dich so ohne Weiteres haben gehen lassen.« Das war vor allem in Kriegszeiten erstaunlich, in denen das Militär ständig Personalsorgen hatte und sogar Mitglieder der Nationalgarde, die viel älter waren als Oren, wieder zum Dienst einberufen wurden. »Dein Kommandeur hat nicht gesagt, warum du gegangen bist. Ich möchte fast denken, dass er es nicht wusste.«

Ein Kombi raste an ihnen vorbei, auf dem Dach das Schild eines Nachrichtensenders. Oren Hobbs drehte sich auf dem Beifahrersitz um und schaute dem Fahrzeug nach, das sich dem Haus des Richters näherte.

»Reporter«, sagte der Sheriff. »Lokalsender mit geringer Reichweite.« Er deutete nach oben, wo ein Hubschrauber kreiste, auf dessen Unterseite in großen Buchstaben der Name einer Fernsehstation prangte. »Die machen mir mehr Sorgen, sie erreichen den ganzen Bundesstaat.«

»Drehen Sie um«, verlangte Oren. »Bringen Sie mich nach Hause.«

»Keine gute Idee, Junge. Aber mach dir keine Sorgen, ich

habe Ad Winston verständigt, der wird sich um deinen Vater und Hannah kümmern. Niemand hat Reporter besser im Griff als Ad.«

»Der Richter mag ihn aber nicht.«

»Spielt keine Rolle. Henry Hobbs ist hier in der Gegend so was wie ein kleiner König, Ad würde sich die Chance, ihm einen Gefallen zu tun, nie entgehen lassen. Dass du dich besser von den Medien fernhalten solltest, ist dir doch hoffentlich klar, oder?«

»Ja, ich weiß: Ich bin der Hauptverdächtige.«

»Du könntest jetzt und hier alles gestehen, mein Junge, und ich würde dich trotzdem um deine Mithilfe bitten.«

Oren Hobbs schwieg erstaunt, während der Jeep sich der Kreisstadt näherte. Cable musterte ihn von der Seite. Es war offensichtlich, dass seinem Beifahrer die Logik dieses Gedankens, der jeglichem gesunden Menschenverstand zuwiderlief und noch dazu gegen das Gesetz verstieß, zu schaffen machte.

»Sie wissen, dass ich Ihnen nicht helfen kann«, sagte Oren. »Das haben Sie vorhin selber gesagt.«

»Was ich vorhin gesagt habe, war für die Ohren meines Hilfssheriffs bestimmt.«

Schülerfeindschaften waren langlebig, und Dave Hardy würde es Oren nie verzeihen, dass er ihn vor den Augen der halben Stadt blutig und bewusstlos geschlagen hatte.

Dr. Isabelle Winston stand auf einer Holzterrasse, die sich ringförmig um das Refugium ihrer Mutter, ein Turmzimmer im obersten Stock, herumzog. Die kühle Luft war von lautem Krächzen, Pfeifen, Trillern und Flügelrauschen erfüllt, der Wind wirbelte Körner auf. Hungrige Vögel landeten an den Futterstellen, die dicht an dicht am Geländer hingen, andere hatten sich schon satt gefressen und flogen davon.

Die Ornithologin ignorierte sie. Für Vögel konnte sie sich heute nicht begeistern.

Ihr Feldstecher war auf den Hubschrauber gerichtet, der gerade auf der Wiese von Richter Hobbs landete. Sie erkannte ihren Vater Addison, der durch das hohe Gras den Reportern entgegenging und ihnen zum Gruß die Hand hinstreckte. Am Himmel näherte sich eine kleine Privatmaschine dem Flugplatz der Kreisstadt. Noch mehr Medienpräsenz? Aber ja … Angefangen hatte es mit dem örtlichen Radiosender, der meinte, die Gebeine eines Jungen, der sich verirrt hatte, zum Beweis eines Serienmordes hochstilisieren zu müssen – inzwischen war hier die Hölle los.

Sie lief zur anderen Seite des Turms, legte das Fernglas aus der Hand und schreckte dabei einen Kuhstärling auf, der unter schrillem Gekreisch davonflog. Isabelle sah durch das Okular eines von drei fest installierten Fernrohren. Es war auf die Stadt Coventry gerichtet. Ihre Mutter, eine leidenschaftliche Amateur-Naturkundlerin, ließ es nicht bei der Beobachtung von Vögeln bewenden.

Isabelle warf einen Blick auf die schlafende Frau hinter der Glaswand. Wie lange war es her, dass man das Bett hier heraufgeschafft hatte? Wann war das Turmzimmer Sarah Winstons ganze Welt geworden?

Isabelle wandte sich wieder dem Fernrohr zu und verfolgte den Jeep des Sheriffs, in dem auch Oren saß, bis das Fahrzeug auf die Küstenstraße einbog. Oren auf der Spur zu bleiben war einmal das Ferienhobby eines Schulmädchens gewesen. Jetzt, da er aus ihrem Blickfeld verschwunden war, hatte sie nicht länger Lust, auf der Lauer zu liegen. Sie trat durch die große Schiebetür in das Turmzimmer.

Es bot Schutz vor der Mittagssonne, aber kaum vor neugierigen Blicken. Nach Norden und Süden war es vom Boden bis zur Decke verglast und hatte keine Vorhänge. Die Ost- und die Westseite waren gemauert, und an den Wänden hingen neben gerahmten Zeichnungen aus dem Skizzenbuch ihrer Mutter auch einige Fotos, die der jüngere Sohn des Richters,

Joshua Hobbs, bei Geburtstagsbällen geschossen hatte – damals, als ihre Mutter sich noch auf dieses jährliche Ereignis freuen konnte. Später waren diese Festlichkeiten, wenn man Addison glauben durfte, nur noch anstrengend gewesen. Sarah Winston bekam keinen Tropfen Alkohol, bis der letzte Gast gegangen war. Danach stürzte sie sich in einen Vollrausch, der tagelang andauerte.

Von den Anstrengungen dieses Vormittags hatte nicht die Flasche sie erlöst, sondern ein Schlafmittel.

Dornröschen.

Die Jahre hatten die Mittfünfzigerin auf dem Bett sehr verändert, aber in Ruhestellung, wenn sich die Falten geglättet hatten, waren die Spuren eines hinreißend schönen Gesichts noch gut zu erkennen. Flatternd hoben sich die Lider über sehr blauen, sehr großen Augen. »Belle?«

»Ja, Mom, ich bin hier.« Isabelle strich ihrer Mutter übers Haar. Einst war es natürlich blond und seidenweich gewesen, jetzt wirkte es stumpf und spröde. »Es ist nach eins. Du musst halb verhungert sein.«

Ihre Mutter richtete sich mit einem Ruck auf. »Ist das wahr? Habe ich es mir auch wirklich nicht eingebildet?«

»Ja, es stimmt – Oren Hobbs ist wieder da. Ich bin ihm heute Vormittag in der Stadt begegnet.«

Wo sie ihn mit einem schnellen Wagen und altem Groll zur Strecke gebracht hatte.

Oren Hobbs stand am Fenster und sah hinaus auf die Straßen von Saulburg. Im Vergleich zu seinem trägen Coventry, wo ein Hund auf Krücken jedes Auto überholen konnte, kam ihm diese Stadt wie eine geschäftige Metropole vor. Hinter ihm summte eine Fliege durchs Zimmer, und Sheriff Babitts Finger trommelten auf die Schreibunterlage.

»Nimm dir einen Stuhl, Junge.«

Oren wäre lieber gegangen, aber da er eine gute Kinderstube

genossen hatte, folgte er – ganz Gentleman in Jeans und Cowboystiefeln – der Aufforderung des Sheriffs. So, wie er sich auf seinem Stuhl lümmelte, hätte man nie geglaubt, dass er mal bei der Army gewesen war. Äußerlich hatte er die zwanzig Jahre als Soldat so gründlich hinter sich gelassen, als hätte das Leben in jener Zeit ein anderer geführt. Im Büro des Sheriffs hatte er zum letzten Mal an jenem Tag gesessen, an dem Josh verschwunden war.

»Wir sind uns also einig?«, fragte Cable Babitt. »Der Fall ist nach wie vor ungelöst, die Spur ist kalt, und ich kann nicht …«

»Es war nie ein Fall, wie Sie es nennen. Für Sie war mein Bruder ein Ausreißer.«

»Blödsinn.« Der Sheriff drehte seinen Bürosessel herum, schloss einen Aktenschrank auf, ließ den Sessel wieder zurückkreisen und packte einen Stoß Ordner auf seinen Schreibtisch. »Tausende von Leuten haben die Wälder nach Josh durchkämmt, und ich wette, dass nicht einer ihn für einen Ausreißer gehalten hat.«

Fairerweise musste Oren zugeben, dass die Suche im Wald sich über einen ganzen Monat hingezogen hatte, selbst dann noch, als schon jede Hoffnung, Josh lebend zu finden, geschwunden war.

»Der Fall ist nie zu den Akten gelegt worden.« Der Sheriff schlug mit der flachen Hand auf seine Ordner. »Das ist alles, was ich habe, Kopien gibt es nicht. Es ist ein einseitiges Geschäft, Oren. Ich kann dir nichts bieten, aber wenn du etwas findest, wirst du es mir bringen, ist das klar?«

Keine Kopien? Noch nicht abgeschlossene Fälle gehörten eigentlich in die Hände erfahrener Ermittler. In einem County dieser Größe gab es mindestens fünf von ihnen. Was konnte den Sheriff bewogen haben, seine eigenen Leute von dem Fall fernzuhalten?

»Ich bin jetzt Zivilist«, sagte Oren. »Und außerdem Verdächtiger. Was Sie vorschlagen, ist gegen …

»Es bleibt unter uns, Junge. Nicht, dass du meinst, du würdest einen Hilfssheriffstern von mir bekommen …«

Langsam und mit Nachdruck, als hätte er einen leicht Schwachsinnigen vor sich, sagte Oren: »Ich bin der Hauptverdächtige.«

»Ach, zum Teufel! Ich hab nie daran geglaubt, dass du etwas mit Joshs Verschwinden zu tun hattest, und außerdem …«

»Als ich siebzehn war, haben Sie ein Alibi von mir verlangt.«

»Und dein Alibi ist das Einzige, was nicht in diesen Akten ist. Es war ein gutes Alibi. Ich fand es glaubwürdig – hab es aber nie schriftlich festgehalten.« Er tippte sich an die Stirn. »Hier oben ist alles drin. Deshalb setze ich darauf, dass du mitmachen wirst. Könnte sein, dass du jetzt, wo alles auf eine Mordermittlung hinausläuft, das alte Alibi noch brauchst.«

»Ich habe nie …«

»Nein, Oren, du hast nie ein Wort gesagt. Jemand anders hat sich gemeldet und ausgesagt, wo du an jenem Tag warst. Als Teenager hast du eisern geschwiegen. Aber jetzt wirst du diesen Fall für mich übernehmen.«

Eine Rabenmeute fiel über die Futterkästen rund um das Turmzimmer her, und die kleineren Vögel suchten laut tschilpend das Weite. Die Raben tschilpten nicht. Sie krächzten.

»Ich sehe Richter Hobbs nicht, er muss ins Haus gegangen sein.« Sarah Winston gab den Fernstecher ihrer Tochter und bückte sich zu dem Okular eines Fernrohrs. »Da ist dein Vater, umzingelt von Reportern.«

»Der Sheriff hat ihn gebeten, die Medien in Schach zu halten.« Das Wort *Vater* für Addison Winston kam Isabelle nur schwer über die Lippen, aber Ausdrücke, die ihrer Meinung nach besser auf ihn gepasst hätten, beunruhigten ihre Mutter.

Der Kreis der Sensationslüsternen vergrößerte sich zusehends. Während Hannah Rice noch einen Kombi vom Rasen scheuchte, landete schon der nächste Helikopter auf der Wiese.

Die Haushälterin hob resignierend die Hände und zog sich auf die Veranda zurück.

»Das darf ja wohl nicht wahr sein!«, stieß Sarah hervor, die noch immer durch das Fernrohr blickte. »Siehst du den gelben Rolls-Royce? Das ist der Wagen von Ferris Monty. Kannst du dich noch an ihn erinnern?«

Isabelle hatte Monty sogar sehr lebhaft in Erinnerung, obgleich er nur einmal zum Essen gekommen und nie wieder eingeladen worden war. Der gelbe Rolls-Royce, ein liebevoll restaurierter Oldtimer, hielt in der Auffahrt. Der Wagen war so imposant, wie der kleine Bursche am Steuer abstoßend war. Den ersten Eindruck, den sie als Kind von ihm gewonnen hatte, war sie nie losgeworden. »War er nicht früher mal ein *richtiger* Schriftsteller? Ich meine, etwas von ihm gelesen zu haben, als ich im College war.«

Ihre Mutter nickte, ohne aufzusehen. »Vor dreißig Jahren war er ein aufgehender Stern am Literatenhimmel. Aber dann entpuppte sich das Ganze als Eintagsfliege.«

Das war eine noch wohlwollende Beurteilung. Der Mann war zu einem Skandalreporter degeneriert, der Klatschkolumnen und Exposés für Heftchenkrimis schrieb. Da er häufig Gast im Fernsehen war, kannten ihn Millionen von Zuschauern, die nie sein einziges gutes Buch gelesen oder auch nur davon gehört hatten.

»Er hat also immer noch ein Haus in Coventry?«, fragte Isabelle.

»Ja, und er ist immer noch der Einzige, der nicht zu meinem Geburtstagsball eingeladen wird.«

Isabelle sah förmlich die Schleimspur, die der Klatschreporter hinterließ, als er auf das Haus des Richters zueilte. Der erste Journalist hatte Ferris Monty entdeckt, und jetzt liefen sie alle auf ihn zu wie Kinder, die die Drehorgel des Eisverkäufers hören. Isabelle konzentrierte sich auf Montys Gesicht. Der teigig-weiße Fleck, den sie durch die Linse sah, wurde von einem schwarzen Schopf gekrönt, der an Fell oder Federn erinnerte. »Der Typ trägt noch immer das gleiche schlecht gemachte Toupet. Er sollte dem Ding einen Namen geben und ihm ein Flohhalsband kaufen.«

Monty baute sich vor den Reportern auf. Gleich würden zwei starke Egos aufeinandertreffen. Isabelles berühmtem Vater wäre es bestimmt nicht recht, das Scheinwerferlicht mit einem zweiten Prominenten zu teilen.

Der Sheriff hörte nur wenige Sekunden zu. »Danke, Addison«, sagte er dann und knallte den Hörer auf die Gabel. »Noch eins, Oren – halt dich von Ferris Monty fern.«

»Wer ist das?«

»Eine Berühmtheit. Aber vielleicht ist er ja nur in Kalifornien ein Fernsehstar. Ferris lebt vom Klatsch. Ein speckiger kleiner Mistkerl, weiß wie eine Käferlarve. Vielleicht erinnerst du dich an seinen gelben Rolls-Royce.«

Oren nickte. Klassische Autos vergaß er nie. »Es gehörte einem der Sommergäste.«

»Jetzt lebt der Bursche das ganze Jahr in Coventry.« Cable Babitt stellte seine Ordner bis auf einen wieder in den Aktenschrank. Dann griff er nach Wagenschlüssel und Sonnenbrille. »Ich bin dann mal weg.«

Als die Tür hinter ihm zugefallen war, besah sich Oren den letzten Aktenordner. Es wäre unhöflich gewesen, ihn nicht aufzuschlagen, zumal der Sheriff ihn gewissermaßen mit einem Leuchtpfeil markiert und Oren genug Zeit gegeben hatte, ihn ungestört zu studieren. Der Name auf der ersten Seite war ihm nicht vertraut, obgleich dieser Mann nach den Aufzeichnungen des Sheriffs schon jahrelang vor Joshs Verschwinden in Coventry gelebt hatte. William Swahn war Polizist in Los Angeles gewesen, nach knapp einem Jahr im Dienst verletzt und bereits als Einundzwanzigjähriger in Rente geschickt worden. Inzwischen musste er Ende vierzig sein.

Am Rand fanden sich Anmerkungen des Sheriffs. Swahn hatte, obgleich er keine Lizenz als Privatdetektiv besaß, in der Stadt zahlreiche Gespräche im Zusammenhang mit Joshs Verschwinden geführt. Ganz oben auf einer Seite war handschriftlich vermerkt, dass er unkooperativ gewesen sei und sich geweigert habe, den Namen seines Mandanten preiszugeben. Aus einer weiteren Randnotiz ging hervor, dass höchstwahrscheinlich Orens Vater der Auftraggeber war – aus der Sicht des Sheriffs eine logische Schlussfolgerung. Familienangehörige von Verbrechensopfern wandten sich oft an Privatdetektive, wenn die amtlichen Ermittlungen im Sande zu verlaufen drohten.

Oren kannte die Adresse. Das Haus in der Paulson Lane war so gut hinter dichten Bäumen versteckt, dass vermutlich selbst mancher Bürger von Coventry, der sein ganzes Leben in dieser Stadt verbracht hatte, nichts von dessen Existenz wusste. Diese Villa überstieg bei Weitem die Mittel eines ehemaligen Polizisten mit Invalidenrente.

Schröpfte Swahn seinen Auftraggeber, um die Hypothekenzinsen zahlen zu können?

Niemand sah auf, als Oren an den Schreibtischen im Vorzimmer vorbeiging. Die Hilfssheriffs und übrigen Angestellten hatten offenbar Anweisung, ihn nicht zu behindern. Draußen trat er an den Straßenrand, um ein Taxi heranzuwinken. Eine Frau hielt. Wann immer er per Anhalter fuhr, waren es stets Frauen, die ihn mitnahmen.

Ferris Monty führte seine Reporterherde zu Fuß durch die Stadt. Addison zuliebe hatte er es übernommen, Richter Hobbs seine Klatschkollegen vom Hals zu halten.

Er hätte Addison jeden Gefallen getan. Zum ersten Mal seit fünfundzwanzig Jahren konnte er sich Hoffnung auf eine Einladung zu Sarah Winstons Geburtstagsball machen. Es war eine Gala-Veranstaltung, die den Gastgeber ein Vermögen kostete und sogar in den Medien Beachtung fand, ein Abend, an dem

Prominente und weniger Prominente bis zum Morgengrauen mit den Einheimischen tanzten. Ferris Monty konnte sich etwas darauf einbilden, der einzige Bürger von Coventry zu sein, der mit schöner Regelmäßigkeit *ausgeladen* wurde. Jedes Jahr brachte ihm die Post eine Karte mit gedruckter Ausladung, schwarz gerändert wie eine Todesanzeige.

Die Reporter sammelten sich um ihn, und er stellte sich für die Handkameras in Positur. »Die Fotos des toten Jungen sind an mehreren Stellen hier in der Stadt zu besichtigen. Wir beginnen hier.« Er lief ihnen voran die Stufen zur Country Bank hinauf, einem bescheidenen zweigeschossigen Bau aus Coventrys alten Zeiten. In der kleinen Halle hingen – wie ein Triptychon – drei Fotos an der Wand. Auf einem war Ferris zu sehen, wie er vor über zwanzig Jahren in der Schlange stand, um etwas auf sein Konto einzuzahlen. Er deutete darauf. »Da war ich noch jung und hübsch«, sagte er.

»Sie haben also Joshua Hobbs persönlich gekannt«, stellte ein Reporter fest.

»Aber ja. Diese Bilder haben mir so gut gefallen, dass ich dem Jungen Abzüge davon abgekauft habe.«

»Wie war er denn so?«

»Sehr sensibel. Ein Künstler.« Er zuckte die Achseln. *Ihr wisst schon, was ich meine,* sollte das heißen.

An dem Tag, als er die Abzüge erstanden hatte, war es nicht zu einem Gespräch gekommen. Joshua Hobbs hatte sich, kaum dass er eingetreten war, auch schon wieder zurück zum Ausgang bewegt. Mit der einen Hand hatte er die Fotos übergeben und die andere Hand nach dem Scheck ausgestreckt. Ein kurzes Augenzwinkern – und der Junge war verschwunden.

Einige Wochen später, nachdem Joshua endgültig fort war, hatte Ferris das Buch angefangen, das sein Comeback hätte werden sollen, die Geschichte einer Kleinstadt-Tragödie. Das erste Kapitel schilderte, wie die Bewohner von Coventry, nachdem sie einen weiteren Tag im Wald vergeblich nach einem vermissten Kind gesucht hatten, gebeugt und erschöpft an ihm vorbei in ihre Häuser zurückkehrten.

Ein Reporter riss Ferris aus seinen Erinnerungen. »Gibt es dort auch Bilder?«, fragte er und deutete auf die Stadtbibliothek.

»Keine Ahnung. In Coventry besucht niemand die Bibliothek.« Und um zu verhindern, dass sich jemand über Gebühr für diese Aussage interessierte, schwindelte er ihnen vor, dass am anderen Ende des Blocks etwas Interessanteres zu sehen sei, und zog mit ihnen weiter. In Gedanken aber war er bei dem unvollendeten Manuskript in seinem Schreibtisch, und er malte sich bereits seine Wiedergeburt als ernst zu nehmender Schriftsteller aus.

Dann öffnete er die Tür zu einem als Touristenfalle berüchtigten Lokal, aus dem ihnen Stimmengewirr und das Klappern von Blechbesteck entgegenschlug, und trieb seine Schutzbefohlenen hinein. Über den Köpfen der Gäste hingen weitere Arbeiten von Joshua Hobbs, auf denen Ferris allerdings nicht zu sehen war und die er deshalb keines Blickes würdigte. Stattdessen sah er vor seinem inneren Auge sich selbst mit Literaturpreisen überhäuft, er sah begeisterte Kritiker und rückhaltlos bewundernde Leser, die bei seinen Autorenlesungen anstanden, um ein Autogramm von ihm zu ergattern.

Vor Ferris hatte sich ein Reporter aufgebaut. »Hatte der Sheriff irgendwelche Verdächtigen im Visier, als der Junge verschwand, Mr. Monty?«, fragte er.

Ferris zögerte. Er brauchte ein wenig Zeit, um den Vorteil einer Einladung zum Geburtstagsball gegen immerwährenden Ruhm auf den Bestsellerlisten abzuwägen. Das unvollendete Manuskript war sein bestes Werk. Vor zwanzig Jahren war es so vielversprechend gewesen – aber es hatte keinen Schluss.

Bis jetzt.

»Wissen Sie von irgendwelchen Verdächtigen, Mr. Monty?«, drängte ein anderer Reporter, und die verlorene Muse des

Klatschkolumnisten soufflierte ihm aus fernen Gefilden: »Ja, einen Verdächtigen gab es, Joshuas Bruder. Oren Hobbs war damals siebzehn. Warum er nicht verhaftet wurde, müssen Sie den Sheriff fragen.«

Die Reporter hingen an seinen Lippen, streckten ihm ihre Mikros hin und gingen fast in die Luft vor Aufregung. »Haben Sie dazu eine Theorie, Mr. Monty?«, fragte einer.

»Orens Vater war damals der amtierende Richter, vermutlich hatte der Einfluss des Alten etwas damit zu tun. Jedenfalls durfte der Junge die Stadt verlassen und ist zwanzig Jahre fortgeblieben. Aber diese Fehlentscheidung wurde heute Vormittag korrigiert. Nur wenige Minuten bevor Sie zum Haus des Richters kamen, hat der Sheriff Oren in Gewahrsam genommen.«

Zufrieden beobachtete Ferris Monty die Reporter und Kameraleute, die wie Kakerlaken zu ihren Fahrzeugen flitzten, um sich den Sheriff vorzunehmen. Allerdings spielte sich diese Szene nur in Ferris' Fantasie ab, in Wirklichkeit standen die Reporter nach wie vor um ihn herum und starrten ihn an.

»Worauf warten Sie noch?« Er fuchtelte heftig mit den fetten Händen, um sie auf Trab zu bringen.

Oren Hobbs ging die letzte halbe Meile zur Paulson Lane zu Fuß. An einem Briefkasten, auf dem kein Name, sondern nur eine Nummer stand, blieb er stehen. Die Häuser dieses Viertels waren alle weit von der Straße zurückgesetzt und hinter dichten Hecken versteckt. Selbst als Oren das Ende der langen Auffahrt erreicht hatte, entzog sich William Swahns Haus noch immer seinen Blicken. Dichtes Weinlaub bedeckte die hohen steinernen Mauern und reichte bis zum Schieferdach. Die Veranda war in der Art eines griechischen Portikus gestaltet, an den Säulen rankte Efeu empor, die Stufen waren mit Moos bedeckt.

Jetzt stand Oren vor einer Eichentür, in die ein kleines schmiedeeisernes Gitter eingelassen war. Auf der Veranda gab es keine Möbel, keine Sessel, die den Besucher eingeladen hätten, einen Augenblick auszuruhen – aber einladend war es hier ohnehin noch nie gewesen.

Wie gut er sich an alles erinnerte!

Zweimal in der Woche waren er und Josh hergekommen – damals gingen sie beide noch in die Grundschule –, um im Auftrag des Richters ihre Samariterdienste zu verrichten. Zu jener Zeit hatte eine alte Frau hier gewohnt, und die Jungen sollten nachschauen, ob sie noch am Leben und im Vollbesitz ihrer geistigen Kräfte war.

Oren betätigte den Klingelknopf. Die Klingel war sehr laut, sodass die damalige Bewohnerin sie aus jedem Winkel des Hauses hatte hören können. Jetzt wartete Oren auf den neuen Besitzer, horchte auf Geräusche hinter der Tür. Jemand musste zu Hause sein, in der Auffahrt stand ein Auto. Ein Mercedes, was sonst? Es war die für Coventry typische, einfallslose Wahl, auch die Vorbesitzerin hatte so einen Wagen gehabt.

Die beiden Hobbs-Jungen hatten das Haus nie betreten dürfen, sondern mit der alten Dame immer nur durch das Gitterfenster der abgeschlossenen Tür gesprochen, ein wenig wie bei einem Gespräch mit einer Nonne im Kloster. Das Gesicht der Frau hatten sie nie gesehen, nur ihren von hinten beleuchteten Schatten in einem Rahmen aus Licht, der wie ein eckiger Heiligenschein das strähnig ungepflegte Haar umschloss. Eines Morgens war sie nicht zur Tür gekommen, und das hatten sie dem Vater berichtet. Am Nachmittag teilte man ihnen dann mit, dass die alte Frau tot war.

Der derzeitige Hausherr musste stocktaub sein. Oren klingelte erneut. Diesmal lehnte er sich an die Tür und horchte dem schrillen Geräusch nach, das durchs ganze Haus hallte. Nach einer vollen Minute öffnete sich eine kleine rechteckige Luke in der Tür, und hinter dem Gitter zeichnete sich schattenhaft ein Kopf ab. Sekunden vergingen. Oren Hobbs wartete vergeblich auf ein Wort der Begrüßung.

»Guten Tag«, sagte er schließlich. »Entschuldigen Sie die Störung, Sir.«

»Entschuldigung akzeptiert«, erwiderte der Schatten, und die Luke klappte zu.

Jetzt, dachte Oren, würde gleich die schwere Haustür aufgehen. Er wartete. Nach zwei Minuten klingelte er noch einmal. Lange. Als die Luke wieder aufging, sagte er: »Ich muss mit Ihnen sprechen, Mr. Swahn. Es geht um Josh Hobbs.« Ehe sich die Luke erneut schließen konnte, setzte er eilig hinzu: »Warten Sie! Bitte! Ich bin kein Reporter. Ich war früher Polizist. Wie Sie.«

»Ich hasse Polizisten.« Die Luke knallte endgültig zu.

7

Oren Hobbs lief die Auffahrt hinunter, um die Viertelmeile nach Hause zu Fuß zu gehen, aber am Straßenrand wartete der Jeep des Sheriffs auf ihn. Die Beifahrertür stand einladend offen. Oren setzte sich neben Cable Babitt. »Ich habe den Eindruck, dass Ihre Akte über Swahn nicht ganz vollständig ist«, sagte er, den Blick auf die Windschutzscheibe gerichtet.

»Stimmt. Das Interessanteste an meinen Akten ist immer das, was nicht drinsteht.« Der Sheriff ließ den Motor an. »Er hat sich geweigert, mit dir zu sprechen, was? Mach dir nichts draus, Junge, mir ist es auch nicht besser ergangen.«

»Sie haben gewusst, dass Swahn Polizisten hasst.«

»Stimmt. Und er hat weiß Gott allen Grund dazu.« Der Sheriff bog von der Einfahrt zu Swahns Haus auf die Straße ab und fuhr in dem gemächlichen Tempo eines Mannes weiter, der kein bestimmtes Ziel hat. »Bei deinem nächsten Versuch würde ich an deiner Stelle das Wort Polizist vermeiden.« Sie fuhren fast eine ganze Meile lang schweigend durch irgendwelche Nebenstraßen, ehe Cable sich dazu bequemte weiterzusprechen. »Und noch etwas steht nicht in den Akten: Swahn ist kein Dummkopf. Er hatte schon zwei College-Abschlüsse, als die meisten Kids noch in der Highschool waren. Mit knapp einundzwanzig hat er den dritten gemacht. Danach ist er in Los Angeles zur Polizei gegangen. Er war ein Wunderkind und wollte doch immer nur Polizist sein.«

Der Sheriff sah seinen Beifahrer an und wartete auf die Frage, die nun kommen musste. Aber Oren spielte, gut geschult durch seinen Vater, den Gleichgültigen. Nach der nächsten Meile schlug dem Sheriff die Teilnahmslosigkeit seines Begleiters aufs Gemüt. »Ich hab Jahre gebraucht, um die ganze Geschichte zusammenzubringen. Immer wieder war ich auf Polizeitagungen in Los Angeles, musste bis zum Umfallen mit den Typen saufen, ehe sie was rausgelassen haben. Swahns früherem Partner Jay Murray habe ich übrigens auch jede Menge Bier spendiert. Der war inzwischen selbst nicht mehr bei der Polizei, sie hatten ihn rausgeschmissen, und ich hab lange nach ihm gesucht. Murray hat mir erzählt, dass er sich in der Nacht, als sein Partner auf Streife überfallen wurde, krankgemeldet hatte. Nach dem nächsten Sixpack hat er mir gestanden, dass er gar nicht krank war. Interessant, was?«

Oren ahnte schon, worauf die Geschichte hinauslief, sagte aber nichts. Der Sheriff würde die Lücken in diesem einseitigen Gespräch früher oder später schon selbst füllen. »Das war in den Achtzigern. Der schlimmen alten Zeit bei der Polizei von Los Angeles – so nach dem Motto: Alles ist möglich, jeder Cop ein Cowboy, Schießereien noch und noch. Mit den Körperflüssigkeiten eines aidskranken Schwulen in Berührung zu kommen, wollte keiner riskieren.« Sheriff Babitt sah mit zusammengekniffenen Augen in das Nachmittagslicht, das schräg durch die Bäume fiel.

»Swahn ist also in besagter Nacht allein, und die Einsatzleiterin schickt ihn zu einem Fall von häuslicher Gewalt. In eine berüchtigte Gegend. Er fordert Unterstützung an, aber die kommt nicht, und der Junge geht allein ins Haus.« Der Sheriff zuckte die Schultern. »Anfängerfehler. Als Swahn in der gleichen Nacht erneut Hilfe anforderte, war er bereits schwer verletzt. Kollege angeschossen – das hätte sämtliche Streifenwagen der Stadt auf den Plan rufen müssen. Aber keiner kam ihm zu Hilfe.« Der Sheriff sah seinen Beifahrer von der Seite an, doch der schien sich mehr für die Landschaft zu interessieren, die an seinem Fenster vorüberzog. »Ich weiß, was du jetzt denkst, Junge.«

Daran hatte Oren seine Zweifel. Er fragte sich nämlich, ob

es irgendetwas an dieser Geschichte gab, was sich mit handfesten Beweisen oder Fakten untermauern ließ.

»In den Achtzigern«, fuhr der Sheriff fort, »war Aids ein Todesurteil. Später war Swahn aber allem Anschein nach gesund, abgesehen davon, dass er stark hinkte. Laut Polizeiprotokoll hat er ein paar Typen beim Dealen erwischt, und die haben ihm eine Kugel ins Bein gejagt. War den Abendnachrichten damals kaum einen Satz wert. Wie sie ihn sonst zugerichtet haben, hat die offizielle Pressemeldung der Polizei verschwiegen. Und jetzt kommt der Knaller: Ich hab gehört, dass einer der Dealer Swahn die Eier abgeschnitten hat.«

Unwahrscheinlich.

Oren hatte bei vielen Ermittlungen, bei denen die Army beteiligt war, mit den Polizeibehörden zusammengearbeitet. Doch nach seinen Erfahrungen war es nie vorgekommen, dass Drogenhändler einen Krieg mit der Polizei anfingen. Nichts an dieser Geschichte klang überzeugend. Zu viele Gerüchte kamen als Fakten daher, und zu viele Polizisten waren beteiligt, als dass man blutrünstige Einzelheiten aus der Presse hätte heraushalten können. »Da stimmt was nicht.«

»Sag ich doch«, bekräftigte der Sheriff. »Da sollte was vertuscht werden, und das ist eine Bestätigung der Tat.«

Oren schüttelte den Kopf, was der Sheriff aber eher als Schock und Entsetzen denn als Zweifel deutete.

»Und noch was könnte dich interessieren«, fuhr Babitt fort. »William Swahn hat die Leitung der Polizei von Los Angeles verklagt, es kam zu einer außergerichtlichen Einigung, und Swahn hat einen Haufen Geld gekriegt. Ich weiß, dass er sein Haus bar bezahlt hat. Und ich habe eine Nichte beim Finanzamt, die hat mir erzählt, dass Swahn von dem, was er damals angelegt hat, nicht schlecht lebt. Aber im Archiv steht davon kein Wort. Die Sache wurde sehr diskret abgewickelt, mit Geheimhaltungsvereinbarung und dergleichen. Das *beweist* doch, dass die Polizei mit drinsteckt.«

Nein, das bewies erst einmal noch gar nichts.

Aber Oren hütete sich, den Sheriff auf die Lücken seiner Argumentation aufmerksam zu machen. Als der Mann, der jetzt neben ihm saß, sich um den Posten des Sheriffs beworben und ihn bekommen hatte, war das Anforderungsprofil ziemlich bescheiden gewesen. Offenbar hatte er in der Zwischenzeit nicht viel dazugelernt.

»Wer Swahn geoutet hat, weiß ich nicht. Jay Murray behauptet – ziemlich glaubhaft, wie ich finde –, dass er es nicht war. Auf die Idee, dass sein Partner schwul sein könnte, ist er überhaupt nicht gekommen, das hat er zum ersten Mal während seiner Vernehmung bei der Innenrevision gehört.«

Endlich mal eine dokumentierte Tatsache. »Murray ist also gleich nach dem Überfall vernommen worden?«

»Ja. Er erzählte, dass gerade die ersten Sonnenstrahlen durchs Fenster des Vernehmungsraums fielen, als die Ermittler kamen, um ihn zu verhören. Da haben sie ihm eröffnet, dass sein Partner schwul und aidskrank sei. In dem Jahr, in dem sie zusammen auf Streife waren, hatte Swahn nie von einer Freundin gesprochen, aber Jay Murray hatte immer gedacht, dass der Junge Frauen gegenüber einfach Hemmungen habe.«

»Und was war mit der Einsatzleiterin, die ihn zu diesem vermeintlichen Notruf geschickt hat?«

»Von der fehlt jede Spur. Sie ist in der besagten Nacht nicht vom Dienst nach Hause gekommen. Jetzt sage ich mir, dass die Cops einfach klar Schiff machen wollten. Aber seinen Vergleich hat Swahn durchbekommen. War wohl von Vorteil für ihn, dass er Winston als Anwalt hatte. Die beiden sind in Kontakt geblieben, und soviel ich weiß, hat Ad ihn auch auf dieses Haus aufmerksam gemacht.«

Der Sheriff war einen großen Kreis gefahren und brachte seinen Jeep nun wieder an William Swahns Briefkasten in der Paulson Lane zum Stehen. Er beugte sich über Oren in Richtung Beifahrertür und stieß sie auf. »Versuch's noch mal, Junge.

Krieg raus, was du kannst. Küss ihn auf den Mund, wenn's sein muss. Hauptsache, du bringst mir was Brauchbares.«

Oren blieb sitzen. Er war nicht bereit, sich von diesem Mann etwas befehlen zu lassen. »Sie glauben, dass Swahn ein Verdächtiger im Mordfall meines Bruders ist. Warum?«

»Du weißt doch, wie das läuft. Ich kann nicht …«

»Sie können nicht mal Ihren eigenen Leuten was sagen, stimmt's? Deshalb gibt es keine Kopien der Unterlagen. Sie haben im County fünf oder sechs Ermittler. Einer müsste William Swahn vernehmen. Aber Sie verlangen, dass ich Ihrem Verdacht nachgehe.«

Der Sheriff hatte irgendwas heftig vermasselt. Oder aber sich über die Vorschriften hinweggesetzt. Deshalb brauchte er einen Außenstehenden, dem es nichts ausmachte, im Dunkeln zu arbeiten, einen, der etwas zu verlieren hatte – einen braven Soldaten, der keine Fragen stellte.

Aber Oren war nicht mehr in der Army.

Jetzt holte er zum Schlag aus, um den Sheriff auf die elegante Art zu erledigen. »Und was ist mit meinem alten Alibi, mit dem Sie mir ständig kommen?«

Es dauerte ein paar Sekunden, bis der Ältere begriffen hatte, dass nicht er das Heft in der Hand hielt – es nie in der Hand gehalten hatte – und dass es Anlass zur Sorge gab.

»Ich brauche Ansatzpunkte.« Oren stieg aus dem Jeep und erteilte dem Sheriff seinen ersten Befehl. »Stellen Sie fest, wann Swahns Ex-Partner aus dem Polizeidienst ausgeschieden ist. Und ob Jay Murray jemals Pension bezogen hat. Rufen Sie nicht bei der Polizeiführung an, ich will nicht, dass Gerüchte entstehen. Wenden Sie sich an Ihre Nichte beim Finanzamt, die kann das über Murrays Steuererklärung feststellen.« Bereits im Gehen stieß er, ohne sich auch nur umzudrehen, seine letzte Anweisung hervor: »Sie rufen hier an, sobald Sie *Fakten* für mich haben, ist das klar?«

Oren klingelte bei William Swahn, hörte aber kein Geräusch. Offenbar war der Klingelton abgestellt worden, weil der Hausherr seine Ruhe haben wollte. Er versuchte es mit Klopfen, dann hieb er mit der Faust an die Tür. Die Luke öffnete sich. Diesmal begann der Hausherr das Gespräch. »Sie haben zehn Sekunden.«

»Josh Hobbs war mein Bruder.«

»Das weiß ich. Sie sehen ihm ähnlich.« Die Klappe schloss sich. Die zehn Sekunden waren vorbei.

»Heute hat man die Knochen meines Bruders gefunden«, rief Oren.

Er hörte ein Schloss klicken, hörte, wie ein Riegel zurückgeschoben wurde. Die Haustür öffnete sich weit, und ein Gehstock mit silbernem Knauf winkte ihn hinein.

Dieses sonnendurchflutete Haus hatte keinerlei Ähnlichkeit mit dem, was er sich als düstere Einsiedlerhöhle einer alten Frau vorgestellt hatte, die hier gestorben war, als er noch ein Kind war. Am Ende der großen Eingangshalle führte eine nach oben hin schmaler werdende Marmortreppe ins Obergeschoss, wo hinter einem großen Fenster, wie in einem Bilderrahmen, blauer Himmel und Baumwipfel zu sehen waren. Vom Flur führten reich verzierte, hohe hölzerne Doppeltüren in die verschiedenen Zimmer.

Oren sah nur den Rücken von William Swahns Jeanshemd und die dazu passenden Hosen. Der Hausherr lief ihm auf Strümpfen voran. Er war ein Mann in mittleren Jahren, groß, schlank und mit dunkelgrauem Haar. Der Gehstock war kein dekoratives Beiwerk, er stützte sich schwer darauf und ging leicht nach einer Seite geneigt, als ob sein Haus in schwerer See schlingern würde. In Oren regte sich eine alte Erinnerung, aber er konnte diesen sehr charakteristischen Gang nicht mit einem Gesicht verbinden. Vielleicht hatte er den Mann ein oder zwei Mal in der Stadt gesehen und auch da nur von Weitem.

Sie betraten ein großes, luftiges Eckzimmer. Das Licht fiel

durch hohe Bogenfenster, und es enthielt mehr Bücher als die gesamte Stadtbibliothek. An allen Wänden zogen sich eingebaute Bücherregale entlang, weitere Bände lagen auf dem alten Schreibtisch oder türmten sich auf dem Fußboden.

William Swahn wandte sich seinem Gast zu und deutete auf einen Sessel. »Nehmen Sie Platz, Mr. Hobbs.«

Oren blieb mit weit aufgerissenen Augen stehen, unfähig, den Blick abzuwenden.

8

Oren stand dem Motiv gegenüber, das er von den besten Bildern seines Bruders kannte: dem Buchstaben-Mann. Die Narbe wirkte nicht unheimlich, sondern war nur angedeutet und genau so, wie Josh sie beschrieben hatte – ein in die linke Wange geritztes schartiges A. Auf Profilaufnahmen war sie nicht zu sehen, denn da hatte Josh immer William Swahns unversehrte Gesichtshälfte festgehalten. Keines der Fotos war betitelt, deshalb hatte sich Josh einen Spaß daraus gemacht, die Aufnahmen des Buchstaben-Mannes dem Postmeister zu verkaufen.

»Was fasziniert Sie so, Mr. Hobbs? Meine Verstümmelung?« Swahn zog erwartungsvoll die dunklen Augenbrauen hoch, er rechnete wohl mit verlegenem Füßescharren oder der jähen Röte eines auf frischer Tat ertappten Gaffers.

»Nein, Sir. Ich habe Sie nach den Fotos auf der Post wiedererkannt.« Ob die drei Bilder nach so vielen Jahren immer noch dort hingen? »Mein Bruder hat nie erfahren, wie Sie heißen – und ich wusste es bis eben auch nicht.«

Swahn setzte sich in einem Sessel zurecht und legte sich den Stock über die Knie. »Wie ich höre, sind Sie bei der CID, der kriminalpolizeilichen Ermittlungsbehörde der Army.« Der verächtliche Ton ließ erkennen, dass die beiden niemals Freunde werden würden, denn Bulle blieb Bulle, und der Hass dieses Mannes auf die Polizei saß tief und war ihm offenbar sehr wichtig.

»Nein, Sir. Ich bin nicht mehr bei der Army.« Oren sah auf den Stock, das Symbol eines aus dem Gleis geworfenen Lebens – das Einzige, was er mit diesem Mann gemeinsam hatte.

»Man hat mir erzählt, dass CID-Agenten in der Army bei einer Ermittlung Zivil tragen und Vorgesetzte nicht zu grüßen brauchen. Das muss Ihnen ein beträchtliches Machtgefühl vermittelt haben.«

»Vor allem fand ich es gut, dass ich im Dienst meine Cowboystiefel anbehalten durfte.« Und damit war das Vorgeplänkel zu Ende. »Ich weiß, dass Sie Ermittlungen über das Verschwinden meines Bruders angestellt haben. Der Sheriff glaubt, dass mein Vater Sie seinerzeit engagiert hatte.«

»Richter Hobbs?« Swahn schnaubte abfällig. »Was hätte das für einen Sinn gehabt?«

»Keinen. Wenn überhaupt, hätte er sich an eine erstklassige Detektei gewandt und nicht an einen Expolizisten mit nur einem Jahr Berufserfahrung. Möglich, dass mein Vater jemanden engagiert hat – aber nicht Sie.«

Swahn nickte fast unmerklich, um zu zeigen, dass er zum Kampf bereit war. »Richter Hobbs hat keinen Ermittler für sich arbeiten lassen. In einer Kleinstadt wäre mir das nicht verborgen geblieben. Und er hat auch nicht das Justizministerium um Hilfe gebeten, obgleich seine politischen Beziehungen ihm das ermöglicht hätten.« Swahn sprach zu dem Knauf seines Spazierstockes. »Finden Sie das nicht erstaunlich? Das mangelnde Interesse Ihres Vaters, meine ich?«

»Josh galt als vermisst. Es gab keine Anzeichen für ein Fremdverschulden.«

»Ach nein?« *Lügner* sollte das heißen. »Alle wussten, dass der Junge nicht weggelaufen war. Ihr Bruder besaß ein Bankkonto, hat aber sein Bargeld zu Hause gelassen. Er hat auch keine Kleidung mitgenommen. Und wir wissen beide, dass er sich nicht verirrt hat. Diese Stadt ist dafür bekannt, dass sie Menschen findet, die sich im Wald verlaufen haben. *Sie* hat man doch immer gefunden, stimmt's?«

Oren ignorierte die Frage. Er war entschlossen, nicht in die berüchtigte Falle zu tappen, in der aus Vernehmenden unversehens Vernommene werden. Doch Swahns Insiderinformation gab ihm zu denken. Von einem herrenlosen Bankkonto war in der Presse nie die Rede gewesen. Und woher wollte Swahn wissen, dass Josh keine Kleidung eingepackt hatte? Der Rucksack seines Bruders war nie gefunden worden.

»Wenn ich eine Ermittlung im Sande verlaufen lassen wollte, würde ich es so machen wie Ihr Vater: Ich würde sie in die Hände des Sheriffs legen. Seine Ermittlungsbehörde ist ein Witz. Bestimmt war es dadurch leichter, Sie aus der Stadt herauszubringen und so der Zuständigkeit des Sheriffs zu entziehen.« Er hob den Stock und deutete damit auf Orens Brust. Auf sein Herz. »Hatte Richter Hobbs, als er Sie in jenem Sommer fortschickte, den Verdacht, Sie hätten Ihren Bruder umgebracht?« Swahn ließ die Stockspitze zu Boden sinken und lehnte sich, mit beiden Händen auf den Knauf gestützt, weit vor. »Oder glauben Sie, dieser ehrwürdige Greis hätte sein eigenes Kind getötet?«

Der nächste Schuss gehörte Oren. Er setzte sich in einen Sessel und lehnte sich in das weiche Polster zurück. Nach außen hin wirkte er ungerührt, fast schläfrig. »Schwer zu glauben, dass Sie mal Polizist waren.« Er wartete, bis diese unverblümte Beleidigung tatsächlich als solche angekommen war, dann setzte er hinzu: »Sie reden nicht wie ein Polizist.« Der Akzent seines Gegners verriet, dass er aus der Bostoner Oberschicht kam, diese aber möglicherweise schon als Kind verlassen hatte. Allein seine Sprache und die hervorragenden College-Abschlüsse hätten genügt, William Swahn seinen Kollegen zu entfremden. Es war offenkundig, dass er nicht aus dem gleichen Holz geschnitzt war wie sie. »Man würde bei Ihnen mehr auf einen Hochschullehrer tippen.«

»Ich bin Gastprofessor für Kriminologie in Berkeley, aber das hat Ihnen bestimmt der Sheriff schon gesagt.«

Was hatte Cable Babitt ihm über diesen Mann sonst noch verschwiegen?

»Wie gut kannten Sie meinen Bruder?«

»Ich habe ihn nie persönlich kennengelernt.«

Das konnte stimmen, trotz der Porträtaufnahmen des Buchstaben-Mannes. Sein kleiner Bruder war ein Dieb gewesen, der den Menschen ihr Abbild stahl und sich damit aus dem Staub machte. Es kam vor, dass eins seiner Opfer die Kamera klicken hörte, sich umdrehte und nur Leere sah, wo gerade noch ein Junge gestanden hatte.

Oren erhob sich und wandte sich den Bücherregalen zu. Er tat so, als interessiere er sich für die Titel auf den Buchrücken und überlegte währenddessen, woher Swahn wohl seine Insiderinformationen haben mochte. »Reden wir über Ihren Klienten.«

»Ich habe dem Sheriff mehrfach gesagt, dass mich niemand bezahlt hat…«

»Ich habe nicht danach gefragt, wer Sie bezahlt hat.« Oren drehte sich zu Swahn um, er wollte seine Augen sehen. »Ihre Auftraggeberin war Hannah Rice.« Zufrieden mit der Reaktion hakte er nach. »Das Honorar für einen Privatdetektiv konnte Hannah sich nicht leisten, aber Sie sind kein amtlich zugelassener Ermittler.« Er wandte sich wieder den Regalen zu und strich mit einem Finger lässig von Buch zu Buch, als sei ihm die Sache nicht weiter wichtig. »Und auf Geld sind Sie nicht angewiesen. Deshalb wandte sich Hannah an Sie.« Er warf einen Blick über die Schulter. »Oder haben Sie etwa gedacht, sie wäre wegen Ihnen und Ihrer flotten Erscheinung hergekommen?«

Swahn zog leicht die Augenbrauen hoch und lächelte gequält – der Schuss hatte ins Schwarze getroffen. »Ich maße mir nicht an zu behaupten, Einblick in die Gedankengänge von Miss Rice zu haben, die ein einziges lebendes Rätsel ist. Sie hat so eine besondere Art zu sprechen… Ich glaube, sie ist nicht aus dieser Gegend, stimmt's? Manchmal, wenn sie müde ist, meine ich, einen leichten Südstaatenakzent herauszuhören.«

Dieser angebliche Südstaatenakzent in Hannahs Sprache,

ebenso wie bestimmte Redewendungen und das eine oder andere charakteristische Wort, hatten sich schon in Orens Kindheit fast verschliffen. Er zuckte die Schultern und breitete die Hände aus. »Soweit ich weiß, lebt Hannah seit jeher in Coventry.«

Offenbar glaubte ihm Swahn, denn er wirkte enttäuscht.

Als CID-Agent Oren Hobbs während einer Verbrecherjagd in Tennessee stationiert war, hatte er Gefallen an südlichem Essen und dem regionalen Dialekt gefunden. Dort war ihm auch klar geworden, dass Hannah aus dem Süden stammen musste, und das hatte ihm eine weitere Erkenntnis gebracht: Er kannte alle wichtigen Details über den flüchtigen Soldaten, den er jagte, aber über die Frau, die ihn, Oren, aufgezogen hatte, wusste er nichts.

In seiner Kindheit hatte ihm die Vorstellung genügt, dass die Haushälterin an dem Tag, als man seine Mutter beerdigt hatte, plötzlich da gewesen war. Als Dreijähriger war Oren zu jung gewesen, um sich selbst an Hannahs Ankunft in Coventry zu erinnern, hatte aber die Geschichte an die hundert Mal gehört. Nachdem der Richter seine Frau im Familiengrab zur letzten Ruhe gebettet hatte, war er in Gesellschaft von Nachbarn in sein Haus zurückgekehrt. Klein Joshua hatten sie tragen müssen, aber Oren war tapfer auf seinen kurzen Beinchen herumgelaufen und ständig irgendwo angestoßen, »blind vor Tränen und jede Hand abwehrend, die ihn trösten wollte« – wie sein Vater sich ausdrückte.

Richter Henry Hobbs hatte das immer in die gleichen Worte gefasst. »Wir kommen also vom Friedhof zurück, und da steht Hannah auf der Veranda, eine mir damals wildfremde junge Frau, die einfach in mein Haus eingedrungen war, als ob ihr das alles gehörte.« Er hatte die Geschichte wiederholt, bis sie sich unauslöschlich in die Kinderhirne eingebrannt hatte. »Ganz schön unverfroren für so eine kleine Kröte«, pflegte der Richter zu sagen.

Die junge Unbekannte hatte die Trauergäste begrüßt und ein

Festmahl aufgetragen, das sie aus den Resten in der Speisekammer gezaubert hatte. Von ihren sagenhaften Cocktailhäppchen schwärmten die Gäste, die jenen längst vergangenen Nachmittag miterlebt hatten, noch jahrelang, aber schon allein wegen ihres köstlichen Kaffees war Hannah in der Nachbarschaft zur Legende geworden.

Stunden, ehe ihr künftiger Arbeitgeber etwas von Hannahs Existenz ahnte, lag ihr Koffer ausgepackt im Gästezimmer, und als der Leichenschmaus zu Ende ging, wusste der Richter immer noch nicht, wer sie war. Erst beim abendlichen Aufräumen, nachdem die Trauergäste fort waren, beschloss er, sie nach ihrem Namen zu fragen. Ein paar Tage später einigten sie sich auf ein Gehalt, aber er schnüffelte nie in ihrer Vergangenheit herum.

Das wäre ungehörig gewesen.

Bis auf einen kleinen Kern von Einwohnern in der dritten und vierten Generation herrschte in Coventry ein ständiges Kommen und Gehen. Manche Zuzügler wurden durch die raue Schönheit der Küste angelockt, andere durch die Verschwiegenheit der ausgedehnten Wälder. Seinen ganz besonderen Charme erhielt der Ort dadurch, dass sich niemand dort für die große Welt draußen interessierte – gerade so, als habe das Leben eines jeden Zugereisten erst mit seiner Ankunft in Coventry begonnen. Nicht wenige waren gekommen, um unterzutauchen, bis sie ihr Leben neu erfunden hatten, oder auch, um nach einer Verfolgung auszuruhen. War ein Monat oder ein Jahrzehnt vergangen, stahlen sich manche davon, ohne sich zu verabschieden oder eine Nachsendeadresse zu hinterlassen, andere blieben, bis ein Grab auf dem Friedhof der kleinen Stadt sie aufnahm. Mit dreiundvierzig Jahren hatte Hannah beträchtliches Stehvermögen bewiesen.

Oren hatte Hannahs Vergangenheit zunehmend neugierig gemacht, aber weil er die kleine Person von Herzen liebte, hatte er nie nach ihrer Geschichte gefragt oder durchblicken lassen, dass sie seiner Meinung nach damals auf der Flucht gewesen war.

Henry Hobbs sprach zum Rücken seiner Haushälterin, die gerade zwei Kaffeebecher aus dem Schrank nahm. »Warum hast du das getan, Hannah? Ich weiß, dass du den Jungen dazu gebracht hast, nach Hause zu kommen. Warum gerade jetzt?«

»Sie sollten aufhören, ihn einen *Jungen* zu nennen.« Es war ihre Gewohnheit, auf jeden Verweis mit einem Gegenverweis zu reagieren. »Ich weiß zwar, wie sehr Sie Veränderungen hassen, aber aus Jungen werden eben Männer.« Sie stellte die Kaffeebecher auf den Tisch und sah aus dem Fenster hinaus auf die Wiese. »Wenigstens sind die Reporter weg.« Sie seufzte. »Die rennen alle hinter Ferris Monty her. Er schleppt sie quer durch Coventry.«

»Meine Idee.« Addison Winstons Stimme war schon aus der Diele zu hören, und kurz darauf erschien seine Gestalt im Türrahmen. Wenn Rauchwölkchen und Schwefelgestank ihn umgeben hätten, wäre Hannah nicht überrascht gewesen.

»Mach dir keine Sorgen um Oren«, sagte der Anwalt und grinste. »Nach so langer Zeit dürfte man ihm nicht mehr viel nachweisen können.«

Der Richter sprang auf, um zu widersprechen, und stieß dabei vor Aufregung versehentlich seinen Stuhl um. »Es gibt überhaupt nichts, was man ihm nachweisen könnte – punktum!«, erklärte er mit einem heftigen Schlag auf den Tisch. »Und es gab auch nie etwas.« Er stürmte aus der Küche, wobei die Kreppsohlen seiner Sandalen der dramatischen Wirkung seines Abgangs etwas hinderlich waren.

Addison Winstons routiniertes Lächeln blieb unverändert. Er betrachtete erst die altmodisch brodelnde Kaffeemaschine auf dem Herd und dann Hannah, in der Hoffnung, sie würde ihm eine Tasse ihres berühmten Gebräus anbieten. Doch die Haushälterin gab ihm durch ihre abweisende Körperhaltung und die zu Schlitzen verengten Augen zu verstehen, dass er darauf lange warten konnte.

Er streckte ihr eine Visitenkarte hin. »Man kann nie wissen, wann man einen Anwalt braucht. Der Druck auf den Sheriff ist groß, irgendjemanden wird er verhaften müssen.« Hannah nahm ihm die Karte nicht ab. »Wie lange kennen wir uns schon, Addison? Ich habe Ihre Nummer.« Sie kannte diesen Mann zur Genüge. »Und ich weiß, was Sie treiben.« Nichts Gutes.

Unbeeindruckt von ihren Andeutungen verschwand er lachend.

»Der Sheriff hat also Joshs Leiche gefunden.« Swahn klopfte zu seinen Worten im Takt mit dem Stock auf den Boden. »Natürlich handelt es sich um Mord. Wäre ein Unfall auch nur im Entferntesten denkbar, wären Sie nicht hier, Mr. Hobbs. Es gab also eine erkennbare Todesursache. Eine Schusswunde? Einen Schlag auf den Kopf?«

Oren zuckte die Schultern. Sollte der andere ruhig denken, dass er die Leiche seines Bruders noch nicht gesehen hatte. »Es liegen noch keine gerichtsmedizinischen Erkenntnisse vor.«

»Bin gespannt, was dabei herauskommt. Unser neuer Leichenbeschauer war mal Zahnarzt.«

»Ich würde gern alle Ihre Aufzeichnungen von Gesprächen mit den Einheimischen sehen«, sagte Oren. »Der Sheriff hat mir den Zugang zu seinen Protokollen verweigert.«

»Verständlich – Sie sind schließlich sein Hauptverdächtiger.«

»Und auch Ihrer?«

Swahn ignorierte die Frage, vielleicht fand er sie zu billig. Er griff zum Telefon und wählte. Die Person am anderen Ende der Leitung kannte offenbar seine Stimme, denn Swahn sagte nur: »Der Sohn des Richters ist hier … Wie Sie wünschen …« Dann legte er auf und erhob sich – sichtlich unter Schmerzen. »Ich hole meine Unterlagen.«

Oren brauchte nicht zu fragen, wer die Anweisung gegeben hatte, nett zu dem Sohn des Richters zu sein.

Danke, Hannah.

Swahn hinkte quer durchs Zimmer zu einer kleinen Tür, hinter der sich ein Aufzug befand. Zahnräder ratterten und surrten und trugen ihn nach oben. Aus der Bauart des Lifts zu schließen, hatte dieser schon lange vor Swahns Einzug im Haus existiert und war sicher ein wichtiges Verkaufsargument gewesen. Für einen Mann, dem jeder Schritt Schmerzen bereitete, musste das Treppensteigen ziemlich beschwerlich sein. Doch ein Aufzug konnte sich für einen Alleinstehenden auch als technologische Falle erweisen.

Um die Vorbesitzerin hatten sich zwei kleine Jungen gekümmert. Wer kümmerte sich um Swahn?

Die Antwort erhielt Oren, als er mit dem Finger über die spiegelblanke Tischplatte fuhr und sein Blick anschließend auf den glänzenden, wie frisch gewachsten Parkettboden fiel. Angesichts von Swahns komfortabler finanzieller Lage und seiner Behinderung sprach vieles dafür, dass er eine Vollzeit-Haushaltshilfe beschäftigte. Eine Unterhaltung mit ihr konnte sich lohnen.

Oren nutzte die Wartezeit, um sich ein wenig ernsthafter mit den Buchtiteln zu beschäftigen. Viele kannte er. Meist handelte es sich um kriminologische Werke – eine interessante Wahl für einen Mann, der die Polizei als seinen natürlichen Feind betrachtete. Das Rattern der Zahnräder verkündete die Ankunft des Fahrstuhls, der nun langsamer wurde und schließlich hielt. Der Mann in dem eisernen Käfig stand neben einem Karton, in dem sich Aktenordner und Umschläge türmten. Rasch trat Oren auf ihn zu, um beim Ausladen behilflich zu sein.

»Ich hoffe, Sie haben etwas Zeit mitgebracht«, sagte Swahn. »Keine dieser Unterlagen verlässt mein Haus.«

»Einverstanden.« Oren nahm den Karton und stellte ihn in der Zimmermitte ab.

Swahn ließ sich, den Stock mit beiden Händen umfassend,

auf dem Fußboden nieder, wo er in einer unbequemen Stellung verharrte, ein Bein angewinkelt und das andere, das sich im Knie nicht beugen ließ, von sich gestreckt. Gemeinsam leerten sie den Karton, bis der ganze Teppich mit Aktenmappen, großen Umschlägen und gebündelten Papieren bedeckt war.

Oren blätterte einen Stapel maschinegeschriebener Protokolle durch, an die Fotos geheftet waren. »Die Aufnahmen stammen von meinem Bruder«, sagte er, denn einige hatte er schon im Haus des Richters an der Wand hängen sehen. »Aber nicht diese Abzüge.«

Ihnen fehlte die Perfektion, die Josh durch die Bearbeitung der Negative erreicht hatte. In seiner Dunkelkammer unter dem Dach herrschte eine eigene Sprache mit Ausdrücken wie Abwedeln und Nachbelichten, um helles Licht zu dämpfen und aus einer Grauzone noch die letzten Details herauszuholen. Oren dachte zurück an den in rötliches Licht getauchten Raum, die Reihen von Flaschen mit Chemikalien, die Spezialpapiere und Filter, mit denen Josh noch den tiefsten Schatten oder den hellsten Partien jeder Aufnahme einen Kontrast zu entlocken wusste.

Es grenzte an Zauberei.

Oren betrachtete den Abzug, den er in der Hand hielt. Guter Durchschnitt, nicht mehr.

»Schlecht gemacht, ich weiß«, sagte Swahn. »Miss Rice hatte mir die Negative geliehen, und ich habe die Abzüge in unserem Drugstore machen lassen. Mit Joshs Arbeiten gar nicht zu vergleichen. Er war ein Meister einer aussterbenden Kunstform. Das Zeitalter der digitalen Kamera hätte ihm vermutlich nicht gefallen.«

Oren griff nach dem Foto eines Geburtstagsballs. Die füllige Hotelbesitzerin Evelyn Straub war damals eine Frau in den Dreißigern gewesen, noch schlank und rank, mit einem kurzen Rock, der den Blick auf die endlos langen Beine eines ehemaligen Las-Vegas-Showgirls freigab.

Swahn beugte sich vor, um das Bild zu betrachten. »Ihr Bruder dürfte zehn gewesen sein, als er die Aufnahme gemacht hat, und diese Vermutung legt nicht nur Mrs. Straubs Alter nahe. Es ist die Perspektive eines Kindes, das nach oben schaut. Der Blickwinkel ändert sich, je größer es wird.« Er sah auf die anderen Fotos, die auf dem Teppich lagen. »Obgleich Josh auf keinem der Bilder selbst in Erscheinung tritt, kommt es einem vor, als könnte man dem Jungen beim Erwachsenwerden zusehen.«

Oren fiel auf, dass Swahn nur seinen Bruder beim Vornamen nannte. Selbst von Hannah, einer langjährigen Bekannten, sprach er stets formell als Miss Rice. War er nur Toten gegenüber unbefangen, oder war seine Behauptung, er habe Josh nie persönlich kennengelernt, eine Lüge?

»Ich glaube, dass Ihr Bruder seinen Mörder kannte.«

Oren fiel das Foto aus der Hand.

»Laut Aussage Ihrer Haushälterin hatte der Junge eine Kamera bei sich, als sie ihn zum letzten Mal sah.«

»Er nahm immer einen Fotoapparat mit, wenn er aus dem Haus ging.«

»Aber diesmal war es nicht seine Pocketkamera«, wandte Swahn ein, »sondern die schwere alte Canon FTB. Wozu hätte er sich bei einem Streifzug durch den Wald mit so einem Gewicht belasten sollen? Er interessierte sich nicht für die Natur, sondern nur für Menschen – Sie brauchen sich nur diese Fotos hier anzusehen. Hat er an jenem Tag Aufnahmen von Ihnen gemacht?«

»Nein.« Oren hielt es nicht für nötig, das Foto zu erwähnen, das Josh geschossen hatte, ehe sie das Haus verließen, das Porträt der beiden Brüder, das Hannah in Silber gerahmt hatte.

»Miss Rice sagt, dass sie für Josh einen Imbiss in den Rucksack gepackt hätte, für Sie jedoch nicht.« Swahn wartete einen Augenblick auf eine Erklärung. Vergeblich. »Wie ich hörte, haben Sie und Ihr Bruder sich nach einer Weile getrennt. Josh hatte für jenen Tag offenbar eigene Pläne, wollte wohl im Wald fotografieren – er, der immer nur Menschen fotografiert hat.« Swahn wartete einen Augenblick, bis sich das bei Oren gesetzt hatte. »Bier?«, fragte er schließlich, richtete sich, den Stock wie eine Kletterstange benutzend, langsam auf und verließ hinkend das Zimmer, ohne eine Antwort abzuwarten.

Oren griff nach einem dicken Umschlag und zog einige lose Fotos heraus, an denen keine Protokolle hingen. Nirgends fand sich ein Abzug des Fotos, das Hannah als Begrüßungsgeschenk für ihn hatte vergrößern lassen. Jedes Detail der Aufnahme im Silberrahmen hatte sich in sein Gedächtnis eingebrannt und erinnerte ihn an das Gespräch mit Cable Babitt kurz nach Joshs Verschwinden.

»Raus mit der Sprache, Junge«, hatte der Sheriff gesagt. »Ich muss wissen, wo du dich in der besagten Zeit aufgehalten hast.« Die Antwort hatte nicht Oren, sondern der Richter gegeben: »Du kannst nicht erwarten, Cable, dass der Junge weiß, wo er zu einer bestimmten Zeit war. Welcher Teenager schaut an einem Samstag auf die Uhr?«

Auf dem silbern gerahmten Foto der beiden Brüder hatte Josh eine Armbanduhr getragen.

Swahn kam mit zwei Flaschen zurück, bückte sich und reichte eine seinem Gast. Oren nahm das kalte Bier entgegen, zögerte aber, es aufzumachen. Angesichts des Auftrags, der ihn hergeführt hatte, widerstrebte es ihm irgendwie, mit diesem Mann zu trinken. Er starrte wie beschwörend aufs Telefon.

»Erwarten Sie einen Anruf, Mr. Hobbs? Soll ich raten? Warten Sie darauf, dass Sheriff Babitt sich meldet?«

Oren deutete mit einer raumgreifenden Bewegung auf die Berge von Fotos und Schriftstücken. »Haben Sie das alles mal dem Sheriff gezeigt?«

Swahn setzte seine Flasche auf einem Beistelltisch ab, blieb aber stehen. »Ich habe ihm alles gegeben, was geeignet war, die Ermittlungen voranzutreiben.«

»Aber nicht alles … Sie haben ihn hingehalten.«

»Hat Ihnen das Babitt gesagt? Das bedeutet wohl, dass er mich besonders im Visier hat.«

»Ich denke schon.« Oren sah wieder zum Telefon. Wie lange brauchte der Sheriff, um telefonisch eine simple Frage zu klären? Er wählte seine nächsten Worte sorgfältig, darauf bedacht, diesen Krüppel aus der Fassung zu bringen. Er behielt Swahn im Blick, in der Hoffnung auf irgendeine verräterische Reaktion. »Ein Stock kann eine gute Waffe sein«, sagte er.

Swahn zuckte nicht mit der Wimper. »Sehr richtig.« Er lehnte den Stock an den Beistelltisch und versuchte gerade zu stehen, obgleich ihm das sichtlich Schmerzen bereitete und es ihm nicht ganz gelang. Eine Schulter hing wegen des nach innen verdrehten Beins tiefer als die andere. Die Hand, die den Stock gehalten hatte, war nach wie vor gekrümmt. Alle körperlichen Schäden Swahns, selbst die Narbe im Gesicht, waren auf die linke Körperhälfte konzentriert – er war ein zweigeteilter Mensch. »Trauen Sie mir ausgedehnte Streifzüge im Wald zu?«

»Wenn das Grab meines Bruders an einer Straße liegt – werde *ich* Sie besonders ins Visier nehmen.«

Swahn griff nach seinem Stock. »Josh wurde also begraben, und Sheriff Babitt hat mehr gesagt, als Sie zugeben wollen.« Die Stimmung im Raum hatte sich verändert, die Luft knisterte. »Und er hat auch ein paar alte Gerüchte wieder aufgegriffen, nicht wahr?« Die Spitze des Spazierstocks hob sich warnend. »Sie brauchen es gar nicht abzustreiten, ich weiß, dass er in meiner Vergangenheit herumgeschnüffelt hat. Und jetzt bilden Sie sich ein, alles über mich zu wissen.« Swahn berührte leicht die Narbe, das schartige A, das für Aids stand. »Und Sie fragen sich, ob ich nicht – außer wahllos Männer zu vögeln und Krankheiten zu verbreiten – auch die Angewohnheit hatte, mich im Wald über kleine Jungen herzumachen …«

»Und – haben Sie das?«

Jetzt läutete das Telefon. Swahn nahm nicht ab, obgleich

der Apparat nur ein paar Zentimeter von seiner Hand entfernt stand. »Ich glaube, es ist für Sie.«

Beim dritten Läuten stand Oren auf, ging an Swahn vorbei zum Telefon, nahm ab und meldete sich: »Hobbs.« Nach knapp einer Minute beantwortete er die Frage des Sheriffs: »Nein, die Polizei hatte damals nicht die Hand im Spiel«, und legte auf.

Dann wandte er sich an seinen Gastgeber. »Zurück zu den alten Gerüchten. Ihr Expartner war ziemlich fassungslos, als er erfuhr, dass Sie schwul sind. Jay Murray kam die Sache während seiner Vernehmung durch die Innenrevision zu Ohren – *nach* der Attacke auf Sie. Und jetzt sagen Sie mir, ob ich das richtig sehe: Sie glauben, dass sich ein ganzes Polizeirevier gegen Sie verschworen hat, weil Sie aidskrank und schwul sind.« Oren breitete die Hände aus. »Aber Ihr eigener Partner soll davon nie etwas gehört haben? Wie ist das möglich?«

»Darüber kann ich mit Ihnen nicht sprechen.«

»Natürlich nicht. Sie haben eine Vertraulichkeitsvereinbarung mit der Polizei von Los Angeles geschlossen. Wenn Sie reden, steht viel Geld auf dem Spiel.«

Oren setzte sich auf die Couch und streckte die Beine von sich. »Sie und Jay Murray sind ein Jahr lang zusammen Streife gefahren, und in dieser Zeit ist er kein einziges Mal auf die Idee gekommen, dass Sie schwul sein könnten. Für ihn waren Sie nur ein extrem gebildeter Typ und ein linkischer Junge, der bei den Frauen nicht ankam. Und das haben Sie geglaubt? Sie waren ein Anfänger, Ihr erster Partner dürfte älter und so was wie ein Mentor gewesen sein. Ich möchte wetten, dass Murray Ihnen mehr gute Ratschläge zu Frauen als zu Ihren Dienstobliegenheiten gegeben hat. Stimmt's?«

Natürlich stimmte das. Swahns Fassade begann zu bröckeln. In seinem Kopf schien es zu arbeiten.

»Man hat Sie in jener Nacht tatsächlich in die Falle gelockt.« Oren machte seine Bierflasche auf und nahm einen Schluck. »Aber mit allem anderen lagen Sie falsch.« Er deutete auf die

Narbe in Swahns Gesicht. »Die hat kein Polizist auf dem Gewissen.«

Das war eine aberwitzige Behauptung. Fasste der Mann den Stock ein wenig fester mit seiner versehrten Hand? Ja. Aber Swahn schwieg. Hartnäckiges Schweigen konnte Gold wert sein, und darauf setzte Oren. Er konnte nach Belieben zuschlagen, ohne einen Gegenschlag fürchten zu müssen.

»Ihr Expartner hat sich mit seiner Krankmeldung in jener Nacht einen kleinen Nebenverdienst verschafft, und ich will Ihnen auch sagen, woher ich das weiß. Aus Murrays Steuerunterlagen geht hervor, dass er die Polizei ohne Pensionsanspruch verlassen hat. Er ist gleich nach dem Überfall auf Sie entlassen worden. Das hat mir der Sheriff eben am Telefon mitgeteilt. Für eine formelle Vernehmung war also keine Zeit. Demnach hat Jay Murray seinen Pensionsanspruch verloren, weil er sich auf einen Kuhhandel mit seinen Vorgesetzten eingelassen hat. Ihm drohte Haft wegen Bestechung, es muss da handfeste Beweise gegeben haben. Vermutlich haben die Ermittler seine Wohnung durchsucht und das Bestechungsgeld gefunden. Glauben Sie, Murray hat nicht gewusst, was in jener Nacht mit Ihnen passieren würde? Hören Sie mir auf damit! Die Krankmeldung war wie eine Zielscheibe, die er sich auf die Brust gemalt hat. Was bleibt also von der Sache? Die Einsatzleiterin – eine *zivile* Einsatzleiterin, wohlgemerkt –, die praktischerweise verschwindet, ehe sie eine eidesstattliche Erklärung abgeben kann. Daher weiß ich, dass Sie, als Sie in jener Nacht Hilfe anforderten, an die gleiche Frau gerieten, die Sie in jenen Hinterhalt gelockt hatte.«

Oren sah, dass er richtig getippt hatte – Swahns Augen flackerten in neu erwachtem Interesse.

»Sie können unmöglich glauben, Swahn, dass man im Revier herumgegangen ist, um für die Abfindung der Einsatzleiterin zu sammeln. Oder glauben Sie etwa, die Kollegen hätten sie umgebracht?« Dicker konnte man die Ironie nicht auftragen.

»Nein, so dumm sind Polizisten nicht.« Er fixierte Swahns Narbe. »Und wer Ihnen das angetan hat, ist schlauer als Sie. In diesem Fall wird man nie ermitteln.«

In Swahns Blick schimmerte kurz Ratlosigkeit.

»Die Einsatzleiterin hat Ihren Hilferuf nicht weitergegeben. Die Polizisten, die Sie so sehr hassen, wussten nicht, dass Sie in der Klemme steckten, sonst wären sie in voller Stärke ausgerückt, hätten Los Angeles auf den Kopf gestellt, um den Typen zu finden, der Sie fertiggemacht hat. Sie haben den Fall selbst zum Abschluss gebracht – an dem Tag, an dem Sie das Schweigegeld kassiert haben.«

Swahn hatte sein Gewicht ganz auf eine Seite verlagert, so dass es aussah, als könnte ein weiteres Wort, ein weiterer Atemzug ihn zu Fall bringen. Aber nein … er fing sich wieder.

Zeit der Wiederauferstehung.

»Das sind alte Geschichten.« Mit diesen Worten tat William Swahn verächtlich eine fünfundzwanzig Jahre währende Geschichte des Hasses auf alle Polizisten dieser Welt ab. Seine Lippen waren schmal und entschlossen. Er würde nicht zulassen, dass Oren diesen ganz persönlichen Mythos zerstörte. Er ging zum Angriff über.

»Kommen wir zurück zu dem aktuellen Fall – zu Ihrem toten Bruder. Armer Joshua.« Swahn setzte sich auf den nächstbesten Stuhl und betrachtete seinen Stock, wobei er den Blick starr auf den schweren silbernen Knauf heftete. »Sie haben recht, als Waffe ist er wirklich nicht zu verachten. Und da Sie die Theorie eines Todes durch Erschlagen vorzuziehen scheinen, steckten in Joshuas sterblichen Überresten offenbar keine Kugeln. Schade. Eins hat mir immer zu denken gegeben: Ein Mord lässt sich praktisch in jedem abgeschlossenen Raum ungestört begehen. Warum hat der Mörder einen Ort mitten im Wald gewählt? Dass jemand auf Schüsse aufmerksam werden könnte, hat er offenbar nicht befürchtet. Also war keine Schusswaffe im Spiel. Vielleicht wollte er vermeiden, dass man die Schreie hört. Für manche Morde – die grausamsten, die abartigsten – braucht es *besonders* viel Einsamkeit, besonders viel *Zeit.* Ich hatte gehofft, es wäre ein schneller Tod. Offenbar… war es das nicht.«

Zum ersten Mal hatte dieser Meister der Vergeltung eine blutende Wunde geschlagen.

Oren setzte sich auf den Fußboden und regte sich nicht. Sein Schrei war nur in seinem Inneren zu hören, nur von ihm selbst.

Und Swahn war noch nicht mit ihm fertig.

Er beugte sich zu Oren hinüber und fragte fast flüsternd: »Schien Ihr Bruder an jenem Tag Angst zu haben? Josh hatte Sie gebeten mitzukommen, nicht wahr?«

Nein, es war Orens Idee gewesen, ihn zu begleiten.

»Sie sind also am Morgen zusammen losgegangen«, sagte Swahn. »Und dann haben Sie Ihren kleinen Bruder allein gelassen. Allein im tiefen Wald. Ich habe mich immer gefragt, warum.«

Oren schloss die Augen. Er erinnerte sich nicht, er durchlebte alles noch einmal. Sobald sie im Wald waren, hatte Josh seinen Bruder nur noch loswerden wollen.

»Miss Rice hat seinerzeit nicht zugelassen, dass ich Sie vernehme.« Swahn rückte noch näher an seinen Gast heran. Zu nah. »Damals ging es Ihnen sehr schlecht. Nach Joshs Verschwinden liefen Sie ständig in den Wald. Manchmal brauchten die Einwohner Tage, um Sie zu finden. Was hat Sie getrieben, Mr. Hobbs? Das schlechte Gewissen? Oder wollten Sie einfach nur sterben?«

Ja, das wollte er. Damals wie heute.

Hilda, das Dienstmädchen, hatte eine zweite Kanne Kaffee ins Turmzimmer gebracht.

Sarah Winston musterte sie verdrießlich. Sie öffnete die Nachttischschublade und holte eine leere Flasche heraus. Durch die offene Tür rief sie ihrer Tochter zu: »Die war voll, als ich gestern Abend ins Bett ging. Du hast sie ausgeleert, stimmt's, Belle?«

Isabelle Winston stand draußen auf der Terrasse, ein Telefon in der Hand, dessen lange Schnur ein paar Meter ins Zimmer hineinreichte. Sie achtete kaum auf ihre Mutter. Den Hörer ans Ohr gedrückt, konnte sie nicht gleichzeitig beiden Elternteilen zuhören, zumal sie durch flatternde Kolibris, Stare im Sturzflug und das durchdringende Pfeifen von Pirolen abgelenkt wurde. Sie beendete das Gespräch, als ihre Mutter auf sie zutrat.

Ein Vogel setzte sich auf Sarah Winstons Schulter. Das kam zwar recht häufig vor, versetzte die Tochter jedoch immer wieder in Erstaunen. Sarah sah die Lerche an und imitierte ihr kurzes Flötenlied. Der Vogel antwortete und flog davon. Die studierte Ornithologin war Isabelle, aber es war ihre Mutter, die mit diesen scheuen Geschöpfen so vertraut war, dass sie einander begrüßten und sich voneinander verabschiedeten.

»Zu *mir* kommen sie nie.« Isabelle hielt die Hand an ein Futterhaus. Mit wildem Geflatter flüchteten sich die Vögel zum nächsten Futterspender. »Auf meiner Schulter landen sie nicht.«

»Das werden sie auch nie tun«, erwiderte Sarah Winston, als hätten sie dieses Gespräch nicht schon viele, viele Male geführt. Geduldig erklärte sie ihrem einzigen Kind: »Aber das ist etwas Positives, Belle. Du bist so aktiv, so lebendig. Kein Vogel würde dich jemals für einen Ast oder einen Zaunpfahl halten, für einen leblosen Gegenstand.« Die Worte *wie ich* blieben unausgesprochen.

Doch Isabelle konnte sie hören, wie jedes Mal.

»Hat dein Vater dir gesagt, wen sie in dem Sarg weggebracht haben?«

Erst jetzt begriff Isabelle, dass ihre Mutter nichts von den Knochen wusste. Im Turmzimmer gab es kein Radio, hatte es nie eins gegeben. Ihre Mutter hörte nur den Vögeln zu. »Der

Wagen des Leichenbeschauers hat Josh mitgenommen. Sie haben seine sterblichen Überreste gefunden.«

»Im Haus des Richters?«

»Ja. Jemand hat die Knochen nachts auf der Veranda des alten Herrn abgelegt.«

Der Kaffeebecher fiel scheppernd zu Boden. Kreischend flüchteten die Vögel. Und in ihr Kreischen mischte sich der Schrei von Isabelles Mutter.

9

Ich weiß jetzt, was die wollen«, verkündete Dave Hardy von der Tür zum Chefbüro aus. Er musste schreien, um den Lärm zu übertönen, der durch das zur Straße gelegene Fenster drang. »Ferris Monty, dieser miese Wurm, hat ihnen erzählt, Sie hätten Oren Hobbs verhaftet.«

Die Straßen von Saulburg waren verstopft, das Hupkonzert war ohrenbetäubend, der Parkplatz überfüllt. Wer zu spät gekommen war, stellte sich einfach vors Haus, ein Reporter hielt frech auf dem Gehsteig. Cable Babitt stand am Fenster und hatte Sorgenfalten auf der Stirn. »Abknallen darf man die ja leider nicht …« Er sah seinen Hilfssheriff an. »Sieh zu, dass die Typen da verschwinden, Junge.«

»Wie denn?«

Cable ging zur Tür und deutete auf einen zweiten Hilfssheriff, der im Vorzimmer wartete. »Nimm John mit und verteil mit ihm Strafzettel, dass es nur so rauscht. So nebenbei kannst du erwähnen, dass Oren anderswo ist – jedenfalls nicht in Saulburg.«

Während sie auf der Straße Strafzettel schrieben und an die Windschutzscheiben klemmten, flirtete Hilfssheriff Faulks mit der hübschen Frau, die, mit einem Mikrofon bewaffnet, hinter ihm herlief. Als sie in Hörweite von zwei Reporterkollegen war, beantwortete er ihre schon zweimal gestellte Frage: »Was ich glaube? Dass Hobbs sich in der Stadtbibliothek versteckt.«

Die Reporterin legte den Kopf schief. »Machen Sie Witze? Warum ausgerechnet dort?«

Ihre Kollegen drehten sich um und sahen den Hilfssheriff an. »Es ist das perfekte Versteck«, erklärte dieser. »Kein Mensch geht je in die Bibliothek.«

Drei Reporter rasten zu ihren Autos, die anderen folgten ihnen. Aber eine Kamera surrte noch, als Hilfssheriff Faulks sich umdrehte und Dave Hardys Faust ihm eine blutige Nase verpasste.

»Keilerei unter Cops«, rief der Kameramann.

Im Radio lief ein lokaler Jazzsender. Der Pizzabote war gekommen und wieder gegangen. Und in William Swahns Haus ging es vorläufig wieder gesittet zu.

Oren saß auf dem Fußboden, aß ein Stück heiße Pizza und trank mit seinem Gastgeber ein zweites kaltes Bier. Er hatte keine Einzelheiten über den Fall herausgelassen, kein Wort darüber, dass man die Knochen eines zweiten Opfers gefunden hatte. Die Möglichkeit eines Mehrfachmordes geisterte nur als Gerücht durch die Nachrichtensendungen.

Swahn schien die Meldung nicht weiter wichtig zu nehmen. »Demnächst behaupten die noch, dass sich hier in der Gegend ein Serienmörder herumtreibt.«

»Was unwahrscheinlich ist.« Oren leerte seine Flasche. »In einem Land von sechs Millionen Quadratmeilen können gut und gern dreißig Serienmörder herumlaufen.«

»Eben. Wie groß sind die Chancen, dass einer von ihnen sich nach Coventry verirrt? Allerdings …«, schob Swahn nach, »könnte man Josh umgebracht haben, um einen anderen Mord zu vertuschen.«

Oren reagierte nicht, und Swahn blieb nichts anderes übrig, als sich mit diesem Schweigen abzufinden. Oren war schließlich nicht hier, um gemeinsame Sache mit einem Verdächtigen zu machen. Er las das letzte Protokoll und legte es dann zu den übrigen Unterlagen. »Ich greife keine Motive aus der Luft. Für mich zählen nur Fakten.«

»Jeder Mensch mit einem Geheimnis könnte einen Grund zum Mord haben.« Swahn holte einen dünnen Packen Fotos aus einem Umschlag. »Auch Sie.« Er fächerte die Hochglanzabzüge auf wie Spielkarten.

Oren betrachtete die Fotos, die ihn als Fünfzehn- und Sechzehnjährigen zeigten. Auf dem ersten bedeckten die Haare nur die Ohren, auf dem nächsten reichten sie ihm schon bis auf die Schultern. Er ging eine Straße entlang, ohne sich um die Blicke der Frauen zu kümmern, die sich nach ihm umdrehten.

»Die Damen wirken ein wenig hungrig«, bemerkte Swahn und legte weitere Fotos auf den Teppich.

Der siebzehnjährige Oren trug die Haare noch etwas länger. Diese Serie von Schnappschüssen, jeweils im Abstand von zehn Sekunden aufgenommen, war im Water Street Café entstanden. Auf dem ersten sah Oren sein jüngeres Ich an einem Tisch mit reiferen Frauen vorbeigehen. Das nächste Bild zeigte eine von ihnen aus nächster Nähe, eine hübsche Frau um die vierzig. Evelyn Straub hatte den Kopf gehoben, um ihn anzusehen. Auf dem letzten Foto wandte sich der junge Oren für die bloße Dauer eines Kameraklicks zu ihr um, aber die Aufnahme hatte ein heimliches Einverständnis festgehalten, einen Blick, den die anderen Frauen am Tisch nicht bemerkt hatten. Nur Liebespaare kannten diese Augensprache. Nur Josh war sie aufgefallen.

Und William Swahn.

»Mrs. Straub war bestimmt der Meinung, sich sehr diskret verhalten zu haben«, sagte er. »Sie sehen, worauf ich hinauswill? Vielleicht ist Josh zufällig einem größeren Geheimnis auf die Spur gekommen und hat das Negativ zusammen mit den Abzügen verkauft. Könnten Sie sich Ihren kleinen Bruder als Erpresser vorstellen, der sich im Wald mit einem Opfer trifft?«

»Ausgeschlossen. Er war ein anständiger Kerl.«

»Stimmt. Laut Aussage Ihrer Haushälterin interessierte sich Josh nicht für Geld. Er war einfach ein leidenschaftlicher Sammler kleiner Dramen.«

Oren ließ den Blick über den Fußboden schweifen. Er war mit Aufzeichnungen von Gesprächen übersät, die Swahn mit allen möglichen Bürgern von Coventry geführt hatte. Dabei gab es allerdings einige interessante Lücken. »Sie haben nicht mit Addison Winston gesprochen. Er ist Strafverteidiger – ein Mann mit vielen Geheimnissen. Und was ist mit seiner Frau? Mrs. Winston war Vogelkundlerin und ständig mit einem Fernglas im Wald unterwegs. Die beiden haben Sie sich nie vorgeknöpft.«

»Kritisieren kann jeder.« Swahn aß unbeeindruckt das letzte Stück Pizza aus der Schachtel und spülte es mit Bier herunter. »Verraten Sie mir, woher Sie von Mrs. Winstons vogelkundlichen Ausflügen wussten, Mr. Hobbs? Sind Sie ihr im Wald begegnet? Wusste ihr Mann davon?«

Isabelle schrie ihn an. Dennoch bedauerte Addison Winston nicht, dass er das einzige Kind seiner Frau offiziell adoptiert hatte, auch wenn er sich manchmal wünschte, die Kleine wäre mit einem Lautstärkeregler zur Welt gekommen.

»So tu doch etwas!«, rief Isabelle außer sich.

Addisons Frau lief wild gestikulierend und mit tränenüberströmtem Gesicht durch das Zimmer, und ihre Tochter, selbst ernannte Wärterin einer Alkoholkranken in fortgeschrittenem Stadium, folgte ihr.

»Ein Arzt aus Saulburg ist unterwegs«, sagte Addison.

»Sie braucht aber sofort Hilfe. Sie ist außer sich vor Angst.«

»Ja, natürlich. Deine Mutter sieht Dinge, die nicht da sind.«

Das mit der leeren Flasche Scotch war merkwürdig. Er wusste, dass der geheime Vorrat seiner Frau aufgefüllt worden war. Auch wenn seine Tochter es ihm nicht abnahm – er achtete durchaus darauf, was Sarah trank. Indem er die üppigen Trinkgelder verdoppelte, die das Dienstmädchen von ihrer Herrin bekam, behielt er den Überblick über ihren täglichen Alkoholkonsum. »Du hast deiner Mutter wieder den Schnaps gesperrt, Belle. Das war ungezogen.«

Sie sah ihn hasserfüllt an, aber diese Blicke war er gewöhnt. Sie versetzten ihm jedes Mal einen Stich, und er reagierte regelmäßig mit einem Lachen.

»Deine Mutter zu entwöhnen geht nur Schritt für Schritt.« Er stellte die Flasche ab. Breit grinsend und mit den Händen in den Taschen näherte er sich langsam seiner Frau, die in dem kreisförmigen Zimmer die einzige vorhandene Ecke gefunden hatte – jene Stelle, wo der breite Kleiderschrank an die Wand stieß. Sie klopfte sich die Ärmel ihres Morgenrocks ab und fuhr sich auf der Suche nach Käfern, die nur sie sehen konnte, mit den Fingern durchs Haar.

Addison ließ seine Frau nicht aus den Augen, während er mit ihrer Tochter sprach. »Meist drossele ich einige Tage vor dem Geburtstagsball nach und nach ihren Alkoholkonsum, bis sie einen ganzen Abend vollkommen nüchtern und ohne eingebildete Krabbeltiere übersteht.« Der Anwalt sah auf seine Uhr. »Diese Ärzte… Sie lassen dich immer warten, auch wenn du das Honorar bar und steuerfrei zahlst.« Er zwinkerte ihr zu, und weil Isabelle das offenbar abstoßend fand, wiederholte er es gleich noch einmal.

Auf der Terrasse drängten sich Tauben, die gierigen Ratten der Lüfte, an den am Geländer befestigten Futterstellen. Als Schulmädchen hatte sich Isabelle für dieses ganz oben im Haus gelegene Vogelrefugium immer irgendwelche liebevollen Namen ausgedacht, und seit jeher hatte sie Addison dort als Eindringling empfunden, als den Schwarzen Mann im Vogelland. Er erblickte sein Spiegelbild in einer Glasscheibe und strich sich das Haar zurück. Ganz ansehnlich für ein Monster, dachte er.

»Sie braucht sofort Hilfe. Ruf einen Krankenwagen!«

»Das ist nicht dein Ernst, Isabelle.« Er wusste, dass sein breites Lächeln völlig unpassend war und er dabei zu viele Zähne zeigte. »Sie werden deine Mutter fixieren, und dann kann sie die Spinnen nicht mehr abstreifen. Stell dir ihre Panik vor, wenn sie gefesselt ist und das Ungeziefer ihr in die

Augen kriecht. Willst du das wirklich?« Es entstand eine Pause, und er sah, wie sie erblasste. »Nein? Das dachte ich mir. Der gute Doktor wird ihr einfach eine Spritze geben, dann spürt sie nichts mehr. Keine Angst, keinen Schmerz.«

Sein Gesicht wurde ernst, als er seine Frau in ihrer unsichtbaren Welt betrachtete und sie dabei beobachtete, wie sie kleine Käfer von ihrem Nachthemd streifte. Jetzt hatte sie offenbar einen besonders großen erwischt. Er konnte die Größe des Käfers immer daran erkennen, wie weit sie die Augen aufriss. In der Horrorshow, die in ihrem Kopf ablief, war offenbar eine kurze Pause eingetreten. Erschöpft sank sie zu Boden und schlug beide Hände vors Gesicht.

Addison lächelte schon wieder. Er wandte sich an die junge Frau, die Sarah so ähnlich sah, als diese im gleichen Alter gewesen war, wenn auch die Tochter niemals eine so hinreißende Schönheit sein würde. »Wenn der Arzt deiner Mutter die Spritze gegeben hat, wird sie den Rest des Tages verschlafen. Zum Abendessen darf sie dann so viel trinken, wie sie will. Du wirst nicht zählen, wie oft sie sich nachschenkt. Ist das klar?«

Isabelle wirkte nicht mehr ganz so erbost, und er wusste, warum: Sie hatte ein schlechtes Gewissen. Sie sah allmählich den Fehler ein, den sie begangen, den Schaden, den sie angerichtet hatte. Langsam trat er durch die geöffnete Tür auf die Terrasse, und sie folgte ihm.

Addison bückte sich und schaute durch eines der Fernrohre. »Ein gefährliches Spielzeug.« Er brauchte die Linse nicht erst einzustellen. »Weißt du, worauf es gerichtet ist, Belle?« Jetzt, da sie reuig und fügsamer war, konnte er es riskieren, sie wieder Belle zu nennen. »Heute Vormittag hatte deine Mutter den Kieferknochen auf der Veranda des Richters genau im Blick.« Noch immer lächelnd richtete er sich auf und sah seine Tochter an. »An einem normalen Tag ist das Aufregendste in Sarahs Welt ein verwirrter Vogel, der in die falsche Richtung zieht.«

Überall um sie herum schlugen Flügel, spitze Schnäbel

schleuderten Futter in alle Richtungen. Gierige Biester! Er wusste, weshalb er Vögel hasste.

»Mom hat von den Knochen erst erfahren, als ich …«

»Spielt keine Rolle. Jede Abweichung vom normalen Alltag bedeutet Stress für sie. Selbst der Anblick von Oren Hobbs dürfte nach so vielen Jahren ein Schock für sie gewesen sein. Aber du weißt, dass das nicht der Auslöser für die Halluzinationen deiner Mutter war.« Und um seinen Standpunkt unmissverständlich klarzustellen, setzte er hinzu: »Ein Drink hätte ihr vielleicht sogar geholfen. Aber du hast ihre Flasche ausgeleert und ihr von den Schlaftabletten gegeben, die ich auf dem Nachttisch habe liegen sehen. Wo kamen die her, Belle? Ist es ein Rezept von dir? Du wolltest also deine Mutter ruhigstellen, wolltest, dass sie schläft, während du in die Stadt fährst? Das nenne ich eine fürsorgliche Tochter!!«

Er kehrte ins Zimmer zurück und entdeckte als zusätzliches Belastungsmaterial eine Kanne Kaffee – die zweite an diesem Tag, wie ihm das Dienstmädchen, seine Spionin im Vogelland, erklärte. »Kalter Entzug ist immer ein Fehler, vor allem in Verbindung mit Beruhigungsmitteln und Koffein. Was hast du dir dabei gedacht, Belle? Du bist promovierte Ornithologin, keine Medizinerin oder Chemikerin.«

Sarah lief schreiend durchs Zimmer, als könnte sie dadurch ihren kleinen Peinigern entkommen, die Hände bewegten sich panisch, in den Augen stand Entsetzen. Sich selbst überlassen hätte Sarah den Tag in einem angenehmen Dämmerzustand überstanden und wäre wie üblich nach dem Abendessen nicht mehr ansprechbar gewesen. Deshalb stand Sarah immer so früh auf. Sie erwachte mit dem Licht, mit dem Kreischen dieser widerlichen geflügelten Biester, die sich hinter den Glaswänden ihr Futter holten – und mit einem Guten-Morgen-Drink gegen die Schmerzen.

Addison Winston hörte auf zu lächeln. »Überlasse die Pflege deiner Mutter mir.«

»Du hilfst ihr nicht.«

»Nicht ich habe ihr das angetan.«

Das brachte Isabelle zum Schweigen, und nach diesem letzten Hieb, nachdem er sie hinreichend mit Worten attackiert hatte, ließ er sie mit dem allein, was sie angerichtet hatte – mit der schluchzenden, verängstigten Mutter.

Vor der Bibliothek von Coventry standen nur noch drei Personen. Die übrigen Reporter waren abgezogen, nachdem sie vergeblich versucht hatten, aus Hilfssheriff Faulks' beiläufiger Bemerkung einen Gefängnisausbruch zu konstruieren.

»Zeitverschwendung«, sagte die junge Aufnahmeassistentin, und damit meinte sie nicht das nutzlose Handy, das sie zusammengeklappt in die Gesäßtasche ihrer Jeans steckte. In dieser rückständigen Gegend gab es im Umkreis von zwanzig Meilen keinen einzigen Handymast. Sie sah in Richtung der Hügel – vielleicht in der Hoffnung, dort einen Dinosaurier zu entdecken oder irgendetwas anderes, das sich zu filmen lohnte. Dann wandte sie sich wieder an den Reporter, einen Mann in mittleren Jahren, und versuchte ein letztes Mal, ihn zur Vernunft zu bringen. »Der Sheriff hat Ihnen also gesagt, dass Oren Hobbs nie in Haft war.«

»Und genau daran hängen wir unsere Story auf«, erklärte Reggie Mason. Er schloss die Tür der Telefonzelle, die möglicherweise letzte in den Vereinigten Staaten. Sogar eine Wählscheibe hatte der Apparat noch – ein liebenswertes Relikt aus seiner Jugend.

Die Assistentin trommelte an die Glastür.

Wie zum Teufel hieß die Kleine noch mal?

Seine Aufnahmeassistentinnen sahen alle gleich aus, und keine schien älter als dreizehn zu sein. Diese kleine eingebildete Person glaubte doch tatsächlich, sie hätte hier das Sagen. »Wir fahren«, rief sie. »Sofort!« Sie setzte sich in den Kleintransporter und zog die Schiebetür hinter sich zu.

Der Kameramann wollte ihr folgen, aber Reggie packte ihn am Arm. »Warte, die Vermittlung ist wieder dran.« Er war beim Notruf in die Warteschleife geraten, jetzt setzte die Frau von der Vermittlung das Gespräch fort. »Ja, ganz recht … Ja, es riecht.«

Reggie legte eine Hand über den Hörer, als der Kameramann sich in die Zelle beugte und fragte: »Lacht die am Apparat?«

Aus dem Kleintransporter schrie die beleidigte Assistentin: »Hey, wird Zeit, dass wir abhauen!«

Der Kameramann sah auf den Backsteinbau. »Hast du die Öffnungszeiten gelesen? Da drin ist niemand.«

»Aber der Geruch …« Reggie nahm das Gespräch mit der lachenden Dame von der Vermittlung wieder auf. »Ich habe den Eindruck, dass in der Bibliothek eine Leiche liegt … Ja, doch … es riecht nach Tod … Sie schicken den Sheriff?« Er wartete noch ein paar Sekunden und legte dann den Hörer auf die Gabel. »Sie hat einfach aufgelegt«, verkündete er.

Der Kameramann packte seine Kameraausrüstung zusammen, für ihn war jetzt Feierabend. »Weißt du überhaupt, wie eine Leiche riecht? Ich nicht. Du kannst doch so was nicht einfach aus der Luft greifen.«

Reggie deutete auf die Bibliothek. »Hast du das gesehen?«

»Was?«

»Hinter dem Fenster hat sich was bewegt.«

»Kann es sein, dass du Gespenster siehst, Reggie?«

»Wo ist denn diese lahme Assistentin? Jetzt, wo ich sie gerade mal brauche!« Er schlug mit der Faust an die Seitenwand des Wagens. »Hey, Süße, der Wind hat sich gedreht. Komm raus, du sollst mal schnuppern!«

»Ich weiß, dass Ad Winston Ihr Anwalt war«, sagte Oren. »Er hat bei der außergerichtlichen Einigung ganz schön was für Sie rausgeholt, Sie waren vermutlich recht dankbar dafür. Haben Sie deshalb ihn oder seine Frau nie befragt?«

Swahn wischte sich gelassen die Hände an einer Papierserviette ab und trank sein Bier aus. »Er war auch Ihr Anwalt, Mr. Hobbs.«

»Wie bitte?«

»Das haben Sie nicht gewusst?« Swahn lächelte zufrieden. »Richter Hobbs hat ihn gleich nach Joshs Verschwinden beauftragt. Sie hatten sich geweigert zu verraten, warum Sie Ihren kleinen Bruder im Wald allein gelassen haben. Und Sie wollten niemandem sagen, wo Sie jenen Tag und die halbe Nacht verbracht haben. Ihr Vater hat vermutlich Tag und Nacht damit gerechnet, dass plötzlich der Sheriff vor der Tür steht. Er wollte vorbereitet sein für den Fall, dass es zum Prozess kommt, also hat er den besten Anwalt genommen, den der Bundesstaat zu bieten hatte. Deshalb habe ich die Winstons nicht befragt, sie *konnten* nicht mit mir reden.«

Damit hatte sich für Oren eins der alten Rätsel gelöst. Deshalb also hatte man ihn nach einer kurzen und ergebnislosen Vernehmung durch den Sheriff in Ruhe gelassen – nachdem die Kratzer in seinem Gesicht verheilt waren.

Swahn griff nach einem Blatt, an das ein Foto von Evelyn Straub angetackert war. »Wie Sie sehen, war diese Befragung sehr kurz, und Sie möchten jetzt bestimmt gern erfahren, weshalb. Wann hat sich diese Frau jemals einen Gedanken verboten? Sie ist absolut angstfrei. Ich habe eine Stunde gebraucht, um ihre schwache Stelle zu finden und sie kleinzukriegen.«

Evelyn? Oren unterdrückte ein Lächeln. Am liebsten hätte er diesen Mann, diesen Dilettanten, ausgelacht. Kriminologen waren für Vernehmungen ungeeignet, und auch mit den besten von Orens Kollegen hätte Evelyn Straub es ohne Weiteres aufnehmen können. Diese Frau war nicht kleinzukriegen. Er winkte ab, als Swahn ihm das Protokoll reichte. »Scheint mir unbedeutend.«

»Der größte Teil des Gesprächs wurde nicht abgetippt.« Swahn holte ein kleines Notizbuch heraus. »Aber ich besitze eine vollständigere Fassung. Es geht dabei um Ihr fehlendes Alibi für den Tag, an dem Ihr Bruder verschwunden ist.« Er fächerte die handgeschriebenen Seiten auf. Es waren ziemlich viele.

Oren wappnete sich, auf alles gefasst.

Swahn überflog die erste Seite seiner Aufzeichnungen. »Ich hatte das Gefühl, dass Mrs. Straub *alle* Ihre Geheimnisse kannte.« Er sah auf und legte eine kurze Pause ein. »Wahrscheinlich wusste sie auch von den anderen Frauen, mit denen Sie geschlafen haben.«

Oren nahm einen Schluck Bier, gab sich nur mäßig interessiert und hielt sich an die Gewohnheit seiner Jugend, diese Gerüchte weder zu bestätigen noch zu dementieren.

Swahn lehnte sich gegen einen Stuhl und schwieg erneut. »Mrs. Straub war damals sehr attraktiv«, begann er schließlich. »Die letzten zwanzig Jahre haben es nicht gut mit ihr gemeint. Erstaunlich eigentlich. Geld genug, um sich ewige Jugend zu kaufen, hat sie schließlich.«

Er blätterte zerstreut eine Seite in seinem Notizbuch um und ließ Oren dabei nicht aus den Augen. »Ihre Haushälterin hatte mich gebeten, nach einer Alibi-Zeugin zu suchen, das war mein Auftrag. Sie hatte keine Insiderinformationen über Ihre Privatangelegenheiten, aber sie hatte Augen im Kopf. Miss Rice wusste, welche Wirkung Sie auf Frauen hatten. Bei unserem ersten Treffen brachte sie vor allem ihre Sorge darüber zum Ausdruck, dass Sie sich weigerten, etwas zu Ihrer Verteidigung vorzubringen. Sie hatte den Verdacht, Sie würden vielleicht deshalb schweigen, weil Sie eine verheiratete Frau schützen wollten. Aus diesem Grund habe ich mir nicht nur Mrs. Straub vorgenommen, sondern mit allen Frauen gesprochen, die auf Joshs Fotos mit Ihnen auftauchten. Leider schlug mein Versuch fehl, denn es meldeten sich *zwei* Frauen. Die beiden Alibis haben sich eigentlich widersprochen, aber der Sheriff hat eine der Aussagen für bare Münze genommen. Nämlich die von ihr.« Swahn tippte auf das Foto von Evelyn Straub.

»Sie hatten einen guten Geschmack, Mr. Hobbs. Sie war damals eine hübsche Frau. Ich mochte sie. Sehr abgebrüht, sehr cool. Ich war davon überzeugt, dass es ihr nur um Sex ginge. Ein halbwüchsiger Junge kann immer, Emotionen spielten dabei, wie ich glaubte, keine Rolle. Ich dachte, genau das sei der Grund, weshalb der Sheriff ihr abgenommen hatte, dass Sie den ganzen Tag in ihrem Bett verbrachten. Aber da lag ich falsch. Später erfuhr ich, dass sie vor der Hochzeit eine Abmachung hatte unterschreiben müssen: Sollte ihr Mann sie bei einem Seitensprung ertappen, würde sie bei einer Scheidung leer ausgehen. Mr. Straub war alt, mit einem Bein schon im Grab, seine Frau hätte sich nur noch ein Jahr zu gedulden brauchen. Aber für Sie hat Mrs. Straub alles aufs Spiel gesetzt.« Swahn schlug wieder eine Seite um, ohne etwas von dem wahrzunehmen, was da geschrieben stand. »Ich habe Mrs. Straub nie erzählt, wie ich von Ihrer Affäre mit ihr erfahren habe. Sie ist wohl davon ausgegangen, dass sie von Ihnen verraten wurde. Vielleicht glaubt sie das immer noch. Aber nachdem ich mit ihr gesprochen hatte, ist sie zum Sheriff gegangen. Sie waren erst siebzehn und wahrscheinlich noch jünger, als Mrs. Straub zum ersten Mal mit Ihnen im Bett war – der minderjährige Sohn eines Richters. Diese Frau hat sehr viel mehr riskiert als Geld.« Er beugte sich vor, um Orens Gesicht besser erkennen zu können. »Hat sie die Wahrheit gesagt?«, fragte er. »Oder hat sie alles riskiert, um für Sie zu *lügen*? Hat sie Sie geliebt, Mr. Hobbs?«

Oren sah auf die Uhr. »Es wird Zeit für mich.« Er streifte ein paar Pizzakrümel von seinen Jeans, stand auf und streckte Swahn eine Hand hin, um ihm hochzuhelfen.

Swahn war sichtlich enttäuscht. Er hatte eine Fallgrube aus Worten ausgehoben und sie mit Zweigen und dürrem Holz getarnt, aber Oren war nicht hineingetappt.

»Das war keine müßige Frage.« Swahn musste noch stärker hinken als zuvor, als er seinem Gast in die Diele folgte. »Ob

Mrs. Straub gelogen hat oder nicht, ist unwichtig. Bedenken Sie nur, was sie dabei hätte verlieren können.«

Oren öffnete die Haustür.

»Diese Frau hat Sie entweder geliebt, Mr. Hobbs, oder sie hatte ein Alibi so nötig wie Sie.«

»Danke für das Bier und die Pizza.« Oren trat aus dem Haus – es war wie eine Flucht. Auf der Einfahrt sah er noch einmal zurück.

Swahn war ihm bis zum Ende der Veranda gefolgt und rief ihm zu: »Wenn Sie dem Sheriff berichten, fragen Sie ihn nach Mrs. Straubs Séancen im Wald. Dort halten der Richter und Miss Rice Zwiesprache mit Ihrem toten Bruder.«

Oren kam kurz ins Stolpern, fing sich wieder und setzte seinen Weg fort.

10

Der Saulburger Arzt hatte den Kampf gegen die Geisterspinnen gewonnen.

Während Sarah Winston im Turmzimmer unter der Wirkung des Beruhigungsmittels eingeschlafen war, standen ihr Mann und ihre Tochter auf der Terrasse. Isabelle richtete ein Fernrohr auf den sich dahinschlängelnden Waldweg, der eigentlich nur eine Feuerschneise war. In der Dämmerung flackerte hier und da zwischen den Kiefern das Licht von Autoscheinwerfern auf. Das waren die Hexenbrett-Leute.

»Ja, das läuft immer noch.« Addison Winston ließ den Whiskey in seinem Glas kreisen. »Seit wann interessierst du dich für das, was in Coventry passiert? Wann hast du uns zum letzten Mal besucht, Belle? Ich kann mich nicht mal mehr erinnern, in welchem Jahrzehnt es war.«

Er schien es einfach nicht lassen zu können, sie herauszufordern – doch diesmal reagierte sie nicht verärgert.

Sie blickte von dem Fernrohr auf. »Früher haben sie sich nicht im Wald getroffen.«

»Das machen sie seit fünfzehn Jahren, und wenn du dich öfter dazu durchgerungen hättest, nach Hause zu kommen, wüsstest du das. Immerhin hat sich deine Mutter über die kümmerlichen Postkarten, die du ihr aus Europa geschrieben hast, immer sehr gefreut.« Addison hob sein Fernglas an die Augen und fragte sich, warum das Spukfest im Wald Isabelle wohl interessierte. »Sie fahren zu Evelyn Straubs Blockhaus. Als sie es gebaut hat, warst du noch ein kleines Mädchen.«

Damals hieß Evelyn, wenn er sich recht erinnerte, mit Nachnamen Kominsky. Mit Mitte dreißig waren ihre Zeiten bei der Revue vorbei, und sie hatte sich einen bejahrten Millionär als Ehemann geangelt. Und heute? Von den Hüften aufwärts war ihre Figur ruiniert, und die langen Beine wurden nicht mehr zur Schau gestellt, auch wenn sie für so manchen Mann unvergesslich blieben. Aber das Beste an Evelyn war ihr Piratenherz, das ihm Grund genug war, sie zu bewundern.

»Warst du mal auf einer dieser Seáncen?«

»Ja, ich habe einmal deine Mutter begleitet. Jeder in Coventry war mindestens ein Mal da, manche Leute gehen immer wieder hin.« Die Hexenbrett-Clique war alt, aber nicht exklusiv. Er leerte sein Glas und ließ die Eiswürfel klimpern. »In jeder anderen amerikanischen Stadt hätten sie einen Bowlingklub gegründet.«

Der Autokonvoi hatte das kleine Kiefernwäldchen fast durchquert. Wieder setzte Addison das Fernglas seiner Frau an die Augen und richtete es auf einen Nachzügler. »Siehst du den Jeep, der ihnen in einiger Entfernung folgt? Das ist der Sheriff. An diesem Waldweg steht nur ein Haus, das von Evelyn. Wenn sie Cable erwischt, ist er erledigt. Das Gericht hat ihm nämlich verboten, sich der Séance auf mehr als eine halbe Meile zu nähern.« Addisons Lächeln wurde breiter. »Ich sehe schon einen Rechtsstreit am Horizont.«

Als der Hang steiler wurde, verschwand der Jeep unter einem Baldachin hoher Bäume. Die Show war vorbei. Isabelle trat vom Fernrohr zurück und lehnte sich ans Geländer. »Mrs. Straub und Séancen – das passt für mich eigentlich nicht zusammen.«

»Stimmt. Aber die gute Frau lässt sich keine Chance entgehen, und ihre Gehilfin, diese Hellseherin, ist ein Vermögen wert.«

»Wie viel nimmt sie?«

»Nicht einen Cent«, sagte Addison. »Die Séancen sind seit jeher kostenlos.«

Das Country Pub war eine ruhige Kneipe. An der Wand über der Bar hing ein Fernseher, in dem immer ein Lokalsender lief. Aus alter Gewohnheit drehte der Barkeeper den Ton erst zu den Sportsendungen auf. Fünf Stammgäste, allesamt Sportfans, sahen deshalb auf einen Nachrichtensprecher, der stumm die Lippen bewegte. Sie ließen sich das Neueste vom Tage gern auf diese Art und Weise präsentieren – es war so erholsam.

Jetzt aber erschien auf dem Bildschirm etwas, was ihnen bekannt vorkam.

»Sieht aus wie unsere Bibliothek«, bemerkte der Barkeeper und trat einen Schritt näher heran. »Nein, kann nicht sein.«

Ein Gast kniff die Augen zusammen, dann setzte er die Brille auf. »Klar ist sie das. Mach mal laut, Fred.«

Der Barkeeper stellte den Ton an, und die Stimme des Moderators dröhnte aus dem Kasten. Bei den Aufnahmen handelte es sich tatsächlich um die örtliche Bibliothek und gleichzeitig, wie es hieß, um das Versteck eines Mannes auf der Flucht. Unbestätigt war das Gerücht, der Mann sei bewaffnet.

Ein Gast trat vor die Tür und sah zu der Bibliothek hinüber, die sich nur zwei Häuser weiter auf der anderen Straßenseite befand. »Vor der Tür parkt nur ein Van«, berichtete er seinen Kumpels, »und um die Telefonzelle herum stehen ein paar Typen und rauchen.«

Das Bild der Bibliothek wurde von einem Bericht über den Wettkampf bei den Nominierungen für den Senat von Kalifornien abgelöst. Der Barkeeper drehte die Lautstärke herunter, frisches Bier wurde gezapft, und im Country Pub kehrte wieder das wahre Leben ein.

»Mit meinem eigenen Wagen würde ich nie hier hochfahren.« Der Sheriff lenkte den Jeep über eine Ausweichstelle, um ein riesiges Schlagloch in der unbefestigten Straße zu umfahren. Er warf seinem Beifahrer einen argwöhnischen Blick zu. »Kann dir nachfühlen, wie dir zumute ist, mein Junge. Hätte ich gewusst, dass sie Hannah und den Richter in die Sache reinziehen würden, hätte ich mich intensiver um die Séancen gekümmert. Aber ich behaupte nach wie vor, dass Alice Friday harmlos ist.«

»Hellseher sind nie harmlos.« Oren Hobbs hatte bereits zuvor unmissverständlich zu verstehen gegeben, dass solche Leute in seinen Augen nicht besser als Schmeißfliegen waren, die sich auf frischen Leichen niederließen, und dass ihre Lieblingsbeute die Eltern eines ermordeten Kindes waren.

»Diese Frau ist anders. Nach dem Verschwinden deines Bruders habe ich viel über Parapsychologie gelernt. Jede Menge sogenannter Profis sind bei mir angetanzt, ich habe mit gut und gern zwanzig Leuten dieser Sorte gesprochen. Alice war die Einzige mit einem Ouijabrett. Damit kann man die Spreu vom Weizen trennen. Die angeblichen Profis arbeiten nicht mit so einem Ding. Ein Brettspiel, das jeder zu Hause betreiben kann, bringt kein Geld.«

»Und was hat Evelyn Straub damit zu tun?«

»Als sich Alice Friday im Hotel Straub eingemietet hatte, waren die abendlichen Ouija-Runden auf der Veranda bei den anderen Gästen bald sehr beliebt, und so hat Evelyn eine Abmachung mit der Frau getroffen – Kost und Logis gratis und zusätzlich ein kleines Taschengeld.« Je näher sie dem Blockhaus kamen, desto dichter standen die Bäume und Farne. »Es ist nur ein Trick, um außerhalb der Saison Gäste anzulocken. Mittlerweile sind einige Leute regelrecht versessen auf diese Séancen, aber da sie stets kostenlos waren und noch nie jemand ausgenommen wurde, hab ich das Ganze bisher immer für harmlos gehalten.« Niemals hätte er gedacht, dass so nüchterne Menschen wie Hannah und der Richter auf einem Hexenbrett nach Josh suchen würden.

Als sie fast am Ziel waren, begann Cable, von seinen schlimmsten Befürchtungen zu sprechen. »Ich war schon eine ganze Weile nicht mehr da«, log er. »Die Landschaft verändert sich im Lauf der Jahre. Du glaubst, einen Ort zu kennen, und kennst ihn doch nicht. Bei Dunkelheit möchte ich mich hier nicht gern aufhalten. Wir haben zwar Vollmond, aber das nutzt heute nichts.« Er beugte sich vor und sah durch die Windschutzscheibe zum Himmel hoch. »Die Wolken ziehen sich immer dichter zusammen.«

Die Wälder nach dem halbwüchsigen Oren Hobbs abzusuchen war einmal die Freizeitbeschäftigung einer ganzen Stadt gewesen. Die Suche nach Josh hatten sie nach einiger Zeit eingestellt, weil sie ihn für tot hielten, aber Oren hatte nicht aufgehört, den Wald nach seinem Bruder zu durchkämmen. Einerlei, wie oft sich der Junge verirrte – die Einwohner ließen alles stehen und liegen und drangen tief in die Wildnis vor, um das einzige noch lebende Kind des Richters aufzuspüren und heimzubringen. Immer wieder. Sie hatten den braven alten Herrn nicht enttäuscht, den Jungen nicht im Stich gelassen. Nur zu oft wurde Oren dehydriert und vollkommen orientierungslos aufgefunden, oft genug war er dem Tode nah gewesen, aber Coventry ließ es nicht zu, dass er starb.

Oren Hobbs nickte. Noch einmal durfte er sich nicht verirren. »Warum ist Evelyn Straub mit ihrem Medium aus dem Hotel in den Wald gezogen?«

»Das war ein schlauer Dreh. Evelyn kann das Blockhaus als geschäftlich genutzte Immobilie absetzen.« Der Sheriff bog auf eine unbefestigte Privatstraße ein und fuhr im Schritttempo weiter, als das Dach der Blockhütte in Sicht kam. Solange er durch die Bäume noch ein wenig Schutz hatte, hielt er an, schaltete die Scheinwerfer aus und stellte den Motor auf Leerlauf. »Ich darf mich hier nicht sehen lassen, es ist mir per gerichtlicher Verfügung untersagt, Evelyns Grundstück zu betreten. Polizeiliche Schikanen, sagt sie, zerstören die *Atmosphäre*. Ich muss den Jeep also möglichst schnell wieder hier wegschaffen.«

Sein Beifahrer blieb sitzen und wartete geduldig darauf, dass der Sheriff weitersprechen möge. »Swahn hatte recht«, fuhr dieser schließlich fort. »Das Alibi hat Evelyn dir verschafft. Sie hat mir gesagt, dass du den Tag mit ihr in der Blockhütte verbracht hast. Und dass Josh allein tiefer in den Wald hineingegangen ist.«

»Und wer war die andere? Laut Swahn hatten zwei Frauen zu meinen Gunsten ausgesagt.«

»Ist das jetzt noch wichtig? Und im Übrigen, Junge – mit wie vielen Frauen hast du geschlafen? Als Teenager warst du nicht sehr gesprächig.«

Daran hatte sich offenbar bis heute nicht viel geändert. Oren stieß die Beifahrertür auf und stieg aus.

»Warte.« Der Sheriff kramte im Handschuhfach und holte eine Taschenlampe heraus. »Weiß nicht, wann ich das letzte Mal die Batterie ausgewechselt habe. Benutze sie sparsam. Und ich rate dir – geh nach Hause, solange es noch hell ist.«

Oren streckte die Hand durchs offene Fenster und griff nach der angebotenen Taschenlampe. »Danke.«

»Wenn sie dich beim Spionieren erwischen, tu mir den Gefallen und sag Evelyn nicht, dass ich hier war.«

»Ich lasse mich nicht erwischen.«

»Noch eins, Oren. Achte auf den Autoverkehr, wenn du nach Hause gehst. Den Kleinbus des Hotels fährt Evelyn.« Cable beugte sich zum Beifahrerfenster herunter und senkte die Stimme. »Ich weiß, dass du mehr als einmal von hier aus den Weg nach Hause gefunden hast, Junge, aber nimm keine Abkürzungen durch den Wald.«

Er sprach in die leere Luft. Oren Hobbs war fort.

Die Wirkung der Beruhigungsmittel waren abgeklungen, und Sarah Winston griff nach der Whiskeyflasche, die knapp außer Reichweite ihrer ausgestreckten Hand war.

»Das Essen ist fertig.« Mithilfe des flüssigen Köders lockte Addison sie aus dem Bett und die schmale Stiege herunter. Dort, wo die breite Treppe begann, legte er ihr einen Arm um die Schultern und vergaß dabei vorübergehend, dass seine Frau nur müde und nicht mehr betrunken war und deshalb nicht länger Gefahr lief zu stürzen.

Arm in Arm betraten sie das Esszimmer, und dort bekam sie einen Drink – ihre Belohnung.

Isabelle saß schon am Tisch. Sie hatte den Kopf gesenkt, aber nicht zum Gebet. Sie war nicht religiös. Allerdings glaubte sie an die Inkarnation des Bösen.

»Hallo, Daddy.«

Ganz früher hatte sie ihn so genannt, weil das ihre Mutter freute. Heute ließ der Spott in ihrer Stimme nur eine Deutung zu: *Scher dich zur Hölle!*

Während der Mahlzeit wandte Isabelle keinen Blick von ihrer Mutter, die mit dem Essen spielte und sich an die flüssige Nahrung hielt. Als der Nachtisch kam, war sie schon benommen, hielt sich aber noch aufrecht. Ehemann und Tochter unterhielten sich, während sie schweigend daneben saß. Als Sarah den Kopf auf den Tisch legte und die Augen schloss, ging der Wortwechsel über ihren gebeugten Rücken hinweg weiter. Der Streitpunkt ihres Gespräches war nicht neu.

»Um deine Mutter kümmere ich mich«, sagte Addison.

»Ja, wie ein Gefängniswärter«, konterte Isabelle. »Alle Pläne, die sie jemals hatte, wieder in die Welt zurückzukehren, hast du durchkreuzt.«

»Deine Mutter braucht nicht noch einen College-Abschluss. Sie ist schön, und Schönheit bedeutet Macht. Ich habe ihr alles gegeben, worum sie mich gebeten hat … nur um in den Genuss zu kommen, sie anschauen zu dürfen.« Er sah auf das Gesicht seiner schlafenden Frau herunter, den offen stehenden Mund, die Speichelbläschen auf den Lippen.

Zum Brandy nach dem Essen wurde Sarah – auch das ein Köder – geweckt. Auf Addisons Arm gestützt, wankte sie zu dem Sofa eines riesigen Wohnraums, wo ein zehn Meter hohes Fenster hinauf bis zu einem Giebeldach reichte und den Blick auf die allmählich im Dunkeln verschwindenden Wälder freigab.

Als Sarah nach etwa einer Stunde allmählich wegzudämmern begann, bettete Addison behutsam ihren Kopf auf seinen Schoß. »Morgen beginnt die Entwöhnung«, flüsterte er ihr ins Ohr. »Dann gibt's nur noch einen kleinen Schluck zum Frühstück und zum Mittagessen, und zum Abendessen nichts mehr.«

Als sie eingeschlafen war, strich er ihr das Haar aus der Stirn. Beim Aufblicken sah er, dass Isabelle ihn hasserfüllt anfunkelte. Prompt lächelte er. »Einmal habe ich ihr die Alkoholzufuhr erst am Tag des Balls gesperrt – ein Riesenfehler. Da hatte sie zum ersten Mal Besuch von den Spinnen. Drei Tage sind genau richtig.«

Er registrierte zufrieden, dass Isabelle die Hände zu Fäusten geballt hatte – demnach hörte sie ihm zu.

»An ihrem Geburtstag wird deine Mutter dann den ganzen Abend ohne Alkohol durchhalten. Was meinst du, ob dieses Jahr Oren Hobbs zu dem Ball kommt?«

»Warum? Er war mit zwölf zum letzten Mal da.«

Addison fragte sich, ob Isabelle wohl enttäuscht wäre, wenn Oren sich nie wieder bei einem Geburtstagsball blicken lassen würde. So nachtragend sie war – selbst sie konnte doch wohl nicht über so viele Jahre diesen alten Groll nähren? Trotzdem – so ein kleiner Stich konnte nichts schaden. »Es heißt, Oren habe auf ältere Frauen gestanden. Auf verheiratete Frauen.« Sein Blick fiel auf die schlafende Sarah.

»Und du glaubst, dass er mit Mom geschlafen hat?« Isabelle war fassungslos.

Oder eifersüchtig?

»Na, mit dir jedenfalls nicht.« Er sah, dass Isabelle die Röte ins Gesicht stieg. »Ich weiß, was du getan hast, Belle. Vor vielen Jahren. Das wird dir noch zu schaffen machen.«

Isabelle stand auf und beugte sich über ihre schlafende Mutter. »Warum Mom bei dir geblieben ist, weiß ich nicht. Aber ich weiß, warum sie trinkt. Der Alkohol lässt sie den Schmerz weniger spüren, wenn deine scharfen kleinen Zähne an ihren Knöcheln nagen.«

Was für eine umständliche Art und Weise, ihn ein Arschloch zu nennen! Dabei war Isabelle normalerweise so direkt. Er betrachtete die Frau auf dem Sofa, die sein Haus, wenn auch nicht sein Bett teilte. In theatralischem Ton wisperte er: »Schau, sie wacht auf.«

Sarah Winston hob den Kopf wie ein scheues Tier, das aus seinem Bau heraus in eine gefährliche Welt späht, dann sank ihr Kopf wieder hinab, die Augen schlossen sich.

Isabelle kniete nieder und strich ihrer Mutter übers Haar. »Das ist Folter. Warum lässt du sie so weitermachen?«

»Ach, ich weiß nicht recht …« Sein Lächeln war halb herausfordernd, halb tückisch. »Vielleicht, weil ich sie bis zum Wahnsinn liebe?«

Isabelle stand auf und stürmte ohne einen Gutenachtgruß aus dem Zimmer.

Addison liebkoste das schlafende Gesicht seiner Frau. Er liebte sie bis zum Wahnsinn.

Die beiden Hilfssheriffs Dave Hardy und John Faulks hatten die Blutspuren mehr schlecht als recht von ihren Uniformen entfernt. Die rötlichen Flecken waren nicht die einzigen Beweise für ihre Prügelei. Sie waren dabei auch gefilmt worden. Jetzt standen sie in Saulburg vor dem Schaufenster eines Elektroladens und starrten auf die Bildschirme von zehn Fernsehgeräten, die auf zehn verschiedene Kanäle eingestellt waren, während sie sich gleichzeitig auf mögliche Folgen ihrer Handgreiflichkeit gefasst machten.

»Wir sind geliefert«, sagte Dave Hardy. »Wenn sie die Keilerei in den Abendnachrichten bringen, fliegen wir.«

John Faulks war nicht weniger besorgt, das hörte man an seiner Stimme, aber er mochte sich der Wirklichkeit nicht stellen. »Der Typ war nur ein Kameramann, kein Reporter.« Er ließ den Blick von einem Bildschirm zum nächsten wandern. »Zu dumm, dass ich nicht mehr weiß, wie die Sendung heißt. Auf der Kamera stand der Name des Senders.«

Dave deutete auf den obersten Fernseher im Schaufenster. »Was zum Henker ist denn das?«

Zu sehen war das Standbild eines Fensters in einer Backsteinmauer. Die auf dem unteren Bildschirmrand mitlaufende Textzeile besagte, was sie schon wussten, dass man in Coventry die Gebeine eines vermissten Jungen gefunden hatte. Dann aber kam etwas Neues: Die Jagd nach einem Flüchtling war angelaufen.

»Schade, dass kein Ton dabei ist«, sagte Deputy Faulks.

Die Kamera zeigte jetzt einen größeren Ausschnitt des Gebäudes.

»Das ist die Bibliothek von Coventry«, sagte Dave. »Diese blöden Reporter haben dir geglaubt und sind zur Bibliothek gefahren.«

»Tut mir leid«, sagte sein Kollege. »War doch bloß ein Witz. Woher sollte ich wissen, dass sie tatsächlich dorthin gehen würden. Kein Mensch in Coventry geht in die …«

»Sag das nicht noch einmal!« Dave Hardys Faust verhieß diesmal mehr als nur eine blutige Nase.

Evelyns Blockhaus war einmal ihre Zuflucht vor einem verhassten alten Mann gewesen. Millard Straub hatte seine Frau während ihrer Ehe täglich gestraft – weil er im Sterben lag und sie nicht.

In dieser Nacht besah sich Oren das, was von dem Haus übrig geblieben war. Die Natur holte sich zurück, was ihr gehörte. Zweige schoben sich durch zerborstene Fensterscheiben, im Fundament waren Risse, und das Verandadach war unter dem Gewicht eines abgebrochenen Astes eingesunken. Schon im Garten schlug ihm der Geruch nach vermoderndem Holz entgegen.

Immerhin gab es eine bauliche Verbesserung: Der Wendekreis der Einfahrt war zu einem Parkplatz ausgebaut worden. Der Kleinbus gehörte dem Hotel Straub, und die Limousinen vermutlich irgendwelchen Einheimischen. Manche der Wagen waren schätzungsweise zwanzig Jahre oder älter, mit Rissen im Armaturenbrett, Beulen und abgefahrenen Reifen, andere wirkten dagegen wie die neuesten Luxusmodelle. Das Nebeneinander von Arm und Reich fand man überall in Coventry. Hier dachte sich niemand etwas dabei, wenn ein Millionär seine Villa neben ein handtuchschmales Grundstück stellte, auf dem man gerade mal einen Wohnwagen unterbringen konnte – oder eine Bruchbude wie die von Evelyn Straub.

Das Gelände fiel nach hinten ab, und das war beim Bau berücksichtigt worden. Oren erinnerte sich an das Betonfundament am hinteren Ende, das dort über einen Meter hoch war, und an einen großen Hohlraum, der als Lager für Gartengeräte diente. Außerdem gab es – und das war für seine Zwecke besonders günstig – eine Falltür, durch die er einen Blick auf das Treiben in den Räumen darüber hatte. Bei einem Rundgang um die Blockhütte stellte er fest, dass der Lagerraum jetzt nicht mehr frei zugänglich war. Hinter der Holztreppe, die zur Küche führte, befand sich in einer neu gezogenen Betonmauer jetzt eine Metalltür mit einem Vorhängeschloss.

Schade, der niedrige Kellerraum wäre ein idealer Beobachtungsposten gewesen, nun lief Oren Gefahr, gesehen zu werden. Er stieg die Treppe hinauf und spähte durch eine geborstene Fensterscheibe. In der Küche war niemand. Er öffnete die Tür und trat mit leisen, vorsichtigen Schritten ein. Durch die Ritzen einer bröckelnden, unverputzten Wand drang Licht. Er hatte die Wahl zwischen verschiedenen großen und kleinen Gucklöchern. Geräuschlos schlich er von einem zum anderen, bis er den besten Blick auf die Versammlung im Nebenraum hatte.

An der Ausstattung für die Séance war nicht gespart worden. Von der Decke hingen Spinnweben in geisterhaft grauen Schwaden – sehr dramatisch, aber durchaus wirklichkeitstreu. Sechs Personen saßen auf Metallklappstühlen um einen wackligen Spieltisch. Ringsum auf dem Boden hatte man brennende Kerzen auf angeschlagenen Tellern aufgestellt. Im Hintergrund saßen weitere Besucher. Evelyn Straub hatte ein Zweiersofa in Beschlag genommen, und niemand hatte gewagt, sich neben sie zu setzen.

Oren erinnerte sich an dieses Sofa. Früher hatte er den Samtbezug und das vergoldete Gestell als zu vornehm für diese rustikale Umgebung empfunden, jetzt wirkte das alte Kanapee ausgedient und müde, und die Frau, die darauf saß, schien das gleiche Schicksal ereilt zu haben, sie war noch weniger wiederzuerkennen als das Möbelstück. Selbst im schmeichelnden Kerzenlicht konnte er in diesem gealterten Frauengesicht kaum die Evelyn Straub von einst wiederfinden.

Die Personen im Inneren des Kerzenkreises hatten sich, bis auf eine, alle von ihren Stühlen erhoben. Während Spieler von außen ihre Plätze einnahmen, konnte Oren den Tisch und das ungewöhnliche Ouijabrett gut erkennen. So etwas gab es nicht im Laden zu kaufen. Die Zahlen und das Alphabet waren offenbar handgemalt. In der Mitte des Bretts erkannte er einen Gegenstand aus grob geschnitztem Holz, der aussah wie ein Herz auf drei Beinen. Ein Loch in der Mitte gab die Sicht auf einzelne Buchstaben oder Zahlen frei.

Mit einer Bemerkung hatte der Sheriff recht gehabt: Das Ouijabrett war ungewöhnlich. Die Betrüger, denen Oren im Laufe seines Lebens begegnet war, hatten dergleichen nie benutzt – aber heute waren seine beruflichen Erfahrungen nicht gefragt. Das hier war ein Spiel aus seiner Kindheit, das sie an geheimen Orten gespielt hatten, in dunklen Kellern und tiefen Wäldern. Sein kleiner Bruder hatte es anfangs geliebt und es immer bei seinem alten Namen – *Hexenbrett* – genannt.

Die knochendürre Frau, die sitzen geblieben war, gab jetzt der zweiten Runde von Mitspielern Anweisungen. »Legt die Finger auf die Planchette«, sagte sie, und die übrigen fünf Personen berührten das herzförmige Stück Holz mit den Fingerspitzen. »Keinen Druck ausüben, bitte. Sie bewegt sich durch andere Kräfte.«

Das konnte nur Alice Friday sein. Ihr Gesicht war hager und ausgemergelt, die Augen lagen tief in den Höhlen, die Lider wirkten schwer. In der Stimme schwangen der für den Mittleren Westen typische näselnde Ton und eine gewisse Nüchternheit mit. Sie hätte ebenso gut einen Vortrag über Aluminiumverkleidungen halten können, als sie fortfuhr: »Jetzt werden wir meinen Geistführer bitten, eure Fragen zu beantworten.« Sie hob Kopf und Stimme. »Joshua Hobbs? Bist du heute Abend unter uns?«

Alice Friday verdiente sich ihr Brot also mit seinem toten Bruder. Oren mochte Evelyn Straub deswegen nicht tadeln. Sie hatte schon immer aus allem Profit geschlagen, egal was es war. Warum nicht auch aus den Toten?

Die Planchette zuckte, und einige Gäste, offenbar Neulinge am Ouijabrett, fuhren erschrocken zusammen. Die erfahreneren Spieler lächelten nur. Die Hellseherin leierte weiter ihre Befehle, ungerührt von dem Zirpen der Grillen und dem Trippeln kleiner Tierpfoten, die über die Zimmerdecke huschten. Sechs Menschen rückten näher an den Tisch heran, sechs Köpfe beugten sich tiefer herunter, sobald die Planchette über einem Buchstaben innehielt, und zusammen skandierten sie »I-C-H-B-I-N-H-I-E ...«

Durch die Mauerritzen sah man Sternenlicht, aber Orens Aufmerksamkeit galt einem anderen Licht, klein wie ein Stern und hellgrün, das auf dem Boden leuchtete. Ein Kabel führte aus einer der Sockelleisten eine Wand hinauf. Er sah zur Decke, aber in der Dunkelheit war kein Kameraauge zu erkennen.

»R-I-M-D-U-N-K-E-L-N.«

Evelyn Straub war aufgestanden und lief nun in Richtung Küche. Sie bewegte sich nicht wie eine Frau, die alt und fett geworden war. Dieses Überbleibsel aus jüngeren Tagen faszinierte ihn. Er brauchte einen Augenblick, um seine Gedanken wieder zu sammeln, dann schob er sich rücklings durch die geöffnete Tür und zog sie leise hinter sich zu.

Gute Nacht, schöne Frau.

Glücklicherweise war er bereits verschwunden, als die Gruppe den nächsten Singsang anstimmte. »O-R-E-N-HI-L-F-M-I-R.«

11

Hoch oben, wo das Dach verglaste und verputzte Wände miteinander verband, zog sich ein Bücherregal rings um das gesamte Turmzimmer, und Isabelle Winston musste eine fahrbare Leiter benutzen, um es zu erreichen. Seit sie wieder zu Hause war, hatte sie regelmäßig jeden Abend in aller Heimlichkeit ein Vogelbuch zurückgestellt und dafür ein anderes heruntergeholt. Sie schob die übrigen Bände so zurecht, dass man nicht merkte, wenn einer fehlte.

Aber wozu dieser Umstand?

Ihre Mutter konnte sich in ihrer Trunksucht ohnehin an nichts erinnern, und wenn Addison sie besuchte, was selten vorkam, sah er vermutlich nie über sein Spiegelbild in der Glasscheibe hinaus. Unvorstellbar, dass sich dieser Mann für Protokolle von Vogelbeobachtungen interessierte – auch wenn es sich hier nicht um die typischen Aufzeichnungen von Vogelliebhabern handelte. Und selbst für den Fall, dass er einmal in dem einen oder anderen der Bände blätterte, würde es ihm nicht gelingen, den Code zu knacken.

Meine gerissene Mom.

Isabelle gab ihrer schlafenden Mutter einen Kuss und ging mit dem entwendeten Buch, das sie in den Falten ihres Morgenrocks versteckte, nach unten in ihr Schlafzimmer, obgleich sie eigentlich wusste, dass ihre Eltern sich nicht um ihre Lesegewohnheiten kümmerten.

Seit wann war sie so paranoid?

Eine Stunde später saß sie, die Ornithologin, mit dicken Kissen im Rücken, im Schein einer Nachttischlampe und war noch immer in ein Buch vertieft, das wenig mit Vögeln zu tun hatte, obgleich sich auf jeder Seite Zeichnungen gefiederter Wesen fanden.

Früher einmal hatte Isabelle aus einem kindlichen Egoismus heraus geglaubt, diese Bände seien für sie entstanden. Die fantasievollen Illustrationen passten besser zu Kinderbüchern als in die Aufzeichnungen einer erwachsenen Vogelkundlerin. Neben den Bildern gab es auch Geschichten und Liedzeilen. Noch ehe sie das ABC beherrschte, hatte Isabelle die menschlichen Lautfolgen gelernt, mit deren Hilfe sich Hunderte von Vögeln identifizieren ließen – Laute, die Rhythmus und Klangführung nachbildeten. Als kleines Mädchen hatte sie am liebsten den Ruf des Westlichen Waldtyrannen gehört und ihn den ganzen Tag nachgeahmt – weil es Addison verrückt gemacht hatte.

Die Aufzeichnungen ihrer Mutter hielten sich nicht immer an die herkömmliche Schreibweise, aber die Melodien waren alle klar erkennbar. Als sie dieses Mal nach Coventry zurückgekehrt war, hatte Isabelle viele der alten Bände mit neuem Verständnis gelesen. Manche der dort abgebildeten Vögel kamen im raueren Klima des Nordwestens nicht vor – übrigens auch nirgendwo sonst außer in der Fantasie ihrer Mutter –, doch Märchenfiguren konnte man sie nicht nennen.

Sie hatte sechs Wochen gebraucht, um sich durch Sarahs frühe Jahre in Coventry zu arbeiten. Außer bei den Geburtstagsbällen hatte Addison seine Frau nach Möglichkeit von den Einheimischen ferngehalten. Isabelle, die damals im Internat war und sich deshalb vernachlässigt und abgeschoben fühlte, begriff erst jetzt, wie einsam ihre Mutter gewesen sein musste. Trotzdem wusste Sarah Winston anscheinend sehr viel über die Stadt und ihre Bewohner, geheime Dinge, die sie mit Hilfe von drei Fernrohren und einem Feldstecher zusammentrug.

Hannah Rice war der Schlüssel gewesen, hier abgebildet als Elfenkauz, und beinahe ständig in Begleitung eines großen mageren Vogels, der im Lauf der Jahre seinen langen Federschopf verloren hatte – dem allmählich kahl werdenden Richter Hobbs. Und nachdem sie heute Vormittag Ferris Monty gesehen hatte, wusste Isabelle, wer die Schwarzkopfmeise war. Das schlecht gemachte Toupé des Mannes ähnelte der Kappe jenes Vogels, und das Gelb der Brustfedern entsprach genau der Farbe seines Rolls-Royce. Doch der Klatschkolumnist besang die Lerche nicht mit dem »Chicka dih-dih-dih« der Meise. Er sang »Schau auf mich-mich-mich« – aber die Lerche ignorierte ihn. Dennoch verfolgte der Meisenmann sie auf Schritt und Tritt. Manchmal folgte die Lerche einem anderen Vogel, dann zogen sie zu dritt durch die Straßen, der Meisenmann immer als Nachhut, sein aussichtsloses Lied singend.

Sarah Addison schien Evelyn Straub zu mögen, denn sie trat in den Aufzeichnungen sehr farbenfroh und mit elegant geschwungenen Flügeln, langen Beinen und zwei Nestern auf – einem in der Stadt und einem im Wald. In dem Band, den Isabelle gerade in der Hand hielt, war der Partner dieses schönen Reiherweibchens noch am Leben. Der graue, verschrumpelte Star konnte nur Millard Straub sein. Er flog auf dem Rücken des Reiherweibchens.

In ganz Kalifornien ärgerten sich die Fernsehzuschauer über die Unterbrechungen ihres Programms zur Hauptsendezeit. Die »letzte Meldung« bestand immer nur aus einem Bild – der in gleißendes elektrisches Licht getauchten Stadtbibliothek von Coventry. Ab und zu ergänzte ein hektischer Moderator die Story durch die Mitteilung, der Sheriff habe noch immer nicht auf die nachdrückliche Meldung reagiert, aus dem Gebäude käme ein sonderbarer Geruch.

Einige Gäste des Country Pubs überlegten, ob sie die paar Schritte zum Schauplatz des Geschehens gehen sollten, um mitzuerleben, wie der Sheriff nicht auf einen Notruf reagierte. Als sie aber hörten, dass sie ihr Bier nicht mitnehmen durften, zogen sie es vor, die Ereignisse weiterhin nur auf dem Bildschirm mitzuverfolgen.

Die Kamera schwenkte auf einen herannahenden Jeep. Der Mann, der dem Wagen entstieg, war, wie die Zuschauer erfuhren, der Sheriff. Der Reporter ging mit gezücktem Mikro und wachsender Aufregung auf ihn zu. »Sind Sie gekommen, um wegen des Geruchs zu ermitteln?«

»Nein«, sagte der Sheriff. »Wie man mir sagte, haben Sie den Notruf missbraucht.« Er drückte dem Reporter ein Blatt Papier in die Hand. »Das ist eine Vorladung. Sie haben sich morgen Vormittag bei Gericht einzufinden, dann können Sie erklären, warum Sie eine übel riechende Stadtbibliothek für einen Notfall halten.«

»Da könnte eine Leiche drin liegen. Wollen Sie der Sache nicht nachgehen?«

»Nein«, sagte der Sheriff. »Die Bibliothek ist geschlossen.«

»Und der *Geruch*?« Der Reporter deutete auf den Backsteinbau, als könnte man ihn sonst übersehen. »Sie müssen näher herangehen, um …«

»Nein, mein Junge, ich rieche es auch so. Ist das eine Live-Übertragung?«

»Allerdings.«

Sheriff Babitt grinste in die Kamera und tippte an seinen Hut. »Es riecht nach versifften Socken.« Er trat zurück und schaute dem Reporter auf die Füße.

Damit endete die landesweite Berichterstattung über die Stadtbibliothek von Coventry.

Als Gesetzeshüter und Fernsehteam abgezogen waren, ging in der Bibliothek das Licht an und brannte bis spät in die Nacht. Hinter den Jalousien sah man eine Person auf und ab gehen, aber das war ein so vertrauter Anblick, dass kein Passant davon Notiz nahm.

Der aufgehende Mond beleuchtete Orens Weg, der bergab führte und ihn nach Hause bringen würde. Er sparte die Batterie der Taschenlampe für die Momente auf, in denen Wolken den Mond verdeckten und es pechschwarz um ihn wurde.

Hinter einer Haarnadelkurve tauchte ein Scheinwerferpaar auf. Oren dachte an Cable Babitts Mahnung, sich nicht in der Nähe der Blockhütte erwischen zu lassen, und sprang mit einem Satz in den Wald, als der Hotelbus in hohem Tempo vorbeifuhr. Weitere Fahrzeuge folgten, deren Scheinwerfer ihn direkt trafen. Oren zog sich rasch in den Schutz hoher Farne zurück, aber dann rutschte er mit einem Stiefel auf einer Baumwurzel aus und fiel hin. Zum Glück war es keine harte Landung. Er rollte einen steilen Hang hinunter, doch seine Reflexe funktionierten: Er legte die Hände vors Gesicht, so dass die Zweige und dürren Äste ihm nur die Handflächen zerkratzten. Er rollte immer weiter und blieb schließlich flach auf dem Rücken liegen.

Idiot.

Er lag in einer Mulde, die wie die hohle Hand eines Riesen geformt war. Oberhalb der Böschung sah er das Licht des Fahrzeugkonvois in der Ferne verschwinden. Plötzlich verspürte er eine bleierne Müdigkeit und das drängende Bedürfnis, die Augen zu schließen. Nur einen Augenblick, sagte er sich. Als er sie wieder aufschlug, hatte die Nacht alle Helligkeit aus der Welt gesogen. Es gab keine Grenze zwischen Himmel und Erde, kein Oben und Unten, nur Schwärze. Wo war sein Kompass, der Mond?

Von den Wolken verschluckt.

Wo war die Taschenlampe? Blindlings vorwärts kriechend tastete er mit den Fingerspitzen seine Umgebung ab, streifte über Buschwerk und Erde, bis seine Hand sich endlich um das kühle Metall schloss.

Klick.

Es wurde nicht hell – die Batterie war leer.

Auf allen vieren kletterte er aus der Mulde heraus und kroch in Richtung Straße. Er hatte das Gefühl, sich bereits seit einer Ewigkeit so voranzubewegen. Wo war die Straße? Bei dem Sturz hatte er sich gedreht und war in die falsche Richtung gerollt. Wie lange? Wie weit? Tastend erreichte er erst die Wurzel, dann die raue Borke eines Baumes, setzte sich und lehnte sich an den Stamm.

Todmüde.

Er knipste die nutzlose Taschenlampe an und aus, hoffte verzweifelt auf ein Wunder, auf ein paar Sekunden Licht. Dunkelheit war eine andere Dimension, in der die Naturgesetze nicht galten. Von jedem sichtbaren Hinweis auf die greifbare Welt getrennt, schlang er die Arme um die Brust, um sich zu vergewissern, dass Geist und Körper nicht getrennte Wege gegangen waren. Trotzdem wurde er das Gefühl nicht los, in einem Vakuum zu schweben.

Weit konnte die Straße nicht sein. Er horchte auf Fahrzeuggeräusche.

Nichts.

An diesem Waldweg gab es nur das eine Haus, und die Séance war längst vorbei, die Teilnehmer waren inzwischen alle daheim. Er rappelte sich auf und tat zwei Schritte in ein vollkommen unbekanntes Land, die Hände ausgestreckt, um sich vor tief hängenden Zweigen zu schützen, die eine Gefahr für seine blinden Augen bedeuteten.

Wohin jetzt?

Er war möglicherweise auf einer parallelen Strecke, nur fünf, sechs Meter – oder waren es zwanzig? – von der Straße entfernt. Wie lange war er in die falsche Richtung gekrochen? Raum und Zeit hatten jede Bedeutung verloren.

Es passiert dir nicht zum ersten Mal, dass du nachts im Wald die Orientierung verlierst. Setz dich hin und warte. Wenn die Sonne aufgeht, wirst du die Straße sehen und wissen, wohin du zu gehen hast.

Diese innere Stimme der Vernunft klang sehr nach Hannah. Sie würde sich Sorgen machen und der Richter ebenfalls. Wann würden sie Alarm schlagen? Er entsann sich anderer Nächte in diesen Wäldern, sah gelbe Lichtkegel, hörte Hunderte von Stimmen, die seinen Namen riefen. Alle Geschöpfe des Waldes waren erwacht und flohen vor der Armee der Suchenden, deren Schuhe und Stiefel Erdreich und Äste in Schwingung versetzten.

Nicht schon wieder … nicht noch einmal …

Bereits als Teenager hatte er gewusst, dass es Wahnsinn war, nachts seinen Weg fortzusetzen – und dennoch tat er es jetzt. Alle Überlebensstrategien der Army waren vergessen, als er sich nun von Baum zu Baum tastete. Das Einzige, worauf er hoffen konnte, war, dass er sich im Kreis bewegen würde, wie das fast alle Menschen taten, die sich verirrt hatten. Vielleicht würden ihn seine Füße ja zurück zum Ausgangspunkt bringen – vielleicht aber auch immer weiter wegführen.

Hoch oben in den unsichtbaren Wipfeln rief eine Eule. *Hu! Huuu! Huhuhu Huuu!«*

Ein anderer Nachtvogel antwortete mit hohlem Pfeifen im Rhythmus eines federnden Balles oder von Schritten, die ihren Schwung verloren, langsamer wurden, immer langsamer …

Dann Stille.

Oren verlor die Nerven. Er schrie. Schrie den Namen seines Bruders heraus.

Um sich herum regte es sich in der Dunkelheit, kleine Tiere bewegten sich erschrocken im Unterholz, krochen, rannten. Er spürte ihre Panik, die vertraute Angst, Eiseskälte, die in seiner Kehle aufstieg. Fröstelnd umarmte er den eigenen Körper, suchte nach Wärme. Und was war mit Josh? Sein Bruder hatte die Jacke zu Hause gelassen.

Josh ist tot. Du hast seine Knochen gesehen.

Wie viele Tage hatte er ohne Essen und Trinken ausgehalten?

Kein Hunger, kein Durst. Heute hast du dir in der Küche mit Cable Babitt ein Sandwich mit Huhn geteilt.

Oren wandte sich dem Motorengeräusch zu, das in der Ferne zu hören war, näher kam, jäh verstummte.

Er atmete tief ein und hielt die Luft an.

Ein kleiner Lichtpunkt schwebte in der Luft, tauchte zwischen den Baumstämmen auf und verschwand wieder. Träumte er das? Jeder Traum war für ihn ein kleiner Tod.

12

Hannah Rice war die Auferstehung und das Leben!

Oren fiel auf dem unbefestigten Weg in die Knie. »Wie hast du mich gefunden?«

Sie strich ihm die Haare aus den Augen. »Ein Anruf. Jemand wollte wissen, ob du von der Séance gut nach Hause gekommen bist.« Hannah brachte ihn sanft dazu aufzustehen, dann nahm sie ihn bei der Hand und führte ihn zum Wagen wie einen Behinderten – und das war er ja an diesem Abend auch. »Evelyn Straub hat gesehen, wie du beiseitegesprungen bist, als ihr Kleinbus um die Kurve kam. Alle wissen, dass du dazu neigst, dich im Wald zu verirren.«

Sie schob ihn auf den Beifahrersitz und beugte sich zu ihm hinüber, um ihn anzuschnallen, aber das war ihr letzter Beitrag zur Verkehrssicherheit. Auf der Heimfahrt sorgte Hannah ganz unbeabsichtigt für entspannende Heiterkeit. Die winzige Frau hatte derart Mühe, über das Lenkrad zu sehen, dass sie sich manchmal regelrecht daran hochziehen musste. Den Sitz höher zu stellen, hätte nichts geholfen, schließlich musste sie ja die Pedale erreichen. Trotzdem liebte Hannah das Autofahren – ja, sie lebte dafür.

»Komisch, dein plötzliches Interesse an Séancen, Oren«, sagte sie und lächelte vielsagend.

»Ich hab gehört, dass ihr, der Richter und du, große Fans von Alice Friday seid«, konterte er und lächelte ebenso vielsagend zurück.

»Jeder ist mindestens schon ein- oder zweimal in der Blockhütte gewesen.« Hannah sah auf die Uhr am Armaturenbrett und gab Gas. »Dave Hardy hat heute Abend angerufen, er will dir irgendwann mal ein Bier ausgeben.«

»Ich war eigentlich überrascht, ihn heute Vormittag zu sehen. Die meisten Kids ziehen weg, sobald sie volljährig sind.« Orens Bruder war eine seltene Ausnahme gewesen – Josh wäre es nie im Traum eingefallen, aus seiner kleinen Stadt am Meer zu flüchten. Er hatte Coventry geliebt – ebenso wie sein Leben.

»Auch Dave Hardy ist weggezogen«, sagte Hannah. »Bis nach Chicago. Und jetzt wirst du dich vermutlich fragen, warum er zurückgekommen ist.«

»Weil er vergessen hat, vor der Abreise seine Mutter zu erschießen?«

»Dave hatte gehört, dass seine Mutter im Sterben liegt. Magenkrebs. In dieser Welt, in der der Immobilienmarkt verrückt spielt, hat sogar das kleine Grundstück seiner Mutter einen gewissen Wert. Aber ich glaube nicht, dass er nur wegen des Geldes zurückgekommen ist.«

»Vielleicht wollte er ihr beim Sterben zusehen? Hier hätte man zu diesem Anlass sogar Eintrittskarten verkaufen können.«

Hannah warf ihm einen missbilligenden Blick zu. »Sag so etwas bloß nicht, wenn der Richter dabei ist. Er lässt nicht zu, dass sich jemand über die arme Frau lustig macht.«

Jetzt fiel Oren wieder ein, dass sich noch jemand für Mrs. Hardy eingesetzt hatte – nämlich Hannah. Er hatte sie nie ein Wort gegen Daves Mutter sagen hören – weder im Ernst noch im Scherz. Er hielt sich am Armaturenbrett fest, als sie scharf auf die Straße einbog, die sie nach Hause führen würde.

»Dave ist vor etwa acht Jahren zurückgekehrt«, erzählte Hannah, »und das Merkwürdige ist, dass Mavis immer noch lebt. Ihr Tumor wird immer größer, aber sie kann einfach nicht sterben.«

Oren überlegte, ob Mrs. Hardy womöglich auf einen Tumor ebenso giftig reagierte wie auf Menschen.

Hannah wies ihn zurecht, und das hätte ihm eigentlich unheimlich sein müssen, denn er hatte den Gedanken nicht ausgesprochen. Aber Oren kannte schließlich all ihre Tricks, und ungehörige Gedanken anhand eines verlegenen Grinsens, schuldbewusst niedergeschlagener Augen und unruhig zappelnder Jungenfüße zu erkennen, gehörte zu ihren besonderen Spezialitäten.

Sie sah auf die Uhr am Armaturenbrett und dann zum Vergleich auf ihre Armbanduhr. Er war sich nicht bewusst, sie jemals mit einer Uhr am Handgelenk gesehen zu haben, und musste wieder an seinen Bruder denken. »Dieses Foto von mir und Josh … an jenem letzten Morgen hatte er eine Uhr um. Findest du das nicht merkwürdig? Josh hat sich nie darum gekümmert, wie spät es gerade war.«

»Sagen wir so: Es ist dir nie aufgefallen.« Sie tätschelte seine Hand. »Als Junge hast du vieles übersehen. Nimm zum Beispiel Isabelle Winston. Ich erinnere mich an den Geburtstagsball, auf dem ihr beide euch zum ersten Mal begegnet seid. Da wart ihr erst zwölf, aber ich habe an jenem Abend euer ganzes Leben vor mir gesehen, bis in die Generation eurer Enkel. Nur ist dann irgendetwas schiefgegangen – und zwar lange vor Joshs Verschwinden. Das Leben, das du bisher geführt hast, ist nicht das, welches dir bestimmt war.«

Isabelle Winston stellte den Feldstecher auf den fernen Schimmer einer Verandabeleuchtung ein und beobachtete, wie Hannah und Oren das Haus des Richters betraten.

Dann ließ sie den Feldstecher sinken und nahm ihn mit hinein, wo ihre Mutter im Vollrausch auf dem Bett lag und schlief. Traumlos. War das der Grund für die Alkoholsucht ihrer Mutter? Fand sie – schlafend oder wachend – nur so ihren Frieden? Sarah Winston hatte die Arme ausgestreckt, die Handgelenke lagen frei, ihre Tochter betrachtete die Narben der Rasiermesserschnitte, die sich quer über die Adern zogen.

Die Suizidversuche lagen jetzt Jahre zurück, aber Isabelle hatte erst vor ein paar Monaten davon erfahren, als sie zu einem kurzen Besuch nach Hause gekommen war.

Und jetzt konnte – und *wollte* – sie nicht wieder weg.

Sie stieg die Leiter hinauf, um den Band, den sie an diesem Abend herausgenommen hatte, wieder an seinen Platz zu stellen und einen anderen zu holen. Am Schluss des letzten Bandes verfolgte das schöne langbeinige Reiherweibchen einen Vogel, der viel jünger war als ihr graues Starenmännchen. Der junge Falke erhob sich zusammen mit dem Reiherweibchen in die Lüfte, am Himmel umkreisten sie einander. Doch das, worauf Isabelle an diesem Abend aus war, hatte nichts mit Evelyn Straubs außerehelichen Affären zu tun.

Diesmal schlich sie sich nicht verstohlen mit einem Band davon, denn ihr war wieder eingefallen, was sie einmal während eines Festessens, das ihre Eltern gegeben hatten, gelernt hatte. »Wenn du etwas Verbotenes vorhast«, hatte einer der Gäste, ein bekannter Politiker, damals zu ihr gesagt, »mach es so, dass es jeder sieht. Auffällig ist immer nur das, was heimlich geschieht.«

Sie setzte sich auf den Sessel am Bett ihrer Mutter und schaltete die Lampe an, um dem Code der Vogelzeichnungen und Vogellieder auf die Spur zu kommen. Ein Brief fiel heraus, und sie erkannte die eigenartige Handschrift auf dem Umschlag, obgleich sie diese seit Jahrzehnten nicht mehr zu Gesicht bekommen hatte. Die Buchstaben waren klein und ohne Druck geschrieben, als wollten sie um nichts in der Welt auffallen.

Diese verrückte Mavis!

Früher hatten ihre Mutter und Mrs. Hardy gemeinsam im Wald Vögel beobachtet. Als Kind durfte Isabelle sie im Sommer manchmal begleiten, und sie hatte ihren Spaß daran gehabt, diese Ausflüge geheim zu halten. Addison hätte eine Freundschaft seiner Frau mit dem Monster von Coventry nie gebilligt.

In dem Brief, den sie in der Hand hielt, war von Flugbewegungen die Rede, von den Farben der Gefieder und des Himmels, von der Musik der tiefen Wälder – in einer Sprache, die fast etwas Poetisches hatte. Offenbar besaß Mrs. Hardy ungeahnte Tiefen und Qualitäten, die man bei einem Monster nicht erwartet hätte.

Oren blieb vor der geschlossenen Tür am Fuß der Treppe stehen und beugte sich zu der Haushälterin herunter. »Ich habe etwas gehört«, flüsterte er.

»Ja, sicher.« Hannah sah auf ihre Armbanduhr. »Es ist gleich so weit. Hast du gewusst, dass hier früher das Nähzimmer war? Es ist so klein, dass höchstens ein Einzelbett reinpasst. Wenige Tage nach der Beerdigung deiner Mutter hat dein Vater seine Sachen aus dem gemeinsamen Schlafzimmer geräumt und verkündet, er wolle nun hier unten schlafen. Um euch Jungs schnappen zu können, für den Fall, dass ihr euch unbemerkt aus dem Haus schleichen würdet. Dabei warst du damals erst drei, und Josh lief noch in Windeln herum. Also, wenn du mich fragst, war ihm einfach das Ehebett zu breit geworden.« Sie klopfte an das Uhrglas, als könnte sie damit den Gang der Zeiger beschleunigen. »Es ist gleich so weit. Ich hab das inzwischen ganz genau raus.«

In dem kleinen Raum hörte man die Stimme des Richters, aber die Worte waren nicht zu verstehen. Oren öffnete die Tür einen Spaltbreit. »Brauchst du etwas, Dad?«

»Er schläft.« Hannah zog Oren sanft am Ärmel zurück.

»Mit offenen Augen?«

»Wart's ab.« Hannah zog die Tür wieder zu, holte aus einer Schublade im Dielentisch ein paar Kuhglocken, die an einer Schnur befestigt waren, und hängte sie an die Türklinke. »Du wirst gleich sehen, was passiert.«

Oren folgte ihr in die Küche. Auf dem Tisch standen eine Whiskeyflasche, zwei leere Schnapsgläser und ein Aschenbecher. Demnach gönnten sich Hannah und der Richter nach wie vor ihren Drink und ihre Zigarre nach dem Essen. Sie brachte zwei saubere Gläser und Orens Geschenk, die Flasche Jack Daniel's. Anschließend legte sie einen Stapel bedruckter Blätter auf den Tisch.

Oren rückte ihr einen Stuhl zurecht, eine höfliche Geste, die er schon als Kind gelernt hatte. Seinen eigenen Stuhl drehte er um, setzte sich rücklings darauf und legte die übereinandergeschlagenen Arme auf die hölzerne Lehne, eine weitere Geste, die er sich während seiner Tätigkeit als CID-Agent angeeignet hatte und die seine bevorzugte Haltung bei Vernehmungen war. »Dad schläft also mit offenen Augen und schlafwandelt ... Hängst du ihm deshalb Glocken an die Tür?«

»Wart's ab, sage ich. Du wirst schon sehen ...«

»Und deshalb sind jetzt überall diese Riegel angebracht, damit er nachts nicht ohne Schlüssel das Haus verlassen kann.«

Hannah nahm ein Blatt von dem Stapel, der auf dem Tisch lag. »Das ist der Bericht einer Schlafklinik in San Francisco. Die behaupten, dass man den Zeitpunkt einer Schlafwandel-Episode – so nennen sie das – nicht voraussagen kann. Aber ich habe einen Computerausdruck von einer anderen Klinik in Los Angeles, wo genau beschrieben wird, wie man so eine Episode auslösen kann. Da sieht man mal, was Expertenmeinungen wert sind.«

»*Computerausdruck*? Du surfst im Internet, Hannah? Einen Computer hätte ich bei dir am allerwenigsten erwartet.«

»Dem Richter käme so ein Kasten auch nie ins Haus. Ich benutze den Rechner in der Bibliothek.«

»Aber kein Mensch in Coventry setzt doch auch nur einen Fuß in die Bibliothek ...«

Im Flur hörte man die Kuhglocken scheppern.

»Das muss man mit eigenen Augen gesehen haben«, sagte Hannah. »Deshalb habe ich sein Medikament abgesetzt, als feststand, dass du nach Hause kommen würdest.«

»Du meinst das Medikament, das ich für dich aus dem Drugstore geholt habe?« Oren erhob sich und trat aus der Küche hinaus in den Flur. Hannah folgte ihm.

»Er will nicht zum Arzt«, sagte sie. »Da geh ich eben für ihn hin. Ist im Grunde ziemlich unwichtig, ob der Doktor mit ihm spricht oder mit mir. *Ärzte!*«, stieß sie erbittert hervor. »Diese Typen können sich auf nichts einigen. Der eine sagt dir, dass es nichts Psychisches ist, der andere behauptet, dass sich alles in deinem Kopf abspielt. Und dein Vater glaubt, dass sich alles in *meinem* Kopf abspielt, dass ich mir alles nur einbilde.«

Der Richter stand an der Haustür und zog und zerrte an der Klinke. Seinem ziellosen Blick war nicht anzusehen, wie sehr es ihn drängte, das Haus zu verlassen.

Hannah sah zu Oren auf. »Heute früh hab ich ihm statt seines koffeinfreien Kaffees eine reichliche Portion richtig starken Kaffee gegeben. Koffein ist einer der Auslöser fürs Schlafwandeln, die Medikamente unterdrücken es. Es ist, als wenn du einen pharmazeutischen Lichtschalter umlegst.«

Der Richter ruckelte mit einer Hand an der Klinke und schlug mit der anderen gegen die Tür. Oren beobachtete Hannah, die nicht beunruhigt zu sein schien. Offenbar hatte sie das schon oft erlebt.

»Dein Vater sieht die Riegel nicht. Die Tür, die er sieht, hat noch keine Verriegelung. Auch in die Fenster hab ich Schlösser einbauen lassen, aber er hat noch nie versucht, über ein Fenster hinauszukommen. Komisch eigentlich. Er versucht's immer nur an den Türen.«

»Als ich gestern Abend gekommen bin, war das Fenster nicht abgeschlossen.«

»Nein, denn ich war noch nicht zu Bett gegangen, weil ich auf dich gewartet habe. Ich muss im Sessel eingeschlafen sein.«

Ihr Zweitjob als Aufpasserin eines Schlafwandlers war wohl der Grund dafür, dass Hannah auf den Richter manchmal träge wirkte und dass sie sich hin und wieder einen Nachmittagsschlaf gönnte.

Als der Richter anfing zu weinen, verlor Oren die Fassung. Noch nie, nicht einmal nach Joshs Verschwinden, hatte er seinen Vater weinen sehen.

»Er will immer nur raus«, sagte Hannah. »Nachtangst nennen es die Ärzte.«

»Wie lange dauert das an?«

»Du brauchst nicht zu flüstern, so leicht weckst du ihn nicht auf. Es kann ein paar Minuten dauern oder eine halbe Stunde, manchmal länger.«

Der Richter hatte seine Versuche an der Tür aufgegeben. Oren und Hannah folgten ihm in die Küche, und Hannah winkte Oren, sich hinzusetzen, schenkte Whiskey ein und schob ihm ein Glas hin. »Du wirst es nötig haben.«

So sprach Hannah, das Orakel, und er kippte den Whiskey, in blindem Vertrauen.

Sein Vater kämpfte jetzt mit der Hintertür, wo drei kräftige Riegel ihm den Weg versperrten, aber er versuchte gar nicht erst, sie zurückzuschieben, was ihm ohne Schlüssel ohnehin nicht gelungen wäre.

Hannah sah fast gelangweilt zu. »Angefangen hat es nach Joshs Verschwinden, aber damals kam es nur hin und wieder vor. Du hast davon nichts mitbekommen, weil du unentwegt im Wald nach deinem Bruder gesucht hast. Dann, nachdem der Richter dich zum Ende des Sommers fortgeschickt hatte,verstärkte sich das mit der Nachtangst. Lange lief er nachts im Schlaf herum, aber irgendwann hörte es auf. Jahre vergingen.«

»Und dann tauchten die Knochen auf der Veranda auf.«

»Eine Angststörung.« Hannah belohnte ihn mit einem Lächeln. »Das ist der Schlüssel.«

Oren sah auf und merkte, dass der Richter ihn anstarrte. »Dad?«

»Lass dich nicht täuschen«, sagte Hannah. »Er schaut in deine Richtung, aber wir wissen nicht, wen er auf deinem Stuhl sieht.«

»Du hättest mir schreiben sollen, was hier los ist. Du hättest das nicht alles allein durchstehen sollen.«

»Ich habe deinem Vater versprechen müssen, dass ich dich nicht mit dieser albernen Idee behellige. Er und ein Schlafwandler? Lächerlich!«

Der verzweifelte Drang, nach draußen zu gelangen, war vergessen. Der Richter öffnete den Kühlschrank, inspizierte den Inhalt und holte ein Glas Gewürzgurken heraus. Dann griff er in den Brotkasten, stellte sich an die Arbeitsfläche und schmierte sich mit einer Gabel eine Scheibe Brot mit der Flüssigkeit aus dem Glas.

»Er denkt, dass es Mayonnaise ist«, erklärte Hannah kopfschüttelnd. »Es existieren so viele Theorien zu dem, was sich hier abspielt, wie es Experten gibt, die sich einbilden, sie wüssten, wovon sie reden.«

»Er agiert in einem Traum?«

»Manche sagen Ja.« Sie blätterte in dem Stapel, der auf dem Tisch lag. »Andere behaupten, dass es kein Traum sein kann. Schlafwandeln spielt sich nämlich in der Non-REM-Phase ab.« Sie legte ein Blatt vor Oren hin. »*Dieser* Arzt hier behauptet dagegen, dass dein Vater durchaus auch im Traum schlafwandeln kann. Wenn du es mit mehr als einer medizinischen Meinung zu tun hast, ist ein Treffer immer reine Glückssache.«

Der Richter setzte sich zu ihnen. Er hatte einen unsichtbaren Gegenstand im Arm, den er jetzt behutsam auf den Tisch legte. Nachdem er eine Lasche zurückgeschoben hatte, die nur er sehen konnte, betrachtete er den Inhalt einer Schachtel, die nicht vorhanden war.

»Das hab ich schon mal erlebt.« Hannah schüttelte den Kopf. »Ich meine …«

Auch Oren besah sich die nicht vorhandene Schachtel. »Was könnte es sein?«

»Wenn ich das wüsste … Es macht mich verrückt. Ihn zu fragen ist sinnlos. Seine Antworten passen oft nicht zu den Fragen. Hör gut zu.« Sie beugte sich zu dem Richter und hob die Stimme. »Was ist in der Schachtel?«

Der Richter sah sie ausdruckslos an. »Die Suppe auf dem Herd war angebrannt.«

»Mit meiner Frage hat das nichts zu tun.« Hannah lehnte sich wieder zurück und wandte sich an Oren. »Aber du hast seine Antwort deutlich gehört.«

Er nickte. Möglicherweise durchlebte sein Vater einen Abend einige Monate nach Joshs Verschwinden. Oren war müde und verdreckt aus dem Wald zurückgekehrt. Der Richter und Hannah hatten auf ihn gewartet. Das Abendessen war längst vorbei, und Hannah hatte in ihrer Aufregung die Suppe im Topf überkochen und anbrennen lassen. Oren sah die Szene deutlich vor sich. Ein Hauch dieser Suppe hing auch heute Nacht in der Luft, vermischt mit dem schalen Geruch des Lammbratens, den es zum Abendessen gegeben hatte. Oren verfügte über ein ganzes Repertoire an Gerüchen, die bei ihm starke Emotionen auslösten. In Kriegsgebieten führte der Gestank nach versengtem Fleisch bei ihm zu dem typischen Adrenalinstoß eines Mannes kurz vor der Attacke. Der Geruch von Hannahs Suppe rief die Erinnerung an die Hilflosigkeit eines Halbwüchsigen in freiem Fall wach.

Hannah hatte ein Bündel zusammengehefteter Blätter in der Hand. »Dieser Arzt behauptet, dass ein Schlafwandler nur unverständliches Zeug von sich gibt. Daran merke ich, dass dieser Mensch sich offenbar noch nie ernsthaft mit jemandem unterhalten hat, der mit einem Schlafwandler zusammenlebt.« Sie knüllte die Blätter zusammen, warf sie über die Schulter und schob den restlichen Stapel Oren zu. »Diese Idioten tauschen sich ja nicht mal untereinander aus.«

Oren legte seinem Vater eine Hand auf den Arm. »Was ist in der Schachtel?«, fragte er.

»Unser Kind hat sich verirrt«, sagte der Richter. »Ich brauche noch ein Wunder.«

»Zumindest wissen wir jetzt, dass er mit deiner toten Mutter spricht«, sagte Hannah.

»*Noch ein* Wunder? Was heißt das?«

»Das sind so Sachen, die er sich zusammenträumt. Im Wachzustand hält dein Vater nichts von Wundern, das weißt du.« Sie holte das Medizinfläschchen aus der Tasche und stellte es auf den Tisch. »Wenn ich ihm Lorazepam in den Whiskey gebe, schläft er die Nacht durch, aber gesund wird er von dem Zeug nicht und von anderen Mitteln ebenso wenig. Das ist das Einzige, worüber sich die sogenannten Experten einig sind. Allerdings kann er dann wenigstens keinen Unfug anstellen, und ich bekomme eine kleine Atempause.«

Oren beobachtete, wie sein Vater den Deckel der Traumschachtel schloss. »Deshalb versteckst du also die Autoschlüssel in einer Teedose.«

Sie nickte. »Einmal hab ich ihn nachts am Steuer erwischt. Er war schon fast am Ende der Auffahrt, als er aufgewacht ist. Er ist zu vielem fähig, wenn er schläft. Meine größte Sorge ist, dass er es irgendwann mal schafft, das Haus zu verlassen und durch den Wald zu streifen.«

»Geh ans Telefon«, sagte der Richter, obgleich es nicht geläutet hatte.

Hannah beugte sich zu ihm herüber. »Es ist aber für *Sie*!«, sagte sie laut, dann wandte sie sich an Oren. »Manchmal versteht er mich, wenn es zu dem passt, was sich gerade in seinem Kopf abspielt.«

Der Richter stand auf, ging zum Wandtelefon, griff zum Hörer und hielt ihn ans Ohr. Nach ein paar Sekunden fiel er ihm aus der Hand und pendelte an der Schnur. Der Richter sah sich verwundert um, als nähme er seine Umgebung jetzt zum ersten Mal wahr. Er blickte auf seine nackten Füße, um seinen Sohn und Hannah nicht ansehen zu müssen. Verlegen schlich er sich aus der Küche und tappte über den Flur. Sie hörten die Kuhglocken läuten, als sich die Schlafzimmertür hinter ihm schloss.

»Dein Vater schämt sich, wenn er in solchen Situationen erwacht.« Hannah griff nach dem baumelnden Hörer und legte ihn zurück auf die Gabel. »Aber morgen früh erinnert er sich an nichts.« Sie nahm das nächste Blatt vom Stapel. »Hier heißt es, dass es gefährlich sei, einen Schlafwandler zu wecken.« Sie griff nach einem weiteren Blatt. »Und hier steht, dass es völlig ungefährlich ist.« Sie knüllte beide Blätter zusammen. »Verstehst du jetzt, warum ich so frustriert bin?«

»Und wie siehst du das, Hannah? Was ist los mit ihm?«

»Was ist ein Albtraum? Es ist immer etwas Unerträgliches. Du erinnerst dich bestimmt an deine Träume – er nicht. Ich glaube, dass er mit etwas Unaussprechlichem kämpft, womit er sich in wachem Zustand nicht auseinandersetzen kann. Das Schlafwandeln ist für ihn wie ein Sicherheitsventil. Die finstersten Gedanken kommen ihm immer bei Nacht, und wenn er aufwacht, braucht er sich nicht mehr an sie zu erinnern.« Sie lehnte sich zurück, kippte ihren Whiskey herunter und schenkte sich nach. »Deshalb bin ich mit ihm zu den Séancen gegangen. Da rutscht einem so allerlei raus. Manche Dinge entziehen sich deinem Verstand und landen unmittelbar auf dem Hexenbrett.«

»Das nichts als Schwindel ist.« Auch Oren genehmigte sich einen zweiten Whiskey.

Hannah lächelte. »Ich erinnere mich an eine Zeit, in der du anders gedacht hast. Wie alt warst du, als Mrs. Underwood gestorben ist? Du weißt, wen ich meine – die alte Dame in der Paulson Lane …«

»Für die wir die barmherzigen Samariter gespielt haben.«

»Genau. Du warst elf, schätze ich, und Josh war neun. Sie war ziemlich alt, fast neunzig. Der Richter war sehr erstaunt, dass ihr Jungs euch ihren Tod derart zu Herzen genommen habt, dass ihr deswegen Albträume bekamt.« Hannah grinste vielsagend. »Aber wir beide wissen, was diese Angstträume ausgelöst hat – das Hexenbrett, das ihr hinter der Waschmaschine versteckt hattet. Habt ihr wirklich geglaubt, dass ich hinter der Waschmaschine nie putze?«

Auch Oren musste lächeln. Mit der Vernichtung des alten Ouijabretts hatten die mitternächtlichen Gespräche zwischen zwei Kindern und einer Toten in einem dunklen Keller ihr Ende gefunden. Mrs. Underwoods Botschaften aus dem Jenseits hatten zumeist aus einem schlichten Ja oder Nein bestanden, aber auch ganze Wörter waren zustande gekommen. Manchmal hatte ein kalter Luftzug die einzige Kerze ausgeblasen, so dass die Jungen einen ängstlich erregten Schrei unterdrücken mussten. Den ganzen Winter über hatten Josh und Oren an Magie geglaubt.

»Kinderkram.« Er schüttelte den Kopf. »Das hier ist etwas anders. Alice Friday ist eine Trickbetrügerin, ihr Ouijabrett ein billiger Dreh.«

»Ja und nein«, wandte Hannah ein. »Mit Magie oder übernatürlichen Kräften hat es nichts zu tun, aber in gewisser Weise funktioniert es. Früher hattest du keine Vorurteile…« Sie legte eine kleine Hand auf die seine. »Aber dann bist du erwachsen geworden.« In ihrer Stimme schwang leises Mitleid.

Oren füllte erneut sein Glas. »Ich hatte bei Mordfällen viel mit Hellsehern zu tun. Sie kommen zu den Beerdigungen, um Kontakte mit den Leidtragenden zu knüpfen und sie später auszunehmen. Blutsauger!«

»Aber für die Séancen zahlt man kein Eintrittsgeld, Oren, sie sind kostenlos. Was ist daran verwerflich?«

»Betrug ist Betrug.« Er machte keinen Unterschied zwischen Schwindlern, die Geld kassierten, und anderen, denen es nur um Aufmerksamkeit ging. Nach seiner Erfahrung richteten alle gleichermaßen Schaden bei den Familien der Opfer an.

Hannah nahm einen Schluck. »Ein Hexenbrett kann dir nur das sagen, was du schon weißt, so sehe ich das. Meist buchstabiert es nur Unsinn. Du musst daran arbeiten, um einen Sinn herauszukitzeln. Wenn du so willst, ist es eine Art Therapie –

aber viel spannender. Und du würdest staunen, wenn du wüsstest, wer alles ins Blockhaus kommt.«

»Wie der Richter zum Beispiel? Darüber habe ich tatsächlich gestaunt.«

»Zuerst ist er nur meinetwegen mitgegangen, ich hab ihm erzählt, dass ich mich allein nicht trauen würde.«

»Und das hat er dir abgenommen? Du traust dich doch alles. Schließlich weiß er, wie du Auto fährst.«

Diese Bemerkung überhörte Hannah großzügig. »Und da dein Vater ein Gentleman ist«, fuhr sie fort, »hat er mich an einem Abend begleitet. Er hat nur eine Weile lang zugesehen. Dieses kleine hölzerne Ding, ein Herz mit einem Loch drin… die Teilnehmer wollten alle nicht glauben, dass sie selbst es auf dem Brett hin und her bewegten.«

»Jemand bewegt es, und es ist nicht mein toter Bruder.«

»Josh, der Geistführer…« Sie nickte lächelnd. »Ja, also das ist mit Sicherheit ein Schwindel. Wenn Alice fragt, ob sein Geist da ist, bleibt das hölzerne Herz über dem J für Ja stehen. Seinen Namen buchstabiert das Hexenbrett nie. Aber an einem Abend hat es die Worte *roter Kamm* buchstabiert. Dazu muss man vielleicht wissen, dass der Richter Josh am Tag vor seinem Verschwinden mit zum Haareschneiden genommen hat und der Friseur dem Jungen einen roten Plastikkamm geschenkt hat.«

»Ach nee…«

Hannah beugte sich zu Oren hinüber. »Verdreh nicht so die Augen. Der Friseur hat seinen Kunden immer schwarze Kämme geschenkt, der rote war nur zufällig in die Kiste mit den schwarzen geraten, die der Friseur bestellt hatte. Josh war der einzige Junge in der Stadt, der einen roten Kamm hatte.«

»Was Alice wahrscheinlich von einem ihrer Opfer erfahren hat. Erzähl mir nicht, dass der Richter sich davon hat zum Narren halten lassen.«

»Dein Vater ist kein Narr – und Alice Friday rührt das Hexenbrett nicht an. Die Hälfte der Männer bei jener Séance waren Touristen, die anderen Stammkunden beim Friseur von Coventry. Die hatten bestimmt alle von dem roten Kamm gehört. Eine Weile ist der Richter dann regelmäßig hingegangen, und das Schlafwandeln hat aufgehört. Alles, was von Josh geblieben ist, sind bruchstückhafte Erinnerungen, und die haben viele Leute. Wenn sie um das Hexenbrett herumsitzen, kommen diese Erinnerungen zum Vorschein und tummeln sich im Raum. Man könnte sagen, dass dein Vater schon lange, bevor Joshs Knochen daheim auftauchten, Bruchstücke von ihm gesammelt hat.«

Oren lehnte sich zurück und sah zur Decke auf. »Hat er deshalb nie weitere Hilfe angefordert, Unterstützung durch den Bundesstaat oder vom FBI? Weil er darauf gewartet hat, dass jemand in einer verdammten Séance einen Hinweis gibt?«

Sollte er das glauben? Glaubte sie es? Nein und nochmals nein.

Er füllte erneut die Gläser. »Du hattest nicht ganz so viel Geduld, Hannah. Gleich nach Joshs Verschwinden hast du um Hilfe gebeten. Du hast William Swahn dazu gebracht, mir ein Alibi zu beschaffen.« Er hob sein Glas und leerte es. »Mir war ja schon immer klar, wer in diesem Haus und in unserem Leben das Sagen hat. War es deine Idee, mich in jenem Sommer fortzuschicken?«

»Nein, ich war dagegen.« Sie schien Mühe zu haben, das Glas zu halten. »Ich habe deinem Vater gesagt, er solle Josh wegschicken, aber davon wollte er nichts wissen. Als der Junge verschwunden war, hat ihm dieser Gedanke wahrscheinlich keine Ruhe mehr gelassen. Ich wünschte, ich hätte nichts gesagt.«

Jetzt erlosch ihre Stimme und auch ihre Kraft. Sie senkte die Augenlider. Ihr Tagewerk war vollbracht.

Oren knipste die Nachttischlampe an, stieg aus dem Bett und in die Jeans. Obwohl er todmüde war, fand er keinen Schlaf und er war froh darüber. Ihm fehlte die Gabe seines Vaters, jeden Traum zu vergessen. Manchmal überfielen ihn Szenen albtraumhafter Gewalt auch dann, wenn er hellwach war, aber noch schlimmer war es, wenn er hilflos dalag, in seine Bettdecke gewickelt und die Augen in der Dunkelheit geschlossen. In manchen Nächten wachte er mit dem Schrei auf, den jeder Soldat kennt: *Aufhören! Aufhören! Aufhören!*

Er setzte sich an seinen alten Schreibtisch und verfasste einen Brief an Evelyn Straub. Dann schaltete er das Licht aus und schlich sich, um niemanden im Haus zu wecken, auf Strümpfen die Treppe hinunter. Da er keine Schlüssel für die Riegel an der Haustür hatte, stieg er durchs Verandafenster. Draußen zog er die Stiefel an und machte sich zu Fuß auf den Weg nach Coventry.

Eine Taschenlampe war nicht nötig. Der Mond hatte sich wieder zwischen den Wolken hervorgeschoben und schien hell. Auf der Straße herrschte kein Verkehr, und Orens einzige Begleiter waren ein toter Junge und ein toter Hund. An unzähligen Sommervormittagen hatten er und Josh diese Strecke gemeinsam zurückgelegt, und Horatio war zwischen den Brüdern hergelaufen. Hin und wieder hatte einer der Jungen die Hand ausgestreckt, um Horatios Fell zu kraulen und ihm zu zeigen, dass er zur Familie gehörte, obwohl Josh den Hund nur ungern mit in die Stadt nahm. Horatio pflegte wahllos jeden Fremden zu beschnüffeln und abzulecken, und er hatte Hausverbot in allen Geschäften, deren Kunden es vorzogen, ihre Einkäufe ohne feuchte Liebesbeweise zu erledigen.

Eines Tages hatte Josh das arme Tier in der Küche eingeschlossen und ihm mit strenger Stimme erklärt: »Nein, heute kannst du nicht mitkommen.« Die Reaktion war ein wildes Gebell gewesen, gefolgt von einem Heulen, das fast menschlich klang. Der Hund hatte geweint, als fürchtete er, die Jungen nie wiederzusehen.

Oren erinnerte sich an das, was er damals gesagt hatte: »Ich weiß, warum du Horatio nicht dabeihaben willst. Er verrät dich. Das muss aufhören. Es ist vollkommen daneben.«

Josh hatte unter dem Gewicht dieser Worte den Kopf hängen lassen. Vollkommen daneben zu sein bedeutete, dass man sich in der Highschool einer Hölle von Hohn und Spott aussetzte. Oren hatte Horatio aus der Küche befreit, und der Hund war an seinem Bruder hochgesprungen, hatte ihm die Pfoten auf die Schultern gelegt, ihm seine weiche Schnauze ins Gesicht gedrückt und ihn abgeleckt. Alles war verziehen. Und dann hatte Josh ihn, wie üblich, lautstark angeherrscht: »Hau ab. Ich kotz gleich!«

Horatio hatte seinen verrückten Tanz auf den Hinterbeinen aufgeführt und gebellt, als wollte er sagen: »Los, gehen wir!« Die Jungen hätten ihn in Brand stecken können, und der Hund – ein einziges Bündel Liebe – hätte sich nichts weiter gedacht, außer vielleicht, dass die beiden einen schweren Tag hinter sich haben mussten. Er hätte ihnen selbst das verziehen.

In dieser Nacht beschloss Oren, das ausgestopfte Ding auf dem Wohnzimmerteppich, diesen schlechten Abklatsch eines braven alten Hundes, zu entsorgen.

Vor ihm tauchten die Lichter der Stadt auf, und er zog den Brief aus der Gesäßtasche. Er wollte ihn beim Nachtportier abgeben, so dass Evelyn ihn gleich morgens lesen konnte. Als er sich dem Hotel Straub näherte, sah er überrascht, dass sie, obwohl es schon so spät war, noch auf der Veranda saß.

Oren stieg die Stufen hinauf und setzte sich neben sie. Evelyn Straub tat, als wäre er Luft, sie nickte nicht einmal kurz in seine Richtung. Eine Weile saßen sie einvernehmlich schweigend beieinander. Von hier aus war der Strand nicht zu sehen, nur die schnurgerade Straße, das Geländer und die breiteren Streifen von Meer und Himmel.

Oren musterte im Mondlicht ihr Profil, suchte im Körper dieser alternden Fremden nach Spuren der jungen Evelyn. Die straffe Kieferpartie und die hohen Wangenknochen waren unter Fleischwülsten verschwunden, die Brüste hingen über einer aus der Form geratenen Taille und einem vorgewölbten Bauch herunter. Trotzdem forschte er weiter, als versteckte sie sich nur vor ihm, was ihr eigentlich gar nicht ähnlich sah.

Als Anfang Vierzigjährige hatte sie die Initiative ergriffen, hatte ihn mit ihren starken gebräunten Armen zu sich heruntergezogen, die langen Beine um ihn geschlungen – so dass es kein Entkommen gab – und war mit ihm tief in ein Federbett gesunken. Sie hatten nie genug bekommen können, weder er noch sie. Und auch Gefühle waren im Spiel gewesen – soweit Evelyn das zugelassen hatte. Als Halbwüchsiger hätte er sie nie verraten, selbst wenn er dafür ins Gefängnis hätte gehen müssen. Er hätte für sie gelogen, wäre für sie gestorben. Und – wie stand es jetzt damit? Ja, die Bindung war noch da, er spürte es deutlich, als sie jetzt in die Dunkelheit hinein sagte: »Guten Abend, Oren.«

»Hallo, Evelyn«, erwiderte er, als hätte er sie gerade erst entdeckt – und in gewisser Weise stimmte das ja auch.

»Freut mich, dass du heute Nacht aus dem Wald herausgefunden hast.«

Wenn sie sprach, fiel es ihm leichter, sie wiederzuerkennen. Er brauchte nur die Augen zu schließen, und sie war da. »Hannah hat mir erzählt, dass du bei uns zu Hause angerufen hast.«

»Ich kann mir denken, warum du hier bist«, sagte sie. »Wenn du Cable Babitt triffst, kannst du dem alten Sack sagen, dass ich das Geräusch von seinem Jeep, dieser stotternden Schrottkarre kenne. Ich kenne es so gut wie seine Stimme.« Der Korbsessel knarzte, als sie sich Oren zuwandte. »Rein rechtlich könnte ich Cable ziemlichen Ärger machen, weil er dich heute Abend zum Blockhaus gebracht hat. Aber für diesmal lasse ich ihn in Ruhe. Zufrieden?«

»Deshalb bin ich nicht hier.« Er legte ihr behutsam den Brief in den Schoß. »Nach Joshs Verschwinden wirst du dich gefragt haben, warum Swahn bei dir war, warum er Bescheid wusste. Ich habe niemandem von uns erzählt, das schwöre ich dir.«

»Ich weiß, Oren.«

»Als du zum Sheriff gegangen bist, um mir ein Alibi zu verschaffen – warum hast du für mich gelogen?«

»Verschwinde von meiner Veranda, Oren.«

In Evelyn Straubs Schlafzimmer lag, verschlossen in einem Safe neben ihrem Schmuck, ein vergilbter Umschlag. Er enthielt ein Foto, das Oren Hobbs ihr aus einem Internat in Mexiko geschickt hatte – eine nächtlich kahle Wüstenlandschaft, die so ganz anders wirkte als die Wälder, in denen er aufgewachsen war. Auf der Rückseite stand ein einziger Satz, der verzweifelte Ruf eines Halbwüchsigen in einer fremden Welt fern der Heimat: »Der Richter hat mich auf den Mond geschickt.«

Als sie wieder allein war, versenkte sich Evelyn erneut in die Betrachtung der kalten Lichtscheibe, die am Himmel hing. Sie hatte nie ein menschliches Gesicht dort hineingelesen, sondern sah den Mond immer als das, was er war – als ein karges, fernes Felsgebilde. Und da sie sich geweigert hatte, den erwachsenen Mann zu erkennen, der sich an diesem Abend neben sie gesetzt hatte, griff sie nun auf ihr altes Ritual der Mondphasen zurück. Sie richtete den Blick nach oben und wünschte dem Jungen auf dem Mond eine gute Nacht.

13

Obgleich er an diesem Vormittag spät dran war, rollte Ferris Monty mit seinem gelben Rolls-Royce in dem für die Einwohner von Coventry typischen gemächlichen Tempo in Richtung Stadt. Er hatte eine Nacht lang auf Schlaf verzichtet, um seine vernachlässigten Notizen und fehlgeschlagenen Versuche zu durchforsten – stapelweise handbeschriebenes Papier, das sich im Lauf der Jahre angesammelt hatte. Glücklicherweise existierten alle Gebäude und die meisten Menschen, die er in seinem nie abgeschlossenen Werk verewigt hatte, noch immer.

Er parkte am Straßenrand vor der Stadtbibliothek, einen Backsteingebäude, in dem sich nur ein einziger Raum verbarg und das mit seinen dicken Marmorsäulen und dem gewölbten Türsturz einen beinahe grotesken Anblick bot. Vor hundert Jahren, als Coventrys einziger Arbeitgeber das Sägewerk war, hatte einer der Stadtväter dieses – von manchen als großzügig, von anderen als lächerlich erachtete – Haus in dem Glauben gestiftet, nur ein sehr kleiner Teil seiner Arbeiter könne lesen oder mehr als eine Handvoll Bücher benötigen.

Als Ferris ausstieg, fiel sein Blick auf eine kleinwüchsige Frau mit mausbraunem Haar, die auf dem Gehsteig stand und ihn anstarrte, während er sich über den Plattenweg dem Eingang näherte. Sie hob rasch die Hände und bewegte warnend die Finger, dann aber wandte sie sich einem der vorderen Fenster zu, vielleicht aus Angst vor einem Beobachter, denn sie verzichtete auf die Mitteilung, dass in Coventry kein Mensch einen Fuß in die Bibliothek setzte. Er meinte förmlich, zuckende

Schnurrhaare vor sich zu sehen, als sie davonhuschte, so wie man es von Mäusen kennt, wenn die Katze in der Nähe ist. Oder etwas Schlimmeres.

Ja, entschieden Schlimmeres.

Von der Eingangstür aus gelangte man direkt in einen mit Bücherregalen vollgestopften Raum. Ein furchtbarer Gestank schlug ihm entgegen. Die Bibliothekarin war zwar nicht zu sehen, aber Ferris wusste, dass sie da war. Das übel riechende Epizentrum konnte nur Mavis Hardy sein. Ihr Körpergeruch war unbeschreiblich, geradezu legendär, angeblich hatten sich die Seiten sämtlicher Bücher damit vollgesogen. Doch auf das Gespräch mit einer Person, die in der Stadt so bekannt war, als sei sie eine Mörderin auf freiem Fuß, konnte er auf keinen Fall verzichten.

Als er das erste Büchergestell umrundet hatte, verstärkte sich der Geruch, und er hätte sich am liebsten ein Taschentuch vor die Nase gehalten. Es hieß, Mrs. Hardy würde ein Mal im Jahr ein Bad nehmen, und zwar am Vorabend des Geburtstagsballs, aber den hatte sie seit über zwanzig Jahren nicht besucht und offenbar auch die dazugehörigen Reinigungsrituale schleifen lassen.

Ferris Monty hegte immer noch die Hoffnung, in diesem Jahr den Ball mitzuerleben, auch wenn der Wachdienst am Eingang Probleme bereiten konnte. Auf jeden Fall musste er damit rechnen, dass es um seinen neuesten Fehltritt einigen Wirbel geben würde. Addison Winston würde sich bestimmt fragen, warum Ferris, den er als Verbindungsmann zu den Medien geschickt hatte, Oren Hobbs Reporter auf den Hals hetzen musste. Das stand in klarem Widerspruch zu den Absichten des Anwalts. Aber so ein Vertrauensbruch war eine rein formale Angelegenheit für einen Autor, der zum Eiferer geworden war, zu einem wiedergeborenen Verfasser wahrer Literatur. Ferris sah sein Comeback zum Greifen nah vor sich: Er würde eine Möglichkeit finden, den Ball zu besuchen.

Einem schmalen Gang zwischen zwei Bücherregalen folgend, näherte er sich leise dem Geräusch schwerer Atemzüge. Der Gang führte zu einem offenen Bereich mit Tischen und Stühlen – und einem Fleischberg in einem Hauskleid. Da war sie in ihrer ganzen stinkenden ungewaschenen Pracht, mit graubraunem Haar, das ihr in fettigen Strähnen bis auf die Schultern hing. Sie grunzte und war schweißüberströmt.

Was für ein Anblick!

Man hatte ihm gesagt, dass sie zwar sommers wie winters barfuß herumlief, zu den ersten Geburtstagsbällen aber immer ordentliches Schuhwerk getragen hatte. Ob sie sich an etwas so Zerbrechliches wie Highheels gewagt hatte, schien fraglich. Die muskulösen Beine waren dick wie Baumstämme.

Jetzt drehte sie sich zu ihm um.

Sein Besuch in der Bibliothek – vielleicht jeder Besuch – war offensichtlich ein Schock für sie. Ihr Unterkiefer fiel herunter. Er hatte ihr noch nie so dicht gegenübergestanden. Anhand der Lücken in dem offen stehenden Mund konnte er die fehlenden Zähne zählen, aber dazu musste er aufblicken. Mavis Hardys Größe war imposant. Der Körper wies mehr Muskeln als Fett auf, wozu vermutlich auch die Hanteln beitrugen, die sie fest umklammert hielt. Auf dem Boden hinter ihr lagen weitere Bodybuilding-Gerätschaften. Das sprach gegen das Gerücht, sie läge im Sterben, und ließ eine häufig von den Einheimischen vorgebrachte Theorie glaubhaft erscheinen: dass sie nur auf übernatürlichem Wege vom Leben in den Tod befördert werden könne.

»Dürfte ich kurz mit Ihnen sprechen, Mrs. Hardy?«

»Sie sprechen ja gerade mit mir.« Sie stemmte die Hanteln hoch.

Wollte sie ihn mit den Dingern zerschmettern? Er spürte, wie ihm die Knie weich wurden, und er nahm rasch an dem Lesetisch Platz. »Mein Name ist Ferris Monty.«

»Ich weiß, wer Sie sind.« Die Bibliothekarin war stehen geblieben. Sie hob und senkte die Gewichte und zählte dabei laut mit. »*Sechzehn.* Sie sehen nicht aus wie auf den Fotos der Schutzumschläge von diesen Schmökern, die sich wahre Kriminalfälle nennen. *Siebzehn.* Die hängenden Lider kann man ja wegretuschieren. *Achtzehn.* Aber ich frage mich, wieso Sie auf den Fotos so viel intelligenter wirken.«

Er holte seine Gleitsichtbrille heraus und setzte sie auf. »Besser?«

»*Neunzehn.* Etwas.« Bei *zwanzig* legte sie die Hanteln beiseite, nahm sich einen Stuhl, setzte sich neben ihn und rückte so dicht heran, dass er die Fäule aus ihrem Mund mit den wenigen Zahnstümpfen riechen konnte.

»Ich würde mit Ihnen gern über Oren Hobbs und seinen Bruder Joshua sprechen.« Ferris Monty, heute mustergültig höflich und ein wenig besorgt, lächelte, als hätte er es mit einer normalen, einer voll zurechnungsfähigen Person zu tun.

Die strikte Disziplin eines Lebens in der Army hatte sich innerhalb eines einzigen Tages verflüchtigt. Auf dem Fußboden verstreut lagen getragene Kleidungsstücke und Cowboystiefel. Auch das frühe Aufstehen schien sich Oren abgewöhnt zu haben. Als er aus der Dusche kam, war es fast Mittag, zumindest laut dem altmodischen Aufziehwecker auf dem Nachttisch – demselben guten alten Stück wie früher.

Er warf einen Blick auf Hannahs Willkommensgeschenk, das Porträt zweier Jungen im Silberrahmen, Ertrag einer entwendeten Filmrolle, die im Sockenfach seines Bruders versteckt gewesen war. Selbst wenn Hannah ihm nicht erzählt hätte, dass sie diese letzte Filmrolle zum Entwickeln in den Drugstore gebracht hatte, wäre ihm klar gewesen, dass nicht Josh diesen Abzug erstellt hatte. Es fehlte der Zauber, den sein Bruder in der Dunkelkammer auf dem Dachboden seinen Aufnahmen verliehen hatte. Die Qualität dieses Abzugs kam nicht an die der Bilder heran, die an der Wand hingen.

Und wo waren die anderen Fotos von jener letzten Filmrolle?

In dem Bademantel, den er schon als Teenager getragen hatte, tappte Oren barfuß über den Flur und betrat das Zimmer seines Bruders. Als er das letzte Mal hier gewesen war, hatte ihn der Sarg abgelenkt. Jetzt wirkte der Raum so, als sei die Zeit hier stehen geblieben, und Oren lief Gefahr, sich die Sichtweise des Richters zu eigen zu machen. Dies schien plötzlich ein unheimlicher Ort zu sein, an dem alte Hunde und kleine Jungen nie starben.

Das Stativ lehnte an der Wand, dort, wo Josh es am letzten Tag seines Lebens abgestellt hatte. Zwei Turnschuhe lagen achtlos hingeworfen da, so als habe der Junge sich gerade die Wanderstiefel angezogen, um einen Streifzug durch den Wald zu unternehmen. Oren nahm eine Jacke in die Hand, die seit zwanzig Jahren über einer Stuhllehne hing. Er drückte sie an die Brust, legte sich damit auf das Bett seines Bruders und verbrachte eine geschlagene Stunde damit, an die Decke zu starren.

Als ihm wieder einfiel, warum er hergekommen war, stand er auf und öffnete Joshs Kleiderschrank, wo ihn ein altvertrautes Durcheinander empfing. Die Kleidungsstücke auf den Bügeln hingen dicht an dicht, das Ablagebrett darüber war vollgestopft mit Zeitschriften, einer defekten Fahrradpumpe und Stapeln von Zigarrenkisten, in denen sich kleinformatiger Trödel verstauen ließ. Gleich wird mir der ganze Wust auf den Kopf fallen, dachte Oren. Nur der Schrankboden war schon immer von diesem Chaos verschont geblieben, hatte stets auffallend ordentlich gewirkt. Als Halbwüchsiger hatte er sich nie etwas dabei gedacht. Jetzt schon.

Er kniete sich vor den Schrank und nahm zwei Paar Schuhe heraus. Darunter, auf dem Schrankboden, kamen eindeutige Werkzeugspuren zum Vorschein. Oren schnappte sich einen Kleiderbügel und benutzte den festen Draht als Stemmeisen.

Es war nicht ganz einfach, die Bretter anzuheben, er brauchte mehrere Minuten dazu. Dann schob er die Hand in Joshs Versteck und zog ein dickes Fotoalbum hervor.

Private Fotos. Geheimnisse?

Er blätterte, musterte die Bilder, hielt bei einem inne. Es zeigte ihn selbst, wie er als Sechzehnjähriger mit dem Richter an einem Wintertag unterwegs war. Die Cowboystiefel hatten ihn drei Zentimeter größer gemacht, aber die Statur des Alten hatte er noch nicht erreicht. Die Kamera hatte ihn festgehalten, wie er einen Schritt zurückgeblieben war, um den Pferdeschwanz des Vaters zu mustern, vielleicht sogar zu messen. Orens Haare waren gute zehn Zentimeter kürzer gewesen, aber der Richter hatte damals schon eine hohe Stirn und am Hinterkopf eine kahle Stelle gehabt. Oren lächelte auf dem Foto, voller Genugtuung darüber, dass er zumindest in diesem Wettstreit nicht verlieren konnte.

Im Sommer war er dann siebzehn geworden, man hatte ihn weggeschickt und ihm die Haare abrasiert.

Er klappte das Album zu.

Warum hatte Josh eine Filmrolle zwischen seinen Socken versteckt? Warum nicht hier?

Nicht genug Zeit.

Josh hatte an jenem Tag eine Uhr getragen, er hatte es eilig gehabt, in den Wald zu kommen.

Die Fotos von dieser letzten Filmrolle waren vermutlich aufschlussreicher als alle, die sich unter Umständen noch bei den Gebeinen seines Bruders finden mochten.

Oren schob das Album zurück in den Hohlraum, legte die Bretter darüber und hinterließ den Schrankboden genau so, wie er ihn vorgefunden hatte. Als er in sein Zimmer zurückkam, lag frische Wäsche für ihn auf dem Bett. Genau wie früher.

Danke, Hannah.

Aber wo waren die Bluejeans, die er gestern getragen hatte?

Er durchsuchte alle Schubfächer, obgleich er wusste, dass es sinnlos war. Inzwischen waren seine getragenen Sachen bestimmt schon auf dem Weg in die Waschküche im Keller. Erst auf dem einen Bein, dann auf dem anderen balancierend schlüpfte er, schon im Gehen, in die sauberen Jeans, zog den Reißverschluss hoch und sprang in großen Sätzen die Treppe hinunter. »Hannah!«, rief er. »Hannah!«

»Hier unten«, tönte es dumpf zurück.

Er riss die Kellertür auf, stürmte die kalten Betonstufen hinunter und sah, wie die Haushälterin gerade eine Ladung Wäsche aus dem Trockner nahm.

Nein, nein, nein!

Er beugte sich über den Wäschekorb und fand die Jeans, die noch warm vom Trockner waren. In der Uhrtasche suchte er nach dem Fellbündel eines gelben Hundes, seiner einzigen Verbindung zu dem Grabräuber, der den Kieferknochen auf der Veranda zurückgelassen hatte. Natürlich war es verschwunden.

Er setzte sich auf den Boden und legte die Hand vor die Augen. Warum musste ihm nur immer alles schiefgehen …

»Du solltest mehr Vertrauen haben.« Hannah hockte sich neben ihn. Sie betrachtete die mit Gerümpel vollgestopften Regale, den alten Schrankkoffer, Kisten, die längst auf dem Speicher hätten landen sollen. »Was hier für Erinnerungen lebendig werden! Erinnerst du dich an den kleinen Laubfrosch, den du dir als Sechsjähriger in die Tasche gesteckt hattest?« Sie deutete auf das Bullauge der Waschmaschine. »Ich werde nie vergessen, wie er hinter dem Glas hockte und sich mitdrehte. Er sah sehr verdattert aus.« Sie tätschelte Orens Hand. »Ich glaube, das war das einzige Mal, dass ich vor dem Waschen nicht deine Jeans durchsucht habe.« Sie griff in eine tiefe Kleidertasche, holte eine Handvoll Kleingeld heraus, ein paar Fahrkartenabschnitte von seinen Reisen – und etwas Fell von einem gelben Hund.

»Du bist großartig!« Er nahm ihr das Fellknäuel ab und hielt es gegen das Licht, das durch ein Kellerfenster fiel. »Kennst du jemanden, dem ein Hund mit dieser Fellfarbe gehört? Das hier habe ich auf der Verandatreppe gefunden, gleich nachdem …«

»Der Hund gehört niemandem.« Sie ging wieder zum Trockner, um eine neue Ladung nasser Wäsche einzufüllen. »Er ist ein Streuner. Ich leg ihm abends immer ein paar Essensreste vor den Gartenschuppen.«

Jetzt konnte er sich das Bellen erklären, das er an dem Abend, als der Kieferknochen auf der Veranda abgelegt worden war, gehört hatte. »Der Köter ist deine Alarmanlage?«

Sie nickte. »Besser als im ganzen Haus Leitungen verlegen zu lassen. Abgesehen davon, dass der Richter das niemals zulassen würde.«

»Weitere nächtliche Knochenlieferungen dürfte es nicht geben, du brauchst den Streuner also nicht mehr zu füttern.«

»Aber er kann sich auf andere Weise nützlich machen. Irgendwann wird der Richter ihn ins Haus lassen. Dann kann ich endlich den ausgestopften Horatio durch die Hintertür hinausschaffen und anständig begraben.«

»Gute Idee.« Oren sah auf das nutzlose Fellbüschel in seiner Hand. »Ich habe mich so über das Foto gefreut, das du mir geschenkt hast. Habe ich mich eigentlich schon dafür bedankt?«

Sie musste lächeln.

Er trug ihren Wäschekorb zum Klapptisch. »Ich erinnere mich an den Tag, an dem Josh diese Aufnahme gemacht hat.« Er beobachtete Hannah, um herauszufinden, ob sie wusste, welcher Tag das war. Wusste sie, dass an jenem Tag Josh verschwunden war? Nein, ihr war nichts anzusehen. »Als du den Film zum Entwickeln ins Drugstore gebracht hast, haben sie dir einen Stapel Abzüge in Standardgröße gegeben, stimmt's? Wo sind sie jetzt?«

»Keine Ahnung. Es ist ziemlich lange her. Es wäre was anderes, wenn du mich fragen würdest, was ich mit der Zeitung von heute gemacht habe.«

Jetzt wusste er, dass sie ihm etwas verheimlichte, denn Hannahs Gedächtnis, das sogar das verblüffte Gesicht eines vor über dreißig Jahren in einer Waschmaschine ertrinkenden Frosches bewahrt hatte, war mustergültig. »Könnten die Bilder auf dem Dachboden sein?«

»In Joshs Dunkelkammer? Nein, zu riskant. Da sucht der Richter ständig nach alten Fotos, er wäre ausgeflippt, wenn er gemerkt hätte, dass ich die letzte Filmrolle habe entwickeln lassen. Er will unter keinen Umständen, dass sich jemand an Joshs Sachen zu schaffen macht, das habe ich dir doch schon mal gesagt.«

Und es sah Hannah nicht ähnlich, sich zu wiederholen. Sie spielte auf Zeit. Er konnte fast sehen, wie es hinter ihrer Stirn arbeitete, während sie nach der richtigen Antwort suchte.

Die sie gleich darauf gefunden hatte.

»Ich kann mich nur so weit erinnern«, sagte sie, »dass ich die Bilder angeschaut habe, ehe ich den Drugstore verließ. Die Aufnahme von euch zwei Jungs war die einzige, die mir gefiel, und ich habe gleich an Ort und Stelle die Vergrößerung bestellt. Dazu habe ich natürlich die Negative im Geschäft gelassen, vielleicht sogar den ganzen Umschlag mit Negativen und Abzügen. Kann sein, dass ich ihn nie zurückbekommen habe.«

»Weißt du noch, was auf den anderen Bildern zu sehen war?«

Sie schüttelte den Kopf. »Nein, tut mir leid. Es ist so lange her.«

»Dann hast du also nichts gefunden, was du William Swahn hättest zeigen können?«

Sie neigte den Kopf zur Seite, und ihr Blick wanderte argwöhnisch zur Treppe. Als sie sicher war, dass sie allein waren, wandte sie sich wieder Oren zu und sagte leise, fast im Flüsterton: »Der Richter braucht nichts von meinem Geschäft mit Mr. Swahn zu wissen.«

»Du kennst diesen Typ schon so lange und nennst ihn immer noch *Mister?* Das sieht dir nicht ähnlich. Und Swahn nennt dich Miss Rice. Ich schätze, seit ich drei war, ist er der einzige Mensch in der Stadt, der deinen Nachnamen benutzt.«

»Was hat er sonst noch …?«

»Ich weiß, dass Swahn Joshs Negative von dir bekommen hat – und zwar alle! –, als du ihn gebeten hast, mir ein Alibi zu beschaffen.«

»Was er getan hat.«

»Aber dabei hat er übertrieben.« Oren hielt zwei Finger hoch.

»*Zwei* Zeugen?« Sie unterbrach sich, weil sie spürte, dass er ihr die geheuchelte Überraschung nicht abkaufte. Sie steckte die Hände in die Taschen ihres Hauskleides – ein sicheres Zeichen dafür, dass sie schmollte. »Kann sein, dass Mr. Swahn es erwähnt hat.«

»Und er hat dir die Namen genannt.«

»Nein. Er hat nur gesagt, dass zwei Frauen mit zwei unterschiedlichen Aussagen zum Sheriff gegangen sind, und mir war klar, dass das womöglich schlimmer war, als überhaupt kein Alibi zu haben. Irgendwann hat mich dann Mr. Swahn angerufen und Entwarnung gegeben. Eins der Alibis hat funktioniert.«

»Hat Swahn noch an meinem Alibi gearbeitet, als du Joshs letzte Filmrolle zum Entwickeln gegeben hast?«

»Oren Hobbs!« Ihre Stimme klang, als wollte sie ihm damit drohen, dass es am Abend keinen Nachtisch und kein Fernsehen geben würde. »Hör jetzt auf damit.« Offenbar war ihr nun eingefallen, dass sie ihm nicht einmal mehr das Taschengeld streichen konnte. Sie hob resigniert die Hände, aber dann sah sie zum Kellerfenster. »Der Richter ist wieder da.«

Wenig später knirschten Reifen auf dem Kies der Einfahrt.

Hannah ging zum Fuß der Treppe, sah hinauf, horchte auf das Schlagen der Haustür. Sie wandte sich Oren zu, und aus ihrem Blick sprach die stumme Frage, ob sie nicht endlich damit aufhören könnten.

Nein, noch nicht ganz.

Die Verrücktheit der Bibliothekarin schien einen Ausschalter zu haben.

Die Hanteln lagen auf dem Fußboden, und Mavis Hardy saß auf einem Stuhl, die Hände damenhaft gefaltet, während sie eine Frage von Ferris Monty beantwortete. »Beide Jungen haben gern gelesen, aber die Bibliothek des Richters war größer als diese hier. Ich denke mir, dass sie herkamen, weil ihr Vater einen gehobeneren Literaturgeschmack hatte, Science Fiction oder Horrorgeschichten konnte er ihnen nicht bieten.«

Ferris sah, dass sie die Hände krampfhaft zusammenpresste, als müsste sie etwas Kostbares fassen oder festhalten. Er notierte in Kurzschrift ein paar Worte in seinem Notizbuch und zog die Lesebrille herunter. »Haben die Jungs sich gut verstanden?«

»O ja. Oren war ein paar Jahre älter, aber das spielte keine Rolle. In mancher Beziehung war Josh ihm um hundert Jahre voraus. Der kleine Kerl hörte dir zu, als wäre ihm wirklich wichtig, was in deinem Leben passiert. Er fehlt mir sehr. Nach seinem zehnten Geburtstag habe ich ihn nur noch aus der Entfernung gesehen … wie eigentlich fast alle Leute.«

Das musste das Jahr gewesen sein, in dem es mit dem Leben der Bibliothekarin bergab gegangen war.

Dazu brauchte er nicht auf seine alten Notizen zurückzugreifen. Als Joshua Hobbs zehn geworden war, hatte sich Mavis Hardy schon zum Monster aus der Stadtbibliothek entwickelt. Ferris erinnerte sich sehr deutlich an jenes Jahr, in der er wegen der Bibliothekarin nach Coventry gekommen war, in der Hoffnung, über einen sensationellen Mordprozess berichten zu können. Doch die Verhandlung war zu schnell und zu sanft zu Ende gegangen – ein paar Worte im Gerichtssaal für die Akten, dann hatte man die Anklage diskret fallen lassen.

Und fünf Jahre später, als ein Junge verschwunden war, hatte sie nicht als Verdächtige gegolten.

Inzwischen hatte sich Ferris an ihren Körpergeruch gewöhnt und empfand ihn zumindest nicht mehr als unerträglich. Er beugte sich vor wie jemand, der auf eine vertrauliche Mitteilung hofft. »Hielten Sie Josh, als er zum ersten Mal verschwand, für einen Ausreißer, oder vermuteten Sie ein Verbrechen?«

Mavis Hardy zögerte einen Augenblick und überlegte, so als sei sie eine voll zurechnungsfähige Person, die selbst nie einen Mord begangen hatte. »Mit den Kids hier in der Stadt ist das so: Sie verschwinden aus Coventry, sobald sie können – meist die Älteren, die gerade von der Highschool kommen. Es kann ihnen gar nicht schnell genug gehen. So wie mein Sohn. Aber Josh Hobbs war noch nicht mal fünfzehn, viel zu jung. Nein, ein Ausreißer war er in meinen Augen nie.«

»Demnach sind auch andere Teenager verschwunden?«

»Ein paar, aber es ist nicht so, als ob der Erdboden sie verschluckt hätte. Sie haben einen Koffer gepackt – Josh nicht. Und die meisten kommen nach einer Weile wieder. Wie Dave, mein Sohn.«

»Mir ist gerüchteweise zu Ohren gekommen, dass man gestern mehr als einen Satz Knochen gefunden hat. Fällt Ihnen jemand ein, der damals sonst noch als vermisst gemeldet wurde?«

»Sie leben nun schon ziemlich lange hier, Mr. Monty.« Sie deutete auf das Fenster, das auf die Berge hinausging. »Sie wissen doch, was da draußen im Wald los ist, wie viele Menschen es gibt, für die sich niemand interessiert, die einfach verschwinden, nach denen nie jemand fragt.«

»Und Sie meinen, einer von denen könnte Josh ermordet haben? Vielleicht jemand mit einer kriminellen Vergangenheit?«

»Wohl kaum. Nicht einer von *unseren* Kriminellen. Nach meinen Erfahrungen sind diese Außenseiter die bravsten Bürger. Sie zahlen ihre Rechnungen pünktlich und in bar und kriegen nie Strafzettel wegen zu schnellen Fahrens.«

Auf ihrem Gesicht lag jetzt ein verschlagener Zug, und Ferris hatte den Eindruck, dass ihre klare Phase langsam zu Ende ging.

Drohend baute sie sich vor ihm auf. »Sie denken, dass ich Ihnen etwas verschweige, stimmt's? Ich weiß, was sie in der Stadt über mich erzählen. Eltern drohen ihren Kindern, ja hübsch brav zu sein, weil sie sonst in die Bibliothek müssten. Wetten, dass diese Kinder nachts nicht gut schlafen? Komme ich in Ihren Albträumen auch vor, Mr. Monty?« Sie beugte sich vor und legte beide Hände flach auf den Tisch. »Wenn Sie noch eine Frage haben – schießen Sie los!«

»Seit Joshs Verschwinden haben Sie keinen Geburtstagsball mehr besucht.« Erwartungsvoll sah er zu ihr auf.

Die Bibliothekarin hustete einen Mund voll Schleim hoch und spuckte aus. Sie zielte so gut, dass sie gleich beim ersten Anlauf ein Glas von Ferris' Brille traf. Er stand auf und ergriff die Flucht.

Oren stand neben Hannah am Wäschetisch im Keller. Er legte ein Paar Socken zusammen und packte sie auf den Stapel, nachdem er sich mit seiner geschickten Art, T-Shirts zusammenzufalten, schon ihre Bewunderung verdient hatte. »Du gehst also noch in die Bibliothek.«

»Mindestens einmal in der Woche. Mavis hat mir beigebracht, wie man den Computer bedient, und manchmal bestellt sie Fachbücher für mich aus anderen Bibliotheken.«

»Dann war es also kein Witz, als du Dave gestern damit gedroht hast, seine Mutter zu holen?«

»Das hätte ich nicht getan. Ich wollte nur, dass Dave diese verflixte Schaufel fallen lässt. Du weißt ja, wie sich der Richter mit seinem Blumengarten anstellt.«

»Also hat sich nichts geändert. Mrs. Hardy ist immer noch …«

»Alles hat sich geändert!« Der Richter kam rasch die Kellertreppe herunter und trat zu ihnen an den Tisch. In liebevoller Erinnerung an jene Zeit, in der er noch Haare hatte, strich er sich mit einer Hand über den kahlen Schädel. Damals, zur Zeit seines langen Pferdeschwanzes, hätten die meisten Leute ihn für einen alternden Hippie gehalten. Aber Oren wusste, dass Richter Hobbs' Lieblingsdichter Ferlinghetti war, und als weitere Beweise dafür, dass sein Vater zur Beatnik-Generation gehörte, gab es Orden aus dem Koreakrieg, die der Pazifist auf dem Dachboden aufbewahrte. Der Richter mochte sich manchmal fragen, ob Oren, als er zur Army ging, damit so etwas wie eine Teenager-Revolte im Sinn gehabt hatte – oder Rache. Laut würde dieser beispielhafte Gentleman so eine Frage niemals stellen.

Jetzt stöberte er in einem Haufen Socken herum, die nicht zusammenpassten. »Was ist mit Mavis Hardy? Glaubst du, die Presse könnte diese alte Geschichte noch mal aufwärmen?«

Oren legte das nächste Paar zusammen. »Du meinst den *Mordfall*?«

Der Richter dachte nicht daran, den Köder zu schlucken. Gelassen fahndete er in dem Sockenberg nach dem passenden Gegenstück zu dem Strumpf, den er in der Hand hielt.

»*Vorsätzlicher* Mord.« Oren lächelte.

»Rechtfertigbarer Totschlag«, konterte der Richter.

Mord.

Oren beugte sich näher zu seinem Vater herüber. »Wie lange hat Mrs. Hardy wohl gebraucht, um ihre Pläne zu schmieden? Mindestens ein Jahr, würde ich sagen.«

Der Richter konzentrierte seine ganze Aufmerksamkeit auf ein Loch, das er in einer Socke entdeckt hatte. »Ich wollte dir sagen, dass dein Koffer angekommen ist. Der Spediteur hat ihn auf dein Zimmer geschafft. Hast du einen guten Anzug dabei?«

»Ja. Ich habe alles eingepackt, was ich besitze.«

»Gut. In ein paar Tagen ist Sarah Winstons Geburtstagsball.«

»Ich gehe nicht hin.« Und damit hätte nach den Regeln der Diskussionsführung, die der alte Herr selbst aufgestellt hatte, das Gespräch beendet sein müssen. Die Frage, die auf der Hand lag, würde sein Vater nie stellen. Ein »Warum nicht?« hätte dem gekonnten Zusammenspiel von Höflichkeit und Konversation Abbruch getan.

»Warum nicht?« Hannah warf sich für den Richter in die Bresche. »Was läuft da eigentlich zwischen dir und Isabelle Winston? Der Drogist hat mir erzählt, dass sie dich gestern den gesamten Gehsteig lang mit Tritten malträtiert hat. Aber warum?«

Oren zuckte die Schultern. »Keine Ahnung. Sie hat's mir nicht gesagt.«

Warum sollte er ein so reizvolles Gerücht kaputtmachen, indem er es auf eine einzige belanglose Handgreiflichkeit reduzierte? In der nächsten Fassung der Geschichte würde Isabelle ihn vermutlich einmal erschossen und zweimal erstochen haben.

Klatsch zu sammeln war manchmal ein Geduldspiel. Ferris Monty tat so, als notiere er eifrig alles, was der Postmeister zu erzählen hatte, der – wenn der liebe Gott ein Einsehen hatte – hoffentlich bald zu einem Ende kommen würde.

»Ich habe Josh diese drei Aufnahmen abgekauft und mit meinem eigenen Geld gerahmt, den Steuerzahler hat das nicht einen Cent gekostet«, beteuerte Jim Web. »Wenn ich nächstes Jahr in Rente gehe, sollen sie im Postamt hängen bleiben. Mein Geschenk an die Stadt.«

Ferris nickte zerstreut, während er Joshua Hobbs' Tryptichon betrachtete. Der Junge hatte Postkunden in einer Warteschlange fotografiert. Man hatte den Eindruck, als rückten die Menschen Stück für Stück vor, während das Auge des Betrachters von einem Bild zum anderen sprang. Er trat näher heran, um sich die Hauptperson anzusehen, den Mann in der Mitte, der einen Stock mit Silberknauf in der Hand hielt. Er hatte ihn zwar gelegentlich in der Stadt gesehen, aber nur die Narbe und das auffällige Hinken in Erinnerung behalten. Aber Joshua hatte sich auf die unversehrte, unauffällige Seite des Mannes konzentriert, und das war erstaunlich. Ein Abbild menschlicher Zerstörung zu zeigen, wäre lohnender gewesen.

Er deutete auf das Foto. »Ich kann mich an den Namen des Mannes nicht erinnern. Er lebt schon lange in Coventry, nicht wahr?«

»Ja, aber nicht so lange wie ich. Ich habe vor fünfunddreißig Jahren als kleiner Schalterbeamter angefangen«, sagte der Postmeister in der irrigen Annahme, das müsse seinen Gesprächspartner interessieren. »Das ist Mr. Swahn. Dass ich ihn kenne, wäre zu viel gesagt. Ein richtiger Einsiedler ist das. Seit wir die Landzustellung eingeführt haben, war er nicht mehr hier, aber die Geburtstagsbälle lässt er nie aus. Sieht man sich in diesem Jahr bei den Winstons?«

»Kann schon sein.«

Ferris folgte dem Postmeister in ein kleines Büro, wo er sich das aufdrängen ließ, was Web für einen stärkenden Nachmittagsimbiss halten mochte – einen Feigenriegel und eine mit Honig gesüßte Tasse Earl Grey. Jim Web sah aus einem der Fenster, das auf die schmale Straße hinausging, und beobachtete die Autos, die sich im Schritttempo fortbewegten. Ferris hatte den Verdacht, dass Jim Web den größten Teil seines Tages auf diesem Beobachtungsposten verbrachte. »Sie kannten also Oren Hobbs als Jungen?«

»Aber ja. Und gestern früh um neun wusste ich bereits, dass er zurückkommen würde. Das ist der große Pluspunkt bei meinem Job – ich bekomme den Klatsch früher mit als die meisten.«

Ein Treffer!

»Ich habe gehört, dass Oren Hobbs auf ältere Frauen stand. Verheiratete Frauen.«

»Ach ja?« Postmeister Web tat so, als hätte er auf einem blitzblanken Brillenglas einen Schmutzfleck entdeckt, den er nun sorgfältig mit einem Papiertaschentuch zu entfernen versuchte. Zum ersten Mal seit Beginn des halbstündigen Gesprächs schien ihm die Lust am Klatsch ein wenig vergangen zu sein. Dann setzte er die Brille wieder auf und lächelte seinen Besucher an. »Falls an diesem Gerücht etwas Wahres sein sollte, muss ich sagen, dass es eher umgekehrt war. Ältere Frauen standen auf ihn. Verständlicherweise. Sie wissen, wie er aussieht?«

»Ein sehr attraktiver Mann.«

»Als er ein Teenager war, hat meine Frau ihn als bildschön bezeichnet. Ein Junge mit unbewusstem Charme. Oder hat sie *unbeabsichtigt* gesagt? Sein Lächeln hatte es ihr angetan, nein, falsch, es waren seine Augen. Wenn Oren mit meiner Frau sprach, hatte sie das Gefühl, im Mittelpunkt der Welt zu stehen. Im Vergleich zu ihm schnitt ich ziemlich schlecht ab.«

»Die Gerüchte, dass ein charmanter Junge mit unbewusstem Charme *unbeabsichtigt* in fremden Betten landete, sobald die Schule aus und solange der Herr des Hauses noch bei der Arbeit war, würden Ihre Frau also nicht überraschen?«

»Das kann ich nicht beurteilen.« Jim Web sah aus dem Fenster. »Ich persönlich habe nur einen Fall von ziemlich verrückter Teenagerliebe miterlebt.«

Ferris beugte sich vor. »Sie meinen die kleine Winston?« Auch diese Geschichte war ihm schon vor zwanzig Jahren zu Ohren gekommen, ein Zwischenspiel, das keinen Anfang und kein richtiges Ende hatte.

Der Postmeister nahm die Brille ab und blickte mit wässerigen Augen zurück auf eine noch nicht gänzlich ferne und verschwommene Erinnerung.

»Dreimal die Woche kam ich mir dank Isabelle und Oren wieder jung vor. Damals – es gab noch keine Landzustellung – holten die Söhne des Richters die Post für den Vater ab. Ich kannte die Gesichter aller Einwohner, auch derer, die im Wald lebten. Alle holten sie ihre Briefe im Postamt ab – bis auf Mrs. Underwood, die alte Dame, die in Mr. Swahns Haus gewohnt hat. Deren Post haben auch die Jungs abgeholt, aber es war ohnehin nicht allzu viel.

Josh und Oren kamen allerdings nicht nach einem festen Zeitplan, ich wusste nie, welcher der Jungs wann aufkreuzen würde. Aber die kleine Belle Winston, die wusste das immer ganz genau, und sie war immer vor Oren Hobbs in der Stadt. Im Übrigen spielte sich das alles nur im Sommer ab, den Rest des Jahres verbrachte sie in einem Internat irgendwo in den Oststaaten. Belle war damals elf, schätze ich. An schönen Sommertagen kam sie in einer Staubwolke und mit langem fliegendem Haar angerannt. Sie stürzte herein und verlangte ihre Post, als ginge es um Leben und Tod und als müsste mein Gehilfe am Schalter verstehen, dass keine Minute zu verlieren war. Danach stellte sie sich ans Fenster und beobachtete die Straße. Manchmal zehn, fünfzehn Minuten lang. Ein erstaunlich geduldiges kleines Mädchen…«

»Sie wartete auf Oren Hobbs.«

Der Postmeister nickte, ohne den Blick vom Fenster abzuwenden. »Sobald sie ihn kommen sah, öffnete sie ganz langsam die Tür, als hätte sie alle Zeit der Welt.« Lächelnd klopfte Web an die Scheibe, als spielte die Szene unmittelbar vor seinen Augen. »Dann ging sie gemächlich die Stufen hinunter und lief auf dem Gehsteig an ihm vorbei, als wäre er Luft.«

»Und hat Oren sie gesehen?«

»Allerdings. Sobald er Belle erspäht hatte, starrte er auf den Gehsteig – manchmal entdeckte er auch etwas Fesselndes auf der anderen Straßenseite –, bis sie an ihm vorbeigelaufen war. Dann holte er tief Luft, drehte sich um und sah ihr nach. Den ganzen Sommer ging das so, viele Jahre lang. Die heißeste Liebesgeschichte überhaupt, aus der um ein Haar was geworden wäre.«

Nachdem er mit seinen alten Erinnerungen abgeschlossen hatte, setzte der Postmeister die Brille wieder auf, um die Welt so zu betrachten, wie sie jetzt war. »Gerüchte können Sie überall hören, von Leuten, die sich aufs Erzählen besser verstehen als ich.« Er deutete mit dem Daumen auf die Fensterscheibe. »Aber das ist Orens einziges Geheimnis, von dem wir – ich und die ganze Stadt – je erfahren haben.«

Als Ferris Monty sich zum Fenster wandte, konnte er mühelos die charakteristische Kupferbedachung des Turms auf der Villa der Winstons erkennen. Von dort oben hatte wohl Isabelle Winston den Jungen ausgespäht, nach dem sie verrückt war. Ob sie das auch als Teenager noch getan hatte? Hatte sie Oren Hobbs nachspioniert, als er zum letzten Mal mit seinem kleinen Bruder in den Wald gegangen war?

Hätte Sarah Winston sich nicht mit ganzer Seele dem Leben der Vögel verschrieben, hätte sie nach Ansicht der Ornithologin Isabelle Winston eine große Künstlerin werden können. Die Zeichnungen in den Tagebüchern ihrer Mutter waren wunderschön. Exotische Vögel mit prächtigem Gefieder gab es in diesem Teil der Welt nicht, aber hier sangen und tanzten sie zusammen mit gewöhnlichen Sperlingen und Krähen über die Seiten. Es waren die Gäste des alljährlichen Geburtstagsballs.

Die Versuchung war groß, die Bände allzu hastig durchzublättern, aber dabei konnte man leicht etwas Wichtiges übersehen. Unsichtbare Spinnen waren nicht von einem Tag auf den anderen über ihre Mutter hergefallen. Solche Störungen entwickelten sich über Jahre, und so prüfte Isabelle Seite für Seite in der Hoffnung, ein entscheidendes Erlebnis zu finden. Wenn sie einmal von ihrer Lektüre aufblickte, sah sie jenseits der Glasscheibe die Terrasse mit den Fernrohren, die so eingestellt waren, dass man die Welt von dort aus beobachten konnte, als bestünde sie nur aus Coventry. In den Tagebüchern ihre Mutter fand sich kein Hinweis auf ein Leben anderswo.

»Ich möchte wirklich wissen«, flüsterte sie ihrer schlafenden Mutter zu, die nach ihrem Mittagsrausch nicht mehr ansprechbar war, »wann das alles aus dem Ruder gelaufen ist.«

Isabelle stieg die Rollleiter hoch und schob sie mit einer Hand an dem hohen ringförmigen Regal entlang. An den Daten auf den Buchrücken erkannte sie, dass sie sich dem in ihren Augen wichtigsten Ereignis näherte, dem Verschwinden von Joshua Hobbs. Sie überflog Monatsnamen und Jahreszahlen, dann zog sie einen Band außer der Reihe heraus, eine heimliche Vorschau gewissermaßen, und schlug ihn auf. Hier waren nur Raubvögel abgebildet. Einer stach aus der Menge hervor, und bei seinem Anblick musste Isabelle sofort an ein altes Märchen denken – allerdings in einer leicht abgewandelten Fassung.

Was hast du für seltsam irre Augen – was hast du für lange Zähne…

Auf diesen Seiten hatte Coventry seinen Zauber verloren und war zu einem Ort des Albtraums geworden, durch den Monster streiften, Vögel auf zwei Beinen mit Reißzähnen und Krummsäbeln anstelle von Krallen.

14

Eben hat Ad Winston angerufen.« Hannahs Holzpantinen klapperten die Kellertreppe hinunter. »Die Reporter werden uns heute nicht belästigen, sagt er, die sind alle beim Suchtrupp des Sheriffs.«

Als sie an den Tisch trat, stellte sie zufrieden fest, dass Oren und der Richter die letzte Ladung Wäsche zusammengelegt und ordentlich gestapelt hatten. Lächelnd begutachtete sie die Arbeit der beiden. »Vom Küchenfenster aus habe ich eine lange Schlange von Liefer- und Personenwagen den Berg hinaufrollen sehen.«

Stirnrunzelnd betrachtete sie drei einzelne Socken, und Oren wartete auf den alten Trick, der den Sechsjährigen zu Hannahs Wäschesklaven gemacht hatte. Wenn sie die Socken zusammenlegte, war aus den Einzelstücken regelmäßig ein Paar geworden, und kein einziges Mal hatte er sie dabei ertappt, dass sie das entsprechende Gegenstück aus der Tasche gezogen hätte.

»Möchte wissen, wo Cable sein Hirn gelassen hat.« Sie sah zum Kellerfenster. »Er hätte bis morgen früh warten sollen. Um einen ganzen Berg abzusuchen, ist es nicht mehr hell genug.«

Kein Problem. Oren wusste, dass es für alle Beteiligten ein kurzer Ausflug sein würde – ohne Biwak, ohne Lagerfeuer unter den Sternen. Die Suchmannschaft würde lange vor Einbruch der Dunkelheit auf die übrigen Gebeine seines Bruders stoßen.

William Swahn fasste seinen Stock fester. An manchen Tagen schmerzte ihn auch der leichteste Druck auf sein verkrüppeltes Bein. Gewiss, dagegen gab es Tabletten, aber die machten ihn benommen. Er hinkte durch die große Diele und hätte sich selbst ohrfeigen mögen, weil er die Klingel wieder angestellt hatte. Als er die Luke in der Haustür öffnete, sah er auf der anderen Seite des Gitters Sarahs rothaarige Tochter stehen.

»Belle!« Was für eine schöne und zugleich peinliche Überraschung. Wie sollte er ihr erklären, dass er sie seit ihrer Rückkehr nach Coventry noch nicht besucht hatte?

»Hallo, William.«

Die Tür ging auf, und die hübsche Frau in Jeans trat ein, wobei sie ihm das Gesicht zu einem Begrüßungskuss entgegenstreckte. Bei ihrer letzten Begegnung war sie sechzehn gewesen.

Jetzt trat sie einen Schritt zurück. »Du erinnerst dich also noch an meinen Namen.«

Mit ihrer Missbilligung hatte sich Isabelle noch nie zurückgehalten.

Er ging ihr voraus in die Bibliothek. »Ich erinnere mich an alle Frauen, die mir jemals einen Antrag gemacht haben.« Als er merkte, dass ihr der damalige Anlass entfallen war, fügte er hinzu. »Du warst damals noch sehr klein. Nicht älter als vier.«

»Das ist lange her.« Isabelle machte es sich auf einem Sessel bequem. »Moms Studentenzeit. Du warst der jüngste Lateindozent an der Uni.«

»Nein. Mein Hauptfach war Kriminologie.« Er ließ sich auf die Couch sinken und legte den Stock beiseite. »Aber ich habe deiner Mutter Lateinunterricht gegeben. So haben wir uns kennengelernt.«

»Du warst ihr Freund. Wie konntest du zulassen, dass sie Addison heiratet?«

Er lachte – zum ersten Mal seit einer kleinen Ewigkeit. »Ich hatte nichts zu sagen, ich war damals ein ganz junger Kerl, fast noch ein Kind.«

»Aber du warst so gescheit – mit einem Wahnsinns-IQ. Mom hat auf dich gehört.«

»Ich war ein dummer kleiner Junge, der auf dem Campus als komischer Vogel galt.« Und Sarah hatte nicht auf ihn gehört, es war genau umgekehrt gewesen. Sie war seine Ratgeberin gewesen, hatte ihn gelehrt, wie man als Außenseiter überleben konnte – sie, die durch ihre Schönheit selbst als Außenseiterin galt. Sarah hatte den einsamen pickligen Jungen mit dem übergroßen Hirn gerettet. »Erinnerungen können trügerisch sein, Belle. Ich ziehe meine Version vor.«

»Du hast meine Mutter *geliebt.*«

Angebetet hatte er sie.

»Du bist nach Coventry gezogen, um ihr nahe zu sein.«

»Nein«, sagte William. »Das war Addisons Idee. Es sei ein guter Ort, um sich vor der Welt zu verbergen, um Wunden zu lecken, hat er gesagt.« Doch auch Isabelles Sicht der Dinge war nicht ganz falsch: Er hatte sich auf das Wiedersehen mit Sarah und ihrer kleinen Tochter gefreut, den beiden Menschen, die er über alles liebte. Und zunächst war es auch zu einer Genesung gekommen – solange Sarah ihm noch die Tür öffnete, wenn er anklopfte, solange sie weiterhin mit ihm über ihr gemeinsames Außenseiterdasein sprechen konnte. Ein seltsames Paar waren sie zu jener Zeit gewesen – die Schönheit und das hinkende Biest.

Isabelles Lächeln verunsicherte ihn. »Damals warst du einmal in der Woche bei uns, du warst der einzige Freund von Mom, der jemals zum Essen blieb. Hast du gegen diese Version etwa *auch* etwas einzuwenden? Nach Joshs Verschwinden bist du dann nicht mehr gekommen.«

Sie saß auf der äußersten Sesselkante – aber nicht leicht wie ein Vogel, sondern wie etwas Gefährlicheres. Wie eine langsam explodierende Bombe. Sie lächelte weiter, aber sie atmete nicht – sie kochte.

Hinter ihm tickte eine Uhr. Unablässig.

Isabelle fuhr aus dem Sessel hoch. »Wie konntest du meine Mutter nur im Stich lassen?«, brach es aus ihr heraus. »Ich hab mich auf dich verlassen.«

Der Hang verdankte seinen sanften Anstieg einer Felsnase am südlichen Teil des Berges. Oren schätzte, dass dort an die zweihundert Menschen versammelt waren – wenn man die Reporter mitzählte. Noch immer stiegen Freiwillige aus den auf der Feuerschneise geparkten Wagen und Kleinlastern.

Hilfssheriffs verteilten Karten, und ein junger Förster richtete das Wort an die Menge. Das Megafon war überflüssig, aber der Förster war neu in diesem hochgelegenen Gebiet, wo der Schall mühelos von einem Gipfel zum anderen gelangte. Er erklärte das Verfahren einer Rastersuche, und die Bürger von Coventry hörten höflich zu, als hätten sie so etwas nicht schon oft und erfolgreich betrieben, als hätten sie nicht bisher jede verlorene Seele gefunden – jede, bis auf Joshua Hobbs. Dieser Junge war ihr einziger Misserfolg gewesen, aber das war nicht ihre Schuld, denn man hatte ihn vor ihnen versteckt, seine Leiche in der Erde vergraben. Heute aber waren sie seinetwegen noch einmal hergekommen – der sterblichen Überreste wegen, die man noch nicht gefunden hatte. Ihre Aufgabe war es, so der Förster, ein Grab zu finden. Der namenlose Fremde, der zusammen mit dem Jungen aus ihrer Stadt begraben sein sollte, war für diese Menschen nur ein Gerücht.

Als das Megafon schwieg, bildete die Menge kleine Gruppen, die jeweils einem Anführer in unterschiedliche Richtungen folgte. Keine Suchmannschaft hatte jemals diesen so dicht an den nackten Felsen gelegenen Teil des Berges durchkämmt – mit der Begründung, dass sich zwischen einer Feuerschneise und einem viel benutzten Wanderweg mit Blick auf die Stadt eigentlich niemand verlaufen konnte.

Cable Babitt nickte zwei Nachzüglern mit Kameras und Mikrofonen zu und gab jedem eine Landkarte. »Bleibt bei eurer

Gruppe, Jungs, macht euch nicht selbstständig. Wir haben nicht den ganzen Tag Zeit, nach Verirrten zu suchen.«

Oren Hobbs wies den beiden den Weg zu einem der Suchtrupps. »Schade um den Personalaufwand«, sagte er, als die beiden außer Sicht waren.

»Du dürftest eigentlich gar nicht hier sein, Junge. Hier wimmelt es von Reportern, und die wollen alle was von dir.«

»Das finde ich erstaunlich. Wenn die Reporter mich nicht finden können, obgleich ich direkt vor ihnen stehe – wie wollen sie dann ein Loch im Boden finden?« Oren tat, als vertiefte er sich in seine Karte. »Verflixt, du hast vergessen, das Grab für sie anzukreuzen.«

Der Sheriff lächelte gezwungen, war aber offenbar bereit, die Bemerkung als Witz gelten zu lassen.

Oren breitete die Karte auf der Motorhaube von Richter Hobbs' Wagen aus. Auf seinem Exemplar prangte der Stempel einer geologischen Fakultät. Die Grenzlinien der Rastersuche hatten eine sonderbare Form und beschränkten sich auf Bereiche mit großen Eisenvorkommen. »Ein Glücksfall, dass Sie von diesen Erzablagerungen wussten.«

»Der Leichenbeschauer hat die …«

»Sie wussten, wo Sie zu suchen hatten, ehe ich den Knochenfund gemeldet habe. Ich stand in meinem Garten und habe selbst gesehen, wie Sie Dave die Stelle gezeigt haben.« Oren legte seine Karte zusammen. »Ich werde dafür sorgen, dass diese Leistung anerkannt wird.«

Das Lächeln des Sheriffs wurde schwächer und erstarb schließlich ganz. Langsam lief er hinter einer Gruppe von Freiwilligen her, der man keine Reporter zugewiesen hatte. Es waren nur Einheimische, die in langer Reihe den Boden nach Auffälligkeiten absuchten.

Oren holte Cable Babitt ein, und sie liefen einige Schritte schweigend nebeneinander her. Oren versuchte irgendwelche Anzeichen von Angst auf dem Gesicht des Sheriffs zu erkennen. »Hoffentlich ist das der Suchtrupp, der geradewegs auf das Grab meines Bruders zumarschiert«, bemerkte er schließlich.

Cable überhörte die Anspielung. »Ich glaube nicht, dass wir weit zu gehen haben«, sagte er. »Das Eisenerz befindet sich in schmalen, kurzen Adern …«

Die Feuerschneise verlief parallel zu dem Weg der Suchmannschaft, der bergab und immer tiefer in den Wald hineinführte. Und auch das sprach gegen den Sheriff. Nach Orens Erfahrung hatte man selbst die am besten versteckten Gräber von Mordopfern immer in unmittelbarer Nähe einer Straße gefunden. Die Freiwilligen hielten sich eine Armlänge voneinander entfernt, manche bewegten sich im Krebsgang fort, um gestürzten Baumstämmen und Felsbrocken auszuweichen.

»Ich weiß, dass Sie die Knochen auf der Veranda des Richters deponiert haben«, sagte Oren so beiläufig, als spräche er über das Wetter. Und als der Sheriff stolperte und dann wie angewurzelt stehen blieb, fügte Oren hinzu: »Sie hatten die Absicht, mich damit nach Hause zu locken – zurück in Ihre Zuständigkeit.«

»Ich hatte dich nie in Verdacht.« Cable Babitt sah zum Himmel hinauf, als seien ihm die drohend aufziehenden Wolken ganz einerlei. »Aber dein Vater war immer ganz oben auf meiner Liste. Vor ein paar Monaten habe ich Joshs Schädel in meiner Garage gefunden. Auf der Motorhaube meines Jeeps. Ich dachte, der Richter habe ihn vielleicht da abgelegt – weil er ein schlechtes Gewissen hat.«

»Sie haben sofort gewusst, dass es Joshs Schädel war?«

»Aber ja.« Der Sheriff schwieg, bis der letzte Freiwillige im dichten Grün verschwunden war. »Ich habe ihn an dem Überbiss der Schneidezähne und einem angeschlagenen Backenzahn erkannt, das Zahnschema des Jungen liegt seit zwanzig Jahren bei meinen Akten. Der Schädel war bestens erhalten, keine Spuren irgendwelcher Raubtiere. Wenn man dann noch die Bodenrückstände betrachtet – also selbst begraben hat der Junge sich nicht. Du weißt genau, dass die eigenen Eltern immer ganz oben auf der Liste der Verdächtigen stehen. Ich musste deinen Vater ausschließen – oder gegen ihn ermitteln.«

»Sie haben also eine Bodenprobe des Schädels genommen, sie aber nicht an ein staatliches Labor geschickt.« Oren hielt die Karte mit dem verräterischen Stempel hoch. »Sie haben die Probe von einem Geologen an der Hochschule analysieren lassen.«

Der Sheriff nickte. »Dann habe ich mich in meiner Freizeit auf die Suche nach den übrigen Knochen gemacht. Ich habe eine Weile gebraucht, um das Grab ausfindig zu machen – nur ein Loch im Boden, nicht sehr groß. Und dann habe ich …«

»Warum hätte der Richter Josh umbringen sollen?«

»Du weißt verdammt genau, dass ich kein Motiv brauche, Oren. Wer weiß, was im Kopf dieses alten Mannes vorgeht? Du musst doch gleich gemerkt haben, dass er nicht mehr alle Tassen im Schrank hat. Was er mit diesem Haus angestellt hat … Horatio hat er sogar ausstopfen lassen.« Cable beschleunigte den Schritt, um seinen Suchtrupp einzuholen. Er warf einen kurzen Blick über die Schulter und bemerkte, dass ihm Oren dicht auf den Fersen blieb. »Keine gute Idee, dabei zu sein, wenn sie die Grube finden, Junge.«

Damit hatte er natürlich recht.

In der Terminologie der U.S. Army hatte er ziemlich viele Gruben dieser Art *ausgewertet*, von Bosnien bis nach Bagdad hatte er Beweise von Massenmorden gesammelt, die zum Teil unvorstellbar grausam waren. Manchmal waren ganze Dörfer ausgelöscht worden, ohne auch nur eine einzige Kugel auf kleine Babys zu verschwenden und sie so davor zu bewahren, lebendig begraben zu werden. Die Gräber hatten immer Hinweise auf die Art der Morde ergeben, und Oren war nicht erpicht darauf, dabei zu sein, wenn das Grab seines Bruders gefunden wurde.

»Ich soll also gehen? In Ordnung«, sagte Oren. »Geben Sie mir die Schlüssel zu Ihrem Büro und zum Aktenschrank.«

Zu spät.

Sie hörten den Schrei und rannten los.

Mrs. Mooney, die bejahrte Besitzerin des Haushalts- und Textilwarengeschäfts, hatte das Grab gefunden, indem sie selbst hineingefallen war. Sie war auf eine Abdeckplane getreten, die unter verwehtem Laub und trockenem Gestrüpp versteckt war, und in die flache Grube darunter gestürzt. Jetzt bedeckte die Plane auch die alte Dame, fast wie ein Leichentuch, und möglicherweise war auch ihr dieser Gedanke gekommen, als sie den Schrei ausgestoßen hatte. Ihre knotigen weißen Hände reckten sich Hilfe suchend aus dem Grab.

Oren zog die Plane heraus, dann stieg er in die Grube, half der alten Dame auf und hob sie hinaus, wo sie von den wartenden Freiwilligen in Empfang genommen wurde.

Als er zum letzten Mal auf dem Boden eines Grabes gestanden hatte, hatten dort viele Leichen gelegen, fünfzig oder mehr, und es hatte eine Fülle von Hinweisen auf die Todesursache gegeben: Einschusslöcher und Augenbinden, die noch um die Schädel geschlungen waren, Männer und Frauen mit auf den Rücken gefesselten Händen. Unter den Gegenständen, die sie zur Identifizierung gesammelt hatten, befand sich auch Spielzeug aus den Händen von Kinderskeletten.

Dieses kargere Grab hier war ein noch härterer Schlag für seine Seele. Wie erstarrt stand er da und sah auf eine vertraute Gürtelschnalle herunter, auf einen Rest der modrigen Bluejeans seines Bruders und einen gerade freigelegten Knochensplitter.

Zwischen dem losen Erdreich schimmerte der Fetzen eines Kleidungsstücks aus gelbem Synthetikgewebe hervor. Es musste der unbekannten Person gehört haben, deren Gebeine mit denen von Josh im Grab gelegen hatten. Oren und Josh hatten Regenmäntel in derselben Farbe gehabt, aber die hingen nebeneinander an der Küchentür – Ausstellungsstücke im Museum seines Vaters.

Immerhin musste man dem Sheriff zugute halten, dass er keine Überraschung über diesen Fund heuchelte. »Hol den Leichensack aus dem Kofferraum«, befahl er einem der Hilfssheriffs.

»Nicht so schnell.« Oren sprach mit gedämpfter Stimme, während er aus der Grube stieg. »Sie müssen das Justizministerium verständigen, die schicken Ihnen dann Spezialisten für die Bergung.«

»Dafür haben wir keine Zeit, Junge.« Der Sheriff wandte den Kopf und sah fassungslos zu einer Freiwilligen hinüber – einer Touristin von außerhalb, wie ihr T-Shirt bewies –, die an den Rand der Grube getreten war, um ein Erinnerungsfoto an ihren Sommerurlaub zu schießen.

»Schluss damit!« Cable Babitt schnappte sich die Einwegkamera, und einer der Hilfssheriffs führte die Souvenirjägerin weg. »Die Reporter müssen den Schrei gehört haben, Oren, sie werden gleich hier sein. Außerdem sind in dem Loch da doch sowieso nur Lumpen und Knochen.«

»Und Hinweise auf einen Grabräuber.« Oren nahm dem Sheriff die Kamera aus der Hand und machte eine Aufnahme der Grube. Dann erhob er die Stimme, so laut, dass es der Hilfssheriff, der sich gerade näherte, hören musste, und er fuhr fort: »Sehen Sie die Rillen an den Seiten? In dem Schaufelblatt war eine Scharte. Fast so gut wie ein Fingerabdruck.« Er schoss ein weiteres Foto von dem flachen Erdwall, dann hörte er das Geräusch herbeieilender Schritte. Die Reportermeute kam durch den Wald gerannt.

Sie mussten gleich da sein.

»Dieses Beweismaterial wollen Sie doch nicht verlieren, oder?« Oren drehte am Transport und fotografierte dann Cable Babitt. Die Kamera hatte keinen Blitz, aber der Sheriff blinzelte überrascht.

Oren wusste, dass man von diesem Mann nicht erwarten konnte, sich an den vorgeschriebenen Dienstweg zu halten, und so nahm er selbst das Ruder in die Hand. In militärischer Kürze erteilte er einem der Hilfssheriffs, einer Frau, ein paar Anweisungen, und diese rannte, ohne auf eine Bestätigung des Sheriffs zu warten, zu ihrem Jeep, um über Funk einen Mann von der Spurensicherung anzufordern. Die Grube ließ Oren mit Flatterband absperren. »Und schafft die Leute hier weg. Sofort. Reporter dürfen nicht näher als zehn Meter an die Grube heran.«

Er wandte dem Grab seines Bruders den Rücken zu und stieg den Hang hinauf zu der Weggabelung, wo er den Wagen des Richters abgestellt hatte.

»He, Junge, wart auf mich.«

»Ich hab's eilig, Sheriff.« Oren lief weiter, so dass der Ältere schnaufend hinter ihm her rennen musste. »Hab alle Hände voll zu tun. Muss in allen Werkzeugschuppen nach einer Schaufel mit einer Scharte suchen. Vielleicht aber auch nur in einem – nämlich in Ihrem.«

»Du bist kein Polizist mehr, du hast keine Befugnis …«

»Diese läppische Formsache brauchen wir, glaube ich, nicht zu berücksichtigen.« Ohne anzuhalten, warf Oren einen Blick über die Schulter und sah, wie die Hilfssheriffs Reporter zurückdrängten und das gelbe Absperrband von Baum zu Baum spannten – auf Anweisung eines Mannes, der kein Polizist mehr war.

»Du weißt ja gar nicht, was hier wirklich läuft, Junge.«

»Dann sagen Sie mir, was ich falsch verstanden habe!« Oren fuhr zu dem erschrockenen Sheriff herum. »Sie haben einen Tatort manipuliert.« Cable Babitt wich zurück, als Oren auf ihn zutrat. »Sie haben dem Richter, einem der Hauptverdächtigen auf Ihrer Liste, Beweismaterial auf einem silbernen Tablett serviert. Sie haben sich sechs Wochen lang üble Spielchen mit den Gebeinen meines Bruders geleistet. Ich wette, Sie wissen sogar, an welchem Tag mein Vater Joshs Sarg gekauft hat – und dann haben Sie weitere Knochen bei ihm deponiert. Sie Hurensohn!«

Der Sheriff stand mit dem Rücken zu einem Baum. »Ich habe diesen Fall bearbeitet. Ich wusste, dass ich nicht viel Zeit haben würde, bis hier der Teufel los ist.«

»War Joshs Schädel, als Sie ihn in Ihrer Garage fanden, in einer Tüte oder in einem Karton?«

»In einem simplen alten Karton. Ohne Fingerabdrücke. Ich hab ihn noch und kann ihn dir zeigen.«

»Sie werden ihn als Beweis vorlegen müssen.«

»Du weißt genau, dass ich das nicht kann, Oren. Die Sache ist schon zu weit vorangeschritten. Da ist die Suchmannschaft, da sind all diese Reporter …«

»Ganz recht. Und wie wollen Sie erklären, dass Sie einem trauernden alten Mann bei Nacht und Nebel all diese Knochen auf die Veranda gelegt haben? Warum konnten Sie den Fall nicht so bearbeiten, wie es sich gehört?«

»Ich wollte deinem Vater einen Gefallen tun«, winselte der Sheriff, dann zuckte er zusammen, als fürchtete er, Oren könnte ihn schlagen.

Der aber kreuzte nur die Arme und wartete schweigend.

»Ich wollte sehen, wie der Richter reagiert, wenn ich ihm den Schädel auf die Veranda lege. Eine Art Test.«

In Orens Augen war das schiere Feigheit. Der Sheriff, ein Mann des öffentlichen Lebens, hatte aus Angst, den Zorn einer einflussreichen Persönlichkeit auf sich zu ziehen, darauf verzichtet, dieser Person eine ehrliche Frage zu stellen. »Sie sind also dageblieben und haben zugesehen. Hat mein Vater geweint?«

»Nein, er ist nur eine halbe Ewigkeit auf der Veranda sitzen geblieben. Ich hatte gehofft, er würde mich anrufen, aber das ist nicht geschehen. Eine Woche verging …«

»Und Sie lieferten weitere Knochen seines Sohnes. Haben Sie nicht an seine Gefühle gedacht?«

»Als Josh verschwand, war dein Vater amtierender Richter mit besten Beziehungen, aber er hat nie auf Ergebnisse gedrängt, nie gefragt, wie weit der Fall gediehen war. Nicht ein einziges Mal hat er sich in meinem Büro gemeldet.« Der Sheriff merkte, dass Oren etwas sagen wollte, und hob die Hände. »Ich weiß, dass er sich Hilfe bei William Swahn geholt hat, aber als der dir ein Alibi beschafft hatte, war sein Job wohl zu Ende.«

»Die Bodenanalyse hat Sie zu einem offenen Grab geführt.« Oren bedeutete dem Sheriff mit einer Handbewegung, diesen Gedankengang weiterzuverfolgen.

»Ja. Die Grube war, wie gesagt, sehr klein, keine Spuren rundherum. Wer auch immer mir den Schädel zukommen ließ, wusste genau, wo er zu suchen hatte, und hat ihn auf Anhieb gefunden. Ich musste die Mulde etwas erweitern, um auf weitere Knochen zu stoßen.«

»Haben Sie die Plane über das Grab gelegt?«

»Ja. Ich musste mein Beweismaterial schützen.«

Die Ironie war zweifellos unfreiwillig. *Idiot*, dachte Oren.

»Wenn du bei mir kein Schaufelblatt mit Scharte findest, Junge, kann ich den Fall erfolgreich zu Ende bringen.«

»Hören Sie auf, mich *Junge* zu nennen.« Es war Zeit für eine kleine Vergeltung, einen Schreckschuss. »Sie haben meinen Bruder stückweise nach Hause geschickt. Sechs Wochen lang haben Sie den Richter mit diesen Knochen zum Wahnsinn getrieben. Warum sollte ich Ihnen helfen?«

»Weil ich mehr Zeit brauche, um deinen Vater zu entlasten. Überleg doch mal, Oren. Wenn ich den Fall an die Staatsanwaltschaft verliere, werden die sich auf den armen alten Mann stürzen, und irgendwer wird ihn auf der Liste der Verdächtigen ganz obenan stellen. Du *musst* mir helfen.«

»Vielleicht – aber zunächst brauche ich den Namen der Frau, die Ihnen mein zweites Alibi geliefert hat.« Er beobachtete die Augen des Sheriffs, der eine beschädigte Schaufel gegen dieses alte Beweismaterial abwog.

Cable Babitt zuckte die Schultern. Ganz offensichtlich war ihm bisher nie in den Sinn gekommen, eines der falschen Alibis könnte von der Zeugin oder dem Zeugen eines Mordes stammen. Oder gar vom Täter selbst.

»Spielt wohl inzwischen keine Rolle mehr«, sagte der Sheriff. »Niemand in dieser Stadt hätte ihr geglaubt. Ich wünschte, sie hätte sich nie gemeldet. Ich hatte Evelyns Aussage, die dich entlastet hat. Aber zwei Alibis sind eben ...«

»Alibis, die Sie, wie Sie selbst sagen, nie schriftlich festgehalten und nie unterzeichnet haben. Sie haben *nichts* in der Hand. Sie können das und die Schaufel den Reportern erklären – oder mir einen Namen nennen. Wer hat mir das zweite Alibi verschafft?«

Nachdem man Ferris Monty vom Grab vertrieben hatte, machte er seiner Wut und Empörung am Telefon Luft. Das California Bureau of Investigation reagierte überraschend gleichgültig, als es von einem Mordfall nördlich von Sacramento in Kenntnis gesetzt wurde. Aber immerhin hatten sie einen CBI-Ermittler per Sonderauftrag nach Saulburg geschickt.

Ferris fuhr in die Kreisstadt, begab sich in die Polizeizentrale und sagte, er wolle Kommissarin Polk sprechen.

Man ließ ihn dreißig Minuten lang warten, was seine Empörung noch weiter steigerte, bevor er endlich in das Büro gerufen wurde, das man der CBI-Ermittlerin vorübergehend überlassen hatte. »Oren Hobbs hat die Anweisungen gegeben«, begann er seinen Bericht. »Ich habe es mit eigenen Ohren gehört. Sie wissen, dass das nicht in Ordnung ist, er ist schließlich Zivilist, verdammt noch mal. Wie kommt der Sheriff dazu, ihm so die Zügel zu überlassen? Und noch etwas – wenn dieses Grab auf staatlichem Gelände liegt, fällt es in Ihre Zuständigkeit.«

Obwohl Sally Polk – »Nennen Sie mich Sally!« – um Jahre jünger war als Ferris, erinnerte sie ihn an seine Mutter, ohne dass er hätte sagen können, warum. Vielleicht war es die mütterliche Rundlichkeit, das Grau im Haar – oder der Teller mit frisch gebackenen Keksen auf dem Schreibtisch.

»Ist Ihnen der Tee zu heiß, Schätzchen?«, erkundigte sie sich.

Es war Pfefferminztee. Jeder Artikel, der je über ihn geschrieben worden war, hatte seine Vorliebe für diese Sorte erwähnt. Er hätte schwören mögen, dass es sogar genau seine Marke war.

Wie grotesk.

Er hatte sich diese Szene vor seiner Ankunft ausgemalt, aber eine Polizistin, die ihn allen Ernstes Schätzchen nannte, war dabei ebenso wenig vorgekommen wie irgendein verdammter Tee oder Kekse. Auch die Atmosphäre in Polks Büro stimmte absolut nicht. So sah kein Raum aus, in dem – wenn auch nur vorübergehend – eine CBI-Ermittlerin untergebracht war. In diesem sonnendurchfluteten Zimmer gab es jede Menge hübscher Topfpflanzen. Familienfotos standen gut sichtbar auf dem Schreibtisch, die Verbundenheit mit ihrer Verwandtschaft war auf sämtlichen Wänden dokumentiert. Ferris hatte ein Gespräch mit einem ausgebufften Detektiv erwartet, der seiner Theorie wie gebannt lauschen würde. Die Wirklichkeit war eine mollige Hausfrau in einem geblümten Sack, der wohl ein Kleid darstellen sollte, eine Person mit begrenztem Konzentrationsvermögen, die sich von jeder kleinen Pflanze ablenken ließ, die nach Wasser verlangte.

Er hob die Stimme. »Warum hat Oren am Tatort das Kommando an sich gerissen, obgleich er immer der Hauptverdächtige – der einzige Verdächtige – war?«

Dieser Frau war das offenbar einerlei. Sie hatte sich ans Fenster gestellt, das auf den Parkplatz hinausging, und ihm den Rücken zugewandt. »Das ist also der berühmte gelbe Rolls-Royce. Hat der wirklich mal Al Capone gehört?«

Es war nur zu offensichtlich, dass er diese beschränkte Person an die Hand nehmen musste. »Oren war der Letzte, der Joshua lebend gesehen hat, das weiß ich genau. Ich habe mit zahlreichen Leuten in Coventry gesprochen. Allerdings ist das zwanzig Jahre her.«

»Sagten Sie nicht, dass Sie damals ein Buch geschrieben haben?« Sie stellte sich neben seinen Stuhl. »Ein Buch über einen Mord in einer Kleinstadt, nehme ich an.« Ohne eine Antwort abzuwarten, sprach sie weiter. »Sehr vorausschauend. Bis vor Kurzem galt Joshua Hobbs nur als vermisst. Schon damals aber sind Sie zu dem Schluss gekommen, dass er ermordet wurde.« Sie legte ihm eine weiche Hand auf die Schulter. »Merkwürdig… Ich meine – der Junge hätte doch ebenso gut nach einem Sturz im Wald sterben können.«

Jetzt schenkte sie ihm ihre volle Aufmerksamkeit.

»Ich habe nie behauptet, dass mein Buch von Mord handelt. Ich habe gesagt, es gehe um eine Tragödie in einer Kleinstadt. Um die Wirkung, die sie auf…«

»Aber das ist doch nicht Ihr Stil, Schätzchen – oder? Sie liefern den Klatsch hinter den Schlagzeilen, und das machen Sie, wie ich finde, verdammt gut. Ich lese Ihre Kolumne regelmäßig, bin ein ausgesprochener Fan.«

»Danke, aber ich war nicht immer Klatschkolumnist. Begonnen habe ich meine schriftstellerische Karriere als ernsthafter Autor. Noch einen Punkt gilt es zu berücksichtigen: Orens Vater war damals amtierender Richter. Und er kam aus einer alten kalifornischen Familie mit viel Geld. Er hätte seinen Einfluss geltend machen können, um Oren aus der Stadt herauszuholen und der Zuständigkeit des Sheriffs zu entziehen.«

Was er über Henry Hobbs sagte, schien keinen Eindruck auf sie zu machen. Sie setzte sich hinter ihren Schreibtisch und sah ihn gütig lächelnd an. »Ein Romanschriftsteller? Was Sie nicht sagen… Ich hab immer gedacht, dass Sie nur Sachbücher schreiben. Das, was so unter ›True Crime‹ läuft. Was für Romane haben Sie denn verfasst? Krimis?«

Himmel noch mal! Offenbar waren Krimis das, was sie unter Literatur verstand.

»Ich habe nur einen Roman veröffentlicht«, quetschte er zwischen zusammengebissenen Zähnen hervor. »Und in dem kam kein einziger Mord vor.« Es war Zeit, dass sie wieder auf den aktuellen Anlass zurückkam, das Thema seines derzeitigen Buches. »Meiner Meinung nach liegt es auf der Hand, dass Cable Babitt daran beteiligt war oder sogar auf eigene Faust geplant hat, Oren wegzuschicken.«

Sally Polk schob den Teller mit Keksen über den Tisch. »Joshua Hobbs war erst fünfzehn.« In ihren Augen funkelte ehrliches Interesse. »Kamen in Ihrem alten Roman viele halbwüchsige Jungen vor?«

Offenbar hatte der Sheriff angerufen und seine Leute vorgewarnt. Niemand beachtete Oren, als er Babitts Zimmer ohne dessen Begleitung betrat und hinter sich abschloss. Er holte die Schlüssel des Sheriffs aus der Tasche und öffnete den Schrank, um die Akten herauszuholen.

Für die Lektüre der alten Ordner, die vor allem Gerüchte und Spekulationen enthielten, brauchte er kaum eine Stunde – schiere Zeitverschwendung. William Swahn war bei der Befragung der Einwohner von Coventry gründlicher vorgegangen. Oren hatte sich zwar bereits seine Meinung über die Unfähigkeit des Sheriffs gebildet, aber es musste dennoch weiteres Beweismaterial geben. Er griff erneut in den Aktenschrank, kramte in der untersten Schublade nach Unterlagen, die dort womöglich nichts zu suchen hatten – und fand eine unbeschriftete rote Mappe.

Eine Offenbarung!

Der Sheriff hatte gelogen, als er behauptete, die damaligen Aussagen über das Alibi nie schriftlich festgehalten zu haben.

Es hatte kein offizielles Verhör mit Isabelle Winston gegeben, vielleicht weil Cable Babitt im Grunde seines Herzens ein gutmütiger Kerl war. Die Halbwüchsige hatte ihre vier Seiten lange Aussage in verschnörkelter Schulmädchenschrift zu Papier gebracht, eine Geschichte von wildem Sex im tiefen Wald mit Oren Hobbs. Der Stoff war Kitschromanen und schlechten Filmen entlehnt, es waren die Fantasien eines unerfahrenen jungen Mädchens, das unfreiwillig verriet, dass es noch unberührt war. Vor zwanzig Jahren hatte der Sheriff diese Aussage wahrscheinlich lächelnd in einer Schublade verschwinden lassen und Isabelle für ihre Lüge nicht bestraft.

Oren wandte sich dem Alibi Nummer Zwei zu, einem amtlicher wirkenden Schriftstück. Evelyn Straubs Aussage war von einer auf Band gesprochenen Vernehmung übertragen worden – eine einzige sauber getippte Seite. Er erkannte die Unterschrift unter der letzten Zeile.

EVELYN STRAUB: Meist hab ich mit dem Jungen im Hotel geschlafen, da gibt es immer freie Zimmer. Nur einmal im Blockhaus. Normalerweise habe ich dort nie mit jemandem Sex gehabt, aber an dem Tag hab ich eine Ausnahme gemacht.

SHERIFF BABITT: Warum? Ich brauche etwas Handfestes, Evelyn.

EVELYN STRAUB: Zu viele Geburtstage, Cable. In der Blockhütte hatte ich gerade sämtliche Spiegel zerschlagen. Und dann sah ich durch eines der hinteren Fenster Oren draußen auf dem Waldweg. Ich hab ihn gebraucht. Herrgott, wie ich ihn gebraucht habe.

SHERIFF BABITT: Und was war mit Josh?

EVELYN STRAUB: Der ist weitergegangen. Auf dem alten Wanderweg, der an der Blockhütte vorbeiführt.

SHERIFF BABITT: Josh wanderte also allein weiter – Gott weiß, warum –, und Oren fand nichts dabei?

EVELYN STRAUB: Ich glaube, Oren ist an dem Tag bei mir geblieben, weil ich geweint habe. Und meine Füße haben geblutet.

Dann beschrieb sie die Einzelheiten ihres Vergehens, den Geschlechtsakt mit dem Jungen.

Um ihre Lüge glaubhafter erscheinen zu lassen, hatte Evelyn die Wahrheit gesagt. Bis auf die Erwähnung von Josh hatte sie einen denkwürdigen Tag perfekt geschildert. Er erinnerte sich an die zerbrochenen Spiegel – ihre Angst –, den blutigen Preis der Eitelkeit. Er hatte sie die Treppe hoch ins Schlafzimmer getragen, damit die Scherben ihre Sohlen nicht noch weiter verletzten. Nachdem er sie aufs Bett gelegt hatte, hatte er ihr die blutenden Füße gewaschen und mit Streifen von alten Laken verbunden. Am Ende eines Tages in jenem Bett waren sie für einander immer noch »Hey Junge« und »Mrs. Straub« gewesen. Sie hatten den Mond am Schlafzimmerfenster vorbeiziehen sehen, und die aufgehende Sonne hatte sie morgens geweckt. Aber damals war er sechzehn gewesen, nicht siebzehn. Und sie hatte das erste Mal geschildert – nicht das letzte.

Ein ganzes Jahr sollte vergehen, ehe Josh verschwand und Oren verbannt wurde. In langen Nächten im fernen New Mexico hatte er manchmal wach gelegen und sich gefragt, ob die Spiegel sie wieder verfolgt hatten, so dass Blut geflossen war.

Auf der nächsten Seite war noch ein Vernehmungsprotokoll. Im Gegensatz zu dem, was der Sheriff ihm vorgespielt hatte, lag hier von William Swahn – auch er ein Mann ohne Alibi – eine offizielle Aussage vor.

Die früheren Leichenbeschauer waren alle Bestattungsunternehmer gewesen. Dr. Martingale war der erste in dieses Amt gewählte Zahnarzt. Der neue amtliche Leichenbeschauer posierte am Grab im Wald für die Pressefotografen, breit grinsend, weil er wusste, dass sich spätestens mit dem Abendessen und den letzten Meldungen im Fernsehen der Ruhm einstellen würde.

Der Mann von der Spurensicherung hätte das Fachwissen eines Zahnarztes beim Ausgraben der Knochen nicht gebraucht, aber die Reporter hatten Dr. Martingale als menschlichen Schutzschild benutzt, als sie das gelbe Absperrband durchbrachen.

Auf die Bitte eines Kameramanns hin sprang der Leichenbeschauer bereitwillig in das Grab. »Noch mehr Knochen!« Er hielt einen in die Kamera.

»Machen Sie, dass Sie mit Ihrem Arsch da rauskommen!«, brüllte ein wütender Hilfssheriff.

Die Presseleute geiferten. Im Fernsehen würden sie die Obszönität mit einem Pfeifton überdecken, aber nichts war eben schöner als so ein richtiges Kraftwort. Kameras surrten und Fotoapparate klickten, während Dr. Martingale kleinlaut aus der Grube kletterte.

Jetzt tauchten mehrere Polizeimannschaften auf und drängten die Reporter hinter die feindliche Linie des weggerissenen Absperrbands zurück. Ihnen folgten Leute mit Kellen und Spachteln, weichen Pinseln und anderen Werkzeugen zur Bergung der sterblichen Überreste. Es waren Studenten der Archäologie in Begleitung ihres Professors, wie die Reporter rasch erkannten. Die amtliche Begleitperson dieser Gruppe war eine grauhaarige Frau mittleren Alters in einem formlosen Blümchenkleid. »Nennt mich Sally«, sagte die CBI-Ermittlerin.

»Ich dachte, für den Fall sei Sheriff Babitt zuständig. Ist das ein Revierkrieg?«, rief ein Reporter.

»Aber nicht doch«, widersprach Kommissarin Polk treuherzig. »Wir greifen ihm nur ein bisschen unter die Arme.«

Der Sheriff stand für einen Kommentar nicht zur Verfügung. Laut Aussage seiner Hilfssheriffs hatte er wegen einer dringenden Angelegenheit an anderer Stelle den Tatort verlassen.

Cable Babitt war in seinem Garten hinter dem Haus bei der Arbeit. Er hockte vor der offenen Tür seines Werkzeugschuppens, schwang einen Hammer und ließ ihn auf die Kante seiner Schaufel herabsausen – klirr! –, um eine unübersehbare

Scharte, das Mal eines Grabräubers, zu beseitigen. Als das erledigt war, betrat er den Schuppen und öffnete das Schloss eines Metallschranks. Eine Weile lang verharrte er so, um seine Augen an das schlechte Licht zu gewöhnen, dann zog er die kleine Schranktür auf, hinter der ein sehr wertvoller Gegenstand zum Vorschein kam. Seit zwanzig Jahren hatten ihn verstaubtes Plastik und Dunkelheit geschützt. Er wickelte den Rucksack aus. Bis auf ein paar alte vertrocknete Blutflecken war er noch so grün und frisch wie an dem Tag, als Josh Hobbs ihn im Wald hatte fallen lassen.

Wo sollte er ihn jetzt verstecken?

15

Diesmal brauchte er nicht zu klopfen. Die Tür öffnete sich, noch ehe Oren die oberste Stufe der Veranda erreicht hatte. Jetzt standen sich die beiden Männer gegenüber.

»Guten Tag«, sagte William Swahn, dem mit vierundzwanzig Stunden Verspätung seine guten Manieren wieder eingefallen waren.

Statt einer Begrüßung überreichte Oren ihm das Protokoll einer zwanzig Jahre zuvor vor dem Sheriff abgegebenen Aussage. »Erzählen Sie mir keinen Quatsch über Polizisten, die Sie angeblich schikaniert haben! Ihre Vernehmung wurde von einer Tonbandaufnahme abgetippt.« Er hob eine verstaubte Kassette aus jener Zeit hoch.

Der Hausherr setzte sich auf die Marmorstufen und lehnte seinen Stock an eine Säule. Er hob das vergilbte Blatt Papier vor die Augen und las:

WILLIAM SWAHN: Ich kann nicht beweisen, dass ich den ganzen Tag allein zu Hause war. Ich kann Ihnen nur sagen, dass ich nie etwas mit Josh zu tun hatte.

SHERIFF BABITT: Drei Fotos von Ihnen hängen im Postamt von Coventry. Diese Fotos hat der Junge vor einem Jahr aufgenommen.

WILLIAM SWAHN: Das sind Momentaufnahmen, ich habe nicht dafür Modell gestanden. Ich habe überhaupt nichts von den Fotos gewusst, ehe der Postmeister sie im Vorraum aufgehängt hat.

SHERIFF BABITT: Dann haben Sie vielleicht Josh auf einem von Sarah Winstons Geburtstagsbällen kennengelernt. Ich weiß, dass Sie zu allen gekommen sind.

WILLIAM SWAHN: Meist bin ich früh gegangen.

SHERIFF BABITT: Auch Josh hat keinen Ball ausgelassen. Sarah hatte ihn zu ihrem offiziellen Ballfotografen ernannt, als er erst zehn war. Der Junge hat mit dem Verkauf der Aufnahmen an die Gäste ganz schön Kohle gemacht. Hätten Sie eins seiner Fotos gekauft, würden Sie sich bestimmt an einen so gut aussehenden Jungen erinnern.

WILLIAM SWAHN: Ein Leckerbissen für einen Pädophilen, meinen Sie? In der Villa kreuzen jedes Jahr mindestens hundert Kinder auf. Soweit ich weiß, hat Josh mich nie auf einem der Bälle fotografiert.

SHERIFF BABITT: Komisch, nicht? Ich hab seine Dunkelkammer durchsucht. Hab mir die Fotos aus fünf Jahren angesehen, alle Bilder, die er in der Villa der Winstons aufgenommen hat, und habe keine einzige Aufnahme von Ihnen auf dem Ball gefunden. Von allen anderen aus der Stadt, aber nicht von Ihnen. Wirklich erstaunlich. Man sollte doch denken, dass er Sie zumindest zufällig in einer der Gruppenaufnahmen erwischt hätte. Natürlich bin ich deshalb davon ausgegangen, dass Sie dem Jungen diese Bilder abgekauft haben, vielleicht mitsamt den Negativen. Ich kann den Gedanken nicht loswerden – und das ist wohl auch begreiflich –, dass Sie ihn kennengelernt, mit ihm gesprochen, vielleicht ein kleines Geschäft mit ihm abgeschlossen haben.

Oren beugte sich vor und deutete auf die Randnotiz in Cable Babitts Schrift: *Ich hab gedacht, der Mann macht sich gleich in die Hosen.*

Swahn lächelte. »Das dürfte Wunschdenken gewesen sein. Soweit ich mich erinnere, habe ich es abgelehnt, ohne einen Anwalt weitere Fragen zu beantworten.«

Die Aufzugkabine mit dem Fahrgast und einem großen Karton hielt im Erdgeschoss.

»Ich konnte mich beim Sheriff nicht verteidigen, ohne zu verraten, dass Miss Rice meine Mandantin war.« Swahn öffnete die Aufzugtür und schob den Karton mit einem Fuß nach draußen. »Das sind alle. Ihre Haushälterin hat mir die Kontaktabzüge überlassen, damit ich nicht von jedem einzelnen Negativ einen Abzug zu erstellen brauchte. Deshalb hat der Sheriff sie nie zu Gesicht bekommen. Er kennt nur die Aufnahmen, von denen Abzüge in voller Größe existieren.« Er kramte in einer Schublade und holte ein Vergrößerungsglas heraus. »Das werden Sie brauchen.«

Oren öffnete den Karton und holte stapelweise Hochglanzpapier heraus, auf dem Fotos in Briefmarkengröße zu sehen waren. Er war oft dabei gewesen, wenn sein Bruder solche Kontaktabzüge angefertigt hatte: Die Negativstreifen wurden untereinander auf das Papier gelegt und dann alle zusammen belichtet. Bilder, die Josh für eine Vergrößerung auf ein gängiges Format vorgesehen hatte, waren mit rotem Ölstift markiert. »Josh wollte nicht, dass jemand diese Aufnahmen sieht, neunzig Prozent seiner Fotos waren Ausschuss. Ich dachte, er hätte alle Kontaktbögen vernichtet.«

Swahn setzte sich auf den Boden neben den Karton und griff sich einen Bogen mit zwanzig Bildchen. »Auf diesem hier sind Schnappschüsse von einem Geburtstagsball.« Er drehte ihn um, so dass Oren eine Liste von Namen in Joshs Schrift sehen konnte. »Und das sind die Gäste, die Abzüge bei Ihrem Bruder bestellt hatten. Auf einigen der Gruppenfotos bin ich zu sehen, aber keine dieser Aufnahmen ist rot markiert. Josh hat sie nicht vergrößert, und warum auch? Ich habe nie eine bestellt. Zum letzten Mal, Mr. Hobbs – bis zum Tag seines Verschwindens habe ich nichts von der Existenz Ihres Bruders geahnt.«

Oren wusste, dass es auch Abzüge von einigen der unmarkierten Schnappschüsse gab, allerdings war nicht Swahn der

Auftraggeber gewesen, auch wenn er auf einem Foto, das mit Sarah Winstons Fingernagel gekennzeichnet war, dem Betrachter sofort ins Auge fiel. Auf diese Weise hatte diese Dame immer die Fotos ausgesucht, die sie kaufen wollte, und danach hatten sie und Josh stets über ihre Wahl gestritten.

Einmal hatte Oren seinen Bruder zu dem Rahmengeschäft begleitet, in dem Mrs. Winston wartete. Josh hatte um moralische Unterstützung in einem Kampf gebeten, den er nie gewinnen konnte. An jenem Tag hätte es schlechter laufen können. Zum Glück war der Ladenbesitzer im Hinterzimmer, als Josh sich zwischen Horatio und Mrs. Winston warf und mit rudernden Armen versuchte, den Hund an seinen Leck- und Sabberattacken zu hindern.

»Los! Sitz!«

Es war wohl ein glücklicher Zufall, dass der Hund gerade in diesem Augenblick beschloss, sich auf den Boden zu legen.

Mrs. Winston war Joshs Stammkundin, er hätte Horatio umgebracht, um sie vor dessen feuchten Liebesbezeugungen zu retten. An jenem Vormittag vor so vielen Jahren hatte Josh ihr den Abzug, den sie sich ausgesucht hatte, mit den Worten ausgehändigt: »Sie wissen, dass es nicht der beste ist.«

»Ja, Schätzchen, ich weiß, aber ich möchte eben gerade diesen.«

Damals hatte Josh einen Plan ausgeheckt, um sie umzustimmen. Er holte einen zweiten Umschlag aus dem Rucksack und gab ihn ihr.

Sie war begeistert von diesem zweiten Foto. »Wie schön! Wirklich erstklassig.«

»Es ist meine bisher beste Arbeit.«

»Gut, dieses Foto nehme ich dann auch, ich kaufe es dir auf der Stelle ab.«

»Nein, ich schenke es Ihnen, aber dafür möchte ich das andere zurückhaben.«

Schließlich hatte Mrs. Winston ihn auf die ihr eigene, so liebenswerte Art zum Einlenken gebracht und ihm beide Aufnahmen abgekauft. Josh hatte sich viele Komplimente zu dem zweiten – dem guten – Foto anhören müssen und einen Scheck über eine ungeheuerliche Summe – die höchste, die er jemals für einen Abzug bekommen hatte – in Empfang genommen. Dabei war Geld seinem Bruder so einerlei gewesen! Er hatte nur das schlechte Foto zurückhaben wollen, um es vernichten zu können. Als die beiden Brüder und der Hund an jenem Tag das Geschäft verließen, war sogar Horatio bedrückt, weil er Joshs Niederlage spürte.

Oren bedauerte jetzt, dass er jenem Handel in dem Rahmengeschäft damals nicht mehr Beachtung geschenkt hatte. Doch jetzt hatte er eine zweite Chance. Er sah alle Kontaktbögen mit Fotos von den Geburtstagsbällen durch und suchte nach Mrs. Winstons Fingernagelabdruck unter den kleinen Bildern.

Er fand fünf, einen für jeden Ball, auf allen war William Swahns Gesicht in der Menge zu sehen. Ein weiterer Gast tauchte auf jedem dieser Schnappschüsse auf, und jetzt begriff er etwas, was seinem Bruder jahrelang entgangen war. Diese zwei Gesichter auf einem Foto waren der Schlüssel zu Sarah Winstons Auswahl.

»Swahn? Wie gut kennen Sie Mavis Hardy?«

Es kam selten vor, dass der Sheriff das Büro des Leichenbeschauers betrat, ein kleines Haus zwischen einem Elektronikladen und einem Café. In einem friedlichen County mit niedriger Verbrechensrate ergab sich nicht oft die Notwendigkeit für so einen Besuch. An diesem Spätnachmittag hatte er sich schon vor der verabredeten Zeit eingefunden.

Nach einem langen Gespräch mit einem Notar wusste er, dass die Frage der Zuständigkeit heikel war. Das Grab lag auf Privatland, aber Evelyn Straub hatte dem Staat gewisse Schürfrechte abgetreten, die sich jedoch nicht bezahlt gemacht hatten. Und jetzt ging es um den Anspruch auf die Gebeine.

Seine Widersacherin, die CBI-Ermittlerin, fuhr ihren schwarzen Taurus in die Parklücke neben seinem Jeep. Es hieß, man könne einen Mann nach dem Format seiner Gegner beurteilen. Wenn das stimmte, sprach das nicht gerade für Cable Babitt. Kommissarin Sally Polk stieg aus, und der Wind wehte den Saum eines Blümchenkleides hoch, das genau richtig für eine Gartenparty gewesen wäre. Und was war das für eine Frau, die sich nicht einmal die Mühe machte, den grauen Strähnchen in ihrem Haar den Kampf anzusagen?

Und die Antwort?

Er kam zu dem Schluss, dass sie – im Gegensatz zu ihm – keine Angst hatte, angesichts des in Kalifornien herrschenden Jugendwahns ihren Job zu verlieren. Und dieses blöde Kleid war ein weiteres Zeichen dafür, dass sie gut sein musste. Dieser Frau war ihr Image in der Öffentlichkeit völlig einerlei. Sally Polk legte den Riemen ihrer Handtasche über die Schulter und lief auf den Eingang zu. Sie sah aus wie irgendeine beliebige ältere Dame, die etwas beim Gerichtsmediziner zu erledigen hatte.

Das Rennen hatte begonnen.

Cable war zuerst an der Tür, aber er blieb nicht stehen, um sie aufzuhalten. Kam überhaupt nicht in Frage. Ritterlichkeit war heutzutage nur noch ein Fremdwort. Er ließ die Tür hinter sich zufallen, um Sally Polk ein wenig abzubremsen, und lächelte, als hätte er damit einen Punkt gewonnen, der ihm zu seinem Anspruch auf den Doppelmordfall verhelfen würde. Und einen weiteren Punkt hatte er in der Tasche. Als Pathologe war der Leichenbeschauer nicht gerade ein Ass, und was Dr. Martingale der CBI-Ermittlerin zu sagen hatte, war vermutlich mehr oder weniger unbrauchbar.

Sie durchquerten den Flur, der Sheriff in Konkurrenz mit Sally Polk, die um einige Schritte zurücklag. Betont langsam betrat Cable das klimatisierte Hinterzimmer.

Auf einem Edelstahltisch lagen zwei unvollständige Skelette, aber die wichtigsten Knochen aus dem Grab auf dem Berg und aus Joshua Hobbs' Sarg waren inzwischen zugeordnet. In dem grellen Licht, das die Deckenlampe auf die Überreste warf, war von den Erdspuren nichts mehr zu sehen. Man hätte denken können, das Fleisch der beiden Skelette sei erst an diesem Vormittag von den Knochen getrennt worden.

Die CBI-Ermittlerin hatte ihn eingeholt. Sie stand jetzt neben ihm und warf ihm einen kurzen Gruß sowie ein Lächeln zu. Und dann geschah das Undenkbare. Dr. Martingale trat von dem Tisch zurück und stellte ihm nun einen weißhaarigen, großen und dürren Mann vor, einen prominenten Anthropologen aus San Francisco, den Sally Polk offenbar bereits recht gut kannte.

Cable erkannte den Anthropologen sofort. Er hatte ihn oft genug auf den Fotos der Schutzumschläge seiner Bücher gesehen – allesamt Bestseller –, die er, Cable, regelmäßig verschlungen hatte. Dr. Brasco hatte den Beinamen »Knochenmann«, er war eine Koryphäe auf dem Gebiet von Skelettresten.

Dr. Martingale grinste verlegen. »Kommissarin Polk hat ihn eingeladen«, erklärte er dem Sheriff.

Alle Hoffnung war dahin. Man hatte ihn zu der Einschaltung dieses Experten nicht einmal befragt.

Immerhin gab sich Sally Polk nicht selbstgefällig, als sie sich an Dr. Brasco – *ihren* Dr. Brasco – wandte. »Ich weiß, dass es noch mehr Knochen zu bergen gibt, dass Sie Tests durchführen müssen und so weiter, aber was können Sie uns vorab sagen?«

Uns? Mit ihrem Nicken bezog sie Cable in den Kreis ein. Der Sheriff erinnerte sich jetzt daran, dass Pisswettbewerbe Männerspiele waren. Die Dame war nur hier, um den Fall zu bearbeiten – *ihren* Fall, ganz unabhängig von den gesichtswahrenden Gesten, mit denen sie ihn eingebunden hatte.

Dr. Brasco beugte sich über den Tisch und deutete auf eins der Skelette. »Dies ist ein Halbwüchsiger, ungefähr einen Meter fünfundsiebzig groß. Der Schädel ist zart, man könnte ihn einer noch nicht vollständig ausgewachsenen männlichen oder einer kräftigen weiblichen Person zurechnen.«

Der Leichenbeschauer hob die Hand wie ein Schuljunge, um die CBI-Ermittlerin auf sich aufmerksam zu machen. »Ich war Zahnarzt. Die Zähne stimmen mit den alten Röntgenaufnahmen des kleinen Hobbs überein.«

Der Anthropologe nickte zustimmend. Sein Zeigefinger wanderte zu dem zweiten Schädel. »Allerdings findet sich dieselbe Kombination von Merkmalen auch bei diesem weiblichen Schädel.«

Sally Polk holte ein kleines Notizbuch aus ihrer Handtasche. »Das ist also definitiv der Schädel einer Frau?«

»Ja«, bestätigte Dr. Brasco. »Ich habe das Geschlecht der Skelette nach dem Beckenbau bestimmt.« Er ging zur Mitte des Tisches und sah auf die sterblichen Überreste der Frau herunter. »Dieses Becken ist breiter, runder und flacher.« Er tippte leicht auf die höckerigen Ränder der flügelähnlichen Hüftknochen zu beiden Seiten des Beckengürtels. »Wie Sie sehen, stehen die vorderen Darmbeinstachel weiter auseinander.«

»Bestens.« Der Sheriff hob eine Hand wie zum Schwur. »Ich *glaube* Ihnen. Wie alt war sie? Wie groß?«

»Nach der Abnutzung der Knochen zu urteilen, war sie mindestens fünfundzwanzig und höchstens vierzig. Groß für eine Frau, eins zweiundsiebzig. Die Schädelstruktur ist kaukasisch. Eine Mischrasse will ich nicht ausschließen, offenkundige Hinweise darauf sind allerdings nicht vorhanden.« Dr. Brasco ging zum Kopfende des Tisches und nahm den Unterkiefer der Frau in die Hand. »Kein Abrieb durch Zähneknirschen, ein Leben ohne Stress. Was immer sie beruflich gemacht hat: Es muss eine leichte Tätigkeit ohne schweres Heben gewesen sein. Das hätte man sonst an den Armen gesehen, wo sich die Muskeln bei körperlicher Arbeit vom Knochen lösen.« Er legte lächelnd den Kopf schief. »Ihre Zähne sind absolut perfekt.« Er passte den Unterkiefer wieder in den Schädel ein. »Hervorragend ausgerichtet, in ihrer Kindheit dürfte da ein Kieferorthopäde am Werk gewesen sein, und als Erwachsene ist sie bestimmt regelmäßig zur Zahnreinigung gegangen.« Er trat zurück und betrachtete das Skelett als Ganzes. »Und auch sonst keine Anzeichen von Unterernährung, keine sichtbaren Hinweise auf eine Krankheit. Sie war nicht arm, nicht obdachlos.«

»Gut zu wissen.« Sally Polk kritzelte etwas in ihr Notizbuch. »Wenn Obdachlose verschwinden, merkt das keiner, aber für diese Dame liegt bestimmt eine Vermisstenanzeige vor. Können Sie uns sagen, wie die beiden gestorben sind?«

»Bei dem kleinen Hobbs bin ich mir nicht sicher. Noch nicht. Ich hätte gern ein wenig Zeit, um die prämortalen Verletzungen eines Körpers aus Fleisch und Blut von den postmortalen Schäden trocknender Knochen zu unterscheiden. Bei einem Begräbnis kann es zusätzlich zu Beschädigungen kommen. Im Falle des Jungen kommt keine der Verletzungen als Todesursache in Frage.«

Nun, da die Knochen sachgemäß zusammengefügt waren, erkannte Cable, dass es der Rumpf der Frau gewesen sein musste, der in Joshs Sarg gelegen hatte. Der Brustkorb des Jungen war jetzt korrekt in das Gerippe eingepasst. Die meisten Rippen waren gebrochen, ebenso zwei Armknochen.

»Bei der Frau ist die Todesursache offensichtlicher.« Dr. Brasco drehte ihren Schädel so, dass man den Hinterkopf sah, wo gesplitterte Knochenstücke nach innen ragten und Bruchlinien von dieser Verletzung ausgingen. »Massive Gewalteinwirkung mit einem stumpfen Gegenstand. Könnte, soweit ich das sehe, ein Stein gewesen sein. Ein bearbeiteter Gegenstand mit glatter Oberfläche kommt eher nicht in Frage. Die Frau ist schnell gestorben. Der Junge dagegen weniger schnell. Einige der Frakturen lassen auf Abwehrverletzungen schließen.«

»Ich sage jetzt mal, wie ich es sehe.« Sally Polk hielt ihren Stift über einer Seite ihres Notizbuchs in der Schwebe. »Für mich ist das ein klassischer Fall spontaner Vergewaltigung. Der

Täter schleicht sich von hinten an die Frau heran und schlägt sie mit einem Stein nieder. Aber er geht zu weit, schlägt zu kräftig zu. Sie ist tot. Und dann …« Ihr Blick wanderte zu dem Skelett des Jungen. »Und dann dreht er sich um … verdammt, ein Zeuge. Der Junge hat ihn auf sich zukommen sehen und sich gewehrt. Das wäre eine Erklärung für die Abwehrverletzungen und dass es so lange gedauert hat, bis er tot war.«

Dr. Brasco nickte anerkennend. »Vorzüglich gedacht, Sally – wenn da nicht die gebrochenen Finger wären.« Er holte eine Schachtel von der Arbeitsfläche neben dem Tisch und zeigte ihnen den Inhalt – rötliche erdverkrustete Knochenfragmente, die aussahen wie kleine Stäbchen. »Das Ausgrabungsteam hat noch nicht alle geborgen, aber für eine Arbeitshypothese genügen sie mir.« Während er die knöchernen Finger von Joshua Hobbs ausbreitete, schilderte er ein anderes Szenario mit Josh als Hauptziel und einem Killer, der Grund hatte, dem Jungen Schmerzen zuzufügen, seinen Tod über Stunden hinzuziehen.

William Swahn leugnete mit einem Schulterzucken jede Verbindung zu Mavis Hardy. »Ich kenne sie vom Sehen. Wie alle hier. Aber wir haben nie miteinander gesprochen.« Er hielt das Vergrößerungsglas über das winzige Foto der Bibliothekarin auf dem Kontaktabzug. »In dieser Robe hätte ich sie nie erkannt. Sie sieht richtig gut aus.«

»Sie wissen, welche Leute zu dem Ball gehen«, sagte Oren.

»Die ganze Stadt geht hin.«

»Einschließlich vieler Mandanten von Ad Winston. Kriminelle.«

»Promi-Kriminelle.« Swahn deutete auf ein weiteres Minifoto. »Hier ist eine Aufnahme von Ihnen. Ich würde sagen, Sie waren zwölf, als dieses Foto entstand.« Er gab Oren das Vergrößerungsglas und den Kontaktbogen. »Sie scheinen an dem Abend nur Augen für ein kleines Mädchen gehabt zu haben.«

»Isabelle Winston. Sie wussten, dass sie mein zweites Alibi

war. Sie haben mir Evelyns Namen genannt, aber nicht ihren. Warum nicht?«

»Ich wusste es nicht. Von meiner Quelle hatte ich erfahren, dass es zwei Zeuginnen gab, den Nachweis erbringen konnte ich aber nur für Mrs. Straub.«

»Behaupten Sie ...«

»Warum sollte ich lügen?«

»Vielleicht dachten Sie, die Familie Winston sei in einen Mordfall verwickelt?«

»Belles Vater war Ihr Anwalt, Mr. Hobbs. Dadurch hatte sie vermutlich erfahren, dass Sie ein Alibi brauchten.« Swahn hielt einen Kontaktbogen mit den Aufnahmen eines Jungen und eines Mädchens auf dem Geburtstagsball hoch. »Sie hat für Sie geschwärmt, so viel ist klar.«

»Auf dem Foto war sie erst elf.« Offenbar stand Ad Winstons Tochter diesem Mann nah, denn er nannte sie beim Vornamen, so wie er es auch mit Josh hielt. »Als sie sechzehn war, hatte sie keinen Grund, für mich zu lügen.«

»Ach nein?« Swahn kramte in einem Karton, den er am Tag zuvor nach unten gebracht hatte. Er zog das Foto von zwei Teenagern hervor, die auf dem Gehsteig aneinander vorübergingen und stur in entgegengesetzte Richtungen sahen. »Damals benahm Belle sich Ihnen gegenüber wie eine Wildfremde – und Sie taten es umgekehrt genauso. Wie alt war sie, als diese Aufnahme entstand? Vierzehn? Fünfzehn?«

Oren schlug die rote Mappe auf und holte Isabelle Winstons Falschaussage für den Sheriff heraus.

Swahn las sie einigermaßen ratlos. »Sie können Belle nicht fragen, warum sie das getan hat, nicht? Nein, Sie werden ihr nie verraten, dass Sie diese Zeilen überhaupt gelesen haben. Ein Gentleman, wie er im Buche steht.« Er musterte Oren genau, offenbar hoffte er auf einen Treffer, und schien ein wenig enttäuscht. »Ich glaube, es geht Ihnen gar nicht darum, zu erfahren, was Josh zugestoßen ist.«

Ermutigt durch die kurz aufflackernde Überraschung in Orens Blick fuhr er fort: »Mir scheint, dass man Ihnen diese Ermittlung aufgedrängt hat. Die Leidenschaft eines Mannes, der eine Mission hat, kann ich nicht erkennen. Sie sind in Trauer, und das sieht man. Und wissen Sie, was ich noch sehe? Ein schlechtes Gewissen. Sie waren, wenn ich nicht irre, Warrant Officer, ein hoher Rang, auf den man sich nicht bewerben kann. Sie waren handverlesen, einer der Besten unter den Besten. Es sagt doch einiges aus, dass Sie, trotz dieser Begabung für die Polizeiarbeit und Ihrer ganzen Erfahrung, erst nach zwanzig Jahren anfangen, im Fall Ihres Bruders zu ermitteln.«

Ohne militärisches Interesse war es CID-Agenten untersagt, sich an zivilen Ermittlungen zu beteiligen, aber Oren hatte noch ein besseres Gegenargument, und damit schlug er jetzt zu. »Und was ist mit Ihrem Fall? Ich weiß, dass Sie nie die Spur eines Beweises gegen die Polizisten in Ihrem früheren Revier hatten. Sie haben ihnen einfach einen Anwalt auf den Hals gehetzt und das Geld kassiert.«

Swahn bestätigte mit einem kaum merklichen Nicken die Richtigkeit dieser Bemerkung. »Vielleicht sollte man nie in einem Fall ermitteln, der einen persönlich betrifft. Es ist bestimmt hart, Joshs Rächer und *gleichzeitig* sein Bruder zu sein.«

»Sie sagen immer Josh. Hannah kennen Sie seit Jahren und nennen Sie Miss Rice. Der Sheriff ist zwar nur ein mittelmäßiger Polizist, aber das dürfte sogar ihm aufgefallen sein. Wahrscheinlich glaubt er, dass Sie von meinem Bruder schon vor seinem Verschwinden als Josh gesprochen haben.«

»Vor seinem Tod«, verbesserte ihn Swahn. »Ihre Haushälterin nennt Sie und Richter Hobbs die *Kindverlierer*, haben Sie das gewusst? Ein Begriff, den sie für die Hinterbliebenen erfunden hat, denen ein Kind gestorben ist. Witwen und Waisen – das sind Bezeichnungen, die an das Mitgefühl appellieren, aber für Sie und Ihren Vater gibt es nichts in der Art, deshalb hat sie ein Wort geprägt, das diese traurige Lücke füllen sollte.«

»Hannah war oft hier, nicht?«

»Ja, früher konnte sie mich unter den Tisch trinken. Heutzutage verträgt sie nicht mehr so viel, und wenn sie vorbeikommt, ist es nicht mehr so peinlich.«

»Sie sind mit ihr befreundet.«

»Ja. Und jetzt werden Sie mir wohl glauben, dass ich Ihren Bruder nicht umgebracht habe. Sie vertrauen genau wie ich auf Miss Rices Gespür.«

»Ich muss die letzten Fotos sehen, die sie Ihnen gegeben hat, die Aufnahmen, die sie nach Joshs Verschwinden hat entwickeln lassen.«

William Swahns Überraschung wirkte echt. Er breitete die Hände aus, um anzudeuten, dass er mit solchen Aufnahmen nicht dienen konnte.

Es war schon spät am Tage, als die CBI-Ermittlerin Cable Babitts Büro betrat und ihn mit ihrem Kriminaltechniker bekannt machte, einem kleinen Mann mit Knollennase, die ihn auf den ersten Blick zehn Jahre älter erscheinen ließ. »Ich möchte, dass wir in diesem Fall gemeinsam ermitteln«, sagte Sally – nennen Sie mich Sally! –, »und will Sie deshalb an dem teilhaben lassen, was wir inzwischen herausgefunden haben.«

Sollte er das glauben? Nein. Zumindest war sie nicht gekommen, um ihn wegen der Fälschung von Beweismaterial zu verhaften, aber vielleicht hob sie sich das auch für später auf. Sie legte ihrem Begleiter eine Hand auf die Schulter. »Dieser junge Mann hat ein paar Details, die Sie interessieren dürften.«

Ihr *junger Mann* wirkte etwas mürrisch, vielleicht fand er, dass es wenig Sinn hatte, den Sheriff im Hinblick auf ein Verbrechen auf den neuesten Stand zu bringen, das nicht mehr in dessen Zuständigkeit fiel – denn wenn das auch noch niemand deutlich angesprochen haben mochte, so war es doch in den Augen des jungen Mannes ganz offensichtlich.

Cable deutete auf die beiden Stühle vor seinem Schreibtisch, und seine Besucher setzten sich.

Die Frau streckte die Hand aus und gab ihrem Mitarbeiter einen leichten Klaps auf den Hinterkopf, so wie man es macht, um ein widerspenstiges Kind zur Räson zu bringen. Das war für den jungen Mann das Stichwort, sein Notizbuch herauszuholen und in leiernd gelangweiltem Ton einige Sätze vorzulesen. »In dem Grab wurde ein gelber Regenmantel gefunden.«

»Ich war dabei, ich hab ihn gesehen«, sagte Cable. »Mach weiter, Junge.«

»In den Ärmeln fanden sich einige Armknochen der Frau. Daraus ergeben sich Rückschlüsse auf den Zeitpunkt des Todes. Das Wetteramt sagt, dass es an jenem Tag nur einen Schauer gegeben hat.«

»Und der hat nicht lange gedauert«, ergänzte Cable. »Nur fünfzehn, zwanzig Minuten.«

Nach einem weiteren Klaps von Sally Polk nahm der junge Mann Haltung an. »Ja, Sir. Vielen Dank«, sagte er, und das klang schon bedeutend höflicher. »Der gelbe Regenmantel wurde in New Jersey hergestellt, lässt sich aber nicht in ein bestimmtes Geschäft zurückverfolgen. Diese Mäntel wurden landesweit verkauft.«

»Ich habe die Herkunft zurückverfolgt«, erklärte Cable selbstzufrieden lächelnd, und der junge Mann sah von seinen Notizen auf. »Wir nennen diese Dinger Slicker, das ist auch der Name, unter dem sie bei der Firma liefen. Wie die heißt, steht doch bestimmt ebenfalls in Ihrem Büchlein. Eine Weile haben sie diese Regenmäntel *tatsächlich* landesweit verkauft, dann stockte der Absatz, und die Lagerbestände wurden an einen Insolvenzverwalter verkauft. Das war das Jahr, in dem Josh Hobbs verschwand. Und die beste Kundin des Insolvenzverwalters für diese Slicker war Mrs. Mooney, die hat fast die Hälfte des Lagerbestandes übernommen. Ihr gehört das Haushalts- und Textilwarengeschäft in Coventry, sie verkauft viele von den Dingern an Touristen, die in dem Glauben kommen, dass es in Kalifornien nie regnet. Das Opfer hat den Regenmantel wahrscheinlich vor Ort gekauft, aber ihre Beschreibung deckt sich mit keiner der in diesem County aufgegebenen Vermisstenanzeigen. Demnach haben wir es wohl mit einer toten Touristin zu tun.«

Das herauszubekommen hatte ihn nicht mehr als einen Spaziergang gekostet, er war einfach in das Textilwarengeschäft gegangen, wo er im gleichen Jahr seinen Slicker gekauft hatte und wo ihm die Inhaberin innerhalb von fünf Minuten sämtliche Informationen lieferte, die er brauchte. Doch der Kriminaltechniker war sichtlich beeindruckt.

Sally schien sich über den kleinen Sieg des Sheriffs zu amüsieren, ja sogar zu freuen.

Da soll einer die Frauen verstehen!

»Damit ist Ihr Problem schon zur Hälfte gelöst«, sagte sie. »Wenn das weibliche Opfer nicht aus dem County stammt, ist der Bundesstaat verpflichtet, sich um die Identifizierung zu kümmern. Und es ist, wie Sie selbst ermittelt haben, sehr wahrscheinlich, dass es sich um eine Touristin handelt. Dadurch fällt sie in die Zuständigkeit des neuen Tourismus-Beauftragten des CBI. Der Gouverneur hat eine Wahnsinnsangst vor allem, was ihm das Tourismusgeschäft vermasseln könnte.«

Cable schloss die Augen. Alle Hoffnung, der CBI-Ermittlerin die Zuständigkeit streitig zu machen, war dahin. Er hatte ihr den Fall gerade auf einem silbernen Tablett präsentiert. In ihren Augen war er vermutlich einer jener Trottel, denen man nicht mal erlauben durfte, sich selbst die Schnürsenkel zu binden, damit sie sich nicht am Ende aus Versehen aufknüpften. Er wandte sich wieder an den Kriminaltechniker. »Was haben Sie noch, Junge?«

»Die Wanderstiefel lassen darauf schließen, dass das weibliche Opfer freiwillig in den Wald gegangen ist. Sehr gute, haltbare Stiefel, nicht modisch, sondern funktionell. Persönliche

Gegenstände fanden sich weder bei ihren sterblichen Überresten noch in der Nähe. Das könnte ein Hinweis darauf sein, dass sie ihren Angreifer kannte. Der Täter hat möglicherweise alles beseitigt, was zu ihrer Identifizierung dienen konnte, weil er wusste, dass er der Hauptverdächtige sein würde.«

Cable nickte – allerdings galt dasselbe auch für Josh Hobbs. Dieser Hinweis stammte vermutlich von Sally Polk. Und jetzt wurde ihm klar, dass sie nicht die Absicht hatte, ihn an *allem* teilhaben zu lassen – sondern nur an dem, was ohnehin auf der Hand lag. »Was ist mit Joshs Kamera? Ich weiß, dass er an dem Tag eine bei sich hatte.«

»Es ist nichts dergleichen gefunden worden«, erklärte der junge Mann. »Wir haben das ganze Gelände abgesucht – vergeblich. Aber an der Fundstelle selbst graben sie noch, vielleicht stoßen wir noch drauf.« Wieder beugte er sich über sein Notizbuch. »Nach den Überresten der Kleidung zu schließen, die das weibliche Opfer trug, war sie schlank und um die eins siebzig, da stimmen wir Dr. Brascos Schätzung zu.«

»Große Frauen fallen in einer kleinen Stadt auf«, sagte Sally Polk. »Klingt das nach einer Einheimischen?«

»Ja«, sagte Cable, »aber nicht nach einer toten Einheimischen. Und Sie wissen bereits, dass die Frau nicht aus dieser Gegend war. Sie gehen also von einer Verwechslung aus. Warum?«

»Ohne einen besonderen Grund, Sheriff. Sagen wir so: Ich bin für alle Theorien offen. Kann ich heute sonst noch etwas für Sie tun? Haben Sie noch Fragen?«

Cable schüttelte den Kopf. »Nein, danke, das wäre dann alles.«

»Sie haben nach der Kamera gefragt«, sagte Sally Polk, »aber nicht nach dem Rucksack des Jungen. Ich habe Ihre Vermisstenanzeige von damals gelesen, er wurde darin erwähnt. Josh Hobbs hatte, als er zum letzten Mal lebend gesehen wurde, einen knallgrünen Rucksack bei sich.« Sie lächelte.

Wenn eine Spinne lächeln könnte…

Cable spielte mit dem Gedanken, dass sie womöglich Joshs Rucksack in seinem neuen Versteck hinter der Garage schon gefunden hatte.

Nein, das war paranoid.

Noch ehe er sich von dieser hinterhältigen kleinen Attacke erholt hatte, gab sie ihm durch eine wegwischende Handbewegung zu verstehen, dass sie keine Antwort erwartete. »Wer erinnert sich nach zwanzig Jahren noch an Einzelheiten?« Sie legte den Riemen ihrer Handtasche über die Schulter und war bereits im Begriff zu gehen, als sie noch eins draufsetzte. »Wie kommt es eigentlich, dass Sie Oren Hobbs nie verhaftet haben?«

»Oren hatte für jenen Tag ein Alibi. Ein Zeuge hat Josh allein über einen Wanderweg gehen sehen.«

»Ich brauche eine Kopie von dieser Zeugenaussage.« Das sagte Sally Polk so liebenswürdig wie eine Nachbarin, die gekommen war, um sich eine Tasse Mehl zu leihen.

Er drehte seinen Sessel herum und griff nach dem Schlüssel, den Oren im Schloss des Aktenschrankes hatte stecken lassen. Aber der Schlüssel baumelte von der unteren Schublade, nicht von der, in der die beschrifteten Ordner waren. Nachdem er eine volle Minute gesucht hatte, war klar, dass die unbeschriftete rote Mappe fehlte.

»Vermissen Sie etwas, Sheriff?« Sally Polk stand unmittelbar hinter seinem gebeugten Rücken.

Er zog die obere Schublade auf und durchsuchte die anderen Ordner, aber die rote Mappe war nirgends zu finden. »Verdammte Reporter!« Cable knallte die Schublade zu. »Einer von denen muss sich die Akte unter den Nagel gerissen haben. Es war eine knallrote Mappe, ziemlich auffällig.« Eine gute Mischung aus Lüge und Wahrheit war immer das Beste. »Gestern hat es hier nur so gewimmelt von diesen Mistkerlen.«

»Reporter…«, sagte sie nachdenklich, man hätte fast denken

können, dass sie ihn ernst nahm. »Möglich ist es. Soweit ich weiß, war Oren Hobbs gestern hier. Als Einheimischer wäre er wahrscheinlich leichter an Ihren Leuten draußen im Dienstraum vorbeigekommen.«

Sie hatte also mit seinen Hilfssheriffs gesprochen und von dem Besuch erfahren, den Oren seinem Büro abgestattet hatte. Cable hätte sich ohrfeigen mögen. Damit hatte er nicht gerechnet.

Sally Polk blätterte lässig in ihren Unterlagen. »Ferris Monty ist offenbar der Meinung, dass Oren Hobbs mit Ihnen gemeinsam in dem Fall ermittelt.« Sie sah lächelnd auf. »Aber da irrt er sich bestimmt. Sie würden doch nie einen Zivilisten – einen Verdächtigen – an Beweismaterial heranlassen. Vermutlich war es so: Mr. Hobbs hat einem Ihrer Hilfssheriffs erzählt, man habe ihn aufgefordert, in Ihrem Büro zu warten. Mit dieser Geschichte wäre allen Beteiligten geholfen, denke ich. Finden Sie nicht auch? Ein roter Ordner, sagten Sie …?«

16

Oren Hobbs saß an einem Zweiertisch im Water Street Café, wartete auf den Sheriff und sah den Jungen zu, die auf dem Sportplatz gegenüber Basketball spielten.

Die große Glasfront gab den Blick auf die Schule frei, die im Stil eines hundertjährigen Wahrzeichens der Stadt erbaut worden war, in Wirklichkeit aber die alte Schule aus den Zeiten des Sägewerks erst ersetzt hatte, als Oren bereits in den Kindergarten ging. Die große Turnhalle befand sich im Untergeschoss, ein Zugeständnis an den mit dem Ableben seines einzigen Mitglieds, Millard Straub, aufgelösten Denkmalschutzverein von Coventry. Der Gedanke, sein Haus könnte durch ein höheres Bauwerk in den Schatten gestellt werden, war dem Hotelbesitzer Straub unerträglich gewesen.

Dank der wohlhabenderen Bürger kamen alle Kinder der Stadt in den Genuss einer guten Ausbildung, auch wenn die Football- und Basketballteams auf einen eher kleinen Bestand an Spielern zurückgreifen mussten, und die Wettkämpfe mit anderen Städten aus der Sicht des gesamten County ein ziemlicher Witz waren.

Orens letzter Tag in der Highschool war mit einem Match zu Ende gegangen, das eine überraschende Wendung genommen hatte. Auf der Tribüne wurde getrampelt, geklatscht und gejohlt, obgleich kein einziger Punkt gemacht wurde. Keiner der Spieler war an einen Ball auch nur herangekommen.

Besucher und Einheimische hatten mit angesehen, wie zwei Schüler aus der Umkleide gestürmt waren, Dave Hardy halb im Flug, Oren ihm dicht auf den Fersen. Ineinander verkrallt waren sie bis zur Mitte der Turnhalle gerollt. Keiner der Zuschauer hatte etwas an der Prügelei auszusetzen, sie hatten ihren Spaß daran, auch wenn das Blut, das Dave aus der Nase schoss, die Sache gefährlicher erscheinen ließ, als sie tatsächlich war.

Nachdem es vorbei war und die Zeugen des Kampfes sich nach Hause getrollt hatten, roch das Büro des Direktors nach Blut und verschwitzten Jungen. Orens Fingerknöchel waren ebenso ramponiert wie Daves Gesicht. Zusammen mit Josh saßen sie nebeneinander vor dem Schreibtisch. Die Erwachsenen hatten sich unaufgefordert an der Wand aufgestellt – bis auf Hannah, die hinter Joshs Stuhl stand.

Oren sah Hannah, die an einem Verband über der Wunde seines kleinen Bruders herumzupfte, noch deutlich vor sich. Josh hatte zu ihr aufgesehen und wortlos gebettelt: *Behandle mich nicht wie ein kleines Kind – nicht hier, nicht jetzt.* Verständnisvoll zwinkernd hatte sie sich abgewandt und zu dem Richter und Mrs. Hardy an die Wand gestellt, wo sie dem verstörten Trainer White Gesellschaft leisteten.

Direktor Mars sah seinen drei Schülern nacheinander in die Augen. »Ihr seid vermutlich nicht bereit, mir zu sagen, wer die Prügelei angefangen hat.« Ein paar Sekunden lang herrschte Stille, nur das Scharren der Füße war zu hören – dann fuhr er fort: »Nein, natürlich nicht. Wie konnte ich das erwarten.«

Schwere Schritte näherten sich von hinten. Ohne sich umzudrehen, wusste Oren, dass es Mrs. Hardy war. Er konnte sie riechen.

»Wetten, dass da Joshs Kamera im Spiel war?«, rief sie, und höhnisch setzte sie hinzu: »Vielleicht hat Josh den kleinen Pimmel von meinem Jungen geknipst.«

»Das reicht, Mavis.« In der Stimme des Direktors schwang kein Zorn. Er hatte offenbar den schwierigen Umgang mit Daves Mutter nur gründlich satt. Das war bestimmt nicht ihr erster Besuch in seinem Büro. Jetzt konzentrierte er sich auf

Josh. »Du gehörst nicht zur Basketballmannschaft. Was hattest du mit einem Fotoapparat in der Umkleide zu suchen?«

»Ich habe Aufnahmen für das Jahrbuch unserer Schule gemacht. Keine Pimmelfotos … Sir.« Josh schenkte dem Direktor sein breitestes, dümmlichstes Grinsen – ein sehr guter Trick, denn jetzt musste unwillkürlich auch der Direktor lächeln. Joshs Charme war unwiderstehlich.

»Es war meine Idee«, rief Trainer White von hinten. »Ich bin mit ihm in die Umkleide gegangen, er sollte ein paar Schnappschüsse zur Einstimmung für das Spiel machen.«

Der Direktor strahlte den Trainer an. »Sie waren also dabei, als die Keilerei anfing. Na also, das bringt uns ein Stück weiter.« Er deutete auf Josh. »Dieser Junge ist von hinten angegriffen worden, stimmt's?«

»Nein!« Trainer White trat vor und legte beide Hände flach auf den Schreibtisch. Er fühlte sich gekränkt und in die Offensive getrieben. »So etwas würden meine Jungs nie tun.«

»Ach nein? Und weshalb trägt er dann einen Verband am *Hinterkopf?*.«

In etwas ruhigerem Ton erwiderte der Trainer: »Josh hat sich an einem Garderobenschrank mit defektem Griff den Kopf gestoßen. Möglich, dass Dave ihn geschubst hat … aber wahrscheinlich war es nur aus Versehen.«

Josh stieg die Röte ins Gesicht. Die Kopfverletzung war seine einzige Kampfwunde, und jetzt war alle Hoffnung auf einen Anteil am Ruhm dahin.

In diesem Augenblick erkannte Oren seinen Fehler. Er hatte es mit seiner Attacke auf Dave zu eilig gehabt und Josh nicht die Chance gegeben, selbst auszuteilen. An dem Abend hätte sein kleiner Bruder alles dafür gegeben, mit Blut an den Händen im grellen Licht der Turnhalle zu stehen.

»David?« Der Direktor klopfte auf den Schreibtisch, um Dave Hardys Aufmerksamkeit zu wecken. »Stimmt das so? Du hast Josh gegen einen Garderobenschrank gestoßen, und dann hat dich sein großer Bruder angegriffen? Wieso hast du so etwas mit einem kleineren Jungen gemacht? Was war der Auslöser?«

Alle drei hielten sich an den Ehrenkodex für Schüler: *Verpetze nie jemanden bei deinen Feinden.*

Die verrückte Mrs. Hardy brachte ein weiteres Mal ihre Theorie eines Schnappschusses von einem unterentwickelten Penis vor. »Kein sehr guter Porno, finde ich.«

Dann zogen sich sowohl die Jungen als auch die Erwachsenen – bis auf Daves Mutter – draußen auf den Gang zurück. Aus dem Büro hörte man den Direktor brüllen: »Pflanz gefälligst deinen Hintern auf diesen Stuhl da, Mavis!« Dann wurde die Tür zugeknallt.

Der Richter trieb seine beiden Söhne in Richtung Treppenhaus. Als Oren sich umwandte, sah er, dass Hannah die Hand nach dem Feind ausstreckte und Dave Hardys Arm sanft drückte. Wahrscheinlich wollte sie ihn trösten. Was sie zu ihm sagte, konnte er aus dieser Entfernung nicht verstehen.

Auf dem Parkplatz ging sein Vater, mit den Autoschlüsseln klimpernd, auf seinen Wagen zu. Oren blieb stehen und wartete auf Hannah. Als er sie die Stufen des Schulgebäudes herunterkommen sah, verschränkte er entschlossen die Arme und schaute sie unverwandt an. »Mit Dave Hardy bin ich fertig, da kann der Richter sagen, was er will.«

Josh versuchte vergeblich seinem Bruder zu signalisieren, dass der Richter auf Katzenpfoten von hinten herangeschlichen kam. Beide Jungen hassten diese mit Kreppsohlen versehenen Sandalen. Den langen Pferdeschwanz ihres alten Herrn fanden sie dagegen irgendwie cool.

»Aus und vorbei«, fuhr Oren fort, der offenbar blind war für die Zeichensprache seines Bruders. »Ich lade Dave nie mehr zu uns zum Essen ein.«

»O doch.« Der Richter lächelte zufrieden, als sein Erstgeborener sich erschrocken umdrehte. *Erwischt!* Mit den Armen fuchtelnd wie ein Gänsehirt scheuchte er seine Familie in den wartenden Mercedes.

Den hatte der Richter gerade erst an diesem Tag erstanden, er verströmte den wunderbaren Geruch nach echtem Leder, der so typisch für neue Autos ist. Oren öffnete die hintere Tür und atmete tief durch. Dann teilte ihm der Vater mit, dass er den Wagen wegen der Prügelei einen ganzen Monat lang nicht würde fahren dürfen. Oren sackte auf der Rückbank zusammen, und Josh tat aus Solidarität das Gleiche.

Schweigend fuhren sie eine Meile über die dunkle Straße und bogen schließlich in die Einfahrt zu ihrem Haus ein. Horatio kam in großen Sätzen, bellend und sabbernd auf sie zu, das Maul weit geöffnet – als würde er hysterisch lachen. Er tänzelte im Scheinwerferlicht auf den Hinterbeinen, freudig erregt, sie endlich wiederzusehen, und scheinbar nur von dem einen Gedanken beseelt – sich ihnen so schnell wie möglich zu nähern. Er hatte nie begriffen, dass die Familie erst dann aussteigen konnte, wenn er aus dem Weg gegangen und der Wagen vor das Haus gefahren war. Zum Glück ließ er sich leicht ablenken. Hannah kramte in ihrer Handtasche nach der Plastiktüte, in der sie eins von Horatios feuchten, übel riechenden Spielsachen aufbewahrte. Es für ihn in den Wald zu werfen funktionierte manchmal, aber nicht immer.

Der Hund überlegte.

Der Richter nutzte die Zeit, um zu wiederholen, dass Oren selbstverständlich am nächsten Abend David Hardy zum Essen einladen würde. »Der Junge lebt in der Hölle, und das ist nicht seine Schuld. Kein Wunder, dass er von Zeit zu Zeit ausflippt. Und deshalb werden wir David einmal in der Woche aus dieser Hölle herausholen und ihm ein gutes Essen in einer normalen Familie bieten. Dieser Junge ist deine gute Tat.«

»Wie die alte Dame in der Paulson Lane«, sagte Oren und rief dem Richter damit eine weitere gute Tat in Erinnerung, zu der er die Brüder gezwungen hatte. »Und die ist gestorben.«

»Nichtsdestoweniger ist es gut, sich auf diese Weise um seinen Nächsten zu kümmern«, erklärte der Richter.

An jenem Abend hatte Oren überlegt, was sich der Alte wohl als Nächstes ausdenken würde – wenn auch Dave Hardy gestorben war.

Wenige Tage danach war Josh spurlos verschwunden. Und noch Monate später war Oren in Panik aufgewacht, als hätte er plötzlich entdeckt, dass ihm ein Arm oder ein Bein fehlte.

Fast auf den Tag zwanzig Jahre später betrat Sheriff Babitt das Water Street Café. Er wirkte besorgt, als er sich an den Tisch setzte. Sein Blick heftete sich auf die rote Mappe, die neben einem unberührten Schinkensandwich auf dem karierten Tischtuch lag.

Oren zog die Mappe ein Stück zu sich heran, um zu verdeutlichen, dass sie nicht mehr dem Sheriff gehörte. Er schlug sie auf, holte ein Blatt Papier heraus und reichte es über den Tisch.

Der Sheriff las das Protokoll seiner Vernehmung von Mavis Hardy und ihrem halbwüchsigen Sohn, das zu einer Zeit entstanden war, als eine ganze Stadt die Wälder nach einem vermissten Jungen abgesucht hatte.

SHERIFF BABITT: Ich weiß, dass du vor ein paar Tagen eine Auseinandersetzung mit Josh Hobbs hattest. Du hast ihn gegen einen Garderobenschrank gestoßen. Worum ging's denn da?

DAVID HARDY: Ich hab ihn nur ein bisschen geschubst.

SHERIFF BABITT: Von wegen ein bisschen geschubst … Ich hab gehört, der Junge hat geblutet. Aber ich habe nicht gefragt, was du getan hast. Ich habe gefragt, warum du es getan hast.

DAVID HARDY: Josh war mir an dem Abend im Weg, da hab ich ihn beiseitegeschoben.

MAVIS HARDY: Wissen Sie, woran ich immer merke, wann mein Sohn lügt? Sein kleiner Pimmel schnurrt zusammen, als ob er sich verkriechen wollte. Wie ein Mädchen sieht er dann aus. Wenn Sie wollen, machen wir ihm den Reißverschluss auf und …

SHERIFF BABITT: Halt den Rand, Mavis, verdammt noch mal. Du gehst jetzt nach Hause, Dave, ich habe mit deiner Mutter zu reden.

Cable sah auf. »Das dürfte mein bisher kürzestes Verhör gewesen sein.«

»Es war das einzige Verhör mit Dave. Er hat Ihnen leidgetan, nicht? Bei dieser verrückten Mutter …

»Ich hab mich geirrt, Junge. Das Verhör mit dir war noch kürzer.«

»Dave Hardy war der Einzige, der meinem Bruder jemals wehgetan hat. Ich war dabei. Er hat Josh nicht bloß geschubst. Er hat ihn gepackt und gegen eine Reihe von Garderobenschränken geknallt. Dave hätte auf Ihre Shortlist gehört.«

Der Sheriff zuckte die Schultern. »Dass er sich mit Josh anlegen würde, war nur eine Frage der Zeit. Dave hat sich mit allen Schülern geprügelt.«

»Ich weiß, dass das zweite Opfer, das Sie in Joshs Grab gefunden haben, eine Frau war.«

Eine Sorgenfalte erschien auf der Stirn des Sheriffs und vertiefte sich. »Und woher weißt du das, Oren?«

»Weil Sie es mir selbst gesagt haben. Und auch das spricht gegen Dave. Wahrscheinlich hat seine Mutter ihm beigebracht, alle Frauen zu hassen.«

»Nein, das hatte sein Vater übernommen«, sagte der Sheriff. »Der Mistkerl hat Mavis ständig geschlagen.«

»Und wenn man sich mal die verrückte Mavis Hardy genauer ansieht …«

»So verrückt ist sie gar nicht. Mavis hat es sehr geschickt verstanden, Mitgefühl für Dave zu wecken. Mir hat er echt leidgetan. Was immer er angestellt hat, seine Mutter schaffte es stets, ihn zu toppen. Ein Elternabend war die reinste Horrorschau. Direktor Mars hat mal eine Lehrerin entdeckt, die sich vor Mavis unter ihrem Schreibtisch versteckt hatte und leise weinte. Allen hat Dave verdammt leidgetan. Er konnte anstellen, was er wollte – sie haben ihn nie von der Schule geworfen.«

»Und Sie hatten ihn nie in Verdacht? Sie konnten sich nicht vorstellen, dass Dave meinen Bruder erschlagen hat?«

»Doch, daran habe ich schon gedacht und habe mir sogar gesagt, dass es nicht schaden könnte, den Jungen in meiner Nähe zu behalten. Und deshalb habe ich ihn, als er in die Stadt zurückkam, zu meinem Hilfssheriff gemacht. Zufrieden, Oren?«

17

Erst wenige Tage zuvor hatte Dave Hardys Drohung, den Blumengarten umzugraben, Henry Hobbs in größte Aufregung versetzt, jetzt dagegen reagierte der alte Herr zu Hannahs Erstaunen mit der größten Gelassenheit. Als fünf Polizisten sämtliche Schubfächer im Wohnzimmer herauszogen und den Inhalt auf den Fußboden kippten, saß der Richter friedlich da und las in dem Licht, das durch das Erkerfenster fiel, einen Durchsuchungsbefehl.

Kommissarin Sally Polk – die Hannah niemals Sally nennen würde – stand neben dem Sessel des Richters. Diese Person hatte etwas Biederes, Bodenständiges, Überfreundliches an sich, jedes ihrer Worte war verdächtig, selbst die Begrüßung an der Haustür.

»Ich bedaure dieses Chaos«, sagte sie, als wäre es dazu rein zufällig gekommen.

»Das nehme ich Ihnen nicht ab«, gab der Richter zurück. »Noch nicht. Aber das kann sich in einer halben Minute ändern.« Er las noch ein paar Zeilen. »Sie arbeiten recht schlampig, Miss Polk.«

»Kommissarin Polk«, verbesserte sie liebenswürdig, um ihn daran zu erinnern, dass sie hier das Sagen hatte.

Er blickte auf und sah zu, wie die nächste Schublade zu Boden krachte. »Und damit meine ich nicht die tölpelhaften Durchsuchungsmethoden Ihrer Leute. Dieses Chaos, wie Sie es nennen, ist schiere Schau, reine Einschüchterung. Und ich könnte Sie deshalb verklagen.« Er deutete auf den Durchsuchungsbefehl. »Er bezieht sich nicht auf die allgemein genutzten Räume. So, wie ich das Schriftstück auslege – so, wie es jeder Richter, ob im Ruhestand oder nicht, auslegen würde –, haben Sie sich auf Orens Wohnsitz zu beschränken, nämlich auf sein eigenes Zimmer. Das Haus gehört nicht ihm, sondern mir. Und der einzige Gegenstand, den Sie beschlagnahmen könnten – aus Orens Zimmer wohlgemerkt –, ist eine rote Mappe mit Schriftstücken in herkömmlichem Aktenformat.«

Er deutete auf einen der Uniformierten. »Dieser junge Mann dürfte sich also an einem so kleinen Objekt wie dieser Konfektschale aus Keramik, die übrigens meiner Frau gehörte, gar nicht zu schaffen machen. Sie sollten nicht riskieren, dass der Mann sie fallen lässt, ehe Sie wissen, was ich alles unternehmen kann, um Sie im Regen stehen zu lassen. Am besten sagen Sie ihm also, dass er sie sofort wieder hinstellen soll.«

Der junge Polizist verschwendete keinen Blick auf seine Chefin, sondern sah in Hannahs zornsprühende Augen und fand darin weit mehr Anlass zur Besorgnis. Äußerst behutsam stellte er die Konfektschale auf den Kaminsims zurück.

»Und deshalb ist das alles hier illegal und verdammt unprofessionell«, sagte der Richter mit einer ausladenden Handbewegung.

Das Telefon läutete, und Hannah eilte über den Flur in die Küche, um ungestört sprechen zu können. Als sie wieder ins Wohnzimmer kam, war die Durchsuchung beendet. »Wie sieht denn das hier aus?«, sagte sie zu den Polizisten. »Ich bin schließlich nicht dazu auf der Welt, um hinter euch herzuräumen.«

Zwei der jungen Männer, die Hannah von klein auf kannten, sammelten den verstreuten Inhalt der Schubläden ein, wobei sie einen weiten Bogen um Horatio machten, der das einzige Kunststück vorführte, das er beherrschte – zu schlafen, während er in Wirklichkeit tot war.

Hannah stand jetzt mitten im Zimmer und hob die Stimme,

damit alle hören konnten, was sie zu dem Richter sagte. »Da hat gerade der Sheriff zurückgerufen. Er lässt ausrichten, dass er die rote Mappe hinter seinem Aktenschrank gefunden hat.«

Alle Köpfe im Zimmer fuhren hoch.

»Und es tut ihm sehr leid, dass Miss Polk so vorschnell gehandelt hat. Sie wollte einfach nicht warten, bis er sein Büro gründlicher durchsucht hat.« Hannah warf der Kommissarin einen Blick zu. Warum grinste die immer noch?

Ein weiterer Polizist betrat das Haus. Sein erster Blick fiel auf Hannah, die mit verschränkten Armen dastand und wartete. Hastig wich der junge Mann einen Schritt zurück, um an die Haustür zu klopfen, wie es sich gehörte. Er nahm die Mütze ab und nickte der Haushälterin zu, die nicht nur seine Eltern, sondern auch die Großeltern bestens kannte. Dann schob er Sally Polk ins Esszimmer, um unter vier Augen mit ihr zu reden. Sie unterhielten sich so leise, dass nicht einmal Hannah dem Gespräch folgen konnte, obgleich man ihr nachsagte, sie könne hören, wenn ein Vogel im nächsten County sein Gefieder aufplusterte.

»Sie haben meinen Sohn verhaftet?«

Der Polizist und Sally Polk wirbelten herum, als sie Henry Hobbs so dicht hinter sich stehen sahen. Hannah betrachtete grinsend die Sandalen des alten Herrn, mit denen er sich auf leisen Sohlen herangeschlichen hatte.

»Ich will den Haftbefehl sehen«, sagte der Richter, »und ich möchte mir ausgebeten haben, dass die Formalitäten in Ordnung sind. Bin gespannt, ob da alles stimmt…«

Sally Polks biedere Fassade war noch unversehrt. »Ich werde in Zukunft besser aufpassen«, versprach sie und setzte mit zuckersüßer Stimme hinzu: »Gab es schon immer dieses geheime Einverständnis zwischen Ihnen und dem Sheriff, oder ist das neu?«

Ein Teller mit Brownies nahm den Ehrenplatz auf dem Schreibtisch ein. Der Duft nach frischem Gebäck war recht verlockend und ungewöhnlich für eine kalifornische Polizeizentrale.

»Ist das Licht zu hell? Ja, ganz bestimmt.« Sally Polk ließ die Jalousien in ihrem Büro herunter. »So ist's besser.« Sie strich sich das graue Haar zurück und schenkte Oren Hobbs, ihrem Gefangenen, ein verständnisvolles Lächeln. »Ich kann mir nicht vorstellen, dass Cable Babitt Ihnen diese rote Mappe so ohne Weiteres überlassen hat.« Sie hielt einen Augenblick inne. Wahrscheinlich wartete sie auf ein Zeichen dafür, dass sie auf der richtigen Spur und der Sheriff so gut wie weg vom Fenster war. Das Märchen von einem entscheidenden Beweisstück, das hinter Cables Aktenschrank verloren gegangen war, glaubte sie offenbar nicht.

Enttäuscht von Orens unbewegtem Gesicht fuhr sie fort. »Nehmen wir also an, dass Sie sich diese alte Akte unerlaubterweise ausgeliehen haben. Aber war der Schrank im Büro des Sheriffs nicht abgeschlossen? Ich erinnere mich genau, dass an einem Schloss im unteren Schubfach ein Schlüsselbund hing.« Ihr Lächeln wurde breiter, während sie wieder eine sekundenlange Pause einlegte. »Na schön, vergessen wir den lästigen Vorwurf des Diebstahls von amtlichen Schriftstücken. Und vielleicht – versprechen will ich allerdings nichts! – kann der Sheriff seinen Stern behalten.«

Sie drehte Oren den Rücken zu, um eine Topfgeranie auf einem Blumentischchen in der Ecke zu gießen. Kleinere Pflanzen, Stiefmütterchen und Usambaraveilchen, standen auf dem Fensterbrett, und an der Wand reihte sich ein Privatfoto ans andere. Der ganze Raum atmete pure Häuslichkeit und machte nicht den Eindruck, als hätte man ihn der Dame aus Sacramento nur vorübergehend zur Verfügung gestellt.

Kommissarin Polk setzte sich an ihren Schreibtisch und rückte einen Papierstapel zurecht, dann nahm sie einige herumliegende Kugelschreiber und Bleistifte und legte sie zurück in den Glasbehälter – so wie es sich für eine gute Hausfrau gehört. Sie schob Oren den Teller mit den Brownies hin und forderte ihn mit hochgezogenen Brauen zum Zugreifen auf.

Als er die Hand nach dem Teller ausstreckte, sagte sie: »Wie heißt es so schön, Schätzchen? Ich hab Sie an den Eiern.« Lächelnd ballte sie eine Hand zur Faust. »Bitte zwingen Sie mich nicht, sie zu quetschen, bis sie aufplatzen und die Wand bespritzen. Das ist nämlich sehr schmerzhaft.« Das klang freundschaftlich, fast mütterlich – wenn man ihre Absichten auf seine Klicker außer Acht ließ.

Aber die Brownies waren gut.

Er kaute langsam, streckte die Beine aus und stellte sich darauf ein, etliche Stunden bei diesem Verhör zuzubringen. Hinter ihm ging die Tür auf und schloss sich mit einem Knall.

Addison Winston erschien auf der Bildfläche, eine Aktentasche in der Hand, mit Seidenkrawatte, glänzendem Hemd und diamantenen Manschettenknöpfen. Die Augen funkelten fiebrig. Er leuchtete von innen und von außen. Lächelnd ging er um den Schreibtisch herum und trat an die Ermittlerin heran. Diese Art von Lächeln war vermutlich das Letzte, was eine Maus sah, ehe die Katze ihr den Kopf abriss. »Hallo, Sally, altes Mädchen. Wie geht's?«

Kommissarin Polk reagierte mit mühsamer Höflichkeit. »Gut, Ad. Ich kann nicht klagen.«

»Ich schon«, sagte Winston. »Richter Hobbs hat Ihnen doch gesagt, dass Oren ein Anwalt zur Seite stehen wird – und trotzdem sitzen Sie hier und verhören meinen Mandanten. Da wird der Richter sauer sein, Sally.« Er schüttelte in gespieltem Kummer den Kopf. »Als hätten Sie nicht schon genug Ärger.«

»Von einem Verhör kann keine Rede sein. Wir haben auf Sie gewartet, Ihr Mandant und ich, und inzwischen ein wenig geplaudert.«

Das war für Oren neu, vom Auftritt eines Anwalts hatte er nichts geahnt.

Ad Winston lächelte wieder, diesmal war es ein rein boshaftes Lächeln. Er setzte sich neben Oren und sah auf den Teller mit Brownies. »Die kauft sie in einer Bäckerei an der Ecke und jagt sie in der Kantine durch die Mikrowelle, damit sie wie frisch aus dem Ofen duften. Sallys Foltermethode für ihre Gefangenen. Erschreckend, wie oft das funktioniert.«

Sally Polk lehnte sich gemächlich zurück. »Wenn wir in meiner Bezirkszentrale in Sacramento erfahren, dass Ad in der Stadt ist«, sagte sie zu Oren, »machen wir uns gleich dran, alle seine Mandanten einzulochen, die Anklage liefern wir dann nach. Irgendwas lässt sich immer nachweisen.«

Der Anwalt zwinkerte Oren zu. »Die Frau ist gut.« Und, wieder an Sally Polk gewandt: »Aber Oren ist besser. In seiner Zeit bei der Army hat er alle seine Fälle gelöst. Er kannte kein Pardon, und seine Aussagen hatten vor Gericht immer Bestand. Ich will Sie ja nicht langweilen, aber seine Verurteilungsrate war sagenhaft.«

»Mag sein, aber das waren Militärgerichte«, wandte Kommissarin Polk ein, »und dass der Angeklagte schuldig war, stand bei denen schon fest, ehe die Richter Platz genommen hatten.« Sie wandte sich an Oren und sagte so herablassend, wie manche Frauen mit kleinen Kindern sprechen: »Das ist nicht persönlich gemeint, Schätzchen, Sie waren bestimmt sehr gut in Ihrem Job. Nehmen Sie noch einen Brownie.«

»Trotzdem«, schaltete Addison sich ein, »behaupte ich, dass mein Mandant jedem Polizisten in diesem Staat überlegen ist. Er hatte es nicht etwa mit Fällen von häuslicher Gewalt auf irgendeiner Militärbasis in der Pampa zu tun, sondern sie haben ihn durch die ganze Welt geschickt. Er hat Terroristen und Killer, Schmuggler und Selbstmordattentäter zur Strecke gebracht. Ein General ist seinetwegen im Militärgefängnis Leavenworth gelandet.«

Was nicht stimmte. Der höchstrangige Offizier, den Oren jemals geschnappt hatte, war ein Oberstleutnant gewesen, und lebende Selbstmordattentäter waren ihm noch nie begegnet. Nur ihre Überreste auf den Straßen von Bagdad. Hätte man ihn nach seiner Tätigkeit bei der Army gefragt, hätte er gesagt, dass seine besondere Fähigkeit darin bestand, ein menschliches Hirn von innen nach außen zu stülpen, ohne dass der Kopf als Ganzes Schaden nahm. »Ich knacke Menschen auf«, hätte er gesagt. Aber er ließ die Lügen des Anwalts auf sich beruhen.

»Sie sollten Oren auf Knien um Hilfe bitten, statt ihn zu schikanieren.« Ad Winston lächelte die CBI-Ermittlerin unentwegt an, während er fast beiläufig mit seinem Mandanten sprach. »Wie verdattert die gute Dame guckt! Sie hat sich offenbar nicht die Mühe gemacht, in deiner Army-Akte zu recherchieren. Über die Dienstnummer und den Rang ist sie nicht hinausgekommen. Um deinen Vater zu zitieren: Sie arbeitet recht schlampig.«

Sally Polk beugte sich zu dem Anwalt hinüber. »Sehr aufschlussreich, Ad, das muss ich zugeben. Ich wollte eigentlich bei Ihrem Mandanten ein Auge zudrücken und auf eine Anklage wegen Ermittlungsbehinderung verzichten. Aber bei so einer Vorgeschichte hätte er es eigentlich besser wissen müssen.«

»Sie blufft, Oren. Das ist Sallys persönliche Note. Wir haben uns in Sacramento kennengelernt, als ein wichtiger Fall von ihr sich vor Gericht in Wohlgefallen aufgelöst hat. Es war alles nur heiße Luft.«

»Wenn ich mich recht erinnere, haben Sie einen meiner Zeugen bestochen.«

Addison legte Oren gönnerhaft eine Hand auf die Schulter. »Wenn ein CBI-Ermittler etwas vergurkt hat, schicken sie ihn immer in die Provinz. Aber Sally ist die Erste, die sie hierher zwangsversetzt haben.«

»Das ist nur ein vorübergehender Einsatz, Addison, ich bleibe nicht lange hier. Nur lange genug, um Ihren Mandanten fertigzumachen. Noch einen Brownie, Oren?«

18

Hör auf damit, Hannah, ich kann nichts verstehen!«

Sie schaltete den Staubsauger aus.

Nach einem kurzen Telefongespräch legte Henry Hobbs auf. »Das war der Sheriff. Oren ist im Fernsehen, sagt er.« Der Richter, der nichts von Fernbedienungen hielt, bückte sich, um das Gerät einzuschalten. »O mein Gott!« Auf dem Bildschirm belagerte eine Reportermeute einen Parkplatz. Der Sohn des Richters stand mitten im Getümmel, im Hintergrund war ein Backsteingebäude zu sehen, die Polizeizentrale in Saulburg. Was die Menge schrie, konnte man nicht verstehen. Addison Winston war auf das Dach eines Streifenwagens geklettert, und nach einigem Zureden stellte sich Oren neben ihn.

»Nennt Ad so was diskrete Handhabung?« Der Richter fuhr sich mit einer Hand über den kahlen Schädel. »Das ist der reinste Zirkus.«

Damit waren Hannahs Vorahnungen wahr geworden. Schon immer hatte sie sich den Sohn des Richters im Mittelpunkt vorgestellt, auf einer Bühne, in gleißendem Licht, umgeben von Menschen, von kreischendem Publikum. »Die Kamera liebt ihn.«

Die Kamera konnte von Oren Hobbs gar nicht genug bekommen. Als am Nachmittagshimmel dunkle Wolken aufzogen, richtete man an Stangen befestigte Scheinwerfer auf ihn, und die Fotografen drängten immer näher mit ihren Apparaten heran und ließen ein Blitzlichtgewitter auf ihn niedergehen.

»Oren und seine verdammten Cowboystiefel«, sagte der Richter. »Der Wagen wird eine Beule kriegen.«

Auf dem Bildschirm sah man, wie Addison Winston vor seinen fotogenen Mandanten trat, aber nicht, um ihn abzuschirmen. Der grinsende Anwalt sah aus wie ein eleganter Jahrmarktsschreier, der Eintrittskarten für seine Vorstellung an den Mann zu bringen versucht. »Falscher Alarm, Jungs, tut mir leid. Sally Polk hat leider eine blühende Fantasie.«

Hannah stupste den Richter an. »Sehen Sie? Es war nicht Ads Schuld. Diese Polk muss die Reporter verständigt haben.«

»Es war Addison«, widersprach der Richter. »Er ist süchtig nach solchen Szenen.«

Die Kamera hatte das Gebäude im Hintergrund ins Visier genommen, wo eine mit dem Verlauf der Dinge sichtlich unzufriedene Sally Polk in der offenen Tür stand. Dann kehrte die Kamera zurück zu Oren, ihrem Favoriten.

»Haben Sie das gesehen?« Hannah rückte ihren Stuhl näher an den Fernseher heran. »Ist das nicht Evelyn Straub, die da kaum einen Meter vom Eingang entfernt steht?«

»Das hat uns gerade noch gefehlt.« Henry Hobbs legte eine Hand über die Augen. »Immer her mit der schmutzigen Wäsche!«

»Da ist sie wieder.« Hannah zog dem Richter die Hand weg. »Sehen Sie das rosa Ding, das sie in der Hand hat? Eindeutig ein Scheckbuch. Wetten, dass sie Oren auf Kaution freibekommen wollte?«

Als hätte er mitgehört, dröhnte Ad Winstons Stimme aus dem Kasten. »Kaution? Nein, davon war nie die Rede. Mein Mandant ist aus reiner Gefälligkeit hergekommen.«

»Aber in Handschellen!«, blökte ein Reporter.

Addison breitete resignierend beide Arme aus. »Noch eine Panne. Offenbar war die Kommunikation zwischen Sally Polk und ihrer Truppe gestört.«

»Das ist nicht richtig«, rief der Richter empört. »Und es war unnötig. Der Mann hat keine Achtung vor der Arbeit der Polizei.«

»Wenn ich mich recht erinnere«, sagte Hannah, »haben Sie Addison gesagt, er soll aus Sally Polk Hackfleisch machen.«

Dieser Anweisung folgend, röhrte der Anwalt: »Es wird noch besser. Richter Montrose, dessen Unterschrift auf dem Durchsuchungsbefehl steht, hatte geglaubt, es läge ein hinreichender Verdacht vor. Doch das war nicht der Fall. Der Richter ist verdammt sauer.«

»Das zumindest stimmt.« Henry Hobbs nickte zum Bildschirm hin. »Ich habe kurz mit Richter Montrose gesprochen. Ein fähiger Mann. Offenbar geht Miss Polk mit der Wahrheit gern ein wenig großzügig um. Aber Addison macht es nicht anders. Er spricht von dem Durchsuchungsbefehl. Einen Haftbefehl hat es nie gegeben. Sie haben Oren offenbar nur zu einer Vernehmung geholt, was bedeutet, dass keine Beweise gegen ihn vorliegen.«

»Aber das haben Sie doch immer schon gewusst.«

»Stimmt.«

Sie wandten sich wieder dem Geschehen auf dem Bildschirm zu. Ein Reporter fragte: »Werden Sie in diesem Fall Ihre Unterstützung anbieten, Oren?«

»Aber selbstverständlich«, erwiderte Ad Winston, ehe Oren den Mund aufmachen konnte, um die Wahrheit herauszulassen. »Er ist ein hochdekorierter CID-Agent, und seine Erfolgsbilanz gelöster Mordfälle ist beachtlich. Übrigens war mein Mandant derjenige, der den ersten Beweis für den Mord an seinem Bruder gefunden hat. Man könnte also sagen, dass er sich schon seit geraumer Zeit mit dem Fall beschäftigt.«

Oren schien widersprechen zu wollen, doch der Anwalt gab ihm einen Schubs, so dass er von der Motorhaube springen musste, um einen Sturz zu vermeiden. Auch Ad Winston sprang zu Boden und schob seinen Mandanten durch die Menge zu einer wartenden Limousine. Die Reporter formierten sich neu und folgten ihnen über den Parkplatz. Fehlte nur noch eine Blaskapelle.

In einiger Entfernung stand Evelyn Straub allein da, während die Parade an ihr vorbeizog. Für das ahnungslose Auge der Kamera war sie eine unscheinbare, korpulente Frau, die allmählich mit dem Hintergrund verschmolz und schließlich ganz verschwand.

Oren saß auf der Rückbank der Stretchlimousine, die man eigens für diesen Anlass – eine Pressekonferenz der besonderen Art – gemietet hatte. Sie war mit Stereoanlage, Fernseher, Kaffeemaschine und einer gut gefüllten Bar ausgestattet. Fehlte nur noch ein Whirlpool. Er wandte sich an den Anwalt. »Hat wirklich mein Vater Sie engagiert?«

»Wer sonst? Hast du gedacht, Isabelle hätte mich gebeten, dich zu verteidigen?« Ad Winston drückte auf einen Knopf, und eine gläserne Schutzscheibe stieg hinter dem Fahrersitz auf. »Darf ich jetzt vielleicht fragen, was zwischen dir und meiner Tochter läuft?«

»Ich habe noch nie ein Wort mit ihr gewechselt.«

»Und doch weiß ich von zuverlässigen Zeugen, dass Isabelle dich kürzlich geschlagen und auf einem Gehsteig niedergestreckt hat. In manchen Ländern gilt so etwas als harter Sex.«

»Ich bin gestolpert.«

»Ach ja …?«

»Ich zahle das hier selbst. Was bin ich Ihnen schuldig?«

»Keinen Cent. Der Vorschuss, den dein Vater mir vor zwanzig Jahren gegeben hat, ist ja längst noch nicht aufgebraucht. Sieht ganz so aus, als würdest du um eine Anklage wegen Doppelmord herumkommen.«

»Sie glauben, ich hätte meinen Bruder und diese Frau umgebracht?«

Der Anwalt musterte ihn gespannt. »Das zweite Gerippe stammt von einer Frau? Interessant. Sag mir nicht, woher du das weißt. Es würde mir für den Fall, dass ich dich in den Zeugenstand bitten müsste, meine Aufgabe erschweren.« Er griff nach seiner Aktentasche, die auf dem Boden gestanden hatte, und nahm sie auf den Schoß. »Aber ich rechne nicht mit einem Prozess. Sally Polk wird demnächst die unmissverständliche Anweisung erhalten, dem Sheriff nicht in die Quere zu kommen. Und Cable Babitt bringt es ja nicht mal fertig, einen Ladendieb zu schnappen.«

»War es Ihre Idee, nach Joshs Verschwinden weder das FBI noch das CBI einzuschalten? Oder ist das auf Betreiben des Richters unterblieben?«

»Wir haben darüber gesprochen, dein Vater und ich. Ich war der Meinung, dass es in deinem Interesse sei, nur mit einer Polizeidienststelle – noch dazu mit einer nicht allzu fähigen – zu verhandeln. Ich nenne das Schadensbegrenzung.«

»Haben Sie ihm geraten, mich wegzuschicken?«

»Nein, das war die Entscheidung des Richters. Ich war dagegen. Immerhin hat er ein paar Monate damit gewartet, aber es war trotzdem ein Fehler. Ich vermute, dass du so was wie ein Alibi hattest. Der Sheriff ist kein kompletter Idiot.« Die Finger des Anwalts vollführten einen kleinen Tanz auf der Aktentasche, während er auf eine Antwort wartete.

Oren hatte nicht die Absicht, ihm Details über zwei falsche Alibis zu verraten. Evelyn Straubs Aussage lag zusammengefaltet in seiner Brieftasche, und dort würde sie auch bleiben. Isabelles Aussage hatte er vor den Augen des Sheriffs und der übrigen Gäste des Water Street Cafés verbrannt.

Jetzt öffnete Ad Winston seine Aktentasche und sah die Schriftstücke durch, die sich darin befanden. Obenauf lag eine Liste der militärischen Auszeichnungen, Verdienstorden, Tapferkeitsmedaillen und Verwundetenabzeichen.

»Eine überwältigende Bilanz«, sagte der Anwalt. »Ich bin sehr froh, dass du ehrenhaft entlassen wurdest. Mehr Informationen wird Sally Polk von der Army kaum bekommen. Sie dürfte nicht so viele Fünf-Sterne-Generale kennen wie ich. Was mein General gefunden hat, als er sich näher mit der Materie beschäftigte, war sehr widersprüchlich.« Der Anwalt hatte sich ein Blatt mit handschriftlichen Notizen vorgenommen. »Ich weiß, dass du Coventry mit siebzehn verlassen hast, aber in die Army bist du erst als Achtzehnjähriger eingetreten, als du volljährig warst. Wenn du deinen Austritt noch neun Monate hinausgezögert hättest – und somit auf eine zwanzigjährige Dienstzeit gekommen wärst –, hätte dir eine Pension zugestanden. Aber du hast alles sausen lassen – jeden Cent, sämtliche Versorgungsleistungen.« Er wartete einen Augenblick. »Kein Kommentar?«

Er nahm sich wieder seine Aufzeichnungen vor. »Der General hat ohne Aufforderung in der Sache recherchiert.« Er deutete auf einen Absatz. »Hier sind alle Zulagen aufgeführt, die man dir angeboten hat. Die Army hätte dir, wie der General es ausdrückte, den Mond vom Himmel geholt, wenn du nur geblieben wärst. Du hättest gar nicht auszuscheiden brauchen, sagt er, sie hätten dich beurlaubt, dir alle Zeit der Welt gegeben. Du hättest einen Notfall in der Familie geltend machen können, hast es aber nicht getan. Und dein Vater beharrt darauf, dass du vor deiner Heimkehr nicht wusstest, dass man Knochen von Josh gefunden hatte.«

»Mein Vater lügt nie.«

»Henry ist besser im Rechnen als ich. Er weiß, was du verloren hast, als du ausgeschieden bist. Hat er nie nach dem Grund gefragt?«

Den Rest des Weges legten sie schweigend zurück.

Die Sonne war wieder herausgekommen, und blendendes Licht fiel durch die hohen Fenster. Hinter den Scheiben hörte man gedämpft das Geräusch von Hämmern und sah Arbeiter, die auf dem Rasen hinter der Villa der Winstons ein großes hölzernes Podest aufbauten. Spediteure luden Stühle und Tische für die Gäste ab, die sich bald hier drängen würden.

Oren war, seit er zwölf war, nicht mehr in diesem Haus gewesen. Heute war das Wohnzimmer eine leere Höhle aus zedernholzvertäfelten Wänden und Glas. Alle Möbel waren ausgeräumt worden, um Platz für eine Tanzfläche unter einer zehn Meter hohen Decke zu schaffen. Der Raum hatte die Größe eines Ballsaals.

Während er neben dem Anwalt herlief, erfuhr er, dass man beim Bau der Villa das alljährliche Fest im Auge gehabt hatte. Für Oren war es lediglich eine klägliche Zurschaustellung von Reichtum, eine Bühne für einen Mann, der immer nur schauspielerte, immer lächelte. Wie mochte Ad Winston wohl sein, wenn niemand da war, der ihm als Publikum diente? Er sah ihn allein in einem verdunkelten Raum sitzen und ohne jeden Grund irre lächeln.

Auch ohne Zuschauer.

»Du musst in diesem Jahr zum Ball kommen«, erklärte Winston.

»Vielleicht.« So, wie Oren es sagte, klang es fast wie eine Drohung.

Der Anwalt blieb einen Augenblick stehen und blinzelte verständnislos, dann lenkte er seine Schritte um eine Reihe von Kübelpflanzen herum und winkte seinem Gast, ihm zu folgen. Hinter der grünen Blätterwand befand sich eine kleine, mit kunstvollen Schnitzereien verzierte Bar aus Mahagoni. Die Flaschenregale waren in die Wand eingelassen, mit Glastüren und stabilen Schlössern versehen. Neben einem Glas mit schmelzenden Eiswürfeln lag ein einzelner Schlüssel. Die Hüterin dieses Schlüssels, eine Frau in Dienstmädchenuniform, schraubte gerade eine Whiskeyflasche zu.

Der Anwalt stellte sich zu ihr hinter die Theke und sah auf das leere Glas herunter. »Hallo, Hilda. Keinen Nachschlag, ist das klar?«

»Sie hatte nur das eine…«

»Und das reicht. Du kannst gehen, wir bedienen uns selbst. Hol dir einen Hocker heran, junger Mann.«

Orens Blick fiel auf eine Glastür und die dahinter gelegene kleine abgeschlossene Terrasse. Draußen leuchtete Isabelles rotes Haar wie Feuer in der Sonne. Eine ältere Frau mit langem hellem Haar stand neben ihr. Die Champagnerblonde konnte nur Sarah Winston sein. Jetzt wandte sie sich langsam zu ihm um, aber ihr Gesicht bekam er nicht mehr zu sehen. Sie wurde weggeführt wie eine willenlose Kranke.

Ad Winston stellte zwei Gläser auf die Theke. »Was darf's sein?«

»Jack Daniel's pur, wenn Sie haben.«

»Ich habe alles, mein Junge.« Der Anwalt öffnete eine Whiskeyflasche und schenkte ihm großzügig ein. »Wir sollten uns über die Strategie unterhalten.«

Oren betrachtete sein Glas und streifte mit einem Finger beiläufig über den Rand. »Sie sind gefeuert.«

Winston beugte sich über die Theke. Das konnte doch nur ein Hörfehler sein… »Du entlässt *mich*?« Er lachte über den gelungenen Scherz.

»Ich weiß, dass Sie Spitze sind«, sagte Oren. »Aber ich kenne Ihre Arbeitsweise. Ich weiß, was Sie William Swahn angetan haben.«

Vielleicht zum ersten Mal in seinem Leben hatte der Anwalt seinen Humor verloren, und er vergaß beinahe, sich selbst einzuschenken. »Ich spreche nie mit Dritten über meine Mandanten. In der Angelegenheit von Swahn fallen daher alle Details…«

»… unter die Geheimhaltungsvereinbarung. Wenn Sie reden, verliert Ihr Mandant Geld.« Oren leerte sein Glas und knallte es auf die Theke – aber nicht im Zorn. Er wollte nur erreichen, dass Ad Winston zusammenzuckte, und das war ihm gelungen. »Ich habe den Fall innerhalb von sechs Minuten durchschaut. Swahn war damals nur ein blutjunger Polizist… der eigentliche Deal bin ich.«

Er schenkte sich noch einmal nach, trank langsam und registrierte voller Genugtuung den argwöhnischen Blick des Anwalts. »Sie waren in der Nacht, als Swahn überfallen wurde, im Krankenhaus. Sie warteten in seinem Zimmer, als er aus dem OP kam.«

In Ad Winstons Augen stand eine unausgesprochene – unaussprechliche – Frage.

Jetzt musste zur Abwechslung einmal Oren lächeln. »Nein, das habe ich nicht von Ihrem Mandanten. Aber ich wusste, dass sein Partner sich hatte schmieren lassen, um sich in der Nacht des Überfalls krankzumelden. Bestimmt hat auch die zivile Einsatzleiterin abkassiert, aber sie war schlau genug zu verschwinden, ehe irgendwelche Ermittler an ihre Tür klopften. Jay Murray blieb. Damit ist bewiesen, dass er keine Ahnung hatte, warum er bestochen wurde. Denn das hätte die Ermittlungen von einer Verschwörung unter Polizeikollegen abgelenkt. Man hätte den Blick stärker auf Zivilisten konzentriert.«

»Die Polizei von Los Angeles war haftbar, daran führt kein Weg vorbei. Arbeitgeber der Einsatzleiterin war …«

»Aber der Rechtsstreit hätte sich über Jahre hingezogen.« Oren griff nach der Flasche und schenkte sich erneut nach. »Sie haben also Druck auf die Polizei von L.A. ausgeübt, um schnell eine dicke Abfindung zu erreichen. Sie haben Beweise für eine Verschwörung unter Polizisten gegen einen schwulen Aidskranken erfunden. Und Sie mussten rasch arbeiten. Wenn ein Polizist im Dienst angeschossen wird, geht keiner nach Hause, die Ermittler arbeiten rund um die Uhr. Es war vermutlich noch dunkel, als Sie die Leute aus Swahns Revier damit konfrontierten, sie hätten Ihren armen kranken Mandanten überfallen. Während einer Vernehmung am nächsten Morgen hörte Swahns Partner das Gerücht zum ersten Mal. Darüber kann man sich nur wundern, wenn man weiß, dass Polizisten tratschen wie alte Weiber – nur mit dem Unterschied, dass jeder von denen eine Kanone hat. Dieses Gerücht – Ihr Gerücht – wurde deshalb *nach* dem Überfall in die Welt gesetzt und ehe die Sonne über Jay Murray aufging. Und deshalb weiß ich, dass Sie in Swahns Krankenhauszimmer waren, als er aus dem OP kam.«

»Interessante Theorie, Oren. Natürlich reine Spekulation, aber …«

»Es ist eine Tatsache. Ich weiß nur noch nicht, ob Swahn klar denken konnte, als Sie ihn als Mandanten für sich gewonnen haben. Ich dachte bisher, er hätte bei diesem Schwindel mitgemacht, aber jetzt bin ich mir nicht mehr so sicher.«

»Vor Gericht wäre das alles nicht stichhaltig.«

»Macht nichts«, sagte Oren. »Ich kann trotzdem eine Menge Schaden anrichten. Sämtliche Reporter in unserem schönen Bundesstaat sind heiß darauf, mit mir zu reden – dank Ihrer kleinen Darbietung heute.«

»Sie haben keine Beweise.«

»Brauche ich auch nicht. Aus Gerüchten werden die besten Schlagzeilen.«

Winston hatte sein Lächeln wiedergefunden. »Sie können Swahns Fall nicht wiederbeleben. Das ist Schnee von gestern.«

»Die Reporter werden wissen wollen, warum ich Sie, den großen Addison Winston, gefeuert habe. Wenn das keine Neuigkeit ist … Ich habe Sie gefeuert, könnte ich ihnen sagen, weil Sie ein ganzes Revier voller unschuldiger Polizisten mit Dreck beworfen und Geld von ihnen ergaunert haben!«

»Ich hatte und habe genug Geld, Oren, mehr, als ich ausgeben kann. Was ich auch tue, ich tue es zum Vergnügen.« Der Anwalt griff nach der Flasche und schenkte sich einen doppelten Whiskey ein – der einzige Beleg für seine Niederlage. »Was willst du von mir?«

»Informationen.«

»Millard Straub ist auch einer, der ein Motiv dafür hatte, eine Frau umzubringen.« Addison Winston gab diesen Leckerbissen, diesen Vertrauensbruch zwischen Mandant und Anwalt, freiwillig her, während er seinen Porsche vor dem Haus des Richters parkte.

Die Lampe über der Haustür war offenbar defekt. Normalerweise schaltete Hannah sie bei Anbruch der Dämmerung ein.

Der Anwalt sprach immer noch, und er sprach sehr schnell. Lagen da etwa Nerven blank?

»Der alte Millard hatte die fixe Idee, Evelyn würde ihn betrügen. Aber er hat mir nie gesagt, dass ich sie aus seinem Testament streichen sollte. Vielleicht wollte er jeden schriftlichen Beweis einer vergifteten Beziehung – ein Motiv für den Mord an seiner Frau – vermeiden. Er wäre ein schöner Verdächtiger, aber du scheinst da deine Zweifel zu haben, Oren. Verständlich. Es fällt schwer sich vorzustellen, dass dieser alte Zausel sein Beatmungsgerät in den Wald geschleppt haben soll. Allerdings passt diese Theorie recht gut zu dem neuesten Klatsch über Evelyn. Offenbar war sie ein wenig indiskret, als du sie gestern besucht hast. Die ganze Stadt spricht wieder von eurer alten Affäre. Wenn nun die Frau, die zusammen mit Josh gestorben ist, das Ziel eines gedungenen Mörders war? Es könnte sich um eine Verwechslung handeln. Angenommen, Millard Straub hatte jemanden beauftragt, seine Frau umzubringen, weil sie mit dir geschlafen hat? Wenn wir davon ausgehen, dass Josh ein ahnungsloser Zeuge war, wärst du für den Tod deines Bruders verantwortlich.«

Oren stieg aus, und der Anwalt fuhr lachend davon.

Hinter sich hörte Oren die quietschenden Scharniere des Fliegengitters an der Tür.

»Lass dich nicht von ihm aufstacheln.« Die Haushälterin kam auf die Veranda. »Einem Toten einen Mord anzuhängen, ist sehr bequem. Ich könnte die gleichen Gründe für Addison ins Feld führen. Seine Frau trinkt viel. Ich glaube, sie weint auch viel.« Hannah stand am Geländer und sah zur Villa der Winstons hinauf. »Man fragt sich, was da oben gespielt wird.«

Oren stieg die Stufen zur Veranda hinauf und drehte die Glühbirne fest. Es wurde Licht! Er setzte sich in den hölzernen Lehnsessel neben Hannahs alten Schaukelstuhl. »Erzähl mir was von Evelyn Straubs Mann. Ich erinnere mich nur dunkel an ihn.«

»Millard? Kein Wunder…« Hannah lehnte sich an das Verandageländer. »Er hat die Terrasse seines Hotels kaum verlassen. Ein bösartiger Typ, aber zu alt und zu krank, um ihr etwas anzutun. Er hat andere Möglichkeiten gefunden, sie zu quälen.«

»Warum ist sie bei ihm geblieben? Hatte er etwas gegen sie in der Hand?«

»Du meinst, irgendetwas außer einer Affäre mit einem Minderjährigen? Hätte er davon gewusst – und da mag Addison sagen, was er will –, hätte Millard sich von Evelyn scheiden lassen und sie ohne einen Cent auf die Straße gesetzt. Das Geld für einen Killer wäre ihm zu schade gewesen. Mieser alter Geizkragen.«

»Von der Vereinbarung vor der Hochzeit hast du gewusst?«

»Wir unterhalten uns hin und wieder mal miteinander, Evelyn und ich. Im Übrigen hast du keine Schuld an dem Tod deines Bruders, und das weißt du selbst.« Hannah setzte sich in ihren Schaukelstuhl. Josh hatte ihn immer Hannahs Liegefahrrad genannt, weil der Sitz so nah am Boden war. Es war die einzige Sitzgelegenheit, in der sie die Füße nicht baumeln lassen musste, sondern sie flach auf den Boden stellen konnte.

»Da kommt meine Alarmanlage.« Sie deutete auf einen gelben Hund mit zweifelhaftem Stammbaum, Schlappohren, den großen runden Augen eines Spaniels und dem langen Fell eines Collies. Das Tier näherte sich der Veranda, stellte eine Pfote auf die unterste Stufe, blieb dort zögernd stehen und sah mit traurig-erwartungsvollem Blick zu der Haushälterin auf.

Oren bemerkte eine leere Schüssel an der Tür. Der Hund fraß seine Reste nicht mehr unten am Gartenschuppen. »Du hast wohl vergessen, ihn zu füttern.«

»Sein Futter hat er schon vor Stunden bekommen.« Sie nickte dem Hund zu, als hätte der etwas gefragt, woraufhin er in großen Sätzen die Stufen hinaufrannte, sich dann brav vor ihrem Schaukelstuhl niederließ und wartend den Kopf schief legte – er hatte entschieden bessere Manieren als Horatio. »Diesmal will er Streicheleinheiten.« Sie strich ihm sanft übers Fell.

»Kann der Richter den Köter ebenso gut leiden wie du?«

»Heute Nachmittag hat er Stöckchen für ihn geschmissen. Es ist nur noch eine Frage der Zeit.«

Oren lächelte. Er fand Hannahs Plan gut, Horatios Funktion als ausgestopfte Wohnzimmerdekoration zu beenden, und legte seine Hand über ihre. »Du wolltest mir von den Séancen im Wald erzählen.«

»Wollte ich das?«

»Ihr fahrt zu Evelyns altem Blockhaus, du und der Richter, und …«

»Nein«, widersprach Hannah. »Wir sind seit Jahren nicht mehr zu den Séancen gegangen. Aber manchmal schauen wir uns die Videos an.« Sie erhob sich aus dem Schaukelstuhl, ohne seine Hand loszulassen, und zog ihn zu den Verandastufen. »Wir sollten jetzt gehen, solange es noch ein wenig hell ist.«

Hannah spähte übers Lenkrad, wobei sie sich hin und wieder aufrichtete, um die Haarnadelkurven der Bergstraße besser erkennen zu können. Oren ahnte, dass ein amtlicher Führerschein ihr den Spaß am Fahren weitgehend verderben würde.

Sie waren die Ersten. Obgleich vor der Blockhütte noch alle Parkplätze frei waren, fuhr Hannah um das Gebäude herum und hielt an der Tür zu dem niedrigen Kellerraum. Sie schaltete den Motor aus und suchte an ihrem Schlüsselbund, bis sie den richtigen Schlüssel gefunden hatte.

»Also los.«

»Wie kommt es, dass du einen Schlüssel hast?«

»Der hier gehört dem Richter.« Sie schloss die Tür auf. Dahinter summte ein Entlüfter.

»Wissen die Leute, dass sie gefilmt werden?«

»Natürlich. Evelyn verkauft die Videos an die Hotelgäste, die zu den Séancen kommen.«

»Und was ist mit den Einheimischen?«

Hannah zögerte etwas zu lange. »Ach, ich denke, die wissen auch Bescheid.« Sie griff in die Dunkelheit und betätigte einen Wandschalter, so dass der kleine Raum plötzlich in helles Licht getaucht wurde. Aus einem Kabelgewirr führten einzelne Leitungen nach oben und verschwanden in der niedrigen Decke. Die Korbsessel schienen ausrangierte Sitzgelegenheiten von der Terrasse des Hotels Straub zu sein. Ein veraltetes Aufnahmegerät stand neben zwei ebenso alten Fernsehern, die nur mit Videokassetten bestückt werden konnten.

»Es ist alles ein bisschen altmodisch. Evelyn möchte auf DVD und Computerbildschirme umstellen, aber du kennst ja deinen Vater. Auf Veränderungen reagiert er empfindlich.« Hannah schob eine Kassette in einen der Fernseher.

»Die Touristen interessieren mich nicht«, sagte Oren. »Wissen die Einheimischen auch bestimmt, dass sie gefilmt werden?«

»Einmal Polizist, immer Polizist.« Sie nahm ein Blatt Papier von einem Stapel auf dem Tisch. »Das ist die Einverständniserklärung, die müssen alle unterschreiben. Du kannst nicht sagen, dass sie keine faire Chance bekommen. Es geht damit los, dass Evelyn keinerlei Verantwortung für Herzanfälle, Angstzustände, Schlaganfälle, plötzlich eintretende geistige Umnachtung oder vor Schreck weiß gewordenes Haar übernimmt. Danach kommt noch mehr Unsinn in dieser Art, ganz unten ist dann in diesem ganzen Juristenwust vergraben die Zustimmung, gefilmt zu werden, und da haben die Leute es schon längst aufgegeben, sich durch diesen ganzen Kram zu quälen.

Meist unterschreiben sie es einfach.« Sie schob eine weitere Kassette in den zweiten Fernseher. »Es gibt zwei Kameras. Die eine zeigt den ganzen Raum, aber diese Ansicht hier mag ich noch lieber.«

Oren sah auf die Kamera, die den Kartentisch mit den Köpfen der über das Ouijabrett gebeugten Spieler erfasste.

»Das ist ein selbstgemachtes Hexenbrett«, sagte Hannah. »Nicht wie das, mit dem ihr, Josh und du, gespielt habt. Wenn ich mich recht erinnere, hat es im Dunkeln geleuchtet.«

»Und du hast es verbrannt.«

Auf dem Videoband berührten die Finger der Spieler das kleine Herz, das sich in weiten Kreisen schneller und schneller über das Brett bewegte. Dann stoppte er. Alice Friday führte den Singsang an, mit dem die Teilnehmer, während sie durch das Loch in dem hölzernen Herzen sahen, den Buchstaben S verkündeten. Dann setzte sich die Planchette wieder in Bewegung, um über einem anderen Buchstaben innezuhalten.

»Sie reden immer mit deinem Bruder, dem Geistführer, und fragen ihn, wie er gestorben ist. So war das von Anfang an. Keiner hat je gefragt, ob er ausgerissen ist.« Hannah deutete auf die Regale mit Kassetten an der hinteren Wand. »Auf vielen ist nur ein Wortsalat. Aber an manchen Abenden buchstabiert das Brett auch richtige Worte und ganze Sätze. Kommt drauf an, wer mitspielt.«

Oren konzentrierte sich auf eine der Spielerinnen. Aus diesem Blickwinkel der Kamera sah er nur den hellen Haarschopf. Er wandte sich der zweiten Kamera zu, die den Tisch auf Bodenhöhe erfasste. Jetzt kam ihm die Frau irgendwie bekannt vor. »Kommt Mrs. Winston regelmäßig her?«

Hannah nickte. »Sie ist auf ziemlich vielen Bändern zu sehen.«

In den Regalen drängten sich erschreckend viele Kassetten. Wie lange würde es dauern, sie alle anzuschauen? »Erzähl mir nur das Wichtigste. Gib mir …«

»Vielleicht war es ein Fehler«, sagte sie. »Wenn ich mich einmische, geht immer irgendetwas schief, inzwischen müsste ich das eigentlich wissen.«

Oren hörte von draußen gedämpftes Motorengeräusch und Türenschlagen und über seinem Kopf Schritte auf dem Holzboden. »Wir sind zu lange geblieben.«

»Blödsinn. Wir gehen heute zu der Séance.«

»Ich glaube, Mrs. Straub wäre das nicht recht.«

»Niemand wird jemals abgewiesen – bis auf Cable Babitt. Evelyn hatte nichts dagegen, wenn er hin und wieder einen Hilfssheriff hergeschickt hat, vorausgesetzt, er trug keine Uniform. Aber dann ist Cable jede Nacht mit seinem Jeep die Feuerschneise hinaufgefahren, und die führt schließlich nur zu dem Blockhaus.«

Und dahinter zu einer Grube voller Knochen.

»Evelyn hatte das Gefühl, dass er ihr nachspioniert. Inzwischen ist es ihm gerichtlich untersagt, sich dem Grundstück auf mehr als zweihundert Meter zu nähern. Bleib du hier, wenn du willst, ich gehe zu der Séance.«

Er folgte ihr nach draußen und über die Hintertreppe zur Küchentür. »Aber ich schaue nur zu.«

»Du solltest mitspielen«, sagte Hannah. »Unheimlich ist es nur für wahre Gläubige.« Sie sah ihn an und lächelte – eine unübersehbare Herausforderung.

Sie gingen durch die Küche in den kleinen Wohnraum. Die Stühle, die um den Spieltisch herumstanden, waren besetzt, weitere Besucher warteten im Dunkeln. »Weißt du noch, warum ich dir und Josh damals das alte Hexenbrett weggenommen habe?«, flüsterte Hannah. »Erinnerst du dich noch an deine Albträume?«

Allerdings. Und er erinnerte sich auch an Joshs schwere Träume, die Schreie in der Nacht, wenn sie die alte Dame aus der Paulson Lane besucht hatten, deren barmherzige Samariter sie einst gewesen waren. Die tote Mrs. Underwood hatte wüste

Flüche auf einem Hexenbrett zusammenbuchstabiert, das zwei kleine Jungen im Haushalts- und Textilwarengeschäft erstanden hatten.

»Ob Mrs. Winston heute kommt?«

»Vielleicht«, sagte Hannah. »Wenn sie es schafft. Addison bildet sich ein, zu jeder Tages- und Nachtzeit zu wissen, wo seine Frau steckt. Er denkt auch, dass Sarah nicht mehr Auto fährt, seit sie keinen Führerschein mehr hat. In Wirklichkeit kommt sie ganz schön herum.«

»Glaubst du, Josh könnte ein Geheimnis von ihr fotografiert haben?«

»Ich kann mir nicht vorstellen, dass sie den Jungen umgebracht hat, wenn du das meinst.« Sie gab ihm einen leichten Rippenstoß. »Schau auf das Spiel und hör zu.«

Das Herz aus Holz kreiste langsam über die Buchstaben des Alphabets und wurde dann schneller. Wenn es anhielt, nannten die Spieler den Buchstaben, der in dem Loch der Planchette zu sehen war.

»Ich habe damals versucht, es dir zu erklären, aber du hast wohl nicht zugehört. Wann die Planchette stehen bleibt und wann sie sich weiterbewegt, entscheiden nicht die Spieler. Es wird überhaupt nicht entschieden. Die Hände haben ihren eigenen Willen. Und der wahre Gläubige nennt das Magie.«

»Oder jemand schummelt.«

»Niemand schummelt«, sagte sie. »Und es hat nichts mit Magie zu tun.«

Ferris Monty, der an nichts glaubte, saß mit dem Rücken zur dunklen Seite des Raumes. Für seine Kunst tat er alles!

Er registrierte alle Einzelheiten, das Kerzenlicht und die magische Darbietung, die üppigen Spinnweben und den Ast, der durch eine zerbrochene Fensterscheibe wuchs. Es war seine erste Séance, und er war auf die Bewegung der Planchette nicht gefasst. Obwohl so viele Hände mit dem kleinen hölzernen Herz in Verbindung standen, hätte er schwören mögen, dass es sich von selbst und ohne Mitwirkung der Hellseherin bewegte. Zu keiner Zeit berührten ihre Hände das Brett. Seine Recherchen bei den Bewohnern von Coventry hatten ergeben, dass Alice Friday die einzige Konstante bei den Séancen war, die anderen Teilnehmer wurden bei jeder Sitzung durch neue Spieler ersetzt. Deshalb konnte er auch Verbündete von Alice Friday in dieser Mischung aus Städtern und Touristen ausschließen.

Die Planchette zog ihre Kreise immer schneller über das Ouijabrett, und ihn überkam ein unerklärliches Hochgefühl. Er sah die Hellseherin an. Sie hatte die Augen geschlossen und zuckte wie das herzförmige Stück Holz unter seinen Fingerspitzen.

Ein Spieler fragte: »Bewegt es sich manchmal auch geradeaus?«

Prompt zog es in gerader Linie hin und her über das Brett.

»Wann hält es endlich mal an?«, beschwerte sich eine Stimme zu seiner Rechten.

Die Planchette stoppte über dem Buchstaben J, der für Ja stand. Ja, der tote Junge war an diesem Abend unter ihnen. Ein Mann auf der anderen Seite des Tisches stellte die nächste Frage. »Scheißen Bären eigentlich in den Wald?«

Alice Friday verdrehte die Augen. »Verdammte Touristen!« Mit einer dramatischen Handbewegung in Richtung Tür wies die gekränkte Hellseherin den Mann vom Tisch.

Sie bekam Unterstützung von einer Spielerin, vermutlich der Ehefrau, die ihn anfuhr: »Harry, du Idiot. Geh jetzt und warte im Hotelbus!« Gehorsam zog er ab.

Jetzt waren sie zu fünft.

Ferris beugte sich zu Alice Friday hinüber. »Könnten Sie fragen, ob der Junge eine Nachricht für einen von uns hat?«

Sie nickte, schloss wieder die Augen und stellte Joshua Hobbs, dem Geistführer, die gewünschte Frage.

Ferris grinste. Er hoffte auf ein gutes Zitat für sein Buch – ein totes Kind, das aus dem Jenseits zu ihnen sprach. Die hölzerne Planchette jagte über das Brett, blieb über dem ersten Buchstaben stehen, dann über dem zweiten, jagte weiter – und die Spieler ringsum skandierten im Chor:

»L-I-E-…«

Ferris hatte das Gefühl, als sei das hölzerne Herz lebendig geworden, als strahle es Energie aus und habe einen fühlbaren Rhythmus.

Das ist doch Wahnsinn…

»B-S-T-D-…«

Die Planchette hüpfte wie eine Springspinne von einem Buchstaben zum nächsten.

»U-M-I-C-…«

Logik und Vernunft waren verbannt, Ferris saß hilflos in einem führerlosen Zug, wartete atemlos auf jeden Buchstaben und hielt sich nur noch mit den Fingerspitzen an dem rasenden Stück Holz fest.

»C-H-N-O-C-H…«

Er zog die Hände zurück, als hätte er sich an der Planchette verbrannt. Er saß ganz still, totenstill, ohne zu blinzeln, und verarbeitete atemlos die Botschaft eines ermordeten Jungen.

Alice Friday schlug die Augen auf und sah über ihn hinweg auf die Gäste, die im hinteren Teil des Raumes saßen. »Wollen Sie nicht dazukommen? Ein Stuhl ist noch frei.« Die Köpfe am Tisch fuhren herum, als sei ein Prominenter gesichtet worden.

Als Ferris sich umdrehte, sah er Oren Hobbs aus dem Schatten in den Kreis des Kerzenlichts treten. Ein Adrenalinstoß durchfuhr ihn, als er sich den vorwurfsvollen Blick vorstellte, den ihm der ältere Bruder mit Joshuas Augen – den gleichen blauen Augen – zuwarf.

Aber nein – Hobbs interessierte sich nur für den Drogisten im Ruhestand, der neben Ferris saß. »Sie sehen gut aus, Sir«, sagte er zu dem alten Herrn. »Höchste Zeit, dass Sie nach

Hause kommen, junger Mann«, gab der zurück und lud Oren Hobbs nach einem weiteren kurzen Austausch von Höflichkeiten nach der Séance auf einen Schlummertrunk zu sich ein.

Hobbs setzte sich und legte, wie die anderen, seine Fingerspitzen auf die Planchette.

Alice Friday schloss die Augen, ihr Kopf fiel nach hinten. »Hat jemand eine Frage für Joshua?«

Eine Stimme aus dem Hintergrund rief: »Warum hat Oren dich zum Sterben im Wald allein gelassen?«

Die Planchette flog vom Tisch, schoss durchs Zimmer und verlor sich im Schatten. Die Tür schloss sich hinter Oren Hobbs, noch ehe einer der Spieler das kleine hölzerne Herz in der dunkelsten Ecke des Zimmers gefunden hatte. Und die Frage wurde nie beantwortet, obgleich andere Leute sie immer wieder stellten.

19

Die letzten Tage von Joshua Hobbs nahmen auf der leuchtenden Fläche eines Computermonitors Gestalt an. Ferris Monty überließ es seinen künftigen Lesern sich den Kopf darüber zu zerbrechen, wie er an diese Informationen gekommen war. Er hatte das auf die altmodische Art bewerkstelligt – zu Fuß, als Stalker eines Kindes. Und ein Hang zum Exhibitionismus trieb ihn dazu, seine fixe Idee auf diesen Seiten festzuhalten.

Liebevoll beschrieb er das sonnenbeschienene Gesicht Joshuas, der an dem Geländer gegenüber vom Hotel Straub stand.

Obgleich die Kamera an einem Riemen um seinen Hals hing, wollte er nicht recht zu den Touristen passen, die einander vor dem Meereshintergrund fotografierten. Die Fotografen wechselten, die Posen nicht. Lächeln und Haltung waren identisch. An diesen Amateuren hatte der Junge nur ein paar Minuten seinen Spaß. Er richtete sein Teleobjektiv auf das Hotel. Evelyn Straub stand auf der Terrasse. Ihre fast vierzig Jahre sah man ihr kaum an. Sie war so viel mehr als nur eine landläufig hübsche Frau. Das frühere Showgirl steckte in einem Panzer aus Unnachgiebigkeit, sie war unverletzlich – vielleicht gar unmenschlich.

Dass sie ihn seit jeher einschüchterte, würde er nicht erwähnen.

Die Touristen betrachteten Joshua als einen Fremden in ihrer Mitte, weil er in die falsche Richtung schaute, sich von dem öden Anblick des Meeres und Himmels abwandte. Einige kamen näher, weil sie sich für seine Kamera interessierten, die so ganz anders war als ihre eigenen idiotensicheren Apparate. Sobald sie in ihm den Fachmann erkannt hatten, beantwortete Joshua gnädig Fragen nach der Filmempfindlichkeit und erklärte ihnen, was es mit den Blendenstufen auf sich hatte – Fakten, mit denen die Besitzer einer Schnappschusskamera nicht viel anfangen konnten. Dieses Kind hatte erlesene Umgangsformen und große Geduld.

Wäre diese Szene nicht in Worten, sondern durch Bilder beschrieben gewesen, hätte man Monty neben dem Jungen entdecken können. Versteckt hinter einer Sonnenbrille und unter dem breiten Rand eines Strohhutes, hatte er auf Tuchfühlung mit Joshua Hobbs gestanden. Er erinnerte sich noch, wie er die Hand ausgestreckt hatte, als wollte er das Haar des Jungen berühren, um sie nach kurzem Zögern wieder zurückzuziehen.

Als der junge Fotograf sich von den Touristen getrennt hatte, war er rasch weitergegangen, die Kamera auf die Straße vor sich gerichtet. War er an jenem Tag jemandem gefolgt? Das würde Ferris nie erfahren, denn er hatte seine Verfolgung aufgeben müssen, als der Junge sich unvermittelt umdrehte und eine Aufnahme von seinem Stalker machte.

Nach dem Abendessen hatte sich Oren von Hannah die Autoschlüssel geben lassen und war nun auf dem Weg zu Mr. McCaully, wobei er sich mit seinen Scheinwerfern an den am Straßenrand aufgestellten Schildern orientierte.

Als man den Bewohnern der Außenbezirke von Coventry die Aufstellung von Straßenlaternen angeboten hatte, war diese Neuerung mit der Begründung abgelehnt worden, dass sie das Sternenlicht überstrahlen würde. Unerschütterlich konservativ eingestellt, hatte die Stadt auch gegen Handymasten gestimmt, denn wer wollte schon ein Telefon in der Tasche mit sich herumschleppen? Es war lästig genug, eins im Haus zu haben.

Amen.

Das Drum und Dran einer Welt, die mit den Stadtgrenzen endete, hatte Oren bisher noch nicht vermisst. Vielmehr setzte er an diesem Abend auf die altmodischen Methoden des Mannes, der früher den Drugstore der Stadt betrieben hatte. Mr. McCaullys Dokumentation hatte das Zeitalter der Computer offenbar zugunsten handfester Druckerzeugnisse umgangen. Und der alte Herr warf nie etwas weg.

Jetzt kam das Holzrahmenhaus in Sicht, und hinter den Wohnzimmerfenstern brannte Licht. Das Geräusch des bejahrten Mercedes war ihm vorausgeeilt, der Hausherr erwartete ihn bereits auf der Veranda, als Oren den Motor ausschaltete.

»Lange nicht gesehen und doch wiedererkannt!« Der Drogist im Ruhestand zeigte freundlich die falschen Zähne und streckte Oren eine schmale, blau geäderte und mit Altersflecken übersäte Hand hin. »Sie wollen sich Ihren Schlummertrunk abholen. Recht so.«

Nachdem Oren die Grüße des Richters ausgerichtet und sein Beileid zum Tod von Mrs. McCaully ausgesprochen hatte, erläuterte er sein Anliegen, das den alten Herrn sichtlich freute. Er drückte seinem Gast eine Flasche Bier in die Hand und führte ihn durch den Garten zu einem langen schmucklosen Holzbau mit zugenagelten Fenstern.

Auf dem Weg dorthin erzählte er Oren die Geschichte des Familienunternehmens. »Mein Vater war so etwas wie ein Historiker. Diesen Schuppen hat er 1932 als Lagerhaus für die Unterlagen gebaut, die mein Großvater gesammelt hatte. Wussten Sie, dass Coventrys erster Drogist der Barbier war?« Als Mr. McCaully die Tür öffnete, hörte man leises Summen. Er betätigte einen Wandschalter. Leuchtröhren, die sich über die Decke zogen, warfen ihr Licht auf zahllose Reihen von Kartons auf wandhohen Metallregalen. »Die Klimaanlage hat mein

Sohn vor Jahren eingebaut. Deshalb haben wir die Fenster zugenagelt. Das Papier hält sich dann länger, sagt er. Manche Schriftstücke gehen bis ins neunzehnte Jahrhundert zurück.«

Oren folgte seinem Gastgeber zu dem letzten schmalen Gang des Archivs, wo sich die neuere Geschichte befand. »Sie haben also alles aufgehoben? Auch Inventare?«

»Das hier ist viel mehr als eine Sammlung von Quittungen und Inventaren, es ist das Herz der Stadt, eine Geschichte aller Gebrechen, die im Lauf der letzten hundert Jahre Coventry geplagt haben. Aus Rezepten von 1887 erfährt man, dass der erste Bürgermeister nachts nicht gut schlief – das könnte auf ein schlechtes Gewissen hindeuten. Auch Verschreibungen von Tinkturen und Verbänden für Schusswunden haben wir aus dieser Epoche.«

Er zwinkerte Oren listig zu. »Das war in der Zeit der Gesetzlosen. Manch einer würde einwenden, dass diese Phase nie zu Ende gegangen ist. Dazu kamen Nervenelixiere für Wahnsinnige und Stimmungsaufheller für Depressive. Gesetzlose und Verrückte machen seit jeher einen Großteil unserer Kundschaft aus. Wenn man in Coventry den Verstand verlor, ging das außer einen selbst keinen etwas an. Das Gleiche galt für einen Bankraub – vorausgesetzt, man verübte ihn in einer anderen Stadt.«

Der alte Herr blieb an einem Regal für die 1980er-Jahre stehen, setzte die Gleitsichtbrille auf, fuhr mit einem Finger über die Etiketten auf den Kartons und kam dabei dem Ende des Jahrzehnts und dem Jahr von Joshs Verschwinden immer näher. Dann hatte er die richtigen Kartons gefunden und holte sie herunter. Als Oren ihm zur Hilfe kommen wollte, runzelte er nur die Stirn. »Ich komme schon zurecht.« Er reihte vier Pappkartons nebeneinander auf dem Boden auf. »Alle voller Geschichte.«

Oren hockte sich vor die Kartons, hob einen Deckel und kramte in Mappen und losen Blättern. »Das genaue Datum weiß ich nicht. Es war eine Bestellung über Schwarzweißfotos. Hilft Ihnen das weiter?«

»Bestimmt. So etwas war schon vor zwanzig Jahren selten.« Mr. McCaully öffnete einen anderen Karton und sah hinein. »Ich erinnere mich, dass Mr. Swahn mir einen ganzen Packen Negative und Kontaktbögen gebracht hat. Es war eine große Bestellung.«

»Nein, den meine ich nicht«, sagte Oren. »Mich interessiert ein einzelner Rollfilm, den Hannah bei Ihnen hat entwickeln lassen. Sie hat auch eine Vergrößerung bestellt.«

Ohne zu zögern, öffnete der Drogist einen weiteren Karton, blätterte die losen Bogen durch und lächelte. »Hier haben wir's. Eine Quittung über zwanzig Abzüge, Standardgröße.« Er zog noch ein Blatt heraus. »Hier ist noch eine Bestellung von Hannah. Diesmal über eine Vergrößerung von 20 x 30.«

Oren nahm dem alten Herrn die Akte aus der Hand. Sie enthielt nur irgendwelche Papiere, keine vergessenen Fotos. »Ich weiß, dass sie Ihnen Negative dalassen musste, damit Sie die Vergrößerung anfertigen konnten. Wäre es möglich, dass sie auch die Bilder dagelassen und vergessen hat, sie abzuholen, als die Vergrößerung kam?«

McCaully lächelte. »Im Lauf der Jahre haben immer mal wieder Touristen vergessen, ihre Bestellungen abzuholen, und die entsprechenden Fotos sind alle in diesen Kartons. Aber nicht die Bilder von Hannahs Rollfilm. Ich bin zwar siebenundachtzig, Oren, aber noch nicht verkalkt. Ich habe Hannah mindestens einmal in der Woche gesehen. Lag es da nicht nahe, ihr irgendwann die anderen Abzüge zu geben?«

Das Datum auf den Schriftstücken verwirrte Oren. Die Haushälterin hatte ihm den Eindruck vermittelt, dass Jahre vergangen waren, ehe sie Joshs letzten Rollfilm hatte entwickeln lassen. Und jetzt begriff er, warum Mr. McCaully diese Unterlagen so schnell gefunden, warum dieses Datum sich im Gedächtnis des alten Herrn festgesetzt hatte.

»Schließt der Drugstore immer noch um sechs?«

»Wie eh und je.«

Um diese Jahreszeit waren die Tage lang. Abends um sechs schien noch die Sonne. Oren erinnerte sich, dass es dunkel gewesen war, als er nach Hause gekommen war – ohne seinen Bruder. Die Einheimischen hatten, um im Wald nach einem verlorenen Jungen zu suchen, ihre Taschenlampen benutzt.

Lange ehe man in Coventry Alarm geschlagen hatte, war Hannah mit Joshs letztem Rollfilm in den Drugstore gekommen.

Während Oren in den hinteren Räumen des Hauses nach der Haushälterin suchte, wobei er immer wieder ihren Namen rief, startete vorn Hannah mit dem Ersatzschlüssel den Mercedes. Als Oren den Motor laufen hörte, stürmte er durch die Verandatür – und blieb unvermittelt stehen.

Sie winkte ihm lächelnd zu und fuhr davon.

Nach einer Meile bog sie auf die Feuerschneise ein. Als sie den Parkplatz vor dem Blockhaus erreichte, war der gelbe Rolls-Royce nicht mehr da, aber die meisten Hexenbrettleute spielten noch, und das war zu dieser späten Stunde erstaunlich. Sie ließ den Wagen hinters Haus rollen, wo Evelyn Straub sie – was ihr gar nicht ähnlich sah – mit besorgter Miene erwartete.

Ärger?

»Danke, dass du zurückgekommen bist.« Evelyn hantierte mit dem Schlüssel in dem Vorhängeschloss zu dem kleinen Kellerraum. »Hier dürften wir ungestört sein.«

Hannah folgte ihr. Sie setzte sich in einen der Korbsessel, sah zur Decke empor und horchte auf das leise Skandieren der Buchstaben.

»L-I-E- ...«

»Dass sie so lange geblieben sind, habe ich noch nie erlebt.«

»Sie wollen einfach nicht nach Hause gehen, und wenn man mal eine Schrotflinte braucht, ist natürlich keine da. Tut mir leid, dass ich dich noch mal hergebeten habe, aber ich wollte bei unserem Gespräch den Richter nicht dabeihaben, und ich glaube, bis morgen hätte es keine Zeit gehabt.«

»Was kann ich für dich tun?«

»Ich stecke in der Klemme.« Evelyn setzte sich neben Hannah und sah zur Decke hoch.

»B-S-T-D-...«

»Ich habe gehört, dass sie in Joshs Grab Frauenknochen gefunden haben.«

Hannah beugte sich zu ihr hinüber. »Knochen einer Frau? Woher weißt du das?«

Evelyn deutete nach oben. »Die wissen es alle, sie haben vor einer halben Stunde durch das Hexenbrett davon gehört.«

»Dann muss es ja stimmen«, erwiderte Hannah in ironischem Ton. »Und seit wann glaubst du an diesen Quatsch mit der Hellseherei?«

»U-M-I-C-...«

»Das mit den Knochen habe ich heute Nachmittag erfahren. Von einem der Hilfssheriffs. Dave Hardy schaut immer in meiner Hotelbar vorbei, wenn er in der Stadt ist. Ich spendiere ihm einen Drink, und er quasselt mir ein Ohr ab. Er erzählt mir alles, aber eins konnte ich nicht fragen. Ich weiß, dass Oren heute mit der Suchmannschaft losgezogen ist. Er war dabei, als sie das Grab gefunden haben. Hat er erwähnt, dass er etwas Auffälliges in der Grube gesehen hat? Kleidungsstücke vielleicht?«

»Bist du auf etwas Spezielles aus?«

»Einen gelben Regenmantel. Plastik hält sich zwanzig Jahre in der Erde, die blöden Dinger sind nicht kaputt zu kriegen.«

»C-H-N-O-C-...«

Oben schlugen die Hexenbrettspieler mit den Füßen den Takt.

Hannah sah auf. »Das ist neu. Was ist mit diesem gelben Regenmantel, der nicht bis morgen Vormittag Zeit hat.«

»H-O-R-E-…«

»Es geht um eine Aussage, die ich vor zwanzig Jahren beim Sheriff gemacht habe. Ich habe ihm gesagt, dass Josh auf dem Wanderpfad allein weitergegangen ist. Ob sonst noch jemand vorbeigekommen sei, wollte Cable wissen, und ich hab Nein gesagt. Wie kann ich das jetzt zurücknehmen? Wie kann ich Cable erklären, dass ich am gleichen Morgen einer Fremden eine Tasse Tee gekocht und mich eine halbe Stunde zu ihr gesetzt habe? Am Ende denkt er noch, dass ich die ganze Sache erfunden habe, und verwirft Orens Alibi.«

»N-I-C-H-B-…«

»Verstehe«, sagte Hannah. »Was weißt du über diese Frau?«

»Sie war eine Tagesausflüglerin. Daran erinnere ich mich nur, weil sie nach der genauen Uhrzeit gefragt hat. Sie wollte nicht den letzten Bus nach Hause verpassen. Ehe sie ging, hat sie einen gelben Regenmantel aus dem Rucksack geholt. Es hatte an dem Tag einen Schauer gegeben, ganz kurz nur, aber als sie mit ihrem Tee fertig war, regnete es gerade.«

»I-N-H-I-…«

Evelyn blickte verärgert nach oben. »Am Ende muss ich noch die ganze Hütte anzünden, um diese Idioten loszuwerden.« Sie sah wieder Hannah an. »Ich habe der Frau eine Skizze von dem alten Wanderweg angefertigt, der an meinem Blockhaus vorbeiführt, und von den Wegen, die ihn mit der Feuerschneise verbinden. Dann hab ich sie durch die Hintertür hinausgelassen und ihr nachgeschaut, bis sie nicht mehr zu sehen war. Sie lief bergauf.«

»Dahin, wo die Knochen gefunden wurden.« Hannah nickte. »Wie sah sie denn aus?«

»E-R-O-…!«

»Sie war blond, ganz hellblond. Daran erinnere ich mich nur noch, weil das Blond echt aussah. Und sie war groß. Ansonsten war alles an ihr Durchschnitt – Gesicht, Kleidung. Bis auf den gelben Regenmantel könnte ich dir nicht sagen, was sie an dem Tag anhatte.« Evelyn öffnete ihre Handtasche. »Ich kann es dir zeigen, ich hab ein Foto dabei, denn ich hatte die Hoffnung, dich heute allein zu erwischen.«

»Du hast ein Foto von ihr?«

»Nein, natürlich nicht.«

»R-E-N-H- ...«

Evelyn holte eine Ansichtskarte heraus, eine Straßenansicht von Coventry zu einer anderen Jahreszeit. »Die hab ich aus dem Ständer im Hotel genommen.« Sie deutete auf eine Gestalt in einem gelben Regenmantel mit Kapuze. »Der sieht genau so aus wie der, den die Frau getragen hat.« Im Hintergrund sah man noch mehr gelbe Regenmäntel.

»In der Stadt hatten alle diese Dinger«, sagte Hannah. »Sie wurden in dem Haushalts- und Textilwarengeschäft angeboten.« Und sie waren damals spottbillig gewesen. Die gelben Regenmäntel von Josh und Oren hingen noch an Haken neben der Küchentür.

»I-L-F-M-I- ...«

»Ich denke mir, dass die Fremde ihren Regenschutz vormittags in der Stadt gekauft hat«, sagte Evelyn. »Bei so einem Angebot konnte sie wohl nicht widerstehen.«

»Keine Frau könnte das«, bestätigte Hannah.

»Es gibt keinen anderen Grund dafür, dass sie diesen Regenmantel im Rucksack hatte. Es war ein plötzlicher Platzregen, im Wetterbericht hatten sie nichts davon gesagt. Ich war total überrascht. Morgens war der Himmel blitzeblau. Mag ja sein, dass alle in der Stadt so einen Regenmantel hatten, aber wie viele Leute hätten ihn an dem Tag mitgeschleppt?«

»Nur eine Frau, die einen Blick für gute Angebote hatte.«

»R-O-R-E-N ...«

»Was meinst du, ob das dem Sheriff helfen könnte, Joshs Mörder zu finden?«

»Kaum«, sagte Hannah. »Etwas Handfestes kannst du ihm ja nicht erzählen. Vielleicht gehören die anderen Knochen in

Joshs Grab zu dieser Fremden, vielleicht auch nicht, es scheint mir nicht weiter wichtig zu sein. Ich würde mich nicht wundern, wenn der Sheriff inzwischen ihren Namen und ihre Adresse herausbekommen hätte.« Hannah erhob sich von ihrem Stuhl. »Ach ja – dieses Gespräch hat nie stattgefunden, ist das klar?«

Evelyn nickte, ein wenig abgelenkt von den Stimmen über ihr. »Wie diese Leute wohl von den Knochen der Frau erfahren haben?«

»So wie du. Einer von ihnen hat vermutlich Dave Hardy heute einen ausgegeben.«

Oben hatten die Hexenbrettspieler aufgehört, einzelne Buchstaben zu skandieren. Sie stampften mit den Füßen und sangen dazu: »*Oren, hilf mir. Oren, hilf mir. Oren ...*«

20

Der Arbeitstag des Sheriffs hatte gerade angefangen, als Kommissarin Polk unangemeldet sein Büro betrat.

Er lehnte sich in seinem Sessel zurück und versuchte vergeblich, nicht zu grinsen. »Es hat sich demnach schon bis zu Ihnen herumgesprochen …«

»Das da meinen Sie?« Sally Polk knallte ihm den Ausdruck einer kurz zuvor eingegangenen E-Mail auf den Schreibtisch. Der Absender war ein hochrangiger Politiker, der sie anwies, sich nicht länger mit dem Doppelmord zu befassen. Ihr Pech, dass in diesem Jahr die Wahlen zum Amt der Generalstaatsanwaltschaft anstanden. Der Chef des Justizministeriums betonte bei seinem Wahlkampf vor allem die Bedeutung örtlicher Befugnisse.

Alle Macht dem Volke? So ein Scheiß!

»Ich frage nicht, wie Sie das geschafft haben«, sagte sie. »Wenn Sie es überhaupt waren … Wer steckt dahinter?«

»Ihr eigener Laden. Die haben die letzte Entscheidung über die Zuständigkeit getroffen.«

»Das Grab befindet sich auf staatlichem Gelände.«

»Nicht mehr. Evelyn Straub hat gerade der Auflösung des hundertjährigen Pachtvertrags zugestimmt. Vermutlich hatte sie ein schlechtes Gewissen, weil es letztlich die Steuerzahler getroffen hatte. Die Schürfrechte waren keinen Cent wert, als Evelyn sie an den Staat verkauft hat.«

»Nein«, sagte Sally. »Ganz so ist das nicht, glaube ich. Bis so ein Antrag sich durch zehn bürokratische Instanzen durchgearbeitet hat, können Jahre vergehen. Ich vermute deshalb, dass

Mrs. Straub nur ihre Absicht aktenkundig gemacht hat, auf den Pachtvertrag zu verzichten. Trotzdem – es war ein vielversprechender Versuch.«

Sie holte sich einen Stuhl auf die andere Seite des Schreibtischs und setzte sich neben Cable Babitt. »Ich hab gehört«, sagte sie in dem freundschaftlichen Ton einer Frau, die mit einer Nachbarin über die Wäscheleine hinweg den neuesten Klatsch austauscht, »dass Sie bei der Identifizierung der toten Touristin – der Frau, die zusammen mit dem kleinen Hobbs gestorben ist – ein Stück weitergekommen sind. So munkelt man zumindest in Sacramento. Haben Sie das dort erzählt? Da hat dann wohl irgendein braver Bürger das Justizministerium auf die sonderbare Idee gebracht, ich könnte die Ermittlungen behindern. Weil ich zweimal die gleiche Stelle abgrase, im Weg stehe und so weiter.«

»Nehmen Sie's nicht persönlich, Sally, aber vielleicht ist da sogar was dran. Wenn Sie wollen, melde ich mich bei Ihnen, sobald wir für diese arme Touristin einen Namen haben.«

»Ich habe sie bereits identifiziert.«

Das wischte ihm das Grinsen vom Gesicht. Ungläubig schüttelte er den Kopf.

»Ehrlich«, beteuerte sie, als wollte er sie der Lüge bezichtigen. »Ich habe Namen und Adresse der Frau aus einer Vermisstenanzeige der Polizei von San Francisco. Hat mich nur eine Stunde gekostet.«

»Ich habe mir die Vermisstenanzeigen doch alle angesehen«, sagte der Sheriff. »Höchstpersönlich.«

»Ja, natürlich.« Sie wusste, dass er log, war aber taktvoll genug, nicht laut herauszulachen. Cable Babitt war mit Sicherheit über eine flüchtige Suche nicht hinausgekommen. »Die Ärmste hatte offenbar keine Freunde. Es hat lange gedauert, bis jemand sie vermisst hat.«

Sally holte die Vermisstenanzeige aus ihrer Handtasche und legte sie dem Sheriff hin. »Datiert dreieinhalb Monate nach

Josh Hobbs' Verschwinden.« Sie lächelte diesem unfähigen Schwachkopf herzlich zu. »Die gute Frau hatte keinen festen Job. Neu in der Stadt, wie es hieß. Und mit den Nachbarn hat sie nie gesprochen, nur mit den Pflanzen auf ihrem Balkon. Pflanzen liebte sie sehr, Menschen weniger. Deshalb hat der Hauswirt sie erst als vermisst gemeldet, als mehrmals die Miete nicht eingegangen war, und dann auch nur, damit er zur Deckung ihrer Schulden legal ihre Habe verkaufen konnte. Ich habe ihre letzte Adresse ausfindig gemacht und auch ihren Zahnarzt gefunden. Seine Röntgenbilder stimmen mit dem Gebiss unseres Opfers überein.«

»*Meines* Opfers«, sagte Cable Babitt. »Aber schönen Dank für Ihre Hilfe.«

»Ich bin noch nicht fertig.« Das vertrauliche Grinsen wurde noch breiter. »Ich habe die Absicht, Ihnen weiterzuhelfen.«

»Es ist *mein* Fall.« Das klang nach quengelndem Jungen im Sandkasten. »Das Justizministerium will es so.« Und das war eine Variante von *Ich sag's meiner Mama!*

»Aber Sie können sich nicht beschweren, Sheriff. Sie wissen doch nicht mal, welche Vorwahl die Telefonnummer des Justizministeriums hat.«

Die kleine Lounge des Hotel Straub war eigentlich nur eine winzige Bar mit drei Hockern, von denen zwei an diesem Vormittag besetzt waren. Die Kellnerin, die gleichzeitig Barkeeperin spielte, war mit einigen Gästen im Speisesaal beschäftigt.

Dave Hardy trank sein Bier aus einer Kaffeetasse. Oren trank echten Kaffee, während er sich nach und nach Einzelheiten aus den Tagen vor dem Verschwinden seines Bruders berichten ließ. Sein Trinkkumpan legte unbeabsichtigt Rechenschaft über jene Zeit ab.

»Gott, was hab ich den alten Mistkerl gehasst«, sagte Dave.

»Ich kann mich an Millard Straub kaum erinnern.« Oren behielt den Spiegel hinter der kleinen Theke im Auge für den Fall, dass Evelyn, die Witwe, in ihr Gespräch hineinplatzte.

»Ich hab seine hässliche Fresse jeden Tag sehen müssen.«

»Ja, richtig…«, sagte Oren, der nichts vergessen hatte. »Du hast ja nach der Schule hier ausgeholfen. Wie sind die beiden eigentlich miteinander zurechtgekommen, er und seine Frau?«

»Mrs. Straub war die Einzige, die Millard früher gern genug hatte, um ihn Süßer zu nennen. Aber das war irgendwann vorbei. Später haben sie sich dann auf Kosenamen wie dreckige Hure und Arschloch geeinigt.« Dave hob sein Bier. »Und das waren ihre guten Zeiten.«

»Könntest du dir vorstellen, dass der Alte seiner Frau den Tod gewünscht hat?«

Dave ließ seine Tasse einen Augenblick in der Schwebe und überlegte. »Ich würde sagen, dass es umgekehrt war. Er hat mir zusätzlich was gezahlt, damit ich sein Essen vorkoste. Ich musste morgens ganz früh kommen, um sein Frühstück zu testen. Und mittags aß er keinen Bissen, bis ich aus der Schule kam.«

»Hat er gedacht, dass Mrs. Straub ihn vergiften wollte?«

»Ich hätte sie nicht verpfiffen, wenn sie's getan hätte, aber der alte Millard ist an einem Herzinfarkt gestorben. Hab ich jedenfalls gehört. Als er den Löffel abgegeben hat, war ich längst über alle Berge, in diesem Kaff hielt mich nichts mehr.«

»Aber du bist wiedergekommen.«

»Ja, der Sheriff hat mir geschrieben, dass meine Mutter im Sterben läge. Das war vor acht Jahren. Ich warte immer noch.«

Oren stellte seine Kaffeetasse auf der Theke ab. »Ich habe deine Mutter nicht mehr wiedergesehen, seit wir damals beim Direktor antreten mussten – erinnerst du dich noch?«

»Nach der Schlägerei in der Turnhalle, ja. Mom war an dem Abend gut in Form. Hast du gewusst, dass sie einen Tumor hat, der so groß wie ein Basketball ist?« Er trank sein Bier aus. »Oder noch größer. Vielleicht ist sie ein einziger Tumor, der laufen und reden kann. Schlampe. Aber dein Vater und Hannah, die waren Spitze. Ich erinnere mich heute noch an Hannahs Küche.«

»Ich glaube, nach dieser Prügelei hast du nicht noch mal bei uns gegessen.« Oren tat weiterhin so, als wolle er lediglich ein wenig mit einem alten Klassenkameraden plaudern. »Du hast mir nie verraten, warum du meinen Bruder an den Garderobenschrank geknallt hast.«

»Scheiße, ich wusste ja nicht, dass der Trainer Josh wegen der Fotos für das Jahrbuch reingeschickt hatte. Ich dachte, er wäre ein Spanner. Tut mir leid, Mann, war nicht so gemeint.«

Orens Hände schlossen sich fester um die Kaffeetasse. »Ist Josh dir vor jener Nacht mal nachgegangen? Ich weiß, dass er das manchmal getan hat… dass er Leute mit seiner Kamera verfolgt hat.«

Dave ließ sich die Frage durch den Kopf gehen, wobei er hin und wieder einen kleinen Schluck Bier nahm. »Nein, ich glaube nicht. Aber ich hab gemerkt, wie er mich beim Umziehen beobachtet hat, und hab mich gefragt, ob Josh schwul war oder so. Das ist mir mit der Zeit unheimlich geworden, glaube ich. Und da bin ich an dem Abend, als er mich fotografiert hat, wohl einfach ausgeflippt.«

Orens Augen waren auf den breiten Spiegel hinter der Theke gerichtet, als Evelyn Straub die Bar betrat.

Dass er dort mit Dave Hardy saß, schien ihr nicht recht zu sein. Er hätte sich den Hilfssheriff in einer anderen Bar vorknöpfen sollen, denn jetzt musste ihr klar sein, dass Hannah nicht länger auf Dave als Informationsquelle aus dem Büro des Sheriffs zurückgriff. Diesen Knochen hatte sie Oren als Trostpreis zugeworfen. Was die fehlenden Fotos und Daten betraf, hatte sie Gedächtnisschwund geltend gemacht.

Evelyn Straub ließ sich auf dem dritten Barhocker nieder.

Der Hilfssheriff prostete ihr zu.

»Grüß Hannah schön von mir, Oren.« In der leisen Ironie

war auch die Anweisung verpackt, ihr auszurichten, dass sie sauer war. »Gehst du in diesem Jahr zu dem Geburtstagsball?«

»Da gehe ich nie hin«, sagte Oren.

»Zu dem ersten bist du gegangen«, wandte Evelyn ein. »Es war nicht deine Sternstunde.«

»Ich weiß«, sagte Dave. »Damals waren wir noch in der Grundschule.« Nach einem Bier vor dem Frühstück äußerst menschenfreundlich gestimmt, schlug er Oren auf die Schulter. »Die kleine Winston soll dich ja neulich windelweich geschlagen haben.«

»Ich habe alles mit angesehen.« Evelyn ließ Oren nicht aus den Augen. »Rache ist süß.«

»Sagen Sie Sally zu mir.«

William Swahn fiel anderes ein, was er zu dieser Person hätte sagen können, und einiges davon grenzte an einen Strafbestand. Kommissarin Polk und ihre Truppe hatten an diesem Tag eine Grenze überschritten.

Sally Polk trank in kleinen Schlucken ihren Tee und nickte zu seiner unberührten Tasse hin. »Ist er zu heiß?«

Ihr Country-Western-Akzent verriet ihm, dass sie aus Bakersfield stammte, einer einzigartigen Stadt in Kalifornien, in der einige Migrantenfamilien ihre merkwürdig gedehnte Sprechweise aus anderen Staaten behalten und von einer Generation zur anderen weitergegeben hatten. »Bin ich verhaftet?«

»Nein, Schätzchen. Aber schönen Dank, dass Sie gekommen sind.«

»Es war kaum möglich, sich der Polizei zu verweigern. Sie haben mir den Stock weggenommen, bevor sie mich in den Wagen verfrachtet haben.«

»Ach, diese Jungs...« Sie tat die schlechten Manieren dieser Kinder mit Schießgewehr mit einer lässigen Handbewegung ab. »Sie sind mein Gast. Außerdem sind Sie der einzige Kriminologe weit und breit. Nennen Ihre Freunde Sie Will oder William?«

»Ihre Polizeibehörde braucht keinen Kriminologen. In dieser Gegend ist ein Strafzettel wegen zu schnellen Fahrens vermutlich der Höhepunkt des Polizeialltags.«

»Ich gehöre zu einer anderen Behörde.«

»Ich weiß. Und ich weiß auch, dass man Ihnen die Coventry-Morde weggenommen hat.«

»Erstaunlich, wie schnell sich so etwas herumspricht. Ich habe es selbst erst vor einer Stunde erfahren. Dann ahnen Sie vielleicht auch, wer seine Beziehungen hat spielen lassen, um die Zuständigkeiten zu ändern. Sie und Oren haben den gleichen Anwalt, stimmt's? War das Addisons Plan? Oder hat Richter Hobbs immer noch so viel Einfluss?«

Swahn schob seine Teetasse beiseite. »Ich kann nur wiederholen, was meine Putzfrau gesagt hat. Ihr Klatsch ist meist sehr zuverlässig.«

Mit einem mütterlichen Lächeln hielt Sally Polk eine Farbfotografie des jungen Joshua Hobbs hoch. Er posierte vor dem himmelblauen Hintergrund, den Schulfotografen so gern benutzen. »Ein hübscher Junge, nicht? Vielleicht ein bisschen zart. Nicht an Sport interessiert, wie ich hörte – nicht ganz so wie andere Jungs.«

»Wie *richtige* Jungs? Es geht doch nichts über ein gesundes Vorurteil, Kommissarin Polk.«

»Nennen Sie mich Sally, ganz einfach Schwulenhasser-Sally.«

Er unterdrückte ein Lächeln. Jetzt fand er sie fast sympathisch. »Ein Jahr nach Josh Hobbs' Verschwinden spukten drei weibliche Teenager ständig wie Witwen in dem Büro des Sheriffs herum. Und wenn Sie nach wie vor Wert auf die Meinung eines Kriminologen legen – der Junge war unzweideutig heterosexuell.«

»Aber Sie nicht. Zu behaupten, Sie wären ein Hetero, ist jetzt zu spät, dann müssten Sie vielleicht all das schöne Geld aus dem Vergleich zurückgeben. Die Polizei in Los Angeles könnte sagen, es sei unter falschen Voraussetzungen gezahlt worden. Als Mitarbeiterin des Justizministeriums müsste ich mich möglicherweise um den Fall kümmern.«

»Offenbar hält sich die Polizei in Los Angeles an die Bedingungen unserer Vertraulichkeitsvereinbarung, die Sie offenbar nicht in Einzelheiten kennen. Sie werfen nur Nebelkerzen. Ist das Ihr Vernehmungsstil? Sie schleudern einfach ein paar Hände voll Dreck in die Gegend und warten ab, was kleben bleibt?«

»Um welchen seiner Mandanten sich Addison wohl mehr Sorgen macht – um Sie oder um Oren Hobbs? Ich weiß, dass sich der Sheriff nach Joshs Verschwinden sehr eingehend mit Ihnen befasst hat. Und nun frage ich mich, weshalb. Normalerweise muss einer schon nackt durch die Gegend rennen, bis Cable Babitt hinsieht. Und noch was: Wenn Ad Winston Ihr Anwalt ist, kann ich sicher sein, dass Sie sich etwas haben zuschulden kommen lassen.«

William stützte sich auf seinen Stock, um aufzustehen. »Sie müssen mich jetzt entschuldigen«, sagte er ohne Schärfe.

»Sie wollen also auch nicht, dass dieser Fall gelöst wird. Spricht nicht gerade für Unschuld.«

»Das ist mir einerlei.«

»Abwarten.« Das war keine Drohung. Sie war besorgt.

Er folgte ihrem Blick zum Fenster, das auf den Parkplatz hinausging. Dort hatte sich eine mit Kameras und Mikrofonen bewaffnete Meute versammelt. »Wie ich sehe, haben Sie die Medien verständigt.«

Sie schüttelte den Kopf. »Das ist nicht mein Stil, sondern der Ihres Anwalts.« Sie stand auf und trat ans Fenster. Immer mehr Kleinbusse und Personenwagen rollten auf den Parkplatz und spuckten Reporter und Kamerateams aus. »Addison liebt es, gefilmt zu werden. Deshalb habe ich Sie von der Polizei abholen lassen, damit er nicht erfährt, dass Sie hier sind. Ob Sie's glauben oder nicht, Mr. Swahn, ich wollte Ihnen damit nur einen Gefallen tun.«

William hinkte zum Fenster und stellte sich neben sie. »Sie wissen, dass ich meinen Anwalt nicht angerufen habe. Das ist nicht sein Werk.«

»Mag sein«, sagte Sally Polk. »Wenn sie Blut wittern, kommen sie eben manchmal auch so.«

21

Angefangen hatte Ferris Monty sein Buch vor zwanzig Jahren auf einer Schreibmaschine, jetzt hatte er es geschafft, das Manuskript fast vollständig in einen Computer einzutippen. Der Bildschirm glühte, und er selbst glühte ebenfalls.

Die Wurstfinger glitten über die Tastatur, um Joshuas dunkles Haar und seine hohen Wangenknochen zu beschreiben. Zeile für Zeile ließ Ferris Monty den toten Jungen lebendig werden und ihn mit einer Kamera um den langen weißen Hals durch die Straßen von Coventry streifen. Und auf manchen Seiten folgte dem Jungen ein etwas durchgeknallter, irgendwie zurückgeblieben wirkender Irisch Setter.

Wie hieß der blöde Köter doch gleich?

Er blätterte in einem alten Notizbuch. Richtig – der Junge hatte seinen Hund Horatio genannt.

Ferris dachte an jenen Tag zurück, an dem er sich auf einem Straßenfest unter die Touristen gemischt hatte. Eine Stunde oder mehr hatte er den Jungen und seinen Hund beobachtet, dann hatte er die beiden in der Menge verloren, sie aber glücklich wiedergefunden, als eine Frau kreischte: »Schaff mir sofort diesen Köter vom Hals, Josh!« Danach hatten die drei wie im Gänsemarsch ihren Weg fortgesetzt – Ferris hinter dem Hund, der Hund hinter dem Jungen.

Eine Frau schien eine Weile die unfreiwillige Anführerin dieser Parade gewesen zu sein – oder vielleicht auch nicht. Aus seinen Notizen von jenem Tag war das nie ganz klar hervorgegangen, denn der Hund hatte plötzlich eine andere Besucherin des Straßenfestes angesprungen und sie so lange abgeschleckt, bis auch sie anfing zu kreischen. *Wie hatte der Junge nur hoffen können, mit so einem Hund im Schlepptau irgendjemanden zu beschatten?*, lautete eine Zeile in Ferris' Notizbuch.

Auf anderen Seiten, an anderen Tagen und ohne Hund, wurde deutlich, auf wen Joshuas Neugier abzielte. Der Junge hatte die Gabe, verräterische Augenblicke einzufangen – Schimpftiraden oder Verwirrung, ein Essgestörter, der drauf und dran war, sich in einer Imbissbude der Stadt zu übergeben, und …

Ferris fielen die Fotos von sich selbst ein, die jahrzehntelang öffentlich ausgestellt gewesen waren.

Er hatte Abzüge bei Josh bestellt, nachdem die Originale im Foyer der Bank aufgetaucht waren. Ferris' private Sammlung hing an der Wand über dem Computerbildschirm, um ihm auf diese Weise täglich ein freundlicheres Bild von sich zu liefern als das, mit dem sein Spiegel ihn konfrontierte. Wie sehr er diese Porträts aus jüngeren Jahren liebte, aus jener Zeit, als er, passend zu seinem Toupet, noch schwarze Augenbrauen gehabt hatte! Und Joshuas Arbeiten waren allen früheren Versuchen anderer Künstler, Ferris' wahres Wesen einzufangen, weit überlegen.

Untertreibung.

Heute verblüfften ihn diese drei Fotos von Neuem.

Er sah sein jüngeres Ich vor so vielen Jahren in einer Bank anstehen. Auf der ersten Aufnahme hatte er gerade gemerkt, dass der Junge ihn fotografierte. Ferris' Gesicht war dem Kameraauge mit einem Ausdruck freudiger Überraschung zugewandt. Auf dem zweiten Foto sah er kokettierend über die Schulter. Am aufschlussreichsten aber war sein Ausdruck auf der letzten Aufnahme. Sie hatte den Augenblick festgehalten, in dem er sich in den jungen Fotografen verliebt hatte.

Doch der Junge fühlte sich von ihm abgestoßen. Ferris hatte das an dem Tag begriffen, als Joshua vorbeigekommen war, um die Fotos abzugeben und sein Geld zu kassieren. Warum hatte sich der Junge dann nach dem ersten Schnappschuss nicht abgewandt? Warum hatte er noch zwei nachgeschoben? Und warum hatte er dieses Trio in aller Öffentlichkeit ausstellen müssen?

Langsam begriff Ferris etwas, was seine Achtung vor dem jungen Künstler noch erhöhte. Alles drehte sich um diese verräterischen Augenblicke. Joshua hatte etwas Seltenes eingefangen – die Sekunde, in der Liebe auf den ersten Blick entstand. Der Junge mochte von seinem Modell angewidert sein, aber auf dieses erstaunliche Ergebnis war er unbändig stolz.

Im Lauf der Jahre waren Tausende von Kunden durch das Foyer der Bank gekommen und hatten sich, während sie anstanden, die Fotos angesehen. Hatte auch nur einer wirklich verstanden, was er da sah? Ferry Montys überlegenes Lächeln erlosch.

Entsetzen packte ihn und sollte ihn den ganzen Tag nicht mehr loslassen.

Saulburgs einziges Taxiunternehmen hatte kein einziges Fahrzeug mehr zur Verfügung, die meisten Wagen waren von TV-Sendern und der Presse in Beschlag genommen worden. William Swahn hatte es gegen Sally Polks Rat abgelehnt, sich von den Polizisten heimfahren zu lassen. Nein, vielen Dank. Auch darauf, sich von Uniformierten durch die Reportermeute auf dem Parkplatz eskortieren zu lassen, hatte er verzichtet.

Die Menge der pöbelnden, mit Kameras und Mikrofonen bewaffneten Medien-Rowdys wuchs ständig an.

William wartete allein hinter der Glastür und sah nach draußen. Seine Mitfahrgelegenheit würde sicher bald da sein. Sie hatte versprochen, so schnell wie möglich zu kommen. In Coventry bedeutete das unter Umständen ein Tempo von fünfzehn Meilen statt zehn pro Stunde.

Auf dem Parkplatz konnte er nichts erkennen, Reporter und Fotografen versperrten ihm die Sicht. Er wartete noch ein paar

Minuten, dann trat er hinaus ins Tageslicht, wo ihn ein lärmender Schwall von Fragen und eine Masse drängelnder Menschenleiber empfing. Unbeholfen hinkte er an Streifenwagen und Zivilfahrzeugen vorbei, deren Insassen er nicht erkannte. Das Geschrei verschmolz zu einem einzigen Dröhnen, aus dem hin und wieder ein Satz herauszuhören war. »Moment mal!«, schrie ein Reporter und »Hey, Mann, mach langsam!«, ein anderer.

Ein Bein stellte sich ihm in den Weg. Er konnte gar nicht anders, als langsam werden. Er stolperte. Wo war sein Stock? Einer der Mistkerle hatte ihm den Stock weggenommen. Er fiel, landete auf seinem kranken Bein und schrie auf vor Schmerz. Grinsend standen sie über ihm, die einen filmten ihn, während er sich vor Schmerzen wand, andere fotografierten sein qualvoll verzerrtes Gesicht. Eine endlose Minute lang gab William sich auf, und einer rief: »Ist er tot?«

Er lag auf dem Rücken, geschockt und regungslos, und vergaß zu atmen, zu blinzeln.

Jetzt schrie einer seiner Peiniger auf, und dann ein zweiter. William wandte den Kopf um und sah, wie eine Kamera zu Boden fiel, während sich ein Fotograf, beide Hände schützend vor den Schritt gelegt, vor Schmerzen krümmte. Eine kleine Person kämpfte sich durch die Menge, trat einem nach dem anderen zwischen die Beine, dann hob sie William Swahns Stock vom Boden auf und zertrümmerte ein paar Kniescheiben.

Hannah die Mächtige war gekommen, um ihn nach Hause zu holen.

Oren betrat die Bank, um ein Sparkonto aufzulösen, das er als Zehnjähriger angelegt hatte. Im Foyer blieb er stehen und schlug ein blaues Sparbüchlein auf, weil er nachschauen wollte, ob er den Kontostand richtig in Erinnerung hatte. Es war das falsche Sparbuch, obgleich er es in seinem eigenen Schreibtisch gefunden hatte, es war das alte von Josh. Dreitausend

Dollar, las er, eine sagenhafte Summe für seinen fünfzehnjährigen Bruder, und dabei waren die in zwei Jahrzehnten aufgelaufenen Zinsen noch nicht berücksichtigt. Er hatte sich nie klargemacht, dass der Verkauf von Joshs Fotos derart lukrativ gewesen war.

Ob er sein Sparbuch im Schreibtisch des Bruders finden würde? Wie waren sie vertauscht worden – und wann? Vielleicht maß er heutzutage all diesen Dingen zu viel Bedeutung bei, als wären es göttliche Zeichen und Omen. Sein nächster Gedanke war, dass er all dem womöglich zu wenig Beachtung schenkte.

Ohne das richtige Sparbuch hatte er an diesem Tag in der Bank nichts verloren. Im Hinausgehen sah er den gelben Rolls-Royce vor dem Eingang stehen. Das schlecht gemachte Toupet des Fahrers und seine blasse Haut ergänzten die Beschreibung, die der Sheriff von Ferris Monty gegeben hatte. Oren erkannte in ihm einen der Teilnehmer der Séance, und ganz dunkel erinnerte er sich auch daran, ihn vor langer Zeit einmal anderswo gesehen zu haben – nur als Gesicht auf einem Foto.

Monty watschelte in Richtung Bank, als ihre Blicke sich trafen, und der Kleine stolperte. Hatte er Angst? Gespielt lässig drehte sich der Klatschkolumnist um und lief eilig zurück zu seinem Rolls-Royce.

Was hatte das wohl zu bedeuten?

Nur in Coventry war es möglich, einem Auto zu Fuß zu folgen. Der Rolls bog um eine Ecke, und Oren lief ihm gemächlich hinterher. Er war nur einen halben Block hinter ihm, als der gelbe Wagen vor dem Postamt hielt. Oren gab Ferris Monty eine Minute Vorsprung, dann trat er ans Fenster. Monty stand im Vorraum, betrachtete die Porträts von William Swahn, ging immer näher heran und besah sich mit zusammengekniffenen Augen Einzelheiten. Oren klopfte an die Scheibe und winkte. Erschrocken trat Monty zurück und einem Kunden auf die Zehen. Dann rannte er hinaus zu seinem Wagen.

Oren machte keinen Versuch, diese Flucht zu verhindern. Er wollte Monty Zeit geben, ein wenig zu schwitzen, während der auf das unvermeidliche Klopfen an der Tür wartete. Im Augenblick interessierten Oren mehr die Fotos, die sein Bruder von dem Mann mit dem Mal im Gesicht gemacht hatte, und er fragte sich, warum sie einen Klatschkolumnisten so faszinierten. Als Oren den kleinen Vorraum betrat, fiel ihm wieder ein, wo er Ferris Monty schon einmal gesehen hatte. Auf Joshs Dreierserien waren immer nur Menschen in einer Schlange zu sehen, und eine dieser Serien war an die einzige Bank der Stadt verkauft worden.

Oren besah sich die Arbeiten seines Bruders an der Wand des Postamts, ließ den Blick langsam von einem Foto zum nächsten wandern.

Erzähl mir eine Geschichte, Josh.

Er hatte immer geglaubt, Joshuas Hauptmotiv sei William Swahn gewesen, und darüber hatte er ganz vergessen, dass auch die verrückte Bibliothekarin hier abgelichtet war. Sie stand in der Schlange vor dem Mann mit dem Stock, und nichts deutete darauf hin, dass sie ihn kannte. Diese Aufnahme mochte als Bestätigung für Swahns Behauptung gelten, dass sie nie miteinander gesprochen hatten.

Aber nein – der Mann mit dem Mal im Gesicht hatte ihn belogen. Während die beiden im Lauf der drei Fotos in der Schlange vorrückten, verschwand aus einem Packen von Briefen in Swahns Hand ein dicker Umschlag und tauchte in Mavis Hardys Einkaufstasche wieder auf.

Die nächste Station auf Dave Hardys Streife war eine kleine, zwei Ortschaften vom Sitz der Polizeizentrale des Countys entfernte Straßenbar. Es war fast Zeit für sein flüssiges Mittagessen. Er trank gern über den ganzen Tag verteilt. Das Bier bekam er immer in einer Kaffeetasse, aber ohne Rechnung – eine Gefälligkeit dem Ordnungshüter gegenüber.

Er liebte seinen Job. Selbst nach Feierabend und in Zivil konnte er sich kostenlos volllaufen lassen.

Der Hilfssheriff schwang sich auf seinen Lieblingshocker, der dem Fenster am nächsten war, damit er den Parkplatz im Auge behalten konnte. Er hielt immer Ausschau nach Fahrzeugen von außerhalb, die ein so leichtes Opfer für Strafzettel waren, aber die Gäste hier waren alle Einheimische. Er drehte sich zu dem Fernseher hinter der Theke um. Für die Nachrichten war es eigentlich noch zu früh. Dem eingeblendeten Text unter dem Bild entnahm er, dass es sich um eine Eilmeldung handelte. Auf dem nur wenige Blocks vom Büro des Sheriffs in Saulburg entfernten Parkplatz der Polizeizentrale tobte der Mob.

In dem hinkenden Mann erkannte er einen Sonderling aus Coventry. William Swahn war von Reportern umzingelt, die ihn bei lebendigem Leibe zu verschlingen drohten. Die Fernsehkamera vollzog einen Schwenk zu Sally Polk, die von Kameras und Mikrofonen umringt war. Sie beantwortete Fragen zum Fall Joshua Hobbs – einem Fall, für den sie nicht mehr zuständig war. Diese Person verstand es einfach nicht loszulassen.

Dave brach mit seiner Tradition – ein Bier pro Bar – und bestellte ein zweites. Sally Polk erinnerte ihn an seine Mutter, die lächeln konnte, während sie mit Worten auf ihn einstach – überallhin, wo es wehtat.

Oren rief von der Bank aus zu Hause an. Während er dem Läuten am anderen Ende der Leitung lauschte, starrte er auf die drei Porträts von Ferris Monty an der Wand.

Sein Vater meldete sich, und Oren erfuhr, dass Hannah mit dem Wagen unterwegs war. Falls Oren gerade einen fahrbaren Untersatz benötige, so der Richter, habe er leider Pech gehabt. Aber der Sohn brauchte nur eine Adresse, und die kannte der alte Herr. »Es ist nicht sehr weit, von der Stadt aus vielleicht eine Meile.«

Während Oren durch die schmalen Nebenstraßen lief, rief er sich ins Gedächtnis, wie Josh eines Tages von Ferris Monty zurückgekommen war, nachdem er die bestellten Abzüge abgeliefert hatte. Obgleich es ein großer Auftrag gewesen war, hatte Josh nicht darüber sprechen wollen.

Nachdem er die Originale in der Bank betrachtet hatte, verstand Oren das Unbehagen seines Bruders, und jetzt zog er das schlimmste Szenario für Joshs Tod in Betracht. Als CID-Agent hatte er öfter mit Soldaten zu tun gehabt, die ihren Trieb nicht unter Kontrolle halten konnten, und mehr als einen von ihnen verhaftet. Er kannte sich mit diesem Vergehen so gut aus, dass er die Psychopathen, die sich auf das Jagen und Vergewaltigen von Heranwachsenden spezialisiert hatten, sogar benennen konnte.

Etwas an dem Fünfzehnjährigen musste den merkwürdigen kleinen Mann mit dem schwarzen Toupet berührt haben. Das war auch Josh nicht entgangen, und deshalb konnte er sich bei diesem Thema dem älteren Bruder nicht anvertrauen. Damals hatte Oren sich oft abfällig über Joshs Nachstellungen mit der Kamera geäußert. Deshalb hätte sein kleiner Bruder nie irgendeinen Vorfall erwähnt, in dem es um Ferris Monty ging – dieses *Grauen* in Person.

Oren bedauerte, dass er damals nicht verständnisvoller gewesen war. Jetzt hatte er verstanden – und es brach ihm das Herz.

Sarah Winston imitierte helle Vogelrufe, während sie die Futterbehälter am Geländer der Terrasse füllte. Ein paar Schritte von ihr entfernt verfolgte ihre Tochter mit dem Fernglas den alten Mercedes des Richters, der in William Swahns Einfahrt einbog und hinter dicht belaubten Bäumen verschwand.

Isabelle lief ein Stück weiter auf der Terrasse, um einen besseren Blick zu haben. Das Fernglas bekam den Wagen erneut ins Visier, als er auf der kleinen Lichtung vor dem Haus in der

Paulson Lane auftauchte. Wider Erwarten war es nicht Oren Hobbs, der ausstieg, sondern Hannah, die William die Stufen zur Haustür hinaufhalf. Er hinkte an diesem Tag stärker als sonst.

Ob er wusste, was sie über ihn in den Nachrichten sagten?

Bis zu Sarah Winston waren die neuesten Gerüchte noch nicht vorgedrungen, Isabelle hatte ihr nicht einen der seltenen Tage verderben wollen, an denen sie gut aufgelegt war. Ihre Mutter schien bei ihren gezwitscherten Gesprächen mit den Vögeln, die sich um die Futterstellen drängten, glücklich zu sein.

Isabelle lehnte sich ans Geländer und beobachtete, wie diese Tiere aus freier Wildbahn in Gegenwart ihrer Mutter zahm wurden. Nach ein paar Minuten bemerkte sie, dass eins der fest installierten Fernrohre den Hügel hinabzeigte. Sie sah durch das Okular. In einem Fensterrahmen waren ein Schreibtisch und ein Stuhl zu sehen. Das war kein Zufall. Alle Schrauben waren fest angezogen, damit die Linse nicht von ihrem Ziel abweichen konnte. Sie erschrak, als William am Fenster erschien.

Wer, dachte Isabelle, spioniert ihm nach – mein Vater oder meine Mutter?

22

Aus der geöffneten Tür drang der Lärm von Party-Vorbereitungen. Es wurde gehämmert und gerufen, geflucht und gesägt.

Auf der Terrasse klappte ein Mann im Overall, der gerade Lichterketten um das Dach des Turmzimmers gewunden hatte, seine Leiter zusammen.

Im Turmzimmer stand Addison Winston am Bett und sah auf seine besinnungslose Frau herunter. »Erstaunlich, dass sie bei diesem Spektakel schlafen kann.« Dabei konnte man diese trunkene Betäubung eigentlich kaum Schlaf nennen. Er wandte sich an Isabelle. »Jetzt weißt du, warum sie heute so gut aufgelegt war.« Er kniete sich hin und zog eine leere Flasche unter dem Kleiderschrank hervor. »Woher kriegt sie die?«

»Vom Dienstmädchen.«

Er schüttelte den Kopf. »Hilde bewilligt ihr ein Glas zum Frühstück und eins zum Lunch. Sie ist nicht dumm und würde sich hüten, gegen meine Anweisungen zu handeln.«

Der Arbeiter trug seine Leiter die Turmtreppe hinunter, und Isabelle schloss die Tür hinter ihm. »Es ist höchste Zeit, Mom zur Entziehungskur zu schicken.«

»Es wäre der ungünstigste Zeitpunkt.« Der Anwalt trat auf die Terrasse hinaus. Unten im Garten hielten die Arbeiter Mittagspause. Endlich Frieden! Das Krächzen und Flügelschlagen der Vögel störte ihn nicht mehr, sie hatten gelernt, sich von ihm fernzuhalten.

Isabelle trat neben ihn ans Geländer. »Warum hast du meine Mutter geheiratet? Weil sie so schön war?«

»Sie ist immer noch schön«, erklärte er mit Nachdruck.

»Aber nein, das war nicht der Grund. Weißt du, wie deine Mutter dich in ihrer Collegezeit durchgebracht hat?«

»Sie hatte viele verschiedene Jobs, glaube ich.«

»Du warst erst vier, Belle, sie hat buchstäblich für dein Essen gesungen. Es waren tapfere Lieder – denn deine Mutter konnte nicht sehr gut singen. Und Gitarre spielen konnte sie noch weniger. Zum ersten Mal habe ich sie gesehen, als ich Gastdozent an der Uni in Los Angeles war. Sie stand barfuß im Gras, und du lagst zusammengerollt da und hast in einem Rest Nachmittagssonne fest geschlafen. Um dich herum kamen und gingen die Studenten.

Junge Leute können sehr grausam sein, aber über Sarah haben sie sich nie lustig gemacht, obgleich sie bei den Akkorden immer danebengriff und keine Note traf. Eine klägliche Darbietung, aber die Studenten haben ihr Kleingeld in den Gitarrenkasten geworfen. Nicht aus Mitleid – aus Hochachtung. Sarah hat sich unerschrocken in aller Öffentlichkeit zur Schau gestellt, obgleich sie wusste, dass sie keinen Funken Talent hatte. Ich habe den ganzen Inhalt meiner Brieftasche in ihren Gitarrenkasten gekippt, und dabei haben wir zum ersten Mal ein paar Worte gewechselt.«

Addison lehnte sich übers Geländer und deutete auf einen langen silbernen Wagen, der an der Koppel neben dem alten Stall parkte. »Schau mal genau dort hin…«

Der Fahrer öffnete eine Tür an der Rückseite des schmalen Anhängers und ließ eine Planke herunter. An einem Seil geführt erschien ein silberfarbener Hengst, der den Kopf zurückwarf und bei jedem lauten Geräusch scheute, während sein Betreuer ihn auf die Koppel führte und dort laufen ließ.

»Kommt der dir irgendwie bekannt vor?«

»Er sieht dem alten Nickel sehr ähnlich.« Isabelle griff zum Fernglas. »Er sieht genauso aus wie Nickel.« Ihr altes Pferd war in dem Jahr gestorben, als ihre Mutter sie auf ein Internat in Europa geschickt hatte.

Weitere Transporter rollten auf den Hof, aus denen Bretter, lange und runde Tische, Tischwäsche und Klappstühle ausgeladen wurden. Der Hengst rannte auf der Koppel herum und suchte verzweifelt nach einem Fluchtweg.

»Ich habe lange gebraucht, um ein Pferd mit der gleichen eigenartigen Färbung zu finden«, sagte er. »Betrachte es als Dankeschön dafür, dass du diesmal länger als einen halben Tag geblieben bist. Deine Mutter benötigt dich im Augenblick nicht, aber der arme Kerl da unten könnte Gesellschaft gebrauchen.«

An dem Tag, als er ihr den ersten Hengst gekauft hatte, hatte sie sich sofort in das Pferd verliebt. Und Addison hatte – für einen Tag – geglaubt, die zehnjährige Belle hätte endlich auch ihn lieben gelernt.

Als sie die Treppe hinuntergestürmt war und er allein zurückblieb, konzentrierten sich Addisons Gedanken erneut auf Sarahs letzten Rausch und ihren geheimen Alkoholvorrat. Wo hatte sie ihn versteckt? Er hatte überall nachgesehen. Jetzt ließ er den Blick suchend über sein Grundstück schweifen. Die Garage war so weit weg, dass ein startender Wagen niemanden auch nur im leichtesten Schlaf stören würde. Die teuren Motoren schnurrten so leise, dass sie unbemerkt an der Villa vorbei die Einfahrt hinunterrollen konnten.

Vielleicht sollte er statt nach geheimen Flaschen lieber nach geheimen Wagenschlüsseln suchen.

Er betrat durch die geöffnete Tür erneut das Turmzimmer und sah zu dem hohen Regal mit den Tagebüchern hinauf – ein ausgezeichnetes Versteck.

Als Isabelle die Sattelkammer betrat, lag ihr alter Sattel über einem Sägebock für sie bereit. Und die Satteltaschen hingen noch genau dort, wo sie sie nach ihrem letzten Ausritt mit Nickel zurückgelassen hatte. Sie packte die Tagebücher ihrer Mutter in die beiden Taschen. Früher hatte sie im Sommer darin ihre eigenen Vogelaufzeichnungen und Verpflegung für ihre Ausflüge über die Waldwege transportiert.

Vor Jahren hatte Oren Hobbs die gleichen Wanderwege benutzt. Hin und wieder hatte sie ihn von der Turmterrasse aus flüchtig durch eins der Fernrohre ihrer Mutter gesehen. Und sie hatte es riskiert, mit diesem schönen Jungen zusammenzutreffen – ein echtes Wagnis, weil Wünsche manchmal wahr werden, und ein- oder zweimal hatte sie ernsthaft daran gedacht, ihn mit ihrem Pferd über den Haufen zu reiten und zu zertrampeln.

Die Satteltaschen über der Schulter, die Zügel und den Sattel in der Hand, betrat sie die Koppel, um sich mit Nickel Zwei bekannt zu machen. Wenn sich auch die Vögel weigerten, zu ihr zu kommen, so hatten die Pferde sie doch immer gern gemocht, und dieses hier kam erwartungsvoll angetrabt. Der Sattel hatte wohl die Hoffnung in ihm geweckt, endlich aus der Koppel befreit zu werden.

»Ich kann mir schon denken, wie dir zumute ist.« Sie streckte ihm auf der Handfläche ein Stück Zucker hin, das sie im Vorbeigehen aus der Küche mitgenommen hatte. Der Atem des Tieres auf ihrer Hand weckte warme Erinnerungen an bessere Tage.

Während Isabelle den Hengst sattelte, um sie beide eine Weile an einen friedlicheren Ort zu entführen, steuerte ein gelber Rolls-Royce auf sie zu. Die meisten Besucher parkten auf dem kreisförmigen Wendeplatz vor der Villa. Offenbar war Ferris Monty – zu Recht – davon ausgegangen, dass niemand ihn ins Haus lassen würde. Der Wagen hielt an der Koppel, und der Fahrer winkte ihr zu. Er stieg aus und ließ die Tür offen, vielleicht, um jederzeit zum Rückzug bereit zu sein. Sie überlegte, warum er sich als wohlhabender Mann nicht ein vorteilhafteres Toupet zulegte, das besser mit den dichten grauen Augenbrauen harmonierte.

»Hallo!« Zögernd blieb er in einiger Entfernung stehen, wippte auf den Füßen und sagte dann, auf Zehenspitzen stehend: »Ich hatte gehofft, kurz mit Ihrer Mutter sprechen zu können.«

Dass sie sich von ihm hatte in die Enge treiben lassen, ließ sich nun nicht mehr ändern, aber Isabelle rief sich eine Lektion in Sachen Journalismus in Erinnerung, die sie als Kind bei Addison gelernt hatte: *Den Hunden der Vierten Gewalt musst du immer einen Knochen zuwerfen. Wenn du sie zwingst, für ihr Futter zu arbeiten, stürzen sie sich auf dich und verschlingen dich bei lebendigem Leibe.* Da ihre Mutter im Augenblick überhaupt nicht in der Lage gewesen wäre, ein Interview zu geben, schenkte Isabelle deshalb dem larvenweißen kleinen Typ ein Lächeln. »Mom ist leider gerade beschäftigt.« Sie deutete auf die Arbeiter auf den Leitern, die alle Fenster mit Lichterketten schmückten. »Es ist ein ziemlicher Aufwand. Würden Sie auch mit mir vorliebnehmen?«

»Aber ja.« Strahlend kam er auf sie zu.

Und sie trat einen Schritt zurück.

Sein Duftwasser war widerwärtig, obgleich sie wusste, dass es sich um eine sehr exklusive Marke handelte. Bestimmt hatte Monty es nur als Statussymbol gekauft und war sich nicht darüber im Klaren, dass zu einer ausgewogenen Wirkung auch die persönliche Körperchemie des Besitzers beiträgt. In seinem Fall war das Resultat dieser Mischung alles andere als angenehm: Gleich unter dem Signaturduft hing ein schwacher Uringeruch, als hätte er sich gerade in die Hosen gepinkelt. Monty holte Stift und Notizbuch aus der Innentasche seines Blazers und kniff katzenartig grinsend die Augen zusammen. Später am Tag sollte sie sich an ihn als leise schnurrend und mit eingezogenen Krallen erinnern.

»Es geht um den Geburtstagsball«, sagte er. »Ich habe mich unheimlich darauf gefreut, in diesem Jahr teilzunehmen. Immer vorausgesetzt, dass ich willkommen bin. Ihr Vater war …«

»Natürlich sind Sie willkommen. In Coventry sind immer alle eingeladen.« Sie lächelte, als wüsste sie nicht ganz genau, dass Monty die einzige Ausnahme bildete. Addison verachtete diesen Mann, und Isabelle bereitete es besondere Freude, die Pläne ihres Vaters zu durchkreuzen. »Ich werde Bescheid sagen, dass man Ihnen einen Platz im Ballsaal reservieren soll – es sei denn, Sie möchten lieber draußen sitzen.« Sie ließ sich sein Noitzbuch geben und kritzelte eine persönliche Einladung, mit der er an den zu diesem Anlass eingestellten Wachleuten vorbeikommen würde.

»Das ist ja wunderbar!« Seine Begeisterung kannte keine Grenzen.

Während sie seine Fragen beantwortete, lotste sie ihn langsam zurück zu seinem Wagen und hoffte, ihn loswerden zu können, ehe ihre Mutter aufwachte und sich auf der Terrasse zeigte. »Bedaure«, beantwortete sie seine letzte Frage, »in welchem Jahr Addison mit dem Bau dieser Villa begonnen hat, weiß ich nicht mehr.« Sie legte eine Hand vor die Augen und sah zu dem Turm hoch. »Mir kommt es vor, als hätten wir schon immer im Schloss gelebt.«

Dass sie damit auf einen berühmten amerikanischen Schauerroman anspielte, war Monty nicht entgangen. Seine Augen flackerten, und seine Miene erhellte sich, als er den Satz notierte, den er noch auszuschmücken gedachte, um das Familienleben noch gruseliger darzustellen, als es in Wirklichkeit war.

Keine Chance.

»Wenn ich mich recht erinnere«, sagte er, »haben Sie wenige Tage nach Joshua Hobbs' Verschwinden die Stadt verlassen.«

»Daran war nichts Merkwürdiges. Ich musste wieder zur Schule, das Sommersemester hatte angefangen.« Sie verschwieg, dass man sie nicht in ihr Internat im Osten, sondern weiter weg geschickt hatte. Ihre Maschine war in Paris gelandet, dort hatte sie gelernt, Französisch zu sprechen und sich nach ihrer Mutter zu sehnen.

»Aber Sie sind nicht mehr hierher zurückgekommen.« Sein

Stift beschrieb gleichsam diskret drängelnd kleine Kreise über der Seite des Notizbuchs.

»Im Sommer, meinen Sie? Ja, das stimmt. In diesem Jahr bin ich zum ersten Mal im Sommer wieder in Coventry. Während meiner Collegezeit war ich in den Ferien mit Praktika beschäftigt, und meinen Abschluss habe ich in London gemacht. Dort arbeite ich jetzt. Deshalb war ich immer nur kurz zu Hause, meist auf Urlaub.« Und es waren tatsächlich immer nur kurze Besuche gewesen, im Abstand von Jahren und nie mehr als ein paar Stunden.

Isabelle und Ferris Monty sahen sich lächelnd an – es gab keinen Protest, keine Unterstellung. Sie hatten sich stillschweigend darauf geeinigt, dass er sich mit diesem Mischmasch aus Lügen und Wahrheit begnügen musste.

»Ach, eins noch.« Er reckte den Zeigefinger in die Luft, als wollte er die Windrichtung prüfen. »Kurz nach Ihrer Abreise hat man auch Ihre Mutter eine Weile nicht mehr gesehen.«

Damals hatte man, wie sie neulich erst von Addison erfahren hatte, ihre Mutter in eine Klinik für exzentrische Reiche eingewiesen, die sich, überspannt, wie sie waren, schon mal mit einem Rasiermesser die Handgelenke aufritzten. Ein andermal hatte ihre Mutter eine ganze Handvoll Schlaftabletten geschluckt wie Bonbons.

Wetten, du nimmst mehr als eine, Mom.

»Meine Eltern haben ihren Urlaub meist getrennt verbracht«, sagte Isabelle.

Das stimmte. Ihr Vater hatte sich in den Trubel seiner prominenten Anwaltspraxis in Los Angeles gestürzt, und ihre Mutter hatte den Verstand verloren.

Das hinter Bäumen verborgene rote Zedernholzhaus mit seinem tiefgezogenen Dach erinnerte an die Bauweise eines Schweizer Chalets. Oren Hobbs saß auf der Schwelle, als Ferris Monty nach Hause kam.

Der hatte sich offenbar in sein Schicksal ergeben. Schleppenden Schrittes stieg er aus dem Rolls-Royce und lief durch den Garten auf seinen Besucher zu. Ohne ein Wort zu wechseln, betraten beide das Haus.

Der Staub, der sich überall angesammelt hatte, und die wüste Unordnung im Wohnzimmer zeugten von einem Zustand lang andauernder Verwahrlosung. Doch einige Schneisen in diesem Chaos und die Müllsäcke hinter der Tür verrieten, dass sich in den letzten Tagen hier einiges gebessert hatte. Derartige Anzeichen einer positiveren Stimmung hätten nicht zu einem Mörder gepasst, der von Unruhe getrieben wurde, weil sein Verbrechen unlängst mit den Knochen ans Licht gekommen war. Oren ließ sich in einen Sessel sinken, und Ferris Monty stand mit niedergeschlagenen Augen vor ihm wie ein Schuljunge, der auf seine Strafe wartete.

»Ich habe mir die drei Bilder von Ihnen in der Bank lang angesehen.«

»Das habe ich mir gedacht.« Monty sah langsam auf. »Aber was halten Sie von der anderen Dreierserie?« Er lächelte gezwungen. »Die im Postamt?«

Orens Stimme war ruhig, sein Blick kalt. »Ich habe gesehen, wie Sie meinen Bruder angeschaut haben, als er diese Aufnahmen gemacht hat – die in der Bank«, sagte er.

»Aber die Fotos im Postamt sind hundertmal interessanter. Sie verraten eine heimliche Beziehung. Ihr Bruder war sehr gut darin, Geheimnisse festzuhalten.«

Oren nickte. »Für das, was Sie sind, gibt es ein Wort.«

»Ephebophilie«, bestätigte Monty, »eine krankhafte Vorliebe für halbwüchsige Jungen. Aber das trifft auf mich nicht zu. Ich bin zwar nicht gerade enthaltsam, aber ich kann Ihnen versichern, dass meine Liebhaber alles erwachsene Männer waren. Ich habe diesen Jungen nie angerührt, hätte mich nie seiner Ablehnung ausgesetzt.«

Monty nahm sein Toupet ab, unter dem auf einer faltigen

Kopfhaut dünne graue Haarsträhnen zum Vorschein kamen. Ohne das falsche Haar wirkte er noch unnatürlicher, noch abstoßender. Der Sheriff hatte ihn zu Recht mit einer Käferlarve verglichen.

Jetzt sah er auf das schwarze Haarteil herunter, das er in der Hand hielt. »Ein so schöner Junge würde vor einem wie mir davonrennen.« Sein Blick wanderte zu Orens Stiefeln. »Und Ihr Bruder konnte sehr schnell rennen. Das musste er auch, wenn er Menschen verfolgte, sie stundenlang, ja tagelang beobachtete. Ich glaube, dass er deshalb immer Turnschuhe trug. Ansonsten hat er Sie in allem nachgeahmt, Mr. Hobbs – in Ihrem Gang, Ihrer Frisur, der Kleidung –, nur eben nicht bei den Cowboystiefeln.«

»Sie haben gerade zugegeben, dass Sie meinem Bruder nachgestellt haben.«

»Ich habe immer Abstand gehalten.« Monty wich zurück, als Oren aufstand. »Ich kann Ihnen helfen, Mr. Hobbs.« Er stolperte über einen der Müllsäcke und fiel rücklings aufs Steißbein. »Heute habe ich Sie in die Post gelockt«, winselte er. »Ich habe Sie praktisch bei der Hand genommen und Ihnen die Bilder an der Wand gezeigt, die Sie hundertmal gesehen haben. Aber genau betrachtet haben Sie die Aufnahmen erst heute, stimmt's?«

Oren kam auf ihn zu.

Mit angstvoll geweiteten Augen krabbelte Monty auf Händen und Füßen über den Teppich nach hinten, bis er an die Wand stieß. »Sie haben auf den Fotos gesehen, wie Swahn der Verrückten von Coventry heimlich einen Brief zugesteckt hat.« Seine Augen hatten einen flehenden Ausdruck, er hob die Hände, um die Handgreiflichkeiten abzuwehren, die er auf sich zukommen sah.

Sekunden vergingen … eine halbe Minute.

Oren stand regungslos und mit hängenden Armen da. Er verstand sich aufs Warten.

Langsam ließ Monty die Hände sinken. »Die Vorstellung, ich könnte in Joshua verliebt gewesen sein, ekelt Sie an. Aber ich denke, Sie werden meine Hilfe annehmen. Ich weiß etwas über Swahns Brief.«

Sarah Winston hörte ihrem Mann kaum zu. Addison war an ihren abwesenden Blick gewöhnt, und so interessierte es ihn nicht sonderlich, als sie über seinen Kopf hinweg zu dem Bücherregal ging, das sich rings um die Wand des Turmzimmers zog.

Mehrere Vogelbücher fehlten.

Welche?

Konnte Addison sie genommen haben? Nein, ihr Mann empfand nichts als Verachtung für diese Seite ihres Lebens. Die Aufzeichnungen aus dem Hotel Feder und Flügel musste Isabelle sich ausgeliehen haben.

Falls er nach oben sah und die Lücke auf dem Regal bemerkte, würde er fragen, wo die Bücher abgeblieben waren und interessehalber die anderen aufschlagen. Was dann? Würde er sie wieder in eine Klinik einweisen?

Er sprach in dem belehrenden Ton, den er immer nach einem ihrer Alkoholexzesse anschlug. Sie nickte zerstreut und sah ihn an. Jetzt waren Mann und Frau miteinander verbunden. Auf diese Weise konnte sie ihn immer noch halten. Im Grunde seines Herzens war Addison ein romantischer Mensch, blind für die Veränderungen, die das Alter und der Alkohol bei ihr angerichtet hatten. Sein Lächeln war selbst im Zorn immer da, aber sie kannte alle subtilen Nuancen.

Aufhören, dachte sie. Schrei mich meinetwegen an, aber hör auf zu lächeln.

Isabelle und Nickel Zwei waren einem schmalen Pfad gefolgt, der an Evelyn Straubs Blockhaus vorbeiführte und sie nach einiger Zeit an einen bestimmten Ort bringen würde, der in einem der Tagebücher ihrer Mutter beschrieben war. Aber der gemächliche Rhythmus des Hengstes und die Wärme der Sommersonne hatten beide eingelullt. Berauscht von dem üppigen Grün des Waldes, den Vogelrufen, die von nah und fern an ihr Ohr drangen, abgelenkt von einem ihr ganz neuen Glücksgefühl, war sie über die Lichtung hinausgeritten.

Sie fand einen anderen Pfad, der aus dem Wald auf die Feuerschneise führte. Einer Erinnerung folgend zählte sie die engen Wegbiegungen und weitläufigen Kurven, bis sie die Stelle wiedererkannte, an der ihre Mutter immer den Wagen hatte stehen lassen. Während das Pferd auf den Parkplatz zutrabte, sah Isabelle in einiger Entfernung einen leeren Kleintransporter stehen. Spuren auf dem Boden verrieten, dass hier vor Kurzem noch weitere Fahrzeuge gehalten hatten.

Sie saß ab und führte den Hengst quer durch den Wald, ohne einem festen Weg zu folgen. Hoch in den Zweigen erhob sich das Gezwitscher unzähliger Singvögel, das von dem klagenden, fragenden Ruf der Elster übertönt wurde.

Tschaark! Tschaark!

Und dann ein Schnellfeuer von Tönen.

Schäck-schäck-schäck!

Zwischen den Stämmen sah man gelbes Absperrband schimmern. Jetzt hörte sie menschliche Stimmen. Im Näherkommen erkannte sie, dass das Band eine Vertiefung im Boden absperrte. Zwei junge Männer in gelben T-Shirts mit Uni-Logo knieten an der Grube und siebten Erde. Eine weitere Studentin entfernte mit einem Pinsel Erde von einem Gegenstand, den sie in der Hand hielt.

Ein Knochen?

Hier also war das Grab von Josh Hobbs und einer namenlosen Fremden, hier an dieser Stelle, die ihre Mutter in diesem ausgedehnten Waldgebiet am meisten liebte. Isabelle zog die Zügel an, und der Hengst begann zu scheuen, als hätte er ihre Unruhe gespürt.

Oren starrte auf die Fotos an der Wand von Ferris Montys Arbeitszimmer. Er stand dicht hinter dem Klatschkolumnisten, der in einer Datei auf seinem Bildschirm blätterte.

»Sehen Sie?« Monty fuhr mit einem Finger über die Liste auf seinem Bildschirm und verharrte hin und wieder bei einem Namen. »Die waren alle im gleichen Jahr an der Uni. Hier ist William Swahn, eine Art Wunderkind, gerade erst vierzehn, als er seinen ersten College-Abschluss gemacht hat. Hier ist die Bibliothekarin, die war damals in den Zwanzigern. Und Sarah Winston war vierundzwanzig.« Ein Finger tippte auf die Zeile. »Ihr Mädchenname …«

»Das ist alles? Über Ad Winston haben Sie nichts?« Orens Blick wanderte zurück zu den belastenden Fotos an der Wand.

Ferris Monty stand auf, nahm die Fotos ab und legte sie mit dem Gesicht nach unten auf seinen Schreibtisch. »Konzentrieren Sie sich auf die Bilder in der Post. Ich glaube, dass William Swahn, ehe er verstümmelt wurde, ein Verhältnis mit Sarah Winston hatte.«

»An der Uni? Da war er noch ein kleiner Junge.« Oren verschränkte die Arme und beobachtete Montys wachsenden Unmut angesichts dieser Bemerkung. »Als eine Pädophile kann ich mir Mrs. Winston nicht vorstellen.«

»Damals nicht.« Monty zögerte, um sich die Lippen zu lecken und vielleicht, um seine Zunge im Zaum zu halten. »Später, als der Kleine erwachsen war. Da hatten sie das Verhältnis.«

»Das angebliche Verhältnis«, sagte Oren. Offenbar hatte Swahns Vertraulichkeitsvereinbarung nach wie vor Biss und Bestand. Ferris Monty war bei seinen Recherchen nie auf ein Gerücht gestoßen, dass der Mann schwul sei.

»Schön, es ist eine Spekulation«, sagte Monty. »Aber wenn es stimmt? Wenn die Beziehung weiterging, als Swahn nach Coventry zog? Wenn Addison herausbekommen hatte, dass Mavis Swahns Liebesbrief seiner Frau zugesteckt hatte? Ich weiß, dass bei Joshua die Gebeine einer Frau gefunden wurden. Angenommen, Addison hat Sarah umbringen wollen und versehentlich eine Fremde ermordet? Und nehmen wir an, Ihr Bruder ist ihr an diesem Tag gefolgt…«

»Glauben Sie wirklich, ein Mann könnte eine Fremde mit der eigenen Frau verwechseln?«

»Er hätte einen seiner kriminellen Mandanten für den Mord anheuern können, einen, der sie nicht kannte.« Monty sah Oren an wie ein Hund, der ein Lob erwartet.

Zivilisten und ihre verdammten Theorien, ihre durch das Fernsehen geprägten Vorstellungen von Mord! Erst heuerte Millard Straub einen Mörder für Evelyn an, jetzt war es Ad Winston, der angeblich einen Mörder gedungen hatte…

»Ich weiß, dass die Frau von hinten erschlagen wurde.« Monty wartete auf ein paar anerkennende Worte für diese Bemerkung, und als diese nicht kamen, setzte er noch eins drauf. »Man hat sie identifiziert. Daher weiß ich, dass sie hellblondes Haar hatte… wie Sarah Winston. Das habe ich aus sehr zuverlässiger Quelle.«

»Aus dem Büro des Sheriffs? Vielleicht von einem Hilfssheriff?«

In dem kläglichen Versuch, den Helden zu spielen, warf sich Monty in die Brust. »Ich würde nie eine Quelle preisgeben.«

»Sie haben Ihre Information Dave Hardy abgekauft.« Oren merkte, dass er ins Schwarze getroffen hatte, denn Ferris Monty riss die Augen ein wenig zu weit auf. Vermutlich wusste er, welche Strafe auf die Bestechung von Ordnungshütern stand, und im Knast würde es ihm nicht gut ergehen. Der kleine Mann hatte heute einen sehr schlechten Tag erwischt.

Nach einem kurzen Galopp über die Feuerschneise stieß Isabelle auf den Picknickplatz, den sie bei ihren einsamen Ausritten als Kind immer besonders gern gehabt hatte. Sie band Nickel an einem Baum fest, breitete eine Decke auf dem Boden aus und legte sieben Vogeltagebücher chronologisch geordnet darauf. Sie öffnete das erste und mühte sich mit dem Code der Bilder und Vogelrufe ab. Zu der Zeit, aus der diese Einträge stammten, hatte sich ihre Mutter noch ihres Lebens gefreut.

Die Krankheit offenbarte sich erst an späterer Stelle, nachdem Isabelle sich durch die Seiten für den Winter und das Frühjahr gearbeitet hatte. Ein Tag Anfang Juni begann mit einem zarten Vogel, der nicht singen konnte. Die Lerche mit den blauen Augen lag auf dem Boden, die gebrochenen Flügel merkwürdig verdreht. Die Augen waren geschlossen.

Tot?

Das Vögelchen hatte Blut unter einem Auge. Die Sonne schien.

Isabelle musste an die jungen Totengräber auf der Lieblingslichtung ihrer Mutter denken. Das Jahr auf dem Einband des Tagebuchs stimmte, und die Seite trug das Datum jenes unheilvollen Samstags. Wer sollte die Lerche anders sein als Josh Hobbs?

Was konnte ihre Mutter über Joshs Tod an jenem Nachmittag gewusst haben? Die Stadt hatte ihre Suche nach dem Jungen erst bei Anbruch der Dunkelheit begonnen. Und was war mit dem Blut? Vor zwei Jahrzehnten, als dieser Tagebucheintrag entstanden war, hatte noch niemand von seinem Verschwinden als einer Gewalttat gesprochen.

Weder auf dieser noch auf der nächsten Seite gab es einen Hinweis auf jene Fremde, die man gemeinsam mit Josh begraben hatte. Dass kein zweites Opfer erwähnt war, sprach für die Unschuld ihrer Mutter. Sie musste diese Geschichte aus zweiter Hand erfahren haben, davon war Isabelle fest überzeugt.

Auf allen Seiten, die auf diesen Eintrag folgten, war Coventry auf groteske Weise verändert. Es war immer Nacht – eine Albtraumstadt, bevölkert von Vögeln mit Tierklauen statt Krallen und langen Zähnen in den Schnäbeln.

Und ihre Mutter hatte den Verstand verloren.

Es wäre wohl am besten, die Tagebücher wieder in das Bücherregal im Turm zurückzustellen oder sie dort für alle sichtbar zu »verstecken«. Wenn aber nun die Ermittlung zu einer Vernehmung ihrer labilen Mutter und zu einer Haussuchung führte?

Sie konnte die Bücher vernichten, aber das würde womöglich ihre Mutter dem Vorwurf aussetzen, sie hätte eine Straftat vertuschen wollen. Später einmal könnten diese Beweise gebraucht werden, um Unschuld – oder Wahnsinn – zu belegen. Isabelles Gedanken wanderten weiter auf strafrechtlichen Wegen, als sie beschloss, die Tagebücher in die Obhut eines redlichen Mannes zu geben.

Oren, der eine Abkürzung durch den Wald genommen hatte, wich geschickt einem Haufen frischer Pferdeäpfel aus. Da lag es nah, an Isabelle Winston zu denken, die einzige Person, die jemals die Wanderwege als Reitpfade benutzt hatte. Im Sommer waren er und Josh ihr manchmal mit ihrem Pferd begegnet. Seinem Bruder hatte sie immer zugewinkt, Oren würdigte sie dagegen nie eines Blickes.

Ein schmaler Pfad führte ihn auf die Feuerschneise. Er lief bergab, Richtung heimwärts, als er das Geräusch von Pferdehufen vernahm. Erwartungsvoll drehte er sich um.

Und da war sie.

Er sah ihr rotes Haar auf einem fernen Hügel – und dasselbe silberne Pferd.

Unmöglich.

Der Hengst war schon alt gewesen, als die Reiterin ein Teenager war.

Es war offenbar der Tag der Geister, sei es von Menschen, sei es von Pferden. Und es wurde höchste Zeit, ein Wörtchen mit Isabelle zu reden. Er blieb mitten auf dem Trampelpfad stehen und winkte, als sie auf ihn zugeritten kam, nicht langsamer werdend, sondern erst in leichten und schließlich in raschen Galopp fallend.

Das Pferd war riesig.

Mist!

Er machte einen Satz in den Wald hinein, verlor den Halt im Unterholz und landete hart und außer Atem, während Ross und Reiterin an ihm vorbeijagten. Beinahe ein Treffer. Und die Lady dachte gar nicht daran, sich umzudrehen.

Oren blieb eine Weile liegen und grübelte. Kein Zweifel, Isabelle ließ die Gewalt eskalieren. Wie würde sie das hier überbieten?

Er rappelte sich auf und streifte Laub und Erde von den Kleidern. Langsam begab er sich auf den Heimweg. Es gab so vieles, worüber er nachdenken musste. Er erinnerte sich an eine Valentinstagskarte aus seiner Kindheit, die ihn in einem Umschlag mit Poststempel von der Ostküste, aber ohne Absender und Unterschrift erreicht hatte. Als Zwölfjähriger hatte er die herzförmige Karte aufgeklappt, und die groß und deutlich geschriebenen Worte *Ich hasse dich* gelesen. Die Karte hatte nach Pferd gerochen. Er hatte sie jahrelang aufbewahrt.

Erst nach über einer Stunde war er zu Hause. Überrascht sah er am Ende der Auffahrt den silbernen Hengst stehen, der im Garten an einen Baum gebunden war. Isabelle Winston schob die Fliegentür auf. Ihr Blick und ihre gesamte Aufmerksamkeit waren auf das Pferd gerichtet, so dass sie den Mann, der töricht lächelnd unter ihr auf den Verandastufen stand, gänzlich übersah und an ihm vorbeilief. Sie band die Zügel des Pferdes los, schwang sich mit einer einzigen eleganten Bewegung in den Sattel und ritt über die Wiese davon.

Als Oren das Haus betrat, sah er Hannah über zwei Satteltaschen gebeugt, die auf dem Wohnzimmerteppich lagen. Sie winkte ihm, und er folgte ihr in die Küche, wo der Richter vor drei leeren Tassen am Tisch saß.

Isabelle war also immerhin auf einen Kaffee geblieben.

Auf dem Tisch lag ein Stapel kleiner Bücher mit Ledereinband. Der Richter schlug eins auf und zeigte seinem Sohn die Zeichnungen und handschriftlichen Notizen. »Das sind die vogelkundlichen Aufzeichnungen von Sarah Winston. Ihre Tochter meint, dass wir sie vorläufig behalten sollten. Zu Cable Babitt hat sie nicht viel Vertrauen, glaube ich.«

»Ganz so hat es Belle nicht gesagt.« Hannah stellte Oren eine saubere Tasse hin. »Cable ist ein Trottel, hat sie gesagt, und sollte diese Bücher nicht in die Finger bekommen.«

»Jedenfalls«, sagte der Richter, »habe ich ihr mein Wort gegeben, dass wir die Tagebücher ihrer Mutter mit aller Sorgfalt und vertraulich behandeln werden.« Sein strenger Blick verdeutlichte, dass er in diesen mündlichen Vertrag auch Oren einbezogen hatte.

Hannah wandte sich der nächsten Portion Kaffee zu, die sie auf dem Herd zubereitete. »Diese Tagebücher sind aus der Zeit, als Josh verschwand. Das ist alles, was du von ihr erfahren wirst, lässt Belle Winston dir ausrichten. Und jeder Versuch, ihre Mutter zu befragen, ist sinnlos. Wenn du zu ihr nach Hause kommst, wird Belle nicht aufmachen, sondern dich durch die Tür hindurch abknallen.«

Der Richter sah über den Rand seiner Lesebrille, was er in kritischen Situationen stets zu tun pflegte, auch wenn er jetzt lächelte. »Isabelle Winston hat sich glasklar ausgedrückt, Oren: Sie wird dich tatsächlich abknallen.«

»Das glaube ich aufs Wort. Sie hat versucht, mich über den Haufen zu reiten.«

Hannah schenkte ihm Kaffee ein. »Ich wünschte, ihr beide würdet heiraten und euren Streit im Haus austragen.«

Oren öffnete einen der kleinen Bände und las Sarah Winstons sauber geschriebene Notizen über die Lieder und die Bewegungen eines … Dodos mit Tabakspfeife? Fragend sah er seinen Vater an.

Richter Hobbs rückte seine Brille zurecht, um die Zeichnung besser erkennen zu können. »Ich glaube, das ist Cable. Das Pfeiferauchen hat er vor ein paar Jahren aufgegeben.« Müßig blätterte er weiter in dem Tagebuch, das er in der Hand hielt. »Belle Winston ist Ornithologin, und sie glaubt, in dieser Zeichnung etwas zu erkennen.« Er zeigte seinem Sohn einen eleganten rosafarbenen Reiher mit langen schlanken, menschlich wirkenden Gliedern. »Wenn ich raten müsste, würde ich sagen, dass das Evelyn Straub zu ihrer besten Zeit ist.« Er deutete auf die dazugehörige Seite mit handschriftlichen Notizen. »Sarahs Aufzeichnungen sind nicht so eindeutig, vor allem, weil vieles in Kurzschrift gehalten ist, da gibt es Begriffe, von denen ich noch nie gehört habe. Ein Vogelkundler würde vermutlich eher schlau daraus werden.«

»Wir könnten zu Mavis Hardy in die Bibliothek gehen«, schlug Hannah vor.

»Keiner in Coventry geht in …«

»*Oren!*« Der Richter reckte warnend einen Zeigefinger. »Hör auf damit!«

Hannah nickte zustimmend, während sie eins der Tagebücher aufschlug. »Ich hasse es, wenn die Leute das sagen, auch wenn es stimmt.« Sie sah Oren an. »Du wirst also mit Mavis reden? Als sie noch schlanker war, ist sie ständig auf Vogelschau gewesen.«

»Du meinst, ehe sie den Plan gefasst hatte, ihren Mann zu ermorden?«

Hannah schloss das Buch und knallte es auf den Tisch. »Mavis kann dir helfen. Hier weiß niemand mehr über Vögel als sie. Im Übrigen hat diese arme Frau ihren Mann nicht ermordet.«

»Was? Sie hat lange genug darauf hingearbeitet.« Oren erinnerte sich an einen Sommertag, als er und Josh sie beim Hanteltraining in der Bibliothek angetroffen hatten. Offenbar erhoffte sie sich davon mehr Kraft und Muskelmasse. Und im Sommer darauf war sie unter Mordverdacht verhaftet worden. »Nenn mir eine Tatsache, die für sie spricht.«

»Mavis hat für ihren Sohn gesorgt.«

Oren verschränkte skeptisch die Arme. »Dave hat bei ihr die Hölle erlebt. Sie hat diesen Jungen in der ganzen Stadt unmöglich gemacht.«

»Sie hat ihm vermutlich das Leben gerettet.« Hannahs Stimme klang jetzt gereizt.

Richter Hobbs, der Friedensstifter, berührte leicht den Arm seines Sohnes. »Weißt du noch, als Dave sich das Bein gebrochen hatte? Ihr wart damals in der dritten Klasse. Das ist nicht passiert, weil er vom Fahrrad gefallen ist. Die Frau zu verprügeln hat Colin Hardy nicht genügt, er musste auch noch seinen kleinen Jungen drangsalieren.«

Oren konnte sich besser an ein späteres Ereignis erinnern, an jenen Tag, als der Gerichtsmediziner die Leiche von Daves Vater aus dem Haus getragen hatte. Die Hände der Bibliothekarin waren wund, ihr Gesicht war verschwollen, in ihren Augen leuchtete Triumph. »Sie hat es ein Jahr lang geplant, folglich ist es vorsätzlicher Mord.«

»*Und wer sagt das?*« Eine Frage, die keine war… Um dem Gesagten Nachdruck zu verleihen, schlug Hannah mit der Faust auf den Tisch, und ein Löffel fiel klirrend zu Boden. »Die halbe Stadt – die männliche Hälfte – wird ihr nie verzeihen. Mavis hat sie an jenem Tag in Angst und Schrecken versetzt. Das war ihr eigentliches Verbrechen. *Männer*«, sagte sie – und das Wort schloss alle Übel dieser Welt ein. »Mavis hat sich nicht an ihn herangeschlichen, als er schlief, oder? Nein, ihr Mann war vollständig angezogen und wollte gerade zur Arbeit gehen. Und komm mir nicht mit dem Märchen, Colin Hardy sei hingefallen und habe hilflos dagelegen. Verdammt, es war acht Uhr morgens. Also nenn es gefälligst nicht Mord. Diese Frau hat sich auf einen absolut fairen Kampf mit einem Mann eingelassen, sie hat ihm auf Augenhöhe gegenübergestanden und ihn mit bloßen Händen erschlagen.«

Hannah stand auf, drehte Oren den Rücken zu und machte

sich an einem Topf auf dem Herd zu schaffen. Ihre Stimme senkte sich drohend. »Du wirst Mavis den gebührenden Respekt erweisen, egal was sie tut oder sagt. Sie kämpft schon so lange gegen diese Stadt, dass sie nicht weiß, wie sie aufhören soll. Und wenn sie dich windelweich schlägt, Oren – benimm dich wie ein Gentleman!«

Nachdem Hannah sich Luft gemacht hatte, herrschte drückendes Schweigen. Widerspruch war zwecklos, nur ein Narr hätte es versucht. Der Richter mied den Blick seines Sohnes. Oren war auf sich allein gestellt. Diese listige kleine Person war tief in sein Inneres vorgedrungen und hatte sein Rückgrat zurechtgebogen, so dass er nun ein wenig aufrechter saß.

Der Arbeitstag war vorbei, Dave Hardy hatte sich umgezogen und saß in T-Shirt und Jeans rittlings auf einem Barhocker im Coventry Pub, der ersten Kneipe, in der er an diesem Abend eingekehrt war. Die übrigen Gäste sahen sich wie üblich die Abendnachrichten ohne Ton an.

Komische Vögel.

Keiner verlangte, dass laut gestellt wurde, nicht einmal, als sie die hinkende Gestalt eines von kreischenden Reportern verfolgten Krüppels erkannten. Die Stammgäste des Coventry Pub saßen stumm und benebelt da und waren sich zum Glück nicht bewusst, dass William Swahn Schlimmeres angetan wurde als das, was die Bilder ihnen zeigten.

Es war derselbe Beitrag, den der Hilfssheriff tagsüber in einer anderen Bar gesehen hatte, und er kannte als Einziger im Coventry Pub den zu der Sendung gehörenden Text. Der Ausdruck *eine Person, für die sich die Polizei interessiert* war dreimal gefallen, obgleich Sally Polk ihn nur einmal benutzt hatte. Und immer wieder wurde die Szene des über den Parkplatz hinkenden Swahn wiederholt.

Aus der ersten Fassung dieser Sendung war klar hervorgegangen, dass Kommissarin Polk sich ins Getümmel gestürzt hatte, um William Swahn vor den Reportern zu schützen. Jetzt hatte man den Film so geschnitten, dass es aussah, als habe sie den ganzen Vorfall inszeniert, ja, die Menge dazu aufgestachelt, den Mann mit dem Gehstock zur Strecke zu bringen.

Es war ein klarer Fall von Verleumdung, aber Dave Hardy kümmerte das nicht. Er hatte kein Mitleid mit Swahn, und diese Polk hasste er.

Eine Million Fernsehzuschauer konnten sich nur auf die Lügen stützen, die ihren Augen dargeboten wurden.

23

Es war die Stunde der Dämmerung, in der in den Häusern schon Licht brannte, die Autofahrer aber noch überlegten, ob sie die Scheinwerfer einschalten sollten. Hannah, die Verwegene, tat das immer als Letzte.

Vom Beifahrersitz aus sah Oren, wie die Straße langsam an ihm vorbeizog. Ehe die Bibliothek von Coventry zu einem schlechten Witz verkommen war, hatten Josh und er diese Strecke oft gemeinsam zurückgelegt, und zu Fuß waren sie schneller vorangekommen. Wer in Coventry Zeiten und Entfernungen benennen wollte, sprach nicht von so und so vielen Meilen Luftlinie, sondern stöhnte nur über das Schneckentempo auf den Straßen. Oren hätte den Abend lieber mit der ungestörten Lektüre von Sarah Winstons mysteriösen Tagebüchern verbracht, aber er hatte sich vorgenommen, die kleine Frau am Steuer versöhnlich zu stimmen.

Der alte Mercedes rollte an der Kirche vorbei, und Hannah seufzte. »Die Predigten von Hochwürden Pursey fehlen mir. Du erinnerst dich doch noch an den verrückten Alten?«

»Ja, natürlich.« Eine unvergessliche Erscheinung, dieser Amos Pursey. Sieben Tage in der Woche lief er im Talar herum und faselte mit rudernden Armen vom Ende der Welt. »Der muss die schwarze Fledermaus auf Mrs. Winstons Zeichnungen sein.« Einen Monat vor Orens siebzehntem Geburtstag hatte der alte Narr ihn auf der Straße angesprochen und verkündet, Oren sei ein Erzengel, den Gott geschickt habe, um die Stadt zu zermalmen. Dass Hannah Predigten des Pfarrers gehört hatte, war Oren neu.

»Du gehst zur Kirche?«

»Hin und wieder.«

»Aber warum? Du bist Atheistin. Nein, warte – du hast mir und Josh immer gesagt, Gott sei ein Atheist.«

»Falsch. Ich habe gesagt, dass ein wirklich cleverer Gott Atheist wäre. Wer setzt sich schon freiwillig dem Druck aus, vollkommen zu sein? Mir ist ein Schöpfer lieber, der hin und wieder mal ein Bier trinkt und mit dem man reden kann. Für Hochwürden Pursey, diesen durchgeknallten alten Kerl, war Gott ein Wundertäter, der einen Killer-Engel an der Seite hatte.«

»Warum zieht dieser Ort so viele Verrückte an, Hannah?«

»Weil hier Toleranz herrscht, das ist Coventrys beste Eigenschaft. Amos Pursey mag glauben, was er will, aber kein Gott würde jemals eine Stadt zermalmen, die diesem spinnerten Prediger Obdach gewährt hat.« Hannah hielt vor der Bibliothek. »Meine zweite Theorie ist, dass wir alle irgendwann die Irren sein werden.«

»Die Bibliothek ist geschlossen«, sagte Oren. »Kein Licht hinter den Fenstern.«

»Sie ist da.« Hannah sah auf ihre Armbanduhr. »Mavis ist immer da, Tag und Nacht. Seit Jahren. Das hat lange Zeit keiner gewusst.«

Oren traute sich nicht zu sagen *Weil in Coventry keiner in die Bibliothek geht* – aber Hannah kam ihm ohnehin zuvor.

»Dave lebt im Haus seiner Mutter.« Hannah nickte zur Bibliothek hinüber. »Und Mavis lebt hier.«

»Das ist doch Wahnsinn«, sagte Oren. »Warum hat Dave nichts unternommen?«

»Er hat's versucht. Er wollte sie in eine staatliche Irrenanstalt sperren lassen, wo die Leute mit Medikamenten ruhiggestellt und aufbewahrt werden wie Klafterholz. Dein Vater hat ihn daran gehindert. Der Richter glaubt nicht an Gott, aber den Begriff der Hölle hat er verinnerlicht. In der Bibliothek ist sie besser aufgehoben, findet er, und ich finde das auch.« Hannah rollte den rechten Pulloverärmel hoch und winkte. »Es werde Licht!«

Tatsächlich – mit einem Klick ging die Lampe über der Tür an, und hinter den Jalousien schimmerte es gelblich.

Als Hannah dieses Kunststück zum letzten Mal vorgeführt hatte, war Josh erst sechs gewesen, und ihm waren fast die Augen aus dem Kopf gefallen. Er war sehr enttäuscht gewesen zu hören, dass Mrs. Hardy ein Gewohnheitstier war. Ohne Rücksicht auf die jahreszeitliche Stellung der Sonne oder des Mondes ging das Licht in der Bibliothek jeden Abend zur gleichen Zeit an.

Wie hatte ich das vergessen können, dachte Oren.

Hannah tätschelte seine Hand. »Du wirst noch froh sein, dass du gekommen bist. Mavis kennt die besten Geschichten, und sie kennt sich mit Vögeln aus.« Sie klemmte sich den kleinen Packen Bücher unter den Arm. »Und sie kennt Sarah Winston. Schon lange. Vielleicht erfährst du auf diesem Wege etwas, ohne dass du riskierst, von Isabelle abgeschossen zu werden.«

»Das hast du mir verschwiegen? Du hast *gewusst,* dass Mrs. Hardy mit Sarah Winston …«

Er sprach ins Leere. Hannah war schon ausgestiegen und eilte über den Plattenweg zur Tür, die Mavis zu ihrer Begrüßung weit geöffnet hatte. Oren konnte sich nicht erinnern, dass Mrs. Hardy jemals so gestrahlt hatte. Selbst in halbwegs normalem Zustand, lange vor dem Tod ihres Mannes, war sie immer die traurigste Frau in der Stadt gewesen.

Auf seiner Kneipentour fuhr Dave Hardy mit dem Pick-up an der Bibliothek vorbei und sah nach, ob Licht brannte, ein zuverlässiges Zeichen dafür, dass seine Mutter noch lebte. Vor dem Eingang parkte der Mercedes des Richters, was nicht ungewöhnlich war, aber Hannah Rice war nicht allein gekommen. Der dritte Umriss hinter der Jalousie musste Oren Hobbs sein.

Dave umklammerte das Steuerrad fester, als er noch innerhalb der Stadtgrenze eine Rekordzeit von zwanzig Meilen pro Stunde erreichte. Auf der Küstenstraße gab er dann richtig Gas. Er war auf dem Weg zu einem namenlosen Saloon ein paar Ortschaften weiter, zu einer kleinen Biker-Bar, wo niemand interessiert oder nüchtern genug war, um nach seinem Namen zu fragen. Hier konnte er sich's gemütlich machen und in sich hineinschütten, was hineinging – Drink auf Drink auf Drink.

Heute roch die Bibliothek ausnahmsweise nicht. Vor dem Besuch war kräftig gelüftet worden. Mrs. Hardy hatte sich zur Feier des Tages sogar die Haare gewaschen, sie waren noch feucht, als sie sich zu dritt an den Lesetisch setzten. Sie unterhielten sich bereits seit zwanzig Minuten, und Mavis hatte noch keine einzige Obszönität von sich gegeben. Sie wirkte sehr erschöpft. Und es gab noch weitere Anzeichen – wie ihr Zähneknirschen und die verspannte Körperhaltung –, die Oren verrieten, dass die angestrengte Normalität sie belastete.

Die Bibliothekarin reichte Hannah ein paar Blatt Papier. »Das ist ein Teil der Datei, die du neulich angelegt hast.« Sie wandte sich an Oren. »Hannah hat im Internet recherchiert.«

»Ja, das habe ich schon gehört.« In dieser vertrauten Umgebung fiel es ihm leichter, sich daran zu erinnern, wie Mrs. Hardy war, ehe sie sich in ein Monster verwandelt hatte, an jene Zeit, als eine magere, zerbrechliche Frau die Hobbs-Brüder durch die wechselnden Phasen von Western und Science Fiction begleitet und ihnen stets die besten Autoren des jeweiligen Genres empfohlen hatte. Heute merkte er, wie schwer es ihr fiel, auch nur zu lächeln und über ganz normale Alltagsdinge zu reden.

Hannah hatte sich in ihren Computerausdruck vertieft. »Ich

liebe die exakte Wissenschaft.« Sie steckte die Blätter in die Tasche ihres Kleides und zwinkerte Oren zu. »Das kann ich später, wenn du mir erklären willst, dass ich die Arbeitsweise des Hexenbretts falsch sehe, noch gut gebrauchen.«

Mrs. Hardy las in den Vogeltagebüchern. »Arme Sarah… Diese Bände habe ich nie gesehen, aber es ist ihre Handschrift.« Und dann beantwortete sie eine Frage, die Oren vorhin gestellt hatte. »Wir waren beide an der Uni in Los Angeles, aber richtig gekannt habe ich sie damals nicht. In meinen jüngeren Jahren war ich sehr mager, praktisch unsichtbar. Ich schwöre, dass ich zwischen Regentropfen hätte durchlaufen können. Ein gut aussehender Junge wie du hätte mich nie zur Kenntnis genommen, und jemand wie Sarah auch nicht.

Kennengelernt haben wir uns in der Uni-Bibliothek, dort habe ich während des Studiums gejobbt. Sarah wollte Bücher über Ornithologie haben, und das war mein Hobby. Ich erzählte ihr, dass man in Coventry seltene Vögel gesichtet hatte, Tiere, die seit fünfzig Jahren niemand mehr beobachtet hatte. Da ist sie in unseren Schlafsaal gekommen, um sich meine Notizen anzusehen. Es war, als wenn eine Prinzessin zu Besuch gekommen wäre – alle starrten dieses schöne Mädchen an. An dem Tag haben wir stundenlang miteinander geredet. Danach habe ich nie wieder mit ihr gesprochen, jedenfalls nicht auf dem Campus. Es war meine Schuld, ich war zu schüchtern. Aber Sarah hat mir immer zugewinkt, wenn sie mich sah. Ich war nicht mehr unsichtbar. Am Ende des Semesters hörte ich dann, dass sie geheiratet und das Studium aufgegeben hatte.«

»Und was war mit William Swahn? Er hat auch dort studiert.«

»Ich habe ihn nie kennengelernt, aber ich wusste, wer er war, habe ihn immer zusammen mit Sarah und der kleinen Belle gesehen. Selbst auf einem Campus, der so groß ist wie eine ganze Stadt, fiel er auf. Er war dreizehn, vielleicht vierzehn und sah jünger aus. Schmächtiges Kerlchen. Große Füße, großes Hirn.«

»Damals war Mrs. Winston in den Zwanzigern«, sagte Oren. »Warum hat sie sich mit einem kleinen Jungen abgegeben?«

»Ich dachte, das hätte ich gerade erklärt. Sarah war sehr lieb zu Außenseitern, zu Typen wie ihm oder mir.« Aus Mavis Hardys Stimme sprach kein Vorwurf. »Und Jahre später, als der kleine Junge erwachsen geworden war, hat Sarah bestimmt aus Herzensgüte dafür gesorgt, dass Addison ihn rechtlich vertrat. Die Geschichte mit der Polizei in Los Angeles war eine böse Sache.«

Hannah hatte recht, Mrs. Hardy kannte die besten Geschichten. Um all das zu erfahren, hatte Cable Babitt Jahre gebraucht. »Demnach ist Mrs. Winston mit Swahn in Kontakt geblieben, nachdem sie das Studium aufgegeben hatte? Vielleicht haben sie sich geschrieben?«

Dieser behutsame Vorstoß brachte keine Reaktion. Mrs. Hardy schüttelte nur den Kopf und zuckte die Schultern. Auch wenn es als Beweis die Fotos im Postamt gab, konnte Oren nicht sicher sein, ob sie log.

»Nach meinem Abschluss hat es Jahre gedauert, bis ich Sarah wieder über den Weg gelaufen bin.« Die Bibliothekarin sah auf das geöffnete Tagebuch hinunter, das sie in der Hand hielt. In dieser frühen Phase wirkten die Zeichnungen leicht und fantasievoll. »Jetzt hab ich's kapiert.« Sie deutete auf eine Skizze. »Das Moorhuhn muss ich sein. Moorhühner plustern sich auf, wenn sie Angst haben.« Sie blätterte weiter. »Und das hier scheint permanent Angst zu haben, das dumme Ding.« Leicht lächelnd klappte sie das Buch zu und griff zu einem anderen. Ohne aufzusehen sagte sie: »Hier bin ich wieder – im Wald mit meinem Fernglas. Und dieser hellgelbe Singvogel muss Sarah sein. Das erkennt man an dem jungen Rotkardinal. Wer anders als die kleine Belle könnte das sein? Sarah hat dir also von unseren Exkursionen erzählt? Ich habe nie mit jemandem darüber gesprochen.«

Exkursionen? Hannahs Überraschung war offenkundig.

Oren bedeutete ihr zu schweigen und wartete darauf, dass Mavis weitersprach.

»Schon Jahre, ehe Addison die Villa gebaut hat, war Sarah immer wieder mal in Coventry. Diese Gegend ist ein Paradies für Vogelliebhaber. Sie kam übers Wochenende mit dem Auto und wohnte im Hotel Straub. Ich war damals noch nicht so verändert, immer noch dürr wie eine Bohnenstange, und sie erkannte mich auf der Straße. Ich ging mit ihr tief in den Wald hinein, wo keine Wanderwege mehr hinführen, und zeigte ihr Nester, die ich gefunden hatte. Danach kam sie immer wieder, auch zu längeren Besuchen. Manchmal brachte sie Belle mit. Dann hat Addison ihr diese Villa gebaut.«

»Und ihr habt immer nur über Vögel gesprochen?«

»Was hatten wir sonst an Gemeinsamkeiten, Oren?« Sie breitete die Arme aus – eine Aufforderung, ihr Leben zu betrachten, sie so zu sehen, wie sie damals gewesen und was jetzt aus ihr geworden war.

»Sie sagten, dass Swahn und Mrs. Winston an der Uni befreundet waren. Hätte da im Gespräch nicht auch mal sein Name fallen müssen?«

Mavis Hardy schüttelte den Kopf. »Wenn ich mich recht erinnere, war ich es, die William Swahn zuerst erwähnte. Das ist lange her, über fünfundzwanzig Jahre. Ich hatte seinen Namen in einem Zeitungsartikel gelesen und Sarah erzählt, dass er seinen Abschluss an der Polizeiakademie gemacht hatte. Sie freute sich sehr darüber. Es sei immer sein Traum gewesen, Polizist zu werden, erklärte sie mir. Ein Jahr später zog William nach Coventry und war kein Polizist mehr, und da erzählte mir Sarah, dass er in Los Angeles verwundet worden sei.«

»Dann hat sie ihn also oft gesehen, nachdem er hierhergezogen war?«

»Er war einmal in der Woche bei ihnen zum Essen eingeladen. Nach fünf Jahren war das plötzlich vorbei, ich habe nie erfahren, warum. Sarah hat auch keine Exkursionen mehr mit mir unternommen, und ich habe danach das Interesse an Vögeln verloren.« Mrs. Hardy betrachtete kopfschüttelnd eine Zeichnung von Monstern. »Ich schätze, dass Sarah auch nicht mehr allein auf Vogelschau gegangen ist. Ich sehe hier kein einziges Wesen, das man einer existierenden Art zuordnen könnte.«

Oren hörte kaum mehr hin. Er versuchte auszurechnen, wie lange die Entfremdung zwischen Mrs. Winston, William Swahn und Mavis Hardy wohl zurücklag.

Mrs. Hardy blätterte zurück, hielt inne und stach mit dem Finger in das Herz einer Zeichnung. »Hier!«, sagte sie. »Mit der toten Lerche scheint die Veränderung bei Sarah angefangen zu haben.«

Als Dave Hardy Peck's Roadhouse betrat, stand eine Gruppe von Gästen an einem Ende der Theke und sah eine Wiederholung der bewussten Nachrichtensendung. Der Fernseher lief in voller Lautstärke. Noch einmal sah der Hilfssheriff den Film, der Sally Polk und die Reporter zeigte. Diese Fassung war so geschnitten, dass man die Attacke der Medien für eine offizielle von Kommissarin Polk anberaumte Pressekonferenz halten konnte.

Über die Handlung hatte sich die Stimme eines Studiogastes gelegt. Der prominente Autor zeichnete für die Zuschauer das Bild eines Kindermörders. Von den Knochen des weiblichen Opfers, die man gefunden hatte, war keine Rede. Ein Halbwüchsiger gab offenbar eine bessere Story ab.

Auf dem Bildschirm war nun ein Foto des jungen Josh Hobbs zu sehen, auf dem er ein wenig dümmlich lächelte. Auch der Studiogast lächelte. »Wie Sie sehen«, sagte er zu dem Moderator, »war Joshua zart, fast hübsch, Sie verstehen … Meiner Meinung nach ist er die Beute eines Sexualverbrechers geworden, der mit einem kräftigeren Jungen nicht fertiggeworden wäre.«

Der Moderator gab sich professionell empört. »Wir können also einen Pädophilen mit einem Handicap nicht ausschließen.«

Als Nächstes war natürlich wieder der zurechtgeschnittene und mit entsprechenden Unterstellungen versehene Film mit William Swahn zu sehen, der auf dem Parkplatz von Saulburg an Streifenwagen vorbeihinkte. »Eine Person, für die sich die Polizei interessiert«, hörte man Sally Polk sagen. Danach wurden noch einmal die hektischen Reporter eingespielt, die den Mann umringten, und von Sally Polk hörte man nur noch »... für den sich die Polizei interessiert«.

Widerlich, diese Frau, dachte Dave Hardy.

Der Fernseher wurde noch einen Tick lauter gestellt, damit man die Fragen besser verstehen konnte, die aus der Menge der Reporter herausgerufen wurden. »Ist Swahn vorbestraft? Mag er kleine Jungen? Er ist homosexuell, nicht wahr?« Aber Sally Polks einzige Antwort war: »Nein, er hat sich keinem Lügendetektortest unterzogen.« In dieser neuen Fassung fehlte ihre Feststellung, dass man Swahn nie aufgefordert hatte, einen derartigen Test durchführen zu lassen.

Jetzt lief ein Interview im Studio, das Dave noch nicht gesehen hatte. Eine Psychiaterin wies darauf hin, dass Pädophile fast immer heterosexuell seien. Außerdem ...

Keiner an der Theke hörte den Rest. Ein Chor von Obszönitäten übertönte die Stimme der Vernunft. Eine Bierflasche traf die Mattscheibe. Der Barkeeper, ein Mann mit vielen Tattoos und cholerischem Temperament, holte unter der Theke eine Schrotflinte hervor und gab seinen wüsten Gästen zu verstehen, dass sie, wenn ihnen ihr Leben lieb war, ihre Angelegenheiten gefälligst woanders regeln sollten.

Mrs. Winstons Vogeltagebücher standen nun, wie der Richter es gewünscht hatte, in den Regalen der Bibliothek, wo sie vor Sally Polks Durchsuchungsbefehlen sicher sein würden.

Hannah ließ den Motor an. »Wenn du Mavis ein bisschen Zeit mit diesen Büchern lässt, kann sie dir mehr über die Stadt erzählen, als du vielleicht wissen willst.«

»Ich würde gern wissen, warum sie ihre Beziehung zu Mrs. Winston geheim gehalten hat.« Das hatte die Bibliothekarin ihm nicht sagen wollen. »Swahn kam zum Essen zu den Winstons – Mrs. Hardy nicht.«

»Die Frage könntest du dir eigentlich selbst beantworten, Oren. Du warst doch oft genug mit Addison zusammen.« Sie lenkte den Wagen vom Randstein weg. »Vielleicht hatten Sarah und Mavis außer den Vögeln noch andere Gemeinsamkeiten.«

»Du willst doch nicht etwa behaupten, dass Ad Winston seine Frau geschlagen hat?«

»Nein, das nicht.« Hannah reckte den Hals, um übers Lenkrad sehen zu können. »Dieses Jahr solltest du auf jeden Fall zu dem Geburtstagsball kommen. Du wirst dort keinem Mann begegnen, der seine Frau mehr liebt als Addison. Aber er muss verdammt noch mal immer alles unter Kontrolle haben. Ich vermute, dass Sarah mit Mr. Swahn nur beim Essen zusammengekommen ist – im Beisein von Addison. Vielleicht wollte er nicht, dass sie jemanden hat, mit dem sie mal unter vier Augen reden konnte.« Sie grinste durchtrieben. »Spielst du immer noch Poolbillard wie ein Räuber?«

»Allerdings. Und zockst du immer noch die Touristen ab?«

»Man muss sehen, wo man bleibt.«

Am Stadtrand entschied sie sich dafür, durch die Berge zu fahren, die Küstenstraße sei zu langweilig, sagte sie. »Auf geht's!«

Der alte Mercedes war für Hannah kein Automobil, sondern ein Rummelplatz-Fahrgestell. Auf und ab ging es und immer im Kreis herum, und einmal hatte Oren das Gefühl, dass sie gleich abheben würden. Er wandte den Blick vom Tacho ab, obwohl er wusste, dass die Nadel nie die Vierzig-Meilen-Marke erreichen würde. Die Straße war schon bei dreißig Meilen tückisch, und bei jeder Kurve, in der entgegenkommende Fahrzeuge sie blendeten, drohte ein tödlicher Frontalzusammenstoß.

Nachdem sie zwei Ortschaften passiert hatten und dann ein

Stück über eine unbefestigte Straße ohne Hinweisschilder gefahren waren, landeten sie auf dem voll besetzten Parkplatz der Endless Bar, eines Saloons, zu dem man nur fand, wenn man ihn kannte.

Die Kneipe war unverändert. Laute Countrymusik ertönte, und die Jukebox hatte wahrscheinlich schon den gleichen Song gedudelt, als Oren noch zu jung war, um sich erlaubterweise hier aufzuhalten. Die meisten Gäste drängten sich um einen ringförmigen, sich im Kreis drehenden Tresen. Es hieß, dass manche Stammgäste nie aus der Kneipe herauskämen. Benebelt, wie sie waren, fanden sie den Weg nicht, der ins Freie führte. Wenn jemand vermisst wurde, suchte man als Erstes hier nach ihm. Der Ungeliebten, die auf einem der Barhocker das Zeitliche gesegnet hatten, wurde auf einer Ehrentafel gedacht. Sie war weit über Kopfhöhe angebracht, um zahlende Gäste nicht zu verschrecken.

Oren und Hannah liefen an dem Tresen vorbei nach hinten zu den Pool-Billardtischen. Hannah nickte grüßend den großen, wild behaarten Typen zu, die offenbar zu den Bikes auf dem Parkplatz gehörten. Sie grinsten breit, als sie Hannah kommen sahen, und schüttelten den Kopf. *Heute nicht, Alte,* sollte das heißen, *mein Geld kriegst du nicht, keinen müden Cent.*

Alle Tische waren belegt. Kein Problem. Zwei Mann räumten ihren Platz für Hannah und nickten Oren fast mitleidig zu, offenbar hielten sie ihn für einen der Tölpel, die ihr auf den Leim gegangen waren.

Grinsend stellte sich Hannah auf die Zehen, lehnte sich über den Tisch und schob die Kugeln zu einem Dreieck zusammen. »Wir machen's heute mal spannend, ja?« Sie zielte mit der Spitze des Queues auf die weiße Kugel. Volle und halbe Kugeln stoben auseinander, verteilten sich über den grünen Filz und rollten langsam in verschiedene Richtungen. »Der Verlierer zahlt die erste Runde.«

»Abgemacht!« Oren war hochzufrieden. Die letzte Kugel war zum Stillstand gekommen, ohne dass Hannah eine hatte versenken können. Er hatte eine Reihe einfacher Stöße vor sich.

»Eine Bedingung«, sagte Hannah. »Wir spielen nicht Acht-Ball. Du musst einmal um den Tisch rum, mit einer Hand hinter dem Rücken.«

»Nichts leichter als das.« Er würde nicht mal eine Brücke brauchen, um das Queue ruhig zu halten. Jeder Stoß war ein Kinderspiel. Sein erstes Poolbillardspiel fiel ihm ein. Es war fast dieselbe Konstellation wie damals. Später sollte er sich erneut daran erinnern. Aber jetzt legte er sich erst einmal alles für den ersten Stoß zurecht und zielte.

Ehe er durchziehen konnte, beugte Hannah sich vor und berührte seinen Arm. »Das Queue wird wackeln.«

»Meinst du? Kommt auf einen Versuch an.« Sein Lächeln wurde breiter, als er zustieß und – danebentraf.

»Wenn das Queue wackelt«, sagte Hannah, während sie das ihrige beiläufig einkreidete, um den Tisch abzuräumen, »hat das übrigens einen lustigen Namen. Man nennt es den ideomotorischen Effekt.«

Klick. Eine halbe Kugel fiel in eine Ecktasche.

»Als ich dein Queue habe wackeln lassen, habe ich nicht mit dir gesprochen«, sagte sie, »ich habe gewissermaßen dein Gehirn umgangen.«

Klick, Klick. Zwei Kugeln in der Ecktasche.

»Ich habe mit deinem Arm gesprochen.«

»Wer's glaubt.« Als Oren von dem letzten Stoß aufsah, faltete Hannah die Blätter auseinander, die sie von der Bibliothekarin bekommen hatte.«

»Hier!« Sie knallte die Seiten auf den Tischrand. »Ich hab die Wissenschaft auf meiner Seite. Lies!«

Klick, Klick, Klick.

Oren las den langen Titel: »Der Einfluss der Suggestion bei

der Steuerung von Muskelaktivität unabhängig von der Willenskraft.« Darunter stand ein ziemlich langer klein gedruckter Text. »Vielleicht könntest du einfach…«

Klick.

»Du willst also, dass ich dir kurz zusammenfasse, worum es geht?« Sie bereitete ihren nächsten Stoß vor. »Dein Gehirn hat das, was man ein ausführendes Modul nennt. Damit machst du das hier.« *Klick.* Sie versenkte eine Kugel. »Aber du hast andere, unabhängige Module, die den Denkvorgang umgehen. Ich habe dir etwas suggeriert, und das hat deine Muskeln dazu veranlasst, bei diesem leichten Stoß danebenzutreffen. Ich habe also mit deinem Arm gesprochen. Und jetzt weißt du auch, wie Alice Fridays Hexenbrett funktioniert. Eine Frage suggeriert eine bestimmte Antwort, und alle Hände bewegen sich auf das kleine hölzerne Herz zu und setzen aus den einzelnen Buchstaben auf dem Brett ein Wort zusammen. Oder ein Buchstabe, den ein Spieler aufruft, zieht den nächsten nach sich. Aber es gibt keine Verbindung zwischen Fingerspitzen und Köpfen. Wie gesagt – es ist keine Schummelei.«

»Die Hellseherin hat die Kontrolle über das Brett«, sagte Oren, »und sie ist eine Trickbetrügerin.«

»Nein, sie ist eine Idiotin.«

Klick, Klick, Klick, Klick.

Als Hannah ihre letzte Kugel versenkt hatte, richtete sie sich zu ihrer vollen Größe von knapp eins fünfzig auf und funkelte Oren an. »Nur Idioten glauben an Dialoge mit den Toten, und diese Frau glaubt steif und fest an diesen Unsinn.«

»Der Richter führt Gespräche mit meiner toten Mutter.«

»Wenn er schlafwandelt. Das zählt nicht.«

»Und der Richter glaubt an Wunder. Er hat sogar meine Mutter um ein weiteres gebeten.«

»Wenn dein Vater wach ist, hat er mit Wundern nichts am Hut. Sein idealer Gott ist mit deiner Mutter gestorben, als sie in einer Regennacht den Wagen zu Schrott gefahren hat. Der

Richter glaubt einzig und allein an logische Erklärungen. Und du kannst mir glauben, wenn ich dir sage, dass Alice Friday keinen blassen Schimmer davon hat, wie das Hexenbrett funktioniert.«

Oren hörte nicht mehr zu. Er dachte an die Botschaft, die während der Séance formuliert worden war: *Liebst du mich noch?* »Ich wette, dass diese Person es versteht, das Ouijabrett und die Spieler zu manipulieren. Die Sache mit meinem missglückten Stoß war nur einer von deinen Tricks.«

»Ja, natürlich. Und ich habe meine Tricks schon immer erklärt.« Sie holte die Kugeln, je zwei auf einmal, aus dem Schlitz in der Seitenwand des Tischs und legte sie wieder auf den Filz. »Ich habe dich nicht dazu erzogen, an Zauberkram zu glauben.«

Das stimmte allerdings. In seiner Kindheit hatte sie ihm immer gezeigt, was hinter ihrem Hokuspokus steckte. Und nachdem sie zwei verängstigten kleinen Jungen ein Ouijabrett abgenommen hatte, war sie ernsthaft darum bemüht gewesen, ihnen zu erklären, was der Trick mit ihrer Erwartungshaltung und dem Glauben an Horrorfilme zu tun hatte. Die Alte aus der Paulson Lane würde, so verrückt sie zu Lebzeiten gewesen war, niemals Kinder aus dem Grab heraus verfluchen, hatte sie Josh und Oren versichert. Tote sprachen zu niemandem.

Damals hatte Oren ihr nicht geglaubt.

Hannah stapelte die Kugeln in das hölzerne Gestell. Sie schien zu spüren, dass er ihr auch jetzt nicht glaubte. Ihre braunen Augen sahen ihn fragend an, dann strafte sie ihn mit einem »Ach, ist ja auch egal« ab. Sie nahm ihre wissenschaftliche Abhandlung wieder an sich und knüllte die Blätter zusammen. »Ich merke schon, es war Zeitverschwendung, dir das Hexenbrett zu erklären.« Sie beugte sich über den Tisch, bereit für ein weiteres Spiel. »Als nächsten Trick zeige ich dir, wie das Leben läuft.«

24

Die aus Peck's Roadhouse Vertriebenen hatten sich auf dem Parkplatz zunächst zu einem lockeren Grüppchen von Saufkumpanen zusammengefunden. Zwei Pubs weiter war daraus bereits ein bedrohlicher Haufen geworden, festgefügt wie eine Familie.

Dave Hardy fuhr hinter der schlingernden Reihe von Privatfahrzeugen, Lastern und Kleintransportern her. Hätte er seine Uniform getragen – und wäre er nüchtern gewesen –, hätte er gut und gern zwölf Strafzettel wegen Alkohols am Steuer schreiben können. Bei jeder Dorfkaschemme, aus der man die Horde rauswarf, kamen neue Rabauken hinzu, und Dave Hardy zählte die Fahrzeuge mit.

Er streckte die Hand nach dem Sixpack auf dem Beifahrersitz aus und zog sie leer zurück. War vielleicht nicht verkehrt, heute Abend auch die eigenen Drinks zu zählen. Er warf einen Blick auf den Gewehrhalter über der Windschutzscheibe, dann holte er einen Karton Schrotpatronen aus dem Handschuhfach.

Als der betrunkene Haufen vor der nächsten Bar vorfuhr, blieb Dave Hardy eine Weile auf dem Parkplatz stehen, lud seine Flinte, legte sie wieder in die Halterung und folgte der lärmenden Meute dann in die Kneipe. Die Männer steuerten wie durch Fernbedienung gelenkt den leuchtenden Bildschirm eines Fernsehers an. Dort war wieder der gleiche Film zu sehen, Sally Polk beantwortete die gleichen Fragen, und William Swahn hinkte nach wie vor. Inzwischen war es Nacht geworden, aber auf der Mattscheibe schien immer noch die Sonne.

Als die Betrunkenen Sally Polk auf der Mattscheibe sahen,

machten sie unverschämte Bemerkungen und grüßten sie mit ihren Biergläsern.

Dave hätte am liebsten seine Faust in den Bildschirm krachen lassen.

In einer anderen Bar auf der anderen Seite der Stadt sagte Hannah: »Nichts zu machen – diese Runde geht an mich.«

Oren nickte zustimmend. Immerhin hatten sie auf diese Runde kein Bier gewettet. Bis Hannah mit dem ersten fertig sein würde, konnte es noch eine Stunde dauern.

Nachdem fast alle Kugeln in der einen oder anderen Tasche verschwunden waren, lagen am Ende nur noch die weiße Kugel, die schwarze Acht und eine einfarbige rote Kugel auf dem Tisch. Sie in einer Ecktasche zu versenken würde ein Klacks sein. Sie lag so dicht davor, dass sie beinahe von selbst hineinzufallen schien. Und vielleicht wartete Hannah eben darauf, als sie ihr Queue drei Zentimeter von der Kugel entfernt hielt. Sekunden vergingen. »Sichere Sache.«

»So sehe ich das auch«, sagte er. »Jetzt mach schon.«

»Das ist keine Wahrsagerei.« Sie hob das Queue und beschrieb damit kleine Kreise in der Luft. »Und es wäre mit Sicherheit kein Kunststück.« Sie beugte sich vor, um die weiße und die rote Kugel erneut genau ins Visier zu nehmen. »An der Lage der Kugeln siehst du, wie es ausgehen wird. Aber selbst der Allmächtige kann einen so leichten Stoß mal vergeigen.«

Und Hannah konnte das offenbar auch.

Die weiße Kugel verfehlte ihr Ziel, stieß an die schwarze Acht und schob sie auf die Ecktasche zu, wo die rote Kugel wartete. Das Niesen einer Hausfliege hätte genügt, um sie zu versenken, wie Hannah es ausdrückte.

»So ist das Leben«, sagte sie. »Mal triffst du, mal geht der Schuss daneben. Für alles gibt es einen Grund, aber du brauchst nicht für alles eine Antwort zu wissen. Wenn du also das nächste Mal hörst, wie der Richter deine tote Mutter um ein weiteres Wunder bittet, lass den alten Herrn einfach reden.«

»Du willst absichtlich verlieren.«

Statt einer Antwort trat sie zurück und nahm einen Schluck Bier.

Oren war wieder an der Reihe.

Verflixt – sie hatte nicht absichtlich verloren, sie hatte sich nur für eine andere Möglichkeit des Gewinnens entschieden. Die neue Position der Acht war kein Zufall. Sie berührte fast die rote Kugel, die über der Ecktasche hing. Wie er auch spielte, gerade oder über Bande – die Acht würde der roten Kugel mit demselben Stoß in die Tasche folgen –, und das Spiel wäre verloren.

Resigniert setzte Oren zum Stoß an.

»Warte.« In Hannahs Stimme schwang leichte Unruhe.

Sie hatte die linke Hand gehoben, und er folgte mit dem Blick der Spitze ihres Zeigefingers zur Decke – wo sich nichts tat. Er zuckte zusammen. Auf diese Masche war er zuletzt als Zehnjähriger reingefallen. Als er wieder auf den Tisch sah, stellte er fest, dass Hannah auch die rechte Hand gehoben hatte. Die Acht war verschwunden, der Weg war frei für einen leichten Stoß und den Sieg.

»Ein Wunder«, sagte Hannah.

Ja, von wegen … Er legte das Queue aus der Hand und griff zum Bier.

»Willst du nicht gewinnen?«

»Ach, ich glaube nicht. Mit Wundern macht Poolbillard keinen Spaß.« Auf dem Tisch lag plötzlich die Acht wieder neben der roten Kugel. Er hatte sich für Sekundenbruchteile ablenken lassen – aber wie hatte sie das geschafft? Hannahs Taschenspielertrick bestätigte seine Vermutung, dass sie in ihrer fernen Vergangenheit eine Magierin oder Taschendiebin gewesen sein musste.

»Manches im Leben muss eben seinen Gang gehen«, sagte

sie. »Wenn Josh nicht an jenem Tag gestorben wäre, dann an einem anderen. Du *weißt*, warum er gestorben ist.«

Oren war noch nicht bereit für dieses Gespräch. Er tat so, als sei er mit seinem leeren Glas beschäftigt. »Und dein nächster Trick?«

»Wart's ab, es dauert nicht mehr lange.« Sie hielt ihr erst halb geleertes Glas hoch. »Ich vertrage nicht mehr so viel wie früher.« Sie stand zufällig mit dem Gesicht zur Tür, als dort wie auf ein Stichwort Mrs. Winston erschien.

Manchmal ist das Ganze nicht größer als die Summe seiner Teile. Dieser Satz ging der Barkeeperin in der Lounge eines Hotels an der Küstenschnellstraße durch den Kopf. Die zweiundzwanzig Mann, die sich vor dem Fernseher versammelt hatten, kamen ihr vor wie ein einziges Geschöpf. Sie konnte nur hoffen, dass dieses zornig summende Ding von hier verschwinden würde, ehe es etwas Schlimmes anstellte. Sie sah zu dem Fernseher über den Regalen mit Flaschen und Gläsern hinauf. Die Story von Sally Polk und ihrem Verdächtigen war immer wieder in kurzen Ausschnitten eingeblendet worden. Jetzt brachten die Abendnachrichten sie in voller Länge.

Die Betrunkenen waren hingerissen. Polk war ihre Anführerin, ihre Königin, auch wenn die Kommissarin in dieser aktualisierten Fassung kaum drei Worte sprach. Promi-Experten und ein Moderator legten ihr jetzt die Worte in den Mund.

Ein Studiogast, dem daran lag, sein Buch zu verkaufen, sprach in die Kamera: »Dies ist das Profil, das Kommissarin Polk für den Killer erstellt hat: Wenn er ein bestimmtes Handicap hat, kann er seinen Sex nur bei Prostituierten ausleben – und bei Kindern.« Auf dem Bildschirm erschien das Foto eines zarten Jungen mit belustigtem Lächeln, die nächste Aufnahme zeigte einen stark hinkenden Mann mit Gehstock.

Die Betrunkenen hassten den Krüppel. Sie johlten und brüllten in den Fernseher hinein.

Die Barkeeperin spürte, dass dieses Ding aus vielen Teilen im Begriff war auszuschwärmen. Zweiundzwanzig Gesichter wandten sich gemeinsam um.

Gruselig war das.

Wie ein einziges schwankendes Insekt auf vielen Füßen bewegten sie sich zum Ausgang. Die Barfrau griff schon zum Telefon, weil sie den motorisierten Bürgern eine faire Chance geben wollte, diese Nacht zu überleben. Dann aber entdeckte sie einen Stammgast an der Theke, einen Mann mit blondierten Strähnen. Das war doch dieser Hilfssheriff, der, wenn er im Dienst war, sein Bier aus einer Kaffeetasse trank. Heute trug er Bluejeans, trank aus einem Glas, leerte es und ging zur Tür.

Die Barkeeperin hörte draußen Motoren aufjaulen, hörte Geschrei und Gebrüll, das Rollen von Rädern und das Knirschen von Kies. Sie trat ans Fenster und sah, wie der Hilfssheriff in einen Pick-up stieg und hinter dem *Ding* herfuhr.

Unnötig, den Notruf anzuwählen.

Das gedämpfte Licht der Endless Bar war vorteilhaft für das Champagnerblond, aber das schöne Gesicht wies Makel auf, die nicht nur dem Alter geschuldet waren. Mrs. Winston war nicht mehr der ruhende Pol in jeder Menge, sie wirkte verstört, der Blick wanderte unruhig hin und her.

Hielt sie Ausschau nach Feinden?

Diese Frage ging Oren durch den Kopf, als er die Kugeln für eine neue Runde zusammenschob – als hätte Hannahs nächstes Spiel nicht schon begonnen. »Du hast gewusst, dass Mrs. Winston heute Abend hier sein würde. Ich hab's geahnt.«

»Achte auf den Barkeeper.«

Der Barkeeper nahm keine Notiz von Mrs. Winston, die drei Hocker von ihm entfernt Platz nahm. Er hob die Mahagoniklappe, um seinen Arbeitsplatz hinter dem ringförmigen Tresen zu verlassen.

»Das Handtuch über seiner Hand«, sagte Hannah, »verdeckt eine Tüte aus braunem Papier.«

Oren sah dem Mann nach, der den Raum verließ, gleich darauf mit dem Handtuch über der Schulter zurückkehrte und wieder seinen Platz einnahm. Dort bediente er Mrs. Winston, die offenbar eine Stammkundin war, denn er brauchte nicht nach ihren Wünschen zu fragen. Er stellte ihr Glas auf eine Cocktailserviette und entfernte sich wortlos.

»Sarah wird nur auf einen Drink bleiben«, sagte Hannah. »Sie wird als Trinkgeld hundert Dollar unter ihr Glas legen. Dann wird sie nach draußen gehen und auf dem Fahrersitz ihres Wagens eine Flasche in einer Tüte aus braunem Papier finden.«

»Das ist eindeutig verboten«, sagte Oren. »Vielleicht ist es eine blöde Frage, aber …«

»Warum sie bewusst etwas Verbotenes getan hat, willst du wissen? Warum Sarah nicht einfach in einen Laden geht – viel billiger, kein Risiko. Weil im gesamten Umkreis kein Laden ihr eine Flasche verkaufen würde, dafür hat Addison gesorgt. Er legt Wert darauf, den Überblick über ihren Alkoholkonsum zu behalten.«

Hannah sah auf ihre Armbanduhr. Neuerdings trug sie ständig eine Uhr. Seit wann war ihr die Uhrzeit so wichtig?

»Ungefähr jetzt«, sagte sie, »denken Ad und Isabelle, dass sie oben in ihrem Zimmer weggedämmert ist.« Sie sah zu Oren auf und lächelte. »Bei einer Séance kann man viel erfahren. Evelyn hat mir erzählt, dass das Dienstmädchen der Winstons einmal in der Woche im Blockhaus auftaucht und dankbar ist, wenn eine mitfühlende Seele ihr zuhört. Sie hasst Addison und macht ihn ständig nur schlecht.«

Der drehende Tresen ließ Mrs. Winston langsam in Orens Richtung kreisen und wieder verschwinden. Wenn er ihr Gesicht im schattigen Profil sah, war sie Joshs Gönnerin und Freundin, die schönste Frau, die jemals einen Fuß nach Coventry gesetzt hatte. Wenn bei der nächsten Drehung das Licht besser wurde, verwandelte sie sich in eine alternde Schnapsdrossel.

Hannah bereitete mit dem Queue den nächsten Stoß vor. »Den Führerschein hat Sarah schon vor Jahren wegen Alkohols am Steuer verloren. Behalt ihr Glas im Auge, dann merkst du, wann sie geht. Und was die Flasche in ihrem Wagen betrifft – die wird sie so weit wie möglich auf dem Heimweg zu leeren versuchen. Das bedeutet Knast, wenn die Polizei sie dabei erwischt, oder aber – schlimmer noch – sie fährt gegen einen Baum.«

»Und deshalb sollen wir ihr anbieten, sie nach Hause zu fahren – hast du dir das so gedacht?«

»Nicht ganz, aber beinah. Auf dem Weg zur Villa der Winstons wirst du an dem Abzweig zur Bear Creek Road halten. Sarahs Idee, nicht deine. Eine Dame sollte nicht allein trinken müssen, also benimm dich. Vergiss nicht, nach jedem Schluck die Flasche abzuwischen. Wenn wir Glück haben, erfährt Isabelle nie etwas von dem langen herzlichen Gespräch, das du mit ihrer Mutter haben wirst.«

»Wäre es nicht einfacher, wenn du mir gleich verraten würdest, was Mrs. Winston zu sagen hat?«

»Du hast kein Wort von dem gehört, was ich heute Abend erzählt habe.«

»Und ob! Dir entgeht nichts, Hannah, und das ist eine Gabe, die ich jetzt gut gebrauchen könnte. Komm, erklär's mir.«

»Das hab ich mal bei dem Richter versucht, aber es hat nicht besonders gut funktioniert.«

»Als du ihm gesagt hast, er sollte Josh wegschicken?«

»Hätte ich ihn nicht gewarnt, hätte er eine Weile getrauert und dann weitergemacht wie zuvor. Und ihm wäre noch ein Sohn geblieben. Du hättest nie gehen dürfen, Oren.«

»Er hat mich doch fortgeschickt!«

»Und jetzt leidet der alte Mann unter seinem schlechten Gewissen. Er denkt, dass er Josh hätte retten können, wenn er auf mich gehört hätte. Für ihn wär's besser gewesen, wenn ich den Mund gehalten hätte.«

»Wieso wusstest du, dass Josh in Gefahr war?«

»Ich wusste es so, wie du es gewusst hast. Geheimnisse mit einer Kamera einzufangen, ist ein gefährliches Hobby.« Hannah legte ihr Queue aus der Hand. »Ich habe mal gehört, wie du ihn im Garten angeschrien hast. Du wolltest, dass er damit aufhört, aber er dachte nicht daran. Hätte der Richter ihn weggeschickt, wäre Josh in einer anderen Stadt gestorben, und der Alte würde sich trotzdem Vorwürfe machen. Ich hätte mich nie einmischen dürfen, aber damals war ich ziemlich vermessen.«

»Es war vollkommen richtig, dass du es versucht hast, Hannah.«

»Nein. Ich hätte dem Leben seinen Lauf lassen sollen.« Sie drückte leicht seinen Arm. »Wärst du an jenem Tag bei Josh geblieben, wäre es ein andermal passiert. Das Schicksal hat gewollt, dass dein Bruder sterben sollte, wenn niemand da war, um ihn zu retten. Glasklare Logik, Oren. Anders kann es nicht zu einem Mord kommen.« Sie sah nachdenklich zu dem drehenden Tresen hinüber. »Sarah hat fast ausgetrunken. Es wird Zeit.«

»Weißt du, wer Josh umgebracht hat?«

»Wofür hältst du mich? Für eine verdammte Hellseherin?« Hannah holte die Wagenschlüssel aus der Tasche. »Ich fahre nach Hause, und du kannst Sarah Winston sagen, dass du keinen fahrbaren Untersatz hast. Sie wird dich ihren Wagen fahren lassen, und sie wird nicht sterben – nicht heute Nacht.«

Der BMW war ein wunderbares Fahrzeug, ein knallrotes Kabrio mit schwarzem Dach – das Auto seiner Träume aus autoverrückten Teenagertagen. Oren wartete zwei Parklücken weit entfernt, überzeugt davon, dass die Lady es niemals schaffen würde, auch nur den Zündschlüssel ins Schloss zu stecken.

»Mrs. Winston?« Er ging auf das Kabrio zu und blieb an der Fahrerseite stehen. »Erinnern Sie sich noch an mich?«

Sie sah mit einem herzlichen Lächeln zu ihm auf. »Oren Hobbs. Sie sehen Ihrem Bruder immer noch sehr ähnlich.«

»Ob Sie mich wohl bis zu Ihrem Haus mitnehmen könnten?«

»Ja, natürlich. Steigen Sie ein, ich fahre Sie heim.«

»Wie ich sehe, hatten Sie ein kleines Problem beim Starten. Vielleicht ist was an der Zündung? Soll ich es mal versuchen?«

»Wie reizend! Ein Offizier und echter Gentleman.«

»Ich bin nicht mehr bei der Army.«

»Ja, das ist mir zu Ohren gekommen, und meine Zündung ist in Ordnung. Aber Sie würden nie auch nur andeuten, ich sei betrunken. Henry Hobbs hat seine Jungs wirklich gut erzogen.«

Sarah Winston stieg aus und bemühte sich, möglichst normal um den BMW herum auf die Beifahrerseite zu laufen. Oren folgte ihr und beugte sich vor, um ihr die Tür aufzuhalten. Mrs. Winston roch nach Whiskey und Rosen. Genau dasselbe Parfüm war ihm an dem Tag in die Nase gestiegen, als ihre Tochter ihn ans Schienbein getreten hatte. Mit den Schlüsseln in der Hand setzte er sich ans Steuer, und sie fuhren los.

Sie waren erst ein paar Meilen gefahren, als er im Rückspiegel ein sich näherndes Scheinwerferpaar sah. Der Wagen hinter ihm beschrieb in immer höherem Tempo Schlangenlinien quer über die Straße, und eine Ausweichstelle war nicht in Sicht. Bei jeder schlecht einsehbaren Kurve konnte es zu einem Frontalzusammenstoß mit einem entgegenkommenden Fahrzeug kommen, aber noch gefährlicher war, dass der Wagen hinter ihm schon fast bei ihm im Kofferraum saß. Oren gab Gas und nahm mit nur zwei Rädern am Boden eine Haarnadelkurve.

»Keine Angst«, sagte er zu Mrs. Winston, die nicht so schnell begriff, was vor sich ging. Im Rückspiegel sah er hinter seinem Verfolger weitere Scheinwerfer. Als er auf der Bear Creek Road scharf nach links abbog, fuhren sie alle hinter ihm her.

Vor ihm tauchte eine großzügig bemessene Ausweichstelle

am Straßenrand auf. Er steuerte darauf zu, trat auf die Bremse und streckte schützend eine Hand aus, damit Mrs. Winston nicht aufs Armaturenbrett knallte. Mindestens zwanzig Fahrzeuge rasten an ihnen vorbei und mit unvermindertem Tempo um die nächste Kurve.

»Sie haben nicht zufällig ein Handy dabei, Mrs. Winston?«, fragte er.

»Nein. Bis zur nächsten Stadt mit einem Handymast sind es gut und gern zwanzig Meilen.«

Das lange Gespräch bei einer gemeinsam genossenen Flasche Schnaps konnte er also vergessen. Eine Karawane von Betrunkenen bedeutete für alle, die in dieser Nacht ihren Weg kreuzten, den sicheren Tod. Er legte den Gang ein. »Wir brauchen ein Telefon.«

Der Mietwagen des Reporters war der letzte, der die Einfahrt hinauffuhr. Dave Hardy saß in seinem Pick-up und zählte Geld. Fünfhundert Dollar. Er hätte mehr verlangen sollen. Ein exklusiver Tipp wie dieser war gut und gern seine tausend wert. Mit einem Ohr am offenen Fenster lauschte er dem unschuldigen Geräusch der Grillen und Nachtvögel. Bei dem Gedanken, dass er etwas für nichts bekommen hatte, musste er unwillkürlich grinsen – ein echt gutes Geschäft.

Nach einem kurzen Halt an einer Tankstelle war dem Büro des Sheriffs eine Horde wild gewordener Betrunkener auf Rädern gemeldet worden. Und der Geruch nach Benzin in einer Sommernacht war fast so sexy wie das Rosenparfüm.

Jetzt waren Oren und Mrs. Winston wieder unterwegs, und außer ihnen war weit und breit kein Fahrzeug zu sehen. Die Straße gehörte ihnen. Sie fuhren mit offenem Verdeck, und der Himmel war mit Sternen übersät. Sarahs lange blonde Haarsträhnen flatterten im Fahrtwind, und aus dem Radio kam Vintage Rock 'n' Roll in voller Lautstärke.

Oren lächelte, dann musste er laut lachen. Das Leben war hart.

Nur zu schnell war die Nacht vorbei, und er bog fast ein wenig bedauernd in die Einfahrt der Winstons ein. Er parkte den Wagen vor der Villa und versicherte Mrs. Winston, dass es ihm nichts ausmachen würde, von hier aus zu Fuß heimzugehen. »Es ist ja nicht sehr weit.«

»Vielleicht komme ich irgendwann mal vorbei. Ich habe Hannah und den Richter schon länger nicht mehr gesehen. Und ich wollte mir immer gern Joshs Fotos aus dem Wald anschauen.« Orens Überraschung schien sie zu wundern. »Sie kennen seine Naturaufnahmen nicht? Ich bin ihm hin und wieder auf den Waldwegen begegnet. Er hatte immer eine Kamera dabei.«

»Nein, die kenne ich nicht.« Oren fasste das Lenkrad fester. Josh hatte also auch Mrs. Winston nachspioniert – einer Frau, die seinem Bruder nur Gutes getan hatte.

»Der Junge war ein geborener Imitator. Ich habe ihm Vogelrufe beigebracht. Das haben Sie nicht gewusst? Hat er nie darüber gesprochen?« Wieder war sie sichtlich überrascht.

Es wäre ihm schwergefallen, die unter Brüdern übliche Sprache zu erklären – ein Kopfnicken, um zu zeigen, dass man verstanden hatte, was unausgesprochen blieb; eine Hand auf der Schulter des Bruders, um zu fragen *Tut es sehr weh?* Es hatte hunderttausend Gesten für Millionen von Worten gegeben, und sie hatten – was das Beste war – miteinander schweigen können. Bis auf jenen letzten Tag im Wald.

Mrs. Winston legte ihm eine Hand auf die Schulter. »Der Kummer ist wieder frisch aufgebrochen, nachdem Sie jetzt sein Grab gefunden haben, nicht wahr? Ihr Bruder war der liebenswerteste Junge, den ich je gekannt habe.« Sie hob in einer hilflosen Geste die Hände. »Ich habe den Faden verloren. Was wollte ich sagen? Ach ja ... Fotos. Am liebsten sind mir die von meinen Geburtstagsbällen. Wie alt waren Sie, als Sie weggeblieben sind? Zwölf? Diesmal müssen Sie kommen. Isabelle hat Ihnen inzwischen bestimmt verziehen.«

»Nein, ich möchte es noch nicht riskieren. Im nächsten Jahr vielleicht.«

Ihr Lachen klang hell und unbeschwert, fast wie Musik.

Ob ihre Tochter wohl auch so lachte? Das würde er nicht so bald erfahren. Die Haustür wurde aufgerissen. Isabelle Winston hatte ihn im Gespräch mit ihrer Mutter ertappt. Die schöne Rothaarige bebte vor Zorn. Die Hände, die sie in die Hüften gestemmt hatte, waren eine Warnung, dass sie jederzeit zu einer todbringenden Waffe greifen konnte. Oren verabschiedete sich eilig von Mrs. Winston. Als er ausstieg und zur Straße lief, rechnete er jeden Augenblick damit, von einer Kugel im Rücken getroffen zu werden.

Am Ende der langen Einfahrt blieb er stehen und lauschte. Der Wind war umgeschlagen und trug den Klang wütender Stimmen von der Paulson Lane herüber. Durch die Bäume sah er helles Licht schimmern.

Aus dem Haus ertönte ein Schrei. Er fuhr herum. Auf der Turmterrasse stand Sarah Winston und wies ihm den Weg. Im Wald bestand diesmal keine Gefahr, sich zu verirren. Er orientierte sich an den Lichtern, den Rufen und dem Scheppern von Glas.

Mit einem Seitenblick auf die Meute und das Haus sah er, wie sich William Swahn mühsam hinkend quer durch ein beleuchtetes Zimmer bewegte und dabei Flaschen, Steinen und Scherben auszuweichen versuchte. Das Telefon, das am Fenster stand, hätte sich ebenso gut auf dem Mond befinden können.

Zwischen Bäumen und im Schatten Deckung suchend blieb Oren vor einer Gruppe großer Müllbehälter stehen, griff sich einen Deckel und riss ihn aus dem Kunststoffscharnier. Einfahrt und Wendeplatz waren mit Fahrzeugen vollgestellt. Im

Weitergehen wurde er von Scheinwerfern geblendet, und er hob schützend den Mülltonnendeckel vor die Augen.

Die Haustür ging auf, und zur Verwirrung seiner Gegner schleppte sich William Swahn ins Freie. Die Buhrufe wurden leiser. Die dunklen trunkenen Gestalten im Scheinwerferlicht standen still – totenstill. An eine Marmorsäule gelehnt und ins Licht blinzelnd hob Swahn den Stock, und seine Stimme bebte vor Zorn. »Eure Steine haben fast alle mein Haus getroffen und nicht die Fensterscheiben. Ihr Trottel werft wie kleine Mädchen.«

Damit war die Atempause vorbei.

Sie antworteten mit einer neuen Salve. Die meisten Geschosse gingen ins Leere, nur weil es so viele waren, trafen zwei ihr Ziel. Ein Stein schlug in Swahns Gesicht eine blutende Wunde, und eine Bierflasche knallte gegen sein krankes Bein. Er glitt an der Säule herunter und blieb flach auf der Marmorplatte liegen.

Und Oren kam angerannt.

Dave Hardy sah in seinem Rückspiegel Scheinwerfer abbremsen. Er war zu lange in der Paulson Lane geblieben – und die Geschichte gehörte nicht mehr exklusiv dem Reporter, der ihn bezahlt hatte. Ein Kleintransporter mit dem Logo einer Fernsehgesellschaft parkte neben seinem Pick-up, er hörte das Rauschen eines Polizeifunkgeräts. Swahn musste Hilfe herbeigerufen haben. Aus allen Richtungen rollten Streifenwagen und Hilfssheriffs in ihren Jeeps an.

Die Beifahrertür des Kleintransporters ging auf, und über dem Dach erschienen Kopf und Schultern eines Mannes, der seine Kamera auf den Pick-up gerichtet hatte.

Dave rutschte tief in seinen Sitz.

Jetzt bin ich fällig!

Einerlei, in welche Richtung er fuhr – in dem entgegenkommenden Verkehr würde er der Polizei ins Netz gehen.

Der Fahrer des Kleintransporters lehnte sich aus dem Fenster und streckte Dave Hardy ein Mikrofon hin. »Ohne Uniform hätte ich Sie fast nicht erkannt. Sie sind ein Hilfssheriff, stimmt's?«

Dave Hardy hatte eine Eingebung.

»Ja. Ich bin der Helfer vor Ort.« Dave grüßte kurz, dann startete er den Motor und legte den Gang ein.

Vor der Veranda kniete Oren neben dem gestürzten William Swahn. »Schließen Sie die Augen«, flüsterte er. »Bewegen Sie sich nicht.« Den gesichtslosen Gestalten, die im Gegenlicht standen, rief er zu: »Er ist tot! Ihr habt ihn umgebracht!«

Hier und da polterten Steine und Flaschen zu Boden.

Oren kannte sich mit dem Mob aus – auch in seiner hässlichsten Form. Dieser hatte gerade seine Daseinsberechtigung verloren. Der Zusammenhalt löste sich auf, während Einzelne sich von der Meute absetzten, ein Zeichen dafür, dass der Selbsterhaltungstrieb über den Herdentrieb triumphierte. Doch innerhalb von Sekunden konnte der Mob als ein einziger Körper, ein einziger Kopf, wiederauferstehen. Das Zeitfenster zum Handeln war klein.

Jetzt musste er zuschlagen.

Er hob Swahns Stock auf und hielt ihn hoch, während er auf die Scheinwerfer zuging. »Polizei!«, rief er laut. »Jetzt werden Köpfe rollen, und jeder, den ich treffe, landet im Knast.«

Obwohl ihn die Scheinwerfer blendeten, ging er mit weit geöffneten Augen und der sturen Entschlossenheit eines Panzers geradewegs in das Gewühl hinein. Der Stock, den er im weiten Bogen kreisen ließ, traf auf Fleisch und Knochen. Hinter den hellen Lichtern öffneten sich Wagentüren. Ein Motor startete, dann der nächste. Zwei Scheinwerferkegel zogen sich rückwärts zurück, ein paar Mann flüchteten zu Fuß. Oren, der inzwischen wieder klarer sah, traf mit dem Stock den Schädel eines Mannes und streckte ihn zu Boden. Der Mann kroch weg.

Andere waren wie erstarrt, wieder andere torkelten und boten ein leichtes Ziel. Einer blieb starr vor Angst vor ihm stehen, und Oren schlug ihn mit einem schwungvollen Hieb nieder. Eine geschlossene Gruppe kam auf ihn zu – die Auferstehung des Mobs, allerdings eine kleinere Meute mit einem kleineren Hirn. Den Mülleimerdeckel zum Schutz vor Wurfgeschossen in der Hand ging er auf sie los. Schild und Lanze wurden ihm weggerissen, und viele Hände packten ihn.

Über ihren Köpfen blitzte Mündungsfeuer auf, und ein Schuss fiel. Dave Hardy stand auf dem Dach seines Pick-ups und brüllte: »Keine Bewegung!«

Und jetzt stoben auch die letzten auseinander, man hörte eilige Schritte, aufjaulende Motoren, Räderrollen.

Dann waren alle verschwunden.

Im Scheinwerferlicht der Dienstfahrzeuge aus dem County und dem Bundesstaat lagen zerbrochene Flaschen, ein zertrampeltes Baseballcap, überall verstreute Steine und ein einzelner Schuh. Die Reporter hatte man am anderen Ende der Einfahrt zusammengepfercht, wo sie irgendetwas von Pressefreiheit schrien, während ihre Kameras beschlagnahmt wurden. Und auf den Stufen der Veranda saßen drei Männer.

Dave Hardy opferte die letzten zwei Bier aus seinem Sixpack. Eine der Flaschen reichte er William Swahn, die andere Oren, wobei er sich dafür entschuldigte, dass sie nicht mehr kalt waren. »Aber für medizinische Zwecke reicht's. Sie wissen, dass Sie bluten?«

Swahn, der noch immer benommen war, hob eine Hand ans Gesicht und berührte die Wunde auf der Wange. Dann betrachtete er das Blut an seinen Fingern. »Es ist wohl keine gute Idee, sich über Menschen lustig zu machen, die einen mit Steinen und Flaschen bewerfen.«

Oren nickte zustimmend.

Dave Hardy grinste. »Das haben Sie getan? Schön für Sie.«

Er wandte sich an Oren und klimperte mit seinen Wagenschlüsseln. »Der Sheriff wird jede Minute hier sein. Ich muss los. Wenn Cable mich noch einmal betrunken erwischt, bin ich dran.«

Als der Pick-up des Hilfssheriffs die Einfahrt heruntergerollt war, hob Swahn seine Bierflasche und stieß mit Oren an.

Solange Sarah Winston nüchtern war, sah sie das Turmzimmer nur als Kreis. Gegen Abend wurde es zum Rad, das sich unablässig drehte, immer schneller wurde und sie mit sich riss, in schwindelerregendem Tempo dem Nichts entgegen. Sie rückte Bilderrahmen an jenen Abschnitten der Wand gerade, die nicht aus Glas waren. Es hatte Mut dazu gehört, Fotos und Zeichnungen an den Wänden eines Hauses aufzuhängen, das auf einem sich wild drehenden Planeten stand, der um die Sonne herumraste.

Sie trat auf die Terrasse hinaus und sah zu den Sternen hinauf, die sich für sie bewegten. Ihr war jene Mischung aus Geduld und Wahn eigen, die es ihr ermöglichte, die Bahn der Gestirne über den Himmel zu verfolgen. Sie hielt die Ärmel ihres Morgenmantels in den Abendwind und streckte die Hände nach ihnen aus.

Nein, noch nicht. Nicht heute Abend.

Sarah senkte die Arme, so wie ein Vogel die Flügel faltet. Es brauchte Willenskraft, um zu bleiben, wenn die Angst einen trieb zu gehen, wenn man nur die Erde loszulassen und sich dem Firmament anzuvertrauen brauchte. Der Gedanke an Flucht war verführerisch wie die Bewegung der Sterne. Sie schlang die Arme fest um ihren Körper, nicht, weil sie Trost suchte, sondern um ihr Leben zu retten – Isabelle zuliebe, die leise an die Tür klopfte. »Mom?«

»Ja, Belle, ich bin hier.« Noch immer hier. Und ihr Wille half ihr zu bleiben.

»Vielleicht ist ihr morgen früh mehr nach Reden zumute«, sagte Addison Winston. »Sarah ist ziemlich aufgewühlt.«

»Kein Wunder«, sagte Cable Babitt. »So etwas würde man in Coventry nie erwarten.« Der Sheriff setzte seinen Hut auf und ging zur Tür. »Mr. Swahn lässt Ihrer Frau danken, dass sie es gemeldet hat.« Er tippte an den Hutrand und sah Isabelle an. »Ein glücklicher Umstand, dass Oren Hobbs zufällig in der Gegend war.«

»Ja, sehr.« Ihr Lächeln erlosch, nachdem sie die Tür hinter dem Sheriff geschlossen hatte. Lange würde Oren sich nicht mehr auf sein Glück verlassen können.

Isabelle öffnete den Dielenschrank und zog mit einer hektischen Bewegung ihre Jacke vom Bügel. Sie wollte sichergehen, dass er die mit den Vogeltagebüchern verbundenen Anweisungen auch richtig verstanden hatte. Noch einmal würde er keine Vergnügungsfahrt mit ihrer Mutter unternehmen. Sie freute sich schon darauf, Oren Hobbs im Sopran schreien zu hören, wenn sie …

»Hat deine Mutter noch eine Flasche da oben?« Addison sah zur Treppe.

Isabelle trat mit leisen Schritten hinter ihn. »Ich weiß, was du getan hast.«

Er fuhr herum, einen Sekundenbruchteil lang erschrocken, ehe er die alte Nummer aus ihrer Kindheit erkannte. Die hatte er ihr beigebracht, und meist war er derjenige gewesen, der mit diesen Worten Geheimnissen auf die Spur gekommen war. Er sah auf die Jacke, die sie in der Hand hielt. »Es wäre mir lieber, wenn du heute Abend nicht mehr zu William gehen würdest. Ich könnte Hilfe für deine Mutter gebrauchen.«

»Ich weiß, dass Mom in dem Jahr mit dem Trinken angefangen hat, als Josh Hobbs verschwand. Sollte das ein Witz sein, als du neulich nach dem Essen laut überlegt hast, ob sie eine Affäre mit Oren hatte? Bei dir weiß man das nie, Addison, du hast einen so verqueren Sinn für Humor.«

»Falls du erwartest, dass ich hier eine Verbindung herstelle …«

»Von hinten sahen Oren und Josh sich sehr ähnlich. Sie waren gleich angezogen, hatten den gleichen Gang. Oren war größer, aber wenn man seinen Bruder von hinten sah, allein im Wald …« Sie ließ den Rest des Satzes unausgesprochen.

Er lachte. Lachte schallend und bleckte dabei alle Zähne. »Warum fragst du nicht deine Mutter nach Josh? Sie hat den Jungen schließlich begraben.«

Isabelle fiel die Jacke aus der Hand.

Addison hob sie auf und hängte sie ordentlich wieder in den Schrank. »Du bleibst also? Sehr gut.«

25

William Swahn lehnte es ab, sich mit dem Rettungswagen ins Krankenhaus fahren zu lassen. Ein Sanitäter brachte ihn ins Haus, um seine Wunden notdürftig zu versorgen. Oren blieb allein auf den Stufen sitzen, besah sich das Chaos und trank langsam sein Bier.

Uniformierte Polizeikräfte sammelten die leeren Flaschen ein, die sie vor und im Haus fanden. Jede Glasoberfläche war ein Glücksfund für die Spurensicherung.

Ein paar Meter weiter stand Cable Babitt neben Sally Polk. »Ihre Leute können von mir aus so viel Flaschen mitnehmen, wie sie wollen. Ich brauche sie nicht, ich habe die ganze Chose gefilmt.«

»Ich mag hieb- und stichfeste Fälle«, sagte die Kommissarin. »Auf der Bierflasche, die ich am liebsten hätte, sind Fingerabdrücke, über die Sie staunen würden. Ach, und was diesen Film angeht – der gehört jetzt mir.«

»Das können Sie doch nicht machen«, stotterte Cable, aber Sally erklärte ihm, dass sie das sehr wohl könne, nachdem sie gegen einen Fernsehproduzenten aus Los Angeles Anklage wegen Anstiftung zum Aufruhr durch kreative Filmschnitte erhoben hatte.

»Damit kommen Sie nicht durch«, sagte Cable. »Das ist lachhaft.«

»O je, Sie glauben also, ich hätte meine Befugnisse überschritten? Kann sein. Aber bis wir geklärt haben, wer schuld war, kann es noch eine Weile dauern. Fest steht, dass der Umfang des Falls über die Grenzen des Countys hinausgeht.« Sie ließ ihren Blick über den von Scheinwerfern erhellten Tatort wandern. »Und das gehört alles mir.«

Oren ertappte sich bei dem Gedanken, dass er Sally Polk gut leiden konnte.

Der Morgen kündigte sich mit dem Geruch nach Möbelpolitur und dem Heulen eines Staubsaugers an. Oren erwachte auf einer Couch im Wohnzimmer des Hauses in der Paulson Lane. Alle Scherben waren verschwunden, und Glaser standen auf langen Leitern, um die zerbrochenen Scheiben zu ersetzen.

Swahns Putzfrau war die Mutter eines seiner früheren Klassenkameraden, und als solche stellte sich Mrs. Snow nun vor, während sie um seine Couch herumarbeitete. »Was für eine Nacht«, sagte sie. »Was für eine Sauerei.« Als er sich aufgerappelt hatte, bürstete sie ihn mit einem Reisigbesen ab. »Damit Sie nicht die Glassplitter durchs ganze Haus schleppen.«

Schließlich erklärte sie ihn für sauber und entließ ihn. »Hannah ist oben in Mr. Swahns Zimmer.« Als er die Treppe hinauflief, rief sie ihm noch nach: »Zweite Tür rechts. Er hat einiges durchgemacht, regen Sie ihn also nicht unnötig auf.«

»Versprochen.«

An der offenen Tür zum Schlafzimmer blieb er stehen und beobachtete, wie Hannah einen Verband auf William Swahns rechter Wange wechselte. Die Haut darunter war stark gerötet und entzündet. Die frische Wunde ließ die alte Verletzung auf der anderen Gesichtshälfte fast verblassen. Oren trat in den Gang zurück und hörte sich das Gespräch zweier alter Freunde an, die einander mit Miss Rice und Mr. Swahn anredeten.

»Der Sanitäter hat die Wunde sehr schön gesäubert.«

»Ist mein Gesicht nun wieder ebenmäßiger?«

Hannah lachte. »Wenn die Schwellung zurückgegangen ist und der Bluterguss auch, wird nichts mehr davon zu sehen sein.«

Im Zimmer war noch eine dritte Person. Oren sah Sally Polk im Spiegel über Swahns Kommode.

»Ich habe eine gute Nachricht für Sie«, sagte sie zu William Swahn. »Den Reporter, der den ersten Stein geworfen hat, haben wir gefilmt, und ich habe auch seine Fingerabdrücke auf einer Bierflasche. Schätze, er wollte die Sache einfach ankurbeln, weil er keine Lust hatte, die ganze Nacht auf seine Mobszene zu warten. Aber angefangen hat alles mit einer fiesen Manipulation in den Abendnachrichten. Ich werde einen ganzen Fernsehsender zu Fall bringen, Mr. Swahn – nur für Sie. Darauf freue ich mich schon.«

»Was ist mit dem Mob? Haben Sie die alle gefilmt?«

»Nein, vielleicht die Hälfte. Aber die beiden, die Oren Hobbs erledigt hat, sind schon wieder vernehmungsfähig und singen. Drei ihrer Freunde haben sie schon verpfiffen, aber die übrigen Typen kennen sie nicht mal. Eine Barkeeperin hat uns noch ein paar Namen genannt. Und dann haben wir jede Menge Fingerabdrücke auf den Bierflaschen, die diese Idioten durch Ihre Fenster geschmissen haben. Ich kriege sie alle, das verspreche ich Ihnen.« Die Kommissarin verabschiedete sich und trat auf den Gang hinaus, wo sie Oren mit herzlichem Lächeln begrüßte.

Er war sicher, dass sie sich mit einer Knarre in der Hand nicht weniger herzlich geben würde. »Gute Arbeit«, sagte er. »Wie Sie dem Sheriff diesen Fall geklaut haben, meine ich.«

»Besten Dank. Und wenn ich mal ein paar Minuten zum Atemholen habe, kriege ich auch raus, wer Ihren Bruder umgebracht hat.«

»Ehe Sie Ihre Ermittlungen im Büro des Sheriffs abgeschlossen haben – oder danach? Ich weiß, dass Sie mit Hilfe von Josh an Cable Babitt herankommen wollen.«

Das Lächeln war noch da, aber sie spielte auf Zeit. Um die Chancen abzuwägen? Würde eine gut erzählte Lüge die Karten übertrumpfen, die er in der Hand hielt? Sie stand aufrecht, die Füße fest am Boden. Die Lady wartete auf einen Beweis seiner Theorie.

Oren nickte verständnisvoll. »Das CBI hat ein Außenbüro in Shasta, aber hier sind Sie in meinem County, in einer Polizeidienststelle in der Provinz, und das bedeutet, dass Ihre Ermittlungen nicht auf diese Dienststelle gerichtet sind. Bleibt das Büro des Sheriffs. Und die Ermittlungen müssen sich über die ganze Abteilung erstrecken, sonst würden Sie nicht einen Haufen Uniformierte als Beistand brauchen.«

Sally Polk rückte den Riemen ihrer Handtasche zurecht und wandte sich zum Gehen. »Wenn Sie dem Sheriff einen Tipp geben, schneide ich Ihnen die Eier in kleine Stücke und verfüttere sie an die Schweine.« Sie sagte das so heiter und gut gelaunt, dass er lächeln musste.

Oren betrat das Schlafzimmer, einen kargen Raum, in dem keine persönlichen Gegenstände zu sehen waren. An einer Wand war ein heller Fleck, dort war vor Kurzem ein Bilderrahmen abgenommen worden, was auf einen extrem zurückhaltenden Menschen schließen ließ – oder auf einen, der etwas zu verbergen hatte. Dieses Bild, das dem Bett gegenüber gehangen hatte, war das Letzte, was Swahn angeschaut hatte, bevor er nachts das Licht gelöscht hatte, und das Erste, worauf an jedem neuen Morgen sein Blick gefallen war.

Swahn runzelte die Stirn, als auch er jetzt auf diese kahle Stelle blickte und zweifellos seinen Fehler erkannte.

Und Hannah entging natürlich ohnehin nichts. Sie hatte eine Rolle Pflaster in einer Hand und in der anderen eine geschlossene Schere, die man für die Lanze eines winzigen Ritters halten konnte. Wachsam stand sie neben ihrem Patienten, bereit, es mit allen aufzunehmen – auch mit Oren. Ihr Blick verriet einen inneren Widerstreit, und das tat ihm weh. Er rückte sich einen Stuhl ans Bett und sah sie an. »Bewilligst du uns eine Minute, Hannah?«

»Ich habe ihm gerade eine Schlaftablette gegeben. Hat es nicht Zeit?«

»Eine knappe Minute. Versprochen.«

Hannah beugte sich zu William Swahn herunter und legte ihm eine Hand auf die Schulter. Ihre stumme Zwiesprache zeugte von lebenslanger Freundschaft. Aus Hannahs besorgtem Blick sprach die Frage, ob sie bleiben und ihn verteidigen sollte. Swahn lächelte beruhigend. Sie brauche nicht für ihn zu kämpfen, sollte das heißen – aber trotzdem schönen Dank.

Als Hannah gegangen war, sagte Oren: »Ich habe eine Frage zu den Fotos von Ihnen, die im Postamt hängen. Josh hat Sie dabei erwischt, wie Sie der Bibliothekarin einen Umschlag gegeben haben. Sie haben ihn in Ihre Einkaufstasche gesteckt. Wenn es ein Brief an Mrs. Winston war, ist mir klar, dass Sie ihn nicht mit der Post schicken konnten. Fünfzig Prozent des gesamten Klatsches in der Stadt verbreitet der Postmeister.«

Swahn schloss die Augen und drehte den Kopf weg. Die Befragung war zu Ende.

Als Oren aus dem Zimmer kam, saß Hannah auf der Treppe. Sie drückte ihm ein Rezept in die Hand. »Ein Schmerzmittel. Könntest du es im Drugstore besorgen? Bis du wiederkommst, wird dein Vater hier sein, dann muss Schluss sein mit den Fragen nach den Fotos von Mr. Swahn und Mavis.«

»Du hast gelauscht, Hannah?« Er setzte sich neben sie.

»Mr. Swahn ist ein Gentleman. Er wird dir nicht sagen, was in dem Umschlag war. Aber jetzt sage ich es dir. Der Richter hat das jahrelang so gemacht. Die Schlange im Postamt war die günstigste Gelegenheit dafür. Ehe die Landzustellung eingeführt wurde, hat Mavis ihre Post täglich zur gleichen Zeit abgeholt. So etwas wie Sozialhilfe gab es in Coventry nicht, und Mavis hatte schon länger kein Gehalt mehr bekommen. Es wird dir aufgefallen sein, dass niemand mehr in die Bibliothek geht. Offiziell ist sie seit Jahren geschlossen. Aber Mavis ist trotzdem jeden Tag zum Dienst erschienen.«

»Ein Gewohnheitstier.«

»Richtig. Und obendrein verrückt. Auch das dürfte dir aufgefallen sein. Und deshalb haben ihr einmal im Monat betuchte

Leute wie der Richter oder Mr. Swahn ein bisschen Bargeld zukommen lassen – in aller Heimlichkeit, damit sie sich bei niemandem zu bedanken brauchte. Die Umschläge waren als Spenden für die Bibliothek gekennzeichnet, um ihren Stolz nicht zu verletzen. Ich weiß, dass auch Addison großzügig war. Seine Umschläge waren die dicksten. Es hat lange gedauert, bis der Richter den Stadtrat gezwungen hat, Mavis wieder einzustellen, damit sie ein regelmäßiges Gehalt beziehen konnte. Damals war sie auf die Almosen der Stadt angewiesen.«

Hannah schüttelte traurig den Kopf. »Josh und seine Sammlung von Geheimnissen … Dein Vater hat sich furchtbar geärgert, dass er dieses Geheimnis öffentlich gemacht hat. Nur eine Handvoll Menschen begriff überhaupt, was auf diesen Fotos zu sehen war, und fast ein Jahr verging, bis irgendjemand kapierte, was der Junge getan hatte: Er hatte eine kranke Frau bloßgestellt. Der Richter war der Erste, der draufgekommen ist. Ich weiß noch, wie er damals von der Post kam, er war außer sich. Sein letztes Gespräch mit deinem Bruder war ein Streit. Danach haben sie tagelang kein Wort mehr gewechselt. Und dann war Josh nicht mehr da. Er war tot.«

Oren blieb auf dem Gehsteig vor dem Drugstore stehen. Ein Stück weiter stand Alice Friday auf der Terrasse des Hotel Straub und beobachtete den Mercedes des Richters. Wollte sie mit ihm reden? Das traf sich gut. Er hatte das Protokoll ihrer Vernehmung beim Sheriff gelesen und es sich Wort für Wort eingeprägt.

ALICE FRIDAY: Ich weiß, dass der Junge tot ist. Nur die Toten sprechen mit mir.

SHERIFF BABITT: Josh wird seit einem Jahr vermisst, was Sie sagen, ist deshalb keine große Offenbarung aus dem Jenseits. Hat das Ouijabrett Ihnen gesagt, wo Sie nach seiner Leiche zu suchen haben?

ALICE FRIDAY: Um derlei Dinge kümmern sich Tote nicht. Ich kann Ihnen nur so viel sagen – er ruht nicht in Frieden. Josh ist gewaltsam zu Tode gekommen.

SHERIFF BABITT: Wenn Sie irgendetwas über den Jungen wissen, meine Dame…

ALICE FRIDAY: Er ist mein Geistführer. Ich bin heute hergekommen, weil ich Sie etwas fragen muss, etwas, das Josh ständig von mir wissen will: Was ist mit der anderen? Josh meint, Sie hätten eine Antwort darauf. Was meint er wohl damit?

SHERIFF BABITT: Wenn Sie eine echte Hellseherin wären, wäre Ihnen klar, dass ich jetzt gleich Ihr knochiges Gestell packen und aus meinem Büro schmeißen werde.

Oren ging auf den Mercedes zu und wollte gerade die Tür öffnen, als Alice Friday ihn sah und ihm zuwinkte. Während sie die Stufen herunterlief und die Straße überquerte, kam Evelyn Straub aus dem Hotel. »Hey, junger Mann!«, rief die Hellseherin Oren zu und baute sich, die mageren Arme verschränkt, entschlossen vor ihm auf. »Sie hätten nicht mitten in meiner Séance gehen dürfen. Sie müssen wiederkommen. Ihr Bruder ist noch nicht fertig mit Ihnen.«

Ein Wagen, der sich in hohem Tempo näherte – eine auffällige Erscheinung in dem träge dahinfließenden Verkehr von Coventry –, lenkte ihn ab, und auch Alice Friday war wie gebannt von diesem ungewöhnlichen Anblick. Am Steuer saß eine Frau mit feuerrotem Haar, und sie fuhr direkt auf Oren zu. Er stieß die Hellseherin in eine Lücke zwischen zwei geparkten Wagen und rollte sich auf den Kofferraum des Mercedes. Die Nase des schwarzen Sportwagens stieß fast an dessen Stoßstange.

Isabelle sah durch ihn hindurch, als wäre er Luft, als…

»Diese Person hat versucht, uns umzubringen«, flüsterte Alice Friday mit weit aufgerissenen Augen.

»Nein«, sagte Oren. »Sie hat versucht, mich umzubringen.«

Der hageren Frau war dieser feine Unterschied entgangen.

Sie holte ein kleines Notizbuch und einen Stift aus der Tasche. »Keine Sorge, ich habe mir das Nummernschild gemerkt.« Sie notierte das Kennzeichen. An die füllige Hotelbesitzerin gewandt, die jetzt auch über die Straße kam, sagte sie: »Ruf den Sheriff an, Evelyn!«

»Keine gute Idee. Cable hat heute Vormittag schon genug am Hals.«

Alice Friday packte Oren am Arm. »Die Frau hat versucht, ihn mit ihrem Wagen umzubringen.«

»Nein«, sagte Evelyn. »Die beiden begrüßen sich immer so.«

Der Truck des Glasers war fort, und auch die Putzfrau war mit ihrem Wagen davongefahren. Zu seiner Überraschung sah Oren, dass der gelbe Streuner in Habachtstellung vor William Swahns Tür stand. Er war offenbar dem Richter zur Paulson Lane gefolgt.

Addison Winston saß auf der Motorhaube seines Porsches, baumelte mit den Beinen, gab den aufmerksamen Blick des misstrauischen Köters zurück und versuchte, ihn mit einem geübten Lächeln für sich zu gewinnen. Dann wandte er sich schulterzuckend an Oren. »Ich könnte einen großartigen Prozess für meinen Mandanten führen. Hast du die Nachrichten gesehen? Er kann Millionen bei dem Fernsehsender und vom CBI kassieren. Aber Hannah lässt mich nicht ins Haus.«

»Sally Polk hatte mit dem, was in der Nacht passiert ist, nichts zu tun.«

»Das Interview, das Sally gegeben hat, war Anstiftung zu …«

»Das war kein Interview, das war ein Hinterhalt.«

»Warum soll man sich einen saftigen Rechtsstreit durch die Wahrheit vermasseln lassen?«

Oren stieg die Stufen zur Haustür hinauf und streichelte den Hund mit dem gelben Fell. »Treiben Sie es bei der Polizei nicht auf die Spitze. Dieser fingierte Vergleich in Los Angeles könnte Ihnen noch mal Probleme bereiten.«

»Es war ein Deal, Oren.«

»Ihr Mandant muss dabei letztlich für alles herhalten. Ich glaube, er reimt sich da schon einiges selbst zusammen. Wenn Hannah Sie aussperrt, tut sie Ihnen damit wahrscheinlich einen Gefallen.«

Die Nachricht von dem motorisierten Mordversuch verbreitete sich schnell.

Der Richter und Hannah saßen am Tisch, als Oren die Küche von William Swahn betrat. Das Gespräch verstummte jäh.

Das ließ tief blicken.

Sein Vater zwinkerte der Haushälterin zu, sah auf und sagte mit gespielter Bestürzung: »Wie ich höre, hat Belle Winston versucht, dich über den Haufen zu fahren.«

Hannah nickte. »Hier wird es nie langweilig. Ich liebe diese Stadt.« Sie stand auf, holte noch eine Tasse und schenkte Oren Kaffee ein.

Der bedankte sich, dann ließ er die beiden erst einmal zappeln. Der Richter sah sich durch seinen eigenen Grundsatz ausgebremst, nie eine offenkundige Frage zu stellen – zum Beispiel die, warum die kleine Winston seinen Sohn hätte umbringen sollen. Oren trank langsam seinen Kaffee, setzte langsam die Tasse ab, sah den Wolken nach, die langsam vor dem Fenster dahinzogen, und hörte, wie sein Vater unter dem Tisch mit einem Fuß auf den Boden klopfte.

Endlich sagte er, ohne jemanden direkt anzusprechen: »Alice Friday ist ein Jahr nach Joshs Verschwinden hergekommen. Sie kennt Mrs. Winston, aber die Tochter hat sie nicht erkannt.«

»Belle ist erst seit ein paar Monaten wieder hier«, wandte Hannah ein. »Wahrscheinlich war sie nie auf einer Séance von Alice.«

»Aber in all den Jahren…« Er deutete mit ausgebreiteten Armen an, wie erstaunlich es war, in einer Stadt von der Größe einer Briefmarke eine Einwohnerin nicht zu erkennen.

Hannah streckte abwehrend drei Finger in die Luft und konterte. »In all den Jahren war Belle, soweit ich weiß, nur dreimal zu Hause. Und ich glaube, sie ist nie auch nur einen Tag lang geblieben.«

Isabelle war also ebenfalls im Exil gewesen. Hatte man auch sie nach Joshs Verschwinden fortgeschickt? Oder war sie geflüchtet?

Cable Babitt nahm die letzte Kurve auf dem Weg zu seinem Haus. In der Ausweichstelle hinter seiner Einfahrt entdeckte er den Taurus der CBI-Ermittlerin. In diesem Augenblick rollte die schwarze Limousine zur Straße hinunter und verschwand.

Diese Schlampe! Sie hatte ihm aufgelauert. Sie hatte es darauf angelegt, dass er sie bemerkte.

Er ließ die Wagentür offen und rannte nach hinten zur Garage. Das Klafterholz war nach wie vor ordentlich an der Rückwand gestapelt, und es sah nicht so aus, als hätte sich an den einzelnen Klötzen jemand zu schaffen gemacht. Aber er musste einfach wissen, ob der Rucksack noch da war, sonst würde er die Nacht über kein Auge schließen. Nacheinander zog er die Klötze herunter und warf sie auf den Boden. Endlich hatte er den grünen Rucksack in dem Plastikbeutel freigelegt. Vielleicht war es ein Fehler gewesen, ihn aus seinem Versteck im Werkzeugschuppen zu holen.

Der Keller war besser – sicherer vor Sally Polk. Ohne die vorgeschriebenen Papiere würde sie nie hineinkommen, und mit ihren Durchsuchungsbefehlen hatte sie sich in diesem County mächtig die Finger verbrannt.

Eine halbe Stunde später öffnete er die Tür des Windfangs, die ihn wieder hinaus in seinen Garten führte, und verließ den Keller als ein zufriedener Mann. Joshs Rucksack war in seiner neuen Bleibe unter einem Haufen von Umzugskartons und Koffern gut aufgehoben.

»Oh, verdammt!«

Hinter der Mauer seiner Garage sah er den flatternden Saum eines geblümten Kleides aufblitzen.

Diese miese Tucke!

Als er um die Ecke bog, stand Sally Polk inmitten seiner Brennholzvorräte. Die im Garten verstreuten Klötze verrieten, dass ein in dem Holzstoß versteckter Gegenstand in großer Eile und Angst daraus entfernt worden war.

Aber die verdammte Person machte munteren Smalltalk, während er an diesem kühlen Morgen dastand und schwitzte.

26

Der Richter saß in einem hölzernen Lehnsessel neben Hannahs leerem Schaukelstuhl. Der gelbe Hund lag zu seinen Füßen. Mann und Hund hatten in der Sonne gedöst, aber jetzt zuckte das Tier mit den Schlappohren und öffnete die Augen. Auch Henry Hobbs hatte das Motorengeräusch gehört.

Die CBI-Ermittlerin stellte ihren schwarzen Taurus vor dem Haus ab, stieg aus und winkte. Der Hund hielt sie offenbar für harmlos, denn er legte den Kopf wieder auf die Vorderpfoten und schloss die Augen. Der Richter beurteilte diese Frau weniger nachsichtig.

Von wegen harmlos.

Sally Polk näherte sich der Veranda, und der Richter stand auf, so wie er für jede Frau, ob Dame oder Soziopathin, aufgestanden wäre, und sagte sehr höflich: »Jetzt wollen Sie also auch noch den Rest meines Hauses zerlegen.«

»Aber nein. Heute lernen Sie mich von meiner besten Seite kennen.« Sie warf den Riemen ihrer Handtasche über die Schulter, kam die Stufen hinauf und warf einen Blick auf Hannahs Schaukelstuhl. Sie wartete, bis der Richter ihr zunickte, dann setzte sie sich. »Ich weiß, dass Sie Ihre Beziehungen haben spielen lassen, um mir die Mordfälle abzunehmen.«

»Sie wissen nichts dergleichen.« Und jetzt, nachdem er sie gezwungen hatte, Farbe zu bekennen, gab er ihr Lächeln beinahe noch breiter zurück. Er blieb stehen. Fasse dich kurz, sollte das heißen.

Sie nahm die Handtasche auf den Schoß, ein Zeichen dafür, dass sie so bald nicht wieder gehen würde. »Ich *weiß*, dass Sie ein persönliches Interesse an einer bestimmten Ermittlung hier im County haben.«

»Meinen Sie die Sache mit Cable? Der Fall fällt in seine Zuständigkeit. Der Bundesstaat Kalifornien hat damit nichts zu tun. Das Grab meines Sohnes liegt auf Privatgelände, eindeutig eine Sache des Countys.«

»Nur weil Mrs. Straubs Pachtvertrag aufgekündigt wurde. Ich habe gehört, dass der Papierkram, mit dem die alten Schürfrechte annulliert wurden, an einem Tag erledigt worden ist. Die Büroangestellten in Sacramento haben alle miteinander Herzrasen bekommen. Noch nie haben sie so viele Schriftstücke so schnell an sich vorbeirauschen sehen. Ich vermute, dass Sie dahinterstecken. Und natürlich auch Addison. Der scheint in dieser Woche für alle Welt den Anwalt zu spielen.«

»Ich bin davon überzeugt, dass der Sheriff eine kompetente Untersuchung durchführen wird.«

»Das ist eine Lüge, wie wir beide wissen.« Sie öffnete ihre Handtasche und holte ein Foto heraus. »Für den Fall, dass Sie das vergessen hatten… Ihr Sohn hat sich das Grab mit einer anderen Person geteilt.« Sie streckte ihm die Aufnahme hin, so dass er sie ihr wohl oder übel abnehmen musste. »Das ist Mary Kent. Ein gängiger Name, den man leicht vergisst.«

Er sah in das Gesicht eines sehr jungen Mädchens mit langem blondem Haar, das in die Kamera lächelte. Aus ihrem Blick sprach Neugier, das Leben mit all seinen Möglichkeiten lag noch vor ihr. In diesem Augenblick, den die Kamera festgehalten hatte, konnte sie unmöglich an den Tod gedacht haben.

»Das ist ein altes Passfoto«, sagte Sally Polk. »Sie war Mitte dreißig, als sie starb.«

»Aber mit diesem Bild eines jungen Mädchens, haben Sie sich gesagt, würde es leichter sein, eventuelle Zeugen zur Mitarbeit zu bewegen.«

»Nein, darum ging es nicht. Ich habe keine Familienalben mit einem Bild neueren Datums gefunden. Sie hat keine Familie. Und auch keine richtigen Freunde. Sie haben Glück – niemanden wird es kümmern, wenn Cable Babitt diesen Fall an die Wand fährt. Mary Kent hat niemanden, der für sie kämpft.«

Er wollte Sally Polk das Foto zurückgeben, die aber winkte ab. »Nein, behalten Sie es nur.« Sie lehnte sich in Hannahs Schaukelstuhl zurück, und die Bodenbretter knarrten. »Das Büro des County Sheriffs verfügt über einen großen Stab von Ermittlern, aber Cable bearbeitet diesen Fall ganz allein. Das ist es, was Sie wollten, nicht? Ein Vollidiot am Ruder. Das riecht nach betrügerischem Einverständnis. Es *stinkt.«* Sie sah auf die Wiese hinaus und schaukelte. Unentwegt. »Was für hübsche Wildblumen.« Und in dem gleichen harmlosen Ton: »Meiner Meinung nach geht es Ihnen darum, Oren zu schützen. Ich kenne seine Army-Akte. Der Junge ist nicht nur ein erstklassiger Polizist, sondern er versteht sich auch aufs Töten.«

Der Richter senkte den Blick. »Oren liebte Josh mehr als sein Leben.«

»Das glaube ich Ihnen. Hatten Sie etwa gedacht, ich werfe ihm einen Mord vor?« Der Schaukelstuhl stand still, und sie beugte sich zu dem Richter herüber. »So lange Sie noch den einen Sohn haben, sollten Sie darauf hoffen, dass ich den Fall löse, ehe Oren es tut.«

Henry Hobbs schüttelte den Kopf. Er konnte sich nicht vorstellen, dass sein Sohn freiwillig menschliches Leben vernichten würde – nicht Josh zuliebe. Zwanzig Jahre Trauer hatten mäßigend gewirkt. Aufmerksam hatte er bei dem heimkehrenden Soldaten nach Anzeichen eines drohenden Zusammenbruchs gesucht und sein Sicherheitsnetz gespannt für den Fall, dass der Junge stürzte. Aber Oren hatte die Prüfung mit Bravour bestanden, sein Charakter hatte keinen Schaden genommen. Wie es um sein Herz stand, war eine andere Frage. Henry Hobbs war unbändig stolz auf seinen Sohn. »Sie können sich darauf verlassen, dass mein Sohn das Richtige tut.«

»Dass er sich wie ein Polizist verhält, meinen Sie?« Die Bretter fingen wieder an zu knarren. »Wenn ein Kind ermordet wird, schaut die Polizei immer zuerst auf die Eltern. Ich frage mich, ob Oren sich seinen Vater genau angesehen hat. Weiß er, was Sie im Koreakrieg getan haben? Diese vielen Orden … Sie waren eine verdammte Tötungsmaschine. Als Soldat haben Sie mehr Menschen getötet, als ich verhaftet habe.«

»Ich bin Pazifist. Schon von Jugend an hat Töten mich angewidert.« Der Richter hatte plötzlich das Bedürfnis, sich zu setzen. Er nahm auf dem Stuhl neben ihr Platz. »Ich habe meinen Sohn nicht ermordet.«

Aufgeschreckt durch den schmerzlichen Unterton in der Stimme eines alten Mannes, hob der Hund den Kopf.

»Ich würde Ihnen gern glauben«, sagte Sally Polk. »Aber Sie müssen auch mein Problem sehen. Die meisten Eltern wollen, wenn sie unschuldig sind, dass der Fall gelöst wird, wollen Gerechtigkeit für das tote Kind. Aber Sie nicht.« Das Knarren der Bodenbretter beschleunigte sich, als hoffte sie, mit dem Schaukelstuhl an ein bestimmtes Ziel zu kommen. »Das ergibt nur dann einen Sinn, wenn Sie schon wissen, wer Ihren Sohn umgebracht hat. Es heißt, Sie seien Atheist, deshalb weiß ich, dass Gott Ihnen nicht befiehlt, die Rache Ihm zu überlassen.« Der Schaukelstuhl stand still. »Wenn Sie wissen, wer es war, *sagen* Sie es mir.«

»Sie werden für Rache sorgen, Sally Polk?«

»Da können Sie Gift drauf nehmen, mein Guter!« Sie tippte auf das Foto in seiner Hand. »Mary Kents Schädel wurde mit einem Stein eingeschlagen. Sie ist schnell gestorben. Bei Josh hat der Killer sich mehr Zeit gelassen. Es war praktisch Folter, anders kann man es nicht nennen. Rippenbrüche, Kieferbruch, Risse in den Beinknochen, gebrochene Arme. Und dann die Hände … Mein Experte sagt, dass ein einzelner Gewaltakt allein nicht alle gebrochenen Finger erklärt. Sie sind geknickt worden wie Zweige, einer nach dem anderen. Josh hat lange gelitten. Sehr lange.«

Der Richter sah in die braunen Hundeaugen, Brunnen des Trostes. »Ich weiß nicht, wer meinen Sohn ermordet hat. Wenn Sie es herausfinden, kommen Sie bitte nicht her, um sich meinen Dank abzuholen. Und auch für die Litanei von Joshs Leiden danke ich Ihnen nicht, für diese schrecklichen Bilder, die Sie mir in den Kopf gesetzt haben. Jetzt kann ich seine Angst sehen, kann sie fühlen. Ich höre die Knochen brechen, höre mein Kind weinen. Wollten Sie das erreichen?« Er wandte sich ihr mit all seinem Schmerz zu, und das trieb sie fort.

»Ich bin kein Invalide.« Swahn lehnte mit einer Handbewegung jegliche Hilfe ab, als er sich auf der Couch seiner Bibliothek niederließ. Von einem Beistelltisch nahm er einen Stapel zusammengehefteter Blätter. »Das ist der endgültige Bericht über die Knochen.«

»Vom Sheriff haben Sie die nicht.« Oren saß auf dem Fußboden und kramte in einer Kiste mit Lebensmitteln, die ihnen die Putzfrau gebracht hatte. Er holte zwei Roastbeef-Sandwiches heraus und reichte eins davon Swahn. »Wer hat Ihnen den gerichtsmedizinischen Bericht verkauft? Dave Hardy?«

»Ich habe keinen Cent dafür gezahlt.« Swahn biss in sein Sandwich und nickte zu der Kiste hin. »Da muss eigentlich auch Bier drin sein. Ich habe eine bessere Quelle als den Hilfssheriff. Ich kenne Dr. Brasco, den Anthropologen, den sie zur Untersuchung der Knochen herangezogen haben. Kann sein, dass ich ihn in die Irre geführt habe, er hat geglaubt, ich sei beratend für den Fall tätig, deshalb hat er mir seine Ergebnisse gefaxt. Außerdem lässt er Ihnen sein Beileid und Grüße ausrichten. Er hat mir erzählt, dass Sie sich von den Massengräbern in Bosnien her kennen. Sie seien ein ungewöhnlicher Mensch, hat er gesagt – sein höchstes Lob. Warum Sie die Army verlassen haben, kann er nicht verstehen. Besonders jetzt, wo…«

»Na also, da haben wir's ja.« Oren holte ein Sixpack Bierdosen heraus. »Was hat Brasco festgestellt?«

»Das weibliche Opfer ist schnell gestorben. Joshs Tod hat sich länger hingezogen.« Swahn nahm ein warmes Bier entgegen und zog mit einem schnalzenden Geräusch die Lasche auf. »Das bedeutet, dass Ihr Bruder höchstwahrscheinlich das Ziel war und die Frau eine Zeugin.« Oren konnte sich auch andere Szenarien vorstellen, sagte aber nichts.

»Damit können wir einen Auftragsmord vergessen«, meinte Swahn. »Ein Profi wäre – effizienter gewesen. Die Brutalität des Killers Josh gegenüber deutet auf Unreife, auf Kontrollprobleme hin.«

»Wie bei einem Mann, der seine Frau verprügelt?«

»Ich würde einen gewalttätigen Ehemann als Täter nicht ausschließen. Dass der Mörder Ihres Bruders eine derartige Vergangenheit hatte, ist durchaus möglich, fest steht, dass er etwas zu verbergen hatte. Finden Sie das Geheimnis, eines, das sich fotografieren lässt – und Sie haben das Motiv. Wahrscheinlich ist es etwas, dessen man sich schämen muss, und daher kommt auch die Wut.«

Oren stellte seine Bierdose ab. »Was für ein Motiv der Täter hatte oder wie sich falsche Sauberkeitserziehung auf seine Psyche ausgewirkt hat, ist mir einerlei. Ich sammele die Beweise, und dann fange ich ihn. Ganz einfach.«

»Aber einen gewalttätigen Ehemann halten Sie für wahrscheinlich. Vielleicht ein eifersüchtiger Ehemann? Glauben Sie, unser Killer könnte Josh mit Ihnen verwechselt haben? Wir könnten den Kreis der Verdächtigen einengen, wenn Sie mir eine Liste aller verheirateten Frauen geben würden, mit denen Sie geschlafen haben – nur der mit blond gefärbtem Haar wohlgemerkt. Nach meinen Informationen wurde das weibliche Opfer identifiziert als …«

»Wir sind keine Partner«, sagte Oren. »Sie geben. Ich nehme. So ist das eben.« Jetzt konnte er jede Verbindung zu Evelyn ausschließen, deren Haar früher einmal rötlich braun gewesen war wie eine Löwenmähne.

»Dr. Brasco hat gesagt, dass Sie Ihre Arbeit lieben. Und dass Sie ein moralischer Mensch seien. Was ist geschehen? Hat man Ihnen Unmoralisches abverlangt? Sind Sie deswegen gegangen? Hat sich Ihr großartiger militärischer Code in Wohlgefallen aufgelöst?«

Oren wischte sich Brotkrümel von den Händen. »Ich suche immer noch nach den fehlenden Abzügen von Joshs letztem Rollfilm. Hannah behauptet, sie hätte die Bilder nicht, und ich weiß, dass sie nicht im Drugstore liegen. Bleiben nur noch Sie.«

»Es sei denn, dass sie gelogen hat. Aber ich würde Miss Rice nie eine böse Tat zutrauen, selbst wenn ich wüsste, dass sie eine begangen hat.« Er sah auf die Kartons, die Akten und Bilder, die den Boden bedeckten. »Sie haben alles gesehen, was ich habe. Wenn diese Fotos nicht hier sind …«

»Vielleicht haben Sie etwas übersehen. Ich schau mich mal oben um.« Oren eilte auf die geöffnete Tür zu, die hinaus in die Diele und von dort ins Treppenhaus führte. Ein rascher Blick über die Schulter verriet ihm, dass Swahn nach seinem Stock gegriffen hatte und jetzt in mühsam schiefer Haltung dastand.

Am Fuß der Treppe wurde Oren langsamer und horchte. Im Zimmer hinter ihm schloss sich die Aufzugstür, dann hörte er das Surren der Kabine, die sich langsam nach oben bewegte. Es war ein seltsamer Wettlauf. Oren eilte die Treppe hinauf ins obere Stockwerk und sah vom Treppenabsatz aus, wie sich die Aufzugstür öffnete und William Swahn in eins der Zimmer hinkte.

Oren gab ihm genug Zeit, das zu finden, was er unbedingt verbergen wollte, dann folgte er ihm und öffnete die Tür zu einem Raum mit Aktenschränken und anderen Büromöbeln. Swahn hielt weder Papiere noch Bilder in der Hand, er war dabei, einen Feldstecher in der obersten Schublade eines Schreibtischs zu verstecken.

Interessant.

Offenbar war die Putzfrau nie hierher vorgedrungen. Nur eine Fensterscheibe war geputzt, und auf dem verstaubten Fensterbrett zeichneten sich zahlreiche Abdrücke von Doppelkreisen ab. Oren nahm den Feldstecher aus der offenen Schublade und blickte durch das einzige saubere Fenster auf den einzigen Gegenstand, der nicht Wolke oder Baum war. Die Entfernung war schon auf den Turm der Winston-Villa eingestellt. Unter dem Dach aus hellen Kupferschindeln war die halbe Wand verglast – der Traum eines jeden Voyeurs. Er sah, wie Mrs. Winston – einer Gefangenen im Schmuckkasten eines Riesen gleich – hin und her lief.

»Mit einem hatten Sie recht«, sagte Oren. »Ich wollte nie im Mordfall meines Bruders ermitteln. Persönliche Betroffenheit zerstört das eigene Urteilsvermögen.« Er legte den Feldstecher wieder in die Schublade und stieß sie zu. »Das hat übrigens auch *Sie* blind gemacht.« Er betrachtete Swahns entstellte Gesichtshälfte. »Glauben Sie immer noch, Sie hätten diese Narbe bekommen, weil die anderen Polizisten im Revier Sie für schwul hielten?«

Swahn sah ihn argwöhnisch, aber auch neugierig an.

Oren trat auf ihn zu. »Das in Ihre Wange geritzte A steht nicht für Aids. Von diesem Gerücht hat vor dem Angriff auf Sie niemand etwas gewusst.« Jetzt standen sie einander Brust an Brust gegenüber. »Inzwischen haben Sie das begriffen, glaube ich. Sie sind nicht einmal schwul, stimmt's? Sogar das war Schwindel. Mit wie vielen Frauen haben Sie geschlafen, als Sie Polizist in Los Angeles waren? War Mrs. Winston eine von ihnen?«

Swahn blickte unverwandt durch das Fenster auf Sarah Winston in ihrem Turm. Er schloss die Augen.

Isabelle Winston reichte Nickel Zwei einen Apfelschnitz über den Zaun der Koppel.

Als Kind war Nummer Zwei ihr Name für Addison gewesen.

Juristisch war er ihr Vater, einen anderen hatte sie nie gekannt. Aber irgendwann hatte es einen anderen, einen natürlichen Vater gegeben. Wie war sein Name? Sie hatte es dummerweise vergessen. Außer seinem Blut, das durch ihre Adern floss, war ihre einzige Verbindung zu jenem Mann ein altes Foto in der Brieftasche ihrer Mutter gewesen. Dann aber war die Brieftasche verlorengegangen, und niemand hatte das Foto vermisst.

Wenn nur Daddy Zwei sich ebenso einfach verflüchtigen würde …

Addison stand neben ihr und vergewisserte sich mit großem Getue und Blicken in alle Richtungen, dass niemand sie belauschte. Mit den Lippen dicht an ihrem Ohr flüsterte er theatralisch: »Bist du überhaupt nicht neugierig? Du hast mich nie nach dem Tag gefragt, an dem deine Mutter Josh im Wald begraben hat.«

»Ich glaube dir kein Wort.«

»Sarah hat noch etwas vergraben. Den Beweis für einen Mord. Ich könnte dir zeigen, wo du graben musst.«

27

Aufgeschreckt durch die Kuhglocken am Türknauf von Henry Hobbs' Schlafzimmer rannte Oren in den Flur. Barfuß und mit nacktem Oberkörper nahm er immer zwei oder drei Stufen auf einmal die Treppe herunter und zog im Laufen den Reißverschluss seiner Jeans zu.

Sein Vater stand in Sandalen und einem Sweatshirt, das er über den Pyjama gezogen hatte, an der Haustür. Von den drei Riegelschlössern entmutigt, fuhr er mit einer gekrümmten Hand über das Türblatt. Die eingebildete Schachtel hatte er unter dem Arm.

Oren drehte seinen Vater behutsam um und hielt ihn an den Schultern fest.

Der alte Herr sah ihn gequält an. »Ich brauche noch ein Wunder«, sagte er.

»Das geht mir genauso.« Oren drückte ihn an sich. Und jetzt brach aus ihm heraus, was er nur aussprechen konnte, wenn der Vater schlief. »Du hast mir gefehlt. Großer Gott, wie sehr du mir gefehlt hast.« Er atmete den Tabakgeruch ein, der im Bart seines Vaters hing. Das war die Heimkehr, nach der er sich so leidenschaftlich gesehnt hatte. Er wünschte, der Augenblick würde nie zu Ende gehen.

Der Richter fing an zu weinen.

Hannah kam in ihrem lila Bademantel dazu. »Meine Schuld. Ich habe vergessen, ihm etwas in den Whiskey zu tun.«

»Hol den Schlüssel«, sagte Oren. »Schließ die Haustür auf.«

Sie schlurfte in ihren plüschigen lila Schlappen davon. Als sie Minuten später zurückkam, trug sie Straßenschuhe und hatte den Schlüssel, zwei Jacken, Orens Cowboystiefel und eine Flasche Whiskey mitgebracht. »Erste Hilfe«, sagte sie, auf die Flasche deutend. Eine der Jacken legte sie dem Richter um die Schultern.

Oren zog die Stiefel an, schloss die Haustür auf und legte die Hand des Vaters auf den Türknauf, damit er sie selbst öffnen konnte.

Draußen holte Hannah zwei kleine Taschenlampen aus den Tiefen ihres Bademantels und leuchtete sich und Oren, dem Schlafwandler folgend, die Verandastufen hinunter. Als sie an dem schlafenden Hund vorbeikamen, erwachte dieser. Jetzt waren sie zu viert. Der Hund lief, ohne einen Laut von sich zu geben, neben dem Richter her, er hob nur die Schnauze, als läge etwas Ungewöhnliches, vielleicht Gefährliches in der Luft.

In der Garage wurde Orens Vater erneut von Unruhe befallen. Der Mercedes war abgeschlossen.

Hannah verschränkte die Arme. »Die Autoschlüssel rücke ich nicht raus.«

Henry Hobbs ließ den Türgriff los. Oren und Hannah folgten ihm und dem Hund hinaus aus der Garage und die Einfahrt hinunter zur Straße. Nach zehn Minuten bog der kleine Zug in eine Sackgasse ein, die zum Friedhof führte. Das Friedhofstor stand offen, kein Schloss hielt Henry Hobbs auf. Aber unterwegs gab es zahlreiche Hindernisse – Marmorkiesel, über die man stolpern, große Grabsteine, gegen die man stoßen konnte.

»Keine Sorge«, sagte Hannah, die zu Orens Ärger mal wieder seine Gedanken gelesen hatte. »Dieser Teil des Friedhofs hat sich überhaupt nicht verändert, hier findet sich der Richter jederzeit zurecht. In seinen Träumen ist es wahrscheinlich heller Tag.«

Der Richter schlängelte sich geschickt zwischen den Grabsteinen hindurch und blieb schließlich vor dem Familiengrab der Hobbs stehen, in dem Angehörige aus den letzten hundert Jahren ruhten. Er entriegelte die kleine schmiedeeiserne Pforte, trat ein und setzte sich an das Grab von Orens Mutter. Der gelbe Streuner legte sich neben ihm ins Gras.

»Im Vergleich zu Horatio ist der Köter geradezu genial«, sagte Hannah. »Er weiß, wann er still zu sein hat.«

Jetzt betrat auch Oren die Grabstelle, setzte sich im Schneidersitz auf den Boden und betrachtete im Mondlicht das Gesicht seines Vaters. Mit einem Mal erwachte der aus seinem Traum und begriff, dass es nicht Tag, sondern Nacht war. Er wirkte ebenso betreten wie nach der letzten Episode, die Oren miterlebt hatte. Henry Hobbs sah auf den Grabstein seiner Frau, dann entdeckte er seinen Sohn, der neben ihm saß. Diesmal war eine Flucht in Schlaf und Vergessen nicht möglich.

Nachdem er sich etwas gefasst hatte, fragte er: »Wann geben sie uns Josh zurück, damit wir ihn anständig unter die Erde bringen können?«

»Lange kann es nicht mehr dauern«, meinte Oren.

»Jetzt werden Sie mir hoffentlich glauben.« Hannah stand, die Arme in Siegerpose verschränkt, hinter dem Richter. »Sie schlafwandeln.«

»Das würde allerdings einiges erklären.« Der Richter kramte in seinen Jackentaschen.

Hannah beendete die Suche, indem sie zwei Zigarren und eine Schachtel Streichhölzer aus der Luft griff. Sie reichte den Männern die Whiskeyflasche, und dann kam die nächste Überraschung: Als sie die Hände öffnete, stand auf jeder Handfläche ein kleines Glas. Hannah hatte in allen Kleidungsstücken tiefe Taschen, Garanten für ihr bestes Kunststück, das darin bestand, immer genau das hervorzuzaubern, was gerade gebraucht wurde – ob es nun Pflaster für ein aufgeschlagenes Jungenknie oder Schnapsgläser waren.

Oren nahm die Zigarre, die sein Vater ihm anbot, und wickelte sie aus dem Zellophan. »Ich hab noch nie eine geraucht.«

»Kinderleicht.« Der Richter biss die Spitze seiner Zigarre

ab, und der Sohn tat es ihm nach. Dann riss er ein Streichholz an und hielt es erst an seine, dann an Orens Zigarre. »Nicht inhalieren, Junge, lass den Rauch einfach um deine Geschmacksknospen kreisen, und dann raus damit.«

Er öffnete den Mund und blies einen perfekten Rauchring in die unbewegte Luft, dann produzierte er einen Ring im Ring, was seinen Sohn in früheren Jahren in Entzücken versetzt hatte.

Und ihn immer noch begeisterte.

»Hannah schafft drei«, sagte der Richter. »Aber sie hat mich vor Josh und dir nie blamiert.«

»Du redest im Schlaf«, sagte Oren. Er sog Rauch in den Mund und blies ihn mit seinen nächsten Worten aus. »Du hast um ein weiteres Wunder gebeten.«

»Das kann nicht sein. Ich lehne alles Mystische ab, und von Wundern halte ich schon mal gar nichts.«

Der Richter sah sich nach Hannah um, die sich entfernt hatte, um die Gräber alter Bekannter zu besuchen. Er goss Whiskey in die Gläser und gab Oren eins.

»Du hast um ein *weiteres* Wunder gebeten.«

»Aber es hat doch nie …« Nachdenklich betrachtete der Richter den Grabstein seiner Frau. »Nein, das stimmt nicht ganz. Es gab ein Wunder, aber das war eigentlich mehr ein Witz. Das Regenwunder. Genau hier hat es sich ereignet. Du erinnerst dich an Hochwürden Pursey?«

»Ja, natürlich.«

»Er hat viele verrückte Dinge getan. Dich als Teenager zum Erzengel zu küren, war längst nicht alles. Aber wegen dieser Sache habe ich ihm ganz schön die Meinung gesagt.« Der Richter lächelte. »Total durchgeknallt, aber ein perfekter Entertainer. An den Sonntagen war seine Kirche regelmäßig überfüllt. Einmal hat er Ad Winston vorgeworfen, der Teufel persönlich zu sein. Addison war hochzufrieden. So eine Werbung ist Gold wert für einen Anwalt.«

»Du gehst also zur Kirche?«

»Nein, nie. Aber ich bin auch kein typischer Atheist.« Henry Hobbs strich zerstreut über das Fell des Hundes, der seine Zuneigung erwiderte, indem er die Hand des Richters beschnupperte. »Aus meiner Sicht ist es einerlei, ob Gott den Menschen oder der Mensch Gott erfunden hat. Es ist nun mal passiert, und du kannst ebenso gut versuchen, die Erfindung des gleichschenkligen Dreiecks ungeschehen zu machen. Aber ein echtes Wunder entzieht sich ohnehin jeglicher Logik. Ein vom Menschen geschaffener Gott schließt übernatürliche Erscheinungen aus. Und ein wahrer Gott würde sie nicht zulassen. Warum den Glauben des Menschen an die Vernunft ins Wanken bringen? Nimm nur mal Hochwürden Pursey. Den hat das Regenwunder in seinen Grundfesten erschüttert.«

Oren stieß eine blaue Wolke aus und nahm einen Schluck aus seinem Glas. Fern der Heimat hatte er sich das immer wieder ausgemalt – wie er mit seinem Vater rauchend und Whiskey trinkend zusammensitzen würde, um sich von ihm die Geschichte der Familie und der Stadt erzählen zu lassen.

Der Richter schlug mit einer Hand auf den Boden. »Hier hat es sich also ereignet, Purseys Wunder, an dem Tag, an dem wir deine Mutter beerdigt haben. Die Wolken am Himmel zogen sich zusammen, Regen kündigte sich an, überall wurden Schirme aufgespannt – und Hochwürden Pursey steuerte den Höhepunkt seiner Grabrede an. Dann fielen die ersten Tropfen. Was glaubst du, wie sauer er war! Er warf einen bösen Blick gen Himmel, und in seinen Augen lag auch so etwas wie eine Warnung. Dann fing es an zu schütten wie aus Kannen, Pursey wurde nass bis auf die Haut, ein Wunder, dass er nicht ertrunken ist, so, wie es ihm in den Mund geregnet hat. Pursey verdrehte die Augen, schüttelte eine Faust und brüllte: ›Lass das endlich!‹

Und der Regen – hörte auf.

Eine verrückte Geschichte – selten, aber nicht ganz ungewöhnlich. Der Regen ließ nicht allmählich nach, es war eher so, als wenn jemand einen Riesenwasserhahn im Himmel zugedreht hätte.« Der Richter schnippte mit den Fingern. »Und zwar von jetzt auf gleich. Erst hat er das Regenwunder immer wieder in seine Predigten eingebaut, danach wurde es zur Pointe von Witzen über einen verdrehten alten Narren. Immer wenn es regnete, sah man Passanten auf der Straße stehen bleiben, die Fäuste schütteln und sich schlapp lachen. Wenn das in deinen Augen ein Wunder ist, hast du die Messlatte aber ziemlich tief gelegt.«

Vater und Sohn rauchten im Mondlicht ihre Zigarren und teilten sich den Whiskey, bis die Flasche leer war.

Addison Winston richtete die Taschenlampe auf eine Stelle hinter dem Stall. Er streckte Isabelle die Schaufel hin. »Wollen wir loslegen?«

»Du hast es da versteckt.«

»Frag deine Mutter, wer es war. Aber nein, das geht nicht, es könnte die Ärmste endgültig und unwiederbringlich in den Wahnsinn treiben. Du hast einen erstklassigen Verstand, Belle, und hier geht es um schlichte Logik. Hätte ich ein Beweisstück verstecken wollen – warum ausgerechnet auf meinem Grund und Boden? Ich hätte es ins Meer geworfen. Aber deine Mutter ist eben eher eine kriminelle Dilettantin. Oder vielleicht war sie in der Nacht, als sie hier gegraben hat, nicht ganz bei sich.«

Isabelle stieß die Schaufel ein paar Zentimeter in die Erde. »Also schön – logischerweise müsste das Ding, was immer es ist, noch hier sein.« Sie setzte einen Fuß auf die Vorderkante der Schaufel, um sie tiefer in die Erde zu stoßen. »Warum gräbst du es nicht aus und schaffst es weg?«

»Es hilft, wie ein Anwalt zu denken. Das Beweisstück hat etwas mit dem Geisteszustand deiner Mutter, mit ihrer Unzurechnungsfähigkeit, zu tun und könnte uns zupasskommen, wenn Cable Babitt wunderbarerweise irgendwann mal denken sollte wie ein echter Polizist. Er könnte sich fragen, warum du ein Alibi für Oren Hobbs gefälscht hast. Das habe ich mich auch gefragt, als du sechzehn warst. Juristisch gesehen gibt es zwei Erklärungen. Entweder du hast Josh umgebracht und brauchtest ein Alibi für dich – oder du wusstest genau, dass Oren die Tat nicht begangen hatte, weil *du* den Täter *kanntest*. Beim Graben oder bei der Beseitigung kann ich dir leider nicht helfen, das würde mich zu einem wichtigen Zeugen machen. Ich könnte deine Mutter nicht rechtlich vertreten, wenn es zu einer Verhandlung käme.«

»Mom hätte Josh nie ein Haar gekrümmt.« Isabelle hob eine Schaufel Erde aus und noch eine. »Sie waren befreundet.«

»Ihre Freundschaften nehmen immer ein böses Ende. Schau dir den armen William an. Nachdem du Coventry verlassen hattest, ist er zur gewohnten Zeit zum Essen gekommen – und deine Mutter hat sich in ihrem Zimmer eingeschlossen. Ohne Entschuldigung, ohne ein Wort der Erklärung. Das war schäbig.«

Die Schaufel stieß klirrend an einen metallischen Gegenstand. Isabelle bückte sich und streifte die Erde mit den Händen ab. Durch die Stallwand hörte sie, wie sich ihr Pferd unruhig in seiner Box bewegte.

»Und jetzt zurück zu deinem faulen Alibi für Oren Hobbs. Woher wusstest du, dass er unschuldig war? Du musst deine Mutter gesehen haben, als sie an jenem Tag aus dem Wald kam – dem Tag von Joshs Verschwinden. Sie war verschwitzt und völlig erschöpft. Einen Toten zu begraben, ist ein hartes Stück Arbeit. Vielleicht erinnerst du dich auch an die vielen Blasen an ihren Händen.«

Isabelle legte die Schaufel beiseite und holte eine Kamera aus dem Loch. An dem Gehäuse klebte die Erde, das Metall war von Rost zerfressen und die Mechanik blockiert. Sie stellte die Kamera ab und wischte sich die Hände. »Ich bekomme die Rückwand nicht auf.«

»Hast du einen Film erwartet? Denkst du, der Junge hatte

Zeit genug, einen Schnappschuss von deiner Mutter zu machen?« Addison gab ihr die Taschenlampe und bückte sich nach der Schaufel. »Nicht schlecht gedacht, Belle. Keine Ahnung, wie lange Filmmaterial sich hält.« Er holte mit der Schaufel aus und ließ sie auf die Kamera heruntersausen.

Jetzt konnten sie die zerbrochene Rückwand mühelos entfernen, aber ein Film fand sich in der Kamera nicht. Isabelle leuchtete mit der Taschenlampe in das offene Fach. In der Spule klemmte ein abgerissener Filmfetzen. »Meine Mutter hat Josh nicht getötet. Mom weiß, wie man mit Fotoapparaten umgeht. Jemand hat den Film mit Gewalt herausgezogen und dabei zerrissen.«

»In Panik, würde ein Staatsanwalt sagen.«

»Hast du schon mal versucht, ein Stück Film oder ein Negativ zu zerreißen? Das ist nicht so einfach.« Sie betrachtete nachdenklich das, was von Joshs letztem Rollfilm übrig geblieben war. »Hier ist jemand sehr gewalttätig vorgegangen. Und der Mörder verstand nichts von Kameras.«

»Wie ich?« Er hockte sich neben sie. »Vom Vergraben der Leiche hat Sarah Blasen an den Händen bekommen. Weißt du noch, was für schöne Hände sie hatte?« Er deutete auf die Kamera. »Am nächsten Tag hat deine Mutter dieses kleine Souvenir mit nach Hause gebracht und es im Schutz der Nacht der Erde anvertraut. Inzwischen war sie betrunken und fand den Schlüssel zum Werkzeugschuppen nicht. Weil sie keine Schaufel hatte, grub sie mit einem Löffel und mit bloßen Händen. Erinnerst du dich an die abgebrochenen Fingernägel? Du hast sie noch gefragt, wie sie es geschafft hat, ihre Nägel so zuzurichten. Kannst du dich jetzt wieder dran erinnern?«

Isabelle legte die Kamera zurück in die Grube.

»Was machst du da? Wir müssen das Ding so schnell wie möglich loswerden, Belle. Wenn wir zu lange warten, gräbt es deine Mutter womöglich noch selbst aus. Sie ist kurz davor durchzudrehen. Wirf es ins Meer.«

Isabelle schüttelte den Kopf.

»Keine gute Idee.«

»Also gut, hier ist eine bessere. Das Grab im Wald. Es wird nicht mehr bewacht. Und jetzt, wo sie die Grube zugeschüttet haben, ist es ein perfektes Versteck.«

»Einspruch, Addison. Das wäre eine Manipulation von Beweismaterial, und dann kannst du nur hoffen, dass ich nie vor Gericht aussagen muss. Ich müsste erklären, dass ich gesehen habe, wie du die Kamera mit diesem Ding hier kaputtgeschlagen hast.« Sie nahm ihm die Schaufel ab und stieß sie in einen Haufen lockerer Erde. »Es ist alles so lange her. Ich kann mich nicht erinnern, Blasen an Moms Händen gesehen zu haben«, log sie, »oder abgebrochene Fingernägel.«

Sie füllte die Vertiefung auf und klopfte die Erde mit der flachen Seite der Schaufel fest. »Die Kamera liegt auf deinem Grund und Boden. Das ist doch verrückt. Und du kanntest die Stelle, du hast mich geradewegs hingeführt.«

Isabelle gab ihm die Schaufel. »Sollte dich diese Geschichte irgendwann einmal einholen, kannst du dich immer noch mit Unzurechnungsfähigkeit herausreden.«

Und diese Ausrede konnte durchaus glaubhaft klingen.

Sie griff nach der Taschenlampe und knipste sie aus, weil sie sein Gesicht nicht sehen wollte. Grinste er im Dunkeln?

28

Er stand an der Tür zur Dunkelkammer und brachte es nicht fertig, die Schwelle zu überschreiten. Alles, was sein Bruder für seine Kunst gebraucht hatte, lag und stand am gleichen Platz wie früher. Die Chemikalien in den Flaschen waren vermutlich inzwischen verdorben, aber Staub wurde hier nicht geduldet. Es sah aus, als hätte Josh erst vor einer Stunde diesen Raum verlassen, um unten in der Küche zu frühstücken.

Oren hatte Angst davor, die Kammer zu betreten. Vielleicht würde er sich darin verlieren, und selbst ein tausend Mann starker Suchtrupp aus der Stadt würde ihn diesmal nicht zurückbringen können.

Von der Bodentreppe war das Klappern von Holzpantinen zu hören. Auf der obersten Stufe blieb Hannah stehen.

»Ich habe dir doch gesagt, dass dies der letzte Ort wäre, an dem ich die alten Fotos aufbewahren würde«, erklärte sie.

Er nickte zerstreut. Nur wenige Zentimeter entfernt gab es eine Schublade, in der sich eine Suche vielleicht lohnen würde, aber der Weg dorthin war im Augenblick zu weit.

Morgen vielleicht.

»Ich hab deinen dunklen Anzug reinigen lassen«, sagte Hannah.

»Ich gehe nicht zu dem Geburtstagsball.« Hannahs Holzpantinen klapperten hinter ihm, aus jedem ihrer Schritte sprach Entschlossenheit.

»Der Richter möchte, dass du mitkommst. Kannst du deinen Vater nicht wenigstens für einen Abend glücklich machen?«

»Er denkt, dass ich Josh umgebracht habe.«

Das Klappern der Holzpantinen verstummte. »Das ist nicht dein Ernst.«

»Deshalb hat er mich weggeschickt. Er hat mich für Joshs Tod verantwortlich gemacht, und damit hatte er recht. An jenem Tag haben wir im Wald gestritten, Josh und ich. Er hat nicht nur Fremde belauert, sondern manchmal auch Menschen, die wir beide kannten, und ich habe ihn zur Rede gestellt.«

Josh hatte ihm die Aufnahme eines Liebespaares auf der Veranda von Evelyns Blockhaus gezeigt – ein kurzer Moment eines langen intensiven Kusses. Oren hatte das Foto zerrissen. Und dann hatte er versucht, Josh zu packen.

»Ich weiß, dass er Angst vor mir hatte. Er ist weggelaufen. Ich bin ihm gefolgt, habe ihn gejagt, den ganzen Tag. Und ich hätte ihn gefunden, wenn er sich nur verirrt hätte, aber er versteckte sich vor mir.«

Alle Einzelheiten dieses Tages bis in die Nacht hinein standen Oren glasklar vor Augen. Der Richter und Hannah hatten trotz der späten Stunde mit dem Essen gewartet. Sie saßen am Küchentisch, als er durch die Hintertür hereinstürmte, atemlos, schwitzend – und blutend, mit böse zerkratztem Gesicht von Zweigen, denen er nach Sonnenuntergang nicht mehr hatte ausweichen können.

Der Richter war überrascht und erschrocken gewesen und hatte erst nach geraumer Zeit nach seinem Bruder gefragt.

In dem Augenblick hatte Oren zum ersten Mal Angst verspürt. Auch jetzt spürte er sie, an der Tür zur Dunkelkammer – wie in einer Zeitmaschine. Womöglich streifte Josh immer noch durch den Wald und verpasste das Abendessen. Der Richter würde sich Sorgen machen. Es war so dunkel draußen.

Hannah holte ihn mit einem Knuff in die wirkliche Welt zurück, in der es heller Morgen war.

Sarahs Blick fiel auf einen Laster, der größer war als ein Möbelwagen. Was sollte das jetzt wieder? Die Blumen und Leihmöbel waren bereits angeliefert, die Fahrzeuge der Cateringfirma vor einer Stunde eingetroffen.

Sie trank ihr Frühstück langsam, denn mehr Alkohol als dieses Glas würde man ihr an diesem Tag nicht zugestehen, und prostete sich zu. »Alles Gute zum Geburtstag!«

Die Hecktür des Trucks wurde geöffnet, und zwei kräftige Männer stiegen in den Laderaum, in dem sich riesige Eisblöcke befanden. Langsam schoben sie die Blöcke an den Rand der Ladefläche und auf einen wartenden Gabelstapler. Das kleine gelbe Fahrzeug wendete mit seiner schweren Last, rollte über den Rasen und dann eine breite Planke hinauf durch die offene Haustür.

Als sie dem Gabelstapler ins Haus folgte, merkte sie, dass die Klimaanlage arktische Temperaturen verbreitete. Eine Armee von Männern und Frauen mit Kettensägen und herkömmlichen Werkzeugen wartete auf die Eisblöcke. Unter ihnen war auch Addison, der auf einen Mann mit Klemmbrett einredete.

»Eisskulpturen!«, rief Sarah entzückt.

Ihr Mann drehte sich rasch um und strahlte sie an, als hätte er sie jahrelang nicht mehr gesehen. »Keine Sorge, Sarah, diese Künstler arbeiten sehr schnell. Bis die ersten Gäste kommen, sind sie längst fertig.« Er legte seiner Frau einen Arm um die Schultern. »Es ist zu kalt, das ist mir klar, aber ich kann nicht riskieren, dass das Eis vor dem Ball schmilzt. Heute Abend strahlen hier mindestens tausend Kerzen, die werden die Kälte schon vertreiben.« Er schloss die Tür. »Versprich mir, dass du nicht mehr hineingehst, die Skulpturen sollen eine Überraschung sein.«

Sie gab ihm einen Kuss auf die Wange und stieg die Treppe hoch, das Glas in der Hand, trank sich Schluck für Schluck bis ins Turmzimmer, wo sie ein neues Versteck für ihr Schmuggelgut gefunden hatte. Sie wusste, dass das Dienstmädchen ihr dicht auf den Fersen war. Hilde konnte sich nicht genug darüber wundern, dass die Frau ihres Chefs sich den ganzen Vormittag mit einem Drink zufriedengab. Und die Legende vom Glas ohne Boden sollte sich bis zum Abend immer wieder bewahrheiten.

»Eins steht fest«, sagte Hannah. »Mit einem Todesfall in der Familie kommt immer das schlechte Gewissen.« Sie zeigte auf eine alte Truhe und bedeutete Oren, sich hinzusetzen. Sie stellte sich neben ihn, die Hände in die Hüften gestemmt und mit besorgtem Blick. »Ich sage dir mal, wie ich mich an jenen Tag erinnere. Josh hatte mich gebeten, ihm ein Sandwich für seinen Rucksack zu machen, du wolltest keins, und deshalb wusste ich, dass du dich spontan entschieden hattest, mit ihm in den Wald zu gehen. Damals hast du ihn ohnehin ständig im Auge behalten. Wetten, dass Josh den Streit angefangen hat?«

Als Oren zögerte, bückte sie sich, um ihm in die Augen sehen zu können, und nickte zufrieden. »Es stimmt also. Der Junge hat dich vom ersten Augenblick an abhängen wollen. Er hatte eigene Pläne, die dir nicht gefallen hätten.«

»Dein Leben war schon lange vor jenem Tag aus der Bahn geraten«, erklärte sie mit Nachdruck. »Meiner Meinung nach liegt das daran, dass deine Mutter so früh gestorben ist. Sie hätte dir das Tanzen beigebracht und den Umgang mit jungen Mädchen. Du hättest richtige Gespräche mit Isabelle Winston führen können, und ihr hättet inzwischen längst vier Kinder. Aber dafür ist es übrigens noch nicht zu spät. Gewiss, Belle ist ein bisschen schroff, vielleicht sogar gemeingefährlich …«

»Es gibt keine Bilder von meiner Mutter.« Als Kind und Halbwüchsiger hatte er ihren Verlust nie hinterfragt. Andere Jungen hatten Mütter, er und Josh hatten Hannah. »Ich kann mich nicht daran erinnern, wie sie aussah.«

»Natürlich gab es Bilder. Dutzende. Als ich zum ersten Mal dieses Haus betrat – ohne Einladung, du kennst die alte Geschichte –, hat mich deine Mutter von allen Wänden angeschaut. Damals hat der Richter ständig geweint. Er konnte kein Zimmer betreten, ohne an sie erinnert zu werden. Da habe ich die Bilder eine Woche nach ihrer Beerdigung spätabends abgehängt und alle hierhergebracht.«

Hannah zog einen Koffer von der Wand, um an die dahinter stehenden Schachteln zu kommen. »Am nächsten Morgen ist der Richter aufgewacht, hat die Wände gesehen, einmal tief durchgeatmet und ist zur Tagesordnung übergegangen. Wir haben nie darüber gesprochen.« Aus einer Schachtel holte sie einige gerahmte Fotos, die sie nacheinander Oren reichte. »Du siehst, wie hübsch sie war. Aber das ist nicht das Wichtigste, woran sich die Leute erinnern. Wenn du sie fragst, werden sie antworten, dass sie so gern getanzt hat.«

Hannah griff nach einem Holzkästchen. »Das habe ich hier oben gesucht.« Sie öffnete das Schnappschloss, klappte den Deckel auf und holte einen alten Baby-Beißring heraus. »Das war deiner, von Josh ist nichts dabei. Als kleine Kinder wart ihr euch nicht sehr ähnlich. Josh war eher zart, aber du hast immer ausgesehen wie ein kleiner Mann im Training.« Sie hielt ein Foto hoch.

Er betrachtete den Schnappschuss eines höchstens Zweijährigen. Hannah reichte ihm das Kästchen und trat ein paar Schritte zurück, während er den Inhalt durchsah. Ein wenig Spielzeug war darin, eine mit einem Band zusammengehaltene Haarlocke und Fotos eines Ehepaares, das sich abwechselnd mit ihrem ersten Baby abgelichtet hatte.

»Das ist die unsichtbare Schachtel des Richters«, sagte Hannah, »die er beim Schlafwandeln mit sich herumschleppt. Du hast ja gesehen, wie er sie neulich in der Küche geöffnet hat. Gestern Abend ist er damit zum Friedhof gegangen und hat um ein Wunder gebeten. Alles klar?«

Oren schüttelte den Kopf.

Sie warf die Arme hoch. »Neulich in der Küche hat er zu deiner toten Mutter gesagt: ›Unser Kind hat sich verirrt. Ich brauche noch ein Wunder.‹ Du bist das Kind, das sich verirrt hat, Oren.«

»Nein, das war Josh. Der Richter hat mir vorgeworfen, dass …«

»Hat er nicht.«

»Er hat mich weggeschickt. Er konnte meinen Anblick nicht länger ertragen.«

Sie legte ihm einen Finger an die Lippen. »Nach einiger Zeit hatte sich der Richter mit dem Gedanken abgefunden, dass Josh tot war. Dir ist das nicht gelungen. Du wolltest ihn nicht aufgeben, warst ständig im Wald unterwegs, manchmal tagelang. Du hättest da draußen sterben können, halb verhungert, ohne Wasser. Womöglich wäre ein Tag gekommen, an dem wir es nicht geschafft hätten, dich zu finden und wohlbehalten heimzubringen. Dein Vater hat dich weggeschickt, weil du die Schule an einem Ort ohne Bäume beenden solltest, um dich nicht wieder zu verirren. Wegzubleiben, zur Army zu gehen – das war deine Entscheidung. Sie hat ihn ratlos gemacht und auch verletzt. Er liebt dich über alle Maßen, und er hat sich täglich und stündlich nach dir gesehnt. Und nicht Josh zuliebe hat er das Haus in ein verdammtes Museum verwandelt. Bei deiner Heimkehr solltest du alles unverändert vorfinden.«

Isabelle hatte den halben Vormittag im Bett verbracht und sich mit Hilfe eines Kissens, soweit es ging, gegen den Lärm der Arbeiten im Haus und draußen im Garten abgeschottet. Die Nacht über hatte sie die Vogeltagebücher gelesen, die nach Joshs Verschwinden entstanden waren. Seite für Seite war in diesen Aufzeichnungen die Stadt kleiner und auf bedrohliche Weise immer enger geworden. Manche Vögel hatten Augen, die in der Dunkelheit leuchteten, wenn sie hintereinander den Berg erklommen. Das waren die Hexenbrettspieler.

Nachdem sie geduscht und sich angezogen hatte, schloss Isabelle ihre Schlafzimmertür auf. In der vergangenen Nacht hatte sie zum ersten Mal ans Abschließen gedacht. Aber sie war ohne Angst um ihre Mutter zu Bett gegangen. Sie hatte Addisons Behauptung geglaubt, er liebe seine Frau bis zum Wahnsinn.

Isabelles Angst war später gekommen, Seite um Seite.

Als sie das Bettzeug glättete, fand sie in den Falten des Lakens eben jenes Tagebuch, das ihr Albträume beschert hatte. Sie behielt den kleinen Band in der Hand und dachte darüber nach, welche Folgen es haben würde, ihn zu vernichten. Er war womöglich gefährlicher als die Aufzeichnungen, die sie dem Richter anvertraut hatte. Eines Tages – und zwar sehr bald – würden sie und Oren Hobbs miteinander reden müssen – aber nicht über dieses Thema. Sie beschloss, den Band ins Meer zu werfen.

Das Heft begann mit einer Séance im Wald. Mit ausgebreiteten Schwingen schwebte eine junge Lerche über einem Tisch, an dem im Kreis Monster saßen, und sang für sie: »Oren, hilf mir. Such mich. Bring mich nach Hause.«

29

Am Abend von Sarah Winstons jährlichem Geburtstagsball strahlt die Villa heller als der Palast des Sonnenkönigs. Lichterketten umrahmen jeden Balken, jedes Fenster, laufen über alle Wände; ziehen sich am Dach empor und schlingen sich um den hohen Turm.

Das hatte Ferris Monty vor vielen Jahren geschrieben, als er von außen nichts als diese wenigen Details erkennen konnte. Heute Abend aber fuhr er den gelben Rolls-Royce, auf seinem Sitz federnd wie ein Gummiball, stolz und aufgeregt wie ein kleiner Junge, über die gewundene Auffahrt.

Ein Diener nahm die Autoschlüssel entgegen, und Ferris ging – mit geschwellter Brust und in einem neuen roten Samtanzug – auf das Haus zu. Berauscht von seiner Vorfreude stand er vor dem Türsteher und überreichte ihm seine persönliche Einladung von Isabelle Winston, seiner Prinzessin. Der Schlägertyp trat zur Seite. Auf dem Weg durch die überfüllte Eingangshalle kam ein Kellner mit einem Tablett voller Champagnerkelche auf ihn zu. Mit dem Glas in der Hand ging Ferris langsam weiter in den Ballsaal, wo ihn Stimmengewirr und die Klänge einer Band empfingen. Die Bühne für die Musiker war neben einem gigantischen Fenster aufgebaut, das den Blick auf eine zweite, im Freien gelegene Tanzfläche, auf den Sternenhimmel und einen Parkplatz freigab. Hier standen Luxuskarossen und Blechkisten dicht an dicht. Wie viele Bäume hatten wohl dran glauben müssen, damit Ad Winston die Fahrzeuge von über tausend Gästen unterbringen konnte?

Als er sich umsah, kam er sich vor wie ein Tourist im Disney-Märchenland. Sein Blick fiel auf eine Schar riesiger, kunstvoll aus Eis geschnitzter Vögel, die mit Hummerschwänzen und Riesengarnelen bestückte Servierplatten zu bewachen schienen. Die von diesen Gebilden aufsteigende Kälte versuchte sich gegen Hunderte von elektrischen Kerzen eines Kronleuchters zu behaupten. Es war wie ein Blick in das Herz der Sonne.

An den Wänden hingen Kerzenhalter mit echten Kerzen, darunter standen Zweiertische und andere mit Plätzen für sechs Personen. Die Band spielte nun ein lebhafteres Stück, und die Tanzfläche füllte sich rasch. Überall um Ferris Monty herum tanzte Designerschick neben Secondhand-Outfit. Ausgeflippte Leute aus der Filmbranche und korrupte Politiker mischten sich unter Verkäufer und Bauarbeiter. Ein pädophiler Rockstar schob sich an ihm vorbei, und ein berühmtes Model, verurteilt wegen Alkohols am Steuer mit Todesfolge, lag in den Armen des Postmeisters.

Sollte die Presse irgendwann das Interesse an den Knochen eines verschollenen Jungen verlieren, bot das, was hier an Ferris Monty vorbeiwirbelte, genug Stoff, um Klatschspalten und Fernsehsendungen über Monate zu versorgen. Und irgendwo in dieser Menge verbarg sich der Schluss seines Buches.

Der Stift vibrierte in seiner Tasche.

Oren rückte Hannah einen Stuhl an dem Tisch zurecht, der für den Richter und seine Leute reserviert war.

Sie sah zu den Eisskulpturen auf. »Komisch – in Monstergröße wirken sie gar nicht so gruselig.«

»Ich glaube, da würde unsere Gastgeberin dir nicht zustimmen.« Der Richter deutete mit einer Kopfbewegung zu der Frau hin, die nur ein paar Meter von ihnen entfernt stand, einer Frau mit hellem hochgestecktem, von glitzernden Kämmen gehaltenem Haar, in einem langen, farblich passenden Abendkleid.

Sarah Winston stand vor einem der Riesenvögel, starr und unbeweglich wie eine Skulptur, die eine andere betrachtet. Die Vögel waren dieselben wie in ihren Tagebüchern, und sie musterte einen nach dem anderen staunend, als sähe sie sie heute zum ersten Mal.

»Das ist Addisons Werk«, sagte Hannah.

Offenbar hatte auch der Anwalt die Aufzeichnungen seiner Frau zu Gesicht bekommen und gerade die besonders düsteren Darstellungen als Vorlage gewählt. Die Riesenvögel hatten sämtlich Reißzähne. In ihrer Bestürzung griff Mrs. Winston nach einem der Gläser auf dem Tablett, das eine Kellnerin gerade vorbeitrug. Doch diese hielt das Tablett rasch so hoch, dass Sarah es nicht erreichen konnte, und eilte weiter.

Oren begriff, dass Mrs. Winston sich nach diesem Drink sehnte, den alle goldenen Armreifen an ihren Handgelenken ihr nicht kaufen konnten. Und auch das war Addisons Werk.

Alice Friday blieb am Tisch des Richters stehen und deutete auf Mrs. Winstons Tochter, die am anderen Ende des Saals saß. »Schauen Sie mal, da drüben ist die Frau, die versucht hat, Sie umzubringen.«

Oren ertappte Isabelle dabei, wie sie ihn anstarrte. Rasch wandte sie den Blick ab.

»Du brauchst nicht unterm Tisch in Deckung zu gehen.« Evelyn Straub, die in ihrer langen blauen Robe eine beeindruckende Erscheinung war, segelte auf dem Weg zur Bar würdevoll an ihm vorbei. »So hauteng, wie ihr Kleid ist, kann sie darunter unmöglich eine Kanone verstecken.«

Ferris Monty vermutete, dass die Frau in der Dienstmädchenuniform nicht zum Personal der Cateringfirma gehörte, sondern Sarah Winstons Aufpasserin war, eine Spielverderberin, die ihr die Drinks verweigerte und jetzt wie gehetzt in alle Richtungen blickte, denn die Frau ihres Arbeitgebers war spurlos verschwunden.

Ferris Monty lächelte wissend, denn er hatte beobachtet, wohin Sarah Winston verschwunden war. Hinter einer Reihe von Kübelpflanzen, die eine kleine Terrasse abschirmten, standen zwei Frauen und steckten im Gespräch die Köpfe zusammen.

Freundinnen? Ein ungleicheres Paar war kaum vorstellbar.

Mavis Hardy wirkte so verändert, dass er sie kaum erkannt hätte – eine Amazone in ärmellosem Paillettenkleid. Und sie war barfuß – das einzige äußere Anzeichen eines wirren Geistes. Die arme Närrin hatte ihre Schuhe vergessen. Ferris war seltsam gerührt von dem Anblick, die schmutzigen bloßen Füße erschienen ihm wie Wunden.

Als erfahrener Klatschkolumnist hatte er mit einem Blick die Designerin des Kleides erkannt, die schon Jahre vor dem Ende des vorigen Jahrhunderts gestorben war. Doch selbst als Schnäppchen aus dem Secondhandshop hätte es die Mittel einer Bibliothekarin weit überstiegen, nicht aber die von Sarah Winston, die jetzt neben Mrs. Hardy stand und offenbar für sie die Wohltäterin spielte.

Da gab es nur ein Problem: Ein getragenes Kleid zu verschenken, war kaum der Stil einer Multimillionärin.

Und dann begriff er, dass Mavis Hardy das Ballkleid wohl vor langer Zeit geschenkt bekommen hatte, als es neu gewesen war, denn hier war jetzt echte Wiedersehensfreude zu beobachten. Die Frauen umarmten sich, tranken und weinten.

William Swahn erwiderte Isabelles Gruß. Das trägerlose schwarze Kleid wollte nicht recht zu einer Frau passen, die nur selten einen Lippenstift benutzte. Und der hüfthohe Schlitz war sehr kühn. Sehr erwachsen.

Er sehnte sich nach dem Rotschopf, dem schüchternen kleinen Mädchen, das immer nach Liebe suchte und nach einem Platz zum Atemholen. Als Kind und Halbwüchsige allein unter Fremden – mit nur einem alten Freund –, hatte sie immer an seinem Tisch Zuflucht gesucht. Heute kam sie auf diese alte

Gewohnheit zurück und setzte sich zu ihm. Mit großen Augen musterte sie die gigantischen Skulpturen, die sie sichtlich nervös machten.

William winkte einem Kellner, der mit Gläsern herumging. »Ich habe Oren Hobbs mit dem Richter und Miss Rice hereinkommen sehen.«

Isabelle stellte sich taub, während sie zwei Champagnerkelche vom Tablett nahm.

»Was du angestellt hast, Belle, ist gesetzlich verboten.« Er hatte sie damit ein wenig necken, sie wegen ihrer jähen Gewalttätigkeit gegenüber einem gewissen jungen Mann freundschaftlich zur Ordnung rufen wollen. Aber als sie ihn nun überrascht und schuldbewusst ansah, entschied er sich für eine andere Strategie. »Du hast den Sheriff belogen ... mit diesem Alibi für Joshs Bruder. Ich weiß, dass du als Kind für Oren Hobbs geschwärmt hast, aber ...«

»Das ist nicht wahr.«

»Doch. Aber ich kann nicht glauben, dass die Schwärmerei fünf Jahre angehalten hat. Du warst sechzehn, als du ihm zu diesem faulen Alibi verholfen hast.«

Warum hatte sie für Oren Hobbs gelogen? Hatte sie gewusst, dass der Junge unschuldig war? Hatte Isabelle damals jemanden in Verdacht gehabt? Dann musste es eine Person sein, die ihr nahestand, die sie niemals dem Sheriff ausgeliefert hätte.

William Swahn lehnte sich sehr plötzlich auf seinem Stuhl zurück. Die jähe Erkenntnis hatte ihn wie ein unsichtbarer Faustschlag getroffen.

Später, als Ferris vor der Tastatur seines Computers saß, bezeichnete er seine Gesprächspartnerin als boshafte Ratte, die zu viel trank. Die Stadträtin war seiner Einladung gefolgt, an seinem Tisch Platz zu nehmen.

»Ich tratsche nicht«, sagte sie.

Aber das behaupteten sie alle.

Er erkundigte sich nach den auswärtigen Gästen. »Alles Addisons Mandanten. Lesen Sie nicht *Rolling Stone* oder *Forbes Magazine*? Kriminelle, alle miteinander.« Zu der Geschichte des Balls befragt, erklärte sie ihm, dass dieser Tisch immer für den verstorbenen Millard Straub reserviert gewesen war. »Mieser kleiner Scheißkerl. Saß da mit seinem Sauerstoffgerät, und den ganzen Abend hat keiner ein Wort mit ihm gewechselt. Aber seine Frau hat keinen Tanz ausgelassen und sich glänzend amüsiert. Da drüben ist sie.«

Ferris wandte sich um und sah Evelyn, eine große perlenbehängte Gestalt in Mitternachtsblau, an der Bar stehen.

»Damals«, sagte die Ratte, »war Evelyn eine Wucht.«

Er nickte, denn er kannte sie noch aus jener Zeit, aber da er zu den Bällen nicht eingeladen war, hatte er Evelyn nie tanzen sehen. »Ihr Mann ist ganz plötzlich gestorben, stimmt's?«

»Nicht plötzlich genug. Kein Wunder, dass seine Frau sich mit diesem Oren Hobbs eingelassen hat.«

»Und alle wussten Bescheid?«

»Nein, das ist erst ans Licht gekommen, als er jetzt nach Hause zurückgekehrt ist. Ich hab die Geschichte von einem Gast im Hotel Straub.« Ferris hatte sich über sein Notizbuch gebeugt, als die Ratte fragte: »Könnten Sie schreiben, dass *ich* Millard Straub um die Ecke gebracht habe? Das war nämlich immer mein Wunschtraum.«

»Sie glauben, dass er ermordet wurde?«

»Bewahre! Er ist an Altersschwäche gestorben, ganz friedlich im Schlaf. Es geht eben nicht gerecht zu im Leben.«

»Meine Mutter hat ihn geheiratet, weil er Geld hatte«, sagte Isabelle. »Geliebt hat sie dich.«

William Swahn schüttelte eher verwundert als verneinend den Kopf. Warum lag ihr so viel daran, die Vergangenheit zu revidieren? »Deine Mutter war sehr in Addison verliebt, das hat sie mir vor der Hochzeit gesagt.«

»Sie hätte dich heiraten sollen.«

»Ich war ein Kind«, wiederholte er zum zweiten Mal innerhalb von zwei Tagen.

»Du hast sie geliebt.«

»Ich war verknallt in sie, so viel gebe ich zu. Und dann bin ich erwachsen geworden.«

»Du hast toll ausgesehen in deiner Polizeiuniform.«

»Du hast mich nie in Uniform gesehen, Belle.«

»Mom hat ein Foto von dir. Von der Abschlussfeier an der Polizeiakademie.«

William erinnerte sich deutlich an den Festakt und auch an das Foto, für das er neben Sarah posiert hatte. Auch er besaß einen Abzug und hatte ihn gehütet wie einen Schatz. Jahrelang hatte das Bild in seinem Schlafzimmer an der Wand gehangen und war erst kürzlich in einem Schrank verschwunden. Aber wie passte dieses alte Souvenir in Belles falsche Erinnerungen? Warum dieser naive Versuch, eine enge Verbindung zwischen ihm und Sarah herzustellen?

»Du liebst meine Mutter immer noch, das weiß ich.«

»Ich werde immer ihr Freund sein. Und der deine.« Das war die reine Wahrheit. In den vergangenen zwei Jahrzehnten hatte Sarah nur wenige Worte mit ihm gewechselt, aber er war ihr treu geblieben.

»Und du wirst immer auf Mom Acht geben, ja?«

»Ja, Belle.« Dieses Versprechen hatte sie ihm schon vor einigen Tagen abgenommen, und das bereitete ihm nach wie vor Sorgen.

Als Isabelle gegangen war, sah er sich nach Sarah um. Sie stand in einiger Entfernung von ihm, abseits der Menge, die Füße bewegten sich zum Takt der Musik, und sie schwankte ein wenig. Das war die Wirkung des Weins.

»Fall nicht hin«, flüsterte er.

Eine Flasche Bier – sein bevorzugtes Getränk – wurde neben seinem unberührten Weinglas auf dem Tisch abgestellt.

»Danke«, sagte er und sah zu Oren Hobbs auf, der an diesem Tag die allerbesten Manieren an den Tag legte und die Aufforderung abwartete, Platz zu nehmen. William nickte ihm zu.

Hobbs setzte sich rittlings auf den freien Stuhl und hob seine Bierflasche. »Ich war nicht das einzige Kind in Coventry, das die Stadt verlassen musste. Isabelle hat man noch vor mir fortgeschickt.«

William trank langsam, er brauchte Zeit zum Nachdenken. Dann seufzte er. »Kaltes Bier in einer Sommernacht – Sie haben mein Herz gewonnen. Beunruhigt sie das?«

»Keine Sorge, sie war nie auf meiner Shortlist. Den Killerinstinkt hat sie, dafür kann ich mich verbürgen, aber ihr Stil ist miserabel. Ich lebe noch.«

Er bestand darauf, einen Toast auf Isabelle, auf die unfähigste aller Mörderinnen, anzubringen, und die beiden Männer stießen miteinander an. Von Weitem, und wenn man sie nicht reden hörte, hätte man sie heute Abend für die besten Freunde halten können.

Addison Winston stand ganz in der Nähe und beobachtete sie. Ein Gast sprach ihn an, aber das schien er gar nicht zu merken, so sehr konzentrierte er sich auf Oren Hobbs.

Jim Web, der Postmeister, setzte sich an Ferris Montys Tisch. »Ich hab Ihnen doch von Oren und der kleinen Winston erzählt, nicht? Hier hat alles angefangen, bei dem allerersten Geburtstagsball.«

Ferris hatte seinen Stift gezückt und eine neue Seite in seinem Notizbuch aufgeschlagen. »Und was genau ist da passiert?«

»Das würden nach wie vor eine ganze Menge Leute gern erfahren. Damals war Belle Winston erst elf, ein mageres, schüchternes Kind. Sie versuchte sich zwischen den Kübelpflanzen dort drüben zu verstecken, Oren stand dicht neben der Band. Sie waren fünf, sechs Meter voneinander entfernt, als es passierte. Haben Sie schon mal bei Kindern Liebe auf den ersten Blick erlebt? Es war sehenswert. Sie starrten sich an und kreisten umeinander wie junge Füchse, die ihr Terrain erkunden.

Die Band fing an zu spielen, und die Gäste fanden sich zu einem langsamen Tanz zusammen. Belle stand da und wartete geduldig. Oren konnte den Blick nicht von ihr abwenden, aber er zögerte. Dann machte die Kleine es ihm leicht, auch wenn es sie große Überwindung kostete. Sie war, wie gesagt, ziemlich schüchtern. Sie betrat ganz allein die Tanzfläche. Jetzt hätten keine vier Maultiere den Jungen mehr zurückhalten können. Er ging auf sie zu. Die Leute hörten auf zu tanzen und guckten, dann bildeten sie einen Kreis um die beiden Kinder, die sich in der Mitte des Ballsaals trafen.

Das kleine Mädchen lächelte und hob die Hände, um sie ihrem Tanzpartner zu reichen. Der Junge schaute sie ein, zwei Sekunden lang an. Dann war sie wohl bei ihm durchgefallen, denn er lief einfach an ihr vorbei, ließ sie stehen. Ich weiß noch, wie Belle auf ihre Lackschuhe heruntersah, während alle sie anstarrten. Ein paar Kids fingen an zu lachen. Oren ging ungerührt weiter und verließ das Haus. Ein Junge rief ihm einen dreckigen Witz nach. Und die Kleine stand da wie angewurzelt und versuchte zu begreifen, was gerade geschehen war – und warum.

Als ich im nächsten Jahr zu dem Ball kam, saß sie in der Eingangshalle auf den Stufen. Ich glaube, sie wartete immer noch auf Oren, aber der ist nie mehr gekommen.«

Beruflich bedingt war Ferris Monty eigentlich immer für jegliche Art von Katastrophen zu haben, aber heute stellte er zu seiner Überraschung fest, dass er sich durch die öffentliche Demütigung einer Elfjährigen persönlich getroffen fühlte. »Warum hat er ihr das wohl angetan?«

Der Postmeister zuckte lächelnd die Schultern. »Es ist ein Rätsel.«

Evelyn Straub sah zu einem gewaltigen Eisvogel auf, der die Platten mit den Meeresfrüchten bewachte. Sie häufte Shrimps und Muscheln auf ihren Teller, während sie mit der kleinen Frau an ihrer Seite Erinnerungen austauschte. »Oren dürfte sechzehn gewesen sein, als ich ihn fragte, was an jenem Abend passiert ist. Er sei bis auf dreißig Zentimeter an die kleine Winston herangekommen, hat er gesagt, und dann…«

»…ist ihm eingefallen, dass er nicht tanzen kann«, ergänzte Hannah.

In der Familie des Richters war Tanzen nicht üblich gewesen. Hannah hatte es nie gelernt, und die Jungen und Mädchen aus Coventry zu jener Zeit ebenso wenig. Erst kurz vor dem Abschlussball sorgte die Schule dafür, dass sie ein paar Stunden Unterricht im Gesellschaftstanz bekamen. Dass fehlende Tanzstunden das ganze Leben eines Zwölfjährigen in eine falsche Richtung lenken könnten, hatte Hannah nicht vorausgesehen.

Addison Winston vermied es, seinen Mandanten anzusehen. Er blickte starr in sein Glas, als hätte er die Einzelheiten von William Swahns Fall vergessen. »Nein, ich glaube nicht, dass ich die eidliche Aussage der Einsatzleiterin je gesehen habe. Was ist damit?«

»Oren Hobbs sagt, die Frau sei verschwunden, ehe die Polizei sie vernehmen konnte. Stimmt das?«

»Das ist doch belanglos. Protokolle oder Tonbänder über die Ereignisse jener Nacht wird es sicher gegeben haben, aber…«

»Sie wissen es also nicht? Sie haben sich die Tonbänder nie geben lassen?«

»Im Krankenhaus wollten Sie keine Einzelheiten hören, William. Und ich kann mich nicht erinnern, dass Sie jemals gefragt hätten, wie ich Ihnen das viele Geld beschafft habe.«

»Ich frage jetzt.«

Addison lockerte seinen Schlips. »Bei dem Vergleich ging es

um Beweismaterial, das die Polizei *nicht* freigegeben hat, um Dinge, die nicht öffentlich werden sollten. Deshalb war man so schnell zu einem Deal bereit, hoffte auf Schweigen und fürchtete den Domino-Effekt. Bei der Polizei von Los Angeles waren viele Prozesse wegen Korruption und Brutalität anhängig, und Ihretwegen musste man fürchten, alle zu verlieren. Sie waren das Aushängeschild für die Verfechter polizeilicher Verschwörungstheorien. Auch wenn ich das nicht gern sage – diese Schadensersatzklage hätte auch ein Schimpanse gewonnen.«

»Dann hatte Hobbs recht? In meinem Fall wurde gar nicht ermittelt.«

»Doch.« Der Anwalt ließ den letzten Schluck Wein in seinem Glas kreisen. »Aber nachdem die Vertraulichkeitsvereinbarung unterschrieben war, hat man die Ermittlungen eingestellt. Bei meinen Deals schlägt Vertragsrecht das Strafrecht. Die Polizei konnte die Ermittlung nicht fortführen, ohne gegen die Vertragsbestimmungen zu verstoßen. Dann hätte man Ihnen dreifachen Schadensersatz zahlen müssen.«

»War es Ihrer Meinung nach die Polizei?«

»Für mich spielte das keine Rolle«, sagte Addison, »aber Sie haben es geglaubt. Vielleicht erinnern Sie sich nicht, schließlich haben Sie von den Ärzten starke Schmerzmittel bekommen. Halbwegs klar waren Sie nur unmittelbar nach der Operation im Aufwachraum. Sie wollten Rache, und zwar nicht nur an den Polizisten, die Sie in jener Nacht fast hätten sterben lassen. Sie wollten sämtliche Polizisten der Stadt drankriegen. Ganz schön viel verlangt, aber ich habe der Polizei von Los Angeles eins ausgewischt und Ihnen das beschafft, was Sie wollten.«

»Ich möchte, dass der Fall neu aufgerollt wird.«

»Ausgeschlossen, William. Vertragsverletzung. Sie müssten das ganze schöne Geld zurückgeben.« Addison bewegte seine Hände wie Waagschalen gegenläufig auf und ab. »Gerechtigkeit«, sagte er und hob die rechte Hand. »Und Geld.« Die andere Hand sank nach unten. »Da fällt die Entscheidung nicht schwer.«

»Eben. Ich will, dass der Fall neu aufgerollt wird«, sagte Swahn.

Der Anwalt lachte, sein Mandant nicht.

Addison spürte Schmerzen in der Brust und schob sich eine Tablette in den Mund. Sekunden später setzte die Wirkung des Mittels ein, und er war wieder unsterblich.

Evelyn nahm Orens Arm, und er führte sie zum Tisch des Richters. Als er ihr einen Stuhl zurechtrückte, setzte sie sich mit einer Anmut, die Pfunde und Jahre zum Verschwinden brachte. Sie nickte den anderen Gästen am Tisch zu und sah sich dann in der Menge um.

»Die Leute wollen tanzen.« Sie schlug mit der flachen Hand auf den Tisch. »Aber die Musik ist öde, da muss ich wohl etwas unternehmen.«

Sie erhob sich und eilte quer über die Tanzfläche, um ein Wort mit dem Bandleader zu wechseln. Noch ehe sie wieder zurückkam, hatte die Band zu südamerikanischen Rhythmen gewechselt. Vor zwanzig Jahren hätte Evelyn die Hüften geschwungen. An diesem Abend folgte sie nur dem Beat von Schlagzeug und Horn, drehte sich elegant einmal um die eigene Achse und setzte dann ihren Weg fort. Viele Tänzer waren ins Stocken geraten und wussten nicht, wohin mit ihren Füßen. Addison Winston fuchtelte mit den Armen und versuchte den Bandleader auf sich aufmerksam zu machen, aber der Mann mit dem Taktstock lächelte nur für Evelyn Straub, eine Frau, die sich aufs Geldverteilen verstand.

»Na also.« Evelyn setzte sich neben Oren. »Der nächste Tanz ist ein Tango. Traust du dich?«

Henry Hobbs legte seinem Sohn eine Hand auf die Schulter. »Mit Tangotanzen haben wir's nicht so …«

»Das kann er mir schon selbst sagen«, erwiderte Evelyn.

»Ich habe ihm Tango beigebracht, als er sechzehn war.« Sie wandte sich wieder an Oren. »Wenn du ihn nackt hingekriegt hast, schaffst du es auch, wenn du angezogen bist, denke ich.«

Der Richter verschüttete seinen Wein und tupfte mit einem Taschentuch die Lache trocken. »Dass gewisse Straftaten eine ziemlich kurze Verjährungsfrist haben, müsstest du als sehr befreiend empfinden, Evelyn.«

Oren stand auf und streckte ihr eine Hand hin. »Darf ich bitten?«

»Nein«, sagte Evelyn, obgleich sie sichtlich geschmeichelt war. »Es wird höchste Zeit, dass du das Missverständnis mit der kleinen Winston bereinigst. Und das Beste ist – du brauchst nicht einmal Hallo zu sagen.«

Oren ging, den Blick auf Isabelle Winston gerichtet, quer über die Tanzfläche, ohne zu fürchten, dass sie ihm einen Korb geben könnte. Bitten würde er sie um diesen Tanz nicht, das passte nicht zum Geist des Tangos, der ein Tanz der Liebe und des Kampfes war. Er packte sie grob beim Handgelenk, zog sie in Hüfthöhe an sich und stieß sie dann von sich.

Und sie kam zurück.

Die Tanzfläche gehörte ihnen.

Die Musik wurde lauter, leidenschaftlicher, schneller, dann langsamer, fast schüchtern… Die Töne umschlossen sie und strichen an ihnen herauf und herunter. Sie trennten sich. Er fasste ihren Arm und zog sie wieder an sich.

Ganz eng jetzt.

Er roch den Wein in ihrem Atem, und dann, nach einer Drehung des Kopfes, den Blumenduft in ihrem Haar, er roch ihren und seinen Schweiß. Die Lippen näherten sich zu einem Kuss, aber nur fast. Sie wich zurück, ein unbarmherziges Spiel.

Dafür würde sie zahlen müssen.

Mit jeder Bewegung versuchten sie, einander zu vernichten. Sie hob Oren ihr Gesicht entgegen, er sah weg. Sie gab die

Kränkung zurück. Er schleuderte sie quer über die Tanzfläche, Isabelle kam wieder auf ihn zu und schob sich an seinem Körper hoch. Oren drückte ihre Schultern herunter, und sie sank in die Knie. Sie richtete sich taumelnd auf und schmiegte sich an ihn. Ihr Bein legte sich wie zu einer Umarmung auf seine Hüfte.

Und so tanzten sie in idealem Gleichklang, voller Wut und Verachtung, voller Erotik und Sehnsucht. Ihre Nägel gruben sich in seinen Hals. Er hinterließ die Abdrücke seiner Finger auf ihren nackten Schultern.

Auseinander, zusammen – heiß, unglaublich heiß. Und immer hielt der Rhythmus mit dem Hämmern der Herzen Schritt. Körper an Körper, reibend und schwankend, tiefer, immer tiefer, er legte sie auf den Boden und zog sie mit einer Hand wieder hoch, ohne sich darum zu kümmern, dass er ihr dabei fast den Arm abriss.

Latin-Rhythmen erfüllten den Raum, kletterten die Wände empor und vibrierten in den Dielenbrettern.

Nachdem er sie wieder in die Knie gezwungen hatte, umklammerte sie seine Beine, um sich daran hochzuziehen, und er ließ es geschehen. Lange Fingernägel fuhren über seine Brust, Knöpfe sprangen ab, und ein kleiner Blutfleck erschien auf seinem weißen Hemd. Überall im Saal hörte man Seufzen und Stöhnen. Der Tango ging weiter. Die Musik steigerte sich zu einem Höhepunkt, als Isabelle ihm ins Gesicht schlug – und er es *genoss*.

Das Stück endete wie ein jäher Tod.

Die Tänzer drehten einander den Rücken zu. Oren ging zur Terrasse und Isabelle zur Bar.

Beifall erhob sich wie Donner.

»Das war mal was anderes«, sagte der Richter. Er musste laut sprechen, um sich über dem Applaus, dem Trampeln und Pfeifen verständlich zu machen. »Ich kann mich nicht erinnern, dass ich auf einer Tanzfläche schon mal hätte Blut fließen sehen.«

Hannah betrachtete den Aderlass eher als Fortschritt in einer etwas festgefahrenen Beziehung. »Wetten, dass die beiden heiraten?«

Der Richter bezweifelte das und führte die neuesten Beweise dafür ins Feld, dass Isabelle Oren eher umbringen als heiraten würde. Evelyn Straub hielt dagegen, dass Isabelle ja beides machen könne. »Ich sehe da kein Problem.«

»Verzeihung!« Eine Mitarbeiterin der Cateringfirma stand vor dem Tisch und sah auf eine als Aschenbecher zweckentfremdete Untertasse herunter.

Als die Grande Dame der Hotellerie gebeten wurde, die Zigarette auszudrücken, sah sie zu der Bedienung auf, einem jungen Mädchen, das sie leicht mit einem Wort hätte vernichten können. Aber Evelyn tat nichts dergleichen. Stattdessen ging sie mit der brennenden Zigarette ins Freie auf der Suche nach einem kleinen Hund, dem sie einen Tritt versetzen konnte.

Jetzt, da sie in ihre goldenen Jahre kam, fand sie Freude an kleinen Dingen.

Das Paar auf der Terrasse stand nah beieinander, geschützt durch den tief hängenden Zweig eines Baumes und die Verschwiegenheit des Dunkels. Isabelle Winston, die im Türrahmen stand, bemerkten sie nicht. Sie hatte zwei Champagnerkelche in der Hand, einer war als Friedensangebot für Oren gedacht, aber er hatte andere Gesellschaft gefunden.

Wieder elf Jahre alt und qualvoll schüchtern, ließ Isabelle die Gläser als Gabe an die beiden auf der Brüstung der Terrasse zurück, wo sie unbeachtet stehen blieben.

Oren verbeugte sich vor seiner Begleiterin und nahm behutsam ihre Hand, um sie aus der Dunkelheit zu führen. Er zog sie an sich, und sie bewegten sich im Takt der langsamen Melodien, die aus dem Ballsaal herüberwehten. Die Tanzenden schlossen die Augen. Oren Hobbs hielt eine schlanke Frau mit langer dunkelblonder Löwenmähne im Arm, und Evelyn Straub tanzte mit dem Jungen vom Mond.

Sally Polk war nie weit vom Sheriff entfernt, der sich Hände schüttelnd und sein Politikerlächeln ein- und ausschaltend einen Weg durch die Menge bahnte. Er hatte sie noch nicht bemerkt, aber sie war eine geduldige Frau.

Jetzt sah Cable Babitt in ihre Richtung, und die Wirkung ihres Anblicks traf ihn so heftig wie ein Schlag zwischen die Beine.

Ihr neues Partykleid schien ihn zu beeindrucken, obgleich es keineswegs modisch war. Sie hatte es aufs Geratewohl aus dem Schrank gegriffen und nur mit Blick auf die Farbe gewählt. Vielleicht erinnerte ihn das Grasgrün an etwas Unerledigtes, denn jetzt bewegte er sich in Richtung Tür. Sie folgte ihm in aller Ruhe, aber das Klappern der High Heels drang erbarmungslos an sein Ohr.

Hörst du mich kommen, Cable?

30

Ein Koffer lag geöffnet auf dem Bett, zwei weitere standen an der Tür. Isabelle schmiss geräuschvoll eine Kommodenschublade zu und zog die nächste heraus. »Es ist *seinetwegen,* nicht?« Sie wandte sich mit geballten Fäusten zu ihrer Mutter um. »So endet es immer.«

Der Mietwagen konnte jeden Augenblick kommen, die Zeit wurde knapp. Sarah Winston stand am Fenster und sah abwechselnd auf ihre Tochter und die Einfahrt. »Du kannst nicht hierbleiben und rund um die Uhr über mich wachen. Ich will, dass du dein eigenes Leben lebst.«

Isabelle hielt eine Bluse in der Hand, die sie zerstreut zu einem Bündel zusammenknüllte. Mit Tränen in den Augen – endlich, denn diese Ausbrüche endeten immer mit Tränen – lief sie quer durchs Zimmer auf ihre Mutter zu. Sarah nahm sie in die Arme und küsste Isabelles Haar. Durchs Fenster sah sie die Scheinwerfer näher kommen. »Der Wagen ist da. Ich sage dem Fahrer Bescheid. Bald bist du wieder in London.«

Isabelle ließ ihre Mutter nicht los. »Zwing mich nicht zu gehen. *Bitte, Mom!* Ich will auch nicht mehr mit ihm streiten, ich will brav sein.«

Sarah hielt ihre Tochter fest. Es blieb so wenig Zeit – nur dieser Augenblick. Ein Messer ins Herz wäre besser als diese ewige Wiederholung des ersten Gesprächs, mit dem sie Isabelle weggeschickt hatte – und des zweiten –, und des zehnten. Mutter wie Tochter kannten den Text für diese rituellen Abschiede und wussten, wie sie enden mussten.

»Ich liebe dich«, sagte Sarah. »Und jetzt musst du gehen.«

Die Angestellten der Cateringfirma waren weggefahren, sie sollten am nächsten Morgen wiederkommen. Die Villa trug noch ihr festliches Kleid. Der Müll von tausend Gästen, ihre Gläser und Teller und auch die gemieteten Stühle – all das war noch da. Nur die Eisskulpturen hatte man aus dem Saal geräumt und zum Schmelzen auf den Rasen gestellt.

Addison Winston stand vor einer Glaswand im Turmzimmer. Heute Abend brauchte er kein Fernglas. Er sah, wie die Scheinwerfer unten in der Paulson Lane in die Einfahrt einbogen, unter den Bäumen verschwanden und vor William Swahns Haustür wieder auftauchten. Er wartete, bis der Mann ins Haus gehinkt war und der langsame Aufzug sich nach oben ins Arbeitszimmer bewegt hatte. Dort ging nun, wie stets in den letzten Nächten, das Licht an. Addison zählte die üblichen zehn Sekunden, die Swahn brauchte, um seinen Feldstecher aus einer Schublade zu holen. Jetzt wurde das ferne Licht gelöscht. Sarahs treuer Wächter zog es vor, den Turm aus der Dunkelheit zu beobachten.

Den Laut der nackten Füße hörte Addison nicht, nur das Klimpern von Eiswürfeln in Sarahs Glas, als sie den kreisrunden Raum betrat.

Augenblicklich war das Lächeln des Anwalts da.

Die Show konnte beginnen.

Er wandte sich zu seiner Frau um, die ziemlich erstaunt zu sein schien, ihn mitten in der Nacht hier in ihrem Refugium anzutreffen. »Belle ist also fort?«

»Ja.« Sie schloss ein wenig verschämt den Morgenmantel und zog den Gürtel fester – als wären sie nicht verheiratet, hätten nie ein Bett geteilt. Mit schief gelegtem Kopf betrachtete Sarah diesen Fremden im Vogelland, dann leerte sie mit einem langen Zug ihr Glas und ließ sich in einen Sessel sinken.

»Dass Belle es so eilig hatte wegzukommen, wundert mich nicht.« Addison öffnete eine Flasche, die er hinter den Tagebüchern im Bücherregal entdeckt hatte, bückte sich und schenkte

Sarah nach. »Du kannst es gebrauchen. Eine uns bekannte Person weiß, dass wir hinter dem Stall gegraben haben.« Er nahm die Hand seiner Frau und küsste sie. »Belle hat Joshs Kamera gefunden.« Er sah in die erschrockenen Augen seiner Frau und streichelte mit einer Hand ihr Gesicht. »Keine Sorge, sie hat den Apparat wieder in die Grube gelegt und alles zugeschaufelt. Ein braves Kind. Um *mich* zu schützen, hätte sie das nie getan.«

Sarah schüttelte verständnislos den Kopf, doch dann schloss sie die Augen: Sie hatte begriffen.

»Genau«, sagte Addison. »Belle weiß, dass du die Kamera vergraben hast. Was ihr jetzt im Kopf herumgeht, kann ich nur raten. Vielleicht denkt sie, dass ich nicht das einzige Monster im Vogelland bin.«

William Swahn beobachtete durch den Feldstecher, wie Addison seine Frau mit weiteren Drinks abfüllte – die allmähliche Vergiftung einer Alkoholikerin, die nicht so drastisch wirkte wie Schläge, aber ebenso mörderisch war. Sarah schien schmerzlich berührt von dem, was ihr Mann gerade sagte.

William wusste nur allzu gut um die vernichtende Kraft von Worten.

Das Telefon läutete, und er wusste, wer ihn anrief, noch ehe er den Hörer abnahm. »Hallo, Belle … Weinst du? Ja, ich beobachte sie gerade.«

Die Verbindung war schlecht, demnach rief Isabelle mit dem Handy an und war nicht mehr in der Stadt. »Wo bist du? Abgereist? Und das Dienstmädchen? Ist sie noch im Haus?«

Mitten im Satz wurde das Gespräch unterbrochen. Offenbar hatte das Handy Belle im Stich gelassen. Funktionierende Funkverbindungen waren in diesem Winkel der Welt reine Glückssache.

Er richtete seinen Blick wieder auf das Turmzimmer. Auch wenn ihm Spionieren zuwider war – versprochen war versprochen. Er hatte Isabelle noch nie etwas abschlagen können.

Sarah war willfähriger, wenn sie betrunken war, und deshalb mochte Addison sie in diesem Zustand fast lieber. Als er ihre Hand nahm, stand sie gehorsam auf. Wie sehr er sie liebte – er liebte sie bis in den Tod. Er führte sie zu der Schiebetür, die zur Terrasse führte.

Die Nacht war warm, und die Ratten der Lüfte waren alle schlafen gegangen. Es war sehr still, nur die Blätter, durch die der Wind fuhr, rauschten leise wie verhaltener Applaus. Mann und Frau waren schon an der geöffneten Tür, als Addison sich umwandte und seinem Zuschauer, dem Wächter im Dunkeln, ein Lächeln schenkte. Er winkte.

William Swahn erschrak – ein Voyeur, auf frischer Tat ertappt. Er sah, wie Addison seine Frau küsste und dabei Luft und Leben aus Sarahs Körper zu saugen schien. Sie erschlaffte und taumelte nach draußen, gestützt von ihrem Mann, der ihr einen Arm um die Taille gelegt hatte. Die beiden verschwanden hinter einem undurchsichtigen Stück der kreisrunden Wand.

Dieser Spaziergang in luftiger Höhe musste den Beobachter nervös machen, deshalb ließ sich Addison Zeit damit, seine Frau auf jenen Teil der Terrasse zu führen, die man von Swahns Fenster aus sehen konnte. Der Anwalt, Entertainer und perfekter Schauspieler, genoss es, den anderen auf die Folter zu spannen. Im Gehen sagte er zu Sarah: »Ich habe gesehen, wie du die Kamera begraben hast … *und* den kleinen Hobbs.«

Sie blieb stehen, widersprach aber nicht.

Er schob sie weiter, denn sie konnten Swahn nicht die ganze Nacht über auf die Folter spannen. Sie umrundeten die Terrasse, und jetzt waren sie von dem Haus in der Paulson Lane aus ganz deutlich zu sehen. Es wurde Zeit, die Angst in Sarahs Augen anzuheizen. »Als ich mir eins deiner Tagebücher geliehen hatte – ich brauchte die Skizzen für die Eisskulpturen –, ist mir natürlich aufgefallen, dass ein paar Bände auf dem Regal fehlen. Die aus dem Jahr, in dem Josh verschwunden ist. Hat die zufällig Belle mitgenommen?«

»Nein.« Sarah sah aufs Meer hinaus, vielleicht in der Hoffnung, dort eine Eingebung zu finden. Erfolgreich. Aus blanken Augen sah sie Addison an. »Ich habe sie ins Meer geworfen.«

»Ausgezeichnet.« Glaubte er das? Natürlich nicht. Aber er hatte alle ihre Vogelhefte gelesen und sie allesamt für vollkommen abwegig erklärt. »Du hast sie also einfach über eine Klippe geworfen. Warum hast du das mit Joshs Kamera nicht auch getan? Warum musstest du sie nach Hause schleppen und hinter dem Stall vergraben? Was hast du dir dabei gedacht?«

War das der Tag, an dem du wahnsinnig wurdest?

Er konnte sich noch allzu gut an jene Nacht erinnern, als er wach gelegen und darauf gewartet hatte, dass seine Frau zu ihm ins Bett kommen würde. Er entsann sich des schmalen Lichtstreifens unter der Schlafzimmertür. Er sah die Schatten ihrer Schritte, die kurz verharrten und dann weitereilten, um nach einem anderen Lager zu suchen.

Seit ihrer Internatszeit an der Ostküste hatte Isabelle Winston ihr Leben hauptsächlich damit verbracht, einen Tod zu betrauern, der noch gar nicht eingetreten war. Und an diesem Abend sehnte sie sich immer noch nach einer Geistermutter, die noch nicht – noch nicht ganz – gestorben war.

Der Fahrer bog auf den Flughafen ein. Die Kurzstreckenmaschine stand neben dem kleinen Gebäude, das sich selbstbewusst Terminal nannte. Bald würden die Passagiere an Bord gehen, die auf dem Weg nach San Francisco und zu ihren nächtlichen Anschlussflügen in alle Welt waren.

Sie hielt das Flugticket in der Hand.

Immer, wenn sie ihre Mutter verließ, von ihr mehr oder weniger vor die Tür gesetzt wurde, verspürte Isabelle dieselbe Angst, die sich zur Panik steigerte, wenn sie die Lichter des Flughafens sah. Und immer, wenn sie irgendwo in der Ferne landete, hatte sie nur den einen Wunsch, wieder nach Hause zu kommen.

Lebenslange Sehnsucht.

Genug.

Sie beugte sich zu dem Fahrer vor. »Bringen Sie mich zurück.«

Addison nahm Sarahs Hand und drehte seine Frau im Walzertakt, bis ihr schwindlig wurde und sie zu fallen drohte. »Ich weiß, dass du das Foto von dir und Swahn noch hast.«

Sie sah ihn nur verständnislos an.

Er half ihrer Erinnerung auf die Sprünge. »Es ist lange her, über ein Vierteljahrhundert. Das Foto ist in Los Angeles auf der Abschlussfeier für junge Polizisten entstanden.«

Sarah nickte. »Ich habe es beim Fotografen bestellt. Als es mit der Post kam, habe ich es dir gezeigt. Und du wusstest, dass ich …«

»… dass du einen alten Freund besucht hattest. So hast du es gesagt. Der Junge auf dem Foto war knapp einundzwanzig – schwerlich ein *alter* Freund, Sarah.«

Er hielt sie auf Armeslänge von sich weg, und zusammen wirbelten sie über die Terrasse, schneller und schneller, so dass sie immer wieder aus dem Blickfeld von Swahns Feldstecher verschwanden. Dann hielten sie wieder an der Stelle an, von der man auf die Paulson Lane sehen konnte. Noch im Tanzen zwang Addison seine Partnerin, sich über das Geländer zu legen. Das lange Haar hing hinab, das Gesicht war angstverzerrt.

Er wandte den Kopf um und lächelte dem Mann im Dunkeln zu.

»Ja!«, schrie William Swahn die Aushilfskraft an, die sich im Büro des Sheriffs gemeldet hatte. »Ja, verdammt, es ist ein Notfall!«

»Ihr Ton gefällt mir nicht.« Die Stimme der Frau war erschreckend jung und leicht gekränkt. »Warum haben Sie nicht den Notruf gewählt?«

»Die Vermittlung hätte einen Hilfssheriff aus Saulburg geschickt, der Sheriff wohnt hier in Coventry.« Aber Cable Babbits Privatnummer stand nicht im Telefonbuch. »Sie müssen ihn anrufen und ...«

»Um welche Art von Notfall handelt es sich?«

Herrgott noch mal! Er sah förmlich, wie sie von einem vorgeschriebenen Text ablas. Dann fasste er den Hörer fester und zwang sich zur Ruhe. »Rufen Sie den Sheriff zu Hause an. Sagen Sie ihm, dass Ad Winston im Begriff ist, seine Frau zu ermorden.«

»All die Jahre hast du das Foto behalten«, sagte Addison Winston.

Sarah wandte sich von ihrem Mann ab und umklammerte das Geländer. Durch das Tanzen und den Alkohol war ihr schwindelig und übel. »Ich habe dir von der Abschlussfeier erzählt. Ich habe dir immer für jede Stunde meines Tages Rechenschaft abgelegt – wohin ich gegangen bin, mit wem ich gesprochen habe.«

Hinter dem Rücken seiner Frau tat Addison, als ob er mit einem Messer auf Sarah einstach. Für die nächste Szene ließ er sie am Geländer stehen, drückte sich flach an die Glasscheibe und stürzte dann mit erhobenen Händen vor, als wollte er sie von der Terrasse stoßen. Erst knapp vor ihr blieb er stehen, ließ die Hände sinken, lachte laut auf und meinte fast, Swahns Schrei in der Ferne zu hören.

Dann nahm er Sarah bei den Schultern und streichelte die zarte Haut ihres Nackens. »Ich weiß, dass du auch einen seiner Briefe aufbewahrt hast«, sagte er, aber das klang eher liebevoll.

Sie wandte sich zu ihm um. »Briefe? Es gab nur ...«

»... noch den einen, ich weiß. Die anderen hast du vermutlich verbrannt, aber dieser war ein Sonderfall. Hin und wieder hole ich ihn aus deiner Andenkenkiste und lese ihn. Noch nach so vielen Jahren finde ich ihn sehr beeindruckend. Ich kann verstehen, dass du ihn behalten hast.«

Er trat einen Schritt zurück und sah seine Frau an. So also sah eine Kuh aus, nachdem ein Baseballschläger sie zwischen den Augen getroffen hatte – bereit für die Schlachtbank.

Dann nahm er Sarah wieder in die Arme und tanzte mit ihr an der offenen Tür vorbei. Das Telefon an ihrem Bett läutete, und der Anrufbeantworter spulte die Botschaft eines Verzweifelten ab, der Sarah beschwor, ins Haus zu gehen. »Halte durch!«, ertönte Swahns hysterische Stimme aus dem kleinen Kasten. »Ich komme!«

Perfekt!

William Swahn stieg aus dem Aufzug und steuerte auf ein anderes Telefon zu, um einen weiteren Anruf zu tätigen. War er erst in Winstons Villa, konnte er nicht mehr viel ausrichten. Die prachtvolle Treppe war für einen Mann mit nur einem gesunden Bein ein unüberwindliches Hindernis.

Womöglich genügte allein seine Anwesenheit, um den Irrsinn zu beenden, aber verlassen konnte man sich darauf nicht. William wandte sich mit seinem Hilferuf an eine andere Stelle. Kostbare Sekunden verstrichen, in denen ein Tonband ihm mitteilte, dass niemand zu Hause war. Er hinterließ eine Nachricht, dann hinkte er zur Haustür. Das schnelle Gehen verstärkte den Schmerz.

Seine Tabletten lagen oben im Arbeitszimmer auf dem Schreibtisch. Sollte er sie holen? Keine Zeit.

Qualvoll humpelnd verließ er das Haus.

Addison hatte Sarah eng an sich gezogen. »Ich bin dir in der Nacht, als du den Schädel des Jungen ausgegraben hast, gefolgt. Warum hast du das getan, Sarah? Schlechtes Gewissen? Nach all den Jahren? Alles lief so gut. Aber jetzt wirst du, wird

Swahn täglich unberechenbarer. Er ist drauf und dran, alles zu durchschauen. Wenn er es nicht schon weiß, wird er begreifen, dass du der Grund für seine Verstümmelung warst. Da siehst du, was du angerichtet hast.«

Sarah blickte auf die Scheinwerfer eines Wagens, der über die Paulson Lane raste.

»Er kommt«, sagte Addison. »Wird gleich da sein.« Er legte Sarahs Hände um das Geländer. »Dass du nicht ohne mich weggehst…« Er küsste sie sanft auf die Lippen. »Ich würde ja gern die ganze Nacht mit dir tanzen, aber ich muss nach unten, unseren Gast begrüßen.«

Vater und Sohn gingen die Auffahrt hinauf, und der gelbe Streuner trottete vor ihnen her. Aufgeräumt und ein wenig beschwipst warf Henry Hobbs das nächste Stöckchen, das der Hund brav holte. »Weißt du noch, wie es mit Horatio war?«

»Ja«, bestätigte Oren. »Die Stöcke sind immer an ihm vorbeigesaust, und er hat nie kapiert, wozu sie gedacht waren.«

Das Glück des Richters war vollkommen. Guter Wein und eine laue warme Sommernacht waren echte Geschenke, aber das schönste Geschenk war es, mit seinem Sohn über einen Feldweg zu gehen. Er hielt seine Armbanduhr ins Licht der Verandabeleuchtung und kniff die Augen zusammen. »Hannah müsste inzwischen hier sein. Ich gehe mal rein und höre den Anrufbeantworter ab.«

»Lass ihr noch ein wenig Zeit.« Oren bückte sich und kraulte den Hund hinter den Ohren. »Sie muss heute Abend die halbe Stadt chauffiert haben.«

»Sie hat eben eine Schwäche fürs Autofahren.«

»Merkwürdig, dass sie nie einen Führerschein beantragt hat… aber dafür hätte sie eine Geburtsurkunde vorlegen müssen.« Oren stand mit dem Rücken zur Veranda und war froh, dass der tiefe Schatten sein Gesicht verbarg, während der Richter im gelblichen Licht einer Insektenlampe stand.

Oren setzte sich auf die unterste Stufe. »Du zahlst ihr das Gehalt immer noch bar, stimmt's? Ich habe mich immer gefragt, wo Hannah wohl ihr Geld aufbewahrt. Zur Bank kann sie es nicht bringen. Um ein Konto zu eröffnen, braucht man eine Sozialversicherungsnummer.«

Das war ein echtes Problem. Es gab Regeln, die es einzuhalten galt, aber Oren setzte sich ungestraft über sie hinweg. Henry Hobbs hatte dieses Spiel erfunden, um seine Söhne mit der Kunst der Konversation vertraut zu machen, einer Kunst, die man nicht bagatellisieren durfte, indem man Offenkundiges ins Gespräch brachte. Oren hatte den Wettstreit auf ein neues Niveau gehoben, indem er verlorene Punkte als Köder benutzte.

Der Richter hob, Verblüffung und Verständnislosigkeit heuchelnd, die Hände. »Mach dir um Hannah keine Sorge, sie ist in meinem Testament großzügig bedacht.«

Er gab seinem Sohn einen kräftigen Schlag auf den Rücken und stieg an ihm vorbei die Verandastufen hinauf.

Kehrtwende.

Jetzt war Orens Gesicht in helles Licht getaucht, und ein argwöhnischer Ausdruck lag darin. »Wie will sie denn ohne Ausweispapiere beweisen, dass sie Hannah Rice ist, um ihren Anteil kassieren zu können?«

Henry Hobbs lächelte gezwungen. »Du bist mein Testamentsvollstrecker, Junge, und dürftest kein Problem haben, sie zu identifizieren.«

»Ach ja? Ich weiß ja nicht mal, ob Hannah ihr wahrer Name ist – und du weißt es ebenso wenig.«

In der Eile – soweit ein Krüppel überhaupt zur Eile fähig war – hatte der späte Gast darauf verzichtet anzuklopfen. Die schwere Eichentür der Villa öffnete sich, und der Mann betrat unbeholfen die Eingangshalle. Mit seinem lahmen Bein bot er einen beinahe komischen Anblick.

Addison, der gerade die Treppe herunterkam, blieb auf halbem Weg stehen und lehnte sich ans Geländer. »So schnell sehen wir uns also wieder…«

Swahn humpelte schwankend auf ihn zu und blieb an der untersten Treppenstufe stehen. »Wo ist Sarah?«

»Meine Frau ist heute Abend zu müde für weitere Unterhaltung, William, aber ich werde Sarah einen schönen Gruß von Ihnen ausrichten.«

»Sarah, ich bin hier!«, rief Swahn.

»Stopp!« Addison hielt eine Hand hoch wie ein Verkehrspolizist. »Schreien Sie nicht so. Meine Frau ist sturzbetrunken, sie dürfte die Treppe kaum besser bewältigen können als Sie. Wir wollen doch nicht, dass sie stürzt und sich den Hals bricht, oder?«

Swahn setzte einen Fuß auf die unterste Stufe. Als er das Gewicht auf sein krankes Bein verlagerte, durchfuhr ihn ein stechender Schmerz. »Lassen Sie sich nur Zeit«, sagte Addison spöttisch. Er tänzelte an Swahn vorbei die Treppe hinunter und mixte in aller Ruhe zwei Drinks an der Bar des Ballsaals. Als er in die Eingangshalle zurückkam, war Swahn gestürzt. Er hatte seinen Gehstock liegen lassen und schleppte sich nun, auf allen vieren kriechend, mühsam Stück um Stück die Treppe hinauf.

»Glückwunsch«, sagte der Anwalt. »Nur noch vierzig Stufen.« Er bückte sich und bot Swahn eins der Gläser an. Doch der lehnte vehement ab. »Nein? Auch gut.« Er stellte das Glas neben dem kriechenden Mann ab. »Nur für den Fall, dass Sie Durst bekommen.«

Sechs Stufen weiter oben setzte sich Addison, um das qualvoll langsame Vorankommen seines Gastes zu beobachten. »Sie sind offenbar nach wie vor total auf meine Frau fixiert. Haben Sie inzwischen herausbekommen, welchen Anteil Sarah an Joshua Hobbs' Tod hatte?«

Swahns Stirn war schweißbedeckt. Er gab den Kampf auf und legte den Kopf auf einen Arm. »Das ist doch Wahnsinn.«

Addison leerte sein Glas und wischte sich die Lippen. »Ich weiß, dass Sie sich jeden Samstagmittag um zwölf mit Sarah im Wald getroffen haben.«

»Das stimmt nicht.«

»Unterbrechen Sie mich nicht.« Addison ging leichtfüßig die Treppe hinunter und griff nach dem Stock, den Swahn als nutzlose Belastung zurückgelassen hatte. Er schwang ihn über den Kopf und ließ ihn auf Swahns Rücken heruntersausen. Swahn stöhnte.

Der Anwalt lächelte schon wieder. Er gab sich gern als liebenswürdiger Gastgeber. »Ich weiß sogar, *wo* ihr euch getroffen habt. Mit einem Fernrohr konnte ich immer sehen, wo auf dem unbewaldeten Teil des Hügels Sarahs Wagen stand. Natürlich wusste sie, dass ich sie beobachtete, aber Sie waren schlauer, William, Sie haben Ihr Auto unter Bäumen, ganz in der Nähe der Lichtung geparkt. Von dort in den Wald zu hinken, war nicht weiter schwer.«

»Sie sind ja verrückt.«

Diesmal brauchte Addison den Stock nur leicht anzuheben, um seinen Gast zum Schweigen zu bringen.

»Eines Tages beschloss ich, Sarah auf frischer Tat zu ertappen. Stunden, ehe meine Frau das Haus verließ, ging ich zu Fuß los. Ich nahm den alten Wanderweg, der hinter Evelyns Blockhaus vorbeiführt – und da lagen die Toten. Mit der Leiche der Frau konnte ich nichts anfangen, aber der Junge war ein Geschenk des Himmels. Traurig eigentlich. Die arme Sarah hatte so wenige Freunde – nur Sie und ihren kleinen Schützling, diesen Nachwuchsfotografen.«

»Sie haben Josh umgebracht?«

»Das hat nichts mit meiner Geschichte zu tun.« Addison ließ den Stock auf Swahns Hand niedersausen. Durch den Schlag platzte die Haut auf, und vermutlich waren auch ein paar Knochen gebrochen, aber der Mann gab keinen Laut von sich.

Enttäuschend, fand der Anwalt »Hören Sie gut zu, Swahn.

Ich habe die Leiche des Jungen den Wanderweg bis zur Lichtung geschleift und dort sein Gesicht mit einem Taschenmesser bearbeitet. Sarah und ich hatten zu der Zeit ein Kommunikationsproblem, deshalb habe ich die Verstümmelung sprechen lassen.«

»Meine Verstümmelung, meinen Sie?« Swahn richtete sich halb auf und streifte mit den Fingern leicht über die alte Wunde. »Die Frau, die man in Joshs Grab gefunden hat – war das die verschwundene Einsatzleiterin aus Los Angeles? Haben Sie deshalb …«

»Aber nein!« Addison schüttelte ungehalten den Kopf. »Bringen Sie mir nicht meine Verfehlungen durcheinander! Warum hätte ich die Einsatzleiterin umbringen sollen? Sie hatte keine Ahnung, woher das Bestechungsgeld kam. In jener Nacht hatte sie nur die Aufgabe, Sie während einer Streifenfahrt zu einer Überraschungsparty zu locken, ein unbedeutendes Vergehen. Als Sie Unterstützung anforderten und die Einsatzleiterin die Schüsse und Schreie hörte, begriff sie natürlich, was gespielt wurde, und ist weggelaufen. Wie ich hörte, hat sie nicht einmal ihre Schicht beendet.«

»Sie hat keine Hilfe geholt? Dann war *sie* es, die mich fast hätte sterben lassen?«

»Ja. Das hätte ich so nicht planen können, aber ich lasse mir grundsätzlich keine Chance entgehen. Wenn etwas nach einem vielversprechenden Rechtsstreit aussieht, greife ich zu. Ich habe keine Ahnung, wer die Frau war, die ich zusammen mit Josh gefunden habe, aber das ist ja auch einerlei.« Er hob den Stock und schlug auf Swahns Kopf und seine Schultern ein. »Sie hat mit meiner Story nicht das Mindeste zu tun.«

Addison warf das Haar zurück und legte den Kopf schief. »Wo war ich stehen geblieben? Ach, richtig… Bei meinem Schnitzwerk im Gesicht eines toten Jungen. Danach suchte ich mir ein schönes Versteck im Wald. Sie hätten Sarahs Gesicht sehen sollen, als sie auf die Lichtung kam und Josh da liegen sah. Es war großartig – irrsinnig, aber auch anrührend. Sie schrie. Sie weinte. Ich fragte mich, ob sie meine Handschrift in der blutigen Wunde erkennen würde, die ich in die Haut des Jungen geschnitten hatte. Es war ein A – genau wie bei Ihnen.«

Eine Platzwunde über Swahns Auge hinderte ihn am Sehen, die Tropfen, die auf den Teppich fielen, sahen aus wie blutige Tränen. Das andere Auge war vor Entsetzen weit aufgerissen.

Aber er hörte zu.

»Sie fing an, ein Grab auszuheben«, fuhr Addison fort. »Das hat mich überrascht. Ich dachte, sie würde wegrennen, aber nein, sie kniete sich neben den Jungen und kratzte mit bloßen Händen in der Erde herum. Schließlich besann sie sich und gab den Versuch auf. Sie ging nach Hause und kam mit einer Schaufel wieder – dem klassischen Rüstzeug des Totengräbers. Ich vermute, dass Sarah Sie unterwegs getroffen und gewarnt hat.«

»Ich war nie dort.«

Diesmal ließ Addison Schläge auf Swahns krankes Bein prasseln und skandierte dabei: »Sie – sol – len – mich – nicht – unter – bre – chen.«

Swahn schrie laut auf.

Welche Genugtuung.

Sarah Winston sah auf den Plattenweg unter sich. Das Geländer hatte sie nur locker umfasst.

Bleiben oder Gehen – das war die Frage, die sie jetzt gen Himmel richtete. Sie versuchte das Blinken und Blinzeln der Gestirne und ihre langsamen Bewegungen zu deuten. Ja, sie waren alle der gleichen Meinung: Es war Zeit, die Erde zu verlassen.

»Das Grab, das Sarah ausgehoben hatte, war viel zu flach«, sagte Addison. »Ich bin später hergegangen und habe es tiefer ausgehoben und verbreitert, so dass auch die Leiche der Frau hineinpasste. Als ich fertig war, konnte man nicht erkennen, dass hier jemand gegraben hatte. Die überschüssige Erde habe ich so verteilt, dass kein sichtbarer Hügel entstand, und zusätzlich noch Laub darüber gestreut. Und dann kam mir noch eine köstliche Idee: Ich habe Joshs Kamera dagelassen, um das Grab für Sarah zu markieren. Ich wusste, dass sie wiederkommen würde. Schade, dass ich ihr Gesicht nicht sehen konnte, als sie die Kamera fand. Sie muss total ausgeflippt sein.«

»Sie können Sarah nicht töten. Sie ist unschuldig.«

»Sieht mir nicht danach aus. Ich spreche jetzt als Anwalt. Sie hat versucht, Beweise für einen Mord verschwinden zu lassen, und wir wissen wahrscheinlich beide, warum. Wegen des blutigen As auf der Wange des Jungen hätte der Sheriff zuerst bei Ihnen angeklopft. Cable Babitt ist ein Volltrottel, aber diese Verbindung wäre sogar ihm aufgefallen. Sarah muss Sie sehr geliebt haben. Und jetzt will ich Ihr Geständnis hören.« Er sah auf, als könnte er durch die Decke ins Turmzimmer sehen. »Ich glaube nicht, dass Sarah imstande wäre, etwas dazu zu sagen. Ich verlange alle Einzelheiten Ihrer Affäre mit meiner Frau.«

»Wir waren lediglich befreundet«, sagte William. »Ich habe sie nicht angerührt.«

»Lügner!«

»Es stimmt«, rief eine schwache Stimme von oben. Die beiden Männer hatten Mühe, Sarah zu verstehen. Sie sah in das feixende Gesicht ihres Mannes. »An den Samstagen habe ich mich in Mavis Hardys Mittagspause mit ihr im Wald getroffen. Wir haben zusammen Vögel beobachtet. Weil du nicht wolltest, dass ich Freundschaften schließe, habe ich dir nie davon erzählt. Aber nachdem ich gesehen hatte, was du mit Josh gemacht hattest…« Ihre Stimme sank zu einem Flüstern herab, die Worte verflüchtigten sich in der Luft über ihren Köpfen. »Meinen Freunden stoßen schlimme Dinge zu, deshalb habe ich die Treffen mit Mavis aufgegeben. Und wie hätte ich jemals William wieder unter die Augen treten können?«

Auch jetzt konnte sie ihm nicht unter die Augen treten. Sie wandte den ausdruckslosen Blick ab und verschwand, ließ ihn liegen, wo er lag. William streckte eine Hand aus, als könne er sie festhalten. Er kämpfte sich die nächste Stufe empor. »Sie will zurück in den Turm, Addison, Sie dürfen sie in diesem gefährlichen Zustand nicht gehen lassen.«

In gespielter Überraschung legte der Anwalt eine Hand an die Brust. »Ich soll sie aufhalten? Eine Vogelkönigin müsste doch eigentlich fliegen können…« Er holte seine Brieftasche heraus. »Vielleicht haben Sie recht, und man muss ein wenig nachhelfen, mit einem sanften Schubs in die richtige Richtung. Aber kann sie wirklich *fliegen*? Das ist die Frage.« Er zupfte einen Geldschein aus der Brieftasche. »Ich wette zwanzig Dollar darauf, dass sie fällt wie ein Stein.«

»Sarah hat Sie nie betrogen, Addison.«

»Lügner!« Er legte den Stock aus der Hand und zog ein gefaltetes Blatt Papier aus einer Innentasche. »Hier ist der Beweis, einer Ihrer alten Liebesbriefe.« Das Blatt, viel zu oft von einem Irren gelesen, fiel in den Knicken auseinander. Er deutete auf die letzte Zeile. »Das ist Ihre Unterschrift.«

Hannah fuhr die Einfahrt hoch und parkte vor dem Haus. »Der Motor stottert ein bisschen«, sagte sie beim Aussteigen zum Richter. »Vielleicht sollten wir ihn mal überprüfen lassen.«

»Keine schlechte Idee«, sagte Oren mit einem Hauch von Ironie. »Aber warum kauft ihr eigentlich keinen neuen Wagen?«

»Es wäre an der Zeit«, gab der Richter zu. »Aber der alte Mercedes läuft noch so brav. Wahrscheinlich hat er einfach nicht mehr genug Sprit.« Er wandte sich an Hannah. »Das kommt davon, wenn du die ganze Nacht sämtliche betrunkenen Männer, Frauen und Kinder in Coventry herumkutschierst.«

Hannah stieg die Stufen zum Haus hinauf und zog die Tür mit einem lauten Knall hinter sich zu. Ein eindeutiges Zeichen dafür, dass Kritik an diesem Abend nicht erwünscht war.

»Also gut, wir kaufen einen neuen Wagen«, rief der Richter ihr nach. »Oder auch zwei, wenn's sein muss …«

»Ich habe im Büro des Sheriffs angerufen«, sagte William Swahn.

»Und da hat man Sie ausgelacht, stimmt's? Sie haben erzählt, dass Sie einen Mann mit seiner Frau haben tanzen sehen? Oder so was in der Art.« Addison Winston tippte sich vielsagend mit einem Finger an die Schläfe. »Ich bin Ihnen zuvorgekommen.« Mit einer dramatischen Bewegung legte er beide Hände hinter die Ohren. »Höre ich aus der Ferne Polizeisirenen?« Er senkte die Hände. »Leider Fehlanzeige.«

»Ich habe noch jemanden angerufen.«

Isabelles Limousine war auf dem Rückweg, allerdings nur in dem gesetzlich vorgeschriebenen Tempo. Sie legte sich erneut mit dem Fahrer an. »Natürlich geht es auch schneller. Es ist spät, und die Polizei hat anderes im Kopf als Geschwindigkeitskontrollen.« Sie griff durch den Schlitz in der Glastrennscheibe und leerte ihre Brieftasche auf dem Beifahrersitz aus.

Der Fahrer gab Gas, aber nicht genug, und sie hatte kein Bargeld mehr, um sich weitere zwanzig Meilen pro Stunde zu erkaufen.

Die Fliegentür wurde so heftig aufgestoßen, dass sie an die Wand der Veranda knallte, und Hannah stürzte aus dem Haus. »Eine Nachricht von Mr. Swahn auf dem Anrufbeantworter! In der Villa der Winstons ist etwas im Gange. Keine Ahnung, worum es geht, aber er hat gesagt, wir sollen schnell kommen.«

Oren riss ihr die Wagenschlüssel aus der Hand. Als er sich ans Steuer setzte, sprang der Motor nicht an.

»Jetzt ist ihm offenbar der Sprit ganz ausgegangen«, bemerkte der Richter, aber das hörte Oren nicht mehr, er rannte schon die Einfahrt hinunter.

»William der Unerschrockene – bravo!« Addison lief langsam und mit einem aufmunternden Grinsen neben dem mühsam nach oben robbenden Swahn die Treppe hinauf. Hin und wieder versetzte er ihm einen Schlag mit dem Stock, wenn er meinte, bei den Anstrengungen seines Gastes etwas nachhelfen zu müssen.

»Guter Witz, was?« Der nächste Schlag. »Wirklich zum Totlachen.«

Swahn rollte sich vor Schmerzen auf die Seite. »Damit kommen Sie nicht durch.«

»Klar komme ich damit durch. Die Eskapaden meiner Frau – aufgeschnittene Pulsadern und jede Menge Schlaftabletten – sind hinreichend bekannt. Und Sie werden sich erschießen.« Addison setzte sich auf die Stufen, um kurz auszuruhen. Jemandem Schmerzen zu bereiten, war anstrengend. »Unser vertrottelter Sheriff wird auf das alte Klischee von der unerwiderten Liebe zurückgreifen: Wenn Sie meine Frau nicht bekommen können, soll sie keiner bekommen. Sie werden sie über die Terrassenbrüstung schubsen und dann … Ach, gestatten Sie mir noch ein Klischee – Sie werden sich nach der althergebrachten Selbstmordmethode für Exbullen in den Mund schießen. Diese Rolle – Cop bis zum bitteren Ende – müsste Ihnen eigentlich liegen.« Er hob mahnend einen Zeigefinger. »Sagen Sie nichts, ich weiß, was Sie denken. Für Ihre Blutergüsse wird man den Mob verantwortlich machen. Und die offenen Wunden, das Blut? Natürlich habe ich heldenhaft versucht, meine Frau zu verteidigen, aber dann haben Sie eine Waffe gezogen.« Er holte unter seinen Rockschößen einen Revolver aus dem Hosenbund und wischte ihn mit einem Taschentuch ab. »Unregistriert, nicht zurückzuverfolgen. Beste Qualität. Man wird darauf nur Ihre Fingerabdrücke finden. Und an Beweisen habe ich alles, was ich brauche, um meine Version der Ereignisse zu bestätigen.« Er schwenkte das vergilbte Briefblatt. »Ihr Liebesbrief an Sarah.«

Der Anwalt legte die Waffe auf eine Stufe, die Swahn nicht erreichen konnte. »Sie müssen den Revolver in der Hand halten, wenn er losgeht – für den unwahrscheinlichen Fall, dass der Sheriff nach Schmauchspuren sucht. Wenn ich Ihnen den Revolverlauf in den Mund stecke, sollten Sie deshalb bewusstlos sein.« Er hob den Stock auf und hob ihn zu einem weiteren Schlag. »Gute Nacht, William.«

»Dieser Brief wird Sie zugrunde richten. Jeder Schriftsachverständige kann ihn gegen Sie verwenden.«

Der Stock hielt mitten in der Bewegung inne. »Wohl kaum. Es ist Ihre Schrift. Und dann der Text… so zwanghaft, ich möchte fast sagen psychotisch. Ja, die Liebe ist Wahnwitz, nicht wahr?«

»Aber ich habe nur einen Brief an Sarah geschrieben. In dem Jahr, als sie ihr Studium aufgegeben hat, um Sie zu heiraten. Sie war vierundzwanzig, eine erwachsene Frau, ich war knapp vierzehn.« Mit der blutigen Rechten deutete er auf den Brief. »Das ist doch nur das liebeskranke Gefasel eines Kindes.«

»Sie würden alles sagen, um…« Addison unterbrach sich, er wirkte ein wenig unsicher.

»Ich war immer nur ihr Freund.« Swahn legte den Kopf auf die Treppe, die sich von seinen Wunden rot färbte. »Sarah würde nie auf den Gedanken kommen, ich hätte den Jungen umgebracht. Sie haben ja gehört, was sie gesagt hat: Ihren Freunden stoßen schlimme Dinge zu.« Er fasste sich an die Narbe auf der Wange. »Als sie dieses A bei Josh sah, wusste Sarah, dass Sie mir das angetan haben.«

Addison fiel der Stock aus der Hand. Er hatte ein Engegefühl in der Brust, ein Schraubstock schien sich um sein Herz zu legen. Eine unsichtbare Kraft lastete auf ihm und drückte ihm die Luft ab.

»Sie wusste wohl schon vorher, dass Sie geistesgestört sind«, sagte Swahn. »Jahre vor Joshs Tod hat sie Belle aus dem Haus und ins Internat geschickt. Sie hat sich bemüht, ihr Kind von

Ihnen fernzuhalten, aber Sarah selbst hätte Sie nie verlassen.«

Addison sank keuchend auf der Treppe zusammen.

»Ich war auf Ihrer Hochzeit.« Swahn schleppte sich eine weitere Stufe hoch. »Der picklige kleine Bursche in der ersten Reihe – erinnern Sie sich? Ich will Ihnen sagen, woran ich mich erinnere – an die alten traditionellen Gelübde. Sie hat geschworen, zu Ihnen zu stehen *in guten wie in schweren Zeiten, in Krankheit und Gesundheit.* Ihre Tochter hat sie weggeschickt, weil sie Angst um Belle hatte. Sie selbst ist geblieben, so verrückt Sie auch waren – und sie ist sogar den Weg in den Wahnsinn mit Ihnen gegangen.« Swahn krallte sich an dem Treppenläufer fest. Mühsam zog er das kranke Bein hinter sich her, während er sich vorankämpfte. »Sie hat den toten Josh begraben, um Sie zu schützen. Sie hat es aus Liebe getan.«

Addison lehnte sich ans Treppengeländer.

Das Atmen kostete Mühe.

Schmerz strahlte von seinem Herzen bis zum Nacken, ja bis in den Kiefer aus. Bald würde sich Übelkeit einstellen, er kannte alle Symptome. Galle stieg in seiner Kehle auf. Sein Gesicht war mit kaltem Schweiß bedeckt.

Swahn entgingen diese Anzeichen auf seinem mühsamen Weg nach oben. Er hatte nur immer die nächste Stufe vor Augen, die nächste Schmerzwelle, die ihn früher oder später ins Turmzimmer tragen würde.

Nur Addison sah Sarahs Körper draußen am Fenster vorbeifallen. Sie schrie nicht. Es war Addison, der schrie oder zu schreien meinte. Sein Mund öffnete sich weit, aber er konnte nur heiser ihren Namen flüstern. Einen wahnwitzigen Augenblick lang glaubte er tatsächlich, er könne Sarah zurückrufen, ehe sie unten aufschlug.

Ach, wenn sie doch fliegen könnte …

Oren stieß die Haustür auf und betrat die Eingangshalle. Addison Winston saß mit gelockertem Schlips auf der Treppe und hielt sich mit beiden Händen die Brust. Sein Gesicht war aschfahl. Er schwang keine großen Reden mehr, seine Lippen bewegten sich stumm.

Von dem Apparat in der Eingangshalle aus rief Oren einen Rettungswagen. »Herzinfarkt«, erklärte er der Vermittlung am Notruftelefon knapp. Dann setzte er sich neben Addison auf die Treppe, griff nach der Waffe, die hinter dem Anwalt lag – und sah William Swahns Stock. An dem Silberknauf klebte Blut, bei Addison aber waren keine Blutspuren zu sehen.

Die Waffe des Anwalts in der einen und den Stock in der anderen Hand eilte Oren, einer Spur kleiner Blutstropfen und langgezogener Schmierflecken folgend, die Treppe hinauf in den zweiten Stock. Swahn war auf der schmalen Treppe, die von hier weiter nach oben führte, zusammengebrochen. Oren legte den Stock aus der Hand, rollte den Mann herum und tastete nach seinem Puls. Er schlug noch, aber nur schwach und unregelmäßig.

Swahn schlug die Augen auf.

»Hat Ad Winston Sie so zugerichtet?«

»Ich muss zu Sarah.« Swahn deutete auf das Ende der schmalen Treppe, dann sank seine Hand herunter, und seine Augen schlossen sich wieder.

Oren folgte der Treppe nach oben in einen kreisrunden Raum, wo er ein zerbrochenes Cocktailglas und schmelzende Eiswürfel auf dem Boden vorfand, aber keine Spur von Mrs. Winston. Ein zertrümmerter Anrufbeantworter lag auf dem Läufer vor dem Bett. Oren betrat durch eine geöffnete Glastür die Holzterrasse und sah über das Geländer. Tief unter ihm lag Sarah Winston, den Kopf in einer Blutlache.

»Sarah«, flüsterte Swahn matt, als Oren zu ihm zurückgekehrt war, »ich habe versprochen …«

»Liegen Sie still«, mahnte Oren, obgleich er nicht glaubte,

dass dieser Mann sich je wieder bewegen würde. »Der Rettungswagen ist unterwegs.«

Er rannte, immer zwei Stufen auf einmal nehmend, die Treppe herunter und an dem Anwalt vorbei, der sich, weshalb auch immer, vor Lachen kaum halten konnte. Oren lief durch den Ballsaal, öffnete die Glastür, die hinter einer Reihe von Kübelpflanzen ins Freie führte – und da lag sie, wirkte beinahe lebendig im Wind, der mit ihrem langen blonden Haar spielte. Doch ein ehemaliger Soldat ließ sich nicht täuschen.

Oren würde den Tod überall erkennen.

Diesmal dauerte es länger, bis er den Weg zurück nach oben bewältigt hatte. William Swahn lag nicht mehr auf der Treppe zum Turm. Oren hatte Swahns Entschlossenheit unterschätzt, Mrs. Winston zu erreichen. Im Turmzimmer war niemand. Noch einmal trat Oren auf die Holzterrasse hinaus, und da lag der Stock. Der Mann selbst war verschwunden.

Die Toten steckten in Leichensäcken, als die Mitarbeiter des Leichenbeschauers sie um das Haus herum nach vorn trugen und nebeneinander auf die Erde legten. Diese erstaunliche Wiedervereinigung von Swahn und Mrs.Winston war das Erste, was Addison registrierte, als man seine Tragbahre aus dem Haus schaffte.

Die Einfahrt war mit Polizeifahrzeugen zugeparkt, und für den Abflug des Rettungshubschraubers, der mit eingeschalteten Scheinwerfern und laufendem Motor bereitstand, wurde gerade eine Schneise gebildet. Die hinteren Türen standen offen, um den Herzpatienten einzuladen.

Nicht weit davon entfernt wartete ein Privatwagen. Auf der Rückbank saß Hannah und überbrachte gerade Mrs. Winstons Tochter die traurige Nachricht. Explosionsartig flog die Wagentür auf, und Isabelle schoss wie eine Kugel die Einfahrt hoch zu der Tragbahre, auf der Addison Winston lag und mit einem widerwärtigen Grinsen eine Hand hob, um ihr zuzuwinken.

Obgleich die schöne Rothaarige so schmal war, schaffte ein stämmiger Hilfssheriff es nicht, sie aufzuhalten. Sie blieb nur kurz stehen, um dem Mann ein Knie in den Schritt zu rammen.

Oren, der von gegenüber zusah, zuckte schmerzlich zusammen und beschloss, sich da besser rauszuhalten.

Dank Isabelles Attacke auf den Hilfssheriff hatte Hannah sie einholen können, und jetzt hielt sie die Jüngere mit einer sanften Bewegung und ein paar leisen, unverständlichen Worten auf. Ob es an den rotierenden Lichtern des Rettungswagens oder an Hannahs Körpersprache lag – Oren schien es, als würde sie immer größer, während Isabelle immer kleiner wurde und schließlich tränenüberströmt zusammensank. Hannah nahm sie in die Arme, und als Oren näher trat, hörte er sie sagen: »Geduld, mein Kind. Es dauert nicht mehr lange.«

Einer der Sanitäter hatte sein Fahrzeug verlassen und lief zum Sheriff. Der Herzpatient, eben noch für transportfähig erklärt, war tot.

Hannah, die Unheimliche.

An eine Wiederbelebung Ad Winstons war nicht zu denken. Der Sanitäter legte eine Hand auf sein eigenes Herz, um zu verdeutlichen, dass hier ein Körperteil nicht mehr reparabel war. »Der zweite Infarkt hat ihn getroffen wie ein Blitz aus heiterem Himmel. Er muss Höllenqualen gelitten haben, aber ich könnte schwören, dass er gelacht hat, als er starb. Merkwürdig, was? Hielt offenbar Schmerzen für etwas wahnsinnig Komisches.«

Cable Babitt war außerhalb der Reichweite seines Funkgerätes, das er nur noch als leises Rauschen hinter sich wahrnahm. Mit Hilfe einer Taschenlampe suchte er sich einen Weg zu dem Grab auf der Lichtung. Das Absperrband war entfernt worden, die Grube aufgefüllt. Er ließ den großen Plastiksack fallen, den er mitgeschleppt hatte, weil er zum Graben beide Hände brauchte. Als er die Schaufel in den Boden stieß, blendete ihn ein greller Lichtstrahl.

Sally Polks Stimme kam aus der Dunkelheit. »Können wir diese Aufnahme wiederholen? Ich glaube, Sie haben gewackelt.«

Auf dem nächsten Foto legte er schützend eine Hand vor die Augen.

Taschenlampen wurden angeknipst, und im Licht erschienen die beiden größten Polizisten, die Cable je gesehen hatte. Vielleicht war es aber auch nur seine Angst, die aus den beiden Riesen machte. Der eine nahm ihm die Schaufel ab, und er hörte das metallische Klicken, mit dem der andere die Handschellen auf seinem Rücken zuschnappen ließ.

Sally Polk trug noch ihr Partykleid, hatte aber die High Heels gegen Wanderstiefel ausgetauscht. Sie bückte sich zu dem Plastiksack und holte ein Bündel Segeltuch heraus. »So ein Zufall. Grasgrün wie mein Kleid. Haben Sie nicht damals in Ihrer Vermisstenanzeige diese Farbe angegeben?« Einen Arm um seine Schulter gelegt, posierte sie für ein Foto mit ihrem Fang. »Joshs Rucksack kommt ja ganz schön herum. Erst war er in Ihrem Geräteschuppen, dann im Holzlager. Vielen Dank übrigens, dass Sie ihn von Ihrem Grundstück weggeschafft haben. Ich glaube, es gibt in diesem County keinen einzigen Richter, der mir einen Durchsuchungsbefehl für Ihr Haus ausstellen würde.«

»Schlecht gelaufen, ich weiß«, sagte Cable.

»Schlecht oder dumm«, erwiderte Sally Polk ungerührt. Sie hielt den grünen Rucksack hoch. »Hätten Sie sich das Ding nicht vom Hals schaffen können? Nein, Sie mussten unbedingt ein Andenken behalten.«

31

Ferris Monty feilte an seiner letzten Kolumne für die Boulevardblätter, die ihm sein Honorar zahlten. Bald würde der vermisste Junge aus den Schlagzeilen verschwunden sein und mit ihm der Name des Verfassers unter den Artikeln. Sein letzter Beitrag für die Klatschblätter war eine Geschichte von Liebe und nächtlichem Tod in einem Märchenschloss.

Auf dem Platz vor dem Gebäude fand man zwei Tote, einen Mann und eine Frau, die nah beieinander lagen. Wie aus zuverlässiger Quelle verlautet, waren William Swahn und Sarah Winston ein Liebespaar, das in einem Selbstmordpakt den Tod gesucht hatte – ein nicht ganz ungewöhnlicher Vorfall. Auch dass man die Story unter das Motto ›Die Schöne und das Biest‹ stellen könnte, macht sie nicht sensationeller. Nur eins lässt sie ausgefallen, ja fast unglaubwürdig erscheinen: Ein drittes Opfer, ein Anwalt, starb an gebrochenem Herzen.

Er las den Text noch einmal, und kein Wort klang echt, obgleich seine Quelle niemand anders gewesen war als Isabelle Winston, die sich kaum hatte zurückhalten können, auf Rapunzel in ihrem Turm anzuspielen. Doch Journalisten sind häufig auch Märchenerzähler, und er war Isabelle diesen Gefallen, diese Lüge schuldig gewesen. Aus Respekt für sie hatte er die beste Formulierung, mit der er seine Sympathie für den Teufel zum Ausdruck gebracht und die er den Rolling Stones gestohlen hatte, wieder gestrichen.

Nachdem er das Geschwafel abgespeichert hatte, wandte er

sich seinem unvollendeten Buch zu, das eine Übung in Demut und ein Ausdruck der Bewunderung für einen jungen Künstler war, der für seinen Biografen nichts als Ekel empfunden hatte. Dem dicken Manuskript auf seinem Schreibtisch fehlte nur noch ein angemessener Schluss – die Wahrheit.

Als es draußen klopfte, zog er den Vorhang beiseite und sah aus dem Fenster. Wie vorausschauend von Sally Polk, gerade in diesem Augenblick bei ihm vorbeizukommen.

Oren holte den Karton mit dem Beweismaterial aus dem Kofferraum des schwarzen Taurus, trug ihn die Verandastufen hoch und stellte ihn vor Sally Polk ab. Der Karton war deutlich mit den Initialen der Dienststelle gekennzeichnet, der er gehörte, dem California Bureau of Investigation.

»Sie können sich bei mir bedanken«, meinte Kommissarin Polk. »Ich habe alle Leichen zur Bestattung freigegeben.« Sie setzte sich auf den Schaukelstuhl und nahm ihre Handtasche auf den Schoß. »Und ich habe Miss Winston in der Obhut einer meiner Mitarbeiter gelassen, damit sie diesen Tag übersteht. Der Junge hat Anweisung, Reporter vom Fleck weg zu erschießen.«

»Danke«, sagte Oren. »Dass sie von mir keine Hilfe annehmen würde, habe ich mir schon gedacht.« Den geheimnisvollen Karton, der zwischen ihnen stand, ignorierte er.

Sally Polk schaukelte so gemächlich, wie sie sprach. »Der Richter war da und hat die sterblichen Überreste von Mary Kent verlangt. Wir haben uns sehr angenehm unterhalten.«

»Haben Sie meinen Vater mit Brownies gefüttert?«

»Reichlich. Es war ein nettes *langes* Gespräch. Er macht sich Sorgen um Sie. Henry Hobbs findet, dass Sie dazu neigen, Schuld eher bei sich als bei anderen zu suchen.« Sie öffnete ihre Handtasche und holte ein kleines Notizbuch heraus. »Ich habe hier den vorläufigen Befund der Pathologen in Sachen William Swahn.« Sie schlug eine Seite auf, riss sie aus der Spiralbindung und reichte sie Oren. »Multiple innere Verletzungen, die nicht Folge des Sturzes sind. Der Mann war schon so gut wie tot, ehe Sie die Villa betreten haben.«

»Ich hätte früher da sein können, wenn ich den Anrufbeantworter abgehört hätte, als ...«

»Wörter wie ›hätte‹ und ›würde‹ müssten gesetzlich verboten werden.« Sally Polks Stimme schien keinen Widerspruch zu dulden. »Es war nicht Ihr Verschulden. Einer der Hilfssheriffs hat Cable gestern Abend zu Hause angerufen. Er wohnt nur ein paar Minuten von der Villa entfernt und hätte reichlich Zeit gehabt, diese Leute zu retten. Aber er hat gedacht, ich würde dahinterstecken und ihn aus dem Haus haben wollen, um es durchsuchen zu können. Und natürlich macht Isabelle Winston sich Vorwürfe.«

Oren nickte verständnisvoll. Wie hatte Hannah gesagt? Nach einem Tod meldet sich in der Familie immer das schlechte Gewissen. »Wie ich höre, haben Sie Cable verhaftet?«

»Allerdings weiß ich noch nicht, was ich ihm vorwerfen soll.« Langsam bekam sie es satt, darauf zu warten, dass Oren sich für ihren Karton interessierte, und so bückte sie sich und holte einen großen Asservatenbeutel heraus, in dem ein Bündel aus grasgrünem Segeltuch zu erkennen war. Sie zog es hervor und breitete es auf ihrem geblümten Kleid aus. »Können Sie diesen Rucksack identifizieren?«

»Der von Josh kann es nicht sein, er sieht nicht aus, als wäre er zwanzig Jahre alt.«

»Er war die ganze Zeit in Cables Geräteschuppen. Cable hat ihn behalten, um Ihr Alibi zu stützen – sagt er. Angeblich hat Mrs. Straub zu Protokoll gegeben, dass Sie den besagten Tag bei ihr verbracht haben und Josh allein auf einem Wanderweg unterwegs war.«

Oren schwieg und wartete auf die Widerlegung von Evelyns Lüge.

Sally Polk stopfte das grüne Segeltuchbündel wieder in den

Asservatenbeutel. »Der Sheriff sagt, dass er diesen Rucksack nicht weit von Mrs. Straubs Blockhaus entfernt gefunden hat, aber dafür habe ich nur sein Wort. Er hat mich die halbe Nacht belabert.« Sie lächelte kurz. »Und er hat Sie verpfiffen.«

»Er hat Ihnen also gesagt, dass ich die rote Akte an mich genommen habe.«

»Genau die Akte, die Mrs. Straubs Aussage enthält.«

Oren zuckte nur die Schultern. »Wenn das alles ist…«

»Nicht ganz. In der Akte waren noch mehr Vernehmungsprotokolle, hat er gesagt. Isabelle Winston hat Ihnen ein zweites Alibi gegeben. Also rettet eine Aussage Ihnen den Arsch, zwei aber bringen Sie an den Galgen. Gut, dass der Sheriff den Rucksack behalten hat, der Mrs. Straubs Aussage bestätigt. Nur schade, dass er ihn nicht als Beweismaterial zur Verfügung gestellt hat.« Sie steckte die Klarsichttasche zurück in den Karton, der neben ihr stand. »Er hat mir auch verraten, wieso er Joshs Knochen bei Ihrem Vater deponiert hat.« Sie griff nach einem kleineren Asservatenbeutel, legte ihn dann aber ungeöffnet wieder zurück.

»Der Sheriff hatte die Knochen offenbar als Köder verwenden wollen«, fuhr sie fort, »um Sie nach Coventry zurückzulocken, wo Sie vermutlich unter Verdacht geraten wären. Mit Mrs. Straubs Aussage und dem Rucksack hätte er dann durchaus etwas anfangen können. Ob der Sheriff bei Ihrem Vater Geld dafür herausschlagen wollte, vielleicht, um später mal seine Pension aufzubessern?«

Oren fand Sally Polks Logik bewundernswert, schüttelte aber den Kopf. »Schon mal was von Hanlon's Razor gehört? Der Spruch geht so: Nimm niemals Böswilligkeit an, wenn Dummheit hinreichend ist.«

»Amen«, bestätigte die Kommissarin. »Mit Dummheit ist Cable Babitt wahrhaftig reichlich gesegnet.« Sie schlug auf die Lehne des Schaukelstuhls. »Gut, belassen wir's dabei. Aber seine Dienststelle muss trotzdem genau unter die Lupe genommen werden. Es wird eine Weile dauern, all das in Ordnung zu bringen, was er vergeigt hat.« Sie öffnete ihre Handtasche und sah ihn mit allmählich immer breiter werdendem Lächeln an. »Ich brauche einen Unbeteiligten als Interimssheriff.« Sie holte einen Umschlag heraus und reichte ihn Oren. »Vom Justizministerium.«

»Ich will den Job nicht.«

»Aber Sie werden ihn annehmen.« Der Verschluss ihrer Handtasche klickte. »Meine Trumpfkarte ist Hannah Rice.« Sie zog siegessicher die Augenbrauen hoch und wartete auf seine Reaktion.

Darauf konnte sie lange warten.

Er hatte gewusst, dass dieser Tag kommen würde, so weit kannte er Sally Polk schon. Hannah war seine einzige Schwachstelle, und er sorgte sich um diese kleine Geisel, ließ sich aber nichts anmerken.

»Coventry ist eine überraschend schillernde Stadt.« Sally Polk ließ den Blick über die Wiese streifen. Der Schaukelstuhl bewegte sich, Wolken zogen vorüber. »Mit jeder Menge verdächtiger Personen, wie zum Beispiel Ihrer Haushälterin. Ihr Leben lang ist sie unter dem Radar geflogen. Kein Führerschein, keine Sozialversicherungsnummer. Eine Stelle als Haushaltshilfe dürfte der einzige Job gewesen sein, den sie bekommen konnte. Klingt nach einer Frau auf der Flucht. Ich könnte der Sache nachgehen – oder es lassen.«

»Niemand in Coventry würde von Hannah etwas Schlechtes glauben, selbst wenn es stimmen sollte. Und Sie bluffen doch nur.«

»Stimmt.« Sie gab verdächtig schnell nach. »Ich habe nämlich schon recherchiert. Für eine Frau dieses Namens gibt es nirgends irgendwelche Unterlagen. Es ist ein Deckname. Wetten, dass Sie das nicht gewusst haben? Ihr Vater wusste es jedenfalls nicht.«

»Er wollte es auch gar nicht wissen.«

»Und Sie – wollen Sie nicht wissen, was sie angestellt hat?«

Beide schwiegen, ließen eine Sekunde um die andere verstreichen. Dann hatte Oren den Wettstreit im Warten, im Starren und im Lächeln gewonnen.

»Also schön: Ihre Haushälterin wird nicht per Haftbefehl gesucht.« Sally Polk bückte sich noch einmal zu ihrem Karton. »Zum Glück habe ich immer zwei Asse im Ärmel.« Sie zog einen zweiten, kleineren Asservatenbeutel heraus. Der metallische Gegenstand, der darin steckte, war teilweise durch Papiere verdeckt. »Cable glaubt, dass Ad Winston die Touristin und Ihren Bruder umgebracht hat, deshalb kann es nicht stimmen. Meine Leute haben festgestellt, dass vor Kurzem hinter dem Stall der Winstons gegraben wurde. Das hier hat man in der Erde gefunden.«

Der Beutel war schwer. Als Oren ihn umdrehte, sah er auf eine verrostete und schmutzverkrustete Kamera.

»Die wenigsten Markierungen sind noch zu erkennen«, sagte Sally Polk, »aber ich weiß, dass es eine alte Canon FTB ist. Im Labor können sie den Rest der Seriennummer feststellen. Der Stempel geht tiefer als der Rost. Aber das wussten Sie ja. Sie sind Polizist.« Sie holte einen Sheriffstern aus ihrer Tasche. »*Mein* Polizist.« Sie polierte den goldenen Stern mit dem Saum ihres Blümchenkleides.

»Sie glauben also, dass die Kamera erst kürzlich hinter dem Stall vergraben wurde?«

»Vielleicht war sie vorher woanders versteckt.« Sie hielt den Sheriffstern hoch und bewunderte seinen Glanz. »Sie muss schon lange in der Erde gelegen haben. Ich habe sie einem Fotografen gezeigt, einem berühmten Mann, der hier in Coventry ein Sommerhaus hat. Allzu viel konnte er diesen kleinen Zahlen auf dem Objektiv nicht entnehmen, immerhin aber hat er festgestellt, dass die … wie sagt man …«

»Die Blende?«

»Genau. Dass die Blende niedrig war. Der Blendenring war

also weit offen und die Verschlusszeit so lang, dass ein Profi gerade noch ohne Stativ fotografieren konnte. Alle beweglichen Teile der Kamera sind festgerostet. Wenn wir annehmen, dass niemand die Einstellungen geändert hat, muss Joshs letzte Aufnahme irgendwo im Schatten entstanden sein.«

»Tief im Wald«, sagte Oren. »Nicht auf der Lichtung. Dank des Rucksacks wissen wir, dass er auf dem Wanderweg in der Nähe des Blockhauses war.«

Sie nickte. »Aufgrund der Blende und der damit einhergehenden geringen Tiefenschärfe wissen wir außerdem, dass der Junge wenige Meter von dem entfernt war, was er aufnehmen wollte.«

Und Oren wusste, dass sein Bruder nur Fotos von Personen machte.

Sally Polk nahm ihm den Beutel ab. »Ich habe noch mehr.« Sie schlug die Deckelhälften des Kartons zurück, so dass Oren die Fotos aus Swahns Sammlung sehen konnte. Auf einem Stapel von Aktenhaltern lag ein dickes, mit einem Gummiband zusammengehaltenes Manuskript, auf dem der Name Ferris Monty stand und das mit unzähligen Post-its gespickt war.

Sie schloss die Kartondeckel wieder. »Könnte eine spannende Lektüre werden. Fehlt nur noch ein Verdächtiger – und die rote Akte.«

Oren war mit der Durchsuchung der Dunkelkammer fertig. Als Nächstes wollte er sich die andere Seite des Speichers vornehmen, wo Koffer und Kisten sich bis zu den Dachbalken türmten. Er war gerade in die Hocke gegangen, um eine alte Lagerkiste zu öffnen, als er es auf der Treppe rumpeln hörte. Er stand auf und sah, wie Hannah die Treppe hinaufstieg und seinen Koffer hinter sich herzog.

»Du hast ja viel mehr Kraft, als man dir zutraut.« Er eilte ihr entgegen, um ihr die Last abzunehmen. Jetzt, nachdem sie seine Zivilkleidung ausgepackt hatte, kam ihm der Koffer überraschend leicht vor. Er enthielt nur noch zwanzig Jahre seines Lebens, eine Paradeuniform, seine Orden und Ehrenzeichen und als einzige persönliche Gegenstände Hannahs Briefe.

»Was machst du hier oben?« Sie sah mit großen Augen auf das Durcheinander jenseits der offenen Tür zu Joshs Dunkelkammer. »Suchst du immer noch nach diesen Fotos? Hast du was gefunden?«

Er setzte den Koffer ab. »Ich werde sie nie finden, Hannah, nicht wahr?«

Sie tat, als hätte sie seine Frage nicht gehört. »Du wirst doch hoffentlich nicht den Richter damit behelligen …«

»Nein, das bleibt unter uns.«

»Gut.« Sie nahm den Ledergriff und schleifte den Koffer in den dunklen Teil auf der anderen Seite des Dachbodens.

Um ihn zu verstecken?

»Warum so eilig?«, fragte Oren. »Das hätte doch noch Zeit gehabt.«

Sie richtete sich auf und verschränkte die Arme. »Sag mir eins, Oren. Wie sehr fehlt dir die Army?«

Er zögerte einen Augenblick, dann griff er zu der harmlosesten Lüge, die ihm einfallen wollte. »Niemandem fehlt die Army, Hannah.«

»Dann räumen wir am besten all diese alten Erinnerungen weg.« Sie bückte sich wieder nach dem Koffergriff.

»Moment mal.« Er hockte sich neben den Koffer. »Ich will nur noch rasch eine Kleinigkeit nachsehen.« Er klappte den Deckel auf und kramte herum, bis er einen Packen Briefumschläge gefunden hatte. Die Adressen trugen Hannahs Handschrift.

»Du hast meine Briefe aufgehoben«, sagte sie. »Wie lieb von dir.«

»Nicht alle, nur die neuesten … aber das wusstest du ja schon.«

Er lächelte. Sie lächelte. Das Spiel konnte beginnen.

Oren blätterte den Packen durch und las die Poststempel. Er zog einen Brief aus dem Umschlag und überflog die ersten Zeilen. »Das ist er. Deshalb hattest du es so eilig, meinen Koffer hier oben verschwinden zu lassen.«

Sie hätte ihn nicht einfach verstecken können, so wie sie es vermutlich mit den Abzügen von Joshs letztem Rollfilm getan hatte. Wenn Briefe aus diesem Koffer fehlten, ließ sich das nicht so ohne Weiteres erklären. Er schwenkte den Bogen wie eine Fahne. »Das ist der Brief, mit dem du mich nach Hause gelockt hast.«

Sie schüttelte scheinbar ratlos den Kopf – als könne es so etwas wie eine ratlose Hannah überhaupt geben. »Der liegt eine Weile zurück. Ich weiß, dass ein ganzes Bündel Briefe nötig war, um dich herzuholen.«

»Dieser Brief ist Wochen, ehe der erste Knochen auf der Veranda landete, zur Post gegangen.« Oren hielt den Umschlag hoch, um ihr den Poststempel als Beweis zu zeigen. »Es kann kein Zufall sein, dass du mich gebeten hast heimzukommen, als ...«

»Ach, *das* meinst du.« Sie lächelte. »Den Brief habe ich geschrieben, als Sarah Winstons Tochter wieder in Coventry war. Es sah aus, als würde sie diesmal eine Weile bleiben. Sie war nicht verheiratet, du warst nicht verheiratet ...«

»Du willst mir doch nicht erzählen, dass es dir nur darum ging, uns zu verkuppeln?«

»Na schön, dann nicht.« Gekränkt ging sie zum Treppenhaus und klapperte lauter als notwendig mit ihren Holzpantinen, während sie hinunterlief. Sie hatte es so eilig, dass sie weit vor Oren im Erdgeschoss ankam.

Und dort endete die Vernehmung von Hannah Rice.

Im Wohnzimmer saß der Richter und passte dem gelben Streuner ein Halsband an. »Wir brauchen einen Namen für ihn«, sagte er zu Hannah. »Hast du eine Idee?«

»Erst mal habe ich eine andere Idee«, erwiderte sie, und der

Richter sah gelassen zu, wie Hannah den ausgestopften Horatio aus dem Zimmer, über den Flur in Richtung Hintertür schleppte.

Henry Hobbs drängte seinen Sohn, ihm ein paar Vorschläge für Namen zu nennen. So gelang es Oren erst am Gartenschuppen, Hannah wieder einzuholen.

Sie reichte ihm eine Schaufel. »Sag mir, wann das Loch tief genug ist.«

Dann lief sie über den Gartenweg zurück. Oren rannte hinter ihr her, packte sie von hinten bei den Schultern und flüsterte ihr ins Ohr: »Hannah, du weißt, wer Josh umgebracht hat. Ich kann dir sogar sagen, wann du darauf gekommen bist: an dem Abend, als du nach der Séance noch einmal zurückgefahren bist, um mit Evelyn zu reden. Sie hat mir von der Touristin in dem gelben Regenmantel erzählt, einer Frau mit hellblondem Haar, die an dem Tag in ihrem Blockhaus war, als Josh …«

»Das hätte Evelyn nicht tun dürfen.«

»Du hattest es ihr verboten. Du hattest Angst, ich könnte dann mein Alibi los sein, das du mir mit so viel Mühe beschafft hast. Jetzt ist es weg, Hannah. Gestern Abend auf dem Ball habe ich Evelyns Aussage zerrissen und sie ihr zurückgegeben. Jetzt hängt also viel von den Fotos ab, die Josh an seinen letzten Tagen aufgenommen hat. Es hat offenbar einige Anstrengung gekostet, sie zu verstecken, sie müssen also wichtig gewesen sei. Ich brauche sie. Wo sind sie?«

Sie fuchtelte hilflos mit den Händen, die Stimme versagte ihr.

Der Anstand verbot die Frage, die so offenkundig war: *Hannah, was hast du getan?*

32

Evelyn Straub begleitete ihren Besucher in den kleinen Kellerraum unter dem Blockhaus, wo zwei bejahrte Fernseher einen Tag und eine Nacht lang gelaufen waren, um die Videos der Séancen der letzten Jahre zu zeigen. An der hinteren Wand, wo die Videokassetten zuvor dicht an dicht gestanden hatten, klafften jetzt überall Lücken. Die fehlenden Kassetten waren auf dem Fußboden zwischen zwei Korbstühlen gestapelt. Evelyn hielt eine in der Hand und zögerte, sie einzulegen. Die Trauer der jungen Frau neben ihr war erst wenige Tage alt, noch frisch. »Willst du dir das wirklich antun?«

Isabelle nickte.

Evelyn schob die Kassette ein und drückte die Playtaste. Sarah Winston hatte ihren Platz am Ouijabrett eingenommen. Sie war die Erste unter den Spielern, die von Mord gesprochen hatte.

»Ich rechne jeden Tag damit, dass Sally Polk mit einem Durchsuchungsbefehl hier aufkreuzt. Ich dachte, dass du vorher vielleicht gern die Bänder mit deiner Mutter an dich nehmen würdest – um sie zu behalten oder um sie zu verbrennen.«

Am Abend zuvor hatte sich Oren Hobbs dafür starkgemacht, diese Beweise schuldhaften Wissens zu vernichten, und Evelyn hatte sich gefragt, warum. »Nur der Ordnung halber«, hatte er zu ihr gesagt. Womit hatte er den Ermittlungen von Kommissarin Polk sonst noch Sand ins Getriebe geworfen?

Isabelle trat so nah an den Fernseher heran, als wollte sie zu ihrer toten Mutter in den Kasten kriechen. Ihre Fingerspitzen berührten das trennende Glas.

Auf dem Bildschirm stellte Sarah Winston dem verschwundenen Jungen weinend eine Frage. »Hast du gelitten?«

Isabelle wartete, bis die Spieler am Tisch einen Buchstaben nach dem anderen ausgesprochen hatten, und setzte sie flüsternd zu Joshs Antwort zusammen: *»Den ganzen Tag.«*

Beim Kaffee sprachen Hannah und der Richter über die lange überfällige Bestattung von Horatio. Durchs Küchenfenster sahen sie Oren in einem kleinen gelben Traktor vorbeifahren. Vorn an der lärmenden Maschine war ein langer Metallarm mit einem mechanischen Gelenk und einer gezahnten Baggerschaufel befestigt.

Henry Hobbs runzelte die Stirn. »Gehört der Bagger nicht auf den Friedhof?«

»Oren bringt ihn bestimmt gleich zurück«, sagte Hannah.

»In der guten alten Zeit haben wir unsere Haustiere mit der Schaufel begraben, weißt du noch? Was hat der Junge mit dem Ding da vor?«

»Ich hab mir gedacht, dass wir Horatio unten am Gartenschuppen begraben. Und Oren ist kein Junge mehr.« Sie lächelte dem gelben Streuner zu, der unter der Tür wartete, weil er immer noch Hemmungen hatte, einen Raum ohne Aufforderung zu betreten. »Aber warum nennen Sie nicht den Hund einfach Junge oder, sagen wir, Boy?«

»Komm her, Boy«, sagte der Richter, und der Hund lief zu ihm, um sich streicheln, sich hinter den Ohren kraulen zu lassen und dem Richter das Gesicht zu lecken. »Du heißt jetzt Boy.« Henry Hobbs sah aus dem Fenster und verfolgte mit dem Blick den Weg des Baggers in Richtung Gartenschuppen. »Das Grab müsste eigentlich höher liegen und näher am Haus sein, nach dem Frühlingsregen steigt der Grundwasserspiegel.«

»Ich sag's Oren.« Hannah drückte dem Richter die Autoschlüssel in die Hand. »Können Sie nach Saulburg in die Bäckerei fahren und eine Torte abholen? Eine Sonderanfertigung mit Horatios Namen drauf.«

»Eine hübsche Idee. In einer Stunde bin ich wieder da.«

O nein, das werden Sie nicht.

»Ich brauche noch ein paar Sachen.« Sie schrieb eine Liste für den Supermarkt von Saulburg und einige andere Geschäfte, in denen lange Warteschlangen garantiert waren.

Als der Wagen des Richters nicht mehr zu sehen und der Lärm des Baggers verstummt war, griff sie zum Telefon. Dann klebte sie einen Zettel an die Haustür und lief zum Gartenschuppen, wo seit zwei Tagen der tote Horatio geduldig wartete.

Weder der Bagger noch Oren waren zu sehen. Die Grube war annähernd quadratisch, knapp einen Meter fünfzig breit und gut einen Meter fünfzig lang, aber übertrieben tief, wenn man nur einen Hund begraben wollte. Der Erdaushub war fast so hoch, wie Hannah groß war. Sie spähte über den Rand der Grube und sah tief unten ihr schlammiges Spiegelbild. Aber Oren war nicht etwa auf eine Wasserader gestoßen. Am Schuppen lag aufgerollt ein Gartenschlauch mit tropfendem Endstück.

Der gelbe Hund tappte über den Gartenweg, blieb neben Hannah stehen und leckte ihr die Hand. Mensch und Tier hoben den Kopf, als sie das Auto kommen hörten. Es rollte die Einfahrt hinauf und verschwand hinter dem Haus. Der Motor verstummte. Der Fahrer würde Zeit brauchen, um die Verandastufen heraufzusteigen und den Zettel an der Haustür zu lesen. Hannah verfolgte den Sekundenzeiger, der langsam über das Zifferblatt ihrer Uhr wanderte.

Auch der Hund wartete angespannt, schnupperte in den Wind und nahm die Witterung eines Mannes auf.

Der Hilfssheriff kam um die Hausecke. Es war sein freier Tag – keine Uniform, kein Stern, keine Waffe. »Du hast dich am Telefon ein bisschen unklar ausgedrückt, Hannah.« Dave

Hardy war unrasiert und schlecht gelaunt, weil man ihn an einem Morgen, an dem er hatte ausschlafen wollen, aus dem Bett geholt hatte. Die Augen hinter der Sonnenbrille versteckt, kam er über den Gartenweg und blieb am Rand der frisch ausgehobenen Grube stehen. »Was macht ihr denn da?«

»Ich hab gedacht, dass wir heute Horatio begraben.«

Er wandte sich den beiden Tieren zu, dem wie schlafend daliegenden ausgestopften Irish Setter und dem lebendigen gelben Hund, der sich dicht an Hannahs Seite drückte. Dann sah er in die klaffende Öffnung. »Da ist für zehn Köter Platz.«

»Ja, ich habe auch gestaunt, wie tief sie geworden ist.« Hannah legte den Kopf schief. »Wenn ich sie mir so ansehe, glaube ich eher, dass Oren sie für dich gegraben hat.«

Der Hilfssheriff erstarrte für einen kurzen Augenblick. Dann wandte er sich mit einer hölzernen Bewegung dem Haus zu, wahrscheinlich, um in die hinteren Fenster zu spähen, drehte sich langsam weiter und ließ den Blick über die Wiese und den Waldrand streifen. Als er sich wieder Hannah zuwandte, sah sie ihr Spiegelbild, zwei winzige Hannahs, in seiner Sonnenbrille.

»Oren weiß, dass du seinen Bruder umgebracht hast.« Und jetzt wiederholte sie die Frage, die sie ihm am Telefon gestellt hatte: »Wie schnell kannst du rennen, Dave?«

Der zwang sich zu einem Lächeln. »Soweit ich gehört habe, ist Josh gestorben, weil er den Mord von Ad Winston an der Touristin mit angesehen hat. Ad hat einfach die Falsche erwischt – eine Frau mit der gleichen Haarfarbe wie seine Frau.«

Freundlich verbessernd und ohne Zorn sagte sie: »*Du* hast die Falsche erwischt.« Sie griff in die tiefen Taschen ihres Jeanskleids und legte die Hand um ein paar alte Fotos. »Millard Straub hat dich dafür bezahlt, seine Frau zu töten.«

Dave straffte sich und rollte mit den Schultern. »Niemand hätte die Touristin mit Mrs. Straub verwechseln können. Die Haarfarbe stimmte nicht.«

»Die Touristin hätte ebenso gut eine Glatze haben können. Sie trug einen gelben Regenmantel. Die Kapuze verdeckte ihr Haar, als du ihr von hinten mit einem Stein den Schädel eingeschlagen hast.«

Dave Hardys Kopf schnellte nach hinten, als hätte sie ihn geohrfeigt.

Hannah holte ein Foto aus der Tasche. Es war nur ein Schnappschuss aus Horatios Welpenzeit, aber als Requisit musste er reichen. Sie sah auf das Bild und konzentrierte sich auf die Erinnerung an eines anderes, längst vernichtetes Foto. Und dann log sie zum ersten Mal. »Das ist eine Aufnahme von dir, Dave.«

Er nahm die Sonnenbrille ab, weil er ihr in die Augen sehen wollte. In seiner Stimme schwang eine Warnung. »Erzähl mir nicht, dass sie von dem Film in Joshs Kamera ist.« Irrtum, sagte sein Grinsen, ich weiß es besser.

»Du meinst den Film, den Josh an dem Tag in der Kamera hatte, als du ihn umgebracht hast? Nein, den hast du von der Spule gezerrt und dabei zerrissen.«

Das Grinsen war ihm abhandengekommen, die Sonnenbrille fiel ihm aus der Hand.

Der gelbe Hund lag reglos da und bleckte die Zähne.

Hannah hielt das Foto hoch und zeigte Dave die Rückseite. »Das stammt von einem Film, den Josh geknipst hat, ehe du ihn umgebracht hast. Ich habe die Filmrolle in seinem Sockenfach gefunden. Dieser Junge und seine Geheimnisse …«

Dave stand fluchtbereit am Rand der Grube, aber beim Anblick des geduckten Hundes überlegte er es sich anders. Und dann brachte ihn Hannah mit einem kleinen Zauberkunststück aus der Fassung – ein zweites Foto war urplötzlich in ihrer Hand aufgetaucht. »Hier sieht man, wie du Evelyn Straub auf einem Straßenfest nachstellst.« Sie holte drei weitere Fotos heraus, die sich auf wunderbare Weise zu einem einzigen zusammenfügten. »Auf dieser Aufnahme drehst du dich um und siehst, wie Josh seine Kamera auf dich gerichtet hat. Du warst echt sauer! Josh war dir gefolgt, du konntest Evelyn also nicht umbringen. Nicht an dem Tag.«

Vorsichtig, um den Hund nicht aufzuschrecken, bewegte sich Dave am Rand der Grube entlang, um an Hannah heranzukommen. Knirschend zerbrach die Sonnenbrille unter seinem Fuß. Er hob die rechte Hand.

Um Hannah etwas wegzunehmen oder gar, um sie zu schlagen?

Der Hilfssheriff erstarrte. Er sah den geduckten Hund an, die gefletschten Zähne. Mit einem Bellen als Warnung durfte er nicht rechnen. »Ich war in jenem Sommer noch ein Kind. Auftragskiller sehen anders aus. Warum ...«

»Du warst der ideale Mann für den Job, denn du warst damals schon ein Schlägertyp. Und niemand in Coventry hasst Frauen so sehr wie du. Wer hätte das besser gewusst als Millard Straub? Du hast täglich nach der Schule in seinem Hotel gearbeitet. Er war deinem Vater sehr ähnlich in seiner Bosheit, seiner Grausamkeit, fast wie ein zweiter Daddy.«

»Ich habe den Alten gehasst.«

»Aber sein Geld hast du geliebt. Er hat dich dafür bezahlt, seiner Frau nachzuspionieren, stimmt's? Auf diese Weise hat er erfahren, dass sie ihn betrog. Aber er hat nie versucht, Evelyn zu enterben, das hatte er nicht nötig. Er hat sich einfach einen Killer gemietet, einen Jungen, der die Sache billig erledigen würde.«

»Keiner hat mich bezahlt, um ...«

»Ich wette, dass du es auch umsonst gemacht hättest, aber du hast Geld dafür bekommen. Millard hatte einen Packen Geldscheine im Hotelsafe. Der war weg, als du Coventry verlassen hast. Evelyn hat gedacht, du hättest das Geld gestohlen, und das hat sie auch dem Sheriff gesagt, aber Millard hat noch am gleichen Tag die Anklage fallen lassen.«

Hannah nahm immer mehr Fotos zur Hand, fächerte sie auf

wie Spielkarten und sah sie an, ohne sie wahrzunehmen. Sie rief sich Erinnerungen an andere Fotos ins Gedächtnis. »Diese Aufnahme hat Josh in der Umkleide gemacht, an dem Abend, als du über ihn hergefallen bist. Wie wütend du aussiehst. Du wolltest nicht, dass er dir ständig nachläuft. Du hattest zu tun, du musstest eine Frau umbringen.«

Dave verschränkte die Arme, sein Lächeln wirkte verzerrt. »Diese Aufnahmen sind wertlos, Hannah.«

»Meinst du?« Sie schüttelte den Kopf. »Zuerst wollte ich sie verbrennen.« Sie hatte die Fotos tatsächlich verbrannt – alle bis auf das eine, das sie Oren zu seiner Heimkehr geschenkt hatte. Von dem Bild der beiden Brüder hatte sie sich nicht trennen können. »Hier ist alles drin«, schwindelte sie und blätterte die Fotos durch wie die Seiten eines Buches. »Wie eine Geschichte. Für Josh gab es nur einen Grund, Menschen nachzustellen. Er wollte eine Aufnahme von deinem Geheimnis, und mehr brauchte sein Bruder nicht zu wissen. Als Oren noch ein Junge war, hatte ich große Angst, er würde diese Fotos zu Gesicht bekommen und dich erschlagen. In der Highschool hätte er dich fast umgebracht … damals in der Turnhalle.«

Seufzend steckte sie die Fotos wieder ein. »Jetzt ist es passiert, er hat sie gesehen – und er ist hochgefährlich. Ich habe versucht, dich zu warnen.«

»Hannah, wo ist Oren?«

»Hinter dir.«

Dave Hardy hatte keine Zeit mehr, sich umzusehen. Er ruderte mit den Armen, stürzte und landete auf den Füßen, bis zu den Knien im Wasser. Die Wände der Grube waren glitschig. Dave griff nach einer nassen Baumwurzel, die ihm durch die Finger glitt. Er verlor den Halt und rutschte ab. Seine Kleider waren klatschnass, Gesicht und Haar schlammbespritzt. Er blickte auf und sah nur ein leeres Stück blauen Himmel. »Verdammt, ich hätte mir die Beine brechen können!«, brüllte er.

Das Wasser war eiskalt. Er klapperte mit den Zähnen und zitterte am ganzen Körper.

Es war nicht einfach, sich in diesem feuchten Verlies aufzurichten, und die nassen Bluejeans zogen ihn nach unten. Zweimal rutschten seine Füße ab, ehe es ihm gelang. Mit dem Rücken an eine der Grubenwände gelehnt, reckte er den Hals, sah aber nur den hohen Erdhaufen am oberen Rand, den er auch mit ausgestreckten Armen nicht erreichen konnte. Er versuchte es mit einem Sprung, wobei Schuhe und Socken im Schlamm stecken blieben, und sah kurz Oren Hobbs, der ihm den Rücken zugewandt hatte und gerade eine Schaufel in den Aushub stieß.

Hannahs Kopf erschien in dem blauen Quadrat über ihm. »Du hättest wegrennen sollen«, sagte sie besorgt. »Ich hatte dich gewarnt.« Sie trat zurück, als eine Schaufelladung Erde auf Dave Hardy herunterprasselte.

»Hey!« Er streifte die lose Erde von seinen Kleidern, einige Klumpen blieben in seinem nassen Haar kleben. Als er erneut den Kopf hob, um zu protestieren, landete die nächste Ladung Erde in seinem Mund. Er spuckte aus und rieb sich die Augen. »Hör auf damit.« Als er die Hände hob, um die nächste Ladung abzuwehren, sah er zum ersten Mal Orens Gesicht. Es war eiskalt, die Augen leblos, der Blick einer Maschine, die nichts weiter konnte, als eine Schaufel zu heben und …

Platsch!

Mit bloßen Füßen verlor der Hilfssheriff die Bodenhaftung, rutschte an der glitschigen Wand nach unten und landete hart auf seinem Hinterteil. Schlotternd vor Kälte schlang er die Arme um seine Knie und senkte den Kopf, als die Schaufel in der blauen Öffnung erschien. Schmutz rann aus seinem Haar ins Wasser. Er sah ins Licht und schrie: »Hannah! Pfeif ihn zurück.«

Oder schalt ihn ab. Schalte das *Ding* mit der Schaufel ab.

»Ich hab's versucht, aber es hat keinen Zweck.« Hannah

lehnte sich über den Rand der Grube. »Oren weiß, dass Josh und die Touristin in der Nähe von Evelyns Blockhaus gestorben sind.«

»Was? Das Grab war auf der Lichtung. Von wegen in der Nähe des Blockhauses.« Dave sah die Schaufel zu spät, um den Kopf einzuziehen. Er würgte, und sein Frühstücksbier kam ihm hoch. Der stumme Schaufler arbeitete in einem gelassenen Rhythmus. Schaufel einstechen, heben und *platsch*.

»Josh und die Frau sind auf dem alten Wanderpfad gestorben.«

Ehe er fragen konnte, woher Hannah das wusste, hatte sie seine Gedanken gelesen. »Oren hat es mir erzählt«, sagte sie. »Er hat sich den ganzen Tag und die ganze Nacht Videos der Hexenbrettspieler angesehen, stundenlang, ohne zu schlafen.«

Daves Gesicht war eine Maske aus Schlamm. »Die *Hexenbrettspieler*? Spinnst du?« Wieder traf eine Ladung Erde sein Gesicht, blendete ihn und drang in seinen Mund. Er erbrach seine letzte flüssige Mahlzeit, und die Grube roch nach Bier und Galle. Als er sich die Augen ausgewischt hatte, war Hannah verschwunden. »Nein«, rief er ihr nach. »Lass mich nicht allein.«

Lass mich nicht allein mit Oren, mit dem wahnsinnigen Oren …

Mühsam rappelte er sich auf und stützte sich mit eiskalten Händen an den glitschigen Wänden ab. Hannah stand neben dem Mann mit dem leeren Blick, der wie ein Roboter arbeitete, um die Grube zuzuschütten. Schaufel einstechen, hochheben und …

Hannah kniff die Augen zusammen, als versuchte sie diesen menschlichen Automaten deutlicher zu erkennen. »Ich glaube, Oren hört mich nicht mehr.«

Platsch.

Sie hockte sich an den Rand der Grube. »Die Hexenbrettspieler wussten alles, zwar nur bruchstückhaft, aber Oren hat gut kombiniert …«

»Hilf mir.« Ein kühler Wind strich über seinen nassen Körper. Seine Zähne schlugen zusammen, seine Hände zitterten. »Ich weiß, dass du an diesen Scheiß von den Séancen nicht glaubst, Hannah.«

»Oren schon.« Sie betrachtete ihn mitleidig. »Er weiß, dass du an jenem Tag zum Blockhaus gegangen bist. Du hast eine Weile gewartet, um sicherzugehen, dass Evelyn allein war. Es regnete, als du eine Frau aus der Hintertür hast kommen sehen, eine Frau in gelbem Regenmantel. Und du hast geglaubt, Evelyn zu verfolgen.« Sie wich zurück, als die nächste Ladung geflogen kam.

»Hannah!«, schrie er.

»Josh ist dir gefolgt.« Ihre Stimme war jetzt hinter ihm. Er fuhr herum, die nackten Füße rutschten im Schlamm aus. Seine Finger verkrallten sich in die Wände, ließen Rillen zurück, als er in das eisige Wasser klatschte. Er blickte auf und sah erneut in Hannahs Gesicht in dem blauen Himmelsquadrat.

»Josh hat gesehen, wie du die arme Frau umgebracht hast. Aber Oren sagt, dass sein Bruder keine Aufnahme von dem Mord gemacht hat. Stimmt das, Dave?«

Die Schaufelgeräusche verstummten.

Hannah beugte sich hinab und sah Dave Hardy ins Gesicht, als stünde dort eine Antwort geschrieben. Dann nickte sie vielsagend. »Du wusstest nicht, dass Josh hinter dir war. Noch nicht. Er hätte sich umdrehen, weglaufen und sich retten können. Mein Josh konnte so schnell rennen, dass du ihn nie erwischt hättest.«

Dave drehte den Kopf. Über dem Rand der Grube sah er den Griff der Schaufel, der in dem Erdhaufen steckte. Auch Oren, der Roboter, hörte Hannah zu.

»Josh brauchte Zeit, um alles für die Aufnahme vorzubereiten«, sagte sie. »Wortlos sah er auf seine Kamera herunter, um die kleinen Zahlen an dem Objektiv einzustellen. Dann blickte er auf, um die Entfernung abzuschätzen, und wartete. Du hast die Leiche herumgedreht und gesehen, dass du die Falsche umgebracht hattest. Dein Gesichtsausdruck, ein Stein in deiner Hand, die starr auf dich gerichteten Augen der Toten – Josh konnte nicht anders, er musste diesen Augenblick festhalten. Keine Macht auf Erden hätte ihn aufhalten können. Du hast die Kamera klicken hören.«

Platsch! Einstechen, heben – platsch!

»Hol Hilfe, Hannah!«, bettelte Dave mit gebrochener Stimme. *O Himmel, lass mich nicht allein!*

Sie beugte sich über den Rand. »Ich sagte dir doch, dass Oren die Videos von den Séancen gesehen hat. In dem Jahr, in dem du nach Coventry zurückgekommen bist, warst du zum ersten Mal bei einer Séance im Wald. Jeder aus der Stadt ist ja mindestens einmal dort gewesen. Damals habe ich mir nichts dabei gedacht.«

»Der Sheriff hat mich hingeschickt, ich sollte nachschauen, was mit dieser Hellseherin war.«

»So hat sich das auch Evelyn erklärt. Ein verdeckter Ermittler – auf so eine bescheuerte Idee konnte auch nur Cable Babitt kommen. Aber Oren sagt, dass du dich nicht wie ein solcher benommen hast. Du hast dich nicht unter die Spieler gemischt, sondern dich in der dunkelsten Ecke versteckt und zugehört. Hattest du Angst, die Botschaft eines toten Kindes könnte dich verraten?« Hannah lächelte ohne eine Spur von Heiterkeit. »Bekommst du es jetzt mit der Angst zu tun?«

Platsch!

»Hannah!«

»Ich habe versucht dir zu helfen«, kam ihre körperlose Stimme von oben. Dann sah er wieder ihr Gesicht, aber jetzt blickte sie den Wahnsinnigen mit der Schaufel an. »Du hättest rennen sollen. Oren weiß, dass Josh langsam gestorben ist. Du hast seine Schmerzen über einen ganzen Tag in die Länge gezogen.« Sie trat zurück.

»Lass mich nicht allein, Hannah!« Er versuchte, auf die Füße zu kommen. Halb gebückt hob er die Arme, um die nächste Ladung Erde abzuwehren. Wenn es ihm nicht gelang sich aufzurichten, würde er in diesem stinkenden Loch sterben. Mit jeder Schaufel Erde wurde das Schlammwasser dickflüssiger. Wie lange würde er noch die Füße heben können, ehe sie endgültig im Moder stecken blieben? »Hannah!«

Die Wände schienen näher zu rücken und ihn zu ersticken. Als er aufsah, kam ihm der verrückte Gedanke, dass das kleine blaue Himmelsquadrat über ihm immer kleiner wurde, immer weiter wegrückte. Aus dem Haar tropfte ihm Schlamm in die Augen. Es wurde dunkel.

Der gelbe Hund sah knurrend und mit angelegten Ohren über den Rand.

Oren roch Pisse und Scheiße und Erbrochenes. Der Hund roch Angst.

Der Mann in der Grube hatte sich wieder gefangen. Er griff erneut nach der Baumwurzel, grub sich mit den nackten Zehen in die schlammige Wand, verzweifelt nach Halt suchend. Um die Wurzel herum brach die Erde ein, und Dave Hardy stürzte, von einem kleinen Erdrutsch halb begraben. Oren beobachtete, wie der Hilfssheriff ruderte und strampelte, aber nur noch die Arme befreien konnte. Seine Beine blieben unbeweglich. So schnell, wie er sich mit panischen Bewegungen von der Erde befreite, so schnell sorgte Oren für Nachschub.

Platsch, platsch, platsch.

Oren ließ die Schaufel sinken und trat zur Seite, während Hannah sich über den Rand beugte.

»Ich habe ein gutes Gedächtnis«, sagte sie. »Der Beweis waren deine Hände. Deine Fingerknöchel waren rot und wund von einem Mord im Wald.«

»Das ist bei der Prügelei mit Oren passiert.« Daves Stimme war jetzt schwächer, beinahe ein Winseln. »Du warst doch in der Turnhalle dabei, Hannah.«

»Ja, das werde ich nie vergessen. Jeder Schlag galt Oren. Die Zuschauer erinnern sich alle an Orens blutige Faust, an dein blutiges Gesicht und dass du keine Verletzung an den Knöcheln hattest. Aber Cable Babitt hat die Geschichte aus zweiter Hand gehört, er hat die Prügelei nicht miterlebt, sonst hätte er dich vor zwanzig Jahren verhaftet.«

Platsch!

Das Erdreich der eingebrochenen Wand hatte sich um den Körper des Hilfssheriffs herum zu Schlamm verfestigt. Er wehrte sich nicht mehr, sondern zitterte nur noch. »Mach, dass er aufhört, Hannah«, sagte er matt. »Bitte …«

»Ich kann es versuchen.« Nach einem kurzen Blick auf Oren sah sie wieder zu Dave herunter. »Aber er hat sich in den Kopf gesetzt, dass du seinen Bruder erst vergewaltigt und dann erst ermordet hast.«

Oren war aus dem Rhythmus gekommen und sah sie groß an.

»*Nein, nein, nein!* Ich wollte nichts von Josh, ich habe nie …«

»Du hast dem Jungen die Knochen gebrochen. Seinen Kiefer, seine Arme, die Hälfte seiner Rippen.« In ihrer Stimme schwang kein Vorwurf, nur Trauer. »Und seine Finger … du hast sie nacheinander geknickt wie Äste … Oren sagt, dass nur Sexualverbrecher zu so etwas Perversem fähig sind.«

»Ich bin nicht pervers.«

»Du hast diesen Jungen den ganzen Tag gequält.« Hannahs Stimme schwankte. »Und als Josh hilflos und am Ende war, hast du ihm noch …«

»Ich bin nicht pervers«, sagte er jetzt lauter und ballte die Fäuste. »Ich hab die Frau umgebracht, weil es mir um das Geld ging. Die falsche Frau, das stimmt. Aber was ich mit Josh gemacht habe, war Vergeltung.« Langsam ließ er die Fäuste wieder sinken und fiel in sich zusammen. Leiser fuhr er fort: »Vergeltung für die Prügel, die ich an dem Abend von Oren bezogen habe, als die ganze Stadt zugeschaut hat.«

Oren ließ die Schaufel fallen. Sein Kopf bewegte sich langsam von einer Seite zur anderen, die Lippen formten das Wort *Vergeltung*, und er sah zum Himmel hoch. *Vergeltung.*

Knarrend ging die Tür zum Gartenschuppen auf, und Oren sah, wie Sally Polk ein Mikrofon aus dem Farnkraut neben der Grube holte. Es war dort ohne seine Genehmigung aufgestellt worden.

Sally Polk nickte ihm anerkennend zu.

Der Fall war unter Dach und Fach, und er hatte sich an sein Versprechen gehalten, einen Verdächtigen zu knacken, ohne die Fäuste einzusetzen. So hatte er es immer gehalten, und früher war er stolz darauf gewesen. Aber nicht diesmal, und wohl auf lange Zeit nicht mehr.

»Aufhören, aufhören«, klang es schwach aus der Grube, als ob es immer noch Erde auf ihn regnete.

Kommissarin Polk ging mit Oren außer Hörweite und holte ein kleines Tonbandgerät aus ihrer Handtasche. »Es fängt mit dem Platsch an, als er in die Grube fällt.« Lächelnd schüttelte sie den Kopf. »So ein ungeschickter Kerl. Ich habe also nur seine und Hannahs Stimme, nichts deutet darauf hin, dass Sie dabei waren.«

»Dieses Tonband können Sie nicht verwenden.« Er hatte eingewilligt, Dave Hardy kleinzukriegen, ihn zu entlarven und ihm keinen Ausweg zu lassen. Damit war die halbe Schlacht gewonnen – aber mehr auch nicht.

»Ich brauche es aber. Sie haben die Sache gut aufgebaut, aber es sind alles Indizienbeweise und Gerüchte. Die Sache mit dem Geld, das aus dem Hotelsafe verschwunden ist, hat mir gut gefallen. Und selbst für den Fall, dass sein Anwalt meint, etwas beanstanden zu müssen, werden sich an dem Hilfssheriff, nachdem er sich einer Reinigung unterzogen hat, kaum irgendwelche Abwehrverletzungen oder Anzeichen, die auf eine Prügelei hindeuten, nachweisen lassen.«

»Ein erzwungenes Geständnis ist vor Gericht unbrauchbar.«

Sie legte eine Hand an die Hüfte und nickte zur Grube hin. »Nennen Sie das Zwang?«

Nein. Er nannte es Folter, hatte es immer so genannt. In den letzten Jahren hatte er ein- oder zweimal dieses Mittel in Betracht gezogen, aber stets geglaubt, niemals so weit gehen zu müssen. Seine einzige Rettung war jetzt diese eine Beweisregel – eine Vorschrift, an die er sich halten konnte.

»Löschen Sie das Band«, sagte Oren. »Sonst werden Sie es irgendwann bereuen.«

Ihr verkrampfter Kiefer und die geballten Fäuste verrieten ihm, dass sie das als Drohung auffasste. Umso besser.

Oren wandte sich der Grube zu. »Wenn Sie Dave da rausgezogen haben, wenn er trockene Kleider anhat, Tee trinkt und einen Ihrer verdammten Brownies mampft, sagen Sie ihm, dass Sie die Anklage wegen Notzucht an einem Kind fallen lassen – und formulieren Sie es genau so. Dann bieten Sie ihm als Deal an, dass Sie Anklage wegen Auftragsmord erheben werden. Er wird zustimmen, selbst für den Fall, dass Sie ihm ein Dutzend Anwälte beschaffen. Aber ich glaube nicht, dass er nach einem Anwalt schreien wird – nicht heute. Dave ist bereit zu reden und Ihnen, wenn Sie wollen, auch alles schriftlich zu geben. Heute könnte sogar eine Zehnjährige ein Geständnis aus ihm herauskitzeln.«

Sally Polk war offenbar noch nicht überzeugt. Sie trat mit Oren an den Rand der Grube. »Dave Hardy!«, rief sie hinunter. »Ich bin's, Sally Polk. Hannah hat mich gerufen, damit ich Sie hier raushole.«

Unten in der Grube ging unverständliches Brabbeln in krampfhaftes Schluchzen über. Erde lag schwer auf der Brust des Hilfssheriffs, sein Gesicht und selbst die Augen waren schlammverkrustet. Trotz seines Hasses auf all ihre Geschlechtsgenossinnen streckte ihr Dave jetzt blindlings die Hände entgegen, wie jedes weinende Kind, das sich Trost von einer Frau erhofft, wie jeder Mann, der im Grunde seines Herzens glaubt, dass eine Frau ihn retten kann.

Die Kommissarin wog nachdenklich das Tonband in der Hand.

»Sie bekommen ein legales Geständnis«, sagte Oren mit Nachdruck, denn er wollte keinerlei Missverständnisse aufkommen lassen. Er war nicht *ihr* Polizist.

Die vergangene Stunde hatte ihm sehr zugesetzt und Hannah nicht minder. Sie saß mit gesenktem Kopf auf der Erde und wiegte ihren Körper hin und her. Sie hatte ihre Rolle gut gespielt, jetzt aber weinte sie, erschöpft und tieftraurig.

Sally Polk drückte auf die Löschtaste ihres Tonbandgeräts. »Ich kümmere mich um Hannah. Sie sollten hier verschwinden, ehe die Polizei kommt.«

Oren tat ihr den Gefallen und ging.

Auf der anderen Seite der Wiese verschluckte ihn das Dickicht. Von seiner Liebe zu Josh gequält, taumelte er dahin und spürte jede Wunde in dem misshandelten Körper eines Kindes. Tiefer und tiefer drang er in den Wald vor, bis er sicher sein konnte, dass ihn diesmal niemand finden würde.

Aus den Bäumen flogen Vögel auf, flatterten erschrocken mit den Flügeln und stießen ängstliche Schreie aus, als wäre ein Schuss gefallen. Auf der Erde schlugen die Tiere einen großen Bogen um den verloren wirkenden Mann, der den ganzen Tag mit einer Waffe im Schoß dasaß.

Bis die Nacht hereinbrach.

33

In der Auffahrt stand ein neuer Mercedes, aber Henry Hobbs war heute zu Fuß unterwegs. Er schritt über die Wiese und steuerte, begleitet von einem gelben Hund und bewaffnet mit einer Angelrute, einen vielversprechenden Forellenbach an.

Der alte Herr schlafwandelte nicht mehr.

Oren lag in dem blühenden Garten des Richters auf den Knien und schnitt Blumen. Seine Amtszeit als Interimssheriff war fast vorbei. Sollte er sich zur Wahl stellen – oder die Waffe niederlegen, wie sein Vater es getan hatte?

Spielte das eine Rolle?

Jene Waffe war für ihn einst mit düsteren Vorstellungen verknüpft gewesen, jetzt aber fühlte er sich in einem träge dahinplätschernden Leben gefangen, in dem eine leere Stunde sich an die nächste reihte. An manchen Tagen beneidete er Dave Hardy, der sich am Vorabend der Urteilsverkündung erhängt hatte.

Oren hielt schützend eine Hand vor die Augen, weil die Mittagssonne ihn blendete, und sah zum Turm der Villa hinauf. Hungrige Vögel umkreisten im Gleit- oder Segelflug ihre einstige Freistatt. Nachdem ein Jahr lang niemand für sie da gewesen war, hatte nun wieder jemand angefangen, sie zu füttern.

Auf dem Friedhof sangen keine Vögel. Man hörte nur das Knirschen von Schritten auf dem Kiesweg, der sich um Grabsteine und Engel schlängelte. Oren blieb vor dem umfriedeten Familiengrab stehen und legte einen großen Strauß gelber Blumen auf Joshs Grab.

Als Antwort auf die Frage, die einst ein Ouijabrett gestellt hatte, sagte er: »Ich liebe dich noch immer.«

Die andere Hälfte der Blumen hatte er für Hannah Rice zurückbehalten. Er legte sie vor einen Marmorblock, auf den als Todesdatum ein Tag des vergangenen Sommers eingemeißelt war, ein Tag, an dem auch die letzte Frage ihre Antwort gefunden hatte.

An einem frühen Morgen im August hatte er sie auf der Veranda gefunden, in ihrem Schaukelstuhl sitzend und mit geschlossenen Augen. Aber sie schlief nicht. Tabletten waren auf dem Bretterboden verstreut, und durch das Etikett auf einer heruntergefallenen Flasche hatte er zum ersten Mal von ihrer Krebserkrankung erfahren. Weiteren Aufschluss gab das kleingedruckte Datum der Verschreibung. Es deckte sich mit dem Stempel auf einem alten Brief, dem ersten von vielen, mit denen Hannah ihn nach Coventry zurückgerufen hatte. Sie hatte den Tod kommen, hatte ihn heranrasen sehen, und ihr war gerade noch genug Zeit geblieben, Oren nach Hause zu holen.

An jenem Morgen auf der Veranda hatte sich Oren zum letzten Mal neben sie gesetzt. Sie hatten eine stille Stunde zusammen verbracht, der Lebende und die Tote, und er hatte seinen Tränen freien Lauf gelassen. Mit Hilfe eines alten Fotos von Hannah und mit der vagen Vorstellung, sie könne aus Tennessee stammen, hatte Oren all seine Fähigkeiten aufgeboten, um ein Geburtsdatum für ihren Grabstein zu finden. Das einzige amtliche Dokument hatte er im Archiv einer Kleinstadt aufgespürt und begriffen, warum sie nicht den mindesten Wert auf einen Beleg für ihre Identität gelegt hatte. Der Staat hatte ihr, nachdem man sie am Tag ihrer Geburt in einer Mülltonne gefunden hatte, irgendeinen x-beliebigen Namen verpasst.

Sie hatte sich eigenmächtig umbenannt, ohne jemanden zu fragen, und war aus den Archiven verschwunden. Als Pilgerin ohne Papiere hatte Hannah sich immer nur eins gewünscht – dass man sie auf Treu und Glauben akzeptierte. Oren respektierte diesen Wunsch. Er hatte die Geburtsurkunde mitgehen lassen und verbrannt. Jetzt gab es als Beweis für ihr irdisches Leben nur diesen Stein, diese Blumen und diesen Mann, der ihr Geheimnis bewahrte.

»Hannah, ich weiß nicht weiter«, sagte Oren, als hoffte er darauf, dass ein letztes Kunststück von ihr ihn wieder gesunden lassen würde.

Er nahm eine gelbe Dahlie von ihrem Grab und brachte sie zu Mr. Swahn, dem guten Freund von Miss Rice. Da es für die Winstons und William Swahn keine Familiengrabstätten gab, waren sie weit weg auf den letzten freien Plätzen beerdigt worden, so dass die drei Ruhestätten ein Dreieck bildeten.

Er legte Hannahs Blume ab.

Ein Büschel Unkraut segelte an seinen Füßen vorbei und traf Ad Winstons Grabstein. Oren brauchte sich nicht umzudrehen, um zu wissen, dass Isabelle wieder in Coventry war.

Sehr viel ehrerbietiger legte die schöne Rothaarige rote Rosen auf das Grab ihrer Mutter, und auch Swahn brachte sie Blumen, die nun neben Hannahs gelber Blüte lagen.

Schweigend standen Oren und Isabelle nebeneinander. Er wartete darauf, ihre Stimme zu hören.

Und dann sagte sie: »Letzten Sommer hat Hannah gesagt, dass uns vom Schicksal bestimmt ist zu heiraten und vier Kinder zu bekommen.«

Er hätte sich denken können, dass dieses Gespräch nicht mit einem simplen Hallo beginnen würde. Immerhin hatte Isabelle heute nicht versucht, ihn umzubringen. »Mein Leben lang«, sagte Oren, »habe ich nur eine Frau geliebt, und das warst nicht du. Aber wir könnten irgendwann mal zusammen essen gehen.«

Sie trat ihm kräftig gegen das Schienbein – das war vorauszusehen gewesen.

Dann setzte sie sich in Bewegung. Auf dem Kiesweg blieb sie einmal stehen und sah sich nach ihm um, mit einem kurzen spöttischen Blick über die Schulter, einem Lächeln über das, was sie angerichtet hatte.

Das Echo eines Tangos.

Orens Schienbein schmerzte wie verrückt, und als er Isabelle nachjagte, hinkte er ein wenig. Er griff nach ihrer Hand und hielt sie fest, auch wenn das Funkeln in den honigbraunen Augen weiteren Schmerz verhieß. Er würde sie nicht mehr loslassen.

Dank

Ich danke all denen, die mir bei den Recherchen halfen, unter anderem einer ganzen Armee, die von einem fünfeckigen Gebäude aus agiert und es vorzieht, auf dieser Seite nicht namentlich genannt zu werden (was mit der Nichtbeachtung eines Instanzenweges für ein Interview zu tun hat). Und einen Dank auch Ihnen, Mr. Hanlon, als dem Urheber von Hanlon's Razor.